한국전쟁 이야기 집성 9

- 전쟁체험, 이런 사연도 -

신동흔 김경섭 김귀옥 김명수 김명자
김민수 김정은 김종군 김진환 김효실
남경우 박경열 박샘이 박현숙 박혜진
심우장 오정미 유효철 이부희 이승민
이원영 정진아 조홍윤 한상효 황승업

저자 소개

신동흔: 건국대 국어국문학과 교수
김경섭: 을지대 교양학부 교수
김명수: 건국대 박사과정
김민수: 건국대 박사과정
김종군: 건국대 HK교수
김효실: 건국대 박사과정 수료
박경열: 호서대 전임연구원
박현숙: 건국대 전임연구원
심우장: 국민대 국어국문학과 교수
유효철: 건국대 박사과정 수료
이승민: 건국대 박사과정
정진아: 건국대 HK교수
한상효: 건국대 강사
김귀옥: 한성대 교양교육연구원 교수
김명자: 건국대 박사과정 수료
김정은: 건국대 강사
김진환: 통일부 통일교육원 교수
남경우: 건국대 HK연구원
박샘이: 건국대 석사과정 졸업
박혜진: 서울대 박사과정 수료
오정미: 건국대 전임연구원
이부희: 건국대 석사과정 수료
이원영: 건국대 강사
조홍윤: 건국대 전임연구원
황승업: 건국대 박사과정 수료

한국전쟁 이야기 집성 9

초판 인쇄 2017년 6월 20일
초판 발행 2017년 6월 25일

지은이 신동흔 외 | **펴낸이** 박찬익 | **편집장** 권이준 | **책임편집** 정봉선
펴낸곳 ㈜ **박이정** | **주소** 서울시 동대문구 천호대로 16가길 4
전화 02) 922-1192~3 | **팩스** 02) 928-4683 | **홈페이지** www.pjbook.com
이메일 pijbook@naver.com | **등록** 2014년 8월 22일 제305-2014-000028호

ISBN 979-11-5848-307-4 (94810)
ISBN 979-11-5848-298-5 (세트)

* 책값은 뒤표지에 있습니다.

이 책은 2011년도 정부(교육과학기술부)의 재원으로 한국학중앙연구원의 지원을 받아 수행된 연구임.
과제번호: AKS-2011-EBZ-3101, 과제명: 한국전쟁 체험담 조사연구

황승업 한상효 조홍윤 정진아 이원영 이승민 이부희 유효철 오정미 심우장 박혜진 박현숙 박샘이 박경열 남경우 김효실 김진환 김종군 김정은 김민수 김명자 김명수 김귀옥 김경섭 신동흔

한국전쟁 이야기 집성 9

전쟁체험, 이런 사연도

(주)박이정

일러두기

1. 이 책은 2011년도 정부(교육과학기술부)의 재원으로 한국학중앙연구원의 지원을 받아 수행되었다. 과제명은 "한국전쟁 체험담 조사연구"이다. (과제번호 AKS-2011-EBZ-3101).
2. 본 자료집은 개별 구연자를 기본 단위로 하여 구성된다. 현지조사를 통해 수집한 약 300건의 자료 가운데 가치가 높다고 판단되는 162건(공동구연 포함)의 구연 자료를 선별하여 주제유형 별로 나누어 각 권에 수록하였다.
3. 본 자료집은 한국전쟁 체험을 기본 축으로 삼는 가운데 전쟁 전후의 생활체험에 관한 내용까지를 포괄하였다. 자료는 제보자가 구술한 내용을 최대한 충실히 반영하는 방식으로 정리하였다.
4. 본 자료집에 이야기를 수록한 구연자들에게는 사전에 정보 공개 동의를 받았다. 구연자가 요청한 경우나 기타 필요하다고 판단되는 경우에는 구연자 성명을 가명으로 표기하고 사진을 생략하였다.
5. 구연자 단위로 구술내용을 반영한 제목을 정하였으며, 기본 조사 정보와 구연자 정보, 이야기 개요, 주제어를 제시하고 나서 이야기 본문을 실었다. 구술내용을 쉽게 이해할 수 있도록 하기 위해 본문 사이사이에 중간 제목을 넣었다.
6. 이야기 본문은 녹음된 내용을 그대로 받아 적었으며, 현장상황을 생생히 전하기 위해 조사자와 청중의 반응 부분을 함께 담았다. 본 구연과 상관없는 대화나 언술은 조금씩 덜어낸 곳도 있다.

머리말

– 수백 명의 구술로 만난 한국 현대사의 생생한 진실 –

처음에 저이들이 누군가 하고 경계심을 나타내던 노인들은 한국전쟁 때의 사연을 들려 달라는 말에 대부분 몸가짐을 달리하고서 조사자들 앞으로 바짝 다가왔다. 당시의 상처를 되새기기조차 싫은지 조사자들을 외면하거나 구술을 사양하는 분들도 있었지만, 자신이 겪은 역사의 진실을 후세에 알려야 한다는 책무감을 나타내는 분들이 더 많았다. 일단 이야기가 시작되면 조사자들이 할 일은 거의 없었다. 그분들이 가슴 밑바닥으로부터 끌어올려 구연하는 놀라운 이야기들에, 60년이 넘도록 가슴속에 생생하게 간직해 온 그때 그 순간의 삶의 진실에 충실히 귀를 기울이는 것으로 충분했다. 조사가 더 늦어지지 않아서 이분들이 그토록 남기고 싶어하는 역사적 체험을 갈무리하게 된 것은 정말 다행스러운 일이었다.

그간 한국전쟁 체험에 대한 조사는 역사학 쪽에서 많이 이루어졌었다. 전쟁의 주요 국면에 얽힌 역사적 사실과 관련되는 정보를 얻는 데 주안점을 둔 조사였다. 이야기 형태의 체험담은 주로 전쟁 참전용사의 수기나 학살피해자들의 진술이라는 형태로 보고가 이루어졌다. 말 그대로 사람을 죽고 죽이는 '전쟁'에 초점을 맞춘 이야기들이었으며, 다소 특수하고 주관적인 방향으로 치우친 성향이 짙은 이야기들이었다. 체험이나 시각이 양 극단으로 나누어진다는 점도 두드러진 특징이었다.

이에 대하여 우리는 처음부터 보통사람들의 다양한 경험을 두루 포용한다는 입장에서 한국전쟁이라는 역사에 접근했으며, 제보자의 진술을 구술 그대로 충실히 반영한다고 하는 학술적 방법론에 의거하여 현지조사와 정리 작업을 수행했다. 그 조사는 구술사보다 구비문학적 방법에 입각한 것이었다. 한국전쟁을 축으로 한 역사적 경험이 구체적 사건과 정경을 생생하게 담아낸 '이야기'로 포착될 수 있도록 하는 데 최대한 신경을 썼다. 그 작업을 하는 데 큰 어려움은 없었다. 수많은 제보자들은 전쟁에 얽힌 기막힌 사연들을 지니고 있었고, 그것을 곡진하게 풀어냈다. 간혹 세상에 대한 논평을 연설 형태로 풀어내는 제보자도 있었으나 경험의 연장선상에서 충분히 그리 할 수 있는 바였다. 우리는 성실한 청자가 되어 그 이야기에 함께 했다. 제보자들의 구술을 가능한 한 끊지 않았으며, 때로는 탄성과 한숨으로 동조하기도 했다. 그렇게 그들의 구술은 오롯한 삶의 담화가 될 수 있었다.

한국전쟁 체험담 자료조사는 조별 작업으로 수행되었다. 서너 명씩 조를 이루어서 지역별로 제보자를 물색하고 조사를 진행하였다. 총괄적 조사인 만큼 지역별, 유형별로 균형과 다양성을 확보할 수 있도록 신경을 썼다. '보통사람'들을 기본 축으로 삼는 가운데, 한국전쟁에 대한 특별한 체험을 한 제보자들을 다양하게 찾아내고자 했다. 전체적으로 남성과 여성 제보자를 균등하게 포괄하였으며, 제보자 구성과 구연내용이 이념적으로 좌우 한쪽에 치우치지 않도록 했다. 한국전쟁이라는 현대사의 국면이 '있는 그대로' 다양하게 포착될 수 있도록 노력했다.

전체적으로 한국전쟁 체험담을 구연한 화자는 약 300명에 이른다. 자료공개 동의를 얻은 194건의 자료로 한국전쟁 구술자료 DB를 구성하여 결과를 보고했다. 그 중 자료적 가치가 높다고 생각되는 자료들을 선별한 뒤 자료의 재점검과 교정 작업을 거쳐 최종적으로 10권의 자료집에 162건(공동구연 포함)의 자료를 수록하게 되었다. 자료는 인상적인 사연을 중심으로 하여 주제유형 별로 분류함으로써 다양한 전쟁 경험이 일목요연하게 드러날 수 있도록 했다. 각 권별 구성을 간단히 소개하면 다음과 같다.

1권 – 이것이 전쟁이다: 전쟁이란 어떤 것인지, 그 참상과 고난과 단적으로 잘 보여주는 이야기들을 실었다. 특정 지역의 전쟁 경험을 여러 제보자가 다각도로 구연한 자료를 나란히 수록하여 전쟁체험이 입체적으로 드러날 수 있도록 했다.

2권 – 전장의 사선 속에서: 다양한 참전담 자료를 한데 모았다. 육군 외에 해병대와 해군, 공군, 경찰, 치안대 등 다양한 형태로 전쟁을 체험한 사연들이 실려 있다.

3권 – 피난 또 하나의 전쟁: 피난에 얽힌 다양한 사연을 모았다. 북한에서 월남한 사연과 남한 내에서의 피난에 얽힌 사연, 피난 수용소에서 생활한 사연 등을 수록했다.

4권 – 이념과 생존 사이에서: 이념 문제로 갈등과 고난, 그리고 피해가 발생한 사연들을 모았다. 보통사람들이 좌우 이념의 틈바구니에서 어렵게 세월을 헤쳐온 사연들도 수록되어 있다.

5권 – 총칼 아래 가륵한 목숨: 전쟁의 와중에서 죄없이 억울한 죽음과 피해를 겪은 사연들을 모았다. 역사적으로 이름난 주요 사건 외에 일반적인 피해담도 포괄하였다.

6권 – 전쟁 속을 살아낸다는 일: 전쟁의 와중에서 보통사람들이 겪은 다양한 고난 체험을 펼쳐낸 이야기들을 모았다. 특히 여성들의 전쟁고난담이 주종을 이룬다.

7권 – 내가 겪은 특별한 전쟁: 남다른 위치 또는 특별한 직업을 바탕으로 한국전쟁을 특수하게 치른 사연을 전하는 이야기들을 한데 모았다.

8권 – 전쟁 속에 꽃핀 인간애: 전쟁의 와중에 인정을 저버리지 않고 서로를 돕거나 살린 사연 등 미담의 요소를 포함한 사연들을 수록했다.

9권 – 전쟁체험, 이런 사연도: 전쟁중에 겪은 놀랍고 기막힌 사연들을 담은 자료들을 모았다. 설화적 요소가 있는 이야기들도 이 권에 수록했다.

10권 – 우리에게 전쟁이 남긴 것: 한국전쟁 체험을 전하는 한편으로, 전쟁에 대한 분석과 논평을 적극 진술한 사연을 모았으며, 전쟁 후의 사연을 주요하게 구연한 자료들을 수록했다.

160명이 넘는 역사의 산 증인들이 펼쳐낸 생생한 한국전쟁 이야기들은 그간 공식적 역사를 통해 알려진 것과 다른 차원의 의미 있는 자료가 되어줄 것이다.

이 자료집을 통해 사실로서의 역사와 이야기로서의 역사 사이의 균형이 이루어질 수 있는 중요한 기반이 갖추어진 것으로 생각한다. 앞으로 역사적 경험에 대한 문학적 연구의 새로운 장이 열릴 수 있기를 기대한다. 그를 통해 역사적 삶의 총체적이고 균형있는 재구가 가능하게 될 것으로 믿는다. 아울러 이 책에 실린 수많은 사연은 소설이나 드라마, 다큐멘터리, 공연과 웹툰, 게임 등 문화예술 창작에도 좋은 소재가 되어 줄 수 있을 것이다.

이 책은 한국학중앙연구원 기초토대연구 지원 사업에 힘입어 진행되었다. 적시에 지원이 이루어져서 중요한 조사사업을 차질 없이 수행하게 된 것을 다행으로 여기며 연구지원에 대해 감사의 뜻을 밝힌다. 그 의미 깊은 사업을 실질적으로 맡아서 감당한 핵심 주역은 현지조사와 자료정리의 실무를 맡아 수고한 전임연구원과 연구보조원들이었다. 팀장을 맡아서 일련의 길고 힘든 작업을 훌륭히 감당해준 김경섭, 박경열, 박현숙, 오정미 박사와 김명수, 김명자, 김민수, 김정은, 김효실, 남경우, 박샘이, 박혜진, 유효철, 이부희, 이승민, 이원영, 조홍윤, 한상효, 황승업 연구원의 노고에 감사와 사랑의 마음을 전한다. 공동연구원으로서 현지조사와 연구작업을 적극 뒷받침해준 김귀옥, 김종군, 심우장 교수께도 깊이 감사드린다. 까다롭고 복잡한 출판 작업을 기꺼이 맡아서 좋은 책을 만들어주신 박이정 출판의 박찬익 사장님과 김려생님, 권이준님, 정봉선님을 비롯한 편집자들께도 이 자리를 빌려 감사의 뜻을 전한다.

이 책은 다른 누구보다도 이야기를 들려주신 제보자들에 의해 이루어진 것이다. 조사자들을 반갑게 맞이해 주시고 가슴속에 묻어두었던 이야기를 풀어내 주신 역사의 주인공들께 머리 숙여 감사드린다. 그분들의 분투와 고난을 잊지 않고 대한민국의 미래를 훌륭히 열어나가는 것이 우리의 몫일 것이다.

2017년 6월

저자를 대표하여 신 동 흔

차례

피난 중에도 할머니가 놓지 않았던 요강

김 병 욱

"음, 양반집 아녀자가 아무데나 벌벌벌벌 오줌 누면 되겄냐, 쌍스러서 안되니라."

자 료 명: 20140623김병욱(대전)
조 사 일: 2014년 6월 23일
조사시간: 2시간 26분
구 연 자: 김병욱(남 · 1939년생)
조 사 자: 박경열, 유효철, 이원영
조사장소: 대전광역시 동구 용전동

[조사과정 및 구연상황]

김병욱 화자는 조사팀의 지인의 소개로 만난 화자이다. 화자는 평소에 한국전쟁 이야기를 늘 했다고 한다. 조사팀이 화자의 연구실에 방문하였을 때 연구실에는 아내가 함께 있었다. 아내는 조사팀이 오자 조사에 방해되지 않게 연구실을 나갔다. 큰 책상이 놓인 곳에서 조사를 시작하였다. 화자가 조사팀을 위해 차와 과자를 내 놓았다. 화자는 가족사가 파란만장 하였으나 덤덤

한 말투로 자신의 경험을 이야기 하였다.

[구연자 정보]

고향은 전라남도 장성군 장성읍이다. 아버지는 구연자가 4살 때 돌아가신다. 가족은 5남매였다. 구연자 위로 자식이 죽자 구연자를 '귀돌이'라 부른다. 전쟁이 나자 어머니와 할머니와 함께 피난을 간다. 친형은 전쟁 당시 26세 정도 되었고 구연자와 터울이 많았다. 친형과 사촌형에 의해 집안이 좌익으로 인식되고 구연자가 사회생활을 하는데 걸림돌로 작용하였다. 자식은 딸 둘을 두고 있다.

[이야기 개요]

전쟁 당시 12세였다. 형은 나이 터울이 많았는데 보도 연맹사건으로 잡혀가자 외삼촌의 도움으로 트럭에서 빼낸다. 7월 21일 인민군이 입성하자 추석에 입산해서 6달 동안 산에서 견딘다. 산에서 더 이상 견딜 수 없게 되자 어머니, 할머니와 함께 큰 댁으로 가기로 결정한다. 그러나 어머니가 긴긴 피난살이에 견딜 수 없다고 하여 어머니는 홀로 외가로 갔고 할머니와 화자만 홀로 다시 산에서 고립된다. 할머니는 네 명이 덮을 수 있는 이불과 요강에 집착하여 그것을 지고 다니는 일이 힘들었다고 한다. 하지만 어딜 가서도 요긴하게 쓰인 물건이 이불이었다. 요강은 갖고 다니기도 불편하여 화자는 그것을 내던지고 싶었으나 차마 그러지 못하던 차에 요강이 깨지는 일이 발생하자 화자는 속이 다 시원했다고 한다. 가족 중에 친형과 사촌형이 구빨치산으로 대단한 활약을 펼쳤는데 그들로 인해 고통을 당한 면도 있었지만 형이 양민을 학살하지 않아 그다지 민심을 잃지는 않았다고 한다. 형이나 사촌 형은 생사를 알 수 없지만 죽었을 것으로 추정한다.

[주제어] 전남 장성, 피난, 입산, 이불, 요강, 보도연맹, 인민군, 빨치산, 구빨치산, 민심

[1] 형이 좌익이 되어 숨어 지내다 자수하다

우리 형이 공산당, 남로당 활동을 하다가 자수헌거여. 6.25때 스물 여섯 여. 아마 46년도부터, 내가 볼 때 공산당 세포, 그것을 헌거여. 그러니까 스물 둘이지. 우리 아버지가 1944년, 내가 여섯 살 때 돌아가셨어. 우리 형은 그때가 스무 살. 딱 그러네. 그런데. 내가 솔직한 말로 전라도 수재였는데 입시 보면 항상 1등 했어. 광주고등학교 1등. 나중에 늦게 늦게 서강대학 갈 때도 일등. 나 서강대학 나왔어요 64학번여 내가. 취직해서 한참 있다가 스물여섯 살에 내가 갔어요. 내가 학교가 3년 늦은 것이, 도망 댕겨서.

서로 보도연맹이라고 자수 한 사람들을 잡어다가 6.25 인민군이 밀고 내려오니까 전부 죽여 버렸잖아. 보복은 보복을 낳고 다시 국군이 수복하니까 잡히면 죽으니까 도망 댕겨 있었던 거지. 그래서 4년 동안을 심부름도 하고 어디 가서 깔잠살이도 하고 그렇게 저렇게 보내다가, 우리 집이 좌익이 돼 버린 것이 여기 책에 나오는 김병업. '허사령'이라고 명명을 했어요. 거기가 1946년에 열여덟 살에 입산을 했을 뿐, 빨치산.

"너는 입산 투쟁을 해라."

라고 지령을 내렸어. 구흥복인가 되는 사람이. 그 사람은 중앙대학인가 어딘가 다니다가 학도병으로 44년돈가 가서 해방 돼도 안 나와. 다들 죽었다고 했지. 46년 4월인가 언젠가 왔어.

우리는 그 사람 군대 간다고 할 때 200석 되는 부자집이여. 조금, 소지주지. 그런데 그런 것을 봤다니까. 떡도 얻어먹고 동네 사람들하고. 46년에 돌아오니까 잔치를 또 한 번 또 했어. 자기 형님은 면에 대니고 군에 대니고 허는데 곡식을 걷고 뒤지고 그랬다는 거여. 악질처럼 했던 모양이지. 맞어 죽을 것을 말허자면 사람들이 말리고 어쩌고 해가지고 특히 나중에는 자기 동생 땜에 안 했다는데. 그래가지고 그 양반이 '연안'으로 도망간 거여 일본 군대에서. 영화 같으면은 구흥복이라는 사람이 고향에 짠 나타날 때 인디안

이 이렇게 위에서 보고 막 이렇게 노려보고 있는 것처럼 빠바빵빵 효과음으로 나올 이런 사건이여.

와가지고는 청년들을, 처음에는 중국얘기 해준다고 하니까 어째겄어, 부자에다가 거기가면 뭣도 주고 술도 말허자면 주고. 또 얘기를 기가 막히게 똑똑허고. 그러니까 청년들이 갔는데 슬슬 얘기하다가 공산당 세뇌를 시킨 거여 이 사람이. 우리 어머니가, 한 예로, 아이 안 오니까 밥 먹으라고, 사람들이 청년들이 담배를 피니까 오소리, 사랑방이 큰데 그냥 연기가 나고. 아주 열심히 들어.

그리고 또 우리 사촌형은 열일곱 살에 해방될 때가 열일곱 살이었는데. 중학교가 현 장성중학교가 문을 열었어. 그때가 45년. 우리 초등학교가 '장성군, 장성읍'여. 옛날에는 거기가 군청이 있다가 기차가 가니까 현재 군청 소재지로 옮겨 갔어요 한 4킬로 정도.

[조사자: 선생님이 38년도 생이세요?] 39년생. 만약에 그때 열다섯 살 먹었으면, 36년생이었으면 죽었을 거요. 왜 그러냐! 열다섯 살 부터는 총을 주더라고. 그런데 피난을, 빨치산이 궤멸하게 된 게 첫째 다른 어떤 것보다도 빨치산은 문자 그대로 힛 앤 런(Hit and Run)이여. 근데 누구지? 뭔 현상? 박현상! 정규군처럼 대낮에도 '곡성'이니 '남원'이니 '함양'이니 이런 데를 습격하고 점령해 있고 그랬어. 여기다 놔뒀다하면 큰일 나겠다 해서 1951년에 수도 사단을 전쟁 중에도 미국 허가에 빼 돌렸어. 그리고 비행기로도 공습도 하고 그랬어.

[2] 여자와 역적모의 하지 않는 이유

그런데 세상에 아무것도 모르는 열두 살짜리가 죽지 않기 위해서, 우리 집은 우리 어머니, 우리 큰 누님은 결혼했고 우리 매형은 군대 가 있을 분여. 근데 여기 와 있기 때문에 같이 입산을 한 거여. 그때 꽃등에 죽고 죽이고 할 때 부대끼면 확 죽이고 할 때니까 무조건 죽여 버려 그때는. 그러니까 작은 누님, 지금 여든 셋이구만. 나 허고 일곱 살 차이, 지금 여든 셋이구만. 나, 우리 여동생, 일흔 넷, 그렇게 다섯 식구가, 우리 형이 있었어.

우리 형은 보도연맹으로 해서 트럭에다 잡혀서 갔는데 우리 외사촌 형이 우익단체로 돈이 많어. 활동하던 사람들하고 해서 빼돌렸어. 그래가지고 과수원에 굴, 방공호처럼 있는 데서. 근데 우리 어머니하고 나하고 다 죽었다고 생각했는데

"가서 복숭아나 좀 따다 먹어라 그러고 고모랑 같이 오쇼."

해서 갔어. 그랬더니 그 마루로 한데서 쏙 열고 우리 형이 쏙 나와. 반갑기도 하고 깜짝 놀라기도 하고. 근데 왜 우리 누님한테 복숭아 따러 안 오냐 하면 여자는 말을 퍼뜨릴까봐. 옛날에는 그러다는 거여. 역적모의 할 때도 어머니가 있으면 여기는 외인이 있다 어머니도 나가시오 그런다잖아.

그래가지고 와서 이틀 후에 인민군이 7월 21일 날 장성을 왔거든. 6.25해가지고 장성까지 온 것이여. 땡크 여섯 대를 앞세우고 온 거예요 그때. 장성이 목포로 내려가는 국도 1호여. 나는 시골에서 공부 잘 한 것으로 해서, 3년 주기로 '경기'를 갔다니까. 내가 5학년 되니까 너는 나중에 경기 갈 놈이다. 우리 3년 선배가 갔고, 3년 선배가 갔고 그렇다고, 시골에서 경기 간다면 수재들만 그런데 6.25가 팍 나버려 가지고. 그래서 나는 한이라는 것은 뭐냐. 능력은 있는데 그것을 키워내지 못 할 때, 피워낼 수 없을 처지에 놓인 게 한이다. 한 맺힌다는 게 그거요.

그런데 고향 근처는 얼씬도 하면 안 되니까 아까같이 8월 추석날, 9월 15

일일 거요 지금 현재로. 그때 입산해서 2월 중순 여섯 달 동안을, 8월 추석 옷으로 입고 입산해서 그 삼동, 그때는 되게 추웠어요. 다들 동상도 걸리고 그런데 나는 동상도 안 걸리고 참 천품이 잘 타고 났는지, 난 그 후로도 그 전에도 양말을 안 신고 댕겼어요. 그냥 맨발로 징검징검 그러니까

"네가 오리냐? 오리가 맨발 벗고 다니지 그러냐?"

허면 난 추위도 안타고 어렸을 때도. 그래서 어지간히 버틸 수 있으니까 그렇게 버텼는데 우리 큰집으로 일단 산에 밤길로 해서 우리는 구읍이니까. 막 그때 학교를 소각하고 그러드라고. 해서 불빛을 보면서 쭉 해서 '하청', 지금 거기가 광주서 넘어오는 길도 생기고, '월성리'로 해서 형이 여기 있으면 안 된다 해갖고 큰 집다 딱 놨어. 거기는 상당히 늦게 수복이 된 거야. 경찰이 낮에는 저만큼 와서 총 팡팡 쏘고 교전하다가 밤에는 가고 어쩌고 하며.

[3] 형이 죽자 어머니가 귀를 닫다

그럴 때 우리는 다시 또 우리 할머니, 나, 우리 어머니랑 저쪽으로 '순창군, 복흥면' 거기로 피난을 갔어요. 그러다가 또 오기도 하고. 나중에는, 우리 어미니는 외가가 부자에요 우리 외가는 우익이고. 그러니까 나 도저히 산에 못 댕기겠다 하고는 한 보름쯤 있다가 내려가 버렸었어. 외가에 숨어서 나중에는 자수하고 그래서 살아남았는데 그때부터 어머니하고 헤어졌지.

그렇게 하니까 난 어렸을 때부터 참 독종이여. 그리고 감정 표출을 잘 안 해. 우리 어머니를 나중에 2년 후에 딱 만났을 때도 그냥 덤덤하니 그냥. 근데 우리 어머니는 형이 51년 2월 달에 빨치산들이 포위당해서 죽었을 때 그때 죽었대.

우리 어머니는 소위 기둥과 같은 우리 아버지가 죽을 때 스무 살 정도. 형이 죽으니까 얼마나 저기 허겄어. 그리고 또 하나 아들 마저 없어지고. 그러니까 눈이 퉁퉁 붓고 진물이 나더니 귀가 멍하더니 눈은 나았는데 귀가 그때

충격으로 큰 소리를 해야 들릴 정도가 됐어요 나중에. 그때가 우리 어머니가 1902년생이니까 50년에 마흔 아홉 아녀, 우리나라 나이로. 그렇게 해가지고 우리 어머니는 자수하고 해서 외가에서 길쌈도 하고 거들어주고 뭣 허고 허면서 거기서 지냈어.

나는 어디에 있는지를 모르다가 참 우연히 '담양, 대실'에서 어느 마을로 같이, 지금 나하고 세 살 차이고만 그 사람. 같이 순창인가 어딘가 갔더니 거기에 가서 얘기를 해보니까, 거기에 우리 외가에 작은집 딸이 거기로 시집와서 살아서. 그러니까 어떻게 가서 나는 살아있다 하는 것을 얘기를 한 거예요. 그래서 우리 어머니가 큰 이모 아들이, 지금 생각하니까 그렇게 멀지도 않아. 그때는 '비야'라는 덴데 지금 광주시가 됐어요. 지금도 비야 인터체인지 있고 한데.

'대실'서 '금성면'에서 '담양'까지가 한 십리, 거기서 비야까지가 한 50리. 이렇게 되는 거리를 올라고, 어디 만나자 그랬는데 그 누님 집으로 갔는데 그날 저녁에 공비가 나타나서 뒤숭숭하고 그러니까 다시 '대실'로 돌아왔어. 아이고 우리 어머니 만난다 하고 꺼덜꺼덜 갔는데 참 실망스럽고 그러드라고. 그 담에 또 날짜를 받아서 비야라는 우리 큰 이모네 집 가서 11월 말경까지 거기서 한철을 보냈지. 그러고는 그 다음에 광주로 갔어요.

[4] 할머니가 피난 때도 집착했던 요강의 의미

그 사이에 나하고 나중에 떨어져가지고 나하고 우리 할머니하고 '화계산'에서 딱 떨어져가지고 한 달 동안을 우리 할머니를 먹여 살렸네. 불타고 막 낮에는 국군들이 오면 불 질러 버려. 나도 불 지르는 거 여러 차례 봤어. 마을마다 공비들이 표적이 된다 해갖고 다 질러버려. 거기를 불을 지르고 나면 쌀 그런 거, 벼 이런 것을 크게 저장해 놓는 노적가리 그런 거 있어. 그런데 가서 타다 남은 쌀을 가져다가, 내가 힘이 좋아갖고 짐을 잘 졌어. 그러다가 중간에서 경찰 군인하고 빨치산하고 교전하는 사이에 껴가지고 하루 종일, 다행히 이불을 요렇게 해갖고, 그래도 꾀는 있었어. 하얀 데가 위에로, 눈 있는데서 엎드려 있었는데 우리 할머니는 그때가 예순 아홉이시고. 그때는 지금 예순 아홉하고 다르잖아. 그때는 급 노인이지. 꼬부랑.

그런데 꼭 그 네 명이 덮을 수 있는, 쪽물 들인 이불을 짊어지고 거기에다 이만한 사기요강 있어. 그놈을 담고 댕겨. 그러면 뛰뚱뛰뚱하고 잘못 싸면 그려.

"할머니 이까짓 거 버려버립시다. 누가 봅니까? 그러고 아무데나 오줌 누면 되죠."

그래도 꼭 이래

"요강 펴라."

그려. 요강을 갖다 그렇게 해댜 거기다가 쉬야를 하셔. 내가 뭘 그러냐면,

"음, 양반집 아녀자가 아무데나 벌벌벌벌 오줌 누면 되겄냐, 쌍스러서 안 되니라."

그래갖고 꼭 참나. 피난댕기면서 요강을, 뚜껑까지 있잖아! 꼭지달린 요만헌. 그것은 당신 시치시드라고. 눈으로 싹싹 이렇게 해서 그걸 다시 또

"싸라." (웃음)

그렇게 했었는데 나중에 산이 연결됐어요. 거기에 재각에, 우리 문중 재각에 움막집 같은 데서 있었어요. 우리 할머니하고 나하고 같이 이렇게. 물론 국군이 들왔을 때도 맞닥뜨리고 그랬어. 그런데도 그거야 평범한 놈이다. 망구하고 손자하고 있구나 했지 찔금은 했지만. 그렇게 한 달 동안 있다가 누가

연락이 됐어. 소위 선 떨어졌다가 선이 연결. 빨치산 말로는

"선 떨어지지 말라."

란 말을 허는 거여. 선 떨어지면 가는 거여. 낙오된다 이거지. 지금도 가면 내장. 거기 '복흥'은 사방간디서 올라와. '장성'에서도 '정읍'서도 '담양'서도 올라오고. 해발 400미터 정도 되는 분지여. 그런데 거기 '복흥', 갈재가 두 군댄데. 장성 갈재, 순창 갈재. 그런데 순창 갈재로 해가지고 다시 내려가서 '쌍치'로 그날 '문장', 미끌미끌 하고 그려. 그럼 소처럼 짚새기같이 뭐 삼어서 그놈 묶어갖고 진짜 엉덩방아 찧으면서 내려가니까 우리 할머니가 이래.

"난 죽어도 못 가겄다. 난 죽어도 앉아서 죽을란다."

그러시믄 난 얼마나 조바심이 나서, 좀 젊은 사람이 좀. 데리고 오는 사람이니까. 우리 할머니 좀 업고 내려갔으믄 하는 생각이 들드라고 말하자믄. 그래서 해가지고 올라갔어. 급하면은 다 되는 거야. 지금도 보면 굉장히 멀어요. 십리 이상은 내려가. 얼음, 눈 저기 한데서. 그때 1월 4일 일거여. 내가 왜 어느 마을에 갔더니 중공군이 서울을 들어왔다 하고 허는 것이 써져 있었던 것을 봤으니까, 삐라 같은 것을. 지금 보니까 1월 4일쯤이라고 생각하는 거여. 써져 있드라고.

말하자면 서울을 다시 탈환했다 이 말이지. 또 다른 데는 다 가봤는데 거기는 안 넘어갔어요 다시. '내장사'가 있으면 여기는 '내장사'고 여기는 '장성'으로 가는 재고 여기 '쌍치'로 가는 거여. 그러니까 다시 또 올라가 내려와서 여기를. 거기는 또 꼬불꼬불 길어요 여기보다 더. 그래갖고 거기를 가서 딱 만났어요. 그랬더니 우리 큰아버지랑 큰어머니랑 집안 식구가 해서. 어느 요만한 방에는 한 200명은 잘 정도로 해서 등을 대고 잘 정도로 그럴 정도여. 그럴 때 항상 요긴하게 쓰였던 것이 그 이불이여. 이불 덮고 하면 아무리 추운 데서라도 마루니 어디라도 우리 할머니하고 이렇게 있으니 안심이지.

[5] 사촌형 때문에 어머니가 큰어머니에게 원망을 듣다

그러나 그때 거기서는 특별히 사람 파견한 사람이, 왜냐허면 우리 형이 사령관여. 그때 열여덟 살에 입산해라 했던 얘긴데. 4년 동안에 산야를 누비면서 빨치산을 했어. 열여덟 살이면 중학교 그때는 늦게 가서 2학년이여. 열일곱 살에 중학교 가서. 우리 큰아버지가

"공부는 왜 시키냐? 공부시키면 공산당이여."

내가 나중에 고등학교 간다니까 우리 어머니한테

"재 공산당 만들라고 내가 학교를 괜히 보냈소."

우리 집에 와서 했거든. 근게 우리 큰어머니가 처음에는 이랬어. 우리 큰어머니는 장사여. 그런데 우리 어머니한테

"자네 집에 잘 맽긴 건가, 어떻게 공산당이 됐나?"고.

막 그러니까 우리 어머니가

"형님 그것이 무슨 말이오. 내가 더 억울하요. 이놈 밥해주고 빨래 해 주고 했는데 내가 공산당하라고 등을 밀었겄소, 어쨌겄소?"

그 형이 참 체신은 그렇게 크지 않은데 장기하고 마라톤을 잘해. 내가 어렸을 때 장기를 잘 땠어. 장기랑, 같이 다니니까. 나하고 열 살 차이 나지만은 장기도 두고. 그러면은 그런 사람이 참 자상하고 그런 사람이. 그때 1월 하순경인데 거기서 헤어지게 되는데. 갔더니 빨치산 쫙 모아놓고 어디 어디에 배치를 하고 하드라고 눈이 내리고. 내가 가서 그랬어.

"성, 나 총 한 자루 줘."

나 죽겄구먼, 이불 짐 지느라고. 왜냐면 총을 매고 댕기면은 문서, 연락병 같이 가방을 달랑달랑 차고 댕기는 것이 얼마나 좋아 보여. 편하고. 이불 짐을 지고 댕길라면 거기에다가 이불 짐 속에는 비상식량 들어있지 뭣하지 그러니까 무거워.

그러고 교전 맞닥뜨려갖고 이쪽 산하고 이쪽 산에서 총이 왔다갔다 막 쏘아불면 사람들 죽는 것도 여러 번 보고. 여자들이 모성애 어쩌고 허면 나 웃어버려. 애기도 다급 허면 던져버리고 가드라고. 애기 던져버려 그냥. 그리고 굴 같은데 있으면 사람들 애기 소리 나면 우리 발각된다고 허니께 버선짝으로 막아갖고 질식해서 죽은 애 뭐하며. 사람 생명이란 게 참 고귀하다는 거여. 난 그런 속에서 총 맞아서 죽은 놈, 뭐 시글시글한 것을 많이 봤어. 정말로 끔찍한 여러 가지 것.

[6] 일상에서 벌어지는 충격적인 사건들

그리고 내가 어렸을 때 본 것 중에서 제일 끔찍한 것 중의 하나가 피난해 있을 땐데 소를 하나 끌고 와 빨치산이 어디에선지. 그러드니

"야, 우리 국 끓여먹자."

그래. 근데 보아하니 솥단지도 없는 놈들이 어떻게 국을 끓여? 내가 요렇게 봤지. 그랬더니 소를 탁 잡더니 탁탁탁 허드니 가죽이 있잖아. 가죽을 네 군데다 말뚝을 탁 박드라고. 고기는 있으니까 고기를 탁 썰어서, 그것도 사람도 쿡쿡 찔러버리는 이런 칼이여. 칼 갖고 썰어서 무는 다들 피난 가고 허니까 있을 거 아녀? 그놈 뽑아다가 착착착 넣고 물 붓고 모락모락 하드니 국이 되드라고. [조사자: 가죽에다.] 그럼! 나 희한한 게 절대 빵꾸 안 나. 솥이여. 요렇게 요렇게 네 군데 요렇게 되잖아. 가마떼기 같은 것을 떡 덮어부러. 그러니까 아주 물이 잘 끓어 그러니까 솥여. 아 묘혀. 나 그런 걸 다 봤어. 그러고 창자가, 총 맞어서 창자가 삐질삐질 나와 부상병들. 그놈을 밀어넣고 어찌고 그런 것도 봤고.

그담에 더욱더 내가 충격적인 것은 우리 초등학교 때 여선생님이 두 명이나 입산을 했드라고. 저기 '복화'에 가서 봤더니, 근디 그 전에도 보믄 우리들한테 심부름 시키고 그게 쪽지로 공산당 뭐 허더니만. 선생 중에. 서글서글하고 그런 사람인데. '야, 여자 선생도 공산당이 있구나.' 나를 보고 을지문덕인가 뭔 책을 하나 주더니

"너 이거 열심히 읽어라."

그래갖고 그 놈 책까지 넣어 갖고 댕기면서 피난 댕겨갖고 나중에 어디서 잃어버렸어.

[7] 형에 대해 전해지는 믿을 수 없는 이야기들

우리 형은 그때 우리 사촌형은 노령지구 전투 사령관여. 거기는 구빨치로 유명한 사람이여. 심지어는, 나중에 서남지구 전투 사령관이 된 신상욱, 나중에 경찰국장도 되고 어쩌고 했는데. 정치인 중에, 신 뭔가 지금 민주당 국회위원에. [조사자: 신기남.] 신기남씨 아버지여 그 신상욱

이라는 사람이. 신기남씨는 남원에서 태어난 사람여. 왜냐믄 그때 서남지구, 6.25 때는 그 사람이 경감이었는데 6.25 해서 서남지구 전투사령관일 때는 경무관여. 남원에 가 있을 땐데 거기에서 신기남씨도 태어나고 나중에 오이장 어찌고 할 때.

실은 나도 그 양반한테 가서 말도 했잖아.

"당신 아버지 어떤 의미에서는 경찰 서장으로서는 아주 제법 선정을 베풀고 그런 인심을 얻은 경찰서장이었어."

허면서. 그런데 그 사람하고 우리 형하고 저기, 지금은 수몰됐지만은 장성 용강 마을에 육모정이라는 정자가 있는데 거기서 다 물리치고 둘이 단독 회담을 해서 너 뭐 어쩌고 저쩌고 민간인 뭣하고.

근데 우리 형이 한 가지 저기한 게 절대 양민 학살을 하지 않은 거야. 인심을 굉장히 얻었어. 그래서 우리도 살아남을 수 있었고. 그 살려준 사람 중에 하나가 국회의원 나왔던 우리 대부여. 우리 집안에. 고려대학 나오고, 그분은 나중에 전라남도 위수 사령부에 문관으로 있더라고. 법에. 그 양반 집에 가서 나중에 내가 몇 년을 있었어. [조사자: 살려준.] 은공으로. 사람은 살려면 그렇게 사는 거여. 우리 형이 사령관이었던 형이 어디를 갔다 오는데 지방 유격대들이 죽이러 묶어갖고 와이어 줄에다 묶어서 가드래.

그러니까 야, 내가 누군데 어쩌고 하니까, 아 그러냐고 허니까,

"야 임마, 내가 데리고 간다. 네놈들 가라. 악질이니까 내가 데리고 간다."

그랬대. 그러고는 산 저기 가더니 이러더래. 우리 형이, 3일만 꼼짝 말고 산에서 숨었다가 나오시오. 3일 후에 국군이 올 것이요. 그래가지고 이틀 있다가 들어 오드래. 은인이라고 해서 우리 큰 집을 다 찾아봤는데 없어. 우리 큰 집에는 3형제여. 제일 위는 서른세 살 그때, 그 형은 수물 둘, 그 밑에는 스무 살 막내는.

근데 형은 산에서 빨치산 총 들고 다니다 죽었고. 둘째는 54년에 비트에 4년 동안 버텼어요. 신출귀몰하다고 그랬어. 예전에 4년 동안 산에서 버텼고

그때 대구 폭동이 나든 것이 46년여. 그때 입산하라고 지령을 내린 거요 세뇌를 한 사람이. 그러니까 뭐 신화적인 존재여. 잽힐 것 같어도 안 잽히고. 아주 뭐 귀신처럼. 축지법을 한다네 하고. 왜냐면 하룻저녁에 장성에서 지리산을 가버려.

[8] 아들을 놓고 벌이는 어머니와 큰어머니의 끝나지 않는 싸움

우리 어머니는 부잣집 딸인데 6.25가 지나니까 딱 봇짐장사를 시작했어. 메리야스 같은 것도 팔고 뭣도 팔고. 나도 나중에 왔다 갔다 할 수 있을 때 상 장사도 해봤어. 6.25 불이 다 나버리니까 상이 필요하잖아. 우리 외가가 상 공장을 했어. 그놈을 상을. 아이고. 전라북도 '부안' 들판을 갔는데 이렇게 지고 가면 왔다갔다 상은. 그런데 상은 부피에 비해서는 무겁지는 않어 그렇게.

하나씩 하나씩 팔면 가벼워지는, 그 대신 쌀을 받네. 그러면 무거워져. 차라리 바람에 휘칠휘칠해도 이놈의 거 그것이 낫지 무거워 죽겄다고 그러면 우리 엄니가

"이놈아, 그런 소리가 어딨냐 곡식을 갖고 그러냐."

우리 어머니 고생 많이 하시다가. 그래도 나 어렸을 때 하면은 우리 어머니 대고가 함안 아짐이여.

"함안 아짐은 그래도 아들이 공부 잘하니까 나중에 미래를 볼 것이요."

그래 그렇다 그러면 될 텐데. 꼭 이렇게 말하네.

"솔 심거 정자 보기다."

솔 심어서 언제 정자 그늘이 되겄느냐 이말이여. 아이고, 솔 심거 정자 보기다. 내가 어렸을 때 장사도 하고 그럴 땐데.

"어머니 나 잘 살거요. 저놈의 논 다 사불 것이요."

뻥을 팍팍 터트리고 그러면

"야 이놈아 가진 것도 하나도 없는 놈이 논은 무슨 논을 사야."

그러면서

"네 말 들으면 울 넘어 동냥아치 배 터져 죽겄다. 그런 소리 하지도 마라."

그러셨어.

1954년 7월 달에 우리 형이 비트에서, 비밀 아지트가 발견돼가지고 둘이 비밀 아지트 속에 연락병하고 둘이 있었대. 연락병이 가서 자수를 하고 포위를 한 거야. 너 살려 줄 것이니 자수 하라 그러니까 잠깐 기다려라 하고는 무전기, 문서, 이런 거 전부 태워버리고 머리에다 빵빵 두 방을, 권총을 해서 죽은 거야.

그것을 우리 어머니하고 우리 큰 어머니하고 이게 맞냐 어쨌냐? 경찰서 앞마당에다가 시체를 갖다놓고 거적때기 덮었는데. 우리 어머니가 그려

"나는 사지가 벌벌 떨리드라."

그러드라고.

얼굴도 퉁퉁 붇고 누가 누군지 모르는데. 우리 큰어머니는 통이, 우리 큰어머니도 입산해 갖고 2년인가 돼서 수용소에서 한 6개월 살았대. 발가락 빠지고 그랬어요 우리 큰 어머니. 우리 큰어머니가 통이 크고 장사여. 큰 학독이 있어. 학독을 꿀떵 들고 가서 남자 둘이 목도를 한 건데. 꿀떵 들고 부엌 앞에다 딱 놓고 이렇게 갈고 거기다 놓고 샘을 엾에다가 들고 가서, 상머슴들보다 더 많이 해. 고샅이 빡빡할 정도로. 그리고 머슴들이 삐찍삐찍 잘 못 지면

"이 사람아 내 머리에 여 주소."

허고 서는 벌떡 들고. 우리 어머니가 그려.

"하이고 니네 큰어머니 좀 쌍스러우니라."

왜 그러냐면 힘도 세고 말도 폭폭 하고 그 담에 버선도 안 신는대 덥다고. 힘이 그냥 넘쳐. 보통 장사가 아녀. 그러니까 우리 어머니가 그려.

"그러니까 통 큰 아들 낳았제."

우리 큰어머니는 아흔 두 살에 돌아가셨는데도 그렇게 고생했는데도 오래

살으셔서 이렇게 옆집 갈려면은 요렇게 돌아가면 되는데 사다리 같이 놓고 넘어져서 낙상하니까 우리 어머니가 그려.

"젊은 날부터 저항심이. 노인이 돌아가면 되지 사다리 놓고 이렇게 내려 가믄."

그런 분이 우리 어머니한테 와서 푸념하다가 혼나는 것을 나도 봤다니까. 우리 어머니가 마루를 팡팡 손으로 때리시면서

"형님, 그 소리가 뭔 소리요. 내가 영옥이 그놈을 공산당하라고 등 떠밀었소? 집안 운수로 쳐야지."

그래가지고 우리 큰어머니는 그때 우리도 그랬었는데. 무슨 일이 여순반란 사건이 났다 그러면 예비검속 같이 무조건 와서 악질 순사들 있잖어. 와서 발로 궤짝도 팍팍 차고 농도 팍팍 차 불고 뭣도 있으면 막 깨불고 난리쳐. 무서와서 도망을, 돼지우리 속으로 도망 갔었어 어렸을 때. 그놈이 세파트를 큰 놈을 갖고 댕겨. 돼지막 있는데 이렇게 걸려 탔는데 그 놈한테 물리면 죽겄어. 그래서 나중에도 세파트만 보면 원수같이 생각나. 어렸을 때 그 트라우

마가 있어가지고. '개순사'드만 별명이.

[9] 문제의 요강을 버리다

장터에다가 공개처형 하는 거 빨치산 잽히면. 거기에 보니까 여자도 두 명이. 공개처형하는데 우연히 어떻게 해서 구경 갔는데 정말로 끔찍해. 이렇게 딱 묶어놓고 말뚝에다 묶어놓고 빵 쏘고. 그쪽이 '장성' 쪽이 좌익 그런 것이 심했어요. 그래서 6.25가 지나고 나니까 12만 인구에 4만이 죽었더만. 나중에 다른 사람한테 들은 얘긴데. 전라도에서 인구 비율로 젤 많이 죽은 데가 일 '영암', 이 '영광', 삼 '장성'. 그러니까 〈태백산맥〉에 나온 건들이란 이런 것들은 내가 보믄 아무것도 아녀.

진짜 숨이, 여기서 저기를 건너가야 하는데 들이 나중에 보니까 그렇게 넓지도 않어 시골 들이 얼마나 넓겠어, 그 '순창'. 그런데 그때 위에서는 총은 쏘지 그러니까 어쩌겠어 숨은 턱에. 그래가지고 나하고 할머니하고 할 때 내가 그랬지, 우리 할머니는 꼭 주럼에다가 장죽을 꼭 같이 묶어서 들고 댕겨. 하도 다급하니까 할머니, 수로와 같은 데서,

"여기에서 절대 어디로 가지마쇼. 내가 델러 올게."

하는데 나중에 와서 보니까 밤인데 큰일 나게, 담배를 뻐끔뻐끔 피고 계셔. 조용하고 어두운 데서.

그 문제의 요강을 어디서 던져 버렸냐면. 하루 종일 능선에서 능선으로 도망댕기고 그런데. 막 총알은 빗발치고 이것이 그날따라 제대로 못 쌌는지 이게 놀아 자꾸.

"할머니 안 되겄소 이러다 할머니랑 다 죽겄소."

요강을 팍 해서 밑에로 던지니까 톡하고 논밭에서 탈깍 털썩하더니 바위에 부딪히니 바싹 깨지드라고. 아따 시원하드라고. 던져버렸어. 그리고는 아까 같이 수로로. 그래도 참 내가 할머니를 잘 건사했다고. 그 열두 살 먹은. 뭣

에다 짊어지고 댕기면서 비상식량 해가지고 거기에 냄비같이 생긴 거 하나 해갖고 밥해서 뭐 이렇게 하고.

[10] 피난길에 떼어 버린 영광댁이 죽자 자책하다

내가 지금도 가슴 아퍼. 영광댁이라고 하는 사람이 있어. 큰집에 부엌대기였는데. 처녀 때 왔대 영광에서. 그래가지고 그 머슴살이 하는 사람하고 결혼했어. 그런데 머슴은 산에 입산해 버렸고 그 영광댁이란 사람은 우리 할머니랑 같이 움직였어. 그런데 좀 푼수가 없어, 모지래. 그런데 마지막에 쭉 오는데

"저 화상 때문에 큰일 나겠다."고.

그래.

"너는 너대로 가면은, 우리하고 같이 댕기면, 어디든지 가면 살고 그러니께 우리 따라댕기지 마라."

우리 할머니랑 큰 아버지랑 그래. 그런데도 절대 꼭꼭 따라 댕겨. 제일 내가 만만허게 보였는게벼. 내 뒤만 따라댕겨. 그래서 내가

"아이 참."

그래가지고 밤새 실갱이를 했어도 안 떨어져. 내가 불 탄 마을인데 내가 용용 죽겠지 하고 요리 숨고 저리 숨고 숨어서 떨쳐 불고

"어디 가 계시쇼"

하고 산으로 갔어. 참 가슴 아픈 일인데. 나중에, 며칠 후에 지서에서 가서 산에서 피난 갔다 온다고 자수를 지서를 간 거야 이제. 그랬는데 이래.

"아니, 어떤 미친 여잔지 뭘 하는 여잔지 모르는데 지가 뭐 허사령네 집 뭣이 되고 헌다."

고 뭐라고 허드래 중얼중얼. '이것이 큰일 나겄네' 허고는 탕 쏴 죽여버렸대. 그게 어린 마음으로도 얼마나 가슴 아퍼. 내가 이 얘기는 일생에서 처음

해본 거여. 소설 감여. 얼마나 가슴 아퍼. 내가 제일 어리니까, 이불 짐도 지고 있고 그러니까 나를 따라 댕기고 그러다 내가 떼버렸어. 그리고 하루 종일 설득을 했어요.

마지막에 '산성'에서 '금성면, 산성'이라고 있어. '부림'에서부터 시작해서 '용연'으로 해서 루트가 있드구만. 지리산으로 가는 루트여. 피난 가는. 그러니까 그쪽이 밀리니까 가족들은 미리서 보내는 거야. 무장한 사람은 거기서 전투하고 간간히 능선을 타고 특히 국도, '담양'서 '순창' 가는 국도여. 지금 보면 별 것도 안 넓은 곳인데 2차선이니까 얼마나 넓겠어. 그때는 엄청나게 넓어. 그리 넘어갈라면

"빨치산 간다!"

마을에서 나온 사람들이 보초를 서는 거여. 그래가지고 또 넘어서 가야하는데 또 그러네. 허겁지겁 허겁지겁 해갖고 생오줌이 나올 정도여. 얼마나 놀랬으면. 진짜 오줌 논다는 것이 거짓말이 아니라고. 생오줌이 나와 버려. 얼마나 놀랬던지.

그래가지고 가서, 지서에 날 밝지 않을 때 돌아댕기면 쏘아버리면 누군지 모르니까 날 밝어서 지서 갔어. 우리 큰 아버지는 찾아 그쪽으로 가고 연락은 됐잖아. 실가리 국에다 밥을 주는디 얼마나 단지. 그때 먹었던 지서에서 국이란게 얼마나 달아. 냠냠이여. 맛있기가. 그리고 행색이 뭐가 되겠어. 남루하지.

[11] 갖은 고생을 하면서도 학업을 포기하지 않은 이유

그래도 나는 우리 큰 아버지 작은 집 거기 가서 애기도 봐주고 꼴도 벼주고 심부름도 하고 그래서 진짜 잘 지냈그만 그 나름대로. 그 애기가, 나중에도 봤다 그거, 6.25때 1950년에 세 살이니까 지금 몇 살여. 예순 일곱인가 더 되지. 그 놈이 여자앤데 오줌을 싸갖고 등어리가 차가워 죽겄어. 불 때는 데 쇠 죽 쓰는데 가서 이렇게 있었어. 나무 허러 댕기고.

남들 중학교 댕기는데 이렇게 보니까 공부도 별로 못하는 놈들은 중학교도 댕기고. 나는 그렇게 하면서도 여관에서 공부를 그 나름대로 해갖고 광주에서 제일 좋은 새 중학교를 쏙 들어가버렸어. 사람들이 새 중학교 시험 본다고 하니까 야 너 새 중학교가 누구 이름인줄 아냐, 예전에 네가 공부 잘 했어도 너 어디로 떠돌아 댕긴 놈이 책이라도 봤겄냐. 내가 실은 그렇게 본 줄은 모르고.

그래갖고는 10월 2일에 초등학교로 갔어요. 초등학교 교장 선생님이 나를 자기 집서 하고. 내 3년 후배. 난 하나 건너뛰어 버렸어. 5학년 대니다 6학년으로 10월 2일 날 가가지고. 그때부터 10월 12월까지 석 달 동안 공부해갖고 새 중학교 쏙 들어가 버렸지. 그때 갈고 닦은 것이 있어서 참고서 같은 거.

내가 맹세 냉세한 것이 내가 장사도 하고 남의 집 가서 온갖 고생 다하고. 그담에 아까 은인이라는 사람 있잖어. 문관 했다는 사람, 학교를 안 보내 주는 거여. 가까운 데가 서석 국민학교가 있었는데.

"너 집에서 별명이 뭐였냐?"

그래.

"왜요?"

나는 내 위로 아들만 나면 죽고 죽고를 두 번을 했대. 그러니까 어떤 중이 아이 이름을 싹돌이요. 싹을 태웠다 이거지. 싹돌이요 그랬드니 그건 너무 잘 알겄구만 사람들이. 너무 잘 알겠으니까 에이 그러지 말고 귀돌이라고 허자 우리 집에서만. 뭐가 됐든, 그 집 가서도 애기 봤네. 그때는 문관이고 그러니까 배급을 줘요. 보리쌀 리아까에다 쌀 그런 것을 찾아서 끌고 오는 거야. 힘은 좋았던 모양이야. 그것도 적을 때는 가서 멜빵으로 딱 지고 오면은 너 참 힘이 좋다. 피난허면서 짐 지는 것이 저기했으니까.

그런네 학교를 보내준다는데 계속 안 보내줘. 아까 같은 것으로 저기하면은 주목받고 그러니까 세상이 좋아지면, 김유정의 〈봄봄〉처럼 장가보내준다고 하고 봄봄 다음 봄 하듯이. 열불이 나서 뛰쳐나와 버렸지 그 집에서. 그리고 그 집에, 나중에 보니까 일종의 권력층에 있는 사람이라 적산가옥을 해서 지대가 높은 덴데 서른 발 정도 되는 두레박질을 해야 하는데 3일마다 목욕을 할라면 그 목욕통에다가 그놈을 갖다 채울라면 그래서 내가 난 크면 절대 목욕은 안 해. 그리고 집이 커. 그러니까 탱자나무 가시를 치거든 울타리 치면 또 일어나고. 그놈을 조그만한 손도끼로 콱콱 하면 찌르지. 그놈을 갖다가 불을 때서 물을 그놈을 채우고. 아 이러니 사람 미쳐. 에이 그만둔다고.

내가 가서 사짜린 장사도 하고. 사짜린 장사가 부피도 얼마 안 되고 이익이 제일 많아. 양잿물 장사 10배, 사짜린 장사는 말허자면 100배여 예를 들면. 가서 뽀사, 이렇게 빻아. 빻아가지고 이런 종이에다 싸고 그 다음에 목이 좋아야 혀. 그런데 가서 장에 돌아다니면서 차는 공것으로 타. 막 쫓아가서 훌딱 타지. 그래가지고는 그렇게 장사를 하는데 내가 지금 생각해도 참 장사 수완이 있었던 거 같애. 지금도 사람들 보면 잘 모아.

[12] 파란만장했던 형들의 행보

우리 사촌형이 그 양반은 서른네 살에 산에서 잡혔어. 김병남, 김병구라고 하는. 그 형님이 참 재밌지. 머리가 좀 없어요. 우리 형제간, 사촌이 머리가 좋은데. 힘으로 해 불고 우격다짐 힘이 장사여. 80넘어서도 오토바이 쌍기통 타고댕기고. 빨간색으로. 1951년부터 68년까지 17년간을 감옥 생활했어. 거기에서 목공, 목수일 배웠어. 뭣 보면 잘 해. 우리 종자는 아니구만 그래.

그런데 사형, 군사재판에서 사형, 근데 아까 얘기했던 김요건씨라는 분, 국회위원 나갔다가 전남 위수 사령부 법무관 문관으로 있던 분이, 내가 은혜를 갚는다 해가지고 빼줬어. 말허자믄 무기로. 사형 안 되게. 무기에서 20년, 20년에서 해가지고 17년 살고. 쉰 됐을 때 나왔어. 쉰 하나. 그래가지고 그 양반이 여든 아홉에 돌아가셨어. 내가 부모처럼 잘해드렸어.

[조사자: 김병남 형이 사촌 큰형이셨어요?] 그려. [조사자: 그럼 둘째형도 하셨던 거예요? 빨치산.] 둘째형이, 그 사이에 딸도 있고 해서 죽어 불고. 우리 큰어머니는 그 사이에 딸이 있었는데 죽고 삼형제만 됐어. 6.25때 스물둘 되는 형이 김병업, 허사령, 그담에 김병하 스물, 거기는 빨치산 행동 그것을 해서 총 맞어서 죽고. [조사자: 선생님의 친형도 하신 거예요?] 그렇지. [조사자: 그러면 총 치면 다섯 분이 산으로 들어가신 거네요?] 물론이지. [조사자: 집안의 온 자손들이 다 들어갔네요.] 하마터면 끝나버릴 뻔했지. 근데 우리 그 형님의, 조카, 아들이 하나 있어요. 아들하고 딸하고. 그러니까 징역살이 하러 댕겼으니 어디 손 볼 수도 없게 됐고. 거기 조카의 아들이 ○○대학 교수여. 서강대학 나와서 텍사스 에이엠 연구소 경제학 박사해가지고 경제○○ 거기 연구원에 있다가 ○○대학 스카웃 됐어. 김종혼데.

우리집안에서 나는 그걸 아따 손자 뻘되는데. 네가 우리집 꽃이다. 나는 딸만 둘이여. 큰애는 장애인, 가슴 아퍼. 정신지체여 날 때. 둘째는 연대 나와서 미국 유학 가서 지금 결혼해서 살아요. 사위는 에어버스 디자인. 우리

생질녀가 아주 잘 나가는 기상학자여. 여기 항공우주연구원 상임연구원이고 탄소 뭣 때문에 10년 200억 프로젝트를 해요. 한 30여명을 먹여 살려요

난 서른여섯에 결혼했어요. 난 교수 돼가지고 했어요. 난 교수 되지 않게 절대 걸리적 거리지 않겠다 하고 딱 되고, 난 진짜 목적지향적인 사람이라. 철저하게. 그래가지고 여기 와서 중매, 같은 과 교수가 그 옆에, 우리 집 사람은 이화여대 교육과 나왔어요. 대학원은 특수교육을 했어요. 석사를 했다고 해요. 중매해가지고 석 달 만에 했어요.

"아이고 귀찮다. 내가 선도 몇 번 봤는데 어떤 데 가면 집 하나도 없다"고.

어쩌고 저쩌고.

내가 그랬지

"집이란 게 별거요, 조금 있으면 나중에 생겨요. 나 교수요. 그러니까 몇 년 참으면 아파트 조그만 거 장만하고 그럴 건데 염려 마쇼."

큰소리치고. 우리 장모님도 그랬어. 나중에 큰 애 때문에 그룹홈 하느라고

48평형을 분양 받어서 했는데 우리 막내 처남이 거기 와서 살겠다고 해서 내가 떡 허니 한 번, 아따 장모님 그때 나더러 집도 없고 어쩐다드니 거 보쇼 내가 그때 뭐라고 그랬쇼. 집이란 게 별겁니까 나중에 생깁니다. 그러니까 웃어.

[조사자: 아까 권총으로 자살해서 돌아가셨다는 분.] 김병업. [조사자: 그분이 두 번째 사촌형님이시죠?] 예. [조사자: 세 번째 사촌형님은 빨치산 때문에 돌아가신 거 아니세요?] 산에서 죽었지 거기도 빨치산. [조사자: 친형도 산에서 돌아가신 거고.] 예. [조사자: 아, 네 분 다 돌아가신 거네요.] 예. 그담에 당숙도 그러고 또 재당숙 세 명도 그렇고. 우리어머니가 그 표현을 어떻게 하냐면 참 멋진 표현이여. 포크 레토릭이라고 허잖아 인간 수사. 6.25가 지나고 나니까

"야, 삼베 밭에 낫으로 베 버린 것처럼 다 죽어버렸어 야."

그렇잖아. 그 말이 제일 가슴에 절절이 다가오고. 그담에 난 광주 민주화 때 난 직접 안 봤으니까 여러 말을 들어. 우리 사촌형이 그때 마흔 여섯여. 자동차 부속품 해서 잘 살아. 집도 여러 채여.

"아이, 내도 총 안 들었냐? 얼마나 징헌 놈의 새끼들. 그래서 나도 총 들었다."

그 중산층 이상 되는 사람이 총을 들었다 이거야. 송기숙 교수 명00교수 현상 붙은 사람들 다 대전을 거쳐서 서울 가서 다 저기했거든. 그 사람들이 어디서 어찌고 한 얘기보다 그 형이 가을에 와서

"형, 어땠어?"

"아유 말 마라. 징헌 놈들. 오죽허면 나도 총 들어버렸다."

그 부자가. 그때 마흔 여섯 살, 지금 여든 살이여.

전쟁 중에도 여자라 괄시받은 사연

신 용 여

"지지배는 다 죽으라고 내 등어리 머슴애만 빼가지고 아버지가 갔어."

자 료 명: 20130628신용여(제천)
조 사 일: 2013년 6월 28일
조사시간: 123분
구 연 자: 신용여(여 · 1935년생)
조 사 자: 박경열, 유효철, 김명수
조사장소: 충청북도 제천시 학산리 경로당

[조사과정 및 구연상황]

충북 제천 학산리에서 화자를 찾는 것은 쉬운 일이 아니었다. 마을 사람들의 제보로 화자를 찾아 나섰는데 화자는 밭에 일 나가고 없었다. 조사팀은 화자가 일 하는 밭을 수소문하여 찾아 나섰고 그 곳에서 화자를 만났다. 화자는 일을 마무리하고 경로당에서 조사를 하겠다고 말하였다. 시골에서는 일을 하는 시기라 경로당에 사람들이 없었다. 조용하고 고즈넉한 경로당에서 조사를 시작하였다. 신용여 화자는 전에도 이런 조사를 한 경험이 있다고 하였다. 화자는 이야기를 잘 하고 묘사력이 뛰어났으며 기억력이 좋았다.

[구연자 정보]

고향은 강원도 영월이다. 가족은 7남매로 3남 4녀 중 여섯째이다. 초등학교 5학년이 되었을 때 전쟁이 난다. 19세에 장조림과 이밥을 먹을 수 있다는 생각에 한의사 집안에 시집을 간다. 고된 시집살이로 여동생이 친정에 올까봐 오빠는 늘 문밖을 주시하며 걱정했다고 한다. 기억력이 좋고 사물에 대한 묘사력이 뛰어난 화자이다.

[이야기 개요]

전쟁 당시 15세였다. 전쟁이 나자 평창에서 피난민들이 몰려든다. 화자가 피난민들에게 피난 온 이유를 물으니 소련군들에게 잡히면 사람의 팔과 다리를 잘라서 걸어 놓는다는 말에 어쩔 수 없이 피난 왔다는 이야기를 듣는다. 전쟁 중에 두 번 전단을 줍는다. 전단의 첫 번째 내용은 군인이 전진하고 있으니 인민군과 구별이 되도록 하얀 삼베옷을 입으라는 당부의 내용이었다. 두 번째 전단의 내용은 인민군이 자수를 하면 이유를 묻지 않고 받아준다는 내용이 적혀 있었다. 화자는 아버지에게 전단을 가져가 내용을 읽어 주니 집 주변에 숨어 있던 두 명의 인민군이 그 내용을 듣고 방안으로 들어온다. 부녀가 놀라자 인민군은 자신들이 자수하고 싶으니 도와 달라고 부탁한다. 화자의 아버지는 인민군들을 아군의 처소로 인도하였고 국군에게 그 간의 정황을 설명한다. 그러자 국군은 인민군들을 부대로 데려 간다.

[주제어] 강원 영월, 소련군, 피난민, 전단, 삐라, 수복, 삼베옷, 인민군, 자수

[1] 전쟁이 나자 천지가 무너지는 소리가 나다

[조사자: 성함이 어떻게 되세요?] 신용녀. [조사자: 몇 년생이세요?] 35년생. [조사자: 원래 고향은 어디세요?] 내 고향은 영월 주천이야. 영월군 주천면이야. [조사자: 친정 가족은?] 우리 친정에 7남매. 7남매 중에 내가 여섯째. 오빠가 둘이고, 언니가 셋이고, 내 밑으로 남동생 하나 있고. 그래 7남매. [조사자: 3남 4녀 중에 여섯째셨구나.] 내 둘째 오빠가 해병댄데, 6.25 참전 용사야. 우리나라가 다 저 아래로 밀려 내려갔었잖아 6.25 때. 우리 오빠가 그때 훈련 받고서 전쟁 나가서 싸우다가 인천수복작전 아시지? 인천 탈환해가지고 서울 수복 작전, 거기 우리 작은 오빠가 그 참전용사야.

[조사자: 전쟁 났을 때 몇 살이셨어요?] 난 지금 78. 그때 열다섯 살. [조사자: 그때는 영월에 있었어요?] 영월 주천에 살었어. 영월군 주천면이 내 고향이거든. [조사자: 전쟁이 났을 때, 전쟁이 난 걸 어떻게 아셨어요?] 내가 그때 집에서, 그때 국민학교 다녔거든. 국민학교 5학년에 재학 중이었어. 열한 살에 들어갔어, 국민학교를. 대한민국이 정부가, 왜놈 해방되고 대한민국 정부 수립되고서는 3년 만에 학교가 신설 되가지고 9월1일날 입학을 했어 내가. 그때는 9월1일이 입학식이야.

그랬다가서는 한 몇 년 지내니까, 3년인가 4년인가 지냈는데 그 다음에 3월 5일 날 입학하고 뭐 그러드구만. 3월 달로 변경 된 거야. 우리나라 대한민국 정부 수립하고, 일본해방 되고 정부 수립하고서는 3년 만에 일학년을 뽑았어. 그래 우리 아버지가 왜놈 글은 안 가르켰는데 대한민국의, 우리나라 글이니까는 막내딸을 가르켜야 된다고. 나를 학교다 넣어 줬어. 내가 그때 열한 살 적에. 9월1일날 입학해가지고 배웠어.

[조사자: 그때 그 얘기를 죽 해주세요. 입학해서.] 그러다가 5학년 될 적에 그 6.25 사변이 나기 전에 그때 났는지 난 잘 모르겄어, 그랬는데. 내가 학교 갔다가 오니까 평창에서, 강원도 평창에서 피난민들이 애기들을 업고 뭐 보

따리 짐을 해서 짊어지고 모두 자꾸 나오대 신작로에. 냄비도 가져오는 사람, 옛날에는 바가지여. 집에서 길른 바가지. 그거를 해서 꾸래미를 해서 보따리다 이래 지고. 그러구선 모두 나오드라고.

그래서 뭔 사람들이냐고 내가 물어봤어. 물어보니까 그이들이 그래, 우리는 피란꾼이라고 그래. 피란꾼이 뭐냐고 물었어. 물으니까는 난리가 나가지고 이북에서 빨갱이 놈들이 쳐 내려 온다고. 그때는 쏘련이라고 안하고 피란꾼들 얘기가, 노국 놈들이, 노국(러시아)이라고 그러드라고, 노국 놈들이 저 평창은, 내화, 신부 이런데 대관령 밑이잖아. 거기 오면서 막 사람을, 산 사람을, 칼을 가지고 팔도 잘라서 나무에다 걸어놓고 머리도 잘라다 나무에다 걸어놓고 막 그래가지고 우리가 그게 무서워서 이렇게 쫓겨 내려간다고 그래.

그래 내가 들어가 가지고는 아버지 보고는

"아버지 아버지, 노국 놈들이 오면서 사람을 막 뜯어서 저렇게 발이고 팔이고 나무에다 매달아 놓고 그랜다고 저래 피난 가는데, 아버지 우리는 피란 안 가?"

우리 아버지가 그러시는 거야.

"피난을 어디로 가니, 기다려 보자. 나중에 다 가믄 우리도 가고, 저 사람들만 저래 지나가고 피란꾼들이 안 오면, 그냥 여기 살아야 된다고 시골이니까."

그래. 한 3, 4일 있으니까 더 많이 와. 피란꾼들이 더 많이 오고, 우리나라 국군들은 그때는 정부 수립되고 우리나라 육군이 첨으로 생겼는데, 내가 보니까 색깔이는 국방색 색깔이고 옷이, 그런데 머리는 뚱그런 모자를 썼어.

지금 경찰들 왜 뚱그런 모자 허연 거 쓰고 다니잖아 여름이믄. 그런 모자를 썼드라고. 군인들이. 시방은 군인들 모자 지끔은 이렇잖아. 그때는 우에가 뚱그래. 그런 거 쓰고서는 군인들이 차에서 후퇴해 내려간대.

그때는 우리 대한민국에는 아무 장비도 없는가봐. 그래도 차에다가 기관단총이라고 기관총이 있어. 총이 기관단총이라고 그래, 군인들이. 근데 총알이요 손바닥, 요만큼씩 해더구만. 메고 다니는 총 보다는 훨씬 굵어. 차에다가 이렇게 달아가지고. 총이 찌다랗게 생겼어. 이 상 기럭지만 하드라고. 뚱그런 총을 거기다가 이렇게 발이 세 개 이렇게 세웠어. 총이 그 위에 얹었어. 군인들 차에다가 복판에다가 군인들 트럭에다 그걸 싣고 가는데. 우리나라는 그게 유일한 무긴가 봐. 그걸 가지고 가다가 어디 뭐 소리가 나면은 따다닥 쏘면은 어디 누르면 따다닥 몇 발씩 나가대 그 기관총이. 싣고 가는 거 봤어.

그러드니만은 한 열흘을 지냈을까, 한참 지냈는데, 보니까 뭐이 천지가 다 무너지는 소리가 나. 그래서보니까 노국 놈들이, 쏘련 사람들이래. 노국 놈들이 탱크를 가지고 밀고 나오는 거여. 쇠 껍등거리, 지금 도자 쇠바쿠 있잖어. 그런 바쿠가 덜그덕 굴러 오는디 거기 머리를 하나씩 내놨더구만 우에다가 군인들이. 그건 우리 군인들이 아녀. 우리 군인들은 기관단총만 싣고 쫓겨 달아났는데, 며칠 있으니까는 그런 탱크를 몰고 와.

그래 우리 아버지가 와가지고는 우리 집께 주천강을 건너는 데가 있거든, 강을 어디로 건너가느냐 그래. 그때는 차 실어 건네는 배가 있었어. 사람 건네는 배는 나룻배가 쪼그만 게 있고. 차를 건네는 큰 배가 있고. 마산 사람들이 와 가지고 배를 모아가지고 강을 건너는데, 저 배를 건너가야 된다 그러니까 탱크가 무거워서 그 배를 못 탄대.

"얕은 데 가르켜 달라."

그래 아버지가 나가서 이렇게 건네 당기는데 물 요만큼 오는데 갈켜줬거든. 그랬더니 그 탱크가 나가더니, 그 당시는 인민군들이 말을 타고 오대. 그 탱크가 나간 다음에. 우리나라는 속수무책이지 지금 생각허믄, 그 기관단

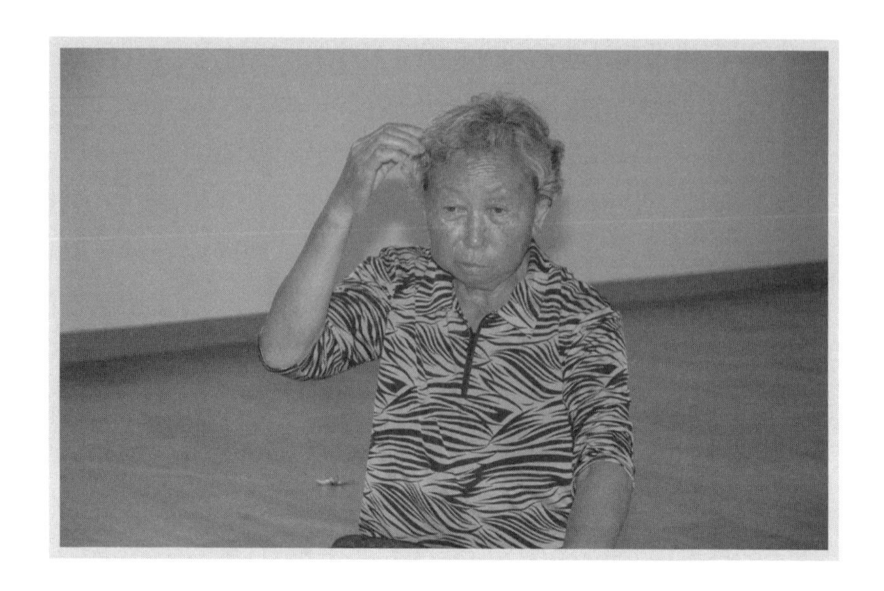

총 그거 요만큼 하나 싣고 갔는데, 쏘련 놈들은 탱크 쇠껍등걸이 밀고 나오는데 골짜구니 한 골짜구니 쏘니까는 막 대포알이 이만큼씩 한 게, 이렇게 굵어 탱크에 실은 게. 파편이 이만큼씩 돼. 알은 쏘니까 나가고선 파편이 떨어졌는데, 우리 문 앞에 떨어졌는데, 그런 거 막 싣고 갔어.

그 당시에는 말이, 역마차라고 그래나? 말 마차 하나에다가 말이 두 개씩 끌어. 이쪽에 하나, 이쪽에 하나, 역마차가 간다 그래, 우리 아버지가 보고. 그 역마차들이 나오는데 말이 끌고 가는 차들은, 다 그게 전쟁에 쓰는 무기래. 그래가지고는 다 인민군들은 우리 국군들 보다가 이 색깔이가 좀 뭐라 그럴까, 약간 고동색 빛이 나는 게 좀 짙어. 우리나라 군인들 군복은 지금보다는 조끔 더 국방색이 이제 나는 건데. 그놈들보다 조금 얇어.

근데 그 사람들은 그거를 해서 가지고는 그 무기 실은 게 그렇게 나가더니 그 마차가 지나가더니 그놈의 말은 참 훈련 잘 시켰대. 우리나라 저 정찰기가 웅 하는 비행기 있잖어, 그게 떠서 오면은 몰고 가는 사람들이 호루라기를 훅 불라치르믄 그리고 말 멍앤가 뭐여 그게 있잖어. 말 대고 끌고 가는 거.

그 끈을 딱 풀르면 양쪽 미루나무 가 말이 딱 서. 미루나무에 딱 붙어 서. 앞발을 바짝 들고 미루나무에, 우왕좌왕 하지도 않애. 호루라기만 한번 탁 불고 여기 멍에만 인민군들이 들면은 아주 짝 나가서 미루낭구에 가 딱 붙어. 비행기가 다 지나 가면은 호루라기 앞에서 이렇게 혹 불면서 이렇게 하면은 아주 사람같이 착 와서 서. 또 멍에 갖다 얹으면 덜거덕 덜거덕 탁 끌고 가.

[2] 군복에 빨간 줄 댄 인민군

그러더니 나중에는 인민군들이 나오는데, 나오는데 이제 군인들이 직접 나와. 칼빈 총이라고 총에 뚱그런 게 이런 게 붙었어. 탄알 나가는 기. 그게 또가리 총이라더만. 그때 우리는 시골에서 그거 보고 이게 뭐냐고 그러니까

"야 이 종간나 새끼들아 이게 또가리 총이다."

그래. 고 사람들이 이북말로 허면서.

"야이 애미나이 새끼들, 니들은 이승만 정치 밑에서 살던 에미나이 새끼들."

이렇게 막 욕하면서. 함경도 평안도 말로 막 욕해. 그러믄서는 '왜 이승만 괴뢰 새끼 따라가지, 여기 왜 떨어져 자빠졌냐고' 막 욕하면서 그러드라고. 고러고서 군인들 선발댄지 뭐 그 군인들은 또 특수 군인들여, 내가 보기에는. 여 바지에다가, 지금 츄리닝들 빨간 테도 대고, 여 바지에도 대고, 여기도 이래 대잖아. 군복인데 그런 거 댔어. 여기 빨간 줄 댔어. 팔소매도 양쪽에 빨간 줄 대고. 여 어깨에는 뭔 낭구, 내가 보기엔 나무 쪼가리 같애. 그런 거 노란 거를 요만큼씩 한 거 양쪽 어깨다 이래 대고, 우에 댔어 쪼가리를 그 군복 우에다가.

나중에 보니까 그 사람들은 빨치산이래. 군인들 중에선 젤 무서운 놈들이래. 그 사람들은 막 우리 아군들 만나면은 막 때려죽이고 탱크에도 기어 올라가 수류탄 넣고 그래는 사람들이래. 제일 무서운 군인이래. 그래서 그 빨치산이 엄청나게 갔어. 그 장교들은 전부 말을 타고 덜거덕 덜거덕 하고 가고 뒤

에 군인들은 다 걸어서 가고.

근데 그 이북 사람들은 양말이 없어 그럴 적에. 전부 무명 뭐 이런 걸 가지고 발에다 이렇게 감었어. 감발을 했어. 옛날에 어른들이 그걸 감발이라고 해. 버선도 아니고 양말도 아니고, 천을 가지고 발을 이렇게 감었어. 감으니까 감발이라고 그랬는가봐. 그래서 강물 건너갈 적에는 졸병들은 그냥 건너가니까, 장교 조금씩 높은 사람들은 그걸 풀러 가지고 맨발로 건너가고 저쪽에 가서 동이고 가고 그래. 그래가지고 군인들이 다 나갔어.

그랬는데 뭐 낙동강 갔다 뭐 어디 갔다 자꾸 그래드구먼. 그 사람들도 무전기가 그때 있대. 뭔 이런 통을 지고 가는 사람들이 있어. 가찹게 이래 가믄 그럴 때 총알이 이래, 신작로나 이런 거리 나가면 이리 휭 휭 하고 지내가 뽕뽕 하고. 소리가 막 나, 총알 지나는 소리가. 그래도 희한하게 나는 맞지는 않았어. 막 쫓아다니면서도.

[조사자: 무섭지 않으셨어요?] 무섭지도 안 헐 뿐이지, 전체가 다, 세상이 다 그러니까. 잘 살아서 가믄 잘 살아 가는 기고. 그 총알을 맞으면 죽는 기고.

그러니께 아무 철딱서니 없이 그냥 막 돌아다닌 거여. 그러구 인민군들이 지내 내려 가드라구. 한번은 내가 강가에 갔어. 6.25 사변 때 그랬는데, 음력 7월, 한 20일경이 되니까는 막 인민군들이 팔도 짤러 지고 이 다리도 하나 짤러 지고 이런 기. 낙동강 전투에 가서 싸우다가 아군들하고 싸우다가 유엔군들이 왔다고 그러드라고.

[3] 삐라가 신기하여 따라 다닌 사연

근데 비행기가 가끔씩, 나중에 그놈들 쫓겨 갈 적에 비행기가 삐라를 갖다 던져. 한국 비행기가. 갖다 동네다가 종이 떼기 똑 요만큼 하더구만. 종이가 그 전에는 안 좋아서 시커먼 마분지 같은데다가 박었어. 삐라 줏워 보고서는, 인민군들하고 섞이면 안 된대 백성들이. 삼베옷은 첨에 해서 입으믄 색깔이가 노래. 자꾸 빨어야 깨끗하지 삼베옷이. 그래서 삼베 중의 적삼, 치마 적삼 이런 것 될 수 있으믄 낡은 걸로 입고 새 거는 입지 말라고. 그 색깔이하고 인민군들 군복 색깔이하고 비슷해. 백성인지 인민군인지 구분이 안 되니까.

그 삐라 던진 놈을 또 내가 하나 줏었어 그거를. 아버지한테 갔다가 요만한 거 하나 뵈켰는데, 인민군들은 그렇게 다친 사람들이 막 올러 오대. 그 놈들 그 삐라 보믄 야단하잖아. 그때 내가 주워가지고 뱃속에 이래, 적삼을 입었는디 여기다 이래 너니까 그게 잘 붙어있어? 요걸 쥐고서 집에 들어왔어. 삐라를 강가에 주어가지고.

그러니까 우리 집, 아버지가 보시더니 그래. 우리 집에 맨 인민군들이 버글버글해. 밥 해 먹고 간다고. 들어와서 가마솥을 떼다 마당에다 걸고 막 밥을 해고 이러드라고. 보니까 인민군 장교란 놈이 떡 허니 우리 안방에 와서 드러누웠고 그래. 그래면서 날 보고

"너 왜 이승만 새끼 안 따라 갔냐"

그라고 욕하면서 그래. 욕하거나 말거나 듣고 가만히 있어야지 뭐라 그럴

수가 있나 그지? 안 그래면 총으로 쏴 죽이는데. 삐라는 주워가지고 여기다 이렇게 했지. 여기다 넣었지. 겁이 나서 그래, 그놈들이 밥해 먹고 갔는데, 아버지를 삐라를, 줏어서 아버지, 여기 있는 거 끄내줬어 저녁에.

옛날에 지름 불 켰어. 석유 지름도 없어 그럴 적에는. 들지름이나 이런 기름을 가지고 이런 접시에다 딸커놓고, 솜이나 뭐 문종이나 심지 비벼서 거기다 놓고, 다 타믄 자꾸 이케 올리믄 지름도 딸코 심지도 타들어가고 그런 게 있어. 그걸 켜놓고 아버지가 이래 보시더니, 아이고 야야 쪼금만 더 살면 된다. 이승만 대통령이 저 먼 나라에서 유엔군들이 많이 왔대. 유엔군들이 많이 왔는데 그 군인들이 인제 올러 오는 길이래.

그래서 저 인민군이 저렇게 다쳐가지고 저렇게 쫓겨 가니까, 백성들은 삼베옷을 입지 말고 하얀 옷을 입고 막 폭격하고 이럴 적에는 저런 밭에나 이런 들에나 동네별로 인제 몇 사람이고 다믄 다섯 사람이고 네 사람이고, 백성들은 백성들찌리 가서 몰려있으믄, 인민군들하고 섞이면은 백성들을 안 죽일라고 인민군들을 칠 수가 없대는 겨. 그러니까 인민군은 우리가 치되, 백성은 살려야 되니까. 그렇게 모여 있으라고 그 삐라 그렇게 던진 거여. 그 삐라 보니까 우리 아버지 막 울었어. 너무너무 반가와서.

그랬는데 6.25 때 나와 가지고 그 놈들이 여기 와서 정치를 폈지. 나도 그 때 국민학교 5학년인데, 학교 나오라고 해 나도 거 가 봤어. 안 나가면 총을 가지고 다 싸 죽이고 어른들을 다 싸 죽이. 그래가지고 나갔는데 뭐 김일성 노래도 가르쳐 주고 그러대. 그래도 가서 한 시간씩 하고 허는데 저런 낭구 밑에나 이런데 가서 해야지, 비행기 땜에 집에 못 들어가 쫓겨 가는데. 몇 번 나가서 거기다, 우리 아버지가 그래, 이승만 대통령이 우리 군인들이, 한국 군인들이 올러오니까 우리만 조심해서 살아나면 된다고.

그래가지고서는 우리 군인들이 저 백두산꺼진 갔었대. 우리 군인들이 그때 전진해서 올라가가지고 백두산꺼지 다 점령해서 올라갔었는데 1.4 후퇴가 또 났잖아. 1.4 후퇴니까는 1월 4일인가? [조사자: 예, 맞아요.] 1월 4일이야. 저녁을 먹고 깜깜 어두운데 군인들이 막 오대. 인자 우리나라 군인들이여. 철모 쓰고 그런 군인들이 오면서는 대통령이 소계 명령 났다고. 백성들은 다 군인들 따라서 다 피난을 가라고. 우리 집까지 평창, 영월로 가는, 나가서 제천으로 가는 길로, 이쪽에는 여기 원주서 강림면으로 저 수주면으로 나가는 데가 있어 강원도로. 그 지름질로 인민군들이 나오니까는 그리 들지 말고서는 평창으로 영월 길로 나가서 군인들 따라가라고 그래.

그래가지고 그 1.4 후퇴 날 나가는데 나는 그냥 군인들, 이 저기 허리띠 두꺼운 거 매잖아. 그게 이름이 있던데 뭔? [조사자: 탄띠요?] 응. 탄띠로 그거 매는 거 있어. 거리를 두 손으로 매달려 가지고 군인들 따라서 20리 저런 재를 넘어 갔어 그날 밤에. 눈이 허옇게 오는데. 넘어가 가주구는 그때 군인들은 우리를 재 너머에다 넘겨다 놓고, 니덜 오는 식구들끼리 오고, 우리는 군인들은 싸우러 쫓겨 가니까는 군인들은 먼저 나가야 된다고 가드라고.

우리는 그래 전부 나와 가지고 영월 길로 제천으로 나오니까는 아니나 달러, 인민군들이 제천 나오니까는 아주 인민군들이 거기 꽉 찼어. 그래가지고

못 가게 해. 우리 아버지가 소를 몰고 갔었는데, 우차 끄는 소. 우마차를 끌고 갔는데 소를 가져갔는데, 그거 잡어 먹는다고 그래. 그래가지고 새벽에 우리 아버지는 소를 가지고 주천을, 산으로 해서 아버지는 소 살린다고 가뻐리고.

엄마가 인제 우리들을, 애들 데리고서 엄마가 피난 갔어. 저기 지방 말하자믄 문경새재, 거기를 넘어서. 거 괴산, 그랬는네 거기를 갔었어. 거까지 가서 거기 가서 있는데, 군인들이 인제는 더 안가도 된다고. 우리가 전진해 올라가니까 피란민들은 천천히 올라오라 그러대. 그래가지고 그때 왔어. 우리가 집에 오기를 봄에 3월 달에 주천을 왔어. 우리 엄마가 우리를 데리고.

오니까 그래도 우리 아버지가 그 소를 인민군한테 뺏기질 안 하고 소도 맥이고, 집에서. 아버지가 그래 계시대. 안노인 한분하고 우리 아버지하고 그 건네 우리 아버지 친구 노인하고 세 노인들이 거기서 동네를 지키고 사셨어.

[4] 아버지에게 딸이라 억울하게 따귀 맞은 사연

우리가 피난 갔다가 그래 들어왔는데 고 이튿날 저녁에 인민군들이 또 왔어 우리 동네를. 한국 군인들하고 막 교전이 붙어가지고 막 싸우는데, 아주 대단해. 그래가지고는 우리가 포 알이 평창 쪽에서, 그 신작로에서 아군들이 막 넘겨 쏘드라고 대포를. 막 넘겨 쏘니까 포알이 이따만큼 잔디밭에 떨어져. 이리 가면 사는 줄 알고선 포알이 여기 떨어지잖아 그거 떨어지면 우리가 저리 쫓겨나가니까.

인민군들이 그 따발총을 매고 그런 놈들이 엄청나게 왔어. 여자들 하얀 치마를 여기다 해서 모가지다 해서 덮어 쓰고. 눈밭에 가다가 엎디리믄 허어니까 비행기가 못 본다고. 여자들 치마를 얻어 하나씩, 그 전에는 광목 무명 이런 거거던. 이쁜 옷도 없고. 그래도 인민군들 어서 그거를 다 하나씩 해서 뒤집어썼어. 그래고서

"이 종간내 새끼들 포알이 떨어지는 밑으로 기어 들어가야 살지. 저 바깥으로 가면 다 뒈질라고 그리 가?"

그러면서 악을 악을 써. 저 골짜구니에 다 엎드려 가지고. 우리들도 다 그냥 거기 가서 인민군들하고 한군데서 엎드렸었어. 포알은 자꾸 떨어지지. 우리가 저리 나와 가지고는 이 골짜구니에서 물 내려가는 또랑에서 나와 가지고 저리 가니까 '아이 애미나이 새끼들 그리 가면 다 포알에 자꾸 넘겨 싸서 뒈질라고 그리 가느냐'고 야단을 해. 근데 뭐 우리 동네 있던 집에 오믄 다 허물어지고 포알에 맞어 가지고 담 없어졌어. 불타고 그러드라고. 날이 새니까 인민군들은 저희끼리 가고. 우리는 또 우리찌리 동네에 남았지.

그래더니 좀 있더니만 보니깐 웅— 하고 오는 정찰 비행기, 그 비행기 떠오대. 우리 아버지는 나무 장작을 패고, 마당에서. 우리 큰 올케 작은 올케 우리 영월 있는 언니, 그런 이들은 서석을 쪘어, 좁쌀을. 디딜방아 그걸 찧다가 나니까는. 그 정찰비행기 오면서, 그때는 우리 한국 군인도 탱크가 와.

탱크가 오니까는 막 우리 집 옆에 골짜구니다가 그냥 막 쏴.

내가 큰 올게 애기하고 작은 올케애기하고 둘을 안고 업고 방에 있었는데, 우리 큰 올케가

"아이고 쪼끄만 애기씨야."

이래면서 문을 이래 열더니 다시 인기척 없어. 다 애기들 둘 하고 나하고만 방에다 내비두고 딴 사람들은 다 군인들이 오니까 피난을 가버렸어. (웃음) 이래 강가에 금전을 하던 금전 구데기가 있었어. 금전이래는 거, 강가에 모래를 파서 이렇게 이렇게 일면은 금이 나와. 모래에서 금이 나오드라고. 그거 하던 구대기가 깊은 데가 있어. 그리 다 쫓겨 갔어. 나중에, 그래 내가 문을 열어놓고 애기를 하나 업고 하나는 끌어안고 이래 보니까 저런 골짜구니 대포알이 그냥 멍석 떼 같이 날아가. 참새 떼 같이. 그게 뭐인가 하고 구경을 하고 그랬더니 비행기가 저 평창 초입에까시 갔나가 그 정찰 배행기가 노로 나오니까는 그 탱크도 그만 돌어서 나가대. 그래가지고 애기를 업고 바깥에 나왔어. 포알도 안 떨어지고 조용해지니까.

그래 나왔더니 우리 아버지가 오시더니 이놈의 지집아, 애기를 데리고 그 금전 구대기를 오지 글쎄, 어디로 갔는지 누가 알어? 혼저 애기 보고 있었는데. 그래가지고는 아버지가 오더니 막 귀때기를 때리고 막 야단을 해는 거여. 지집아들은 아주 괄시가 엄청 심해. 내가 안고 있는 애도 여식아고 업은 애는 머슴애여. 큰 올케 아들은. 아버지가 오더니 그것만 쑥 빼가지고 가는 거여. [조사자: 아들만?] 나하고, 나는 귀때기 몇 차례 때려가지고는 엎어졌지.

그러니까는 아버지 그 센 손으로 귀떼기를, 금전 구데기 있는데 안 왔다고 막 때리니까. 난 보리밭에 엎어졌지. 난 그냥 애기를 안고 그냥 엎어졌어. 지지배는 다 죽으라고 내 둥어리 머스매만 빼가지고 아버지가 갔어. 이래 엎드려갖고 뚜드려 맞고 이래 보니까 우리 아버지가 저기 가드라고. 이제 인나가지고 그리 자꾸 갔어. 가보니까 글쎄 금정 구데기 안에 다 들어앉었어 식구들이, 저 안에.

사다리를 놓고 내려가는데. 그래 내가 이래 내다보니까 우리 작은 올케가, 지집아 엄마가, 내가 안었든 애 엄마,

"아유 우리 애기 이리 얼른 데려 와요."

그래 내가 이래고

"지랄하고 자빠졌네." (웃음)

그랬어. 그래서 금전 구더기 이래, 애기를 그걸 안었든걸 이래 등어리다 업고서 가서 디다 보니까, 자기 딸이 왔다고 우리 작은 올케가

"아고 조끄만 애기씨 얼른 애기 데려 와요."

그래.

"지랄하고 자빠졌네. 우리 다 죽으라고 내삐렸으면서."

내가 욕을 했어, 울면서. 분해 죽겠더라고. 내가 울면서 막 욕을 하고 그랬어. 그래 우리 아버지가 올라 와가지고는 그 애기만 받어 가고, 난 떠 내밀어. 너는 내려오지 마래. 나가 죽으라는 거야. 강가에 가 여 가고 저 가고 돌아 댕기고 있다가 나중에 보니까는, 저녁때가 되니까는 거기서 어른들이 다 올라와 가지고 집으로 왔어.

[5] 방망이 수류탄 맞은 작은 오빠

우리 작은 오빠가 그랜 다음에 군인을 갔어. 군인 가 가지고는 우리가 6.25 전쟁을 3년을 했잖아 전쟁을. 우리 작은 오빠가 그때 스물 두 살여 우리 작은 오빠가. 그래가지고 해병대로 영장이 나왔어. 그래서 군인을 갔어. 그래가지고 저 시내 가서 훈련받고 그래고서는 인제 서울을 뺏어야 된다고, 그래 인천에다가 갖다 내려놔가지고는 우리 작은 오빠가 싸운 데가 백마고지. 파주 장단 그쪽에 백마고지 있지, 지금. 그 백마고지 가서 거기서 참 군인들 힘을 써댔어 그 백마고지에서.

하룻저녁에는 인제 아군이 뺏었다가 하룻저녁엔 인민군이 뺏었다가. 그때

중공군이 나와 가지고. 인민군은 씨가리가 많지 않은지 낙동강에서 거의 다 죽다시피 했어. 근데 중공 놈이 군인을 보내가지고 그때 중공군이라고 그래 더구먼. 중공군이 나와 가지고 그냥 저녁때 3시 반만 되면은 군인들이 저녁을 먹는대. 우리 작은 오빠가 그 백마고지 가가지고 이제 진을 치고 있는데, 천막을 치고 군인들이.

저녁 오후 3시만 되면은 저쪽 놈들은 그렇게 선전을 잘 한 대. 인민군들이. 하, 북 치고 장고 치고 뭐 꽹과리 치고 여자들이 나와서 막 춤추고 그래는데, 그거 보다가 보믄은 인민군들이 와서 모가지 다 짤러 간대는 겨. 저쪽에서 3시 반이 돼서 노래 소리, 음악 소리 나고 여자들이 나와 춤추면은 이쪽에서는 완전 무장해가지고 싸울 준비를 해야 된대.

우리 작은 오빠도 거기서 그래 해고서는 서울 찾아놓고, 인천 와서 해가지고 올라와시 시울 이제 탈환해놓고 그래고서는 전진해서 들어가 가시고 임신강가에 거기 가서 고만 싸우다가서는, 저기, 그래도 죽은 줄 알았어. 전사당했다고 그래가지고. 잿봉지가 막 오고 그랬었어. [조사자: 전사 통지서가 온 거에요?] 응. 그래 죽었다고. 그래서 잿봉지를 갖다가 막 장사도 지내고 그랬는데, 나중에 오빠가 살았다고 그 다음해에 편지가 왔어.

그래 보니까 우리 작은 오빠가 쓴 오빠 친필로, 그때는 이런 종이를 가지고 16절지는 좀 작고 8절지는 좀 크더구먼. 그런 종이가 있어. 그런데다가 요래 한 반장 써서 보냈다고 오빠가. 전장에 나가 싸우다가. 그 전쟁터에 가면은 방공호에 안 들어가면 다 죽는대. 엄청나게 무지허게 총 쏘고 대포 쏘고 그래가지고. 굴을 이렇게 방공호를 이렇게 인민군들이 팠는데, 여기 입구에서 총을 쏘니까 아무렇지도 않드래.

그래서 기역자로 팠는데 여기를 가니까는 저 안에서 중공군 놈들이 방맹이 수류탄에 끈이 너벌너벌한 게 핀을 뺀 게 나오드래잖어. 우리 오빠가, 사람들이 여럿이 따라 들어갔는데 우리 오빠가 앞에 가다가 팍 뒤집어 쓴 거여. 우리 작은 오빠는 왼쪽 눈에 그 수류탄 파편이 아래 우로 치고 들어가서 우리 오빠는 시방 왼쪽 눈이 눈알은 내 눈이되 보이지는 않어. 요게 눈 꾸녕 뒤 신경이 쪼끄만 게 두 줄이 살었대. 그거를 인천 병원선이라고. 그 뭐여 미군들이, 병원선이란 건, 큰 군함이래. 그 배 안에서 고쳐가지고. 우리 오빠가 6.25 전쟁 휴전하기 막 직전에 그때 이제 살었다고 편지가 온 거여.

그래가지고 오빠가 집에 왔는데 제대를 해가지고 왔어 그 병원선에서 다 고쳐가지고. 여기 이마에 여 머리에 파편이 다섯 개가 배긴 기, 속에 들어가서 이게 아무러 가지고 다시 짜개고 수술을 하면은 전부 흠집이 슨대. 그래 가만 놔두라고 그래가지고 놔 뒀드니 여 이마에 머리에 세 개는 빠졌는데 어데 하나는 네모 반 듯 헌 게 그냥 들어있어. 그래도 아무렇지도 안 해.

[조사자: 수술해서 빼내지 않아도 없어져요?] 고게 오랜 세월이 되면은 저절로 깍둑까둑 떨어지믄 흠집이 안 된다고 그냥 두라고 그러드래. 그래가지고 나와 가지고 10년, 20년 이래 지내니까 그거 3개는 없어졌는데 여게 껀 속에 깊이 배겨가지고 아직도 있대. 그래 우리 오빠도 6.25 참전 용사 그걸로 지금 나라에서 월급 타 잡숫고 농사짓고 그러고 살아 지금. 우리 작은 오빠 팔십 다섯이야 지금. 우리 작은 오빠는 가서 전쟁 얘기만 하면 밤을 꼴딱 새워야 돼.

[조사자: 작은 오빠 얘기죠? 작은 오빠가 군대를 정확히 언제 가신 거예요?] 1.4후퇴 전에 갔어. 아니, 1.4 후퇴 전에 안 갔다. 1.4 후퇴 갔다가 그때 왜 청방이라고 젊은이들은, 한국군들이 저리 후퇴해 나가면서 싹 데리고 갔어. 우리 집에선 청방 해 갔다 그랬어. 방위에 갔다는 사람도 있고. 대개는 청방해 갔다고 그랬어. 그래 가가주고는 젊은 사람들만 처녀 총각 하여튼 그때는 장개들을 일찍 가니까 다 애기아빠도 되고 그랬지 뭐.

그랬는데 우리 큰 오빠, 작은 오빠, 다 청방에 다 나갔었어. 그때 1.4 후퇴 때 젊은 청년들은 다 뽑아가지고 갔으니까. 저 아래 갔다가 미군들 양구, 화천 이런 데 들어가면서, 그 양구 거기서 참 젊은 군인들이 다 죽다시피 했지 뭐 그때. 그 6.25 사변 나고서는 그 다음에 1.4 후퇴 나갔다 들어와 가지고 거기 전투 엄청나게 했거든 3년 동안을 거기서.

그때 내가 언제, 10년 한 넘었을 겨. 절에서, 지금은 내가 천주교에 다녀, 그전엔 절에 다녔는데. 그때 절에서 화천에 가니까는 소양강에서 붕어섬이라고 있더구먼. 붕어섬에서 우리나라 그런 군인들 죽은 유령제를 지내는 날여, 4월 20일이던가 뭐 언제가. 거기 가니까는 전부 플랭카드 붙여놓고 이랬는데 보니까. 비목문화제, 비목문화제는 뭔 뜻이냐면 하면, 못 다 핀 꽃, 그 비목이래.

그 군인들이 학도병 이런 사람들이 스무 살, 열여덟 살, 열아홉 살, 많이 해야 스물한 살, 스물두 살이거든 다. 그런 군인들이, 그때 6.25 사변 나고 1.4 후퇴 있은 다음에는 여자들도 처녀들이 전부 까만 치마 입고 하얀 저고리 입고, 전부 군인들 보조하러 다 갔어. 그이들은 가가지고 전쟁에 나가서 다친 사람들 후방에서 다친 것 짬매주고, 치료하고.

근데 간호사들이 그렇게 많아, 옛날에? 우리나라가 6.25 사변이 일본 해방되고 6년째 되던 해 그거 핸걸, 6.25 사변이 났거든. 어둡고 다 공부 못하고 다들 까막눈이고 그랬었지 뭐. 그래 6.25 사변이 나서 둘러엎으니까 엉망진창이 됐었지 그때. 1.4 후퇴 때 피난 가서 보니까는 학도병들은 지원해서 우리나라 고등학생들이 전부 나서서 간 겨. 옛날에는 대학생이 많지 않지. 우리나라 못 사니까 전부 고등학교 학생들이 남녀노소 할 것 없이 다 나서서 가서 싸웠잖아.

양구 화천 그쪽에서 지금도 하는지 몰라 비목문화제니까 지금도 하겠지. 아름다울 미자, 나무 목자. 비목문화제라 하드라고. 비목이 뜻이 뭐냐고 하니까 꽃 망우리가 질라 그라다가 졌다는 거여. 그래서 비목 문화제라고 그러더구먼. 거기 가봤어 한번. 전부 절에서 갔으니까는 스님들이 목탁치고 전부 군인들, 그 국군들 영혼들 다 제사 지내는 거드라고.

[6] 원자 폭탄 때문에 돌아가신 큰 오빠

[조사자: 큰 오빠는 군인 안 갔어요?] 우리 큰 오빠는 나이가 많아서 군인 안 갔어. 청방에 나가서. 미군 후방 가서, 그 미군들 고지에 서 싸울 적에 전부 인제 식량 먹는 기랑 탄약 이런 거, 한탄강에 져다주고. 그래서 후방, 미군 후방이라고 거 가서 2년을, 거기 가서 봉사한 거지 지금 말하자믄. 그래 와가지고 작은 오빠는 군인을 갔고. 우리 큰 오빠는 그거 해다 농사짓고 사시다 돌아가시고 그랬어.

[조사자: 큰 오빠가가 돌아오실 때에는 언제쯤이었어요, 전쟁 끝나고 돌아오신 거예요?] 그때는 우리나라 휴전협정 이래 시작해서 하고 그럴 적에 왔어. 그럴 적에 나왔드라고. 큰 오빠는 군인들 후방에 가서 짐 져다주고 그랬어. [조사자: 한 2년 있다 오신 거예요?] 짐 져다주고 3년 만에 왔어. 만 2년 된 거지.

[조사자: 큰오빠는 이런 일을 했는데, 왜 작은 오빠는 군대를 가신 거예요?] 우리 작은 오빠는 그 세간에 언니가 있어 우리 큰 오빠 밑으로 언니가 있고. 네 살 먹은 언니가 있고 우리 작은 오빠가 있고 그러니까는 나이 차이가 나지.

[조사자: 작은 오빠는 영장이 나와서 가신 거예요?] 영장 나와서 갔어. [조사자: 큰 오빠랑 작은 오빠랑 청방에 가셨잖아요.] 우리 큰 오빠는 왜놈 시절에 보급대 갔어. 일본으로. 우리 큰 오빠는 옛날에 그러니까 일본 놈들 그 2차대전 때 우리 큰오빠는 또 거기 잡혀 갔었어 군인으로. 그때 우리 큰 오빠 스물한 살에 일본 보급대 간다고, 우리 시골에서는 뭔지도 모르고 그냥 보급대 간다고 그랬어. 그래 그걸 갔었어.

가보니까 오빠가 집으로 편지를 했는데, 편지를 보니까 일본 군인이야. 일본 땅에 가서 훈련 받고 여기 한국 사람들은 모조리 잡아다가 일본, 그때 일본 현지서 싸우니까. 우리 큰오빠는 해방된 다음에 나왔어. 해방된 다음에 왔어. [조사자: 다치거나 이러진 않으셨어요?] 응. 우리 큰오빠도 일본에 가서, 도쿄에 가서 있다가 거기 가서 있다가서는, 일본 해방 될 적에 전부 방공호

들어가라 그래서 방공, 그 일본에서. 일본은 지하도를 싹 파가지고서는 거 들어가서 그래서 그 원자폭탄을 안 맞었어.

그래서 나중에 일본이 항복했다가 그래가지고 나오라고 해서 일본 지하, 지금 여 시체 말로 하면 우리나라 서울에 뭐 이런데 지하철 그거지 뭐 그지? 그때 일본에는 그런 게 다 있었대. 지하에 기차도 가고 우리 오빠가 그러는데, 그런 게 다 있는데 여차하면 불리할 적에는 그 지하로 다 들어가고. 거죽에 있는 사람은 그 원자폭탄을 맞았는데 벼도 고냥 있고.

나오니까 방공호 속에 들어갔다가 해방됐다고 나가라고 해서 나오니까 남자 여자 이렇게 걸어가던 사람들이 그냥 이렇게 가던 고 모양대로 고냥 섰는데 '아이고 무사하냐'고 가서 건드리믄 팍 써그라진대. 재가 되가지고. 재가 되가지고 형상이 고냥 있다고 가서 괜찮으냐고 가서 건드리면 사람 손이 다면은 그냥 재가 돼서 비싹 내려앉더래. 우리 큰 오빠 그런 거 다 보고 그래고서는 나왔어.

한국 나올 적에 배를 못 타가지고. 한국 사람이 너무 많이 가가지고. 조선으로 나와야 되는데 배를 못 타가지고. 우리 큰 오빠는 해방되고서는 그 이듬해 나왔는데 저기 뭐여 배를 못 타가지고 순서대로 짤러 가지고 태워 보내는데 그 이듬해 봄에 나왔어 우리 큰오빠는 그래가지구.

우리 큰 오빠도 돌아가실 적에는 결국에는 원자폭탄 그걸로 해서, 이 머리 밑이 아주 얼룩얼룩하게 허역허역한 게 그래. 그래서 그때 병원에 가니까, 이게 아프대. 가니까는 원자폭탄 그것 때문에 그렇다고. 우리 큰 오빠 그래 사시다 돌아가셨어 그것 때문에. [조사자: 몇 살에 돌아가셨어요?] 우리 큰 오빠가 칠십 일곱에 돌아가셨는데 가서 진찰을 해보니까. 원자폭탄 때문에, 일본에 가서 방공호에 들어갔어도 원자폭탄이 공기를 타고 간대 그게. 그래가지고 그게 방공호에도 들어갔겠지 뭐. 우리 오빠도 머리가 그리 됐어. 그래가지고 돌아가셨어.

[조사자: 작은 오빠는 살아 계세요?] 작은 오빠는 살아계셔. 주천, 지금도 고

향에 계셔. 강원도 영월군 주천면. [조사자: 작은 오빠도 얘기 잘하세요?] 아유 우리 작은 오빠도 얘기 잘하지. 오빠하고, 그때 관광 가느라고, 관광차 타고서는 도라산 역에 가봤잖아. 도라산 역이 서울 지내가지고 임진각 있는데 요쪽으로 있어. 도라산 역, 기찻길이 새로 났더구먼. 도라산 역 깨끗하게 잘 해놨대. 그때 가니까 새로 시설을 해 놔가지고.

그래 파주 가서, 파주는 콩이 유명하더구먼. 파주는 콩이 유명하대. 거기는 콩 고장이야. 관광버스 기사가 파주 갔는데, 일선지 구경 갔어. 도라산 역 구경하구 그 파주에 가가주고서는 그 부녀회들이 식당을 운영을 해. 거기 가서 순두부도 먹고, 두부, 파주는 콩 고장이니까, 그래서 자기 고장의 특산물로 밥을 해더구먼.

쌀도 파주서 나는 쌀, 콩도 파주서 나는 콩 가지고 순두부도 해서 국 삼아 주고, 두부찌개도 해고 굽고 이래가지고 그래주고 그러대. 파주 가봤다고 얘기했더니 오빠가 고만 그래서 그 전쟁 얘기가 나가지고, 밤새도록 두 오빠 동생이 홀딱 세웠대니까.

[조사자: 둘째 오빠는 연세가 어떻게 되세요?] 팔십 다섯이여. [조사자: 정정하세요?] 정정하지. [조사자: 농사를 지으세요?] 농사짓고 고추 농사도 하고 밭농사도 좀 하고 그래.

[7] 삐라로 인민군을 자수시키다

[조사자: 아주머니 자식은 몇 낳으셨어요?] 나는 아들 셋 딸 둘. 오남매. [조사자: 3남 2녀. 관찰력이 되게 좋으신 거 같애요. 얘기 들어보니까. 기억도 정말 좋으시고.] 그래도 인제는 머리가 다 망가졌어. 그전에는 영화 한편 보면 하나도 안 빼놓고 싹 얘기 했는데. [조사자: 군인들의 옷차림이나 총의 모양이나 이런 걸 정말 묘사를 잘하시네. 그 삐라, 던졌다고 했잖아요. 요만한 종이로 만들었다고.] 종이로 만들었어. 그때는 우리나라가 발전을 아직 못 했으니까. 그게

일본 해방 된지 6년 만에 6.25 사변이 났으니까 발전을 못했지 그때는.

그랬는데 그냥 삐라 던진 종이도 마분지라고 옛날에 꺼먼 종이가 구녕이 막 이래 숭숭 나고 이런 게 있어. 그런데다가 삐라를 찍어가지고 보냈어. 인쇄를 했는데 글씨도 없는데 구녕 뚫어진데 가면 잘 보이지도 안하고 그랬어. 삐라를 갖다 던졌는데 처음에 삐라 주슨 것은 가져가서 우리 아버지 보였는데, 우리 국군들이 전진해 올라간다고 인제 인민군들하고 섞이지 말고 따로 분리해서 나와서 폭격할 적에 나와 있으라고 그래고.

그것도 줏었잖아. 그때는 인민군들이 아주 엄청 많이 쫓겨 가. 근데 여기이 신작로하고 저쪽에 영월서 평창으로 들어가는 신작로 하고는 아군들이 다 왔어. 그런데 주천, 세간으로 원주로 해서 이북으로 이북 놈들 가라고, 인민군 놈들 쫓겨 가라고 그 통로는 아군이 빼왔어. 그래가지고 거기 내가 있을 적에, 인민군들이 그 뒤 많이 가고 그랬잖어. 그때 인민군들이 막 우리 식구를, 저기 부상자들이 짤러지고 약도 없어 그 사람들은. 막 썪어서 숨도 못 쉬겠는데 그래가지고 가다가 못 걸어가면 다 싸 죽이고 갔어.

왜 약을 안 해놨냐고 우리 아버지가 군인들 보고 물어보니까 이북에는 아무 약이 없대. 짤러지면 짤러진 대로. 버리고 가면 군사, 아군들이 잡어다 물으면은 군인 그거, 군사기밀이 기밀이 샌다고. 우리는 끌려가다가서는 못 걸어 가면은 총살당한다고 만다고 막 울고 그래. 불쌍하드라고 아주.

그래 가는데 그때 내가 또, 밤이 떨어졌어. 음력 8월 그믐 때. 밤이 떨어져서 우리 밤나무가 있어서 밤나무 밑에 밤 줏으러 가니까. 인민군들도 고기 밤나무 밑에 와가지고 밤 줍는다고 이리저리 가고 내가 이만큼 한 바가지 주워 논 걸 이거 나 가져가도 된다고 저 장교 준다고 가지고 가서 한 바가지 뺏기고 그랬어.

그래 저쪽에 가니까 콩포기 밑에 이래 보니까 삐라가 이런 게 또 하나 있어. 그때는 우리 군인들이 이쪽저쪽 길로 다 왔다고 아군들이. 제천 길로 해서 서울로 가는 길하고 저 평창으로 강릉으로 들어가는 길하고는 우리 한국 아군들이 다 왔는데, 이 길은 인민군들 얼른 쫓겨가라고 내 논길이니까 백성들 나와서 막 만세 부르고 그러지 말라고 인민군들한테, 여적지 피난 안하고 쏘면은 죽는다고 그런 삐라가 있어. 혹시나 인민군들이 자수할 사람은 자수해도 된다고 이 삐라를 보고 그래. 그래가지고 인민군 둘을 자수 시켰잖아. 그거 가주 가서.

다 밥해먹고 가느라고 모두 왔는데 군인들 둘이서, 내가 그 삐라를 가지고 가서 아버지 주는 걸 봤어. 그래가지고 내가 아버지 보고

"그 삐라 주워 왔다고 저 사람들이 총으로 쏘면 아버지하고 나하고 죽었다."

그러니까 아버지가

"삐라 줏었는지 뭐 그 사람들이 알어?"

그래 우리 아버지가 날 보고 읽어보래. 내가 읽다가 군인 둘한테 들켰어. 저쪽 행랑채 헛간 저쪽 뒤에 가서 읽다가. 그랬는데 군인들이 다 갔는데 그이들은 떨어졌어 안 가고. 저 부대가 다 밥을 해 먹고 껌껌허니까 다 갔어 낮에는 못가. 비행기 때문에. 배행기가 정찰기가 웅 하고 오면은 시찰을 하고 나가면은 그 다음에는 그 제트기. 그전에 우리 어릴 적에 그걸 보고 제트기라고 그랬어. 비행기 왜 쌩- 하고 가는 거, 똥구녕에 연기 팡팡 나며 가는 비행기 있어(웃음).

그 비행기가 얕이 떠서 내려 오면은 막 시퍼런 불줄기가 땅에 쭉쭉 내려오면은 산이고 들이고 다 타고 없어 집도. 그러거덩 인민군들이 보믄 막 쏴. 제트기 비행기라고 그러는데, 지금은 뭐라고 난 시방은 몰라. 지금도 비행기 네 대가 군인들 타고 지내갈 적에가 많어. 그 비행기들 타고 가는 게 있어.

그랬는데 그 인민군들이 그 삐라 읽는 소리를 듣고서는, 자기네는 한국군으로 갔으면 좋겠는데 가지를 못한대. 둘이 떨어져가지고 깜깜한데 다 갔는데, 두 사람이 총을 이렇게 들고 들어왔어. 그래가지고 그 삐라 읽는 소리 듣고서는, 우리 죽겄다고 내가

"살려주세요. 살려주세요."

막 이랬어. 우리 아버지보고 그래. 우리는 죽일라고 떨어진 게 아니고 저기 한국 군인들한테 가고 싶다고, 어떻게 하면은 가느냐고 그래. 그래가지고 한 사람이 있다가 아까 쟈가 삐라 읽는 소리 들었다고. 그래가지고 그 삐라 가지고 오면은 때리지 않고 그냥 받어준다고 그랜다고. 우리 아버지 물으니까는 정말로 자수 할라느냐고 그러니까 한 대. 둘이서 똑같이. 자기들은 고향이 평안북도 어디래.

근데 우리 엄마 아버지도 다 살아계신대. 그래서 그때 뭐 한국군들 갔을 적에 따라와야 되는 거를 못 따라 왔대는 겨. 아버지가 하도 말려서. 그래서 못 따러 왔는데 인민군이 돼서 왔는데 어떻게 갈 수가 없다는 겨. 그 삐라 가지고 우리 아버지가 새벽에 그이들 둘을 데리고 저런 높은 재가 하나 있는데 넘어갔어. 가가주고 재 넘어 갈 때는 총 메고 갔어 군인들이 우리 아버지 데리고. 그래서 내가 우리 아버지 싸 죽이면 안된다고 자꾸 그랬어. 그랬더니 안 싸 죽인대. 그래더니 갔는데, 거 가면 마지막이라고, 거기 아군들이 막 이래 천막치고 많어. 거길 갔어.

군인들 천막이 이래 보이는데 아버지가 총 가져가면 안 되지 않느냐 이러니까, 가까이 가가지고 우리 아버지가 먼저 가서 인민군 병사가 둘이 자수하러 왔는데, 왔다고 그러니까, 고지가 안 들린대. 그 삐라를 우리 이비지가 가져갔어. 가져가서 주니까는 이거 보고 오면은 안 쏴 죽인다고 그래서 내가 이래 앞장서서 왔다고. 살려 줄라느냐고 그러니까 살려준다고 그래서. 그 군인들 보는데서 총 버리라고 그래서 총 내버리고 그이들이. 그 인민군 총 내버리고 그리고 부대 안으로 들어갔대. 우리 아버지 있을 적에는 때리고 그러진 않더래. 자수 해 왔다고 잘 왔다고 그러드래. 그래가지고 아버지가 데려다 주고 왔어. 인민군이니까 뭐 포로들 저리 어디로 갈 적에 그리로 갔겠지 뭐. 그때 인민군들 포로병들 왜 거제도로 많이 갔잖어. 그리 갔겠지. 그래서 인민군 둘을 그래서 자수 시켰어 그 삐라 줍는 바람에.

[8] 올케 어깨너머로 한글을 깨우치다

[조사자: 해방되고 난 다음에, 학교에서 뭐 배우셨어요?] 그때는 첨에 학교 들어가니까는 국어 책에 머리, 모자, 밤, 감 ,대추, 과일을 쭉 써놨어. 국어책에다가. 요렇게, 이게 국어 책이잖아. 칸을 이렇게 그었어. 칸을 큼직하게 거 가지고는 거기다가 요래 사람 머리를 요래 그려놓고는 머리, 모자 그려놓고는 모자, 밑에다가 고래 써놨어.

[조사자: 그때는 한글을 거기 들어가서 배우셨어요, 가기 전에?] 한글을 거기 들어가서 배웠지. 그런데 나는 우리 아버지가 우리 큰 올케하고, 우리 큰 올케를 종가집 맏며느리 글을 가르켜야 된다고. 옛날에 우리 한글을 은문(언문)이라고 그랬어. 우리 말로 시골에서 하는 말로 은문을 가르켜야 된다고. 옛날에는 이만 헌 은문을, 가갸거겨를 쭉 내서 쓰면은 줄로 가갸거겨 한 줄 쓰고 요래 한 줄 쓰고 그걸 내 써야 돼.

문종이다 쓰면은 이만한 문종이가 요렇게 해서, 그걸 붓으로 썼어. 아버지가 붓으로 이래 써가지고 우리 큰 올케 가르켜. 우리 큰 올게 가르치면 가갸거겨 이러믄 그만 자. (웃음) 잠이 그렇게 오나봐. 자. 코를 등등 골며 자면은 아버지가 책때를, 싸리가지를 요만하게 해 가지고 깎었어, 싸리나무로. 깎어 가지고 땅바닥을 딱 때려도 못 일어나면은 머리를 딱 때려. 며느리를. 머리 딱 때리면 깜짝 놀래지. 깜짝 놀래 인나 가지고 또 다시 읽어보라고 인자 아버지가 읽으믄 따러 읽으라 그래믄, 두 줄도 못 따라 읽고 또 자.

그래서 가르키는데 우리 큰 올케는 결국은 못 배우고 나는 몇 번 디다 보니까 다 알겠어. 그래가지고 내가 그걸 배웠지. 아버지가 니덜은 지지배들을 안 가르친다고. 나중에 시집보내면, 뭐 쫌 잘 못 되면은 속상하고 그러믄 아버지한테, 엄마한테 편지한다고 속상한다고, 지집아들은 배울 필요가 없다고. 짝대기를 한 대씩 때리믄 막 뚝 부러나. 쫒겨 달아나지 뭐. 그랬다가 가만가만 아버지 앞에는 못 와. 아버지 뒤에 가만가만, 쪼끄만 게 가만가만 와

가지고 요래 넘게다 보면, 우리 큰 올케 가르켜 주느라고 가르켜. 그래 몇 번 디다 보니 금방 알겠어.

하루는 우리 아버지 어디로 가셨는데 우리 큰 올케 가르키는 거 이래 내놓고 내가 이래 작대기로 짚으면서 이래 읽었어. 그래 아버지가 오셔서 들켰잖아.

"이놈의 지지배 너 그거 언제, 그걸 어디서 그걸 다 배웠느냐"

그래서 뭘 아버지가 가르킬 적에 내가 때리면 쫓겨 갔다 아버지 뒤에 저만치 갔다 이래 서서 보면 붓으로 커다랗게 쓴 놈을 애를 적에 저만치 있어도 다 읽지 뭐. 보니까는 금방 배우겠대 뭐. 그래 내가 그랬어. 그래니까 아버지가 종이를 치우고서 그 언문 본문 빼낀 거 다 접어서 치우고 그래고서 날 보고 써보래. 우리 작은 오빠 왜정시대 때 6학년 다녔거든, 국민학교. 우리 작은 오빠가 참 공부 잘 했이. 선생님들한네 책노 상도 많이 타왔어. 그 사람들이 일본으로 데리고 간다고 그래는 거 죽어도 나는 안 보낸다고 안 보냈거든. 우리 작은 오빠가 그때 일본으로 가서 공부 더 많이 했으믄 팔자 고쳤을 텐데, 그지?

그래 우리 작은 오빠가 공책을 하나 줘. 일본 공책은 좋아. 필통하고 연필하고 오빠가 쓰던 거 있으니까 날 주대 공책하나 하고. 그래 주면서 그거 씨보래. 네가 언문 다 배웠다고 큰 소리를 해니까 안보고도 쓸 수 있거든 그걸 여기 공책에다 내리 삐껴 보래. 그래가지고 주길래 다 내리 썼어. 다 내리 쓰니까 우리 작은 오빠가 아이고 잘했다고 그러드니. 그 전에 오빠가 공책도 많이 줘 나를. 그래가지고 그거 얻어가지고 국민학교 들어가지고 사뭇 오빠 공책 썼어. 애들이 보고서는 너는 공책이 좋아서 글씨도 잘 써지고 좋다고.

[9] 국민학교를 열일곱에 졸업하다

우리나라에서 공책을 새로 만들은 걸 샀는데 연필도 한자만 쓸라고 하면 뚝 부러져. 연필심이 좋질 않아서. 깎으믄 하루 연필 한 자루를 다 깎어 내버리는 애도 있어, 자꾸 부러지니까. 일본 놈 연필을 좋아. 안 부러져. 깎어 가지고, 힘대로 누르지만 않으면 글씨 쓰는 데는 안 부러져. 다 닳지. 그래가지고 좋다고 자꾸 그러드라고. [조사자: 공책은 질이 다른 거예요? 우리나라는 그때도 공책이 마분지 같은 거예요?] 마분지 조금 면했는데. 희기는 좀 흰데. 색깔이는 희졌는데, 종이가 얇은데 두꺼운데 이래가지고 쓰다 보면은 잘 못 쓰잖아 글자를, 지우개로 지우면 종이가 먼저 짜개져버려. 글자가 안 지워지고 종이가 짜개져. 그래가지고 애 먹었지 뭐. 그러더니 차츰차츰 조금씩 나아지드라고. 조금 공책이 조끔 두꺼워지고.

[조사자: 한글 배우시고, 또 뭐 배웠어요? 학교에서?] 학교에서 그런 거 배우고 산수. 우리 배울 때는 산수라고 그랬어. 바른생활, 도덕. 바른생활을 도덕이라고 그랬어 우리는. 역사. 우리나라 인제 임금님들 내려오는 역사. 그거는 역사. 그 책은 역사. 국어책은 지금까지 그냥 국어. 그러더니 우리 학교 다 끝나고 우리 조카들 학교 댕기는 데 보니까는 그럴 적에도 산수라고 나왔어. 그랬는데 내가 시집가서 아들 낳고 그랬는데 그때 인제 우리 아가 큰아들이 타가지고 오는 거 보니까 바른생활, 그렇게 나오고. 도덕이 바른생활이고. 그렇게 이름이 다 바뀌어지더라고.

[조사자: 전쟁이 나서 학교를 못 다니셨잖아요?] 6.25 사변 끝나고 한국에서 다시 와서 6학년을 마쳤어. 5학년 1학기 배우다가 난리가 났었거든 그래가지고 못 배우고 중단하고 있다가, 6.25 사변 나고, 전쟁이 다 끝난 다음에 정전이 되고 휴전 협정이 됐어. 그런 다음에 우리나라에서 새로 정치를 해 내려오는데 학교 들어가서 자기 배우던 학년대로 그냥 가서 공부를 또 했어. 그래가지고 내가 국민학교 졸업 맡을 때 열일곱 살에 졸업을 맡었어. 그래니까 그때는 한창 머릿속에 뭐든지 배우면 다 속속 들어가고 이러니까, 국민학교만 나왔어도 그래도 시방 뭐 보면은 그래도 애들 가르치는 길에 배우는 책도 이래더러 보고 그러면은 좀 알겠드라고.

[조사자: 그때 옷은 뭐 입고 다니셨어요?] 치마저고리. 까만 미영에다가, 무명 까만, 6.25 사변 나고 피난 갔다 오고 이런 다음에, 염색하는 사람들 있었어. 가마솥에다가. 사람들 염색하러 오면 가마솥에다 물을 한 강 붇고 검은 물을 뭔 물감인지 풀어. 푹푹 삶어 가지고 다 물이 말게지면 건져 널었다가 말려가지고는 줘. 그래 가지 가면은 그 물을 빠지질 않애. 여느 물감들은 들이면 한 번 빨면 싹 빠지고 싹 빠지고 그랬었어. 그때는 누구나 머슴애고 여식아들이고 할 것 없이 그냥 까만 바지, 하얀 저고리, 머슴애들은 까만 조끼. 여자들은 까만 치마 하얀 저고리. 다 그렇게 입었어.

[조사자: 까만색 이전에는 다 하얀색만 입었어요?] 까만색 이전에는 그냥 하얀색만 입고. 물감을 사다 들이면 분홍색도 들이고 파란 색도 들이고 이러믄 한 번 빨면 싹 없어져 그 물감은.

[조사자: 전쟁이 나기 전에 친정에시는 농사를 지으셨어요?] 우리 집 께는 논이 없어. 그래가지고 보리, 감자, 옥수수, 콩, 조이, 뭐 이런 거 심었지. 잡곡을 다 심었지. [조사자: 그 때 제일 맛있었던 음식 기억나세요? 기억나는 음식.] 그때 맛있었던 음식들 뭐 이밥 한 그릇 얻어먹으면 참 맛있었지. [조사자: 쌀밥.] 그래. 그전에는 이밥이야. 우리 클 적에는 쌀밥이라고 안 그러고 이밥이라고 그랬어.

어떤 할아버지가 우리 아버지 친구 할아버지가 그 터에서 자기 평생 살었는데, 60을 살었는데 이밥을 세 그릇 먹었대. 그래가지고 자기 자손들은 그 터를 떠나지 말라고 유언을 하고 죽었어. 내가 여기서 이밥 세 그릇 먹은 터라고. [조사자: 이밥은 좀 부드럽고.] 이밥을 먹으니까 부드럽고 맛있고 좋지. 옥수수밥은 먹으므는 딱딱해. 보리밥도 푹신푹신하고 맛있고.

그래서 옛날에는 보리밥도 참 귀했어. 보리밭이 좋은 게 있는 사람은 보리밥을 많이 먹고 보리밭이 좋은 게 없고 이래 산전에다 심구면은 옛날에 양식이 없으니까 봄에, 보리고개 보리고개, 왜 보리고개가 있는지 알어? 4월 5월 요럴 적에. 3월 4월이 되면 식량이 하나도 없어. 옥수수 조이고 뭐 다 먹고 없어. 조금씩 하니까, 비료가 없이 산전에 하니까 아주 곡석이 안됐어. 그러므 겨울 먹을 양석도 잘 안 돼. 그 보리고개가 그래서 무섭다고 그랜겨. 보리도 없지.

어지간헌 사람들은 보리를 산비탈에다 좀 갈어 놓잖어. 그러면 그 보리가 잘 얼어 죽어. 땅이 부풀어 나니까는 다 들떠가지고 다 얼어 죽는 거야 봄에. 복덕복덕 조끔 나면은 보리 싹이 나와 가지고선 노름하게 누름이 들잖아. 보리가 좋아가지고 4월 달이 되면 이삭이 다 패. 4월 달 5월 초성에 하지 때믄 보리가 다 되니까. 그때 고 3월 4월 5월에 고 하지 전에, 고럴 적에 보리가 느름하게 누름이 들면은 낫을 가지고 가서 비었어. 먹을 게 없으니까 산에 나물 뜯어다 먹고 이러다가. 가서 비면 보리 알갱이가 조금 생겨.

그걸 갖다가서는 이래 털어가지고 가마솥에다가 밑에다 불을 때면서 볶아. 볶아가지고는 방애다, 볶으면 말러지지. 그래 말르면은, 디딜방아지 전부. 디딜방아 박에다가 갖다가 놓고 전부 찌면은 그 보리쌀이 맬간 게 익은 게 솥에다 말른 게 찍혀져. 그 보리쌀이 얼마씩 안 돼. 한 바가지 쪼끔씩 나오면. 그것도 한꺼번에 못 먹고, 다음 때를 생각해서 요래 한 웅큼 집어가지고 콩콩 찌면은 터지잖아 그게.

터지면은 옛날에는 산에 가 나물 뜯어오고 감자 심는 데다 갓을 넜어. 갓. 지금은 돌산 갓이니 이런 것 많잖아 왜. 그런 갓을 잠자 밭에다가 감자를 심으면 갓으로 갖다가 잔뜩 뿌려놓으면 감자 싹 보다 갓이 더 많어. 그 갓은 척박한 땅에도 잘 자라잖어. 그러면 보리를 그렇게 해서 말려가지고 그 떡보리라고 그래 그거는. 요래 한 웅큼 찌 가지고, 식구는 열다섯, 열여섯 명 한 집 식구가 보통 그렇게 사니까.

작은 아들 큰 아들, 손자들 낳고 그래면 얼찐 하면은 스무 식구는 보통이여. 손님들 오고 하면은. 우리 친정에서 클 적에 본집 식구가 열여섯이여. 한때 손님이 네 분 다섯 분 오면은 아주 이런 큰 솥으로 하나씩 죽이라도 끓여야 돼 멀겋게. 그러면 그 보리 한 웅큼 넣고 찌 가지고 거기다 그 갓을 뜯어가지고 이따믄 광주리로 하나씩 뜯어가지고 강가에 가서 씻어가지고 와서 손으로 이렇게 뜯어서 넣고서는 순 갓을 끓이는거지 뭐.

그래 소금이나 장이나 좀 넣고, 간이 배게 끓여가지고. 보리쌀, 보리 그거 한 웅큼 찌야 큰 솥으로 하나 끓이믄 나흘에 약 발른 놈이래야 이파리에 보리쌀 찐 거 쪼금 볶거나 말거나 이래. 그래도 그걸 죽이라고 먹고 살었어. 그거를 난 물이라고 먹고 살었어. 그래서 옛날에 보리고개가 무섭다고 하는 게 그래서 두고 하는 소리지. 지금 사람들은 그런 얘기 하면은 사람이 그걸 어떻게 먹고 사느냐고 그래잖어. 옛날엔 그런 걸 먹고 살았어. 현실에 나도 그걸 먹고 살았으니까.

[10] 친정에도 가지 못하는 고된 시집살이

[조사자: 시집은 언제 가셨어요?] 시집은 내가 열아홉 살, 3월 달에 갔어. [조사자: 시집을 여기로 오신 거예요?] 시집은 저 영월 마차라는 데로 갔어. 거기 가니까는 우리 아버님이 한약국 선생님이여. 한의사 선생님이여 지금 말하자믄. 우리 큰오빠가 그래, 너는 그 집에 시집가면은 이제 이밥만 먹고 살고 소고기 장조림만 먹고 산대. 한의사 선생님네 집으로 시집을 가서.

그래 갔더니 그 집에도 쌀밥만 못 먹고 살고 보리밥 해먹고 된장 끓여먹고 그렇게 살어. 그래가지고 내가 우리 오빠가 나 시집 보낼 적에 그 집에 가면 이밥만 먹고 살고 소고기 장조림만 먹고 산다더니, 소고기 장조림은 어떤 건지 구경도 못하고 보리쌀 앉혀가지고 감자하나 씩 너 가지고 밥해먹고 살구 그래더라고.

3년 만에 친정에 가서 그 얘기 했더니 우리 큰 오빠가 울어. 철딱서니도 없는 년을 시집보내가지고 쫓겨 오지나 않을지 모르겠다고. 누가 새댁덜이 펄럭펄럭 신작로에 오면 내가 쫓겨 오는지 알았대. 미친년 같은 게 시집 보내가지고, 얌전하지도 않은 거 시집 보내가지고 시집살이도 못하고 그렇게 어만 집에, 시집살이 못하고 쫓겨 온다고 그런 새댁덜이 지내가야 아니믄은 그제서는 들에 일하러 갔대.

시집가니까는 시집갈 적에 아무것도 못해가지고 그냥 갔어. 그랬더니 시어머니가, 친정에 무지하게 가고 싶어. 보고 싶고. 그랬는데 시어머니헌티로 아주 억지로 억지로 얘기해서,

"친정에 갔다 오믄 안돼요?"

그라믄,

"못 간다!"

이불을 못해가지고 갔어. 시집가는데 아무것도 못해가지고 그냥 갔어. 내 몸뚱아리만 그냥 갔거든. 비개도 못 해고, 그래가지고 갔어. 그랬더니 시어머니가 뭐라 그러기만 하면 그 소리를 해.

"이불도 못해가지고 아무것도 못해 가지고 온 게 친정에 가면은 동네 사람들이 이불 해가지고 올라나 어떡헐래?"

그러면, 그래 고만 야코가 죽어가지고는 아무소리도 못해. 그래 3년을 친정을 못 갔어. 그러다가 3년이 넘었는데 내가 그럼 친정에 가서 누에, 뽕 따서 믹여가지고, 누에 꼬치. 우리 친정에 뽕 나무가 많아. 그래서 누에 멕여가지고 내가 이불감 해 온다고 그래 막. 어머님이 못 가게 하는 걸 갔어. 누에를 한 장을 놔서 누에 꼬치를 해서 팔았는데 그것도 날 다 안주고 우리 큰오빠가 글쎄 3분지 2는 오빠가 비료 산다고 오빠가. 그때 유한이 첨 나왔어. 유한비료라는 게 있었어. 소금같은 게 찐덕찐덕 해. 그게 첨 나온 게 있는데, 그거 산다고선 3분지 2는 오빠가 떼 가지고 그 비료를 사가지고 주천 가 사가지고 나를 3분지 1만 준 거여.

그래서 내가 그때 돈으로 15원인가 오빠가 주더라고. 지금도 15원 주면 애들도 안 가져. 애기들도 못 쓴다고. 그때는 그게 큰 돈여. 1원짜리 쓰고 이럴 적이니까. 시댁에 왔더니 이불 하나 살 감이 돼 어데? 그래서 우리 시어머니가 그걸 가지고서는 누구를 줬대 15원을. 가을에 그 돈을 받아 가지고 영월

가서 목화를 샀어. 그때는 집집마다 목화 다 심었거든. 목화를 사가지고서는 왔어. 목화를 사 가지고 영월서 틀어가지고는 하얀 솜을 해서 이고 오셨드라고.

옛날에 그 목천으로 얼룩얼룩하게 헌 거 있어, 그것도 이름 있는데 잊어버렸어. 그걸 끊어 가지고 솜을 넣고, 이불을 하나 해가지고 덮고 살었어. 그래 지금 누가 시집간다면 우리 집에 있는 새 이불 줘도 돼. 지금은 이불이 많거든. 시방은 어디든지 가믄 이불 쌨잖어.

옛날에 이불을 못해가지고 가서 설움도 설움도 된통 받었어. 시집살이도 엄청나게 하고. 우리 시어머니가 10년 동안 시집살이 얼마나 호되게 시키는지 죽을 뻔했어. 나중에 10년이 넘으니까 우리 큰 아들이 나서 국민학교 다니고 이러니까. 우리 어머님이 날 보고서는 막 욕하고 막 때리고 막 그래. 그러다가 우리 큰 아들이 국민학교 갔다 오는데 내가 그래는 걸 봤어, 그래너니 할머니 나쁘다고, 가방을 해치고 와가지고 큰 아들이, 엄마를 왜 때리고 욕하느냐고. 그래면서 우리 엄마라고. 이래 악을 쓰면서 할머니 나 때리면 되지, 엄마 때리지 말라고 우리 엄마 왜 때리느냐고. 막 뎀벼, 할머니한테.

그래서 내가 그러지 말라고 넌 저리 가라고 야단쳤어. 그래도 이놈이 쫓겨가지고 않아 울면서 달겨들고 그래드라고. 그래가지고 우리 시어머니가 그 이듬해부터 안 그래. 우리 큰 아들이, 난 할머니하고 자지도 않을 테고, 할머니하고 놀러도 안 갈테고, 나 학교도 할머니 따라오지 말라고 막 그러고 그랬어. 우리 시어머니 나중에 그러시드라고. 이웃에 으른들이, 우리 시어머니가 우리 신랑을 안 낳았대요. 그래가지고 쫓겨난다고 며느리 된통 해야 된다고 그래 시집살이 많이 시켰대.

보리밥을 한 숟갈 떠 놓고, 반찬도 한 숟갈 떠 놓고, 꾹꾹 씹어가지고 요만헌 상에다가 탁 뱉으면 뭐 우리 신랑, 나 하고, 세 식구여. 우리 시아버지는 일 년 있다 돌아가시고. 탁 뱉으믄 네 밥그릇, 내 밥그릇 없이 다 들어가 우리 시어머니 입에 끼. 보리밥 한 숟갈 떠놓고, 반찬 한 숟갈 떠 놓고 이래가

꾹꾹 씹어가지고 탁 하고 뱉어, 심술 떠느라고.

그래믄 뭐 어머님이고 신랑이고 내 밥그릇에 다 튀어 들어가도 걷어 내지도 못했어. 10년 동안을 꼬빡 그래더니, 그제서는 내가 너한테 더 몹쓸 게 하면은 나 죽으믄 저승에 못 간다고 안 그런드라고 항복하더니 안 그러드라고. 참 죽을 뻔했어 그래가지고.

[11] 돈의 변천

[조사자: 왜정 때는 공출을 많이 했잖아요. 그거 기억나세요?] 그치. 왜정 때 공출 받을 적에는 나보다가 7, 8년 우에 있는 이들은 여자들 공출 간다고 막 아무나 시집보내고 그랬어. 나 적에는 그래지는 안했는데. 왜놈 순경들이 여기다 인제 구두를 신었어. 그놈들도 각반을 해더구만. 발에다가 감어. 구두를 여까지 오늘 걸 신어. 왜놈 순경들이.

그래고 칼이 허연 게 번쩍번쩍 허는 게 여기 허리다 여기다 차고서 꽂으면은 땅에 간신히 끌리지 않을 정도로 가, 지다란 게. 그냥 뭐 시골에 와가지고 빠가야로 기사아마로 욕이여 그게, 욕허대. 그럼 이 칼을 쑥 빼가지고 아무나 모가지 갖다가 끊는 시늉 하고 들이대. 그러면 촌사람들이 절절 매지 뭐. 철거덕 철거덕 걸어가는 소리만 내도 다 엎드려야 돼. 그렇게 무서웠어 나 쪼그마할 적에.

그랬는데 지금에 신사 참배 한다고 한국 방송에 더러 나오잖아. 그 왜놈들이 우리나라 와 가지고 이렇게 깨끗한데 사람 잘 안 가는데 가서는 그 신사 참배 다 해놨어. 그 신사를 다 모셔놨어. 집집마다 갖다가 개인 집에도. 다 모셔놓고 이렇게 팻말을 이렇게 송판으로 해가지고 하얀 칠을 했어. 팻말이 넓지도 않애. 손바닥만해가지고 그걸 다 써놨어. 그래고 그걸 다 읽으래. 그거 다 못 읽는 사람은, 그냥 방맹이도 이런 거 차고 다녀. 그걸로 막 때리고 칼로 막 다 치고 이래. 나 그거 참 많이 읽었어.

[조사자: 읽기만 해요?] 읽고. 그 식구들이 쪽 모여서 그거 세운 앞에, 강에 가서 하얀 돌맹이 짜그마한 거 공기돌 같은걸 주워다가 거기다가 쫙 깔고 잔디를 돌려 심고 이랬어. 그래놓고 거기다 요래 팻말을 세워놨어. 그걸 읽는데. 한번, 왜놈 순경이 날마다 와. 그거 하라고. 오면은 내가 저기 가 막 뛰어댕기며 놀면 우리 아버지가 와서 날 불러. 나보고 '용녀야 용녀야 빨리 오라고. 일본 순경 왔다고 빨리 오라고' 그럼 내가 뛰댕기며 놀다가서 가. 우리 식구는 그걸 하나도 못 읽어. 난 만날 그거 읽어. 일본말로 해야지.

"고고꼬 신민노 세이지"

똑바로 차렷해고 서가지고.

"고고꼬 신민노 세이지 와라우찌."

우리 집에 신사참배 한다고. 끝에는 못 읽어 다 잊어버렸어 내가. 한참 읽어야 돼. 그걸 읽으믄 하 좋다고, 됐다고. 한 집에 하나만 읽으면 돼. 우리 식구들 열여섯 명이 죽 서가지고는 두 줄로 짝 서. 키대로 쫙 서가지고 내가 그거 읽으면 왜놈 순경이 됐다고 잘 읽었다고. 머리 쓰다듬으면서 잘 읽었다고.

[조사자: 그거 읽고 절하고.] 그거 다 읽은 다음에는, 아주 코가 땅에 다야 돼. 절을 해 서서. 서서 절을 하는데, 서서 경례를 하는데 아주 90도로 착 꼬불쳐야 돼. 들 꼬불치려면 대번 방맹이가 경찰 방맹이가 이런 대가리 딱 때려. 불이 번쩍 나게 때려. 우리 집은 내가 그걸 읽기 때문에 그래 맞지는 안했어. 한번은 왜놈 순경이 절거덕 절거덕 집에 오면, 아버지가 내가 강가에 놀러 막 뛰댕기면 막 불러 저기 순경나리 왔다고, 빨리 오라고, 내가 뛰 들어 와가지고 오면 식구들이 다 짬 내서, 그럼 내가 맨 앞에 중간에 서 가지고 다 읽어. 첫 번째 밖에 몰라 시방 다 잊어버리고. 맨날 고고꼬 신민노 세이시.

[조사자: 지폐, 왜정 때는 지폐를 썼어요? 돈을, 동전으로 썼어요?] 왜정 때는 요런 동전이 하얀 게 있었는데 1원짜리 10원짜리 따구가. 그게 소화 몇 년 썩혔어. 소화는 꼭 저이 나라 임금님 대 그게 내려오는 걸 소화라고 그래는가

봐. 소화 10년 소화 2년 뭐 써가지고 그런 동전에, 그게 썩혀야 돼. 소화라고 안 썩힌 건 못써.

그 전에는 우리나라는 엽전. 동그랗고 구녕이 사각이지. 엽전 있잖어. 그게 일원이다 뭐 10원이다. 우리나라 엽전 10원이믄 일신천금여 옛날에. 일신천금이면 십원이여. 지금도 뭐라고 그럼 사람들이 알아듣기 쉬워서 일신천금이다 이래잖아. 일신천금이 하는 거는 옛날에 우리나라 임금 적에 고종황제 적에 그 고종황제가 일본 수난 많이 당했지. 그 임금님 적에 쓰던 엽전이 그게 있는데 그거를 꼭 쓰면 그때는 10원이면은 엄청 많았어. 그 엽전 꾸러미가. 10원이면 엽전 꾸러미가 열 꾸러미가 있어야 돼. 그게 10원여. 사람의 몸은 천금이다 그게. 돈 금자를 써서 천금인겨. 돈으로 세면 10원이여. 10원이면 아주 엄청 큰돈이지. 10원이 내려오는 말이 일신천금이다 그려.

[조사자: 아까 큰 오빠가 새로운 유신비료, 새로운 비료 산다고 15원 가져갔다고 그랬잖아요. 그때도 동전이에요, 15원이?] 그때는 인제 한국 돈이니까 15원인데, 그냥 종이돈이야. 1원짜리는 색깔이가 쪼끔 약간 그냥. 종이돈이여. 1

원도 종이돈이고 저기 뭐여 5원은 빨개. 5원짜리 색깔은 요래. 빨간 돈이고. 안아팍이 다 빨갛고 그림만 있어. [조사자: 그때 화폐에 그림이 뭐였어요?] 그게 생각이 안 나 내가. 빨간 꽃 분홍 색 돈에다가 뭘 요렇게 요렇게 그렸어 안에다가. 생각이 안 나. 1원짜리는 '일원'이라고 한글로 썼고. 요 돈 복판에는 일원이라고 똥그라미 한글 '일원'이래 쓰고, 5원은 오자 쓰고 가에는 네 귀테이는 일원은 1자 쓰고, 5원짜리는 네 귀테다가 5짜 쓰고 그랬어. 10원은 10원이라고 여기다 큰 글씨 쓰고. 10원짜리는 옛날에도 색깔이가 퍼런 색이여. 푸름한 색이여.

그전에 인저 화폐 교환되기 전에는 그래가지고 6.25사변 나고서는 쭉 내려오면서 그래 종이돈을 쓰다가 그때는 돈이 머리수가 엄청 높았어. 천 원짜리 아래로는 없었어 그때는. 제일 적은 숫자가 천원이었어. 천원 종이돈이야. 그래가지고 그 숫자기 너무 높으니까 계산하기가 엄청 어지럽잖아. 그게 백만 단위 천만 단위 올라가면은. 그래니까는 그 화폐 교환 할 적에 이승만 대통령 적에 했나? 따른 대통령 적에 했나? 화폐교환을 한 번 했어. 그래가지고 숫자가 낮어졌어. 그때 새로 찍어 나온 게 1원짜리 노란 구리동전 그게 찍혀 나왔고 그래 내려왔어. 하얀 거 50원 짜리도 그럴 때 나왔고. 천 원짜리도 지금 천 원짜리 그기 나왔고 그랬지.

[조사자: 전쟁이 나기 전이나 전쟁 중이나 돈을 내고 뭘 사먹은 적이 있으세요?] 그럼 사먹지. 전쟁 나기 전에는 고구마도 개인 집에서 안 심었어. 못 심었어. 없어 씨가. 그것도 어데 딴 나라서 왔는지. 일본 해방되고 나 인제 국민학교 들어서 이학년 삼학년 이럴 적에. 주천 국민학교에 운동회 때 뭐 옛날에는 학예회라고 학생들이 학예회라고 했어. 연극해. 학예회라고 하면 심청전도 하고 장화홍련 그것도 해고. 뭐 이런 연극을 했어 애들이. 그럴 적에는 어디서 오면 신파극도 동네 와서 해고 그랬거든. 시방은 극이 발전이 돼가지고 영화도 찍어내고 뭐 그랬어.

[12] 신기한 라디오 그리고 텔레비전

내가 국민학교 다닐 적에 그때 4학년 적인데. 우리 4학년 내 담임 선생님이 강석일 선생님이라고 남자 선생님인데 그 선생님이 고등학교 나와 가지고 우리 학교에 부임해 오셨거든. 그래갖고 4학년 담임을 했는데 그 선생님이 그래, 사회 역사 시간에 그러시드라고. 니덜은 크면은 라디오라는 것도 있고 요만한 통에서 저 서울서 말하는 소리가 다 나온대. 그래고 그게 또 발전해 나아가면은 더 좋은 게 많이 나온다고 그런 얘기를 하셔. 그 선생님이 우리는 라디오 나오는 건 보겠지만서도 거기서 더 좋은 게 나오는 거는 못 볼지도 모른다고 나이가 많어서 니널은 닉넉히 그걸 볼 거라고 그래.

그 선생님 말씀하신대로 내가 좀 커가지고서는 여기 시집올 적에는 열아홉 살에 시집왔는데 그전에는 라디오도 못 봤어. 내가 시집 왔는데 3년인가 4년인가 되니까 우리 신랑이 어디 나가더니 야 뭐 좋은 게 있더래. 뭐가 좋은 게 있냐고 하니까는 라디오가 나왔더래. 내 친구가 샀는데 요거만 한 데서 소리가 엄청 잘 나오더래. 말소리가.

“여기는 서울 방송국입니다.”

하고 나오드래는 겨. 나도 그걸 샀으면 좋겠는데 돈이 엄대. 그게 돈이 얼만대. 그러니까, 그때 돈으로 30원이래. 그래 여간해서 못 사. 그때 여간해서 10원 못 받아. 한 달 월급이 10원을 못 받아. 그저 뭐 저기 뭐여 5원, 뭐 6원 뭐 이렇게 밖에 못 받아. 몇 달 모아야지, 먹고 살아야지 그걸 살수가 있어? 그러고 또 한동안 지나더니 우리 신랑이 이제 라디오를 하나 사왔어. 그때는 싸졌대. 우리 신랑이 영월 광업소 다니니까 월급을 받으니까 라디오를 사왔어. 꽤 큰 걸 사왔어. 요만한 걸 사왔더라고.

틀어보니까 서울 방송 나오고 문화방송 나오고 그래. 그래더니 좀 있더니만은 우리 신랑이 또 전축을 하나 사왔어. 전축을 사다 놓으니까 발이 이렇게 있더만, 전축이 이런 걸 하나 사왔대. 그래 사다놓고 그 놈의 전축 꿍꿍 트니께 부자라고 막 야단여. 그래더니만은 여기 이리 이사를 왔어. 거기 영월 살다가.

[조사자: 그때 제천으로 오신 거예요?] 응, 내가 서른 한 살적에 이 동네로 이사를 왔어. 와가지고 한10년 살았어. 또 우리 신랑이 텔레비전을 하나 사왔어. 저 원주 가더니. 텔레비전을 사왔다고 갖다놨는데 그때는 텔레비전을 손가락으로 눌러야 돼. 리모콘이 없어, 첨에는. [조사자: 돌리는 게 아니라 누르는 거예요?] 눌러. 눌러야 되더라고. 어떤 건 틀어야 돼. 라디오는 이래 돌려야 되고 텔레비전은 나온 거 가서 눌러야 된다고. 눌르니까 나와. 눌르니까 꺼지고 켜지고 그래. 하 축구 나오고 뭐 권투 나오고 이러믄 저 4반, 5반, 6반 애들이 싹 다와. 우리 집에 텔레비전 보러. 오면 이놈의 애들이 발에 흙이 방 닦으믄 방바닥에 하나 떨어져. 그래도 그것들 보러와. 우리 큰 아들 친구가 있고 이러니끼. 그러더니 한 해 누 해 지내니까 딴 집들도 모두 텔레비전 사왔어. 그렇게 많이 없는 애들만 오고 지 집에 사온 애들은 안 오드라고.

[조사자: 부자셨나 보다!] 우리 신랑이 영월 광업소 다니다가 저 서울 철도국에 가서 들었어. 서울 철도국에 들어가지고는 제천역으로 왔어. 제천역으로 와서 월급생활 하니까 철도 공무원이니까 시골에 사는 사람들보다도 돈은 만지지 뭐.

[조사자: 아까 연극할 때 심청전, 장화홍련 했다고 했잖아요. 그때 그런 걸 책으로 좀 읽으셨어요?] 선생님이 대본 쓴 책을, 이래 책에다가 인쇄로 박어 가지고, 심청이 하는 사람은, 나는 심청이 어머니 했거든. [조사자: 뺑덕어미 말고?] 심청이 어머니 했어. 심청이 친 엄마. 난 엄마 그거 했어. 심봉사는 선생님이 하고 그랬어. 지금도 아주 기억이 생생하지. 그 연극한 게 다. 학부형들 모시고 학교에서 그 연극 했거든. 심청전 장화홍련 그것도 해고 뭐, 많이 했어 그때. 그때는 학교에서 그런 거 다 하니까. 그렇게 하고 무용도 하고. 나 혼자 무용도 많이 했어. 교장선생님이 자꾸 시켜갖고. 노래도 독창도 많이 했고.

세명대학교 교수님, 또 몇 해 불려 댕겼지 내가. 세명대학교 이창섭 교수님이 국어국문과 선생님여, 그 선생님 제천에 오셔가지고 옛날 거, 옛날에 내려오던 거, 이야기도 하고 노래도 하고 옛날 노래 충주 방송국에도 갔다 오고 그랬어. 저 경북대학교에 갔다 오고 그랬어. 선생님이 자꾸 데리고 사방 댕기셔서. 경북 대학교에 옛날에 저기 뭐야 옛날에 우리 노래. 애들 하던 그 뭐, 그러니까 시방으로 말하믄 동욘가 뭐여. 민요 말고 옛날에 옛날에 시골 사람들이 시골에서 그냥 불르던, 어른들이 부르던 노래, 이런 거 해. 그런 거 시키는 거 해 가믄. 지금 노래도 해라 그러믄, 선생님이 해라 그라믄 하면 돼.

[13] 흉악한 산골의 박달재 이야기

[조사자: 아주 재능이 많으시네요. 여기가 왜 학산리에요?] 여기 학산리가 왜 학산리냐 하면은 옛날에 학이 많이 살았대. 저기 산봉우리, 저기, 저기 학이 많이 살았대. 꼬랑지 날개 디디는 데가 까맣고 하얗고 이런 거 그게 진짜 학이잖아. 학이 살았다고 해서 학산이래. 저기 저 산이이야. 저 봉우리에 학이 많이 앉았대. 그래가지고는 학이 앉는 산이라서 해서 학산이라고 했대. 요 밑에 내려가면, 학산서 저기 아래 내려 가면은 들어가는 입구에 거기는 구학이잖아. 구학이여, 거기도 학이 아홉 마리가 살았대. 옛날에 거기도 그 동네도. 그래서 구학이야. 학이 아홉 마리가 살아서 구학이야.

[조사자: 이 마을은 근처엔 학이 많았다는 거네요?] 많았지 여기가. 옛날엔 여기가 숭악산 산골이고, 저기 왜놈들이 와서 정치 피고, 여기다가 기찻길을 닦고 이제 이래 찻길도 닦고 이래가지고. [조사자: 아, 이게 다 왜놈들이 한 거예요?] 그럼. 이게 중앙선이잖아 이 기찻길이. 이게 중앙선이야 도로도. 5번국도 중앙선이거든 이게. 지금은 또 달르대 또. 5번국도가 아니고 42번 뭐라고 그러대 도로를.

옛날에는 숭악한 산골이야. 그러니까 숭악산 산골이고 개울물도 맑으니까는 학이 살았겠지 옛날에는. [조사자: 숭악한 산골이란 게 무슨 뜻이에요?] 찻길도 없고 숭악한 산골이지. 원주는 갈라믄 60리고 제천은 갈라믄 45리거든 여기서. 제천이 지금도, 키로수로 따져서. 여기가 아주 엄청나게 산골이지. 그래도 왜놈들이 여기다 기차 길 닦고 길도 이렇게 닦어 놓고 이러니까 여기가 그래도 좋아진 거지.

여기 봉양서 충주로 가는데 박달재 있잖어. 박달재 전설 들어보셨어? 내가 열아홉 살 때 난 노래여. 그때 천둥산 박달재 노래가 그때 나왔어. 천둥산 박달재가, 그전에는 한양으로 과거보러 가는 길이여 거가. 박달은 경상도 과객이고, 경상도서 이제 서울로, 한양으로. 옛날에는 서울을 한양이라 그랬잖어. 한양으로 과거 보러가는 길이여 박달재가.

박달이라는 양반은 성은 박가고 이름이 달이여. 과거 보러 가는 과객 청년이, 그레는데 경상도서 떠나가지고 저 상주서 떠나가지고 경상도 상주 그런데 있잖어. 상주서 떠나가지고, 박달이 고향이 상준데 상주서 떠나가지고 짚새기를 해서 짊어지고 봇짐을 해서 지고, 거기다 달어 지고 오다가 하루 걸어가믄 잘 걸어가야 첫날 백리 간대. 다리가 아프면 그 다음 날은 80리도 가고 70리도 가고 이랬지.

가다가 그 박달재 와서 자게 됐어, 저물어서. 주막에 들렸는데 옛날에 주막이래야 오두막 살이겠지. 주막집 딸이 금봉이야. 지금은 그냥 말하기 쉬워서 노래 말은 박달재 금봉이잖아. 그게 박달재 전설이야 내가 지금 얘기하는 기. 박달 도령이 서울로, 한양 과거 보러 가는 길에 상주서 떠나가지고 며칠 저녁 자고, 여기 천둥산 와서 박달재 와서 자게 됐는데 그 금봉이가 주막집 딸인데도, 색시가 참 이쁘더래. 처녀가 이뻐. 열여섯 살 먹었어 처녀가. 박달이는 경상도 사나이가 과거 보러 가니까는 다 컸겠지.

거 오다가 잤는데 금봉이가 아주 어리지만서도 이뻐. 그러니까 거기서 이래 이래 세보니까 과거 날짜 한 달 두고 한양을 가야된대. 한 달 전에 떠나서. 한양에 가서 자리 잡어 가지고 그래 과거 날 시험 보는데. 그리고 박달

도령이 거 와 가지고는 며칠을 묵었어. 한 3, 4일 묵었어. 그래느라고 금봉이를 친했어. 금봉이를 친해가지고 그래 박달도령은 가가 지고 어사 급제를 했어. 서울에 가가지고. 그래서 어사또가 된 겨. 어사또가 되니까 거기서 정승 판서들이 자기네 딸들 주지, 이런 시골 금봉이 주라고 나두겠어?

그러니까 이 박달 도령이 까맣게 잊어버린 거여. 내가 과거에 급제 해도 너를 와서 찾을 것이고, 귀향길에. 만약에 낙방을 해가지고 낙방 그지가 돼가지고 괴나리봇짐 지고 내려오다가도 내가 너를 데리고 갈 것이니까. 아주 우리가 100년 해로할 계약을 맺자고 약속을 하고 떠났는데 박달이 도령이 고마 서울 기가지고 급제 해가지고 어사또가 되니까는 깜빡 잊어버린 거여 금봉이를. 금봉이는 기다리다 기다리다가 암만 기다려도 박달이는 안 오고 소식도 없고 지금 겉이 편지를 헐 수가 있나 뭘 볼 수가 있나 사람이 왕래를 해야 되는데. 그래가지고 금봉이는 죽었어. 금봉이는 그만 기다리다 죽어버렸어.

서로 약속을 다, 금봉이가 죽었는데. 어사또가 어사를 다 해고 그러고서는 어느 고을에 가서 앉아가지고 생각을 하니까. 그래 그 생각이 나는 거여. 과거보러 가던 그 길에 그 금봉이가 꼭 약속을 단단히 했는데. 나중에 와 보니까 박달이가 와 보니까 금봉이 살던 주막집도 몇 십 년이 흘렀으니까 없어졌고, 그래 물으니까 금봉이는 박달이 도령을 기다리다가 처녀로 죽었다고 그러드래. 그래서 작가 선생님들이 그걸 노랫말로 엮어서 노래를 해나봐 아마. 전설은 그렇게 애절한 그게 있다는 거지.

[14] 강원도 영월의 단종 대왕 전설

[조사자: 또 이 마을에 내려오는 전설 같은 건 없어요?] 영월에 내려오는 전설은 많애. 근데 여기는 전설이 별로 없어. [조사자: 영월 거?] 영월은 영월읍에서 청령포라고 다 아시지만은, 단종 대왕님이 열여섯 살에 거기 귀양을 오셨

잖아 영월에. 그분이 영월에 와서 창령포 와가지고는, 첨에는 절벽으로 우에다 가서는, 청령포가 가 보면은 동강이, 영월 동강이 사면을 빵 둘러서 동강에 흘려. 섬 중이야, 청령포라는 데가. 섬에 다가 단종 대왕님을 갖다 놨어. 가에로는 한 서너 질 한 사람 키로 세 키 네 키 되도록 병창이 빵 둘러있어. 새파란 돌로 된 병창이. 단종 대왕님을 거다 가다 넣고 나룻배도 없고 세상 구경을 못하게 세조가 갖다가 가둬 논 겨.

단종 대왕님이 거기서 들으니까는, 생육신 사육신이 그때 다 났잖아. 우리나라 역사에 생육신 사육신 열 두 신한데 조정에 임금님한테. 생육신이 여섯이구 산 사람이 여섯이구, 단종 대왕님 거기 귀양 보냈다고 상소문 올리다가 거기서 처형당한 사람들이 열두 명이고 그랬대. 단종 대왕을 거기다 귀양을 보내 놓고 거기서 소식을 들으니까 그 신하 분들이 자꾸 단종 대왕님을 뭐 갖다기 디리고 암암리로 그랬는데. 세조가 알고는 내려오는 사람, 사신마다 다 목을 친 겨 붙잡어다가.

그러니까

"내가 하나 죽어 없어지면은 무고한 백성 안 죽는다."

그래가지고 그 단종 대왕님이 그 청령포 거기서 그만 자결을, 아주 요래 새풀떼기를 깍어가지고 지붕을 해 덮었어 첨에는. 방하나 부엌하나 요렇게 해서. 그 집을 현재 봤어 나는. 거기에 계시다가서는 그 복덕이라고, 단종 대왕님 몸종이 있었는데. 그 사람을 데리고 왔는데, 자기가 명주수건으로 목을, 자기 목을 매고 방 문 밑, 문지방을 파가지고. 그래 파고서는 복덕이라는 사람보고 내가 여기 와서 고기를 하도 못 먹으니까 개를 한 마리 붙잡었는데 개목을 그렇게 했으니까 내가 놔라, 개가 다 죽으믄 놔라 할 때까지 잡아 댕겨야 된다 그래는 겨.

그러니까 이런 미련 곰탱이 같은 놈이 문지방을 뚫고 단종 대왕님이 자기 목을 자기 명주수건으로 매가지고 내보냈는데 얼마나 잡어댕겨도 한나절 섰어도 생전 대왕님이 고만 죽었다 소리를 안 하드래. 이게 웬 일인가 하고 놓고서는 와서 문을 열어보니까 대왕님 목을 매서 죽은 겨. 그래가지고 복덕이는 대번에 고만 강물에 가 빠져 죽었어. 절벽에 가 내리 뛰어가지고. 대왕 모시든 시녀들이 몇이 있었는데 그 시녀들은 거기서 나와 가지고서는 이쪽에 금강정이라는 데가 있어. 동강 다리 건너기 전에. 그 절벽에 가서 와서 빠져 죽었고.

그래가지고 세조 대왕이 자기 삼촌여. 단종 시체를 거두는 놈은, 갖다 묻는 놈은 3족을 멸한다고 그랬어. 저 집, 갖다 묻는 놈 집, 처갓집, 외갓집, 3족을 싹 모가지를 쳐서 씨를 지운다고 그랬어. 그러니까 아무도 못 갔는데, 아무도 못가서 했는데. 엄홍도라는 사람이 고을에 있었는데 영월에. 영월 원님 심부름하고 그래는 사람이여. 그 사람이 하룻저녁에 눈은 장살에 빠졌는데, 대왕님은 죽어서 신체가 방에 목매달아 죽은 게 그냥 있고.

그래서 그 사람이 내가 가서 대왕님을 져다가, 어데다 땅속에다 묻어놓고. 우리 식구가 이 밤으로 어데 가서 죽으믄 죽고 살믄 살고. 우리 네 식구가 아들 하나 딸 하나. 둘, 네 식구래. 그래가지고 내가 아전으로 사는 기, 쌍놈으로 사는 기 뭐 대왕님 위해서 내가 대왕님을 갖다 묻는다고.

대왕님을 걸빵을 해서 가서 걸어서 짊어지고 그래고서는 그 강물을 건너가지고 오다보니까 시방 영월 능말에 대왕님 산소 있는데 거기를 오니까 눈이 여까지 빠져가지고 도저히 걸어오지를 못 하겠드래. 것다 갖다 놓고 쉴라고 땀도 나고 기진맥진해서 지게를 거 게 갖다 놓고 쉴라고 이래 보니까는 노루가 한 마리 크다란게 드러 눠 자다가서는 뻘떡 일어나서 그 단종 대왕님 신체 지고 오니까 거 갖다가 지게를 궤 놓고는 '아이고 여 좀 앉아서 쉬겠다' 눈에 앉으니까 노루를 건드렸드래.

그래가지고 노루가 뻘떡 일어나 뛰어 눈이 하나도 없고 손으로 이래 파지드라는 겨, 땅이 얼지도 안하고. 그래서 그분이 거기를 자기가 가지고 간 괭이를 가지고 팠어. 파가지고 대왕님을 거기다 묻어놓고는 그래 영월읍에 내려가서 고을 원님 종이니까. 그 양반이 자기 식구들 그 밤에 데리고서는 애기

하나는 봇짐에다 지고, 젖 떨어진 거는 아빠가 지고 젖 먹는 것은 엄마가 업고 그 질로 그만 간 거여. 질로 못 가고 산속으로 타고 도망을 갔어.

그때 200년인가 얼만가 시일이 또 흘러왔는데 숙종 대왕님이라고 그 대왕님이 들어서가지고는 우리나라 역사 사기를 읽어보니까, 단종 대왕님이 그 어린 나이에 문종이, 단종 대왕 부친이 일찍 죽으니까, 작은 아버지가 그 왕의 자리를 탐내가지고 조카를 어린, 귀양을 보내가지고 죽었거든. 그래니까 숙종 대왕이란 분이 단종 대왕을 어디다 묻었는지 찾어야지 묘를 증축을 해서 산소를 만들지.

그래가지고는 전국에다가 방을 붙였어. 단종 대왕을 갖다 묻은 사람이 죽지 않고 어데 가 살았으면 해코지 안하고 내가 200년 세월이 더 흘렀는데 그 사람이 자손이 어디 가서 있으믄 찾어가지고 자기 아버지한테 들은 얘기가 있으믄 단종 대왕님 산소를 왕릉으로 인제 승격을 시키겠다 그래서. 그러고 3댄가 4대 자손이 자기 족보를 보고 우리 몇 대조 할아버지가 갖다가 거기다 묻었단다고 아주 그 양반이 청량포서 떠나서 가는 길까정 소상하게 그려놨더래.

그래가지고 그걸 보고서 나라에서 와서 찾았어. 그래가지고 단종 대왕 산소를 장릉이라고, 노루 장자, 장릉이 왜 장릉이라고 했나, 왕릉이라고 안 하고. 노루가 누웠다가서는 그 자리를 내주고 가서. 하늘에서 내린 자리래서. 노루장자 써서 장릉이래. 능은 이제 임금님 왕이라고.

[15] 주천강의 아기장수

우리 주천에 있는 또 전설은 주천에도 전설이 많어. 옛날에 어느 임금 때. 그러니까 그때는 얼마 안됐지. 고종황제 그 다음 임금 적에. 영월 주천에 장춘이라는 동네가 있어. 강가여. 그랬는데 서강이지. 영월에는 서쪽에서 오대산서 진부 이런데서 주천으로 내려가는 물은 주천으로 내려가는 강은 서강이고 저 정선서 내려오는 물은 영월 강은 동강이고 그 밑에서 합하거든.

주천에는 장수가 하나 났어. 옛날에 장수가 나면은 그 나라가 망한다고 나라에서 장수를 죽였어. 임금님이 장수가 나면 죽였어. 장춘에서 장수가 났어. 엄마가 애기를 베가지고 열 달에 애기를 낳는데 제 엄마가 3일 만에 애기 엄마가 아무도 산 구완하는 사람이 없으니까 자기가 가주가서 애기 난 빨래를 강에 가서 빠는데 요래 건너 댕기는데 나룻배가 쬐그만 게 하나 있었어.

근데 보니까 애기를 옷도 안 입힌 빨개둥이 애기가 거 와서 막 삿대를 일로 절로 젓고서 배를 건네 갔다 왔다 해. 빨개둥이 애기가, 머슴애가. 그래서

"엄마 엄마 내가 배 건너 갔다 왔어. 배 건네 갔다 왔어."

자꾸 그러드래 그 빨래하는 엄마를 보고. 네가, 애기가 방에 드러눴는데 왜 여기를 왔니, 그러니까는 아 '엄마 나는 배 타고 싶어서 배를 와서 탔어.' 이러드래. 애기가 나서 소문이 나니까 그 집 애기는 애기가 빨개둥이 나가서 배도 타고 막 돌아댕기고 그러니까 그만 나라에 그 소문이 간 겨. 영월 원님이 그걸 알고는 나라에다 고해니까 나라에서 그놈을 가서, 크기 전에 가서 죽이라고 그랬어.

그래가지고 스무날 만에 그 애가 나와서 그러는 거를. 나라에서 임금이 가 죽이라고 보내. 나라에서 보내가지고 와가지고 그 애기를 목을 쳐서 죽였어. 목을 쳐서 죽여가지고 갖다가 버렸는데. 한 달이 딱 되는 날 그 밑에서 용마가 나왔어. 그 장수가 타고 댕길 말. 하얀 백말이 나와 가지고서는 스무날을 뛰댕기드래. 그 장춘에 강가에 버덩을. 강가에 용마가 울어가지고 그 동네가 다 죽는 줄 알았대. 그건 우리 아버지가 다 봤대는 걸 뭐. 우리 큰 오빠도 보고.

그러니까 그건 몇 해 전이지. 잘 됐어야 한 백 년 전이지 뭐. 백 한 2, 30년 전이지. 그 애기가 타고 댕길 말이여 그 백마가. 그 말이 한 발자국씩 뛰면 천리씩 뛴대. 옛날 애기나 그런 애기가 있잖어. 주천 우리 친정 우리 집에 현실로 백마가 났어. 그래서 천년암 골이라고 거기서 백마가 났어. 땅속에

바위틈에서 나왔어. 바위가 쪽 갈라지면서 장수가 그 동네서 났으니까 그 장수애기가 탈 말이란 거를. 놔뒀으면 그 장수를 안 죽였으면 그거 타고 댕기며 3국 아니라 4국이라도 통일을 할지 누가 알어?

그런 걸 보면, 나라님이 죽이라고 해서 그걸 와서 죽여 버렸어. 그 백마가 나와 가지고 그렇게 울고 들을 그렇게 뛰 댕기다가 스무날 만에 소에 가서 빠져 죽었어. 강에. 강에 깊은 물에 빠져죽었어. 그래가지고 장수는 나라에서 죽였고 그 백말은 나라에서 죽일라고 오니까 얼마나 무섭게 뛰 다니는지 붙들지도 못했는데 스무날을 그렇게 뛰 댕기드니, 스무하룻날 아침에 소에 가서, 강에, 빙빙 도는 소에 가서, 그 말이 거 가 빠져 죽어버렸어.

[조사자: 빙빙 도는 것을 소라 그래요?] 강물이 가다가서는 이렇게 빙글빙글 돌고 가마솥에 물 끓이는 모양 끓고 거긴 아주 며칠 된 소야. 그 근처엔 가지 말아야 돼. 타지에서 강가에 자꾸 와서 익사하고 강에 물 지리를 몰라서 빠져 죽어. 물이 끓고 빙빙 도는 데로 가면은 그 물 살에 채이면은 사람이 죽어요. 가에다 갖다가 밀어다 갖다 내 놔야지. 그래야지 힘을 쓰믄 자꾸 딸려 들어가. 그래서 딴 데서 온 사람이 물 지리를 몰러가지고 자꾸 빠져 죽는 겨. 그 동네 사람은 물 지리를 아니까 안 빠져 죽어. 주천엔 그런 것도 있고.

[16] 평창 솔밭재 옥녀봉

그 전에는 평창으로 넘어가는 솔밭재가 있었는데 재가 삼각형으로 생겼어. 솔밭재가. 근데 거기는 팔선녀가 두레박 타고 내려와 가지고 목욕하는 데가 있었어. 거기서 나무꾼이 그 선녀 옷을 하나 감춰가지고 그래가지고 선녀 목욕하던 물도 말려버리고 하늘에서 말려 버렸어. 선녀를 하나 잃어버리고. 그 전에 우리 클 적에 그 언저리 이래 가보면 물 구데기가 엄청 커. 거기서 또 내려오는 데 있는데, 절벽이 있어서 폭포가 떨어지고. 폭포가 떨어지는 거기서 선녀들이 와서 목욕을 깜었대는 거여. 시방은 그 골짜기도 다 없어졌어.

오래 수백 년이 흘러가니까. 지금도 그 산을 이름을 옥녀봉이라고 해.

[조사자: 선녀 이름이 옥녀에요?] 몰러, 선녀 이름이, 누가 옥년지. 옥황상제 딸이래잖아 선녀는 그 전에. 그래서 옥녀봉이라고 했는지 모르지 뭐. 전설이 말이 그렇게 내려오니까 지금도 그냥 옥녀봉이라고 그래 그 산을.

어린 아이가 바라본 6.25 전쟁의 참상

어 재 동

"우리를 보고 울어대는데. 엉-엉 우는기 말이여"

자 료 명: 20130831어재동(속초)
조 사 일: 2013년 8월 31일
조사시간: 80분
구 연 자: 어재동(남,1942)
조 사 자: 오정미, 김효실, 한상효
조사장소: 강원도 속초시 장사동 232 장천마을 경로당

[조사과정 및 구연상황]

마을회관에서 만난 화자는 마을이장님이시다. 평소에도 6.25 참전 유해발굴단에 관심이 많으셨기에, 전쟁담 조사에 흔쾌히 임해주셨다.

[구연자 정보]

화자는 속초가 고향이고 평생을 속초에서 사셨다. 전쟁 당시에 어린 아이였는데, 그 어린 아이가 목격한 전쟁에 대하여 매우 구체적으로 이야기해주

셨다. 또한 평소에 6.25 전쟁에 관한 관심이 많이 영랑호전에 대해서도 소상하게 알고 계셨다.

[이야기 개요]

6.25 사변이 끝날 무렵 인민군들이 북쪽으로 올라가지 않고 마을 뒤편으로 들어가는 것을 보고 친구들과 몰래 뒤쫓아갔다. 인민군들은 부상당한 부상병들을 그곳에 두고는 그냥 돌아갔다. 그 곳에 남아있던 인민군이 몰래 쫓아온 우리를 보고 소리를 쳤지만 이내 울음을 터뜨렸다. 다음날 다시 찾아가보니 그 사람은 쓰러져 죽어 있었다. 친구들과 묻어주었다. 2년 뒤 수해가 나서 인민군들 시체가 다 썩고 뼈가 드러나는 일이 생겼다. 친구들끼리는 부담이 되어 동네 형들과 함께 가서 다시 묻어주었다.

영랑호 전투는 인민군과 국군이 싸운 전투가 아니라 국군과 국군이 싸운 전투이다. 국군 선발대가 인민군으로 위장해서 속초에 잠복해있었는데 연락을 받지 못한 국군이 인민군으로 오인해 전투가 일어난 것이다. 영랑호 주변에서 시작된 전투로 마을에서도 총소리가 들렸다. 총소리가 잠잠해진 이튿날 영랑호 주변까지 시체가 즐비했었다. 마을 사람들이 대부분 피난을 갔기 때문에 시제를 깊게 묻기 힘들었고, 갑오년 수해 때 시체들이 영랑호로 다 떠내려갔다. 군인들이 시체를 수습해 한꺼번에 묻었고, 영랑호 주변 보강사에서 그들을 위해 아직도 매년 제를 지낸다고 한다.

[주제어] 어린아이, 인민군, 부상병, 시체, 수해, 영랑호 전투, 오인 사격, 제사

[1] 어린 아이가 목격한 전쟁의 참상

6.25사변 때 자들 초등학교 2학년 댕기다가 6.25가 났어요. 아홉 살이니까. 여덟 살에 들어갔다가 아홉 살에 6.25가 나다보니까. 그 뭐 압니까? 전

쟁이 뭔지. 에, 그랬는데. 그 전쟁이 햇수로 3년을 끌었잖어. 3년을 끌었는데. 지금 내가 요거를 간단한기. (주머니에서 꺼낸 명함을 보여주시며) 유해발굴 6.25사변 유해발굴 이걸 이제 군인들이 좀 협조를 받는다 해서 요 과정을 내가 간단하게 얘기를 할 텐데.

이 인민군이 마지막 저 후퇴. [조사자: 후퇴.] 후퇴할 적에. 우리 마을에 내가 앞으로 한 두 시간, 세 시간있으면 해가 떨어질 그 시간인데. 쬘 수 패잔병들. 다친 그 그 무시라는 거 알죠? 가마니, 가마니 이렇게 해가선 들것 만드는 거. 여기다가 해서 뭐 전부 싸맨기 그기 가들 의 저 의술쪽이 약하니깐 뭐 천으로 막 쪼미고.

아 그렇게 해서 그때가 마지막 되니까 언제냐믄 그때가 내가 열한살때여. 아 그런디 이 사람들이 와서 양지바른데서 이 시, 쉬어가는데, 이 마을 뒤로 넘어가면 북쪽으로 가야되는데. 이 사람이 지금 미시령길. 지금 미시령길이 저 차도 못 댕기고 걸어댕기는 길인데. 글로 간단 말이야. [조사자: 인민군들이.] 인민군들이 피신을 가는디. 그러니까 국군이 벌써 고성 쪽에서 와서 차단하고 그러니깐 산길로 도망가야되거든. 지금 이제 철들어시 생각하는데. 다 일로 왔는데 들거에 실은, 들거에 실은 사람을 둘이 앞뒤에서 들고, 한 사람이 총을 들고 우리 마을 저 뒷길로 빠진다 말이여.

'야 이게 이상하다.'

우리 맘에 어떠나 보자. 서이가 또 동기자리여. 야 이걸 요걸 직접 다라가믄 뭐 그러하니까. 숨어서 가니까 옛날에 우리 솔이 없어요. 솔이. 그 솔나무 어린 걸 보대기(보드기)라고 그러지요. 솔나무 어린걸 보대기라 그럽니다. 지금도 그 전문적 그 언어가 보대긴데. 요런 보대기가 요런데. 여기다가 들거를 딱 갖다놓고 이놈들이 나와. 그 환자 그 들거에 탄 사람은 환잔데 놔두고 나오더라는 얘기이야.

숨어서 보다 그 사람한테 우리가 붙잡혔어 세 명이. [조사자: 아이고.] 게 소리를 지르고

"이노므새끼들 느이 왜 여그 왜 왔냐?"

이거야. 도망을 쳐서 집에 왔다가 그날은, 그날은 저물어서 엉금엉금 가만-

"우리 어떻게 되나 가보자."

그러니까. 이 사람이 둘러 있다가 앉아서 우리를 보고 울어대는데. 엉-엉 우는기 말이여 이 목소리나 아나? 게 빔이 어두워지니까 집에 왔다가 내일 아침에,

"우리 또 가보자."

어이 갔더니 쓰러져서 죽었어. 긍까 어차피 이 모시고가서 살리지 못할 바엔 그 내뻐리고 가는거지.

게 내가 이 유해 발굴 이거 때문에 내가 그 자리에 그 현장을 몇 번 갔다 왔는데. 그 죽어 서서 우리가 고때 열한 살 먹은 것들이 서이서 삽도 아니고 손으로 나무 꺾어가선 그 천만 안보이고 옷만 안보이고 덮어 논거야 이게. 그러다 갑오년 수해가, 갑오년 수해가 2년 후에 수해가 났어요. 그래도,

"야, 우리가 그 묻어놓은데 가보자."

골짜기다가 여기다 놓고 묻었으니까 전-부 떠내려가면서 다 뼈만 앙상하게 남았어. 사람 뼈를 보면 우리가 뭘 할 수 있나. 그래 우리 우에 형들보고 저기에 있으니 좀 같이 가서 하자 해가선 우리 여섯이 뻘을 막아서 이렇게 묻어놨어. 이렇게 묻어서 묘를 만들었지.

[조사자: 좋은 일 하셨구나.]

어. 그래서 이거를 이 사람들이 몇 년 전에 왔다 간 후 내가 혼자서 그 자리를 아니까. 그 쉼터는 있어. 쉼터는 있는데 이 뼈가 다 썩어 내렸는지 안 내렸는지 알지도 못하고. 이 저 여기다가 전화하면 되겠지마는 이건 또 국군이 아니고 인민군이야. 응. 우리 국군이 아니고. 그래서 안하고. 게 이 저 사변이, 전쟁이라는 거는 진짜 있어서는 안됩니다.

[2] 이산가족 상봉으로 방문한 북한

내가 그 이산가족 7차 상봉 때 금강산 들어가서 북한 주민들하고 만났는데. 여기서 사진보믄 가도 뭐 우리하고 똑같애. 또 이북 여자들이 이뻐 (웃음) 여자는 앞가슴이 그래도 통통한 맛이 나야 여자다운데. 이게 하나도 없어.

[조사자: 누가, 인민군?] 아니. [조사자: 아, 남한에.] 북한 주민들은. [조사자: 아, 북한 주민들은.] 거기 간부급들은 좀 있는데. 주민들 이산가족에 만난 나온 사람은 이 살이라는 게 없어. 거 티비 나오는 건 다 그래도 괜, 괜찮게 먹고 지날만한 사람들이고. 아 진짜 불쌍해.

그리고 내가 그 저 수상호텔이라고 정주영씨 그 아산에서 107층으로 만들어가선 띄워논 기 장자강에 띄워논기 수상호텔이란 말이여. 거기서 개별 상봉을 하는데. 내가 가져간 선물, 내가 가져간 선물을 주고 저 짝에서는 동일하게 가방 하나씩만 줘. 김일성 장군 뭐 이런 책 이런거 주고. 뭐 담배 몇 갑 이딴거나 주는데, 우리는 금반지도 해가지고 벨 걸 다 해가지고 가는데. 절대 공개 못하게 해.

근데 왜 나가 그걸 얘기하냐믄. 우리 내가 모시고 간 분이 백 세 살이여. 그분이 연세가 많다보니깐 그 양쪽 취재팀이 우리를 제일 먼저 취재하거든. 근데 이걸 못하게 한다말이야. 그래가선 그 양쪽 취재팀들도 막 서로 다투고 내가 혹이나 알 수 없어서 반지는 순 싸이즈를 모르니까 목걸이를 해 가지고 가서 목걸이를 씌워주려고 하니까 장군님한테 뵑힌 다음에 여 다 걸지 못건다 말이야. 세상에, 세상에 그런 세상이 어딨어. 응? 내껄 내가. 어떻게 그 우리나라에서 저 박근혜 대통령한테 먼저 뵑히고 건다 그러면 그기 말이 될 일입니까?

아주 금강산, 그 다음에 금강산 관광도 우리 누님들이랑 모시고 갔다 왔는데. 밭에서 일하는 것은 뒤도 못 돌아보게. 가들은. 우리 쪽으로 우리 관광차를 못 보게 해요. 그기 인간이, 인간이 아니야.

그리고 이상하게도 할아버지 한 분이 자기 마누라 첫 돌도 안 된 딸 애 갖다가 맽겨놓고 잠깐 나와서 피신할 줄 알았는데 대구에 사는 영감님이 게 나와가선 오래 못가니깐 새 장개(장가)들어서 참 그 기억을 갖고 있고. 게 내가 구십 팔 번을 갖고 있고, 그 어른은 구칩 칠번이여. 게 테이블이 이렇게 있고 이렇게 있는데. 마누라도 영감 손을 이 못 맨져봐. 딸도 육십이 넘은 딸이 아버님이라고 말 못해. 어릴 때라시 뭐 멍한 사람이 되고. 전쟁이라는 거는 있으믄 너도 나도 비극이여. 게 내가 갔다 올 때 그 족자에서, 저 짝에서 받는 거 있고 이짝에서 받는 거 있고. 전장은 이 인간으로서 있어선 안 된다는 첫 문구에 넣었죠.

[3] 1.4후퇴 때의 피난담

[조사자: 할아버님 그러면 그때 당시에 아홉 살 되셨을 때 피난은 안가셨어요, 집에서?] 예. 피난은 쪼-금 갔었어요. 많이는 못가고. [조사자: 누구랑. 부모님?] 어머님. 우리 아버님은 내 여섯 살에 운명을 하셨기 때문에 어머님, 누

님. 두 분. 내 위에 형 나 내 밑에 동상. 그리고 내 동상은 나보다 5년 밑이니까.

[조사자: 애기네.] 애기지. 누나가 업었는데. 그라고 피난 간다하믄 뭐 방아가 없으니까 쌀을 끌어와가선 절구에다 찧어와선 백식이라는 떡을 해와선 그걸 걸머지는게 양식이지. 뭐 양식이 더 있을 수가 없지. 그러니깐 쌀도 많으면. 쌀도 많으면 많이 지고 갈 수가 없고. 가다가 우리 어머니가 뭐라 하느냐면,

"야, 나는 가더라도 우리는 이 이상 가다보면 길에서 굶어죽고."

1.4후퇴. 그때가 1.4후퇴란 말이여.

"굶어 죽으니 되돌아가자."

그래 돌아오는데 우리 마을에서 좀 부잣집이라는 사람은 소, 소에다가 그 사람 타게 끔 되는 짐 몇 개에다가 타고 구르마에다가 쌀 싣고 사람도 타고 가는데. 우리는 그 작달한거 가서 한 끌에 삼 사일 버티면 잔뜩 되는데. 우리 어머니가 판단 바로 내린거여.

"되돌어오자."

들어오다 마수되면 피난 다니다가 왜 돌아오느냔 얘기여.

그래서 이 빈 동네 몇 집이 못 나가고 있는데. 인민군 학도병들이 열여섯 살, 열여섯 살 요렇게 먹은 사람들이 이제 학도병에 붙잡혀 왔는데. 이남으로 피난 간 집은 여기 동네 빨갱이란 사람들이 나무를 십자가를 딱 박아놓으면 이 집에 곡식 하나도 그릇 하나도 인민군 식량이야. 누구든지 내 친정이지만 못 들어가. 아 요 안에꺼는 인민군 식량이야. [조사자: 아, 이렇게 문 앞에 엑스자로.] 엑스자 해놓으면 여기 들어갔다 하믄 무조건 총살당하니까. 야. 게 우리는 우리는 미신이 집집에 망뚤 있잖아. 콩을 끌고 가선 콩을 갈아가선 그 소 죽 끓여먹, 끓여 먹이는 데다 죽을 쒀. 배고프니까 먹으라면 학도병들이 몇 그릇도 먹지. 이 뭐 배탈이 나든 다 설사들 해서 옷이 있어야 빨아가지고 그냥 짜 입고 싸움터에 갈 수 밖에 없고. 진짜 그기 먹는 다는 게는 얼마나 불쌍하고. 아휴.

아휴. 그래서 피난은 못나가보구. 그 나가고 들어오는 그 군인들 국군은 들어왔다하면 여자만 보면 사죽을 못써. 이 젊은 여자들은 무조건 감춰놓고 드러운 할머니들 옷을 입히고. 응 이런데 인민군은 여자한테 손을 못대. 댔다하면 죽으니까. 댔다하면 죽으니까. 댔디가는 죽으니까. 그런데 먹는거만큼은 국군은 잘 보급이 되니까 먹는건. 인민군은 무조건 먹는거라면 싹 다 가져가는거야. 에. 소구 뭐고 닭새끼고 뭐고 이놈이면 멍지리. 게 군부의 차이가 국군은 먹을 게 흔하니까 여자를 밝히는 쪽이고 인민군들은 밝히고 자시고 없고 그건 뭐. [조사자: 그러진 않는데. 먹는 거는.]

그렇지. 그래서 그 6.25사변 때 북한 항공기는 폭격을 못했고 여기에. 인민, 국군의 폭격기가 어마마게 했어. 이 동네가 거의 다 잿마당이 됐으니까.

[조사자: 인민군은 여기가 자신의 땅이니까 폭격을 안했는데.]

아니. 가들은 항공기가 그렇게 있지도 않았고. (웃음) 우리는 6.25사변 전에 비행기라는 얘기도 못 듣고. 일본어로 히꼬끼 히꼬끼 했는데. 비행기 떠다

니는 게 처음에는 이상해서 어른들보고 물으면

"저게 히꼬끼다 히꼬끼."

그게 비행기란 말이여. (웃음) 압록강 그 압록강 그 댐 부수러 들어갈 때 우리가 얼어서 하도 우릉우릉해서 보니까 아-주 높이 떠간 그 많은 비행기가 들어가. 그기 이제 압록강 수력발전소 부수러 들어갔던거고.

[4] 군 생활 하던 곳으로 다시 가보다

게 이제 내가 군 생활을 또 디에므지(DMZ) 비무장지대서 군 생활을 해서 꼭 군대생활한지 꼭 50년만에 우리 노인회 단체가 내 군생활하딘 데를 갔다왔어요. 에 갔더니 상병 둘이 그 승리 전망대에서 저거를 하고 있어. 게 내가 어깨를 두드리면서,

"내가 50년 전에 여기사 군 생활을 이 자리에서 하던 사람입니다."

그러니,

"그러세요?"

그래 비망록을 가져와가선,

"여기다 싸인 좀 해주세요."

거 하더라니까 아이, 기왕이면 군번도 넣어 주시고 전화번호도 넣어 달래. 그래 내 전화번호를 넣어줬는데 이틀 후에 민병대장이 나한테 전화 왔어. 그 군 생활하던 데를 찾아오신분이 나 하나뿐이었데. (웃음) 우리가 6월 달에, 7월 달에 갔다왔나? [청중: 7월 초께에요.] 게. 금년. 거기 갔다가 나오다가 춘천 남해 섬 들려서. (웃음)

게 그 군생활하던 데를 가보니까 참 감회가. 우리는 그때 승리 전망대 그 적금산 밑에 우리 샘물을 자들하고 우리하고 같이 먹었어요. 중국 군사분계선이란 거는 지금은 원형 철조망으로 이렇게 잘 만들어놨지만 휴전 협정때 이 그 철조망 1차선이 네줄이 그 나왔어요. 네줄이. 그런데 이게 오래되니까

나가지 않고 이렇게 되고 뭐 그런 철조망 또 끊기도 하고. 근데 거기는 이제 우리 쪽은 흰 판이고 자들은 노란 판이래요. 그래서 이제 1메다에 80센치 이렇게 나무로 해서 이짝에는 디에므지. 에 디에므지라고 하고 영어로 디에므지. 군사분계선 이렇게 돼있고. 자들은 한문으로 노란 판으로다가 저 중국어로 돼있고. 그래서 이 하는데. 그때는 우리가 어물어물하면 이 나갔다가 자들 땅으로 넘어가기 쉬운 쪽이래요. 그래서 우리 샘물이 적금산이 높으니까. 요게 높은 산물이 좋거든. 가들은 낮은 데니까 저 샘물은 오염됐으니까 우리 물을 먹어. 그런데도 나갈 때 서로 깃발들고 얘기를 하고 이렇게 흔들어주면 같이 나와.

그래서 물 뜨고 그런데 우리는 나갈 때 요렇게 천, 종이로 된 천을 세 개씩 갖고 나가. 담궈 놓고 2, 3분 지나며는 색깔이 변하지 않아야만이 물을 떠요. 그 다섯이 나가서 다섯 걸머지고 앞 뒤에 총 들고. 게 그러던 데를 이번에 갔다왔어요. 꼭 50년 만에 (웃음)

게 우리가 이렇게 얘기를 하믄 에 뭐이 그랬어. 지금은 이해가 안가지. 지금은 넘어가지를 못하잖아요. 우리 군 생활할 때 그 우리 군 생활할 때 그 동향에서 서향까지 참나무 3메다(미터) 높이로 또 있어. 그거를 그게 썩은 다음에 원형 철조망을 끼웠죠.

[5] 당시의 속초 모습

[조사자: 할아버지 근데 그러면 전쟁이 났을 때 여기 속초에 처음에는 이제 인민군이 있었겠지만 국군이 들어오고. 그 인민군이 가버리고. 그랬다가 다시 또 인민군이 한번 오고. 그랬다가 다시 국군이 또 한 번 들어온 거죠.] 그렇지 그렇지. 고대로 겪었죠. [조사자: 그 고스란-히 속초에서 그냥.] [청중: 잘 아시네.]

그러고 방공호. 우리는 주로 방공호에서. 밤에는 집에 왔다가 방공호에 들어가서 사는거지. 방공호 문은 뭐로 하냐. 가마니에다가 흙을 잔뜩 넣어 가선 안에다가 방공호 안에다가 그 방공호 안에다가 기둥을 하나 박아놓곤 문을 못 열어지게끔 바우 위에를 매서 고정을 시키죠. 그래 인제 흙을 넣어야만이 총을 쏴도 그 가마니는 못 뜯잖아. 그래 그리 숨었어. 지금도 우리가 살던 그 방공호가 아직도 그 앞면은 무너져도 이거 가면 그 방공호가 나오죠. (웃음)

[조사자: 방공호 크기는 어느 정도 되는 거에요?] 인제 크기가 가족 단위가 있냐면 대게 힘이 적으니까. 두 집 어울러서, 두 집 어울러서 하나씩 가졌는데. 그러면 이제 좀 소가 있고, 소도 가지고 있고 좀 부, 힘 있는 사람은 들어가서 세 갈래. 들어가서 세 갈래. 하나는 소를 매야 되고. 소를 비행기서 봤을 때 말로 보인다는 얘기야. 그러니까 소도 감춰야 된다. 그래서 소 감춰놓는 방공호가 들어가서 있고. 들어가면 한 쪽은 짐 보따리 넣어놓는 창고지. 그리고 한 쪽은 사람이 숨을 수 있는 창고. 그러니까 직전이 아니고 이 들어가서 갈라지고 그 안에 들어가서 티(T)자가 되는 거지. 이짝은 짐 보따리. 이짝은 사람. (웃음)

[조사자: 아, 이런 얘기 처음 들어봐요. 근데 그렇게 방공호를 그렇게 누가 그렇게 잘 지은거에요? 나라차원, 정부 차원에서?] 아니. 살기 위해서.

주야 요런 옛날에는 이런 다라도 없으니깐 난방있잖아 난방? 나무를 판. 이런 거를 아버지들은 파주면 고걸 담아서 갖다버리고. 그도 버리면 그걸로 흙이 보이면, 흙이 보이니까 풀로 갖다가 덮어서 위장을 하는거지. 위장을.

[조사자: 그러면 전쟁이 나기 전에 그렇게 각?] 아니. [조사자: 집집마다?] 아니. 난 다음에. 난 다음에. [조사자: 난 다음에.]

게 우리가 여기가 이 동네도 학교가 있었어요. 학교가 있었는데. 이제 학교 뒤에 큰 솔대다가 싸이렌하고 그 경비원이 앉아있어. 비행기가 떴다 하며는 싸이렌을 틀어. 게 한 번 틀면 책상 밑에 엎드려. 그 다음에 두 번 틀면 통로로 나와. 통로 나오면 운동장 밑으로 홀을 파놓고 우에 흙으로 덮어놨단 말이야. 일로 빠져나와가선 산으로 빠져나가야지. [조사자: 말은 그래도 치밀한데

요. 오.]

그 싸이렌을. 이 긍가 비행기만 떴다하믄. 그래도 공교롭게도 그 우리 학교가 살았어요. 6.25사변때 기둥을 맞았는데 불에 안탔지. 그래서 이 학교가 여기 지금 온정 초등학교로 헐어갔죠. [조사자: 온정?] 온정 초등학교. 옛날 거기 학교가 있었는기 불에 타 삐리고 학교가 없거든. 그러니까 여기 학교를 헐어다가 그 지어가선.

[조사자: 그 그 학교만 당시에 불에 타지 않은거네요. 그래도 살아남은.] 우리 마을 께 살아남은거지.

게 지금 이 전 노인회장이 나보담 딱 11년 위시고, 이 어른은 10년 위시고. 그런데 이 동네에 있었던거는 이 어른들은 바깥에 나가있었으니 모르고.

[조사자: 그러면 그때 그렇게 아홉 살이고 어린 애들은 인민군이랑 군인들이 그래도 나쁜짓은 안해유? 이렇게 죽일려고 하거나.] 아니. 근데 우리가 한번은 죽을 뻔 했는데. 그 동개비들 서이서 내 집에 탄환이 아주 없어서 난린데. 여기 학도병을 감시요원 보따리를 맽겨놓고 내 집에. 맽겨놓고 이 사람들은 뭐 순찰 나갔는지 작전 나갔는지 나갔어. 아 그게 뭐 열 몇살 나보담 몇 살 위인지 피곤해서 잠 잘자더라. 가만있어 실탄을, 실탄을 우리가 사용할라고 핸게 아니고. 그걸 빼가선 화약을 이 저 말아다놓고 불장난을 하면 아-주 재밌어.

[조사자: 장난꾸러기라 그때도.] 그러니까 이 사람 잠자는데 살-살 해가선 고양 들고 일어나면 걸리겠으니깐 옛날 그 저 저 저 바지가 바지같은 여기다가 살- 살 감겨가선 문 틈 앞으로 살-살 요기다가 요렇게 나가가선 문틈에 나가가선 이게 빠질까봐 요러고 가선 가지고 나가가선. 야 이노무 새끼들이 이제 그걸 화약을 빼가선 어두워지면 불장난하는데.

아 여 내 보덤 육년 위의 누님이 너 집에 들어가면 죽으니까 무조건 못들어온다 몸만 감추래. 아이 쫄병이 실탄을 다이게 빼냈네 보초 선다는 기. 그 내가 훔쳐가는데 쫄병이 걸려가서는 그 쫄병이가 그 저 실탄 그 곤혹을 저기 하는데. 니만 보면 넌 죽는다 이기여. 집에 못들어가고 남의 집에서. 남의

집도 그저 소, 소멕이하는 거기에 숨어가선 그러던 일이 있어요. (웃음)

[조사자: 그래도 안 잡히셨어요. 다행이.] 안 잡혔지. 그 사람들은 그기 큰 건데. 우리는 장난질하기 위해서 그걸 훔쳐냈으니. (웃음) 그걸 뭐 붙잡혔다하면 무조건 총살이지. (웃음)

[조사자: 그러면 인민군이나 국군이나 이렇게 여기 마을에 들어와서 크게 나쁜 짓을 하거나 아니면 너무 안타깝게 죽은 이웃 사람이나 그런 분들은 안계세요?] [청중: 이 동네서 국군이 인민 군인인지, 인민 가족인지 서이를 여 뒷산에서 싸 죽였어요. 쏴죽였는데. 우리 동네 할아버지 한 분이 최영길씨 할아버진데. 그 분이 남북한 들어가고 나가고 하는 사람을 다 살군 분이에요.]

아 국군이 들어오면 인민군, 인민군 가족들을 죽일라그러고 인민군이 이 나오며는 신빽 빨갱이 이랬으니까. 지금은 뭐 인민군 뭐 저기하지마는 신빽 빨갱이 이랬으니까. 그 죽일라고 하믄 이 할아버지가 어떻게든지 인명 피해를 막아야된다. 그래서 이 할아버지가 숱한 사람을 살군 분인데. 꼭 죽이긴 죽여야되겠는데. 죽이긴 이 죽여야되겠는데 이 할아버지 때문에 못 죽여.

그러니깐 이 할아버지를 지금 내가 살고 있는 그 소 축사 앞. 옛날에는 소 축사가 부엌하고 붙었잖아요. 좁은 방안에다가 가둬서 꼭 채워놓고 못 나오게하고 바로 뒤에 올라가서 서이를. [조사자: 국군이.] 이 쏴 죽여서 가족이 나중에 시신을 모셔갔어. 모셔가지고 가는데 한 사람은 그 도기, 도기 아버지요. 한 사람은 우리 매형 형이고. 한 사람은 저 풍곡리 또 누구고. 세 사람이.

[조사자: 왜 그 분들이 빨갱이라고?] 그럼 빨갱이라고. 그 뭐 여기서 지금 말하면 지금 여기서 감투썼다하며는 부장도 신빼고 또 저 짝에 이 저 짝에는 부장이라도 하게 되면 빨갱이고. 그 똑똑한 사람은 다 죽이는 거지. 그 뭐 그러니깐 똑똑해도 벵신처럼 행세하는 사람은 생명을 살았구.

숱한 그거 게 인제 여기 영롱 호수에 전장을 우리가 그 집 속에서, 방안에서 쫓겨나오지도 모하고, 방안에서 쫓겨나오지도 그걸 겪었는데. 이 국군 총하고 저 인민군 총하고 소리가 달라요. 땅콩. 인민군대 총은 땅콩땅콩하고.

이 이 국군 총은 쎄-게 땅! 땅! 이지랄하는데 허 이런 이미럴.

[청중: 인민군총. 내가 쏴봤거든. 국군 엠왕총은 여덟 발 장전하잖아. 그러면 여 댕기면 여덟발 다 나가면 이제 이걸 딱 후퇴하는데. 거기서 이 6.25 사변 때요 이 국군들이 덮어놓고 전쟁 중에 교육을 시켜가지고 뭐 아니냐말이야. 후퇴하면서 군인들이 놓고서 도망갔다 말이야.]

버려졌어. 총이 망가졌다고. 후진해서 다시 케이스를 넣게 돼있는데.

[청중: 아이 군인이 놀라서 도망갔다 말이야. 그랬대요. 그래니 그 우리가 훈련, 저 훈련소에 가서 조교가 그런 얘기를 해서 아는데. 그러니 6.25사변 때 우리 국군이 이길 수가 있어, 그기? 그렇게까지 모르니.]

[조사자: 인민군이. 인민군이 이길 수 없었다 이거죠? 그렇게 모르니.]

아니. 국군이. 그러니까 그러니까 부산까지 쫓겨가고.

[청중: 근데 내가 아까 얘기했잖어. 참 그 여기 국군 그 대검은 날이 이렇-게 이런 식으로 생겼는데 그걸 삐루하게(뾰족하게)했어요. 푹 찌르면 사람도 관통을 해.]

아, 그럼 그럼.

[청중: 아이 거짓뿌렁이 아니고.]

아니아니, 총 길이도 길고.

[청중: 내보다 뻗치면 엄청나요. 그거 쏴봤어요 나도. 인민군에 있을 때 쏴봤는데. 몇 발 쏴잖어? 이 국군 엠왕총은 거기다 대면 아주 이거야. 이거요 몇방싸면 께스가 차가지고 이걸 열어가지고 이 넣어야되는데 안열려요.]

께스가 차가지고.

[청중: 그럼 어떻게 하는지 알우? 내보텀 그래봤다. 돌맹이다가요 둥그런거 있잖아? 이렇게 이렇게 뚜드래.]

[조사자: 전쟁중에?]

[청중: 이 국군 엠왕 총에다 비교하면 국군 엠왕총은 기관총 한가지여. 못써 못써.]

그런데 그 영랑호 전쟁에는 결국은 인민군이 패배한게 아니고 국군이 패배한거야. 근데 왜 패배했냐믄 우리 어렸을 때 가정이지마는 이 치안대라고 국군 선발대가 치안대라고 해서 먼저 들어와요. 인민군복을 입고. 그런데 한 대를 해가선 저 고성 쪽 조거에다가 국군을 풀어놨는데. 인민군들 못 다 들어간 걸 잡기 위해서 하는데. 아 국군이 인민군복을 입었으니 오진해가서 저희들끼리 싸우는 거지. 인민군하고 싸우는 게 아니고 국군과 국군이 싸우는 기 영랑호 전쟁이에요.

[조사자: 아, 저희는 몰랐어요. 국군이 오해를 한거에요?]

그렇지. 저희 패가 국군복을, 저 인민군복을 입었는데 이게 오진이 된거지. 그래가선 이게 싸움을 해가선 서로 다 죽고 여기서 엄청 죽은거야. 영랑호에서.

시신이 그 이튿날쯤에 우리는 탄, 어린게 탄피 줏으러 나가는거야 탄피 주으러. 영랑호 올라오는 이 제방에 전부 시신이 말이야 쬐 깔렸지 뭐. 그러니 그 시신처리할 힘깨나 쓴 다는 사람은 다 피난나가고 없고. 냄새가 나고 나중에는 어린게 썩은거 묻어놓고. 지금 그 그게 그리고 2년후에 갑오년 수해가 났단여. 그러니 묻기 쉬운 자리에다 묻었으니깐 산사태가 나서 다 영랑호로 떠내려가삐리고. 지금 영랑호 옆에 지금 저 저 사람들 그 민박받기 위해서 집들 진 그게 거의 다 군인들 묘들 썼던 자리여. 그 개발 할라니까 뼈다구 주워다 다 내삐리고.

[조사자: 근데 왜 국군이 인민군 옷을 입고 있었어요?]

아니 그 치안대라고 선발대가 인민군들 나갈 때 군, 국군 속에 들어가서 행동하면서 그 작전을 하거든. 그니까 그 작전이 잘못되가선 서로 이 무선이 제대로 돼서 이러게 되면 그 전투가 안일어났는데. 이 치안대라는 거는 군복을 입고 민간 포섭하면서 빨갱이 잡아내는 이런 역할을 하고. 국군은 전투해서 쳐들어가는건데. 그 인제 소문에 의해서 여기에 속초 어디에 이 인민군이 많이 못가고 있다. 이게 국군인데 인민군으로 채가선 저희끼리 싸움이 된거지.

[조사자: 여기 마을에서도 막 영랑호 전투하는 소리가 막 들리.]

아이고, 영랑호는 막 붙었으니까 여기 나오면 시신이 쭉 깔렸는데. 밤에 자다가 갈 수가 있나. 이불을 덮어주고. 이불은 솜이 탄알을 못 뚫는다고 해 가선 부모들은 덮어 주고 덮어 주고. 그 속에 숨어서 살은 거지.

그 날이 샌 다음에 총소리가 안 나니까. 뭐 어른들도 얼마 안살은 사람도 다 피신가고 없고. 다 비실비실한 어른들이,

"아 여기도 사람 죽었다. 저기도 사람 죽었다." 해서.

우리는 사람 죽은 게 아니라 탄 피 주워서 그 엿도 못 바꿔. 엿장사 없어 엿도 못 바꿔먹는건데 그거 줏으는 재미에. 내가 참. 전쟁이란건 어느 나라든 전쟁이 있으면 완전히 비극이지. 이건 내 부모 죽였는데 내가 너 안죽여? 그러니 자꾸 원수가 원수가 되는거지.

[조사자: 그 탄피 줏으러 가보니까. 거기 짝-.]

아, 죽어도 뭐. 아직까지 목숨이 살은것도 있지만 그 누가_ 누가 어떡해. 못본척하고 지내야지.

[조사자: 혹시 그 중에 기억나는 산 사람도 있었어요, 할아버님?]

산 사람은.

[조사자: 못 봤어요, 다 그냥.]

근데 그 한가한 후에 나도 이제 좀 커서

"야, 내가 여기다가 하도 불쌍해서 여기다 묻어줬다."

근데 그 인민군 복장 그 가죽 탄띠. 가죽있잖어? 그걸 뭐해.

"야, 저게 아직까지 들 썩었어."

그 재숙이. 재숙이 양반도 그걸 알고. 재경이가 그때 당시에 그걸 자기가 조그만기 갸가 나보러,

"야, 이놈으새끼야. 그 송장껀데."

송장이 뭔지 알어? 지금도 재경이가 그 얘기를 해. 그기 갑오년 수해 때 떠내려오뻐리고 말은거지. [청중: 다 떠내려갔다고 봐야 돼.] 그 묻기 좋은 데

다 했으니까.

[조사자: 그거 다 누가 묻은거에요, 그래도 처음에?]

두엄 밭에 있는 거는 이 영감님이 묻었고. 그 인제 군인들, 군인들이 보니까 즈이끼리 싸웠잖어? 그러니 즈이끼리 한군데다 막 갖다가 놓고 묻었지. 그니깐 국군이 승리는 했는데. 국군이 국군을 죽였으니깐 둘 다 패자지.

[조사자: 사실은 승리가 아닌건데.]

그렇지. 그 지금 영랑호에 보강사란 절이 있어요. 거기에 그 치안대가 집중 있었는데. 그 꼴이 돼서 그 연년이 참전 용사들 그 제를 지내지요.

[조사자: 지금도?]

그럼요. 내가 그것도 잘 몰랐는데. 내가 그 볏짚 지금은 기계로 묶고 이러는데. 그때도 기계도 있다하지마는 내가 볏짚을 묶어가선 그 절 신자 하나가 나하고 우연찮게 안다해서 내가 볏짚을 구르마를 1년에 몇 구르마씩 실어다 줘. 그러면 그걸 그 사람들 축제에, 이 달맞이 불꽃놀이 식으로 축제를 하지요. 그래서 그것을 그 행사를 알고. 그 보강사절이고 자리에 고대로 있죠.

[조사자: 어르신 그래도 어렸을 때 어리다보니까 그래도 또 전쟁이 나름대로 탄피도 줍고. (웃음) 나름대로 또 그냥 그 어렸기 때문에 그냥 놀았던 추억도 있는거네요 그래도 어르신께는. 배고프기도 했지만.]

뱀으로 현신한 빨갱이 대장

심효순 외

"그 혼신이 왔다고. 그 빨갱이가"

자 료 명: 20130327추태수심효순(순창)
조 사 일: 2013년 3월 27일
조사시간: 30분
구 연 자: 심효순(여 · 1936년생), 김순례(여 · 1937년생), 추태수(남 · 1945년생)
조 사 자: 김종군, 박재인, 김지혜, 남경우
조사장소: 전라북도 순창군 (마을회관)

[조사과정 및 구연상황]

조사자들이 마을회관에 방문하여 조사취지를 설명하였다. 가장 연로한 전영섭 어르신께 전쟁체험담 구연을 청했으나 청력이 약하여 의사소통이 불가능하였다. 그러다가 추태수 제보자가 먼저 구연을 시작하였고, 이후 심효순 구연자가 교대로 구연을 하였다.

[구연자 정보]

심효순 제보자는 1937년 곡성 입면에서 태어났다. 14세에 한국전쟁을 경험하였다. 설화적이고 민속적인 내용을 위주로 구연하였다.

김순례 제보자는 1937년에 태어났다. 14살에 전쟁을 경험했다. 피난과 인민군에게 노래를 배운 기억이 있다.

추태수 제보자는 1945년에 태어났고, 6세에 한국전쟁을 경험하였다. 인터뷰 당시 마을 이장직을 맡고 있던 제보자는 주로 주변 어른에게 들은 이야기를 구연하였다.

[이야기 개요]

밤에 반란군을 피해서 해질 쯤이면 지서로 가서 밤을 보내고 아침이면 집으로 돌아왔다. 밤에 피난할 때에 집에서 기르던 소도 끌고 갔었다. 그런데 소가 성질이 사나워 지서에서 데리고 오지 못하게 하였다. 집안사람들이 어쩔 수 없이 소를 집에 묶어두고 지서로 피난을 갔다. 반란군들이 묶여있던 소를 억지로 끌고 가려고 하자 성질 사나운 소가 뒷발로 차서 반란군 7명을 죽였다. 지서에서 소에게 상을 주었다.

마을 사람 중에 빨갱이 우두머리가 있었다. 그는 산에서 화성기를 들고 빨갱이들에게 지시할 뿐 내려오지는 않았다. 국군이 들어왔을 때 빨갱이 우두머리가 잡혀서 총살당했다. 그가 살던 집 처마 밑에서 뱀 여러 마리가 서로 꼬리를 물고 나왔는데, 동네 어른들은 그 뱀이 죽은 빨갱이 우두머리의 현신이라고 생각하였다.

[주제어] 회문산, 빨치산, 근거지, 피난, 인민군 노래, 여순사건, 소 뒷걸음질, 야경꾼, 뱀 현신, 빨갱이 대장

[1] 추태수: 회문산에서 많은 사람이 죽은 이유

산이 있어요. 광교산 옆에 회문산이. 거기가 옛날에 빨치산 집단지가 있었습니다. 이자 빨치산 집단지가 있었는데 거기는 산이 너무 이룧게 악산이에요. 긍게 지금 기술 같았으므는 비행기로 폭격을 얼마든지 할 수가 있었지. 그때 시절에는 골짝이 너무 악산이었기 때문에 그 비행기로 거기를 집중을 못했답니다. 그래갖고 거기가 전라북도 내에서도 제일 빨치산 집단지. 말하자믄 몇 대대가 있었는 그 자리예요. 거기서 죽어나간 송장이 박글 요곳이 추럭으로 나갔단 얘기가 있어요. [조사자: 한 트럭이 나갈 정도로?] 트럭으로. 죽은 그 트럭으로. [조사자: 그 반란군들이?] 그니까 반란군들 꺼. [청중: 반란군 꺼시제] 아니 여그서 갖다가 죽인 사람들꺼 합해가지고 박글이 추럭으로 나갔다는 전설이 있어. 지금도 그 전설이 있어요. 이자 그런 거.

지금 거기하고 여기하고는 거리가 얼마 안 되거든요. 그니까 밤이므는 요기 요 근처 와가지고 그 저 쌀이니 그 닭이니 돼지니 여그서 다 실어 고리로 가는 거예요. 거그서 먹고 사는데 그 집단진 줄 알믄서도 옛날에 폭격을 못했다는 거에요. 산세가 너무 험해갖고. [조사자: 예예] 그것이 그 가마, 가마골. [조사자: 가마골?] 가마골. [조사자: 가마골에 그렇게 공비들이 웅거해갖고 있고?] 예. 그 은둔 자체가 누구한테도 그때 시절에는 기술적인 것이 폭격을 못해가지고 젤 오래 빨치산들이 유지했다는 것이. 그리고 거기 가믄은 현재 거 저 박물관같이 해놨잖아요. [조사자: 빨치산 그 토벌한 그거 기념관식을] 옛날에 그. 회문산에 가도 있고. 회문산에 가도 말하자믄 박물관 같이 그걸 해놨어요. 거기 가믄 아주 참고가 더 되지요. [청중: 잘못 오셨어. 여기는 좀 수월한 데야 여기가. 반란군들이 못 오는 데.]

[조사자: 이장님 존함이 어떻게 되십니까?] 추태수요. [조사자: 추태?] 가을 추, 추태수. [조사자: 추태수 어르신이고 올해 예순 아홉이시라구요?] 예. [조사자: 예순아홉이시면 몇 년 생이시죠?] 사오년 생. 해방둥이. [조사자: 그럼 전쟁

났을 때 여섯 살 정도 되셨겠네요?] 그렇죠 인자. 여섯 살. 아까 그 이야길 내가 한 거예요. 내가 누이동생하고. [청중: 여섯 살 자셨소? 쬐깨 밖에 안 먹었네] 쬐깨 밖에 안 먹은 사람이 뭐 있어. [조사자: 어르신은 고향이 어디세요?] 전라남도 담양이에요. [조사자: 아 여기 가깝드라고요.] 여 바로 넘어.

[조사자: 직접 보고 하셨으면 이야기가 아주, 말씀이 좋으실 건데 들은 이야기라] 아니 나는 어렸을 적에 지켜본 거예요. 어렸을 때 지켜 본 것이고. 아까 그 내 여동생하고 두 살 차인데 폭격소리가 나고 그 옛날에 전부 초가집이잖아요. 초가집이니까 저 먼 데서 총 쏘믄 여 불나부러. [조사자: 초가집에 불이 붙어서] 어 초가집에 불 붙어서 불 나부리고. 이자 그런 거 보믄은 우리도 그거 무서워갖고. 그 인제 어린 시절이니까. 내가 여섯 살 우리 동생은 다섯 살 때니까. 요리 도망가갖고 뒤에 가서 친이로, 거 친이 알죠이? [조사자: 예. 키.] 여기서는 칭이라고 그러는데. 고놈 갖고 둘이 쓸라고 있는 거야. 둘이 가서. 우리는 실제 그런 경험이 있지. 어렸을 때 기억이라 안 잊어먹어요 지금도. 잊어먹어지질 않아. [청중: 우리 사는 데는 반란군 같은 거 보질 않았어.]

여기만, 담양 덕실만 해도 산중이거든요. 아까도 얘기했지만은 우리 장인 영감님이 이장을 오래 허셨는데. 그 빨치산들 잡아다가 노래를 시킨디 어렸을 적에. 그때만 해도 내가 칠팔 살 됐을 거야, 인자. [조사자: 마을 사람들이 빨치산을 잡아다가?] 순경들허고 이장들허고 같이 인자. 이장들 그 빨치산 있다고 허믄, 신고 허믄. [청중: 갈쳤잖아요. 갈쳤어요. 저녁이믄 나오라고 해갖고.] 신고 허면은 그 인자 와갖고 산속에 있는 걸 잡아오지. 잡어다가 그 인자 노래를 시킨디 그룧게 노래를 잘 허드라고. 긍게 우리 집에서 밥을 해주고 그 면직원들이니 순경들이니 우리 어머니가 그 밥을 다 해준 거여. 우리 어머니가 밥을 다 해줬어. 우리 형님 이장을 오래 봤어요, 아주. 그래가지고 그런 역사. 또 뭐이냐 거. 이자 또 생각이 들라구만. 긍게 어렸을 때 나는, 그 어렸을 떡에 지켜본 그대로예요 아주.

[2] 김순례: 열네 살 때에 경험한 전쟁

[조사자: 어르신은 존함이, 이름이 어떻게 되세요?] 나 헐 말도 없어. 이름만 갈쳐줘? [조사자: 예.] 김순례. [조사자: 김순례 어르신이시고 올해 연세가?] 칠칠. [조사자: 일흔일곱이시고. 젊으시네.] 젊어요? [조사자: 촌에서 사시는 데도 이렇게 젊어요? 일흔 일곱이신데도. 나는 일흔 하나나 이롷게 봤는데 칠십칠 센데도 이렇게 정정하셔. 원래 고향은 여기세요?] 담양. 담양에서 왔는데. [조사자: 담양에서 시집오셨어요?] 예. 근데 거긴 들이라 반란군이 없어. [조사자: 그럼 전쟁나던 해가 열네 살이라 그러셨죠?] 그때 열네 살 먹었어.

[조사자: 그럼 그때 반란군은 안 들이와도 전쟁 나서 인민군들은 동네 지나가고.] 그런 거 봤겠죠. [조사자: 인민군들 들어왔을 때 어땠는지 이야기 좀 해보세요. 어떻든가요?] 뭐 마을에 와서 행패부리고 그런 건 안 봤는데. [조사자: 그러면 그때 아버지하고 오빠들은 없었어요?] 없었고. 아버지는 계셨제. [조사자: 아버지는 어디 산으로 피난을?] 그런 거 없었어, 거기는. [조사자: 있어도 뭐라고 안하고?] 예. 피난가고 그러지 않았어요. [조사자: 그냥 농사짓고 사셨어요?] 예. [조사자: 그러고 학교, 그때 학교 다녔을 거 아녜요. 소학교?] 그때 열네 살 먹은 거 같았는데 기억이 안 나네. [조사자: 그래서 그때 학교를 오래? 학교를 나오라고 그래 그 사람들이요?] 아니요. [조사자: 학교 댕길 때 아니에요 그때가요?] 그랬는가 모르겄네. 그래 내가 열네 살 먹은 거 같앴어. [조사자: 맞아 그거. 열네 살 잡순 게 맞아 전쟁 났을 때가. 그러믄 저녁으로 모아 놓고 노래도 가르쳐 주고] 인민군 노래 부르라고 나와서 노래 갈쳐서 배우긴 배왔어. [조사자: 남자들이 아님 여자들이?] 아그들이 많이 나가지. 애들이 나가지 어른들이 나가가니. [조사자: 그 노래 가르치는 사람들은 남자들이라? 군인들이 아니믄 여자 인민군?] 그러제. 빨갱이들잉게 빨갱이 노래제. [청중: 저녁이믄 우리.] [조사자: 예?] [청중: 저녁이믄 끄집어다 놓고.] [조사자: 노래 갈치고 그랬어요?] [청중: 노래 갈친다믄 애들만 나와요. 어른들 안 나와.]

[3] 심효순: 소가 뒷걸음질로 반란군을 잡다

[조사자: 애들 나와서 노래 배우고 그렇게 했을 거 아닙니까?] 우리는 우리 동네서 빨갱이 대가리가 나가부러서 동네하고 뭐 저녁이믄 낮이믄 딱 지서에로 담박질하지요. [조사자: 그게 무슨 소리예요?] [청중: 피난 가니라고. 집에서 무서웅게 지서에로 피난을 갔다 그 말이에요] [조사자: 저녁으로요?] 으. [조사자: 낮에는 있고 저녁으로는 지서로 피난 가고.] 싹 지서로 가. 소도 끌고 가고 사람도 가고 막. [조사자: 지금 말씀하신 데가 곡성 옥과] 입면. 곡성군 입면.

[조사자: 입면이라는 데가. 입면이 친정이신데 거기서 그러셨어요? 거기는 그러면 육이오 나기 전에 반란군 들어왔었어요?] 아이구. 거그 동네는 요롷게 생긴디 앞에가 산이 있어. 거그 와서 위장을 치고 그래 빨갱이 대가리가. [조사자: 전쟁 나고 난 뒤에 아니면 전쟁 전에?] 전쟁 안 나고. [조사자: 여순반란사건이라고 했든 그 사람들이 올라왔어요?] 와서, 긍게 대가리가 우리 동네서 나가라 그려. [조사자: 그 동네 분이셨어요?] [청중: 그니까 그 쩍에는 어디 북에서 와서 대장을 헌 것이 아니라 동네사람이 대장을 했어. 동네사람이 대장을 혀]

아부지를 감춰갖고 아부지 우에가 내가 눴어. 감출랑게. [조사자: 이불을 이롷게 해서?] 이불을 덮고. 아부지 우에가 누웠는데 나를 푹 이른당게 장대로. [조사자: 장대로 찔러봐?] 응 [조사자: 밑에 있을까 싶어서] 사람 있는디. 그래갖고 그 소랑 이자 그 뒤로는 싹 그냥, 우리 작은 아부지가 경찰이여. 긍게 더 우리집을 그롷게 심허게 했제. [조사자: 계속 와서 볶아대는구나.]

그래갖고 지서에를 싹 갔어. 노인양반 할아부지들 델고 강게 문제여. [조사자: 아 할아버지가 계셨는데] 그래갖고 지서에 가서 한숨 못 자고 갔다 와. 인자 지서에서 우리 소를 억다구가 신지 알아. [조사자: 뭐라구요?] 소가 억다구가 시어 겁나게. [조사자: 아아. 그래서?]

"갖고 오지 말고 소는 거다 두고 와라."

[조사자: 아, 지서로 피난 갈 때 소도 끌고 가고?] 으. 가지가붕게. 소를 거다

두고. 그래갖고 그날 지녁에 빨갱이 새끼들을 일곱을 때리잡았어.

[조사자: 누가?] 소가. [조사자: 소가?] 막 발로 툭 떠다 개울가로 내던지고. [조사자: 소를 끌고 갈라 그러니까] 그런 거시기는 난 알아. [조사자: 지서로 마을 사람들이 다 몰려갔어요?] 다 가. 그릉게 어디 가서 설 디가 없어. [조사자: 너무 좁지 않을까요?] 그릉게. [조사자: 그니까 작은 아버지가 경찰이라고, 경찰가족이라고 자꼬 인자 그러고. 그러믄 저녁마다 보급투쟁을 나와요?] 저녁마다 와요. 그르고 인자 벌써 우리집이 와갖고 오믄 뭣이 신호가 가. 지서에로. [조사자: 아 왔다 그러믄] 으. 막 총을 막 이리 다 쏘고 막 올라채. 그르믄 막 올라가고 그려. [조사자: 밀고 이제 또 저녁에 또 내려오고? 그 방금 말씀하셨듯이 빨치산] 빨치산 대가리, 순경대가리 고롷게 막 닥쳐. [조사자: 그 동네에가?] 으. [조사자: 그럼 그 빨치산 사상 가졌던, 좌익 사상 갖고 있던 그 집 가족도 같이 살았어 산동네에?] 있지요. [조사자: 한 동네에 같이 살고?] 같이 있제. [조사자: 그러믄 그 집은 밤에랑은 좀 덕을 봤겠네요?] 다 마찬가지야. [조사자: 가족들은 다 힘들고.] 딴 사람들이 들오고 막 그런디. 가족이 오간. 아 그 저 빨갱이 대가리 그 지서에서 온 놈은 저 가 산에 서서 마이크만 들고 있어. [조사자: 아 마을에는 못 내려오고 자기 동네고 하니까.] 글고만 있어. 그르고 인자 그 부하들. 그 사람들이 그냥 막 동네를 들어와서 막 뒤여. 다들 파갖고 가부렀어. 지서에서 있다 옹게 암 것도 없어. [조사자: 사람을 상하고 이러진 않아요?] 피난 가분디 [조사자: 그래도 경찰가족이라고 해코지를 해서 뭘.] 마주치들 안 헌디. [조사자: 아 미리 말해서 도망가버리고.] 도망가부링게. 있었으믄 맞닥치믄 해코지 하겄

제. [조사자: 그러믄 그 낮에는 토벌대 세상이잖아요. 우리 경찰이나 이런 사람들. 그 빨갱이.] 지서에로 담박질 해.

[조사자: 어르신 존함은 어떻게 돼요. 이름?] 심효순. [조사자: 아 심효순. 곡성에 심청이가 나고항게 심씨가 많는가보네. 심효순 어르신이고. 올해 연세가 어떻게 되세요?] 똑같애. [청중: 거그도 칠칠이여] [조사자: 아 일흔일곱. 일흔일곱이시고. 친정은 방금 말씀하신대로 곡성] 입면. [조사자: 입면이라는 동네가 있어요?] 예. [청중: 면이 말하자믄 여근 금과면이고 거그 면이 있제.] [조사자: 곡성 입면. 입면이시고.] 입면이란 데가 동네가 이롷게 커. 앞에가 갱논이 있어. 여 자갈밭이 있고 바로 동네 우게가 소가 있어. 저수지가. 고놈 터지믄 그 동네는 죽어.

근디 그 자갈밭에다가 글케 막 때리눕혀갖고 대가리를 찌믄 뒤지제 즈그가 뭐 살아. [조사자: 자갈밭에다가?] 콕 떠나가 내불믄 그냥, 이제 야경꾼들이 그땐 있제 야경. [조사자: 야경꾼들이?] 으. 동네사람 야경꾼들이 있어. 야경꾼들 숨어갖고 이롷게 봉게 그양 톡 떠다가 팡 소리가 나고 팡 소리가 나고. [조사자: 뭘? 누가 채가지고?] 소가. [조사자: 아 집이서 소가 반란군들 일곱을 잡았다고 한 그 이야기 지금 하시는구나] 하. 팡 소리가 나. [조사자: 소가 걷어차서 그래서 죽은 송장을 봤어요?] 하. 갖다 묻어부러야제. 즈그들은 못헝게 인자. 그래갖고 소가 상 탔어. [조사자: 상 탔어요?] [조사자: 아 소가 그롷게 사람이 끌고 갈라고 하니까 발로 걷어차서.] 사람, 끌고 갈라고 항게 긍게 홱 돌아서서 봉게 떠다 내불대. 소가 우리 소가. 요롷게 돼갖고 있어. [조사자: 그 짐승들이 먼저 안다고. 반란군들이 저 산에서 내려올라고 하면 짐승들이 먼저 알고.] 그 뒤에 뭐 소를 두고 가도 소를 절대 안 끌러가. [조사자: 소문났구나.] 으. 소를 절대 안 끌러가. 다 물어주기로 했어, 지서에서. 없으믄. 안 끌러가고 그 뒤로는. 그 뒤로는 놀랬는가 즈그들도 안 끌러가고 갖고나가도 안허고 긍게 소가 가만히 있제.

[조사자: 그믄 인자 육이오 나고는 인민군들이 밀어닥쳐올 거 아닙니까. 그때는

어땠어요? 그때도 경찰가족이라고 인자, 인민군 치하 때는?] 경찰가족이라고 맥을 못 췄제, 그때는 인자.

[조사자: 그때는 지서도 피난도 못가고 어르신, 아버지랑은 다 어떻게?] 도움을 받았어. [조사자: 아 도움을 받으셨다구요?] 도움 받아서 살았제. 글안으믄 죽으라구요. [조사자: 다 피난 가고. 그러믄 또 밀고 올라갔을 때는?] 밀고 올라갈 때는 지서에서 밀고 쫓아오지. 우리 가족만 어디로 피난 가부렀제. [조사자: 경찰가족이라고.] 작은아부지 경찰은 지서에 가 있제. 긍게 인자 경찰가족 집이 돼서 뭔 신호가 있어, 지서에로. 인자 여차하믄 신호가 강갑드만. 그냥 팍 총을 쏘고 올라채. 그래갖고 아휴 고론 놈으 세상에 머다 살았어. 긍게 동네서 대가리가 있으믄 못 씬당게. [청중: 좋은 점도 있지.] 고론 것은 없어야혀. [조사자: 한 동네 여쪽 경찰 대가리도 있고 저 반란군 대가리도 있고. 마을 인심도 고약해지고.] 집도. [조사자: 이웃이라.] 이웃이여. [청중: 그 사람들은 다 상헌 사람 살았어?] 없어. [조사자: 고향 떴죠? 전쟁 나고.] 떴어. 다 죽었어. [조사자: 전쟁 나고는 그 사람들이 알아서 다 흩어지고.] 다 죽었고 없어. 가족들도 없고 아무도 없어. 가족들이라곤. [조사자: 객지로 간 것도 아니고?] 다 죽었어. [조사자: 전쟁 끝날 당시에 마을 사람들이 해코지 하고 이러진 않았어요? 그쪽에서 피해를 주고 이랬으니까.] 빨갱이 대가리가 죽어부렀는데 즈그들이 어츠게 운영을 허간 못 허제. 경찰 총에 맞아부렀는데. 그래갖고 고것도 죽어부렀어. 못해 인자. 못혀, 못혀. [조사자: 그 사람들 가족들은 고향 뜨고?] 어. 뜬 것보담도 뜬 것은 없어. 그때는 머다 죄가 있으믄 데리가부러. 그래갖고 지서에서 어쯔고 어쯔고 해부렀어.

[4] 뱀으로 현신한 빨갱이 대장

[조사자: 그래갖고 전쟁 끝나고, 시집은 몇 살에 오셨간디요? 시집은 스무 살 다 돼서 왔어요? 전쟁 끝나고 시집오셨겠네?] 예. 긍게 그 집이가 바로 이웃인

디 한여름에는. [조사자: 바로 이웃인디?] 으. 비얌이 말도 못 혀 아주. 그 집이 살강에 가. 대발로 요롷게. [조사자: 아, 살강에 뱀이?] 으. 거그서 한 마리가 움직이믄 다 움직여. 그거이 대가리여. [조사자: 죽은 사람이 뱀으로 왔으까?] 글제. [조사자: 그 집이 원래 사람이 살았는데도?] 읎어. [조사자: 빈집인데도 그롷게 살강에 뱀이 드글드글하드라고. 그래서 한 마리가 툭 떨어지믄 우르르 떨어지고.] 떨어지들 안 해. 그놈을 물어. 꼬리꼬리허게 다 물어. 물어갖고 그롷게 가드라고. 고칫불을 피우고 막 그래 어른들이 옛날에. [조사자: 아 그래서 쫓을라고 불을 피우고. 그래서 사람들이 말을 하기를 죽은] 으. 그 혼신이 왔다고. [조사자: 혼신이 와서 그랬다고.] 그 빨갱이가. [조사자: 빨갱이가 구렁이로 태어나서?] 고런 것도 있어. [조사자: 그렇게 볼 수 있겄네.] 이제 가보시오. [청중: 여기서 많이 얻으셨구만.]

[조사자: 어머니는 시집옹게 시어른들 겪었던 이야기 들은 대로 해봐요.]

[청중: 나는 반란군을 안 봐나서 헐 말이 없제.]

[조사자: 여기 옹게 시어른들, 시갓집에서 겪었던 남편분이나 겪었던 이야기나.]

[청중: 지케본 뒤에라 몰르지. 지케본 뒤에 갔잖아.]

[조사자: 넘들 이야기]

[청중: 그 말만 들었제. 숨어져 있다 그 말만 들있제.]

[조사자: 아 피난 댕기고?]

[청중: 그러제. 한참 있다 오믄 뭔 일.] 그 저 빨갱이들 지랄들 한 뒤에. [청중: 몇 년을 있다 오니까 모르지요] 몇 년을 있다 왔어 집이.

[조사자: 또 생각나는 거 있으믄 이야기 해봐요. 가만히 앉아서 생각나시는 거 있으믄. 그러믄 형제 분이 몇 분이십니까?] 나? [조사자: 예. 그러믄 오빠들이랑 계셨었어요?] 없어라 오빠. 오빠도 없어. [조사자: 그러믄 밑에 남동생은?] 남동생도 없고 여자만 셋이여. [조사자: 딸만 셋이셨어요? 그럼 맏딸이십니까?] 예. [조사자: 큰딸이시고. 그래도 전쟁 때 경찰가족이라도 안 상하고 다행이네예.] 상했지. 우리집도 쪼개. 다쳤제. 어째 안 다쳤겠어요. [청중: 작은아부지 그때

살아계셨어?] 하나 돌아가셨어. [조사자: 아, 아부지 형제 중에 한 분은 돌아가셨어. 그때 그 반란군들한테?] [청중: 아니 경찰헌 양반이 그때 무사히 넘어가고.] 그 양반은 지서에서 왕치허고 있응게. [조사자: 괜찮고. 밑에 동생이 한 분이 상했구나] 상했제. 지서에서 막 짖어대기만 허제. 어미 총 한창 짖어대믄 그냥 벌그리 버득버득해갖고. 무솨. [조사자: 무서워.]

고런 세상은 안 돌아와야 혀. [조사자: 그런 세상은 안 돌아와야 해. 그럼요. 전쟁이라는 게 얼마나 무섭고 그런데. 그러믄 저녁이믄 반란군들 와갖고 쌀 내노라.] 다 가즈가부러. 동네가 비어붕게. [조사자: 집을 비우고 없으니까 온갖 걸 다. 잘 찾아내요?] 찾아내기는 잘 찾아내제. 즈그들이. [조사자: 어디 숨기고 그러셨어요?] 감촤놓고 땅속에다 묻어놓고 그러제. 우리 먹고 살아야항게. 지서에로 대충 가져가고 그랬는디 그도 가즈가. [청중: 즈그도 먹고 살랑게 별 것 다 가즈 가겠지.] 김치 같은 거, 된장 같은 거 퍼 가고 있으믄 고놈은 또 안 묵고잡네이. [조사자: 아 김치나 된장 같은 거 퍼 노믄, 찌적거려 논 거 안 먹고 싶다고?] 그러제. [조사자: 그러지. 산에서 온 사람들이, 맞아.]

정선에서 6.25 전쟁을 겪다

전 옥 매

"자기 생명하고 같은 아들보고 쓰러져서 다시 나오다가 또 쓰러졌대요. 두 번을 쓰러지고 나서 앞을 못 보시게 된거야."

자 료 명: 20140408전옥매(정선)
조 사 일: 2014년 4월 8일
조사시간: 60분
구 연 자: 전옥매(여 · 1934년생)
조 사 자: 오정미, 김효실, 한상효
조사장소: 강원도 정선군 여량면 여량리 〈옥산장〉

[조사과정 및 구연상황]

전옥매 화자와는 늦은 저녁부터 인터뷰를 시작하였다. 처음에는 정선에서 유명했던 김달삼 공비에 관해 이야기한 후, 아버지 없이 어머니와 언니와 함께 다녔던 피난담에 관해 구술하였다. 마지막으로 남편이 군대에서 부상을 당하고 오자, 그 충격에 눈이 먼 시어머니에 관해 구술하였다.

[구연자 정보]

전옥매 화자는 정선의 유명한 '옥산장'의 주인이다. 지난 조사(시집살이담)에서 인연을 맺은 화자는 입담이 좋으신 분으로, 자신의 삶에 대한 긍지가 강하다. 정선이 고향이며 한 평생을 정선에서 살고 있다.

[이야기 개요]

이야기는 크게 세 축으로 나뉜다. 정선에서 공비로 유명했던 '김달삼'에 관한 이야기와 첩을 둔 아버지 때문에 아버지 없이 견뎌내야 했던 피난에 관한 이야기이다. 그리고 마지막으로 남편이 군대에 가서 부상을 당하여, 그 충격에 눈이 먼 시어머니에 관한 이야기이다.

6.25가 일어나기 1년 전쯤 구절에서 공비들이 많이 나타났다. 구절이 금강산에서 오대산으로 이어지는 길목이기 때문이다. 군인들이 공비를 잡기 위해 전투가 일어났는데 시체들 중 김달삼의 시체가 있었다. 보통 공비와 달리 권총을 차고 있었고, 김달삼인지 확인하기 위해 김달삼의 목을 잘라 비행기에 태워 보내 확인했다고 한다.

딸 셋 있는 집에서 셋째 딸로 태어났고, 아버지는 딸만 낳은 어머니를 때렸다. 6.25때 살던 집에 국군이 주둔했는데, 어머니는 산 속에 피난해있는 딸들을 위해 밥과 고기를 가져다주셨다. 충청도에 피난을 갈 때 아버지는 작은어머니 식구들과 갔다. 엄마와 언니들과 피난을 가면서 빈집마다 쌀과 김장김치가 있어서 배고프지 않았다. 엄마와 언니가 만든 떡을 팔아서 쌀을 사서 먹고 살았다.

남편은 시어머니가 여덟 남매를 잃고 마흔 다섯에 낳은 늦둥이 아들이다. 여섯 살 쯤에 아버지가 돌아가시고 만주에 사는 친척 집에서 자랐다. 8.15 해방 직전에 귀국해서 영월에 사는 누님이 사는 집에 얹혀살면서 공부를 했다. 시험을 봐서 교사가 됐지만 근무한지 1년뒤 전쟁이 나서 피난을 가다가 군대에 끌려갔다. 군대에서 부상당했다는 연락을 받고 어머니가 찾아오셨는데, 부상당한 아들의 모습을 보고 쓰러지셨다. 두 번 쓰러지신 뒤 눈이 침침해지더니 결국 시력을 잃게 되셨다. 부상으로 제대한 뒤 남편은 아우라지에 사는 7촌 아저씨 댁에서 일을 도우며 살았고, 아저씨의 중매로 결혼하게 되었다. 앞을 못 보는 시어머니는 결혼식에 오지 못하셨고 결혼 뒤에 인사드리러 찾아갔다. 시어머니는 대성통곡을 하시며 우셨고, 밤새도록 며느리를 만지며 우셨다. 방을 구한 뒤 시어머니를 모시고 올라왔고 한 방에서 함께 살았다. 오랜 시간동안 한 방에서 같이 지내다보니 함께 지내는 것이 더욱 익숙해졌다. 남매를 낳은 뒤 시어머니가 중풍에 걸리셨지만 한 방에서 지냈다. 남편은 다른 방에 옮기자고 했으나 눈물로 애원하며 돌아가실 때까지 한 방에서 시어머니를 모셨다.

[주제어] 공비, 김달삼, 아버지, 첩, 피난, 남편, 입대, 부상, 시어머니, 실명, 장님, 아우라지, 눈물

[1] 6.25 전쟁 전, 공비 '김달삼'을 잡다

[조사자: 어르신 그러면 여기 정선이.] 여량이 고향. [조사자: 여량이.] 강원도 정선군 북면 여량. 여량리. 여기가 고향이야. 여기 앞에 교회터에서 태어났으니까. [조사자: 한 평생을 정선에 사신거네요 그러면.] 고향을 지키고 있지. 근데 제가 살 때 이 집이 엄청난 부잣집이었어요. [조사자: 아, 지금 이 터.] 아니, 저 저 한옥. [조사자: 아, 한옥.] 근데 어렸을 때 만날 이 집 마당에 와서 소꿉장난하고 놀았거든요. 근데 제가 여. 부자는 영원치 않더라고. 제가 87년도에 이 새로 맡았어요.

[조사자: 그러면 어르신 6.25전쟁 때 당시 연세가.] 열여섯 살. [조사자: 가족 관계는 어떻게 되셨어요?] 가족 관계는 딸 셋. 아들 둘. [조사자: 딸 셋에 아들 둘. 그럼 전쟁 났을 때 여기 전체적인 정선의 전쟁 풍경을 이야기해주셔도 되고.

그냥 다 얘기해주셔도 돼요. 그때 피난 혹시 가셨으면.] 피난 가봐야 깊은 산 속으로 갔지. 2차 때는 겨울에는 저 충청도 춘양까지 피난 갔고. [조사자: 아, 동란 때는. 겨울 동란 때는. 처음에.] 6.25때 남쪽으로 갔다가 북쪽으로 올라가가지고 다시 후퇴할 때.

[조사자: 맨 처음에 전쟁이 난 건 어떻게 아셨어요, 어르신? 여기 정선에서. 부모님이 전쟁났다 얘기하셨어요?] 아니 뭐 여기도 인민군들이 막 들어오고. 뭐 그때는 인민군들이 말을 갖고 왔어요, 말을. 차가 없으니 말로도 짐을 싣고 오고. 6.25는 막 갑자기 밀려나오니까는 피난도 못가고 뭐 가 있다고 보니 인민군들이 막 와가지고 갔지 뭐.

말도 통하고 다 하니까는 뭐 괜히 그렇게 악선전을 해 그렇지. [조사자: 그렇더라고 맞어.] 어. 그래 서로 악선전을 해 그렇지. 인민군들도 오면서 아주 피난가지 말라고 왜 가느냐고. 우리 사람 해치지 않는다고. 밥만 달래서 밥 먹고. 뭐, 뭐, 여기 저기 우리 아군보다 피해는 덜 줬어. 아군들이 소 잡아먹고 뭐 그냥 여자들. [조사자: 여자짓하고.] 막 훔쳐가고 그랬지. 인민군들은 아주 후퇴해 들어갈 때 저-기서 얘기하는 데. 누가 들으니까 아주 절대 사람 피해주지 말고 하라고 자기네들이 인민군들을 모아놓고 얘기를 하더래.

[조사자: 그러면 처음에 열네 살이면 아직 아이잖아요.] 열여섯 살. 열여섯 살 인데. 김달삼이는 6.25전 얘기야. [조사자: 아, 김달삼. 그 분 얘기도 좀 해주세요.] 김달삼. 김달삼이가 저기에 아주 이게 북한에서는 이 이를테면은 아주 주동자였다고. 아주 전쟁에는 아주 아주 일류였대요. 그 사람들이 이제 6.25 전 해니까. 몇 년도야. [조사자: 천 구백 한 사십구 년? 팔년? 오십년에 전쟁났으니까.] 내 나이는 열다섯 살이죠. 그런데 그때는 공비라고 했어요, 공비. 인민군이라고 안하고 공비가 뭐 여기서 나타나고 저 서 나타나고 막 이렇게 해가지고 할 때. 갑-자기 여 구절이라는 데는 오대산에서 나오는 그 구절이 길목이래요. 구절로 해서 많이 나오지 인민군들이.

근데 김달삼이라는 사람은 어떻게 저-기 저 반론산에서 싸움을 했어요. [조사자: 발원산?] 반론산. 반론산에서. 밤-새도록 총소리가 나고 뭐. 그 그 인민군들이 여기는 들어오지를 않고 쭉 인제 오다가 인제 산에서 아군들은 들어와서 막 그러다 이제 거기서 전쟁이 날 때 밤에 총소리가 빵 빵 빵 빵 빵 빵. 막- 뭐 왔다갔다하고 이래니까는 우리들은 겁이 나는 들어앉아서 방 안에서 날이 새니까는 총소리가 끝난거에요. 그래 나는 열다섯살짜리니까는, 6.25나기 전이니까. 이제 여기 상점에서 저 올라가믄 이제 쪼마나니깐 저기 댕기면서 구경하는데. 인민군들이 인제 전쟁을 하고는 죽은 사람을 강가로 메고 오고. 또 산 사람들은, 부상자들은 또 이렇게 끌고 오고. 그때는 뭐 차도 크게 없고 군인들만 차로 싣고 오고 싣고 가고 그랬지 차가 없었잖아.

그런데 보니까 면소, 면 마당에다가 죽은 시체는 갖다 덮어놓고. 그- 또 인민군들 보따리있잖아. 거 뭐 자기들 먹는 거 자기들 소품들 뭐 총 이런 거 해가지고. 그걸 면소 마당에서 쫙- 갖다 놨더라고. 그 인제 구경을 나는 시체는 덮어놨으니 안보고. 그걸 구경을 해보니. 주로 미숫가루는 다-가지고 있어. 미숫가루가 그 자기 배고플 때 물 타먹는거니까. 미숫가루 자체는 보따리마다 다 있더라고. 그러고 뭐 보따리는 거러지 보따리 같은 게 뭐 붜 거기 서부터 뭐 오대산에서부터 오대산이 아니라 금강산 저 북쪽에서부터 걸어다 니니 신도 다 떨어지고 옷도 다 떨어지고. 사람들 완전 거지지 뭐.

그럴 때 김달삼을 잡았다는거는 권총을 차고. 신은 구두를 신었지마는 짝 짝을 신었더래요. 그 당시에. 그런데 이제 옷은 떨어져도 좀 옷은 품위가 있고 이래는데 권총을 찼으니 이 사람이 높은 사람인가하고 인정을 했겠지. 그러니까 군에서 이제 강릉 사단장한테 어떻게 어떻게 생기고 권총을 찼다 하니까 사단장하고 동기라네요. 동기래. 뭐에 동긴지 동기니까 사단장이 자기가 봐야 되잖아요. 봐야 알지. 그 사람이 봐야만이 김달삼이라는 사람을 알지. 김달삼 아는 사람이 없잖아. 잡아놓아도. 인민군들 죽고 뭐 이랬으니까 산 사람이 몇이 없으니까.

그래가지고 목을 잘라오라해가지고 강가에 가서 목을 잘라갖고 비행기로 싣고 갔어요. 그것도 나는 비행기가 그때는 뭐 비행기도 뭐 군인들이니까는 전쟁이니 왔다갔다하고 하는데. 비행기로 실었고 목을 잘라서 싣고 갔는데. 김달삼이가 맞다는 게 확인이 그 사단장이 그 사람이 맞다는 게 확인이 돼서 그래서 그 반론산에서 죽었다는 게 확인이 됐지.

[조사자: 그 누가 죽인거에요? 군인들이?] 여기 군인들하고 인민군하고 전쟁을 했으니까. 전쟁하다고보니 거기서 죽은거지. [조사자: 어르신도 그럼 그때 막 비행기 오는 것도 보셨어요?] 고럼. 보고. [조사자: 처음 보셨겠어요. 태어나서 비행기라는 거.] 고럼. 비행기가 막. 이 뭐 비행기가 막– 돌고. 뭐 폭 막 폭탄 막 내리고. 그렇게 해서 이제 6.25 전에 그렇게 되고. 그 다음에 이제 6.25가 났네요.

[2] 6.25 전쟁이 터지다

그 사람이 임시 인제 저기 공비라고 했어. 인민군이라 안하고. 공비가 뭐 어디 나타났다. 고양산에 나타났다. 군인들이 와서 그 전쟁하고. 남의 집에 가서 배가 고파. 그래도 인민군들이 해치진 않고 배가 고프니 밥달라해가지고. 먹고 그렇게 했지.

그래가지고 이제 김달삼 부대가 이제 6.25 전에 여기서 전쟁이 나가지고 그 다음 해 5월 달에 전쟁이 나니까는 온종일 피난 갈 시간이 없었지. 그냥 막 밀려오니까는. 그러니까는 있다보니 인민군들이 왔는데. 인민군들이 그 당시에 밤색 옷을 입었어. 우리 군인들은 이런 색을 입고. 그 사람들은 저 농갑. 저 농 색깔 같은 저런 옷을 입었어. 그 입고 오더니 막 우리가 쫓겨 갈라니 피난가지 말으라고. 피난가지 말으라고. 왜 가느냐고.

그러면서 인민군들이 여서 정치를 해. 그 다음에 여기 딱 자리 잡고 그때 분서라고. 그 저기 인민군 저기 순경들을 그때 분, 분서라 했나. 순경들이 와서 면사무소. 인민군들이 다 자리 잡고 있었지. 다 피난 다 뭐 경찰이고 군인이고 뭐 다 피난가고. 그 당시 애들이 와서 정치 필 때, 그 당시에 면장이고 뭐 저기 그리 피난 갔으니까. 피난 안간 사람 데리고 그 인민군 목 자른 사람은 인민군들이 들어와가지고 그 김달삼이 목 자른 사람을 붙들어가가지고 그 아버지가 안 왔어요. 그러고 병원은 우사 데려가고. 인민군 정치를 하면서 이제 그 전에 이제 그거 한 사람들은 막 다 인민군 때 붙들어갔죠. 영영 안왔어. [조사자: 그때 데리고 간 사람들이 주로 병원에 의사.] 의사 또 그 목 자른 사람. 그러고 또 예를 들어서 뭐 이장이든가 좀 지방에서. [조사자: 유지들.] 그런 사람들 붙들어 가서 영영 안 왔지.

그러고 인민군들 인제 그걸 할 때 여성 단체를 막 묶고 그랬지. 나는 나이가 어리니까 그냥 가서 구경만 하고. 근데 그 당시에 그 김일성 노래를 가르치는 거야. 가서 들었는데.

"(노래)장백산 줄기줄기. 피어린 자욱."

이렇게 하면서 가르치더라고. 그건 들어는 봤지. [조사자: 그걸 기억을 하시네요.]

그러다보니 여름에 한 3개월 동안인가. 6월. 7월. 8월. 9월 달에 다시 이제 복구해서 인민군들이 쫓겨 갔잖아. 그 당시에 이제 와서 자기들이 정치를 다 피고. 곡식도 알알 댕기며 시고 뭐. 그러고 또 그 당시에 또 자기 그 전에 좌익, 우익하는 그 전에 그 전쟁 나기 전에도 빨갱이 사상 좀 갖고 이렇게 뚜드려 맞고 감옥 갔다 온 이런 사람들도 있는데 그런 사람이 또 기를 피고 인민군들이 오니 거기에 또 활동하고 있다가 그 사람 쫓겨가니 같이 쫓겨 간 사람들. 안 간 사람들은 아군들이 와서 다 죽이고. 기기에 인민군 정치 때 가담한 사람들은 한 구덩이를 파놓고 총을 쏴가지고 다 죽이고 그랬지.

그러고는 2차 인제 도망을 갈 때 그래 인제 만날 보따리 싸가지고 있는데 인민군들이 정치를 피니까는 이제 피난 가지 마라 가지 마라. 가지 말고 인민군들 정치 피는데 거기서 우리 같이 살고 있는데. 갑자기 인민군들이 이제 저 전쟁하다가 저 대군가 부산 쭉 가다가 인제 쫓겨 들어가게 됐잖아요. 쫓겨 들어가게 되면서 하는 말이. 인민군들이 이제 쳐들어온다 해가지고는. 쳐들어와서 인제 그런데 아 인제 피난가야 된다고 피난가야 된다고. 인제 아군. 아군들 오니. 인민군들이 쫓겨 들어가니라고. 아 그런데 피난가야 된다하니까는 만날 보따리 싸놓고 뭐 옷가지 있고. 뭐 보따리 없지마는. 그래가지고 보따리를 싸가지고 피난을 가야된다고 하는 중인데.

그 날 밤에 어디 갈 데도 없으니 못가니까. 집단으로 인제 따로 살라니 무서우니 못사니까는. 이제 한 집에서 자다가. 인제 잤어요 여기서. 한 집에 모여서. 뭐 뭐 자지도 못가고. 아침에 내가 나오면서 딱 내려다보니. 이 이 저 도로변에 내려다보니 따발총도 첨 봤어요. 인민군들이 이렇게 밑에 뚱그런게 그기 따발총이래. 뚜르르륵 뚜르르륵 하더구만. 어 그런데 내가 저 이짝 도로 말고 저 짝 도로 있을 때 아침에 자고나서 뭐이 조용해. 기척도 없고. 그 내다보니까는 이런 밤색 옷을 입고 이 총을 해두고는 막 이리로 막 올라오는 거에요. 근데 따발총이랑 이렇게 해댄 걸 따라라락 따라라락하는데.

"아이고 큰일 났네. 인민군들이 오네."

하니 보니까는. 딱 들어다보니 저기서 이제 고양산 쪽에 남쪽에서 싸우다가 고양산으로 해서 이제 북한으로 쫓겨가는거야.

쫓겨가는데 보니 아주 거기서 포위작전을 하고. 한마디로 고양이 오는 입구에서 이렇게 산으로 타고 저 짝으로 해서 이짝으로 이렇게 포위해서 내려오는데 밤색 옷을 해 입고 인민군들이 꽉 차게 오는기어. 이리로. 어 그러면서 그 인제 쫓겨 들어가니라고 북한으로.

그리 그럴 때 쫓겨 들어가고는 그 다음에는 아군들이 와서 이제 그거 해가지고 이제 경찰이 오고 군인이 오고 뭐 그렇게 해가지고 하고 있다가. 갑자기 또, 또 밀려 나갔잖아. [조사자: 그죠. 다시 한 번 또.] 어. 다시 밀려 나갈 때. 우리들은 이제 경찰들이 들어오고 이제 안정성이 되니까 마음을 놓고 보따리도 갖다놓고 있는데. 순경이 우리 집에 하숙하고 있는 순경이 그래 저 난리가 또 나니까는

"우리는, 우리는 가니까는 갈라면 가고 마음대로 하라."

이래니 또 막 경찰들이고 막 피해 나가는거야. 그래가지고 그 날 이사를 못가고 있다보니까는 그렇게 아직 인민군들이 시뻘겋게 아주 와서 이리로 해서 저 오대산 쪽으로 걸어가잖아. 차도 없으니 걸어서 가는거야.

그래 갔다가 겨울에 다시 또 밀려나오고. 그래 그때는 겨울에 이제는 그때는 이제 피난을 가야된다고 보따리 해이고. 저 걸어서. 계-속 눈 오는 겨울에 걸어서 춘양. 경, 경상도 거 춘양인가? [조사자: 저기 남원?] 남원 춘양? [조사자: 춘향이 나오는 남원?] 야. 거까지. 거까지 피난을 걸어서 갔어요. [조사자: 부모님들하고 형제랑.] 어.

그래 가다가 보며는 군인들이 막 후퇴하다 보며는 아휴 전쟁나면 군인들이 얼마나 불쌍해. 아주- 끄실해서 뭐 눈만 빼꼼하게. 그냥 눈에서 그냥 떨어져 자. 군복을 해입고. 인민군 뒤에 따라 오거나 말거나. 그-냥. 그래 우리는 여기서 인민군들 나올 때 인민군들하고 같이 피난갔지. 인민군들이 나오면서 인민군들하고 같이 가면서. 아이고 전쟁은 나지 말아야 돼.

[조사자: 인민군들이 쫓겨 갈 때. 왜 그래도 쫓겨가면서는 뭐 이렇게 어떤 나쁜.] 피해는 안줬어요. 피해는 안주고. 뭐 신발 같은 거. 뭐 옷 같은 거 뭐 이런거. 자기들이 가져다 입을 것만 갖고. 아군들이 그렇게 피해를 줬지. 그래도 그 인민군들이 그 회의 하는 기 누가 들어보니. 사람 피해는 주지 말아라. 절대 사람 죽이고 가지 말고. 그 가가지고는 어린 남자들은 안죽이고 간게 후회스럽다 하다는데 누가 한 소린지. 인민군들이 가가지고 그때 애들을 죽이고 갔으면 군인이 없다 이거여. 근데 그 죽이고 못왼게 그 누가 핸 소린지. [조사자: 맞아요.] 인민군이 핸 소린지 누가 핸 소린지 그런 얘기가 들지마는 피해는 하나도 안주고 갔어요.

[조사자: 그러면 여기 정선은. 저기서 얘기 들었는데. 인민군들이 마지막으로 북한으로 가, 도망가기 바로 전 지역인거네요. 그렇죠. 모두 여기 집결해서 다 막.] 아주 저쪽에서. 그렁께 이제 그 가는 길이 여기서 구절로 들어가서 오대산 쪽으로 가는 거지. 오대산으로 해서 금강산. 북한 쪽으로 가니깐. 이 가는 길목이. 그러니까

그래니까는 구절리에는 인민군들이 공비가 만날 나왔어. 거기서 벌써 6.25 전에 여기 저기다가 공비를 대정시켜갖고 항상 그걸 하고 이래다가 6.25전쟁이 난거야. [조사자: 그러면 6.25가 나기 바로 그 전 해에. 그렇게 공비가 많이 내려왔어요?] 그럼. 많이. 막 구절에서 오고 뭐 어디도 공비가 왔다하면 군대들이 가서 전쟁하고. 여기서 김달산 부대하고 싸웠다고.

[조사자: 공비들은 민간인한테 뭐.] 아니. 해코지 않해. [조사자: 오로지 그냥 군인들하고만.] 군인들이 인제 저리 인민군들 복구해 들어가면서 군인들이 와

서 주둔을 하잖아. 소갖다 잡아먹고 다- 뭐 아주 뭐 뭐 소고 뭐고 잡아먹고. 자기 여자들 막 강간하고. 우리 군인들이 그랬지. 인민군들은 안 그랬어. 서로 악선전을 해가지고 인민군들이 아휴 피난가지 말으라고 왜 피난가냐고. 우리하고 살면 돼지. 가지마라. 올 때 갈 때 하나도 피해를 안줬어. 와서도 뭐 자기들이 정치를 필라니까는 잘했고. 또 쫓겨갈때도 아-무런 피해도 안 줬다고.

[조사자: 그러며는 어르신이 딸 셋에 아들 둘 중에 장녀세요? 어떻게 되세요? 집에서.] 딸로 셋째 딸. [조사자: 아, 딸로 셋째 딸? 그러면 위에 뭐 위에 오빠나 누가 있었던거에요?] 없고. 동생들. [조사자: 아, 딸 딸 딸 아들 아들 이랬구나.] 엄마는 딸만 셋을 낳고. 작은 어머니를 얻어서 딸 하나, 아들 둘 낳았잖아. 그래서 원칙은 딸이 셋. 넷이지. 우리 엄마는 딸만 셋을 낳았어. 내가 셋째 딸이고. [조사자: 아, 그렇구나.] [조사자: 그러면 그때 전쟁 때문에 누가 열병에 걸리거나.] 그런건 없고. [조사자: 군대 나가서 죽거나.] 그런 사람도 없고. 군대는 그런 애들은 아직 안 나왔고. [조사자: 애기들이니까.]

[조사자: 아버님도 괜찮으셨어요, 아버님도?] 우리 아버지는 아주 못됐고. [조사자: 왜 왜 왜.] 아주 술 만 먹고 도박만 하고. [조사자: 그러게 정선에 계신 아버님들이 하나같이 도박을 하셨어.] 도박하고. 또 작은 어머니를 얻어서 우리 엄마는 딸만 났다고 설움, 설움 받고.

그래도 아버님 6.25전쟁 때는 징병되지 않으셨어요? 아버님. 안 그랬어. 6.25때는 그 하지 않고. 8.15 해방 전에 일본에는 공출을 갔댔지. [조사자: 아, 일본으로는 아버지께서.] 일본가서 몇 년 계시다 오셨지. [조사자: 그럼 아버지 안 계실 동안은 어떻게 먹고 사셨어요.] 아휴. 우리 엄마가 벌어먹고 살았지. 아버지는 그냥 놀기만 하고. 그냥 뭐 살림살이 부수고 때리기만 하고. 돈 안 주고. 우리 아버지같이 못된 사람은 없어. 자라면서 엄청 우리가 고생을 많이 하고 살았기 때문에. [조사자: 정선에 유독 할머님들이 다 그 얘기했어요.] 그런 것도 적은(작은) 여자 안둔 사람이 없어. [조사자: 그러니까 그러니까. 문화가

그런 것 같애 정선이 또.]

그러고 뭐 전쟁 나고는 또 그 6.25때 그래 인민군들 들어가고. 또 뭐 군인들이 와서 막- 들석거리고 있는대로 털어먹고 다 그 하고. 그러고 지금까지는 뭐 아무 큰 일이 없지. [조사자: 그러면 뭐 혹시 그 동네에 뭐 아는 언니나 뭐 군인이나 하여간 인민군이나 군인. 특히 군인. 뭔가 해코지 당한 얘기같은 거는.] 아휴. 수두룩하고 갈 때 막 아가씨들 데리고 가고 막 그랬지. [조사자: 그 얘기 혹시 간접적으로 보거나 듣거나 한 얘기 없으세요, 할머니?]

얘기만 들었지 그런거는 뭐 우리는 우리 식구대로는 피난 다니면서 그런게 없으니까. 산 속으로 피난. 군인들이 왔을 때 산 속으로 들어가 있으니. 우리 엄마가 이 군인들이 와서 그 우리집에 주둔하고 있으니. 소 잡아놓으면 소고기 갖다주고 뭐 밥해주면 밥 갖다 주고. 군인들이 밥 해먹고. 우리 집이 컸어요. 크니까 우리 엄마가 우리 집이 크니끼 우리 집이 크니까 아주 부대가 들어온거야. 부대가 들어오면 마당에서 소 잡아놓으면 소고기도 그 산 속에 가 있으면 갖다주고. 밥도 해다 갖다주고. [조사자: 군인들 밥 해주시고. 또 거기서 갖고 오셔서 또 자식들도 먹을 거 챙겨주시고 그러셨구나.] 네. 그랬는데. 그래서 그 고생도 안하고. 먹는거는 소고기에다 잘 먹었죠. [조사자: 오히려. (웃음)]

[조사자: 그 산 속에서 어떻게 생활을 해요? 거기 뭐 이렇게.] 아 산 속에 이웃. 산 속에 있는 집에 가서. 아는 집에 가서 그 집 방 하나를 얻어갖고 거기에 있으면서 쌀 가지고 밥 해 먹고 이러다보면 엄마가 고기고 뭐 저기 이 갖다주면은 그 안 잡하고 같이 먹고 그러고 살았지. [조사자: 그러셨구나.]

[3] 부상당한 아들에 대한 충격으로 시어머니가 눈이 멀다

그러고 우리 선생님(남편)한테. 우리 선생님이 양구 7사단 전쟁에서 부상을 당하고 했으니. 내리. 그런데 부상당해서 지금 수술 자리가 이만큼 있거든요. 그리고 저기 다리에도 들어가서 나하고 결혼할 때 다리를 약간 절었어요. 그랬는데 에 그때 인제 직장을, 직장에 있다가 학교 근무하다가 6.25나니까 피난 가다가 이제 어머니하고 둘이서 피난가다가 붙들러갖고 뭐 그때는 무조건 젊은 사람 붙들어다가 제주도 갖다 총 쏘는 시늉 가르켜갖고 일선으로 보낼 때 양구 7사단 전쟁에 가서 부상을 당했는데 그 당시는 병원이 없으니 천막을 치고 그냥 이제 이렇게 했는데. 그 부상당한 일지가 없대요. 병원이 일지가 없대. 그냥 이름만 있지. 뭐를 다쳐서 어떻게 해서 치료했다는 그 일지가 없다네요. 그래 참전 용사로 돼있어. 6.25 참전용사로. 그래서 내가 갖다가. 그래 또 직장에 있으면서 또 이제 건강검진을 했대. 그 내가 원칙은 그러자면 유공자로 돼야 되는데. 참전 용사로 돼서. 그러거나 말거나 건강하게 계시니까. 참전 용사 회장이에요. [조사자: 예. 얘기 들었어요. 저기 아까 마을 회관 가니까. 딴 데 갈 필요없이 회장님한테 들으라고.] 만나서 얘기해보세요.

[조사자: 그러면 여사님 언제 결혼을 하신거에요?] 내가 스물 하나에 결혼했으니까. 연도는 우리 선생님이 몇 년도인지 아는데. 나는 나이만 알지. 연도는 모르고.

또 내가 우리 집이가 어떤 비극이 있나 하며는 우리 시어머니가. 우리 시어머니가 마흔 다섯에 막내아들로 낳았대요. 8남매를 낳아서 다 잃어버리고. [조사자: 완전 늦둥이시네요.] 응. 딸 하나하고 이제 우리 집에 하고 있는데. 여섯 살 째인가 몇 살 때인가 아버지가 돌아가셨대요. 우리 시어머니가 오십이 넘은 양반이 아들 하나를 데리고 갈 데가 없으니까는 만주에 가서 사촌형네 집에 가서 8.15 해방 직전에 고국 방문길로 왔대요.

만주에서 나와 갖고. 그 영월에 누님 있으니. 누나 집에 가서 어머니하고 누나 집에 얹혀서 가서 있으면서 그 누나가 공부를 가르켜 줘서. 인제 학교 발령을 받아갖고. 열아홉 살 째인가 뭐 몇 살 째 발령을 받아가지고 이제 교직에 근무를 했대요. 근무를 1년인가 얼마 하다가 6.25전쟁이 났대요.

그 피난 가다가 보니. 뭐 어머니는 딸하고 피난 충청도로 가고 우리집이는 붙들려서 군대 가고. 군대 가서 부상당했다는 연락을 듣고 어머니가 아들 면회를 가보니 그냥 뭐 배에 파편하고 다 죽어가는 아들을 보고 그 자리에서 쓰러졌대요. 자기 생명하고 같은 아들보고 쓰러져서 다시 나오다가 또 쓰러졌대요. 두 번을 쓰러지고 나서 앞을 못 보시게 된거야.

자고 나니까는 날이 새도 샌 거 같지를 않고. 사람이 이렇게 시커먼 등치만 보이지 누구라는 얼굴이 안보이고. 그 날이 새느냐는 샜다 했는데도 그렇게 안보이고. 그 차츰 차츰 어두워져가지고 완전 앞을 못 보시게. 신경이 끊어져서 병원에 가 수술을 해도 안 된대. [조사자: 그때 얼마나 충격을 받았으면.] 예. 그 자기는 불구로 제대를 해가지고 누나네 집에 와보니 어머니는 누나도 피난생활하는 게 딸 셋 데리고 피난 생활하는게 뭐 거기 가서 엄마 눈 어둡지. 자기 다리 그랬지. 그 얼마나 비참한 비극이야. 그래 거기 있다가 강원도 가서 내가 나라를 위해서 이렇게 했으니 복직을 시켜주십쇼. 목발을 딛고 갔대요. 안전한 곳에 가서 이력서를 내라 하더래요. 그래니 누나네 집에 가 있으니.

엄마 못 보지, 자기 그렇지 하니까 뭐 그 여 아우라지 저 건너 동네에 7촌 아저씨가 어려서 거기를 와 있어 봤대요. 어머니하고. 거기를 찾아와서,

“아저씨 내 직장 구할 때까지 나를 밥을 잇게 해 달라.”

해서 거기서 뭐 아저씨 댁에 있으면서 농사짓는 일 거들어주고.

근데 그 아저씨가 나를 어떻게 봤던가는 중매를 해가지고 결혼을 한 거에요. 그러다보니 뭐 복직 하자마자 나하고 결혼하게 되니까는 어머니는 앞을 못 보니 못 오시고. 누나가 친척집에서 쌀 한말씩 구해가지고 혼수 만들고 7촌 아저씨네 집에서 결혼식을 한 거에요. 그 우리 시어머니는 앞을 못 보시니 못 오시고.

그러고는 나도 결혼식을 하고 충청도로 우리 시어머니한테 인사를 가야되잖아. 충청도를 인제 어머니한테 인사하러 가니. 그때 왔는데. 밤 아홉시에 도착을 했는데. 누나가 나오시더니. 동생이 오고 조카딸들이 외숙모가 외삼

춘이 왔다하는데 우리 시어머니는 보이지 않는거야. 내가 문을 열고 문을 딱 여는 순간 우리 시어머니하고 마주쳤는데 앉아서 대–성통곡을 하고 우시는 거야. 결혼식에도 못 와 보고 눈앞에 온 아들 며느리를 보지 못하고 앉아있는 그 분이 얼마나 대–성통곡을 하고 우는데.

나하고 딱 마주보는 순간. 내가 옆에 절을 하고는 울지 마시라고 이렇게 만지니. 이렇게 만지더니 머리는 찌었구나 덩치는 크구나. 그런데 그때 대성통곡을 하고 우시는 어머니를 보시면서 보면서,

'아 저 불쌍한 노인을 내가 어떻게 하면 돌아가실 때까지 편안하게 잘 해드리고. 숟가락이 없는 가정이 어떻게 하면 낭구같이 돈을 벌어야 벌어갖고 살아야 되나.'

했지. 이런 부모를 만났나. 이런 남편. 남편도 항상 우–울하게 자기 엄마 그렇지 자기 몸 그렇지. 웃는 걸 못 봐. 아주 만날 우–울해가지고 그렇지 그렇게 해가지고 시어머니를 만난 순간 어떻게 하면 내가 저 어른한테 잘 해드리나. 불쌍할 수가 없는거야.

그 날 밤에 시어머니하고 한 방에 자고. 시누네 방 두 칸이 잤는데. 우리 시어머니가 내가 키가 얼마나 큰지, 작은지 모르잖아. 그 우리 시어머니가 자고 내가 자고 신랑이 자는데. 나를 키가 얼마나 큰지 모르니 당신 나름대로 자지 않고 옆에서 재보는거야. 머리 만지고 이 키가 얼마나 하는가 이거를 어 그 내가 가만히 잠, 잠도 안 오고 시어머니 옆에 있는데 나를 만져서 자기를 안 하는거야. 이렇게 키도 재보고. 또 머리도 만져보고 얼굴도 또 어떻게 생겼나 만져보고. 그럴때마다 어 나를 보지 못해서 내 모습을 저렇게 만지는 저 그 어머니가 얼마나 불쌍한지 나는 눈물이 막– 쏟아지는 거야. 나를 보고 보지 못하고 그 저 불쌍한 노인을 내가 어떻게 돌아가시는 날까지 잘 해드려야 되는 그 생각밖에 없고. 우리 시어머니 나를 만지는 순간 나는 눈물이 막 쏟아지는 거야.

그래가지고 거기서 3일을 있다가 오면서,

"어머니 내가 가서 방을 얻어놓고 모시러 올터이니 편안한 마음으로 계세요."

하고 왔는데. 나와서 툇머리에 앉아서 대-성통곡을 하고 우시는거야. 아들, 며느리를 보지 못하고 얼마나 그 불쌍해요. 그래가지고

"어머니가 제가 방을 얻어가고. 얻어놓고 모시러 올터이니 편안하게 계세요."

하고 돌아서 오는데 눈물이 막- 쏟아지는거야. 버스를 타고 도로변에 집 있는데. 버스에서 내려다보니 내가 올 때 우시는 분이 툇마루 앉아서 계속 우시는거야.

나도 몰라 눈물이 막- 쏟아지는데. 어디 만큼 신랑하고 둘이 같이 앉았는데. 내가 생각했을 때는 나는 시어머니가 불쌍해 울지마는 내 마음을 모르잖애.

'뭔가 불만이 많으니 저렇게 울겠지.'

그렇게 생각할 거 같애. 그래서

"나는 당신 어머니가 불쌍해서 운다."고.

"우리 가서 방을 얻어놓고 빨리 모시고 오자."고.

그리 와가지고 방 한 칸을 얻어놓고 시어머니가 모시러 가기 전에 한번 오셨어. 우리 친정에 가서 이틀밤을 자고 단칸방을 얻어갖고 이불 뜨신 저 한 개씩 뭐 뭐 보따리도 없고 고리짝 한 개하고 이불 한 개. 이삿짐 옮겨놓고 뭐 사발 그릇. 옛날 사발 그릇하고 뭐 냄비한개하고 가지고 인제 살림을 인제 이 나가지고.

내가 어 다 옮겨놓고 친정엘 오니 친정엄마가 대-성 통곡을 하고 우시는 거야. 그 어머니 우시느냐니. 내가 너를 키워도 남한테 욕을 안멕이 키웠는데. 이제부터는 내 자식 흉계가 나니 이를 어찌. 부모한테 잘못하다가보니 남한테 인제 좋은 소리 못 듣는다는 거지. 그 내가,

"어머니 잘할터이니까는 걱정하지 마시라니."

"어떻게 잘하나."

"너는 본디 잘 할 수 없다."

화장실 가자니 신발, 변소 모시고 가야지. 모시고 와야지. 밥상갖다 놓으니 뭐 가리켜 드려야지. 우리 시어머니 계-속 한숨만 쉬시더라고 우리 친정 엄마가.

그래가지고 이불도 한 개 해가지고 간 거 이불 한 개를 같이 덮으면서 한 방에서 같이 시작을 해가 이불 뭐 계속 한 방에서 한 개 아니고 나가서 시어머니 이불 또 쪼마나게 하나 더 하고 이런데. 계속 한 방에서 잠자고 한 상에서 밥 먹고 그게 습관이 되더라고. 처음부터 깍방에 살았으면 그게 아닌데.

그래가지고 관사를 옮겨가니까 방이 두 칸인거야. 그 전에는 방이 두 칸이며는 엄청 편하게 좋겠다 해쓴데. 막상 방에 딴 방에 모셔놓으니 잠이 안와. 눈이 어두워서 못 보니까는 나가서 넘어지면따나 또 밤 낮을 모르니 낮에도 나가는데 밤에 나가서 못 들어오면 어떡하나. 막 문을 열고 확인을 해야되고 어디 나갔나 들어왔나. 그러다보니 딴 방에 자는 게 마음이 불안한거야. 계속 한 방에 자야만이 맘이 편한거야.

그래고 계-속 한 방에 살다보니 그 갈금이라는 동네다가 또 집도 사고 논도 사고 밭도 사고 몇 년 동안에 알뜰히 해가지고 많이 했는데. 그러니까는 방이 있어도 한 방에서 자더니 습관이 돼서 계속 한 방에서 같이 생활을 했네.

그러니까 애들 삼남매 다 낳을 때까지 한 방에서 잠자고 대소변 받아내고. 근데 우리 딸래미가 그 눈 어둡고 또 중풍이 온거야. 칠십 둘에 만났는데. 칠십 일곱에 중풍이 온거야. [조사자: 누가요.] 우리 시어머니가. 앞 못 보는데다가 또 중풍이 온거야. 그때부터는 아난입히고 대소변 받아내고 머리 빗겨드리고 옷 입혀드리고 밥도 넣어 드리고 풍이 와서 스질 못하니. 그 우리 딸래미가 나면서 4월에 나면서 7월에 중풍이 들린거야. 갓난 애기가 둘 인거야.

그래도 제가 모시고 워낙 인제 애기 데리고 시어머니 모시고 고생을 하니 주민들이 진정을 해 올려서 3년 만에 이제 우리 집에 오셨어. 그래 오셨는데 내가 아침에 밥을 하다가보니 나를 막 소리 지르며 들어오래요. 들어가니 뭐 이불을 홀 걷었는데 똥을 싸서, 똥 싸놓은 것도 모르고 풍이 왔으니. 비비기를 하는거야. 그리고 우리 집이 난리 부리더라고. 도저히 한 방에 살 수 없으니 딴 방에 모시자고. 그때 내가 우리 집에 손목을 잡고 당신 기른 부모고, 나는 법으로 섬기는 부몬데. 우리가 첨부터 깍방에 살았으면 모르지마는 제금 한 방에 살다가 이렇게 병이 와서 아랫목 윗목도 모르고 헤매는 분을 밥을 비벼주면 잡술거여? 뭐 어떡할꺼여. 똥이나 싸고 오줌 쌌다고 몰아붙이면 어떻게되냐고.

내가 같이 있으니 냄새가 나니 옷도 안 빨아 입힐 것도 빨아 입혀야 되고. 아침에 보면 손이 뭐 똥을 싸면 뭔지 뭔지 만지니 똥이 우선 세수 시켜야 한 상에 밥을 먹지. 같이 한 방에서 세월한데. 딴 방에 모셔놓고 어찌 그러하겠어요. 그래 돌이가신 뒤에 후회하지 말고 살아시 효도합시다. 내 붙들고 울면서 애원을 했어요.

그래서 팔십 그 당시 칠십 둘에 만나갖고 팔십을 운명을. 삼남매 다 낳을 때 까지. 운명하시던 날 애들 딴 방으로. 이웃에서 인제 우리 시어머니가 돌아가시는데 청년들이 모두 와서 어 그 해 죽을 일이라고. 애들을 삼남매를 돌아가시는 날, 열시에 돌아가실 때 일곱 시에 애들 삼남매를 딴 방으로 옮겼어요. 그래서 이짝 저짝 효부상은 우리 시어머니 살아있을 때 탄 효부상이고. 요 복판에 효부상은 우리 시어머니 돌아가시고 18년 만에 탄 효부상하고 트로피하고.

(*시어머니가 살아계실 때는 조심스러워서 상을 타러 가지 않았다는 이야기. 18년 만에 받은 탄 효부상을 받았을 때 했던 소감 이야기.)

[4] 아버지 없이 피난을 나가다

[조사자: 전쟁 얘기에서 조금 만 더 여쭤볼께요, 할머니. 그러면 언니분 두 분은

그때. 언니 둘 계셨어.] 같이 피난 다녔어. [조사자: 아, 같이.] 언니들도 그때 [조사자: 결혼한 언니들.] 결혼을 안했을 때. 언니들하고 같이 다녔어요. 나는 열여섯 살이고 우리 언니는 나보다 세 살 위니까는 열아홉이고. 우리 큰 언니는 결혼을 하고 혼자돼서 친정에 와 있었어요. 그래서 엄마하고. 아버지는 작은 어머니 얻어가지고 다니고. 작은 어머니 식구하고 다니고. [조사자: 피난을?] 응. 우리는 우리. [조사자: 완전 나쁘네요. 어머. 아버지는 피난을 작은. 어. 그러셨구나.] 우리는 우리대로 가고. 급하니 뭐 찾아 댕길 수도. 거기는 거기대로 가고 우리는 우리대로 가고.

[조사자: 그러면은 피난. 그래도 피난하다가 중간 중간 소식은 들으셨어요?] 아이 여기 살고 여기 사니까는. 집만 따로 사니까는. 한 이웃에 살아도 따로 사니까는 이 양반도 급하니 보따리 싸가져 가고 우리는 우리대로 보따리 싸가져 가고. 서로 보고 왔다 갔다 하고. 우리 집에는 우리 아버지는 숫제 오시지도 않고. 작은 어머니 집에 그게 아들, 딸 낳아가지고 사니까. [조사자: 아, 그러셨구나.]

[조사자: 그러면은 어머니 입장에서는 그 피난이 힘드셨겠어요. 아버님도 안계시고 또.] 아, 그러고 충청도로 저기 피난 갈 때는 그때는 가을, 겨울이니까. 그 쌀을 해서 짊어지고 갔는데. 피난 갈 때 쌀을 못 가져가니 빈 집에 들어가면 다 독 독이 쌀은 그냥 있는거야. 김장해놓고 겨울이니까는 바로 뭐 맨 손으로 갔으니 쌀은 안 가져가도 가다가 아무데나 빈 집에만 들어가면 쌀이 있는데. 그 해 짊어지고 가서 해먹느니라고 아이고. [조사자: (웃음) 아, 빈 집에 가면 쌀이 있고.] 그 사람들이 가을에 농사지어서 쌀 독 독이 놓고는. 다 가 빈 집에 들어가면 뭐 뭐 쌀이 있고 김치있고 장이 있고 뭐. 먹는 건 걱정 안 하고 갔어요. [조사자: 아, 처음이에요. 전쟁 중에 먹는 거 걱정 없었다는 거는. 소고기 먹고 쌀도 갈 때마다 있고. 아, 그러셨구나.]

그래서 어려서 전쟁을 치러도 뭐 고생하고 이랜거는 별로 없지. 피난 갈 때는 그 눈 속에 걸어가니라고 고생을 하고. 거 가서는 그 저기 보은 가가지고 거 저기 춘양 거기를 가가지고는 또 먹고 살아야 되잖아요. 그러니까는 떡을 해가지고 나는 그때 피난 갈 때 열여섯 살인데 내가 이고댕기며 팔아갖고. 떡 해주면은 팔아갖고 쌀 사가지고 밥 해먹고. [조사자: 언니들이랑 같이?] 언니들하고 엄마들은 이제 집에서 떡을 하고. 안 나가. 나는 어리니까 떡을 이고 나가면 잘 팔어. [조사자: 아, 사람들 마음에 그래도 조금 불쌍하니께 애기 떡을 사주시는구나.] 피난 왔어요. 먹고 살 수가 없으니 떡 좀 사세요. 그럼 다 사주더라고. [조사자: 그 말 좀 다시 해보세요, 할머니. 뭐라고 하셨다구요? 피난 왔어요.]

"멀리서 피난 와가지고요. 먹고 살 수가 없어서 떡 조금 해가지고 왔으니 이거 사세요."

이래며는 그럼 다 팔아줘요. 금방 가지고와 팔아가지고 쌀 사가지고 한 대 떡을 하면 두 대는 사오잖아요. 그럼 한 대 먹고 한 대 해가지고 또 가서 팔아가지고 또 하고. [조사자: 나름 전략이네요. 어.]

그래서 그 그때만해도 피난 갈 때 우리 언니들은 진짜 이 다리에, 발바닥에 인제 뭐 막 발이 부풀고 해가지고. 가면 떡들고 앉아 있으면은 내가 댕기미 이 집 저 집 찾어. 고간에 가 뒤지보다 쌀 나오며는 쌀 가지고 퍼다가 밥도. 나무도 많고 뭐 겨울이니까 있으니 밥 솥에 해가지고 주고. 아주 우물. 우물 두레박하는 데 가면 피난민이 꽉– 차 있으니까는 차례가 안와. 그 새간은 뚫고 들어가서 물도 제–일 먼제 퍼와.

그래가지고 피난 갈 때 그 우리 이모부가 같이 갔는데.

"니는 불괭변에 갖다 놔도 산다."

고 그러더라고. [조사자: 불경변?] 불 괭변. 불타는 괭변에다가 아무도 없는 불광변에 갖다 놔도 먹고 산다고. [조사자: 그러게. 그래서 지금 옥산장도 운영하시는 거에요 제가 볼 때.] 맨 손으로 시작해가지고 지금까지 한–번도 놀아본 적이 없어요. [조사자: 그러게. 그 어르신때도.]

(*자식들이 일하는 곳에 대한 이야기, 서울에 집을 산 이야기를 하심.)

[조사자: 그때 거기 그러면 언니. 언니 둘. 둘째 언니도 같이.] 이제 다 갔어요. 언니들 다 아주 영원히 갔어요. [조사자: 아, 지금은. 그러셨구나. 그래도 언니들하고 같이 피난생활하는거라 그렇게 무섭거나 그렇진 않으셨겠어요.] 아니죠 그럼. [조사자: 근데 어머니 마음이 불안하셨겠어요. 아버지도 없이 딸 셋을. 그것도 여사님은 그렇지만 위에 언니나.] 불안하고 뭐 생각할 것도. 엄마는 여기 집에 계시고 우리는 이제 저- 곰발이라는 산 속에 이렇게 산 속에 집. 이렇게 안 보이는 거기 가서 있으면 거기는 인민군도 못 오고 군인도 못와요. [조사자: 왜 못와요?] 피난. 어 그러니까 거기는 전쟁터도 아니고 이래니깐. 아 저 깊은 산 속에 사는 거기가 피난하니깐. [조사자: 거까지는 안올라오니까.] 전쟁터는 따로 있으니까.

[조사자: 왜냐면 전쟁 중에 제일 불쌍한 게 애들이랑 여자들이잖아요. 그 자칫하면 얘기 들어보니까 뭐 어떤 할머니들은 아버지가 일부러 똥을 묻혀서 내보내고. 남자. 군인들이 나쁜 짓하니까. 또 남장도 시키고.] 우리는 피난 가있으니 그런 건 없었고.

[조사자: 그러면 그때 여기 정선은 막 폭격 떨어지거나 그러진 않았나봐요.] 아휴 여기 폭격 많이 떨어졌어. [조사자: 아 정선도.] 여기도. 여기도 폭격이 뭐 뭐 저기 인민군들 쫓겨 들어갈 때 폭격 막 때리고 그래가지고.

[조사자: 여기도 국군 말고 외, 외국 군인들도.] 그럼. 군인. 군 사단들이 와서 그럼. [조사자: 흔한 말로 깜둥이들도 오고 백인도 오고 막 그랬어요?] 깜둥이 외국사람 말고 우리나라 사람들. [조사자: 아, 국군만.] 어 국군만. [조사자: 그러셨구나. 여기도 폭격이 많이 떨어졌구나.] 국민학교도 폭격하고. 막- 폭격을 막 하니까는 급하니까는 막 보또랑 여 보또랑에 가서 우리 그 전에 숨어서 있고 막. [조사자: 보또랑이 뭐에요?] [조사자: 그냥 도랑. 논 옆에 도랑.] 논물대는 도랑. 거 가 숨고. 근데 집에 있다 갑자기 폭격하고 이래니까 나와갖고 내 숨는 데 가서 화장실에도 들어가 숨고.

[조사자: 어쨌건 전쟁났다 안거는 누가 얘기해줘서가 아니라 나가보니까 인민

군들이 말을 타고 들어오는 거를 보고 전쟁이 난 걸.] 그럼. 군인들이 다 쫓겨가고 뭐 인민군들이 옷 보니까 딱 바로 알던데. 밤색 옷이야 밤색 옷. 우리 군인 옷하고. 사람 말은 다 통하고. 사람도 똑같은데 옷만 보면 다르고.

그때 그. 그때 그 그때 인민군들이 가지고 댕기다 들여논 말이 생마가 산속에서 저들끼리 새끼 낳고 그런 말이 있다고 그러잖아요. 야생마가. 들어보셨어요? [조사자: 아니, 그 얘기 좀 해주세요. 처음 들어봤어요.] 아니 그런게 있다고 몇 년 전까지도 그런 얘기 있더라고. 지끼리 산에서 새끼 낳, 교미해서 새끼나서 산 그 야생마라. [조사자: 지금 여기 산 자락에도 그런 야생마가.] 지금은 없는데. [조사자: 고때 고거하고 몇 해 지나고는.] 그 인민군들 쫓겨가니라고 말을 못가지고가고 내 버리고 가고. [조사자: 그때 말도 처음보셨죠. 소나 돼지는 봐도 말은.] 그럼. 말에다 짐을 싣고 내려왔다고 인민군들이. 쫓겨갈 때는 못 가져가지. 그게 야생마가 됐나고. [조사자: 그럴 수 있겠네요.] 암놈 수놈이 지 끼리 새끼 낳고. (웃음) 전쟁이 뭐 얼마 안했으니까. 6년 겪고 뭐. 겨울 피난, 여름 피난하고는 끝났기 때문에.

[조사자: 여기 여기 어디더라. 어디 지역은 인민군들 아주 무덤터. 해산나들이. 거기는 아예 인민군들 무덤. 무지. 돌무지들이 막 있고. 시체가 엄청났다고 그러더라구요.] 여기도 강가에다가 우리 아군들이 들어와가지고는. [조사자: 여기 아우라지 강가에.] 그럼. 그래가지고는 거기 조금 가입한 사람들. 그 전에 빨갱이 사상갖고 된 사람들 갖다가 뭐 총을 쏴서 한 구뎅이에다 뭐 그냥 갖다놓고 그냥 끌어 묻었는데. 이제 강가에 모래사장에다 그래집어넣어논 막 강물에 많이 나갔을 때.

아주 강가에 아주 시체 뼈다구가 뭐 널널했대. 이제는 워낙 오랜 세월이 갔지. 그리 처음에 구데기 묻어난 게 썩어가지고 그 강물에 흘러갈 때는 그 구데기가 훨 많아지며는 떼가 뭐 엄청 많았다고. [조사자: 그랬다 그러더라고. 농사지을 때도 인민군들 모자가 막 나오고.]

인민군들도 쫓겨 들어갈 때 또 아군들이. 아군이 아니고 가정집에서 인민군 들어오니까는 막 칼로 막 때려잡고 막 칼로 찔러 죽이고. [조사자: 누가. 인민군들이?] 아냐. [조사자: 무서우니까.] 근데 악선전을 해 그렇지 해코지는 안하고. 인민군들은.

지금도 북한에서는 우리나라 악선전하고 여기는 또 맨날 굶어 죽는대. 만날 해 놓은거 보면 굶어죽긴 왜 굶어죽어. 아주 핵무기 해가지고 아주. 요즘엔 비행기가 뭐 참. 오만 것 다 하는데. 전쟁은 나지 말아야지. 이제는 쫓겨갈 필요도 없대. 앉아서 다 죽는대. 핵무기, 핵무기하는데 핵무기도 그 사람 잡으려고 만들어 놓은거지. 그게 뭐야. 인간이 인간을 잡기 위해서.

할머니한테 들은, 아버지 살아난 사연

현 진 호

"다른 집에 벽장에 숨어 있다가, 여기 지금은 없는데. 초가집은 다 그렇게 벽장이 있었어요. 우리집도 마찬가지로 벽장이 있었는데, 거기에 숨어 계셨대요."

자 료 명: 20140421현진호(서울)
조 사 일: 2014년 4월 21일
조사시간: 1시간 20분
구 연 자: 현진호(남 · 1948년생)
조 사 자: 박경열, 유효철, 이원영.
조사장소: 서울특별시 도봉구 쌍문동의 한 아파트

[조사과정 및 구연상황]

조사팀은 충청지역의 한국전쟁 관련 사건들을 검색하던 차에 구연자의 블로그를 방문하게 되었다. 구연자는 아버지가 겪은 서천등기소 사건에 대한 지역 신문의 기사를 스크랩하여 블로그에 공개하고 있었다. 조사팀은 블로그를 통해 조사하고 싶다는 의도를 전달하였고, 구연자는 답변을 통해 조사에 응했다. 이에 구연자와 약속한 기일에 조사팀이 자택을 방문하였다. 자택에는 구연자 홀로 있었으며, 구연내용에 대해 준비한 듯 식탁 위에는 메모지와 함께 자료가 준비되어 있었다. 구연자는 조사자들과 식탁에 둘러앉아 보관하고 있던 신문 기사를 살펴보며 구연을 진행하였다. 구연 중에 신문 기사문을 살펴보고, 구연 내용에 해당되는 부분을 읽기도 하였다.

[구연자 정보]

고향은 장흥이다. 1948년생으로 전쟁 당시 3세였다. 구연자는 전쟁 당시 상황에 대해 겪은 것이 없었지만 전쟁당시 23살이었던 아버지가 겪었던 것을 구연하였다. 구연자의 어머니가 어려서 집을 나갔는데 구연자는 아버지와 할머니 손에 자랐다. 특히 할머니가 말해 주는 아버지에 대한 기억을 갖고 있다. 구연자가 조사팀에게 구연한 내용은 자신의 기억과 아버지에 대한 기사를 바탕으로 구연한 내용이다. 자식은 1남 5녀를 두었다.

[이야기 개요]

화자의 고향은 장흥이다. 아주 어렸을 때 어머니가 집을 나가셨다. 그래서 아버지와 조부모님과 함께 살았다. 어려서부터 할머니에게서 아버지에 대해 많이 듣고 자랐다. 화자의 아버지는 전쟁 당시 고등학생이었다. 장항농업고등학교의 회장을 했을 만큼 무엇으로나 뛰어난 존재였다고 한다. 9.28수복 전후에 장항 앞 바다에서 서천으로 함포 사격이 시작되었는데 함포 사격의 시작을 알리는 봉화를 아버지가 올렸다는 혐의를 받고 서천등기소에 잡혀간다. 화자의 말에 의하면 아버지는 인민군이 아니라 공산당원에 의해 잡혀갔고 당시 서천등기소에서는 소위 말하는 마을의 우익이 주를 이루었다고 한다. 서천등기소에 불을 지르기 30분 전에 아버지는 극적으로 탈출한다. 아버지의 지인이 전에 공산당의 시대가 올 것이라며 막스 · 레닌 주의를 공부하라는 말에 준비를 했는데 그것이 도움이 되었고 그들과 말이 통하자 인민공화국을 위해 충성을 다하겠다는 조건으로 등기소 방화 30분 전에 풀려난다.

[주제어] 전남 장흥, 아버지, 고등학교, 장항, 인민군, 봉화, 서천 등기소, 방화, 공산당, 탈출, 인민공화국

[1] 할아버지와 할머니의 이야기에 존재하는 아버지

주로 얘기를 해야 되는 건가요? 그것이 아니고 6.25 전체에 대해서? [조사자: 일차적으로는 아버님 얘기를 많이 하셨으니까.] 응, 우리 아버지. [조사자: 예, 예. 들은, 아버지에게 들은 이야기를 해주시면 가장 좋겠고.] 나는 그, 어렸을 때 그 할머니, 할아버지한테 얘기를 많이 들었어요, 특히 할머니한테. 우리 아버지는 그 외동아들이시거든? 그 무남, 아 그러니까, 독자지, 독자. 딸도 없고 아버지 혼자, 할아버지 입장에서 그랬어요.

그런데 6.25 때 하마터면 돌아가실 뻔 했지. 그대로, 좀 똑똑하지 못했으면 그냥 그대로 돌아가셨어요, 그 당시에. 그러니까 지금도 그 좌우대립이 있잖아요, 오늘날에도 응? 그 당시에는 더 많았다고. 그러니까 동네 사람들도 한쪽은 좌파고, 한쪽은 우파고, 그래 서로 시기질투하고, 그런 가운데에 아버지는 그 시기질투 이런 것도 포함이 되지만은, 우리 할아버지께서 완고한 그 자유주의 진영에 속해 계셨던 분이시거든, 아버지도 마찬가지고, 그러니까 그 주목의 대상이 되고 결국에 서천등기소까지 들어가시게 됐어요.

근데 구사일생으로 30분전에 거기서 그놈들이 풀어줘 가지고 인민공화국을 위해서 충성을 다하라고 허더라는 거야.

"너는 똑똑하니까, 인민공화국을 위해서 충성을 다해라."

그게 인제 어렸을 때부터 할머니한테 그런 얘기를 다 들었어요. 아버지는 내가 커서 약간 그, 세상물정을 조금 알을 때, 그 내용을 자세하게 알려줬지.

할머니 할아버지한테서 많이 들었어요.

이 동네에도 인제 성씨가 이렇게 한 60가구가 이렇게 사는데, 성씨가 우리 현씨는 희성이잖아요? 그러니까 3가구 밖에는 없었고 다른 성씨들이 있는데, 그 사람들이 내 이제 성씨를 내가 밝히지 않겠어요, 성씨는 밝히지 않겠는데, 그 분들 간에 서로 알력이 또 있고. 그 중에 성씨가 한쪽은 우익이고, 한쪽은 좌익이고 인제 그런 상황에서. 그 할아버지가 거의 심판관 역할을 했다고 그래, 누가 잘못했다, 누가 잘했다. 그래 할아버지도 그 공산당들한테 좀 끌려 다니시고 그러셨어요, 마침내는 인제 아버지가 끌려가시고 그러다가. 공산당 그 간부하고 서로 그 토론을 했다 그래요.

그 기사, 기사 보셨어요? 그거? 기사를 보셨느냐고? [조사자: 블로그에 올려놓으셨던데.] 아버지가 진술허신 기사를 다 보셨어요? [조사자: 그 올려놓으신 것만 봤어요.] 아, 올려놓은 것만? 아버지가 진술한 것이 여기 있어요, 요게. 요게 인제 그 당시에

'내 발로 걸어 나왔다.'

하는 이 기사하고, 또 참사를, 여 그렇네 제목이 똑같구나. 이 아버지에요. [조사자: 이게 1편이고, 2편 이렇게 이어지는 거예요?] 응, 그러네요, 1편, 2편. 이제 이 여러 개 기사가 있는데 그 중에 인자 아버지가 이 증언을 하기 위해서 인제, 증언을 하신 내용이에요.

아 저 카메라가 있으니까 이상하게 아 신경이 되게 많이 쓰이네. [조사자: 저건 그냥 자료용이니까 신경 안 쓰셔도, 저건 공개되는 것이 아닙니다. 저희가 방송 나가는 게 아니라, 저희가 실제로 이렇게 조사를 했다라고 기록을 남기는 거라서요.] 아 그거 신경 되게 쓰인다.

[2] 이야기로 들은 아버지의 영향을 받아 안중근 의사 같은 사람이 되기를 꿈꾸다

[조사자: 지금 그러면 어르신은 연세가 어떻게 되세요?] 나는 예순 일곱. 내가 세 살 때 우리 아버지는 스물 세 살이셨다고. 나하고 아버지하고, [조사자: 스무 살 차이 나시는구나.] 예. 세 살 때 6.25가 난 거야, 우리 아버지가 스무 세 살 때 6.25가 터진 거야, 그때 장항농업중학교. 옛날에는 농업중학교라고 그랬어요잉? 그 중학교 6학년에, 6학년에서 학생회장을 하셨어, 학생회장도 하고 뭐 학도 하고, 반장도 허시고 그러셨다고 그러더라고. 그러니까 주목의 대상이 되는 거지, 공산당들에게. 이런 내용들이 서천신문에 김명옥 기자가 쓴 내용에 많이 나와 있어요.

내가 어제, 그전에는 요거 두개만 내가 봤거덩? 두 개만 보고 다른 거 두어 개만 봤는데, 오늘을 위해서, 김명옥 기자가 시리즈로다가 쭉 이렇게 했어요, 07년도에. 07년도에 보도 자료를 이렇게 발굴을 해가지고 증언들을 여러 번 들으셨더라고. 그 어제 하루 종일 내가 그거 전부다 읽어봤어요, 그런데 내가 들은 얘기 고대로야. 그 고거를 보시면 나한테 질문 헐 것이 거의 없어. [조사자: 저희는 얘기하시는 게 더 중요하거든요.] 아 그래요? [조사자: 기억하는 게

"내 발로 걸어 나왔다…"

"내 발로 걸어 나왔다…"

중요하거든요.] 그렇지.

그래 어렸을 때 그렇게 공산당들한테 집요하게 아버지가 그, 이 대상에 올라가지고 고초를 당하니까. 그 얘기를 하, 금방 돌아가실 뻔 했어, 금방 돌아가실 뻔한 상황에서 살아나오다 보니까, 얼마나 그 할머니, 할아버지 입장에서는 한이 됐겠어요잉?

그니까 늘 인제 동네사람들, 저, 저 사람들, 저 사람들 지적을 해준다고 나한테. 응? 여 그런 것을 어렸을 때부터 자랐어, 들으면서. 들으면서 자랐어. 그런데 나 같은 경우는 그런 말을 듣고, 그 다음에 초등학교 다닐 때에 그 인중근 의사라는 영화를 봤어요.

'아 나는 내가 커가지고서는 내가 김일성을 반드시 쏴 죽이겠다.'

이런 생각을 했지. 그래가지고서 이제 군인이 되겠다 생각을 하고, 육사에 들어갔어요. 그러니까 아버지 영향이 대단히 컸지.

집에서는 그때만 해도 나 혼자 독자라, 또 남자가, 딸만 계속 있고, 나 혼자 남자야, 딸만 내리 다섯을 낳았어. 그래 내가 혼자 남자니까 군인 되면 혹시 죽으면은 대가 끊어지잖아, 응? 그래도 나 육사, 끝까지 내가 포기하지 않고 내가 들어가서, 들어갔죠.

[3] 봉화를 올렸다는 모함을 받아 갖은 고초를 당한 아버지

[조사자: 그러면, 아버님이 아까 그때, 전쟁이 50년에 났잖아요? 그 등기소 사건이 보니까 50년 9월정도 되는 거 같던데.] 그렇죠, 9월 27일이야. [조사자: 고때 쯤인데 그러면, 고때 당시에 아버님이 학교를 다니시고 계시던 거예요?] 학교, 6학년. [조사자: 23세라고 그러셨는데.] 스물 세살, 스물 세 살. [조사자: 중

학교를 다니신 거예요?] 중학교, 6학년이지. 그러니까 지금으로 말하면은 고등학교 3학년이요.

그래 내 인제 그, 그것도 내가 가져왔나? 내 블로그에 올려놨어요, 어제, 어제 내 일기에, 응 어제 일기에. [조사자: 그 저희가 저번 주에 목요일에 서천에를 갔다 왔거든요, 그래서 이야기를 잠깐 들었어요, 근데 그 얘기해주신 분은 살아나온 사람이 아무도 없다고 얘기하셨거든요.] 응, 아버지는 살아나왔어요. [조사자: 예 그러니까, 처음이어서 살아나온 사람이.] 아버지는 여기에 나온 고대로라, 그 이원호 교감이 있었어요, 이원호 교감은 그야말로 우익의 진영의 사람이야, 그런데 이분이 아버지를 굉장히 사랑했어요, 근데 아버지를 사람들이 죽일라고 그러니까. 야, 끌고 가기 직전에, 교감 선생이 우리 아버지를 찾아왔어요, 우리집으로 직접. 그 이원호 교감선생이 찾아와가지고,

"야 전세가 혹시 역전 될지 모르니까, 너무 걱정하지 말아라."

이렇게 말씀을 허시면서,

"그러나 공산주의 이론을 빨리 공부해라."

우리 아버지한테 그러더라는 거야, 그리고서는 가버렸대. 그 분은 완전히 우익이면서도,

"목숨이 니가 위태로우니 공산주의 이론을 공부해라."

그것이 인제 보니까 우리 아버지가 9월 7일쯤 잡혀가신 것 같애요, 계산을 해보니까, 이십여 일 동안 그 속에 있었다니까. 게 가니까 그 허술허더래, 그 묶는 것도.

아 인제 제일 처음에는 인제 뭐 동네, 아니 그 동네가 아니라, 장항 시내에 있는 청년들, 그 공산당 진영에 속해있는 청년들이 한 삼십여 명이 우리집에 밀어닥쳤대요. 그래 아버지를 묶어가지고, 아 묶을려고 그러는 것을 아버지가,

"나 묶지 마라, 내 발로 걸어갈 테니까."

그래 갔는데, 가가지고, 그 아버지 하시는 말씀대로 하면, 동네 사람들이 전부 다 나와 가지고 응? 그 구경을 다 했대. 근데 누가 말리는 사람이 없더

래, 그 무서우니까 못 말리지 당연히. 그래 인제 뒤를 인제 이렇게 돌아보니까 그 막 동네 사람들이 전부다 나와 가지고 응? 아버지 끌려가는 것을 보더라는 거야. 이 아버지 마음이 그 얼마나 아팠겠어, 누구하나 말려주는 사람이 없고 응? 그래 인제 끌려가가지고, 장항에 있는 유치원에, 아니 유치장에 갔다가, 그 다음에는 서천에 무슨 내무서에 갔다가 그 다음에는 또 등기소에 갔다가 그러면서 계속 문초를 당하신거야.

그런데 우리 아버지 생각에 그 이원호 교감 선생이 그 말을 헌 것이 계속 생각이 나면서 그 전에 아버지가, 그 당시에는 그랬대요, 막스레닌주의 사상을 조금 식자들은 다 공부를 했어요, 그 중에 우리 아버지도 그 공부를 헌 사람 중에 한 사람이야, 응? 책을 보구서, 막스레닌주의에 대해서 어느 정도 생각을 가지고 계셨디고. 그러니까 박스레닌주의라고 하는 것은 프로레타리아 혁명 아니요 응?

'부르주아 계급을 타도하자, 무산계급이 주인이 되어야 된다.'

그것이 인제 막스레닌의, 막스의 사상이거든, 자본주의는 결국에는 망하게 된다, 공산주의를 해야 된다.

그것이 그 사상인데 언뜻 생각하면 다 맞단 말이여, 그게, 응?

'그 말이 언뜻 생각하면 맞다, 그러나 그렇지 않다.'

허는 우리 아버지는 결론을 가지고 있었어요, 그런 결론을 가지고 있었는데, 이원호 선생이 그 말을 남기고 갔잖아요? 공산주의 이론을 공부해라, 아버지가 잡혀가던 날, 그렇게 일단 와서 말씀을 하시고 그래 가셨단 말이에요.

그러니까 우리 아버지는 거기에서 인제 그 공산당 아주 간부쯤 되는 사람하고 대화를, 대화가 오고 갔어요. 제일 처음에는 '너는 봉화를 올렸다.' 이거야.

"니가 봉화를 올렸다. 어디에 봉화를 올렸느냐?"

함포 사격이 계속 있었어요. 군산 저 그 앞바다, 장항 앞바다, 거기에서 서천 쪽으로 함포 사격이 계속 있었어. 그리고 비행기도 여러 제공권은 우리, 저 미군에서 다 가지고 있고 그러니까, 한국이 가지고 있고 그러니까. 그 이제 지상만, 육군만 이제 거기 완전히 점령 돼있는 상태라, 이 북한군에 의해서.

그런데 저 멀리에서 이제 함포가 떵- 떵- 거리고 올라오는데 정확하게 떨어지는 거야 어디에, 응? 그니까 그 제공을 우리 아버지가 했다, 우리 아버지가 학생회장이니까. 그 제공을 너네 아버지, 니가 한 것 아니냐, 그렇게 해서 계속 문초를 했다는 거야 아버지한테, 그 자백을 해라. 응? 근데 내가 어제야 그걸 확인을 했어요. 그런데 그러한 그 정보를 제공한 사람이 오열사가 있더라고, 오열사.

[조사자: 다섯 분?] 다섯 분. 다섯 사람이 그 죽었어요, 그 제공을 해준 다섯 사람이, 그 사람들은 바로 5학년이라, 우리 아버지는 6학년이고, 그 5학년, 장항농고 5학년 학생들 다섯 명이 그 거기 죽었어요, 그 서천등기소에서 죽은 거 같애, 응? 거기에 나온 거 보니까. 기타 여러 사람들 있더라고. 그 담에 뭐 내가 생각이 안 나는데, 내가 말을 계속 이어나가질 못하니까, 물어보고 싶은 거 있으면 물어보라고. 그래야 내가 답변을, 내가 아는 대로 답변을 하지.

[조사자: 그러면 그 봉화를 올린 사람은 그 오열사이고.] 오열사, 그 말도 어제 보니까 없어요. [조사자: 아 그래요?] 그 말도 없어 그 전체적인 것을 내가 다 읽어봤는데 오열사는 직접 그 배에 가가지고 그 사람들한테 직접 알려준 거예요, 오열사. 근데 봉화는 누가 올렸는지 내가 그것을 모르겠어.

[조사자: 아직까지도 모르는?] 아직까지도 몰러요. [조사자: 실제는, 봉화는 모르는구나.] 아직까지도 모르는 것이 아니라 누군가가 있겠지, 아는 사람이. 근데 얘기를 안 할 뿐이지. 얘기를 않는 거예요. 그 봉화를 올린 것을 누가 했는지는 지금 나타나지 않고 있어요. 그래 아버지보고 인제

"니가 헌 것 아니냐. 응? 그것을 인제 빨리 대라."

그 말도 있고, 또 여기 있던데. 아 그것은 내가 어렸을 때부터 들은 얘기야, 응? 들은 얘기고. 봉화하고 또 뭐라 그러더라. 봉화 문제허고, 여기에는 그 말이 안 나와 있어요, 어렸을 때 내가 그 말을 들었어. [조사자: 그러면 이제 아버님이 끌려가시게 된 이유는 이 봉화 때문인 거죠?] 봉화, 그렇지 그런 모함이지, 모함. 아버지를 모함시키는, 모함하는 거야, 고놈이 그렇게 다 했을 것이다, 응? 뭐.

[4] 교사였던 아버지마저 없었으면 고아가 되었을 팔자

그리고 우리집이 조금 다른 집 보다는 잘 살았던 것 같애요, 응? 소작농은 소작농인데. 소작농은 소작농인데 나는 어렸을 때도 그 상황에서도 쌀밥을 먹었거든, 응? 다 뭐 죽 먹고 뭐 하고 헐 당시에 나는 쌀밥 먹은 기억이 있어요. 그래서

'야 저 보리밥 좀 먹고 싶다.'

사람들 보리밥에다가 고추장에다 비벼가지고 아랫집 가보면 그렇게 먹거든, 그래 뭐

'보리밥 좀 먹고 싶다.'

나는 그런 생각도 허고 했었는데 우리집은 좀 잘 살았던 것 같애, 다른 집보다도, 땅은 많지는 않았어도, 땅은 많지 않았어도 어떻게 돈을 모으셨는지, 잘 살으셨던 것 같애요.

그러니까 그런 것이, 학교에서 또 공부를 굉장히 잘했어요. 어렸을 때부터

거의 일등만 했어요, 그리고 어렸을 때부터 반장, 내지는 회장 뭐 이런 거만 계속 했어요. 그 공주사대 수학과를 나오셨는데 거기에서도 무슨 학도호국단 대의원 허셨더만? 또 보니까. 그런 것이 다 여기 내 기록으로 다 가지고 있어요. 그 국민학교 성적도 내가 다 가지고 있다고, 아버지 그. [조사자: 기록이 다 있네요?] 기록이 다 있지, 내가 지금 다 가지고 있어요, 그 아버지 책자에서 다 나왔으니까.

돌아가시고 나서, 그것을 할머니가 모아 놓셨던 것 같애. 국민학교 때 누가 그걸 모으겠어요? 할머니가 차곡차곡 모으시고 나중에는 아버지가 그것을 보관하시고, 아버지가 돌아가신 후에는 내가 가지고 있어요, 지금 현재. 성적표꺼정, 국민학교 성적표까지 가지고 있다고.

[조사자: 그 아버님이 그 때 군대는 안 가셨어요?] 군대를 안 가셨어. 그게 내가 생각하기 왜 군대를 왜 가셨는가 생각을 해보니까, 이게 독자란 말이여, 첫째로. 독자이고, 나이가 많았어, 그 학생이잖아요? 학생인데 스물세 살이라. 그 다음에 육사를 시험을 봤다가 아버지가 떨어졌어요, 또 해양대학교 시험을 봤다가 또 떨어지셨대. 여그 두 군데 학교를 시험을 보셨고 떨어졌어, 그리고 나서 인제 공주사대 수학과를 가셨는데, 공부를 하다가 보니까, 인제 뭐 옛날에도 그런 것이 있었던 모양이에요 잉? 공부하는 학생이 조금 미뤄지고, 미뤄지고, 이렇게 되다가 어느 날 인제 선생으로 인자 발령이 또 났어요.

선생으로 발령이 나고, 광주에 가서 근무하시고, 군산 섬학교에서도 근무하시고 이래 공립학교에서 쭉 근무를 허셨어요, 군산여중, 여고에서도 근무하시고. 그렇게 하다가 보니까 자꾸 세월이 지나가다가 보니까 인제 연령이 너무 많게 되니까, 고등학교 3학년 때 스물세 살이면 굉장히 많잖아요? 내가 스물세 살에 육군 소위가 됐는데, 응? 아버지는 고등학교 3학년 때 스물세 살이라. 그래서 군대를 안 가신 거 같애. 독자이고 공부하면서.

지금도 뭐 유학을 하면은, 그 거의 마치고 나서 허다가 거의 안 가고 그러잖아? 그래 군대를 안 가셨더라고. 내가 그것을 내가 항상 그, 왜 군대를 안 가셨을까. 지금 생각해보니까 그렇게 밖에는 생각이 안 돼. 그런 얘기는 나한테 특별히 얘기를 안 하셨어요. 왜 안 가셨는가 하는 것에 대해서는 얘기를 안 하셨어. 내가 인제 추측을 헐 때 그렇다 말이야.

[조사자: 그러면 아버님은 형제가 아까, 그냥 혼자?] 아 인제 할머니가 두 번 시집을 갔어요. 할머니가 두 번 시집을 했는데, 남편이 돌아가셨어. 남편이 돌아가시니까 첫 번째 남편이 오 씬데, 오 씨인데, 거기에서 아들을 하나 데리고 우리 할아버지하고 결혼을 한 거야. 우리 할아버지는 그때 서른여덟인가 되더라고. 옛날에 서른여덟에 그렇게 결혼을 늦게 그렇게 허고 있으면 안 되잖아? 그런데 서른여덟에 애기 하나 딸린 과부를 맞아들이신 거야.

[조사자: 첫 결혼이셨어요?] 우리 할아버지는 첫 결혼이였고, 그렇게 해서 나신 양반이 우리 아버지야. 나는 또 젖먹이 허기도 전에, 젖이 떨어지기도 전에, 우리 어머니가 또 나가셨어, 나를 낳은 어머니가. 그래 가지고 내가 한 살을, 두 살 인제 되었을 때 어머니가 나가셨어, 그래니까 나는 이 아버지가 없었으면 나는 이제 천애의 고아가 될 뻔 했다고, 응? 아버지 어머니 없는.

[5] 서천등기소 방화 삼십분 전 풀려나와 살아남으신 아버지

근데 할머니가 나를 키워주셨지, 할머니가 나를 키워주셨어요. 나는 그래서 아버지 허고는 그다지 인제 어렸을 때 접촉이 많질 않했어. 아버지는 이제 공주로다가 하숙을 허시면서 공부를 하시고, 그 다음에 광주 수피아 여고로 또 가시고. 그래 어렸을 때 접촉이 계속 없다가, 국민학교 4학년 때 쯤에서 군산 섬학교로 오셨어요, 아버지가. 그때 이제 처음, 아이 그전에도 이제 가끔은 봤겠지. 가끔은 봤지, 아버지가 공부하는 그것도 보고. 휘파람 부는 것을, 햐 휘파람 소리가 그렇게 듣기가 좋더라고. 그래서

"아부지 휘파람 더 좀 불어봐, 더 좀 불어봐."

내가 그런 어렸을 때 기억이 다 있어요. 그런 기억은 있는데 초등학교 때 이런 때는 4학년 때, 군산 섬학교에 계시면서 처음으로 이제 자주 접촉이 이뤄졌어요.

[조사자: 그러면 6.25가 났을 때 이미 스물세 살이셨고, 세 살 때쯤이셨으면 그 낳아주신 어머니는 안 계신 상태셨죠?] 어어, 응. 없는 상태지. [조사자: 할머니 밑에서.] 응, 할머니 밑에서. [조사자: 그러면 할머니께 이렇게 자라면서 들어오셨던 얘기들 중에 아버지가 잡혀갔을 때 얘기, 또 더 기억나시는 거 있으시면.] 음, 잡혀가니까 인제 할아버지가 늘 할머니랑 교대 교대로 그, 밥을 사식을 넣어주는 거, 왔다 갔다 하시면서.

인제 아버지가 인제 사람들 다 불타기 전에 30분전에 나오셨다고 했잖아요잉? 그래 할아버지가 저쪽에서 역시 밥을 가지고. 근데 이상하게 그게 새벽 한 신데, 열두 시나 한 시가 됐는데 그때 어떻게 밥을 내오셨던 모양이에요. 근데 어제 보니까 읽어 보니까, 그날이 팔월 보름이었던 거 같애요. 달이 엄청 밝으니까 서로 멀리서 이렇게 다 보였던 모양이지? 그래 아마 둘이 막 너무 반가워 보니까 털썩 주저앉아 버린 거야, 땅바닥에. 저-기서 오시고, 이쪽에서 가고.

근데 이제 할아버지가 동네 들어가지 말라고. 응? 죽창을 들고 오면은 그냥 인제 찔러 죽이는 거야. 응? 오면은. 그러니까 다른 데로 가서 숨어, 숨어 한-참 숨어 있다가 그 다음날엔가 언제, 새벽에 인제 뭐 밤에 들어가 가지고 그 다른 집에 숨어 있었다고 허드라고, 다른 집에. 우리집으로 못 들어가고.

다른 집에 벽장에 숨어 있다가, 그 다음에 인제 우리집으로 들어가서 또 벽장에 숨어 있어. 벽장이 있어요. 내가 어렸을 때 다 알아. 여느 집에 벽장이 다 있잖아. 여기 지금은 없는데. 초가집은 다 그렇게 벽장이 있었어요. 우리집도 마찬가지로 벽장이 있었는데, 거기에 숨어 계셨대요.

[조사자: 거기에서 얼마나 숨어 계셨던가요?] 그러니까 거기에서 숨어 계시다가 최봉상이라고 하는, 아버지하고 가장 친한 친구가 있어요. 최봉상 씨라고,

아버지 보다는 한두 살, 서너 살 연세가 아래신데, 아래신데. 아버지하고 제일 친해요. 그 분 아버님은 그 대전 형무소에 가서 돌아가셨어요, 대전 형무소로 끌려가가지고, 부자니까. 응? 그 때 이제 부자, 유지, 뭐 경찰, 뭐 공무원 이런 사람들 중에 인제 사상을 전환 안 시키는 사람들, 이런 사람들은 다 그렇게 죽여 버렸어요.

여 우리 아버지는 그 막스레닌주의에 대한 사상을 어느 정도 공부를 했기 때문에 동정(동조)하는 척 했겠지, 응?

"응, 너희들 말이 맞다. 응? 나도, 뭐 인제 우리 집도 농사짓는 사람이다. 소작농이다."

뭐 이런 식으로 아마 얘기가 됐겠지, 그러니까 아버지가 거기서 살아나신 거야.

"아 이놈이 쓸 만 한 놈이구나."

허니까,

"너 인민공화국을 위해서 충성을 다 바쳐, 너 목숨 살려줄 테니까."

그렇게 하고, 삼십분 전에 풀어줬다는 거야.

[조사자: 그때 같이 풀려나신 분은 안 계시고요?] 없는 것으로 알고 있어요, 없고. 다만 나상우 장로님만, 나상우 장로님은 장항교회에서 우리 아버지하고 늘 이제, 우리 아버지도 장로였어요, 장항교회. 장항교회 역사가 1931년부터 역삽니다. 1930년인가? 30년. 1930년도부터 역사에요. 그러니까 일제시대 때로부터 장항교회는 있었어요. 그런데 거기에 최초의 목사님도 있었고, 또 오랫동안 하신 목사님이 윤복현 목사님인데. 그 당시에는 장항이 굉장히 활성화된 도시였어요. 군산도 지금 큰 도시가 돼 있지만은, 장항은 장항제련소가 있었어요.

장항제련소가 유일하게 금을 생산하는 제련소이었기 때문에 아주 활성화가 돼 있었어요. 거기 비료도 큰 군함, 아 인제 큰 배가 와가지고, 윤선이라고 그랬는데, 윤선. 만 톤 이상짜리가 거기 정박도 허고 그랬어요. 지금은 못해, 땅이 다 메워져가지고. 그래서 장항항은 거의 폐쇄가 됐어요. 장항은 그래서 더 이상이 발전이 이루어지질 않아.

근데 우리가 어렸을 때는 거기가 큰 배도 들어오고 아주 활성화된 도시였어요. 그리고 장항 농업중학교는 서천군에 있는 모든 학생들이, 공부를 조금 하고, 그 인제 학군, 인제 자식을 잘 교육을 시켜야 되겠다는 사람들은 자식을 그 학교에 보냈어요, 장항농업중학교에. 그 유일하게 그 장항농업중학교가 서천군 전체를 커버했다고.

그러니까 아버지가 인제 그 딱 나오니, 나와서 숨어 있다가, 숨어있는데. 최봉상씨가 달려왔어, 응? 야 죽지 않고 인제 살아있으니까, 살아있다는 소문을 듣고. 그 최봉상씨하고 어디 뭐 목화밭에서 만나기로, 그런 말은 여기에 나와 있어요, 여기에도 쓰여 있는데. 그분하고 같이 만나서, 임민형 선생도 그 당시에 인제 아버지랑 같은 그 우익인데. 그 우익들이 여러 사람이 또 있어요. 그런 사람들끼리 이렇게 무슨 활동을 헌 것 같애.

활동을 허고 그러면서 여기에 직접 그런 그 사람 이름이 거론이 되는데, 참 그분한테는 미안하지만은. 어떤 나쁜 인제 좌익 사상을 가진 사람이 뭐를, 소집을 했어요. 저 좌익 소집을 해서 그 근방에 있는 유지들을 한 오십 명 정도를 죽이도록, 그 밤중에 죽이도록 다 계획을 하고 있었어요. 그런데 그 소식을 우리 아버지가 그 최봉상씨 사촌 동생으로부터 들었어, 최봉상씨랑 같이. 그래가지고 그 유지들을 피신시켰어요. 그 전파를 해가지고. 여 그런 그 일도 있었어. 그러니까 그것이 최봉상씨의 사촌 여동생, 여동생 이름이 여기에 나와 있나, 나와 있지 않은 것 같애. 근데 그분이 아니였으면 한 오십 명 정도는 죽었다, 응? 그런 얘기들을 또 하고, 하시고.

[조사자: 그럼 그 사촌 여동생이시라는 분은 그 사실을 어떻게 알게 되신 거예요?] 우리 아버지하고? [조사자: 아니요, 그 동네 유지 오십 명을 죽일 거라는.] 아 그 사람은. 소집을 했대, 그 어떤 사람이. 근데 그 사람도 어떤 멤버였는지 모르겠어. 잘 모르고, 소속된, 내가 그것은 내가 잘 몰라, 그건 내가 확실

한 것은 모르겠어요.

그래서 그 소집을 해서 보니까 이름이 쫘악 쓰여 있는데. 그 중에는 그분의 아버진가 되는 분도 쓰여 있는 거야. 아버진가, 뭐 작은 아버진가 되는 분도 이름이 나와 있는 거야. 그래서 그렇게 소문이 빨리 퍼진 거야. 응? 우리 아버지허고 최봉상씨한테 알려줘 가지고, 그런 사람 피신하라 해가지고 다 피신이 됐다 그래.

[조사자: 그니까 아버님 고향이 원래.] 여기, 여기 그대로 있네. 뭐 그래 이제 '김석현 선생이 소집했다는 소식'

응? '학생 오십 명을 공산주의에 찌들었던 김석현 선생이 소집했다는 소식 그들은 무슨 일이 벌어질 지 불안했지만, 사촌여동생에게 집회 참석 후 어떤 내용이 오갔는지 얘기해달라고 주문했다. 최봉상의 사촌여동생이 집회에 참석 하는 사이에 둘은 자신들의 학교인 장항농고에 들어갔다'

그래가지고 장항농고에 들어가니까 아주 조용―하더라는 거야, 이제 그 보니까 선생들은 다 어디로 피신을 해가지고 없고. 그래서 칠판에다가 태극기를 막 그려 넣고. 옛날에는 그 태극기 하나 그리고, 태극기 만들었다고 해가지고서 또 죽은 사람들 또 거기 많이 있어요. 서천등기소에서 태극기를 만들어가지고 죽은 사람들도 있다고, 제작을 했다고 해가지고. 그래가지고,

'교실 칠판에 태극기를 그려 넣기 시작했다. 현호 나중에 알고 보니 선생들이 무서워서 숨었던 것이다, 정확한 소식도 알지도 못하면서 전세가 역전됐다고 거짓말을 했다.'

우리 아버지가, 응? 그렇게 얘기를 했다.

'어차피 죽었을 목숨, 이판사판이었다.'

그렇게 이 말씀을 내가 어렸을 때도 들었어, 어렸을 때도 들었다고.

지금도 최봉상 그 양반은 살아계시는데. 이 연락을 서로 내부는, 내부의 단속 문제는 우리 아버지가. 외부의 어떤 연락 조직망은 최봉상씨가. 그렇게 서로 나누어서 일을 했다고 그래, 아버지 말에 의하면은. 그런 말은 여기 안 나와 있는데, 그래가지고 긴밀하게 막 서로 활동을 헌 것 같애요, 그 당시에.

[조사자: 그 최봉상씨가 아까 대전형무소에 갔다고 하신 분 아니세요?] 그 분의 아버지가. [조사자: 아 그분의 아버님께서.] 응 그분의 아버님이 대전형무소에 가서 돌아가셨어요. [조사자: 그럼 최봉상씨는 아직 살아계시고요?] 살아요, 살아계신데, 현재는 인제 몸이 너무 아프셔가지고, 내가 찾아뵙지를 않아요, 몸이 너무 아프시대, 기저귀를 차고 있으시다고 해서.

[조사자: 그니까 아버님 고향이 장항이 맞으신 거죠? 원래 장항.] 장항이죠, 장항. [조사자: 그러면 어르신 고향은?] 장항이에요, 똑같죠, 응, 똑 같애. [조사자: 그때는 장항이 서천군에 있었나요, 아니면?] 서천군 장항읍, 그 당시에도. 그 당시에도 서천군 장항읍.

이 여기 있잖아,

'기관탄 차량과 지주 등 오십 명 명단, 즉 살생부를 만들고, 오십 명의 학생을 조직적으로 배치해 몰살하려는 계획이었다.'

학생이 아니고 이건 청년이네, 오십 명의 청년을 조직적으로 배치해, 학생이 아니래요잉? 여기 잘못 써놨어, [조사자: 기사가 잘못?] 응, 기사가. 학생이 아니고 '청년들을 조직적으로 배치해 몰살하려는 계획이었다. 그 속에는 최봉상의 봉상이의 작은 아버지인 최만섭' 인데 최만섭 이것도 잘못 됐어요, 최만엽이래, 응, 최만엽.

'엽씨도 끼어 있었기 때문에 여동생이 공포에 떨었던 것이다 하고 설명했다.'

이건 나중에 인제 아버지하고 나하고 통화를 하면서 이런 것을 알었는데, 고것을 내가 일기장에다가 옛날에 써놨더라고, 이 당시에 내가 쓴.

'그래서 살생부에 기록되었던 사람 몇몇에게 이와 같은 소식을 알렸고, 이

소식은 입에 입으로 전해져 대형 참사를 막을 수 있었다.'

그러니까 그 아버지의 공로도 굉장히 큰 거야, 그 당시에.

[6] 아직도 끝나지 않은 방화사건

[조사자: 그러면 아버님의 이런 얘기를 언제 제일 처음 들으셨어요?] 나는 이런 얘기를 어렸을 때, 글쎄 내가 사관학교 땐가 들었을거야, 아마. 고등학교 때는 이런 얘기를 안 하셨어. 응, 고등학교 때는 이런 얘기를 말씀 안 하셨고. 내가 사관학교 때 즈음 됐을 때 말씀을 하셨는지 모르겠어요.

[조사자: 아버님께 직접 들은 거는 사관학교 다니실 때 들으신 거고, 그전에는 할머니, 할아버지께.] 그렇지. 그전에는 할머니 할아버지. 우리 집에 내가 어렸을 때 보면은 친구들이 굉장히 많이 놀러 오셨어요잉? 그래 내가 그런 거들은 다 알지, 그래 인제 그 분들하고 같은 멤바(멤버)였던 거 같애요, 우익청년 응? 무슨 뭐 멤바야 그러니까 그렇지 않은 사람도. 이 김석현이라는 사람은, 아버지 친, 역시 이 사람도 아버지 친구일 거예요. 응?

그런데 이 사람은 공산당에 찌들었다 이거야, 뭐 감히 아버지 그냥 여기다가 이름을 그대로 그냥 노출시켜버리잖아. 이 아주 용기 있으신 분이라고. 아주 용기 있으셔. 나는 아까 내가 숨길라고 그러잖아요잉? 근데 여기 뭐 그 이미 나와 있는 걸 내가 숨겨봐야 뭐해. 응?

근데 이런 얘기를 아, 이런 얘기를 내가 사관학교 때 전이네. 응? 그 전에 들었어, 고등학교 때도 들었어요, 이런 애기를. 고등학교 때 들었어. 김석현 선생 이름을 내가 기억을 하고 있거든. 우리 동네에는 또, 아이 나 이름을 밝히지 않아. 안 밝혀야 되겠어. 그래갖고 우리 동네에 인제 그 뻔히 이제 내가 아는 사람이 있어요.

그래도 내가 그분한테 내가 찾아가서 이렇게 인사도 하고, 동네에서 보면은. 어렸을 때 동네에 가니까, 그냥 인사. 흉허물 없이 아무 얼굴에 표정 짓

지 않고 인사도 하고. 그렇지만 속마음은 그대로 있어. 응? 그대로 다,

'아 저 저 사람들은, 저런 것이 참 저런다, 그랬다.'

그건 내가 알고 있죠.

[조사자: 아 그러니까 이제.] 어렸을 때도 내가 다 알어, 우리 아버지가 사관학교 때만 한 게 아니고, 어렸을 때도 다 얘기 했어요, 보니까. 그러니까 내가 정확하게 알지. [조사자: 그러니까 이제 그 지금 장항 지역에는 여전히 그때 좌익 활동 했던 분이 남아계신다는?] 그럼, 지금도 많이 남아있죠, 지금도 많이 남아있지.

[조사자: 그런데 노출은 안 되고 계시죠?] 응? [조사자: 그랬던 과거가.] 그렇지 노출은 안 돼 있지, 노출은 안 돼 있죠, 지금은 연좌제도, 연좌제. 에? 연좌제. 그, 그것도 폐지 돼버렸잖아, 응? 옛날에는 그게 그런 것이 조금이라도 있으면 응? 특히 사관학교 같은 데는 절대 못 가요, 응? 절대로 갈 수가 없는데, 그런 것이 다 폐지되었으니까 그래 뭔가가 잘못되는 거지. 응? 지금은 뭐 북한 애들은 저렇게 응? 결속해기 위해서 그냥 사람 다 죽여 버리고 그러잖아,

물론 그렇게 무자비하게 하는 것이 잘못되는 것은 잘못되는 것이, 잘못이지만은. 우리는 너무 느슨허다고 보니까. 박정희 대통령 때에는 그 반공을 국시의 제1위로 삼는다고 하면서 혁명 공약이 그거 아니여? 제일 첫 번째가. 그러니까 그 당시에는 이제 노출이 안 되다가. 지금 이제 김대중 정부도, 노무현 정부 이렇게 들어서면서부터 이게 들고 일어나서, 오늘날에는 그냥 끝없이 그냥 이석기 같은 사람까지 나타나잖아요.

그러니까 옛날에 해방이 되고 나서 좌우익으로 갈라졌잖아요, 응? 해방이 되고 나서. 이제 그 6.25 전쟁이 터지고. 그 담에 반공으로 나가다가. 그 담에 이제 뭐 화해 뭐 어쩌고저쩌고, 그런 방향으로 나가다가. 지금은 인제 좌익들이 그냥 자기들 하고 싶은 얘기 다 하고 사는 세상 아니요, 응? 그전엔 그런 얘기 못 했어, 좌익들.

[조사자: 지난주에 그 서천에 가서 그 주변, 그쪽에 사셨던 분들한테 얘길 들어보니까, 소리를 듣고 아셨대요. 불나는 소리랑 그런. 그걸 참혹하게 기억하시더라고요. 혹시 자라오시면서 서천 근처 장항에 사셨으니까, 아버지는 살아오셨지만 그때 일어났던 일에 대해서 또 들은 게 있으신지.] 음, 아버지는 살았지만, 거기서 살은 양반이 나상우 장로님도 살았어요, 응? 그러니깐 아버지하고 서로 저, 친할 수밖에 없지, 그 교회에서. 나상우 장로님은, 불태우기 위해서 사람들을 끌고 가는 상황에서, 끌고 데리고 가는 상황에서 논으로 넘어졌대요. 논으로 슬쩍 넘어져 버렸대. 그래서 구사일생으로 살아 나왔어.

[조사자: 그 대열에서 이탈되어 가지고?] 응. 그런 것은 내 블로그에다 어제 내가 읽어본 얘기에요. [조사자: 그 끌려가는 사람이 굉장히 많았나 봐요, 한 명이 이렇게 이탈됐는데.] 아버지 말로는 그냥 막, 몇 백 명이라고 그러시더라고. 근데 몇 백 명인데 유엔 자류는 이백팔십 명으로 지금 나와 있고, 유엔자료는. 어떤 사람 진술은 뭐 삼백, 뭐 오십 명이라고 그러고. 아버지는 한 뭐, 굉장히 많은 것처럼 얘기, 말씀하시더라고. 한 오백 명 막 이런 식으로 말씀하신 것 같애요. 내가 이쪽 저쪽 판단을 해보면 한 삼백 명 넘었을 것 같다, 이런 생각이 들어요. 삼백 명이면 보통 숫자가 아니잖아.

이 서천군 지역이 그렇게 공산군들이 와서 점령을 하고, 미군들이 상륙을 해가지고, 그러니까 인천으로도 상륙을 했지만은 그쪽으로도 이제 일부가 들어왔을 거 아니에요? 해군들이, 해병대들을 뭐 이렇게 들어와서 서천으로 직접 진격을 허지를 않고, 우회를 해서 어떻게 뭐 공격을 했대요, 서천을 벗어, 우회를 해가지고. 그러다보니까 그 근방에 있는 공산당들이 빨리 안 도망을 갔다는 거야, 도망을. 도망을 빨리, 못 도망, 도망 안 가고.

9월 28일 날이 수복일 아니요잉? 수복일이지요? 근데 9월 27일 날, 이제 그 사람들은 인제 전부다 그 정보를 다 듣고 있는 거지. 그러다보니 그 인제 장작을 다 쌓아놓고 죽일 준비를 다 해놓고, 석유를 다 뿌려놓고. 그렇게 하고 27일 날 딱 죽여 버린 거야. 죽이기 전에 우리 아버지는 삼십분 전에 나오

는 거야,

"너는 공산당을 위해서 열심히 일해라."

그 말 하면서,

"너는 똑똑한 놈이다."

그러니까, 여기 그런 말이 어디 있더라고.

'토론을 벌이기 시작하고 그렇게 이십 일이 지났다. 등기소 사건이 바로 있기 바로 30분전 조사관은 당신은 아주 유명한 청년이다. 나가서 인민공화국을 위해 힘써 일해 달라며 작은 쪽지를 현옹에게 건넸다.'

이렇게. 아버지한테, 아버지가 이 얘기 했어요. 이 얘기도 나한테 여러 번 했어.

그러고

"이곳을 나가면 집에 어떻게 갑니까?"

하니까,

"여기에서 정문까지만 자기가 책임지고 그 이후에는 책임을 못 진다."

그러다가 이제 가는데 할아버지하고 서로 맞닥뜨리는 거야. 이제 서로 땅바닥에 하 주저앉고.

"그래 집에 들어가질 말아라. 죽창 가지고 있다, 지키고 있다."

죽창으로, 왜 내려가는 거 죽창으로 찔러서 죽이니까. [조사자: 그 죽창으로 지키고 있다는 사람들이 인민군?] 공산군, 아 공산당원들이지. 인민군들이 아니고, 공산당 그, 좌파들이지, 좌파들. [조사자: 그 받아가지고 나오셨던 쪽지는 뭐예요? 쪽지 하나 받아 나오셨다는.] 작은 쪽지를, 아 그러니까 정문을 나가야 되니까. [조사자: 아 뭐 통행증 같은 거예요?] 예, 정문을 나가야 되니까 정문까지만 요거 쪽지 정문에 가서 내주고 가라 이거야.

[7] 추부자 매 맞는 사건의 전말

[조사자: 그러니까 이제 보통은 지역에 가면 그 보통 인민군을 얘기하거나, 혹은 지역 빨갱이란 용어를 많이 쓰거든요? 그러니까 이제 공산당원 같은 경우는 이제 인민군이 점령하고 있을 경우에 그 주변 사람들에게 당원을 가입시킨 그 지역 사람들을 보통 얘기하겠죠?] 지역 사람들이죠, 예, 맞아요. 그 공산당원들이야, 지역 사람들.

[조사자: 그러면 그 약간 잘 사는 사람과 못 사는 사람 간에 약간 그 불화 때문에.] 그런 것도 있고, 그런 것도 있고. 그래서 추부자(추 씨 부자)가 있었어요. 솔리, 솔리라고 허는. 그 어렸을 때부터 여러 번 들었지요. 그 솔리라고. 우리, 내가 살고 내가 태어난 고향은 날머리고, 장항읍 응남동 날머리고. 예, 날머리고. 응남동 2구에요, 우리는. 응남동 1구에는 소, 1구는 솔리라고 얘기를 해.

그런데 거기에 추, 추 씨. 추 씨들이 거기서 많이 살아요. 추 부자가 있었어, 추부자. 지금도 추부자라고만 기억이 돼. 응, 근데 뭐 만석꾼을 했다던가, 천석꾼을 했다던가 뭐 이렇게. 그 무슨 -석꾼 이라고 하는 말이 있잖아요? 에, 그건 부자잖아? 에 근데, 그 공산당원들한테. 인민군한테 맞는 것이 아니야. 그러니까, 공산당원들한테 맞는 거야.

그래가지고 그 맞는 소리가 우리 이 거리가 상당히 떨어져 있어요, 그거는. 한 1키로(킬로미터)도, 1키로가 뭐야, 굉장히 떨어졌지. 한 2키로 정도 떨어져 있을까? 이래 보이기는 보이는데, 1키로, 1.5키로 정도 떨어져 있어요. 맞는 소리가, 이게 패니까.

"아이고, 아이고."

허는 소리가 거기까지 들린다는겨, 날머리까지 들린대. 솔리에서 그렇게 맞는 소리가 날머리까지 들린대. [조사자: 추부자 매 맞는 소리가?] 추부자 매 맞는 소리. 그게 우리는 바로 또 추부자네 땅의, 땅을 소작을 또 했고. 소작을 했고, 다른 여러 사람들이 했겠죠, 만석꾼이고 뭐 하니까.

[조사자: 그게 그 장항이나 그 지역에서 어르신들이 주로 해주시던 그런 속담같이 그런 얘기였나요? 추부자 매 맞는 소리.] 그렇지, 그렇지. 그 속담이 아니라 실제로 있었던 상황이야, 그 실제로 있었던 사람이야. [조사자: 그, 그분은 그 때 돌아가셨나 봐요? 매 맞고?] 그 그걸 내가 잘 모르겠어, 그거를 확실히 모르겠는데.

내가 어제 그 기획시리즈를 쭉 봤어요, 봤는데, 추건호라는 사람이 나오더라고 이름이. 추건호. 그 사람이 죽었다 그래. 인천, 아 저 서천등기소에서요. 근데 그 사람이 그 사람인지 내가 그것을 내가 확실히 모르겠어. 추건호와 임흥순과의, 아 임흥순이라. 우리 아버지만 살은 게 아니네, 임흥순이라는 사람도 살았어요. 거기에서 응?

에, 임흥순이라는 사람은 어떻게 해서 살았느냐 하면,

"북쪽에 친척이 있는 사람 누구냐?"

이렇게 하다가 자기가 '접니다.' 뭐 이런 식으로 어떻게 해가지고서나 이 사람의 목숨이 구해졌다는 거야.

그 근데, 원래는 추부자가 살아, 살았어야 되는거. 아 추건호라는 사람이 살았어야 된대요, 원래는. 그 뭐 인제 자세한 내용은 안 나와 있더라고? 그 왜 추건호 씨가 살아야 되는지는 모르겠는데, 순간적으로 그 이, 추건호 씨 대신에 산 사람이 임흥순 씨라, 이 말이에요. 그 말이 그래, 그 쓰여 있더라고. 그니까 그 추건호 씨가 추부자인지 내가 그것은 알지 못하겠어. 솔리, 지금도 솔리에는 그 추 씨들이 많이 살아요.

[조사자: 추 씨가 많으니까 아닐 확률이 더 높을 수도 있겠네요?] 그렇죠. 응, 아닌 확률도 많죠. 옛날에는 방앗간하고 양조장을 허는 사람들이 아주 부자에요, 응? 그런데 거기도 방앗간을 하는 것을 내가 어렸을 때 봤거든. [조사자: 추건호 씨가요?] 추부자가 그래, 아 추부자. 추부자란 사람이 방앗간을 하고 있었거든. 거기 가서 인제 떡도 빼오고, 흰 떡, 그런 거 빼오고 그랬지. [조사자: 그런데 이분이, 이 추부자가 인심이 그렇게 좋지는 못 했나 봐요? 이렇

게 맞는 소리가 이렇게 들렸다는 얘기를 하는 걸 보면.] 내가 그건 잘 모르겠어.

이 인심이라고 하는 말이 나오니끼 그런데 이 서, 우리 마을에 내가 다 알아요. 내가 조금 더 설명을 해야 되는데. 이게 어떤 사람이, 한 사람이 공부를 워낙에 똑똑하게 잘 하니까, 그리고 두각을 나타내니까. 동네 아버지들끼리 서로 질투 내지 이런 것이 생겨요, 시기 질투. 동네 아버지들끼리.

'내 아들은 조금 잘 못하는데 쟤 아들은 잘 한다.'

그 아버지들끼리 이게 쟁투가 있어가지고, 아버지가 시기 질투의 대상이 됐던 거 같애, 응? 그런데 그 사람들은 완전히 좌파야. 그 당시에도 완전히 좌파라고 하는 것이 나는 늘 들었으니까. 저 공산당이라고, 공산당이라고 허는 말을. 이제 그 사람들은 이 시기 모함이 이제 최고 주요를 했던 거 같애.

그래서 장항에 있는 시내, 장항 시내. 우리, 내가 태어난 그 마을은 아주 전깃불도 안 들어오는 시골이었어. 전깃불이 안 들어왔어. 다른 데는 다 전깃불이 들어왔어요, 장항에서도. 근데 우리 마을만은 이게 전깃불이 안 들어왔어요. 솔리까지도 다 들어왔어. 장항 전체 중에. 근데 어떻게 해서 장항에 있는, 장항에 거주하고 있는 청년 오십 명 정도가 우리 집에 들이닥친 거야. 여기 아까 오십 명이라고 쓰여 있는지, 삼십 명이라고 쓰여 있는지. 그런 사람들이, 아 삼십 여명이네.

'삼십 여명의 낯선 청년들이 동네에 들어서자 동네가 발칵 뒤집혔나.'

응?

'죽창대를 든 삼십 여명의 청년이 자신에게 다가오는 것을 발견하고 심장이 빠르게 뛰기 시작했다.'

죽창대를 들고서 그렇게 다니고 그랬어, 이 좌익들이. 지금도 마찬가지에요. 인제 전쟁 일어나보세요, 좌익들이 어떻게 무슨 짓을 헐 지 모르는 거야, 지금도 똑같은 사람들.

[8] 서천등기소에서 살아 나온 자

[조사자: 그럼 고등학교까지 그 서천 장항에서 나오신 거예요?] 나요? [조사자: 네.] 나는 인제 초등학교는 장항중앙국민학교를 나왔어요. 장항에서 공부를 잘 하는 애들은 군산으로 가요, 군산으로. 공부 잘 하고 집안이 조금 먹고 살만한 애들은 장항에서 군산으로 갑니다. 공부를 잘 해야 돼. 또 인제 장항에서는 군산으로 학교를 다녔어요, 군산중학교. 그 다음에 군산고등학교. 그런 다음에 육사, 그렇게 됐어요.

[조사자: 가보니까 그 등기소 학살 위령비가 지금 서천중학교 그 후문 쪽에 세워져있더라고요? 너무 많은 분들이 돌아가셨으니까 혹시 이런 게 이후에 동네 학생들이나 그때 살아오셨던 분들한테 이야기나 전설 같은 걸로 돼서 있진 않을까. 학교마다 이런 전설 있는 것처럼. 그런 게 궁금해서요. 혹시 서천에서 학교를 다니셨으면 그런 얘기를 들어보셨나 싶어서요.] 나 그, 나는 군산으로 이렇게 학교만 왔다 갔다 하니까, 어렸을 때니까 그런 전설, 따로 전설은 내가 못 들어본 것 같애요. 나는 따로 전설은, 나한테는 없어.

[조사자: 그럼 아까 남상우 장로님?] 나상우. [조사자: 나상우 장로님이라고 하셨던 분은 그 대열에서 이탈하셔서 살아남으신?] 그렇지요, 살아남았죠. [조사자: 그 뒤로 그럼 도망?] 도망, 도망갔지. [조사자: 그럼 어둠 속에 도망을 나오신 거예요?] 산으로, 막 어디로, 산으로 어디로 막. 그 내 블로그에 내가 다 올려놨어요잉? 정치 안보에 있어요. 정치 안보. 서천 등기소를 치면은 내 블로그에 쫙 나옵니다. 어제 내가 다 올려놨으니까 그 찾아 읽어보면 재밌어요, 소설 같애. 소설보다 더 재밌어. 이거 그건 실화니까. 그런데 거기에 나온 말들이 내가 들은 말들이 굉장히 많아. 그러니까 그건 정확한 거야, 그건, 틀린 말이 하나도 없어.

[9] 아버지의 동료가 아버지가 한 말을 신고하다

[조사자: 저희가 연구하는 것도 입으로 전해진 이야기들 속에서 소설처럼 재미도 있는 반면에, 또 역사적으로 기록되기 전에 진실들이 입으로 전해져 내려오는 것도 연구하거든요. 혹시 더 기억이 나시는, 기록되지 않았더라도 기억나시는 게 있으시면.] 뭐를 내가 얘기를 해줘야 될까. [조사자: 그 서천에 등기소 사건 말고도 그쪽에 비행기 폭격이 판교장?] 아, 응? [조사자: 판교장에.] 아 그래, 그것도 있었다 그러더라고. 그것은 나는 모르고.

나는 인제 비행기에 관해서는 또 아버지한테 들은 얘기가 있어요. 비행기가 폭격을 계속 하니까 우리 아버지하고 최봉상씨하고 누구하고 같이 이렇게 그 산에 올라갔는데. 산에서, 산에 올라갔는데 비행기가 폭격하는 것이 보이는 거야. 우리 아버지 하고 최봉상씨랑 그니깐,

"야 신난디! 신닌다!"

이제 저 어렸을 때, 스물 서너 살, 스물세 살 이니까. 스물세 살이지, 그러니깐 스물세 살 때의 얘기야, 아버지가. 정확하게. 이제 스물세 살 때 산에 올라가서 비행기가 폭격 허는 것을 직접 눈으로 본거야.

그런데 그 친구 중에 공산당이 있었던 거야. 맞어. 맞어, 그 얘기를 내가 깜빡했네. 아버지한테 들은 얘기에요 잉? 그중에 공산당이 있는 거야, 친구 중에. 우리 아버지가, 우리 아버지는 그렇게 얘기를 안 했던 것, 안 했다고 한 것 같애. 근데 최봉상씨가,

"야이씨 잘한다! 잘한다!"

아마 그랬다고 그런 거 같애, 우리 아버지가 아닌 거 같애. 그런데 그 중에 이 공산당 하는 애가, 사람이 신고를 했다는 거야. 잘한다고 했다고. 응? 이제 그런데 그것이 판교인지, 어딘지를 나는 모르지. 그것이 어딘 지는 나는 모르고.

그 호주끼가, 호주끼라 허든가 그 하이튼 호주끼라 그랬어요, 어렸을 때 내가 들은 것은. 호주에서 생산된 비행기를 호주끼라 허는 것인지, 내가 확실

히 모르겠어. 나 어렸을 때 그런 비행기 많이 봤어요, 나도. 6.25 때 내가 벌써 6.25 전쟁 끝날 무렵에는 여섯 살이 됐으니까. 그 전쟁 기간 동안에 봤고.

[10] 군에서 꿈이 좌절되다

또 초등학교 다닐 때에는 군인들, 우리 한국군인, 한국군 군인들이 군사훈련 뭐 '뒤로 돌아' 이거, '앞으로' 이거 뭐, '받들어 총' 뭐 이렇게 하는 거, 그런 거 우향우 좌향좌 하는 거 훈련 하는 것을 어렸을 때 내가 유심하게 많이 봤거든. 그 우리 집에 왔다갔다 헐래면은 어떤 그 학교 공터가 있어요. 공터가 있어가지고 거기서 훈련하는 거 보면서

'나도 꼭 군인 되서 김일성이를 죽여야 되겠다. 안중근 의사처럼 그렇게 해야 되겠다.'

하는 생각을 참 많이 했어요.

그래서 사관학교를 가보니까 나처럼 또 그런 생각을 가진 사람들이 드물더라고. 인제 뭐 혼자, 나 혼자 군인인 것처럼 행동도 많이 했지. 그니깐 결국 교만에 빠졌지 내가. 응, 교만에 빠졌어. 그러면서 잘못 허는 것을 보면은 내가 참지를 못했다고. 그래서 내 앞에서 잘못 하는 것을 보면은 혼들 많이 났어요.

그 당시에는 인제 아니 높은 위치에 있는 사람들은 안 그런데, 아주 하단에 있는 보안대, 그 말단 애들 그 있잖아. 헌병대, 내 소위 중위 대위 헐 때에는 말이지, 그 말단 애들 밖에 상대가 안 돼. 응? 그러니까 거봐 얼마나 못 됐는지 몰라. 거 말이지 혼나고. 내한테 참 많이, 혼 많이. 많이는 아니지만, 걸리면 이제 좀 혼났지. 혼 나가지고.

나는 결국에 이제 그 내가 뭐 언제 또 이런, 그러다가 결국에 그런 알력, 그런 것으로 인해가지고 불시보안검열을 헌다 그래가지고, 불시보안검열 그

아무 것도 아닌 것 가지고. 불시보안검열 해서, 아 그 얘기, 그 생각하면 시간 너무 많이 걸리니까. 그 얘기는 아주 옛날 얘기고, 내 얘기고. 또 다른 얘기.

[조사자: 그래서 예편을 대위로 하시게 된 거예요?] 그래서 나는 대위로 예편했어요, 다른 사람들은 다 소령으로 예편했는데. 응? 그래도 이거 나올 때 나를 또 아껴주는 분이 계셔가지고 응? 우리가 이거 나올 때도 경쟁률이 삼 대일이었어요. 그래 나는, 전부다 나올라고 하니까 이 군대에 환멸을 느껴버리는 거야, 이 못된 놈들이 많으니까. 응?

이 못된 놈들이 군대에도 많다고, 그 이게 지금 이게 이번에 세월호 사건 있잖아요? 이거 박대통령이 기강 잡아야 돼, 나라 기강 잡아야 돼, 이런 것을 계기로 해서. 응? 나라 기강 잡아줘야지, 나라 기강 잡아줘야 돼. 나라 기강이 문란하게 되면은 아무 것도 안 되는 거거든.

[조사자: 그러면 어르신은 47년생이세요?] 나 사팔년 생이에요. [조사자: 아 48년.] 나는 남보다 인제 아버지가 학교를 늦게 가시고, 그러다 보니까 일찍 보냈는지 나는 비정상적인거야, 일곱 살에. 그 당시에 일곱 살에 학교 들어가면 약간 비정상이야. 전부다 여덟 살 내지는 아홉 살에 학교를 들어갔으니까. 우리 때만 해도 나보다 여섯 살이 더 많은 애들도 있고 그랬으니까. 내가 아주 일찍 들어갔지.

[11] 지역이 다르다는 이유로 아버지의 교육장 출마가 좌절되다

[조사자: 그럼 6.25 얘기, 6.25나 6.25날 되면 어르신 아버님 살아계실 때, 주로 많이 해주셨던 얘기가 어떤.] 아 또 한 가지 잊어버렸다. 우리 아버지가 이제 학도호국단장인가 뭐 그것을 허다가 보니까, 9.28 수복이 되고 나서 이제 시가행진을 하는 거여, 시가행진을 하는데. 뭐 그것을 시가행진 하는 것을 아버지가 전부 다 주관을 하는 거여. 그 아버지가 그 주관하는 모습을 본 사람들

이 장항에 엄청 많아. 그 아버지가 그 허시던 모습을.

그 선생들도 막 다 어디로 피신해버리고 그래, 선생들 막 데려다 놓고. 서천군에 있는 중고등학교 전체가 다 모여가지고, 응? 중고등학교 전체 학생들이 다 모여가지고. 거기 현재는 풍농비료공장 자리가 거기가 벌판이 있었대요. 인자 뭐를 막 긴, 긴 칼을 찼다던가, 뭐 큰 칼을 차고. 어디 옛날엔 그랬던 모양이여잉? 그렇게 해가지고 지휘를 허시던 모습을 사람들이 다 기억을 하고 있다고.

[조사자: 그게 그럼 9월 28일 이후에.] 그렇지, 9월 28일 이후에 시가행진을 한 거야. 그게 그렇게 허시던 양반이기 때문에 자기 나름대로는, 이 양반이 인제 계-속 일등, 반장 뭐, 그렇게 하고 허시다가 보니까. 하시다가 참 그, 교육장을 하고 싶으셨어. 아버지가. 교육장을 하고 싶어 해가지고 퇴직을 해버렸어요.

퇴직을 허시고, 교육장 선출을 허니까 여론이 어떻게 돌았냐 하면은.

'군산에서 선생을 헌 사람이 서천군의 교육장은 헐 수가 없다.'

또 이렇게 돼가지고 사람들이 반대를 했다는 거야. 그래서 교육장을 못 했어요. 그러고 나서 이제 한번 공립학교에서 떠나오시니까 계속 사립학교만 전전하시지. 허시다가 정년퇴직 하셔가지고 나오셨어.

[조사자: 그러면 군산에서 가시면은 되지 않았나요?] 응, 군산에는 또, 고향이 또 장항이라고 해서 안 되고. 그래 웃기는 거야 하이튼. 이 군산은 전라북도고, 에 서천은 충청남도고, 그렇게 해서다 보니까 거기도 지역색이 있어요. 참 묘한 거야, 이런 말이 다 녹화가 되가지고 다른 사람들한테. 그 사실은 사실인데. 사실은 사실인데, 응? 이런 말이 녹화돼 가지고 어디다가 방송되면 안 돼.

[조사자: 이건 공개되지 않아요.] 참 이 좁은 땅에서 웃기는 거야. 난 그래서, 난 그래서 인제 그런 것을 잊어버릴라고. 사관학교 가서는 한번은 딱 테레비를 보니깐 완전히 저 지역색이더라고, 그래서 '야 저렇게 되면 이 나라가 잘

안 된다 말이지.' 그런 생각을 어렸을 때도 나도 했어요. 그래서 친구들 만나면 고향이 어디냐고 그런거 내가 절대로 안 물어봤어. 응? 다른 사람들, 사람들 만나면.

근데 요새는 인제 또 틀려졌어. 요새는 고향이 어디냐고 슬쩍 물어보는데. 슬쩍 물어보는데 나는 고향, 사실 고향이 중요한 거 절대로 나는 생각 안 해요. 나는 고향이 뭐 전라도면 어떻고, 경상도면 어때. 제주도면 어떻고, 아이 이북이면 어때. 응? 그 사람이 돼 있으면 되는 거지. 응? 사람이 돼 있어야지. 그게 제일 중요한 거지.

특히 그 이 나는 좌익 사상을 가진 사람에 대해서는 나는 절대로 싫습니다. 아니 세상에 생각을 해봐, 그 삼대 세습을 하는 나라가 어디가 있어? 그러고 이거 뭐, 굶어 죽이잖아요. 그렇게 허면서도, 굶어죽이잖아. 그 그럼에도 불구하고 좌익사상을 갖는다 말이야, 그 이상하지 그거. 응? 그 어떻게 그런 생각을 헐까? 아니 우리가 미국에 조금 질질 끌려가는 것은 맞지만, 그 약간 자존심 상하잖아. 상하지만 어떻게 헐 수가 없어요, 현재 입장에서는. 응? 현재 입장에서는 어떻게 할 수가 없어.

그러니까 그 덕분에 우리 방위비가 절약이 되는 거야. 요새 뭐 방위비 저, 분담 뭐 이런 거 미국에서 자꾸 요청허는데, 그것도 미국 애들도 조금 밉지만 또 안할, 안할 수도 없고 말이야. 이게 참 골치 아픈데, 참 힘든 거야, 참 힘든 거야. 이 하나의 그 나라를 경영한다는 것이. 내가 최초의 방위비분담 실무 일을 했어요, 국방부에 있으면서. 최초의, 그때가 87년도네.

그래가지고 우리가 미 군인들한테 혜택을 주는 것이 뭐가 있는가, 전-부다. 미군들, 미국인이 아니라 미군들한테 뽑아가지고 제시하고, 이러기 때문에. 요만큼만 방위비를, '너희들이 요구하지만 요만큼만 주겠다.' 응? 하는 것도 그게 우리 때 최초, 내가 최초로 그것을 허던 것인데. 막 요새는 막 몇 천억이야. 막 구천 억 뭐 어쩌고 저 나가, 나가더라고.

그때는 뭐 아주 이맨큼 어떻게 줬어요, 이맨큼 상징, 상징적으로 줬는데.

지금은 많이 주는데 그런데, 그럼에도 불구하고 걔들의 힘이 필요하다 말이야. 응? 그럼에도 불구하고 걔들의 힘이 필요한 거야. 걔들 힘없으면 그냥, 그냥 나가떨어집니다. 응? 어떻게 그 저 핵무기를 막을 거여. 응? 핵무기를 막을 재간이 없잖아? 그래서 그렇게 나라를 운영을 했기 때문에 우리나라는 그래도 이렇게 부자 나라로 잘 살고, 응? 사는 거 아니여? 응? 고맙게 생각해야 돼.

[12] 아버지와 가족을 힘들게 했던 사람들을 힘겹게 용서하다

[조사자: 혹시 아까 처음에는 안중근 의사처럼 되고 싶은 게 꿈이었다 이렇게 말씀하셨잖아요?] 그렇죠. 그럼. 내가 어렸을 적에. [조사자: 그게 아버지 영향이 좀 있으신가요?] 아니야, 나 영화를 봐서, 김진규가 주연을 허고, 김진규가 안중근으로 주연을 했어요. 야 참 이, 그 초등학교 때 그것을 보는데 난 너무나도 감동, 감동 깊게 봤어요, 감명 깊게 봤어. 그런데 그것을 내 월남에 전투에 내가 참전을 했었는데 그때 보니 우연하게 그런 영화를 또 돌려주더라고? 그걸 보면서 얼마나 내가 눈물을 펑펑 흘렸는지 몰라. 응? 그런데 그 제일 나한테 육사를 가게 된 동기는 어렸을 때 군인이 되고 싶었어. 이상하게 군인이 되고 싶었어. 그런데 안중근 의사 영화를 딱 보면서 이제 김일성이하고 이게 매치가 되는 거야.

'아 이등박문을 안중근이가 쏴 죽인 것처럼 나는 이 김일성이를 쏴 죽이겠다.'

그래서 학교가 4키론데, 학교가 4킬론데 그 길을 이제 왔다갔다 하면서 이제 맨날 그 구상만 하는 거여, 응? '어떻게 하면 쏴죽일까?' 그때 생각을 하는 것이, 이제 여기 종이를 말잖아? '종이를 말아가지고 이렇게 표적을 맨들어. 그리고 이렇-게 구멍을 보고서 요렇게 보이는데다가 보일 때 총을 한 방 딱 쏘면 될 것 아닌가?' 이런 생각을 하면서 내가 다니던 생각이 초등학교 때 그랬어요.

[조사자: 초등학교 몇 학년 정도 때 그랬있어요?] 이렇게 4학년? 4학년 뭐 이때, 이럴 때부터. 그런데 그렇게 군인이 되고 싶어 했던 사람을 짤라내니까,

'야– 그런데 이제 나와서, 나와서 인제 국회의원이나 한 번 해보겠다.'

속으로 그런 마음을 가질 거 아니여? 응? '이 나라를 잘 되게 한 번 헐라면은 해야 되겠다.'

그런데 마침 이제 이런 사건이 벌어졌어. 이 공유심 공무원이라고 허잖아요, 옛날에? 그 공무원 사무하러 나오는 제도가 우리 26기허고, 25기. 나보다 일 년 선배하고, 둘을 합쳐서 백 명, 백팔 명 뽑았어요. 그 해사, 공사 해가지고 백팔 명. 두 명 그때 떨어지고 백 육 명이 합격했지? 그래 이제 우리가 1기로 나온 거야, 1기가. 아유, 그 얘기 헐라고 그러면 참.

[조사자: 어렸을 때 그러면 할머니나 할아버지나, 아버지께 인제 6.25 얘기 들으시면 기분이 어떠셨어요? 이렇게 겪으셨던 얘기.] 아 그러니까 막, 죽이고 싶지 이 마음에. 내 마음에, 그 어린 마음에도

'아–주 나쁜 놈 언젠가는 내가 그대로 안 놔둔다.'

응? 그런 마음을 가졌지. 그런데 커서는 내가 그것을 다 용서해버렸어. 내 마음 속에 그것을 나는 용서했어요, 응?

'그럴 수도 있을지노 모른다.'

응?

'그 자기 본의가 아니였을 것이다.'

그렇게 내가 이해를, 동네 사람들에 대해서. 인제 다른 사람들은 인제 아주 악질적으로 행동을 한 사람들은 내가 모르겠으나. 거 내가 못 봤으니까, 그 사람들이 뭐 누구를 죽였다거나 그런 것은 없거든? 응? 그러니까 그 당시의 상황만으로서는 그럴 수도 있는 사람들이 있었다. 응? 난 그렇게 난 이해를 허지만은. 노골적으로 좌파로다가, 예를 들어서 임수경이 같은 애들, 응? 이석기 같은 애들 이것은, 이것은 용서허면 안 되는 거여. 응? 그걸 용서를 왜

하냐 말이야? 응? 그 뭐 저, 또 신부 어디 그 넘어 갔다 내려온 그 신부 놈 있잖아, 그런 건 용서하면 안 되는 거야. 그 어디 있을 수 있는 일이야, 이게.

어머니의 재치로 아버지를 치료하다

이 석 순

"막 제트기가 막 총알을 막 쏴니까는 고마 우리 아버지 팔을 여기를 뚫어가지고 그만 총알이 지나갔어"

자 료 명: 20140429이석순(예천)
조 사 일: 2014년 4월 29일
조사시간: 20분
구 연 자: 이석순(여 · 1945년생)
조 사 자: 김경섭, 김정은, 이승민, 김민수
조사장소: 경상북도 예천군 용궁면 가야리 김한분 화자 자택

[조사과정 및 구연상황]

조사장소는 예천군 용궁면 가야리 김한분 화자의 자택에서 진행되었다. 조사팀이 미리 연락을 하거나, 사전 섭외과정을 거쳐 조사가 이루어진 것이 아니라 우연히 들른 곳에서 화자를 만나 조사가 성립되었다. 집에서 병아리에게 모이를 주면서 대청마루에 앉아 있던 김한분 화자는 친절하게 조사팀을

맞이해 주었고, 이후 이석순 화자가 평소 이웃에서 친하게 지내고 있는 김한분 화자의 집을 방문하여 이야기를 더 구연하였다.

[구연자 정보]

이석순 할머니는 원래 영주가 고향이다. 전쟁은 영주에서 겪었고 이곳 예천 용궁으로 시집와서 살고 있다. 6.25 당시 6살밖에 안되었지만 그때 기억은 아직도 생생하게 남아 있다고 한다. 김한분 할머니와 이웃으로 조사팀이 김한분 할머니를 인터뷰하는 모습을 보고 찾아와 구연에 응해 주었다.

[이야기 개요]

처음에는 영주 부근의 외가로 피난을 갔었다. 난리 통에 부친이 총상을 당해 부상당하게 되자 모친이 인민군 임시 사무소에 들러 거짓말로 약을 받아와서 아버지를 무사히 치료할 수 있었다. 피난 도중 비탈진 곳에 젊은 여인이 폭격을 맞아 즉사한 시체를 목격한 충격은 아직도 생생하다.

[주제어] 영주, 외갓집, 피난, 총상, 인민군 사무소, 여인, 폭격, 시체, 참혹

[1] 외갓집으로 피난

[조사자2: 어머니 그러면 6살이셨다고 하셨죠?] 여 고향이 영주래요 영주 [조사자2: 부석사있는 곳 말씀이시군요.] [조사자1: 아 영주에서 그럼 여기로 시집 오셨어요?] 네 [조사자1: 그 영주에도 인민군들이 많이 왔죠?] 영주에 뭐 인민군들은 뭐 나는 그것까지는 모르고 피난가고 오고 그런다고 그래가지고 미군들 미군들이 많이 와가지고……. 아 나 예기할 거 없어. [조사자2: 어머니 6살에 전쟁이 난건 어떻게 아셨습니까? 피난가자고 그래서 아셨나요?] 그렇지. 피난 인제 우리 외갓집에 가가 피난을 갔어요. 외갓집에 가가지고 피난가는데 그 인제 뭐 외삼촌들하고 전부 막 이래, 우리 외갓집은 좀 잘 살아가지고 쌀을

갖다 묻었어 돌에다가 구덩이를 파고 막 가마에 넣어가지고 막 묻어놓고 그래 피난을 가가지고서는 얼마 안되가 돌아왔지 오니께는 막 인민군들이 와가지고 막 호박하고 이런 걸 막 따가지고 막 정지(부엌)에서 뭐 방에다 똥도 싸놓고……

[조사자2: 방에다 똥을 싸놨다고요?] 방에다 막 똥도 싸놓고 정지에도 똥도 싸놓고 뭐, 막 그래놓고 다 밀리가고 난 뒤에 오이께는 그래가지고 와서 그거다 청소하고 외갓집에 있다가 인제 우리 집으로 영주로 오는데, 그래가 우리 내 동생이 또 금순이라고 있었어요 여동생인데 이제 엄마가 업고 보따리 하나 이고 우리 아버지 보따리 짊어지고 나를 인제 손을 붙들고 오다 인제 영주 시네 들어서니까 엄마야 마마 제트기가 막 쌩쌩 쌩쌩하고 막 지나가는데 그래가지고 이런 천막 같은데 아버지가 나를 요래 앉았는데 막 제트기가 막 총알을 막 쏴니까는 고마 막 우리 아버지 팔을 여기를 뚫어가지고 그만 총알이 지나갔어.

그래도 가슴에 총이 안 맞고 여만 살만 여만 뜯겼어. 보따리고 뭐고 다 벗어 내던지고, 그래도 나를 안내버리고 손을 붙들고 막 철로 가로 해가지고 영주로 해가 빙 돌아갔어 영수가 불바다 돼비렀어. [조사자2: 불바다가 됐군요.]

[2] 아버지를 치료하기 위한 어머니의 재치

그래 막 글로 올라가는데 그래 집에 가가지고 그거를 여가 막 치료를 할 대가 없으니까 여가 막 파리가 막 이러는기라 여 인제 총알에 맞았는데, 그래서 영주역에서 떠나면 서울로 올라가는 기차굴이 있었어 굴 속에 그 군인들이 뻘갱이 집을 만들어 놨는기라 [조사자2: 네 인민군들이……] 그래 칸칸히 해가 놔놓고 거기서 저걸 했어요 사무를 봤어 그 사람들이 [조사자2: 아, 그 터널에서요.] 어 그 안에서, 굴 안에서 그땐 기차로 못 댕깄지.

그랬는데 우리엄마가 내 동생을 업고 거기를 인제 드갔데요 약 타러, 병원도 없으니까 약타러 가니까는 아! 여성동무 왔다고 막 반가워 하더래요 엄마가 얘기를 하는데 아! 여성동무 왔다고 마 반가워 하드라네 그래가지고 어예 왔느냐고 이러더래요.

그래 우리 주인이 총에 맞아가지고 그래도 피난 갔다 오다 그랬다면 안 된데요 싸움터에 나갔다 오다 그랬다는 거지 그러니까는 하이고 약을 바르는 약도 주고 먹는 약노 주고 그러드라. [조사자2: 어머니께서 지혜롭게 하셨네요] [조사자1: 말씀을 잘 하셨네요.] 그래 뻘갱이들이 주는 걸 그래 받아서 그거가지고 이래 소독을 하고 약을 바르라 그러더래요. 그래 소독하고 약 바르고 그래가지고 엄마가 인제 약을 타더니 아버지 잡수고 그래가지고 그래 나았어 나았는데 그래가지고 인제 큰집에 올라간다고 인제 우리 엄마는 내 동생을 업고 나를 손을 붙들고 올라가니께는 철로 가에 여자가 요래가 죽었더래요. 나도 봤어 근대 그게 올라가다가 폭격에 맞아가지고 총에 맞아가지고 여자가 죽었어 그런 환경도 다 겪었다고 [김한분 할머니: 6살 묵었는데 제일 똑똑하다.] 아 제일 똑똑하나마나 그때 일이요 하나도 안 잊어버리고 다 생생해요.

[조사자2: 아 6살 이셨는데도 안 잊어버리게 되었군요.] 다 생생해요 [조사자1: 너무 충격이었나 보네요.] 다 생생하다고 아직까지. 고때 일어났던 일이고 피난 갈 때 뭐 했는 것까지…….

[3] 굴 속에 숨어 있던 외삼촌

[조사자2: 아 피난갈 때 막 검은 소하고 그거 아까 녹음이 안 되었습니다. 다시 이야기 해 주세요.] 우리 외삼촌이 내보다 5살 더 먹었거든 막내이 외삼촌이요 그 이상 손 붙들고 두 대 끼가지고 날 업고 그래가지고 검은 소 그걸 몰고 그래 소를 안내버리고 소를 몰고 갔어 그래가지고 거 가니까 거 어느 동네인동 나는 잘 모르겠고 굴이 있었어요, 굴이 굴이 있는데 우리가 그 굴 안에서 인자 피난을 해요 [조사자2: 아 굴이 있었습니까?] 굴이 있었어요. 굴이 있는데 우리 아버지하고 우리 제일 큰 외삼촌 하고는 땅에다 구덩이를 파고 이래 엉그래를 해나놓고 밑에다가 너 넣고 밥을 또 하러 갖다주고 (인민군 에게)안

붙들려 가려고.

그래가지고 밥을 인제 하루 한 번씩 들이밀어 주면은 그 안에서 잡숩고 숨었지 인자 빨갱이들에게 안붙들리 갈라고 숨었지. [조사자2: 그래서 (구덩이 속으로) 밥을 가져다 주셨군요.] 야. 밥은 인제 저녁에 해가 져야 인제 이래 바가지에 담아가지고 갖다 주면은 인제 우리 아버지하고 외삼촌하고 거서 잡숩고 그래 인제 또 낮에는 하루 종일 거 있고 밤에는 또 갖다 들이밀어 주고 그래 가지고 인제 굴 앞에 나와 가지고 이래 솥을 걸어놓고 불을 때고 밥을 하다가 비행기 소리가 쌩! 나면은 막 물 퍼 붓고 꺼요. [조사자2: 아! 연기가 나면 안되니까 그렇게 하셨군요.] 예, 연기 나면은 안되니까는 연기나면 거 막 폭격을 마 뚜드리요. 어디서 쌩! 소리 나면 막 퍼부어 꺼버리고 굴로 막 쫓겨 드가고 그런 세월도 보냈어. 아이고 말도 몬해요. 그래 그랬어 뭐. [조사자2: 그렇게 하셔서 아버지는 나으셨어요? 약 바르고 이렇게 하셔서.] 예 그래 약 피난 갔다 오다 그래 맞았는데 약 바르고 나으셨어. [조사자2: 몇 째신가요? 여동생이 한 분 있다고 하셨는데.] 여동생은 죽었고 피난 갔다 와서 죽었고 [조사자2: 피난 갔다 와서 왜 죽었나요?] 몰라? 마 그래 죽대. 응, 얼마 안돼서 죽었어. 죽고 내 혼자 살았지.

'색시' 하며 쫓아온 흑인이 전쟁보다 무섭더라

임 순 연

"우리 고모는 쇠시랑을 들고 이놈의 새끼 짤 죽인다면서 쇠시랑을 막 가지고 그러니까 말귀는 못 알아들어도 쫓겨 가더라고. 쫓겨 가"

자 료 명: 20120725임순연(횡성)
조 사 일: 2012년 7월 25일
조사시간: 44분
구 연 자: 임순연(여 · 1935년생)
조 사 자: 박경열, 오정미, 유효철
조사장소: 강원도 횡성군 공근면 신촌리 경로당 앞 정자

[조사과정 및 구연상황]

조사팀이 강원도의 신촌리 경로당을 방문했을 때 경로당에는 아무도 없었다. 경로당에는 사람이 없었지만 경로당 앞에 할머니 두 분과 어르신 한 분이 담소를 나누고 계셨다. 조사팀은 어르신들에게 다가가 찾아 온 취지를 설명하니 임순연 화자가 흑인에 대해 말해 줄 것이 있다며 조사팀에게 앉으라고

권하였다. 조사팀은 장비를 갖추고 조사를 시작하였는데 야외여서 차 소리 같은 소음이 발생하였다.

[구연자 정보]

고향은 강원도 횡성이며 무남독녀이다. 1935년생으로 전쟁 당시 16세였다. 무남독녀이기에 아버지가 사위가 보고 싶다고 하여 18세에 22세인 남편과 결혼한다. 남편이 5년 만에 제대한다. 자식은 3남 2녀로 5남매를 두었다.

[이야기 개요]

전쟁이 나자 겨울 난리에 충주까지 피난을 간다. 달래강을 건너면서 소나 사람들이 물에 빠져 죽는다. 이 때 죽은 소를 피난민들이 함께 잡아먹는다. 다시 집으로 돌아오자 미군이 주둔해 있었다. 미군들이 여자들을 못 살게 군다는 소리가 흉흉했다. 고모 집에 가는 데 흑인 미군이 색시라고 부르며 쫓아온다. 고모 집에 얼른 들어가 삼태기를 쓰고 숨는다. 고모가 미군을 내 쫓아 위기를 모면한다. 인민군의 아들이 북으로 쫓겨 가면서 살려 달라고 애원하나 화자의 아버지가 힘이 없다며 그냥 가라고 보낸다.

[주제어] 피난, 충주, 달래강, 피난민, 미군, 겨울 난리, 흑인, 색시, 삼태기, 인민군 아들, 애원

[1] 인민군과 아군이 번갈아 쫓겨 가다

[조사자: 할머님 성함이 어떻게 되세요?] 임순연. [조사자: 임.순.연. 연자 이렇게 쓰나요?] 응. [조사자: 연세가 어떻게 되세요?] 칠십 여덟. [조사자: 여기 주소가?] 강원도 횡성군 공근면 신촌리. [조사자: 여긴 1리 2리 따로 없나요?] 없어요. 이거 먹어요? 뜨거워지기 전에 먹어야지. [조사자: 할머니 고향이 어디세요? 여기세요?] 여기요. 신촌리. [조사자: 신촌리세요? 그때 얘기 좀 해주세요.

전쟁 났을 때.] 전쟁 났을 적에? 전쟁 났을 적에 6.25 때는, 6.25 때는 저 서원면으로 피난을 갔었다고. 서원면. **[조사자: 거기 가서.]** 하필 피난을 갔어도 빨갱이 동네로 갔네. 그럼.

[조사자: 빨갱이 동네에요?] 그럼. 그건 우리가 자세히는 모르지만은 서원면을 피난 갔다가 거기서 닷세 있다가 집으로 와서 어떻게, 어떻게 여름을 나고 동난 난리, 농사를 지으면서 저 폭격소리 터지는 소리 쿵쿵 맞아야 돼. 농사를 지어서 벼를 다 터니까 여기서 쾅하고. 그 때는 인민군 중국군 다 넘어왔어. 저 동난 난리에는 그래 폭격에 피난을 어디까지 갔냐면은 충주까지 갔었다고. 충주.

충주 강 옆에서 사는데 그냥 거기서부터는 싸움이 벌어졌는지 어쨌는지는 몰라도 거기서 싸우는 것 인제 나는 못 봤지만은 한국군들 먹으라고 그 비행기에다 과자니 빵이다 떨궈 놔. 떨궈 놓으면은 웬 박스는 다 갖다 군인 여기 저기 배달해서 떨어진 것 주워가지고 먹으려면 그때는 먹을 줄 몰랐어. 열다섯인데도 그걸 먹을 줄 몰랐다고.

거기서 피난을 접고 집으로 돌아왔어 인제. 집으로 돌아오니 여기 미군하고 검댕이하고 군인 아군하고 북신북신해서 쫓겨 당기고 이래고. 이래다가는 난리가 저 아랫녘에서부터 싸운 건데 우린 여기 들어와서 있는 거지. 인민군하고 우리 아군들하고는 저 아랫녘에서부터 싸운 건데 우리는 달려서 집으로 들어온 거지.

그러다가 집에 가 있는데 여름 칠월 달부터 억세게 따서 놨는데, 아군들이 인민군들이 막 쫓겨서 들어가. 막 쫓겨서 들어가니까는 아군들은 뭐 그냥 막 들어오니까 여기서 뭐 저거 인민군 그저 인민군들도 쫓겨 갈 적에는 와서 사람 좀 살려 달래. 사람 좀 살려 달래. 몇 살이냐니까 열여덟 살이래. 열여덟 실인데 우린 못 살려 준다고. 같은 사람이래도 그거 말하자면 악질이잖아. 악질이래도 볼 때에는 내 자식이나 그 사람이나 내가 볼 때는 나도 그때 나이 열다섯 살밖에 안 됐거든. 그래도 오빠같이 보이니까 열여덟 살이라는데 우리 아버지가 못 살려 준다고. 가라고. 쫓겨 가라고.

여기 쫓겨 가는데 아군이 막 들어와서 이 집 저 집 들어오고 그냥 뭐 모자를 쓰고 얼마나 고생스럽겠어. 아군도, 그 사람도 그렇고. 우리가 볼 때는 그 사람 나름대로도 그 사람들도 고상, 우리나라 군인들은 우리나라 나름대로 고상이지.

우리는 피난 하냐고 고생을 했지만은 그리고는 들어가지 않고 여기서 막 싸우고 아래서 싸우고 여기서 막 싸울 적에는 폭격을 하고 여기도 폭격을 하고 그래도 살고. 우리 영감도 군인을 갔었다고, 참 군인을 안 갔었다. 그 때는. 안가고 있다가 동난 난리 접고, 접고서는 내가 종기 할아버지 동난 난리를 접고 들어와서 결혼을 했어. 이웃에 사는데. 이웃 총각하고 결혼을 하고 군대를 갔으니 그때 고2짜리가 고2짜리가 피난 갔다 와서 제일 서럽게 갔어요.

동난 난리 접고 접고서 들어와서는 우리 나이가 스물두 살 섰고. 나는 열여덟 살이었어. 스물두 살이고 나는 열여덟이고. 이런데 군인을 갔어. 군인을 가가지고 한 5년이 되니까 막 싸우고 전투중이고 그러다가는 휴전이 됐었다고. 휴전. 휴전이 돼서 그때 잠깐 쉰다고 쉬고. 그래도 군대생활은 하고 그리고 나와 가지고는 우리 뭐 영감님은 돌아가셨지만은 인제 그때 갔다 온 사람은 모임이 있어가지고. [청중: 그 때 갔다 온 사람은 다 죽었어요.]

모임이 있어 가지고는 이렇게 뭐 관광도 가고 저 이북, 이북은 안 갔어도 저기가면 저 보고 이북도 본다하고 이래도 모임에서 가고 나도 따라 당기고 그랬어. 이러다가는 우리 영감도 죽고 동난 난리에 6.25 난리 뭐 이렇게 겪은 것은 말로 할 수가 없어. 다 안다고 나는.

피난 나갔을 때에 나는 가다가 오다가 걸음도 못 걷고 애기, [청중: 지금 군인은 아무것도 아니야. 시방 군인은.] 아무것도 아니지. [청중: 시방 군인은 군대도 아니야.] (웃음) [조사자: 할머니 그러면 그때 전쟁 중에 결혼하신 거예요?] 전쟁에 여름 난리 접고 겨울 난리 접고. 여름 난리 접고 겨울 난리 접고 나서. 동난을 접고 들어와 가지고선 내가 외딸이니까 우리 어머니 우리 아버지가 사위도 못보고 내가 죽겠다고 내가 어려도 내가 열여덟 살이고 우리 집 양반은 스물두 살이었다고, (웃음) 그리고 군인을 갔어.

[조사자: 열여덟에 결혼을 하신 건 맞아요?] 그럼. 열여덟. 그 때 다 그래. [조사자: 그러면 그때 결혼하기 전에 가족관계는 어떻게 되셨어요? 가족 형제?] 가족 형제 없고 우리 어머니 우리 아버지 나. 나 하나, [조사자: 아, 그러셨구나, 그러면 세분이서 원래는 다 이제 피난을 같이 갔다가.] 그럼. 동난에 6.25 난리에 여름에. 6.25난리에는 저기 유지로 말하자면 한 삼십 리 되지.

[조사자: 서원면이요?] 서원면 거기서 하고. 와가지고 그래도 또 뭐 농사지은 걸 거둬들여 갖다놓고 쌓아놓고 해먹어보지도 못하고. 그래도 농사지은 거니까 어쩌다가 찹쌀밥을 해먹는 걸 찹쌀밥을 냄비에다 우리 어머니가 했어. 식구 세 식구니까는. 그래가지고 그걸 먹고 그냥 동난 난리에는 갔었지. 저기. 말을 해 뭐해.

저 충주. 거기 강이었어. 강이었는데 얼음이 두껍게 얼었어. 얼었는데 거기에서 트럭에다 피난민을 실었어. 우리는 소를 안 끌고 갔기 때문에 피난민을 싣고서 얼음을 건너갔어도 얼음에 빠지질 않고 죽지를 않았어. 내가 애들적이라도 가만히 보니까는 소에다가 짐을 싣고서 차를 지나가고 그러면 얼음이 이제 말하자면 그렇지 좀. 깨질 정도가 되잖아. 내가 지금 생각하니 소를 끌고 가다가 텀벙 빠져 죽고. 소를 끌고 가다가 텀벙 빠져 죽고 그랬어. 얼음에서.

그래가지고는 그때 우리 아버지는 사십이 됐었다고. 사십대 조금 넘었었고 나는 애들이었고. 그러니까는 거기 늙은이들 우리 아버지가 못에 가가지고는 그 괴기를 건져왔어. 고 소 빠져 죽은 괴기를. [조사자: 괴기를?] 도불 가지고 가서 그냥 퍽퍽 쪄서 가져와가지고 그 군인들은 그 상비약인가 있어. 그냥 갖다가 그 군인들 먹는 것 대주느라고 먹는 것 대주느라고 떨어져서 깡통 이렇게 뚝 떨어진 것은 헤진 것은 안 주서 가고 인자 박스 것은 가지고 가.

그러면 설탕에다 괴기를 갖다가 구워먹는 사람은 난 또 그걸 안 먹었어. 괴기를. 그렇게 해서 별걸 다 겪었지. 그런데 가서 충주 가서 그래보면 보따리 싸서 지고 가다가는 어른도 사람도 빠져 죽고 소도 빠져 죽고 그래가며 사람도 건지기는 했지만 또 건져서 뭐, 소는 건져다가 구워도 먹는 걸 보기도 했다고. 난 먹지는 않았지만은.

[2] 흑인이 쫓아오자 도망간 사연

그리고서 그리고는 돌아왔다고. 들어오니까는 그 땐 전쟁 끝이 안 났어. 들어오니까는 여기에 군인 껌댕이가 진을 치고 저 있잖아 병숙이네 밭에, (청자에게) 창석 아바이! [청중: 어디?] 병숙네 밭에. [청중: 어.] 껌댕이가 진을 치고 미군이 진을 쳤어, 난 그때 열여섯 살이었어, 인제. 6.25난리 겪고 동난 난리 겪고, 저기 외딴 데 우리 고모네가 있었어. 거기를 옷을 해 입고 우리 고모네 집에 갔어. 우리 고모네 집에 간다고 넘어갔어. [청중: 알지. 대현네 집이.]

여기서 껌댕이가 나를 봤어. 군인하고 껌댕이하고 미군하고. 거기를 쫓아온 거여, 인제 여기서 고개를 넘어가서 외딴 데 거기를 갔는데. 우리 고모가 혼자 있어 갔는데. 신을 벗어놓고 들어갔는데 그거는 늙은 것도 모르고 색시도 늙은 할멈도 모르고 애도 몰러. 그러니까는 아가씨 들어갔다고

"색시! 색시!"

하면서는 거기를 들어오는 거여. 신발을 딱 벗어놨거든. [조사자: 무서워. 어떡해.] 내가 그래서 내가 군인이 들어오는 것을 쫓겨서 군인 같아도 괜찮지.

검댕이 미군인데. 거저 대문을 열고 가서는 소금 소금 자루 둥구마루가 있어. 옛날에. 소금 둥구마루. 그걸 내가 쪼그만하니까는 지금도 쪼그마하지만 쪼그마했어. 그땐 내가 약기는 했어. 그걸 폭 뒤집어쓰고 벼랑 방에 그 소금가마를 폭 뒤짚어 쓰고 있으니까는

"색시! 색시!"

하고는 들이쳐. 우리 고모는 늙었어도 영악한 편이야. 나 같지 않고.

"썅놈의 새끼. 죽인다."

(웃음) 나를 삼태기를 그걸 열면 색시라고 덜렁 들어서 갈 텐데 어떡해. 딸도 나 하나인데. 우리 고모는 아들 하나고 아무 것도 없는데. 그러더니 쇠시랑을 들고

"이놈의 새끼 짤 죽인다."

쇠시랑을 막 가지고 그러니까 말귀는 못 알아들어도 쫓겨 가더라고. 쫓겨가. [조사자: 다행이다.(웃음)] 그 설명을 할려면 쪼그만해도 써먹을 때가 있네. 소금 독을 뒤집어 쓴 게 가서 엊그제 같어. 그리고는 밤에도 와가지고는 집에 와서 있으면은 나는 애들도 그것도 모르고. 우리 어머니는 뭐 젊지만은 몰라. '색시 색시' 하면은 우리 어머니하고 나하고 저-산으로 쫓겨 갔다고. 밤에도 무서워가지고.

난리 폭탄에 맞아죽고 군인이 총 싸 죽이는 것보다 그런 사람들이 막 그렇게 댕기고. 잘못되면 서로 뭐 아군들끼리 저쪽하고 이쪽하고 이렇게 싸우는 것 못 봤는데 그 미군은 그걸 모르더라고. 나는 지금 그게 생각이 나. 석봉할머니도 오십 됐을 거야. 새댁 시절이지. 아야 미국 껌댕이가 꽉 찼으니까는 밤에 남의 마루 구멍을 들어갔어, 이런 데를.

들어가니까는 영감이 저 껌댕이가 얼청얼청 하니까는 이리 나와 가지고는 저 산으로 쫓겨 가라고 막 잡아 댕겼어. (도망가는 흉내) 마루 밑구녕에서 발길질을 하니까 못이 막 찔리니까. [청중: 긴말이 뭐 필요해.] 그 얘기를 듣고 말을 하면 뭐해. 마루 밑에 들어가서. 별 얘기를 다 우리가 겪고.

우리는 동난 난리 6.25 난리 뭐 터지고 뭐 횡성에 폭탄 터지고. 난 다 봤어. 다 봤어도 엊그제 같어. 그니까 세월이 다 이렇게 길르고 6.25 난리 겪고 동난 겪고. 열여덟에, 스물 둘에 군인 갔다가 온 건데 지금 살아 있으면은 팔십 둘이라고. 이거 저 난리에 겪었지.

[조사자: 할아버님도, 남편 분도 전쟁 중에 군대를 가신 거네요?] 그럼. 전쟁 중에 가서 하도 싸우다가 싸우니까 사람이 막 죽으니까는 휴전을 한 거여. 잠깐 쉰다고, 말하자면 서로 동네 사람이 싸우다가 쉬듯이 휴전을 하면은 그런 단계에서도 군대생활을 하고 5년 만에 제대를 한 거지. 말하자면.

[3] 말 없는 중공군과 살려 달라는 인민군

[조사자: 그러면 그때 중공군을 보셨어요?] 봤지. 우리가 여기 서면 아군도 한 채가 와. 아군들은 그래도 와서 '색시 색시' 이러고 이러지. 중공군은 오면 말이 없어. 말이 없이 와가지고 뭐 밥을 자기네가 해먹어. 물 한번 떠달라고

안 하더라고. 떠달라고 소리 안하고는 자기네가 해 먹고. 뭐 중공군이 와가지고는 이렇게 밥도 해 먹어도 자기네가 해 먹고 빌려만 달래. [조사자: 해코지는 안 하고요?] 해코지는 절대 안 하더라고. 중공군이고. [청중: 중국 사람은 만약에 여자를 강탈했다 하면은 총살이야. 무조건.] 아주 안 그래.

뭐 내 생각에 아군들은 나이 먹은 것도 알고 나이 어린 것도 아는데, 껌댕이 미군은 어린 것도 모르고 늙은이도 볼러. 늙은이도 모르고 그건 그러는데. 중국군은 그러진 않더라고. 시악가지하는 법도 없고. 밥 해달라는 법도 [조사자: 시악가지가 뭐에요? 해코지에요?] 응? 응. 별거 없어. 자기네가 떠다 해먹고. 그릇이 깨끗하거나 말거나 뭐 그냥 해먹고. 말이 없더라고. 웬수같이 싸우기는 해도 난리 때 싸우니까 우리 방에 와서 자. 자기는 해. 그래 우리 이마이 우리 아버지랑 나는 딴 데 가서 자도 조금도 시악가시하는 법이 없고 해달라고 괴롭히고 죽인다 소리도 없고 말도 안 해. 그러던데.

[조사자: 그럼 할머니 전쟁이 난 것은 어떻게 아셨어요? 폭격 소리 때문에 전쟁 난 것을 아셨어요?] 처음에는 그저 쿵쿵 해. 그러니 저게 싸우는 것, 전쟁이 난거래. 점점 가깝게 들리고 점점 가깝게 들리고 농사꾼은 그저 농사만 죽어라고 짓는 거여. 쿵쿵해. 어디 들어온다 어디 들어온다 해도 가보기를 해, 어째. 그러다 어느 순간에 농사를 지어서 타작을 다했는데 대번 홍천 왔네. 춘천 왔네 하더니. 대번 이렇게 쳐들어와서 우리 그냥 뭐 보따리 싸서 나가서. 나가서 군인들 차에 싣고서 가고.

[조사자: 그럼 피난은 피난 갈 때 누가 피난을 가라고 해서 가는 거예요?] 가라고 그러진 않았지만은 여기 쳐들어오니까 죽지 않을라고 갔지. 죽지 않을라고 죽지 않을라고 가고. 죽어도 나는 안 가겠다고 하는 사람은 안 가고 저 아래서도 안 가고 죽지 않고 있는 사람들도 있었어. 그때는 단련을 이북사람한테가 중국 사람한테나 뭐 단련을 받았겠지. 단련을. 그랬지만은 아니라고 빵빵이 치는 사람은 이 동네 사람은 다 갔었다고.

[조사자: 처음에는 저기 서원면쪽으로 가셨다고 하셨잖아요.] 처음에는 6.25

동난에는 서원면으로 갔었어. [조사자: 거기가 조금 더 지대가 높은가요?] 아무래도. 그래도 어기 금방 싸우러 인민군이고 뭐고 쳐들어오지 않으니까는 거기가 산골이고 유축이라고 갔었지. [조사자: 그래도 어떻게 충주까지 다시 피난을 가게 되신 거예요?] 나는 우리는 멀리는 안가고 충주까지는 갔었어.

[조사자: 여기서 충주가 가까워요?] 그렇게 멀진 않지. 충주가. 충주를 더 갔었는지 어쨌든 달래, 충주 달래강이라나 어쨌든 달래강을 건너갔으니까. 강을. 내가 듣기에는 달래강이라 그러대. 강을 건너갔었어. 그거 군인차에 우릴 주워 싣고선 강으로 얼음 얼었는데 걸어갔다고.

근데 딴 사람들은 어떻게 그냥 막 그네가 깨질 수 있잖아. 소를 끌고 막 가다가 소가 텀벙 빠져죽고 소가 텀벙 빠져죽고. 내가 가서 이래 보더래도 짐보따리를 싣고 죽은 게 있었다고. 사람도 죽고 소도 죽고. [조사자: 가족들은 피난가시면서 괜찮으셨어요?] 어? [조사자: 그때 피난가시면서 가족들은 무사하셨어요?] 우리 아버지 우리 어머니가 한 50대도 안되고 40대는 좀 넘으셨을 것 같애. 그래 젊고 그러니까는 우리 어머니가 자식네를 했대니까는. 자식네를 했대니까는 젊지 그래도. (젊지.) 어머니하고 아버지하고 나하고 서이가 동네사람하고 함께 가니까는 뭐, 두 집 식구고 세 집 식구고 어울려 있었지 뭐.

[조사자: 그때 갈 때 피난 갈 때 먹는 거는 어떻게 해결 하셨어요? 먹는 거.] 먹는 거는 그냥 뭐 조금씩 가지고 가서 먹고 그냥 [조사자: 여기서 싸간 것을?] 그럼. 그럼. 뭐 소에다가 싣고 가다가 소를 끌고 가면은 뭐하냐고 소를 잡아 먹자고. 잡아먹기도 하고 그랬어. 소에다 싣고 나가다가 소를 끌고 댕길수록 소를 뭐 먹여야지 살지. 소 한 마리 싣고 나가다가는 뭐 나가다가는 소를 뭐 멕여? 에이 잡아서나 먹자고. 잡아먹은 사람도 있고 그랬다고.

[조사자: 그러면 충주 갔다가 얼마나 있다가 다시 이쪽으로 오신 거예요?] 글쎄. 그때 거기서 한 달 정도 있었을까. 여기서 그때 말하자면 첫 애기를 가지고 간 사람이 갔었어. 그이는 아마 죽었지만. 첫 애기를 가지고 간 사람이

거기 가서 그냥 배가 아파서 애기를 낳았다고. 다리골 저기 저 미남 할머니지. 말하자면. 첫 애기를 낳아가지고 또 거기서 낳아가지고 죽고. 애기도 죽고.

또 여기서 애기를 세 살 먹은 것을 업고서 광덕이 작은 할머니는 애기를 머슴애를 낳은 걸 업고 두 살인가 먹은 걸 업고 우리를 따라 갔어. 자기네 큰집을 안 따라가고 우리 아버지를 따라갔어. 우리 어머니하고 날 따라갔어. (청자를 보며) 창교 작은어머니 서원 언니가. 갔다가 또 그 애기가 죽었어. 거기서 머슴애기가. 그래서 또 우리 아버지가 묻어 주었어. 갔다가. 그래 우리를 따라 들어왔다고. 그래 그 집 영감쟁이가 여기 묻혔지.

그래 그 소리를 하면은 아무지 않게 우리를 따라 피난을 하다 들어와서 애기가 죽어가지고 또 할아버지가 묻어, 그때 우리 아버지가 젊었었지. 자진네 할 때니까. 그래 그런 게 엊그제 같아. 엊그제 같은데 내가 죽을 때가 됐어. (웃음) [조사자: 정정하신대요.] [청중: 죽을 때 됐어. 인제] 우리 또래보다 나보다 나이 적은 사람도 다 죽고 우리 또래 다 죽고, 사람 얼마 안 돼.

그래도 여기 사람은 난리에 총 맞아 죽은 사람 하나도 없어. 그래도 난리 잘 겪었어. 여기 삼거리에도 비행기 한 바퀴 탕 돌면 불덩어리가 톡 떨어지면 다리가 뚝 끊어지고, 횡성에도 다리 끊어질 때 보면 비행기가 한-바퀴 불을 한번 떨구고. 횡성 시장에도 불 싸지를 적에는 거기에다가 불덩어리를 그냥 떨구면 불이 막 나고. 그때 우리가 너무 일찍 들어왔지. 피난 나갔다가. 그래 가지고 그래도 총 맞아 죽은 사람도 못보고 나쁜 사람도 못보고. [조사자: 다행이네요.] [청중: 군대 가 죽은 사람도 없고. 충권이 하나 밖에 없어요. 충권이.]

여기 우리 외삼촌에 아들이 외아들인데 군인을 갔었는데. [청중: 뭘 군인을 가? 6.25때 사마치 가서 그 두 형제하고 가자고 하니까 못 갔지, 도망을.] 근데 내 생각에는 그 사람이 우리 영감네하고 한동갑이거든. 이북으로 넘어 간 것 같어. [청중: 넘어갔다가 별판을 붙이고 동난에 여기를 와가지고 천우 있어. 천우. 그 어마이 아버지가 피난을 못 갔어요. 그래 그 사람한데 물으니까는 피난 갔다 하니까 그제야 인민군이 빵 돌아서는 싸가지고는 그 사람을 들여보내더래.] 끌고 갔겠지 뭐. [청중: 이북으로 들여보냈데.]

들여보내긴 뭘 들여보내. 그때 난리 때 갔겠지. 난리 때. [청중: 난리 때 살아서 갔지. 전쟁은 안했지. 그 사람은.] 아니 내 생각에는. 여기서 어쨌든 실패한 사람은 그 사람 그 사람 춘권이야. 이름이 춘권인데 지금 살아있으면 여든둘인데. [청중: 여든둘? 그렇지.] 여든둘인지 하나인지. 그런데 그 사람만 저기 됐지. [청중: 그 사람만 그랬어. 간 사람 없어.]

난 아주 훤해. 그니까 엊그제 같어. 엊그제 같어. 피난 나갔다가 나갈 적에는 어떻게 어떻게 갔는데 들어올 적에는 우리 아버지 우리 어머니가 보따리를 짊어지고 걸어 들어 오면은 나는 따라 오느라고 안 베킬만큼 또 베킬만큼 오면 우리 아버지가 오고오고. 나는 원래 나이는 열댓 살 돼도 걸음을 못 걸고 조끄만하니까.

그런데 아주 걸어댕기냐고 그때 차가 있어 뭐가 있어. [청중: 그건 여자니까 그랬어요. 남자 같으면 군대 가느라고 난리지.] 얘기를 하나 안 하나 훤해. 훤하다구. 그런데 유월 칠월 달에 마지막 판에 아군들 막 들이닥칠 적에, 아군들이 막 여기서 죽고 미군도 여기서 많이 죽었는데, 알으켜 달라면 알으켜 줘도 나는 어디가 어딘지 뭐 알어? 모르지만 많이 죽었다는 소리만 들었는데 막 그냥 아군이 여기를 막 넘어 닥치는 판인데, 나 그거 하나 봤어.

저기 저 이북 사람이 말하자면 이북 사람이 이북사람 애지. 말하자면 열여덟. 나는 그 때 몇 살 안 되고 우리 아버지가 녗 살이나 됐어? 열여덟 살이에요.

"아버지 나 좀 살려줘요. 살려줘요."

그 목소리 엊그제 같어. 볼 때는 그런데 내가 볼 때는 그 사람이 말하자면 아주 악질이지만 그렇지 않고 아휴, 지애미 지애비가 보내갖고 어기시 싸워서 죽겠네. 아무래도. 그래도 빨갱이는 빨갱이지. 뭐. 이북사람이니까는. 살려 달래 우리 아버지한테.

"못 살려줘 나. 나 절대 못 살려줘. 여기 아군이 금방 넘어와."

못 살려준다고. 어떻게 살려주냐고. 쫓겨가다가 가라고.

가라니까 막 가니까, 우리가 저 일번에 살았거든. 저리 내려가더라고. 아군이 막 오니까 총 맞아 죽었겠지 뭐. 그런 거는 봤지. 뭐. 그런 사람 하나만. 서로 총 싸우는 것은 못 보고 아군이 들이닥치니까는 인민군이 쫓겨가다가, 쫓겨가다가 급하니까는 들어와서는 총 맞아 죽을 수는 없으니까는 살려달라 이거야. 못 살려준다고. 우리가 어떻게 살려주냐고. 가라고.

근데 우리가 볼 때는 싸울 때는 이북 사람도 싸우니까는 악질이지만 만일 딱 만났을 때는 똑같더라고. 아휴 우리 군인이나 저 사람이나 정부에서 시켰으니까 그랬겠지. 나 그때 몇 살 안됐지만은 저기 뭐 지가 싸우고 싶어 왔겠어? 보냈으니까 왔겠지.

그래 쫓겨 가다가 우리 군인이 막 넘어가지고 그래 죽었을 것이다 그랬을 것이다 그런 거지. 죽는 건 못보고. 밤에 여기 뭐 막 폭탄을 터트리면 막 저기 우동포에 가서 우리 어머니하고 아버지하고 밤에 가서 돌파고 밑에 가서 그냥그냥 이러고 앉아 있다가 잠잠해지면 내려왔어. 여기도 집이 다 불에 탔었다고, 폭격을 해서.

[조사자: 그러면 전쟁이 끝나고 얼마나 있다가 전쟁 흔적이 다 사라진 거예요? 다 타고 그래서 살기 어려웠을 거 아니에요?] 전쟁이 끝나고, 끝나고 나서 내가 우리 집 나가니 6.25난리 나고 동난 나고 군인 갔고. 그 때서부터 아군이 들이닥쳐 저까지 쳐들어갔을 때부터 해먹으며 산거지. 쳐들어가다가 밀리며 후부터는 안했기 때문에 쳐들어서 부터는 농사꾼이니까는 여전히 농사짓고 이러고 농사짓고 이러고 살은 거.

[조사자: 피난 갔다 온 사람이 다 집으로 돌아온 거네요? 다 제대로 돌아온 거네요?] 피난 갔다가 다 돌아와서 여기는 다 농사 농사꾼이니까는, 피난 갔다 돌아와서는 여전히 농사짓고 아군이 들여 밀려서 들어가서 어디까지 들어간지는 그건 우리가 내막을 몰라도 들어간 이상은 여기서 편안히 농사 지으면서 산거지. [조사자: 여기는 외지인이 별로 없어요? 이 마을에는 타지인이 별로 없어요?] 응 별로 없어. [조사자: 토박이들이 많구나.] 피난 갈 적에 여기 사람들은 다 함께 가면은 갔었고. 없어. 요즘에는 서울서도 오고 외지도 더러 들어와서 살지, 그때는 여기 얼마 안됐지. 사람이. 집이.

그러니까는 그때는 여긴 뭐 그냥 농사 지으며 살았으니까 후퇴해서 들어가는 그새부터 편안히 산거라고. (웃음) [조사자: 피난 갔다와보시니까 살던 집이 그대로 있었어요? 할머니?] 다 탔지. 다 탔어. 다 타고 다 타고는 우리 큰 집이 하나 남아 있었어. 하나가 남아 있는데, 집이 두서너 집은 남아 있었겄다. 그런데 거기를 우리 어머니하고 우리 아버지하고 나하고 사람이 들어가. 들어가면은 껌댕이하고 미군하고 우리가 막 나와 쫓겨서 산으로 가면은 옛다 저기 저 불이나 산다고 불총을 딱 놔. 집이 다 탔지.

[조사자: 그러면 그때 미군들이 사람들 안보고 그냥 다 불지른 거예요?] 뭐 미군들이 불 질러서 사람들이 죽은 거는 없고. [조사자: 인민군일까봐 그런 건가?] 껌댕이들은 여자들이 쫓겨 댕기고 그러니까 늙은 사람인지 젊은 사람인

지 몰러. 그리고 인제 폭격을 하니까 전장에 탔고. 내 생각에는 전장에 탔지만은 한 집 탄 거는 우리 어머니하고 나하고 저 산으로 쫓겨 올라갔는데 불통을 탁 놓더니 집이 타더라고. [조사자: 불 태우는 장면을 보셨구나.] 그랬지. 그래고는 난리 때 탔겠지. 난리에 싸우는 것은 못 봤으니까. 피난을 나갔으니까. 나가서 또 들어오니까 아래부터 싸우고 우리가 너무 미리 들어왔지 또.

[조사자: 그러게 너무 미리 들어오셨네. (웃음) 그러면 할머니 그때 흑인을 처음 보신 거예요? 그때 흑인.] 검댕이들. [조사자: 응 처음 보신 거예요?] 그때 처음 봤어. [조사자: 그때 느낌이 어떠셨어요?] 무서워서 난 난리에 싸워가지고 총은 총알만 피하면 되겠지. 그게 더 무서워갖고 아주 그게 무서워가지곤 전쟁을 겪었어.

그래 그것도 모르고 우리 고모집 넘어간다고 넘어간다고 거기도 나하고 한 동갑 먹은 애가 우리 동네에 있었어. 집이 타고 없으니까 우리 고모집이 집이 타질 않았어. 그래 그 사랑방에 있는데 그 사람은 저기 있는데 이불을 푹 뒤집어쓰고 있었고 우리 고모는 혼자 나는 혼자 들어가는데 색시하고 들어오니까 나는 뒤에 나가서 소금동아리를 푹 뒤집어쓰고 앉아 있었어. 그니까는 색시, 색시하면서 미군하고 도로 들어오니까 우리 고모가 이놈의 새끼들 죽인다고 죽인다고 하니까는 그래도 [조사자: 고모가 조카를 살리셨네.] 고모가. 참 그때 난 난리를 겪은 것 같애.

[조사자: 그때 혹시 주변에서 나쁜 해코지를 당한 아가씨들도 있으셨어요? 난리통이니까 뭐.] 난리통이니까. 뭐 사람이. 죽이는 거는 나는 못 봤어. 검둥이는 미군이나 검둥이는 보면 애도 어른도 모르고 해코지를 그 나 징글맞고 무서워갖고, [조사자: 주변에 그런 아가씨들도 처자들도 있었겠네요. 할머니.] 그땐 여긴 외딴 곳이라 동네가 좁아서 내 보기엔 아가씨라고 서넛밖에 없었어. 서넛밖에 없었는데 다 숨었지. 나는 쪼그마해서 아가씨로 안 보일텐데 그 새끼들은 그것도 몰러. [청중: 그때 막 데려가고 그랬잖아.]

데려가지는 않아도 해코지를 하니까 해코지를 하거나 안하나 나는 힌번 얼굴만 봐도 무서워서 [조사자: 딸 가진 부모들은 무서웠겠어요.] 그럼. 우리 아버지 우리 어머니는 내가 맏딸인데, 맏딸인데 팔남매를 낳아가지고 다 죽고 나 하나만 살았거든. [조사자: 아이구.] 그래 인제 내 밑, 내 밑이 아니라 몇 번째 몇 번째 낳은 게 딸이 하나 6.25 동난 난리를 겪는데 6.25 동난을 겪는데 그냥 폭격을 하고 폭격을 하고 그러면 그래도 걔가 동생 때문에 우리 아버지하고 우리 어머니하고 피난을 안 가고 그냥 산에도 안 쫓겨가고 여기서 막 폭격을 해. 불덩어리가 여기 막 떨어져. 다리 끊으라고.

우리 큰아버지가 와 가지고

"아, 제수씨는 그까지 것 애 죽으면 죽고 살면 살고 놔두고 어딜 산으로 치기를 하던지 여길 그대로 있냐."

그래. 그래가지고 그냥 그래도 저 산골에 밤에 앉아 보면은 여기 막 불을 던져서 다리를 끊고 그랬어. 저 횡성 둔재 다리 횡성 시장에 불덩어리 막 떨구고 그러는 건 봤지. 사람 죽는 것은 못 봤지.

[조사자: 할머니 그런데 아까 서원면 거기가 빨갱이가 많아요?] 응? [조사자:

빨갱이가 많은 지역이에요?] 그건 몰러. [조사자: 아까 할아버지가 얘기하셔서.] 그건 그 사람은 그러는데 난 그건 잘 모른다고. 그리 피난을 갔었어. 저 산 넘어서지. 저 산 넘어. [조사자: 그 아까 새마치라고 하는 데가 세말이에요? 새마치라고 그러던데] 새말? [조사자: 새마치. 여기 무슨 고개 있지 않아요? 새마치 고개.] 삼마치? [조사자: 아 사마치? 사마치?] 삼마치. 삼마치는 이쪽으로 가야 삼마치이고 저리 가면 또 서울로 가는데 그 고개는 무슨 고래라고 그러더라. 삼마치는 이리 이리 들어가는게 삼마치고

[조사자: 삼마치가 맞는 것 같애요. 사마치. 사마치라고] 삼마치. 춘천가는 쪽으로. 이쪽으로 가는 데는 거기 고개가 있긴 있는데도 알다가가도 요새 뱅뱅 돌면서. 우리 또래가 여기서 몇은 안 되도 그때가 우리가 열네 살, 열다섯 먹을 적에 동난 난리 6.25난리 다 겪은 사람이야. 우리 영감쟁이가 그때 군인 갔을 때고.

[조사자: 언제가 가장 심했어요? 그 동난 난리랑 여름 난리 중에, 어떤 게 여기 마을이 심했어요?] 동난 난리가 심했지. 6.25 때는 저기서 인민군이 넘어온다, 중공군인 인민군 빨갱이가 넘어온다 넘어온다, 여길 삼마치 고개를 넘어 온다 넘어온다 해니까는 넘어오는 것은 보도 못하고 저로 쫓겨 간 거고.

인제 동난 난리 때는 집이 있으니까는 중공군 이북 사람, 막 쳐들어온 거여. 쳐들어와도 군인끼리 만나 총질해서 싸우는 것은 못 봐도 우리네한테 해코치는 안 하더라고. 죽이고 하진 않더라고. 그러니까는 그때는 피난 한번 나가기 전에 중국 사람 이북 사람이 여길 넘어온 거지. 넘어와도 사람한테 해코지는 안 해. 그런데 여기서 막 싸울 것이다 해서 우리가 피난을 갔었지.

[조사자: 다른 지역에서는 막판에 인민군들이 올라갈 때.] 응? [조사자: 막판에 인민군들이 막 쫓겨 올라 갈 때 그때 피해를 입은 사람이 많더라구요.] 그럼. 막 여서 싸우는 것은 못 봤어도, 막 들어갈 때 그랬는지 어쨌는지 여기서 미군도 많이 죽었다고 그래. 이런 데서. 저놈의 고개 넘어서도 한국군도 많이 죽어서 많이 묻었대. [조사자: 진짜 많이 죽었대요. 이쪽에.] 이 산에도 많이 죽고. 그러

니 몇 해가 됐다면은 아 저걸 많이 죽었대. 많이 죽었다고 가보자고 해도 지금은 그래 가볼 수 있는데, 지금 50리 넘어 60리인데 그런데 가봤으니 알어? 군인이 아군이 죽었어. 나물 뜯으러 가면, 여기 난리 때 싸워가지고 군인이 죽어가지고 한 군데 묻어놨어.

그러게 그게 몇 해만 됐다해도 아휴, 내가 애들 적에 들어도 여기 많이 묻었다고 하면 파면 있겠지만은 50년 60년 지났는데 여기 있다고 할 수 있고 어디 있다고 할 수가 있겠어. 그때는 뭐 여기가 전장터가 되가지고 저리로 가면 아이고 나물을 뜯으러 가면 아이고 여기가 무서워. 여기서 막 싸워가지고 사람이 많이 죽어가지고 사람이 많이 묻었어. 이 소리를 들어서 난 지금도 그런데는 안 들어가. 그런데 하도 오래 됐으니 하도 몇 해가 안됐으면 거기 파보면 뭐가 있다하겠지만 세월이 50년 60년이 넘었는데 그걸 여기가 묻었어 저기가 묻었어, 못하지. 우리는 보들 못했으니까.

그 땐 우리가 충주 나갔을 때 싸웠고. 피난을 여길 갔다가 들어왔을 적에는 막 밀려가는 판국에 있었어. 막 저쪽으로 쫓겨 갈 판국에 검댕이 미군이 진을 치고 있었고. 그 때는 저쪽에서 쫓겨 가는 판이었지. [조사자: 그러면 예전에 일정시대도 겪으셨겠네요? 기억은 잘 안 나시겠지만.] 일본 정치 때. 그때는 조금 어리니까 공출 뽑아간다는 소린 못 듣고 못 들었어도 우리 영감쟁이 친구라. 그때 지금 팔십 네다섯 된 사람들은 뽑혀 간 사람도 있었어. 뽑아간다 뽑아간다 하는 사람도 있었고. 여기 남자 분들도 일본으로 뽑혀 간 사람들도 있었고. 남자들. 그네들은 다 죽었어. 일본 갔다 와도 우리 아주버님도 갔다 오고 우리 사돈 노인네도 갔다 오고 이랬는데, 갔다 온 사람은 일본 갔다 온 사람은 다 죽었어. 막. 없어.

[4] 양귀비 농사 시켰던 일본군

[조사자: 할머니 해방 됐을 때는 기억나세요? 해방 됐을 때?] 저기 일본 정치

해방? 일본 정치 해방? [조사자: 그 때 열 살 정도 되셨을 것 같은데.] 일본 말 일본 그거 배운다고 어디 모임에 댕기라고해서 갔다 온 적도 몇 번 간 적도 몇 번 있었고. 그때 내가 나이가 열세 살 열네 살. 이 정도 됐을까. 열다섯도 안 된 것 같아, 내 생각에. 애편 심을 때가, 일본정치 땐가 이런 생각이 들어가. 일본 사람이 시키지 않았나 이런 생각이 들어. 내 생각에.

[조사자: 맞아요. 거둬 갈려구.] 거둬 갈려구. 그때 우리가 갑천 살았거든. 갑천 가서 살았는데 애편도 했어. 하는 거 마음대로 팔아먹는 게 아니야. 해서 하라면 다 가져가거든. [조사자: 애편이라고 해요? 애편?] 애편. [청중: 애편이 양귀비래. 양귀비.] 애편이라고 안 불러. 양귀비라고 불렀지. 양귀비. [조사자: 아편!] 심으라고 시켜서 했었으니까. 그때 일본정치 때가 아닌가 싶어. 그거 뭐 한국 사람이 시켜서 갔다 했겠어? 그래가지고 하면은 다 걷어 가더라구. 그때가 내가 열두 살 열세 살 이렇게 됐을 것 같애 내가. 애편 할 적에가, 열두 살 열두 살이나 열세 살 이정도 됐을 것 같애. 갑천서 그 애편하고 열네 살 먹어서 여기로 이사를 왔거든. 그러니까.

[조사자: 그러면 전쟁 끝나고는 주로 농사를 지으시면서 사신 거예요?] 응? [조사자: 농사를 지으시면서 사신 거예요?] 그럼. 농사짓고 살았지. [조사자: 논농사? 밭농사?] 논농사 밭농사. 그러니 난리를 겪고서 낳은 아들이 쉰다섯이니 (웃음) 옛날에 지난 거를 기억을. [조사자: 아, 자식은 몇 명 두셨어요?] 오남매. [조사자: 오남매.] 아들 서이 딸 둘. [조사자: 부자시네요.] 우리 집이 여 뒤에 있는데 우리 아들도 똑똑해. 우리 아들 여기 저기 친구들은 다 공무원 생활을 해. 원주도 있고 서울도 있고 횡성도 있고 이런데, 토요일만 되면 다 쳐들어 와, 우리 집으로. 넓직하고 뭐 시원하고 뭐 일 해준다고 와서 하고. [조사자: 할머니 그래도 기억력이 좋으시네요. 기억력도 좋으시고 얘기를 맛깔나게 재미있게 하시고. 감사합니다.] (웃음)

비행기 폭격에 소가 죽을까봐 미리 소를 잡아먹다

권 오 분

"비행기가 돌아다녀가지고 소는 잡았는데, 소를 한 마리 잡았어요, 이래먹고 죽으나 저래먹고 죽으나……"

자 료 명: 20140429권오분(예천)
조 사 일: 2014년 4월 29일
조사시간: 30분
구 연 자: 권오분(여 · 1939년생)
조 사 자: 김경섭, 김정은, 이승민, 김민수
조사장소: 경상북도 예천군 용궁면 가야리 김한분 화자 자택

[조사과정 및 구연상황]

조사장소는 예천군 용궁면 가야리 김한분 화자의 자택에서 진행되었다. 조사팀이 미리 연락을 하거나, 사전 섭외과정을 거쳐 조사가 이루어진 것이 아니라 우연히 들른 곳에서 화자를 만나 조사가 성립되었다. 집에서 병아리에게 모이를 주면서 대청마루에 앉아 있던 김한분 화자는 친절하게 조사팀을

맞이해 주었고, 이후 권오분 화자가 김한분 화자의 집을 방문하면서 조사팀의 요구에 응해 이야기를 더 구연해 주었다.

[구연자 정보]

권오분 할머니는 화자는 전쟁이 발발하자 피난을 갔다가 인민군을 만나는 바람에 고향으로 다시 돌아왔다. 그들에게 밥도 해주고 함께 생활했던 기억을 생생하다고 한다. 마을의 어떤 여자 선생님이 어린 학생들을 모아놓고 노래를 가르치곤 했는데 지금 생각해 보면 좌익 쪽 사람인 것 같다고 했다. 집주인인 김한분 할머니와는 친하게 지내는 이웃 동생이다.

[이야기 개요]

피난을 갔다가 인민군을 만나는 바람에 집으로 돌아 왔다. 인민군이 집에 들어와 밥도 해주고 잠자리도 제공했다. 당시 인민군이 한 가정 당 10-15명씩 나뉘어 들어 앉아 살았다고 한다. 비행기 폭격에 소가 죽을까봐 아예 소를 잡아서 촛불만 켜 놓고 구워 먹은 기억이 있다. 어린 나이였지만 북한군 병사들이 매우 불쌍해 보였다. 미군들 중에서도 흑인은 겉으로 보기에도 매우 무서웠고 흑인들이 처녀들을 잡아 간다는 소문도 있었다.

[주세어] 인민군, 피난, 비행기 폭격, 의용군, 소고기, 미군, 흑인, 처녀, 노래 배우기, 여자 선생님

[1] 밥 얻어먹는 인민군

[조사자2: 어머님 말씀을 해주세요.] 어머님 말씀을 뭘 난 그때 어려가지고 뭐……. [조사자1: 그래도 12살이시면 기억날 거 다 나시겠네요.] [조사자2: 어머니 또 생각나는 거 없으세요?] 어……내가……생각나는 거…… [조사자1: 저기 인민군들 밥해주던 이야기 더 생각는 건 없으세요?] 우리는 안 해도 보기는 봤

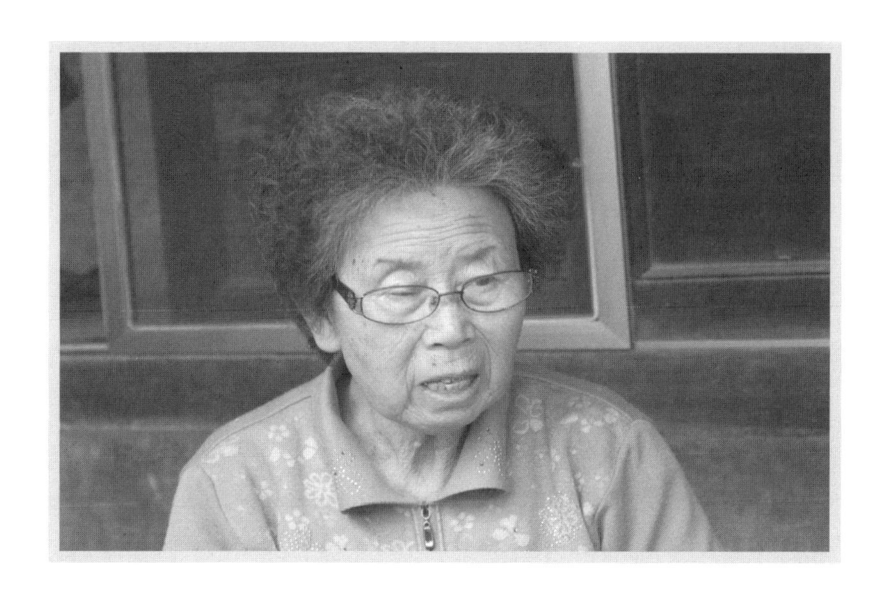

지. 나이 어리니까, 한집에 열다섯씩, 열 명씩 쭉 들리 가지고, 난 여 안 살았거든요. 친정요 친정서로 [조사자2: 친정에서 겪었던 일이군요.] (뭔가 말을 시작하려다 중단하여 잘 안 들린다.) [조사자2: 어머니 잠깐만요. 우리나 나이를 조사 한 다음에……(이야기를 듣습니다.)] 아이고 우리 잡아 갈라고 이러제? [조사자2: 어머니는 6.25때…… 39년생이시니 12살 이셨나요?] 10살인지 12살인지 몰라 나는. [조사자1: (김한분 할머니 보다) 10살 어리시죠?] 네 10살 어려요. [김한분 할머니: 10살 차인가?] 예, 10살 차이네. 아지메하고. [조사자1: 성함이 어떻게 되시죠?] 아이고 아이, 적지 말어! 나 잡아갈라고?

[김한분 할머니: 권오분이.] (모두 웃음) [김한분 할머니: 나는 한분이라고 웃는데 여기는 오분이여.] [조사자2: 아– 권 씨시군요. 권 오자 항렬이신가 보네요?] 누가 항렬이래요? [조사자2: 아 전 (권씨가)아닌데 제 주변에 권씨는 다 권자 들어가고 오자가 들어가더군요.] [조사자1: 여기 등나무로 피난 갔다가 인민군 보고 다시 오셨나요?] 예. [조사자1: 피난도 못가셨나요?] 저기, 처음에는 난리가 난다고 그래가지고 가도 죽고 오다 죽는다 그래가지고 우리 모친하고 집

에 있었어. 집에 있고 우리 오빠는 막 소에 쌀 싣고 가고. 그러니 큰아버지가 막 급해가지고 막 이리 오리고 골치를 막 이래 쓰고 이레가지고 고마 싣고 갔어요. 오빠하고 가고 우리 모친하고 딸 둘은 집에 있었어요. [조사자1: 원래 고향이 여기세요?] 아니네 유천면, 유천면 망지 [조사자1: 아! 유천면.] 유천면 상지동, 거 있었는데, 아이고 우리 며칠 있디 말로 뭐가 군인이 오는데요. 추리한 군인이 총을 매고 한 집에 열씩, 열씩 뭐 열 다섯 씩 밥해주라고. 그런데 밥만 먹고 잠만 자고, 그 사람들이 우리 쪼마나니까 뭐 알아요? 밥만 먹고 잠만 자고 닭 다 잡아먹고 (근처 상자에 들어 있는 병아리들을 가리키며)이런 닭 다 잡아먹었어.

[김한분 할머니: 그때는 뭐 저 인민군들 왔을 적에는 소도 누 집에 소미는 거 돼지 미는 거 개 미는 거 다 잡아 묵었어.] 그러디 한 보름 15일 대장이, 그중에 대장이 있데? 그 때 난 대장인지 뭔지 몰랐지, 대장이 호각을 부니까는 쫙! 모이요. 그 부대들이 모이자 말로 막 하나 둘 시대? 앞에서 시니까로는

"하이고 한 놈 없다."

이케요.

"한 놈 토꼈다."

그라요. 한 놈이 집이 어디 가까운 모양이라 토끼고 없어. 그런대 그 사람들 보니까 불쌍하지 또. 추리한기 남의 나라 오니까 그런 동'? 나는 처음에 빨갱이는 빨간 줄 알았거든요? 빨간 줄 알았더니 빨갛진 않고 희수름 한 그런 옷을 입고 그래 왔더라고. 그래가지고 갔는데 며칠 있다 보면 또 피난가라 그래요. 피난가라 그러는데 어디 갈대가 있어요? 두 놈이 가가지고 감나무 우에 뭐 시퍼런 감 그거나 따 먹고 거 가이께로는 그 사람들이 굴을 이리 파 놓고 총을 메고 왔다갔다 들락날락, 들락날락 하는 걸 봤어 나는. [조사자1: 굴을 타고요?] 네, 그래놓고 한 사 나흘 있다가 또 집에 넘어왔어 우리는 그리곤 몰라요 나는 어릴 때라가지고 그건 알지 난 몰라요.

[2] 미군과의 조우

성조로 또 피난을 갔거든 물 건너로 [조사자1: 송주요?] 성조, 요 물 건너, 강 건너 거 갔는데 그때는 3학년 때인데 갔는데 책보를 이래 짜 멨어, 전에는 이래 짜 메고 갔는데 다락에다 그걸 언져놓고 책보를 놔두고 집에 왔다구요! 집에 오다가 방턱에 방턱이라고 고서로 한 20리쯤 되는데 오이께로 신장로에 아무차도 안 댕기고 미국사람만 타고 돌아댕겨, [조사자1: 그때는 이제 인민군이 도망간 다음이구나!] 예, 코가 이만한 사람이 왔다 갔다 하는데 얼마나 무서울교? 그땐 사람 보면 붙든다 그랬어. [조사자2: 뛰어갔군요.] 예 뛰긴 내가 잘 뛰어, 36계를 놓으니께로 차를 괴고 이리 봐요 채육대회 때 (청취불능) 하면 일등이었잖아. 쪼마난 지집아가 그렇게 뛰니께로 이리 보더라고. [조사자1: 미군이요?] 네, 보는데 거 천방에 올라가자면 한 5리 되요 우리 집이, 그 속을 헤치고 집에 가니라고 내가 애먹었어. 땀을 바짝바짝 흘리고……

[조사자1: 미군들을 다 헤치고 집에 가셨네요?] 네, 집에 갔다구요. [조사자1: 흑인도 보셨어요?] 흑인은 못 봤어, 미국사람밖에 못 봤어. [김한분 할머니: 아이고, 우리는 흑인 때문에 우리 죽이러 온다고 총을 이래가지고 뒤에 따라오는데 어른님이

"자네가 날 죽이려고 우리 집으로 오는가? 우리 아들도 갔는데, 얼른 나가게! 얼른 나가게!"

하니까 내가 어린아 끌어안고 이리 돌아서 나오니까 그 사람들(흑인들) 내 뒤를 따라왔다가 내 뒤로 또 오네, 아이고 그래가지고 덕배네 집으로, 이리 돌아올 수도 없고, 내 뒤에 총을 가지고 따라오니. 그 집으로 갔잖은가. 그 집으로 가니

"그래, 얼른 올라와요, 어린아 젖 먹이세요."

라는데 젖 먹일 정신이 있어? 그래 뭐 불불불 거리니 알아들을 수 있는가?] [조사자1: 그때는 정말 무서우셨겠네요.] [조사자2: 그런데 아는 사람이 막

가라고 그러고…….] [김한분 할머니: 형촌 양반 손으로 이러면서 우리는 몰라요 이카면서 손을 이리니까 그러니 돌아서서 총을 이리 들이 대고] 아이고 무서와요.

[3] 가족이야기

그래가지고 우리는 오촌 아재들이 예천에 있거든요, 예천이 여 한 30리 됩니다. 거서요 질부들이 피난 와가지고 우리 집에 와가지고 해먹었어. 감자가 이래요 감자가 이런 걸 그때는 왜 이렇게 굵고 길어요? 부지런히 캐 놓았는데 그걸 해먹고 갔어 참말로. [김한분 할머니: 아이고 우리 집에 가서 뭐 어디 이런 집이 있는고 싶었을 기래.] 참 우리 그때는 부잣집이었으니까 우리가. [조사자2: 아! 그러니까 감자가 그렇게 많고 이랬으니까.] 논도 열 마지기 붙였고 우리가. 옛날에 잘 살았어요 우리가요. [조사자2: 부잣집에 딸 둘이었는데 몇째신 거였어요?] 나는, 오빠 둘이고 딸 다섯이래요. [조사자1: 아, 2남 5녀였군요.] 예 그래가지고 오분이에요. [조사자2: 그럼, 이남 오녀의 마지막이시군요?] 예, 끝이래요. [김한분 할머니: 여는 한이 되가지고 한분이고 저는 오분이고. 하하하]

[조사자1: 할머니는(김한분 할미니) 형제가 어떻게 되세요?] [조사자2: 할머니는 딸 셋에, 그런대 딸이 하나 더 있을 거에요. 밑에 동생 또 딸이죠?] [김한분 할머니: 아니래, 내 놓고 그래 한이 되가지고 아들 사형제를 낳았다니까.] [조사자1: 그럼 4남 3녀군요.] [김한분 할머니: 딸이 서이고 아들이 너이니깨.] [조사자1: 그럼 딸 중에서 맏이세요?] [김한분 할머니: 딸 중에서 셋째.] [조사자2: 셋째 딸 낳으니까 한이 나셔가지고, 그 첫째 딸은 이름이 뭐였어요?] [김한분 할머니: 첫째 딸은 이분이, 둘째 딸은 김혜.] [조사자2: 아, 둘째 딸은 (이름을) 잘 지어주셨네요.] [조사자1: 할머니 자제 분은 어떻게 되시나요?] [김한분 할머니: 우리 아들?] [조사자1: 아니요 할머니께서 자제분을 몇 두셨는지 알고 싶습니다.] [김한분

할머니: 난 딸 둘, 아들 세 마리.] 전부 장관이래 아들이요, [김한분 할머니: 아이고 어대 장관이야?] 전부 장관이래. [조사자2: 그럼 전쟁에 둘째를 또 낳으셨네요?] [김한분 할머니: 아니, 큰 딸만 전쟁 때 낳고 또 하나 낳을 때는 그때는 전쟁 안 났어.] [조사자2: 그러면 그때(6.25전쟁 때) 이렇게 안을 때니까. 애 낳은 지도 별로 안 되었을 때네요?] 한 달 되었는가? 그랬어, 한 달도 안 되었는가? 그러니까 업도 못하고 요리 끌어안고 보자기에 싸가지고 끌어안고 다녔지. 피난도 아니고 그거는 뭐 뭐 우습지. 뭐 동내만 갔다 오는 거…….

[4] 폭격의 두려움

[조사자2: 그래도 폭격 있었던 거 기억나는 거 있으신가요? 비행기 와가지고 집 하나도 없어진 대 많아요?] 비행기가 폭격을 밤에도 막, 비행기가 돌아다녀가지고 소는 잡았는데, 소를 한 마리 잡았어요, 이래먹고 죽으나 저래먹고 죽으나 어른들이…… [조사자2: 아 비행기가 계속 왔다 가나 하니까 그런 생각을

하셨군요.] 소를 한 마리 잡았는데 밤에 불도 못 써놓고 촛불만하게 해서 꼽꼬요리 씨넣고 소고기 먹은 생각이 나요 내가. [조사자1: 폭격에 소가 죽을 수도 있으니까 저거나 잡아먹자 하고 소를 잡으셨군요.] 네, 그래가지고 방 끝 거다 비치게 해 놓고 그래 먹었다고. [조사자1: 아니 그런데 인민군이 집에 열 명씩 다 들어와 있었다면서요? 그때.] 그때 가고난 뒤 엔둥, 하여튼 그래 먹었어. [조사자1: 그러면 그 인민군들은 배정이 되 가지고 열 명씩 열다섯 명 씩 한집에 들어가 있었나요?] 응 밥 해줬지, 어른들이 밥 해줬어. [조사자1: 잠은 어디서 잤습니까?] 거 잤지 우리 집들에. [조사자1: 집 안 에서요?] 예, 자고, 먹고 이제 쉬는 참 이네 그 사람들 후퇴해서 올라와 가지고. 무서웠어요. 숨도 억지로 쉬었다고 참말로, 그때는요. [조사자2: (인민군 중에)어린 사람도 있었다는데 그런가요?] 아니, 거 어린애는 없고 총은 다 맸어. [조사자2: 여자도 없었고요?] 여자는 없어, 전부 남자뿐이라. [조사자1: 그러면 위에 오빠 중에서 의용군 끌려 가고 그런 분 없었어요?] 없어요. [조사자1: 어려서 안 끌고 간 걸까요?] 안 끌고 갔어, 그런 사람도 없어, 의용군 없어.

[5] 인민군 노래를 가르치는 여선생

[조사자2: 막 끌려가가지고 인민군들이 노레도 가르치고 막 그랬다는데 그런 건 안했었나 보네요.] [김한분 할머니: 우린 노래하고 그런 건…….] 난 했어, [조사자2: 어떤 노래 배우셨나요?] [조사자1: 인민군이 가르쳐 주셨나요? 노래를?] 인민군이 안 가르쳐 주고 그때 국민하고 1학년 인지 2학년 인지 3학년 인지 모르겠다. 여선생이 있어. 우리 마실에서 고 저기 한 십리 가면 그리 오라 그래요. 그래 학생이니까 오라니까 갔는데 갔지. 갔는데 뭐더라? 장백산 줄기줄기 피어난 거 그거 배웠는데 몰라요 나 다 잊어버렸어. [조사자2: 그걸 초등학생에게 가르쳤군요.] 선생이, 선생님이 여선생님이 오라 그래서. 그것도 빨갱이 물 배었어. 인재 생각하니까 그래. [조사자2: 그때는 모르셨군

요.] [김한분 할머니: 우리도 (잘 안 들리지만 배우셨다고 하시는 듯하다.)장백산 줄기줄기 압룩강 굽이굽이 이런 거 배웠어.] [조사자1: 가사 좀 생각나세요?] 그것밖에 몰라요 나는. 다 잊어버렸어. [조사자2: (다른)할머니들이 다 압록강 굽이굽이 까지만 아시더라고요.] [조사자1: 지금 장백산 나오고 압록강 나오고 또 뭐 나오겠네요.] 그 노래를 배웠는데 몰라요. [김한분 할머니: 장백산 줄기줄기 피어린 줄기요, 또 압록강 굽이굽이 뭐 어떻고 그래 그때는 그래 배웠는데…….] [조사자2: 무슨 만세 이렇게 나온다고 하던데요?] 만세는 안 불렀어. 노래만 했지요. 그래 그 간 기억이 나요 내가. [조사자2: 거기서 불러서요?] 예, 고 십리 되는데 걸어갔어. 그 집에 선생님, 초등학교 선생이레 고기 선생님인데 끼가 좀 들고 보니 '아, 고개 빨갱이 물이 배였다.'내가 고겠어. 그 선생인데. [조사자1: 여자 선생님 인가요?] 여자선생인데 벌써 죽었어 거는 우리가 나(나이)가 이렇게 많은데 벌써 죽었지. 고는 아주 못돼빠졌어 선생이. [조사자2: 어떠셨나요? 가르치는데?] 똑 끊었어. 성질이 똑 끊었어.

[6] 의용군에 끌려가 다 죽어버린 주민들

[조사자2: 저 어르신들은 의용군 안 끌려 가셨나요?] [김한분 할머니: 안 갔어. 보급대는 갔다 왔어. 한국, 한국.] [조사자2: 한국 보급대만 다녀왔다는 말씀이군요.] 의용군에 끌려간 사람은 다 오도 안하고 죽었어요. [조사자2: 여기는(김한분 할머니 영감님은) 오셨잖아요? 여기 어르신.] 아제? 아제 [김한분 할머니: 아제는 보급대 두 번 갔다가 왔지, 한국군에 갔다가 또 저기 저 마산 가서 떨어져 왔지, 또 인민군에 마산 끌려갔다가 훈련하다가 쫓겨 왔지, 뭐 갈 때 다 갔어. 일본 시대 저 징용에 갔지, 징용에 가서 여 창자가 이까지 나와도 아무 보상도 못 받았어.] 간 사람은 서이 간 것 같으면 하나는 집에 찾아 왔는데 간 사람은 다 죽었고 돌아온 사람도 현재 나이 많아서 다 죽었어. 다 죽었어 우리 동내 보니까……. 그래 다 죽었어. 지금 소식이 없는 거 보니 다 죽

었어. [김한분 할머니: 저거(캠코더) 저래 세워놓고 여기 말하는 거 다 찍히제?] [조사자1: 네] [김한분 할머니: 큰일 났네…….] 찍히면 찍히고 그렇지 뭐 우리가 뭐 빨갱이가 뭐? [조사자2: 할 말 한 건데요.] [김한분 할머니: 아, 이 사람들이 빨갱인지 몰라? 요 한국군 잡으러 왔는동 몰라?] 아이고 인재 빨갱이가 우리 잡아가도 우리 나이 많아 괜찮고.

[조사자2: 그러면 이렇게 모였는데 학생들 모여서 한 몇 명 정도 여자애들 학생들 모아놓고 가르쳤나요? 그 선생님이.] 그렇지, 어디 각처에, 각처에 오라 불러요. 오라 그래가지고 갔어. 그 뭐 하러 간지 몰라 그 때는 선생님 말을 우리가 잘 들었다고, 쪼만해가지고, 지금도 잘 듣지. [조사자2: 노래말고 뭐 가르친 거 기억나세요?] 노래밖에 안 가르쳤어. [조사자2: 동무, 동무 그러면서 친한 척하고 막 이런다고 하던데요?] 동무는 뭐 안 불러 봤어.

아이고, 그때는 뭐 하러 그래 피난을 등 넘어 갔다 왔다 이상하게…….
[조사자2: 그거는 몇 번이나 왔다 갔다 하셨어요? 등 넘어 왔다 갔다 하는 건?] 등 넘어 갔다 왔지 저 또 갔다 왔지, 저 밑에. 두 번이나 갔다 왔다고. [조사자2: 두 번 갈다 오셨군요.] 예. [조사자2: 다 더울 때 다녀오셨나요?] 예 더울 때, 그때 더울 때래. 7월인 동 여튼 그럴 때래. [조사자2: 6월 7월 8월 이렇게 막 다니셨죠?] 그래 그때 더웠어. [조사자2: 그리고 나서 군인 갔다오고 나서는 조용했나요? 군인들이 다 올라가고 나서는?] 어, 그래 조용했지.

[7] 불쌍한 인민군과 미군에 대한 소문

그 사람들도 불쌍하더라. [조사자2: 어디 사람들 말씀이시죠?] 저 이북사람들도, 추리하게 해가지고 대장이 시키는 대로 해야 되지……. [조사자2: 그때 왔는데 그게 되게 불쌍하게 느껴지셨군요? 10살인데도…….] 불쌍하게 보이더라. [김한분 할머니: 불쌍하긴, 적인데 뭐가 불쌍해요?] 배도 고파보이고, 힘도 하나도 없어 보이고. [조사자2: 딱 봐도 그렇게 보이셨군요?] 그래, 나이 작아도(그렇게 보였어.) [조사자2: 그게 딱 느껴졌군요.] 응 그랬었어. 그런께 끼는 좀 들었는기래요, 끼는 좀 들었길래 고걸 불쌍한 생각을 하겠지……. [조사자2: 그러네요. 철이 들었으니까 불쌍하다는 느낌이 있으셨네요, 이야기를 잘 해주셔서 재미있네요 그 흑인이야기는 처음 들었어요.] 나 흑인 이야기 흑인은 못 보고, 미군은 마 미군 차만 왔다 갔다 했어. 쪼마난 차가. [조사자2: 미군 차에서 뭐 받아먹고 그러진 않으셨어요?] 아이고 받아먹다니? 막 쫓겼지. 뭐 [조사자2: 아, 뛰기 바쁘셨군요?] 예, 저 차만 오면 막 쫓겼지. 그렇께로 쪼마난 지집아가 쫓겨나니까 '저 왜 저렇게 쫓기는고?'하고 본다고 더 무서웠다고 내가. 아이고, 무시라 땀이 바짝바짝 났어 그 때 [김한분 할머니: 그때는 뭐 그런 예기도 있데? 미군이 뭐라 그러니까 오케이 그래노니까 처녀가 오케이 그러니까 아이고 오케이 알았다고 고 잡아갔다고…….] [조사자2: 잡아갔데요? 오케이 그랬더니 처녀를? 아이고 어떻게…….] 아이고 우야꼬……. [김한분 할머니: 오케이? 그러니까 오케이 그러니까 알아듣는다고 그래 잡아갔데요.]

[조사자2: 그렇게 처녀 잡아갔다는 이야기는 많나요? 미군들이 잡아갔다는 이야기 있나요?] 난 잡아갔다는 소리는 들어도 잡아가는 거는 못 보고, [조사자2: 소리는 많았군요. 그 도망 다니기 바빴죠?] 어, 도망가기 바빴어요. [조사자2: 할머니는 언제 결혼 하셨나요?] 내가? 난 몇 년돈가 몰라요. [조사자2: 몇 살 때인지는 아시죠?] 열아홉.

바위굴 피난생활과 친척집 피난생활

김옥순 · 이종희

"홀랑 타가지고 집도 없잖아. 그래서 인제 그 다음에는 저 산, 그 가리산 밑으로 바웃굴을 찾아서 갔어요"

자 료 명: 20130217김옥순이종희(춘천)
조 사 일: 2013년 2월 17일
조사시간: 80분
구 연 자: 김옥순(여 · 1938년생), 이종희(여 · 1931년생)
조 사 자: 김경섭, 김정은, 이부희
조사장소: 강원도 춘천시 방곡면 방곡노인회관 할머니방

[조사과정 및 구연상황]

조사팀이 묵은 숙소 사장님의 안내로 방곡리 노인회관을 방문했다. 미리 연락을 받은 어르신 여러 명이 회관에 와 계셨고, 뒤편 방에는 별도로 할머니들이 모여 담소를 나누는 중이었다. 할아버지들은 넓은 방 가운데 큰 탁자를 마련하고 둘러 앉아 돌아가며 구연을 하였고, 조사팀의 일부는 뒷방으로 건너가 할머니들에게 이야기를 들었다.

[구연자 정보]

김옥순 할머니는 춘성군 가리산 인근이 집으로 인민군과 중공군, 미군을 만난 사연과 비행기 폭격의 두려움에 대해 구술했으며 특별히 바위굴에서 3개월 간 생활한 경험담을 들려주었다. 이종희 할머니는 비교적 부유했던 친정의 피난살이 이야기와 피난 중 교전상황을 겪어 총알 피한 이야기 등을 구연하였다.

[이야기 개요]

김옥순 할머니는 고향 근처 가리산 산굴에 들어가 전쟁을 피했다. 전쟁 중에도 전쟁 후에도 먹을 것이 없어 스스로 심고 거두어 자급자족해야 했으며, 난리 속에 중공군이 집으로 쳐들어와 함께 잠을 자거나 음식을 해 먹기도 했다. 이종희 할머니는 춘천에서 피난을 하셨는데 폭격 후 사람들이 서로 도둑질을 하는 모습을 많이 봤다. 뜻 깊은 이야기가 존재하며 치열한 전투가 벌어졌던 장절공 산에서 전쟁을 보냈고, 열아홉에 충청도 당진으로 피난을 갔다. 인민군들에게 노래를 배우기도 했다.

[주제어] 중공군, 피난, 가리산, 바위굴, 비행기 폭격, 자급자족, 도둑질, 장절공 산, 충남 당진, 포로, 마을 빨갱이, 인민군 노래

[1] 가리산에서의 피난

[조사자1: 그럼 춘성군이 고향이시구나.] 예. [조사자1: 춘천 옆에] 물놀이를 해는데 그… 가리산. 가리산 들었어요? [조사자1: 가리산 들어 봤습니다.] 가리산 밑에 살았어요. [조사자1: 그러면 촌에 사셨구나.] 예. [조사자1: 되게. 그럼 6.25 때 나이가 한 몇 살쯤 되셨어요?] 한 열두 살 되갔고, 한 삼년… 했든 거 겉애.

[조사자1: 그럼 올해 연세가…] 나요? [조사자1: 예. 올해.] 38년생이에요. [조사자1: 38년생?] 예. [조사자1: 성함이 어떻게 되세요?] 김옥순. 김옥순이에요. [조사자2: 김자 옥자 순자 할머니. 쑥스러우시구나.]

[조사자1: 그러면 집에서 피난은 안 가셨겠네?] 안 갔어요. 안 가고. [조사자1: 그럼 한 번 기억나는 대로 쭉 말씀해 주세요.] 그냥 뭐 인민군 들어왔다가 가고, 중국 사람덜 들으왔다 가구, 와서… 집에 와가지구 뭐 말고기 잡아서 삶아 먹구두 가구, 중국 사람이. [조사자2: 중국 사람이 말고기를 삶아 먹었어요?] 예. 그러믄 그래도 우리네 가지구 해꼬지는 안하더라구. [조사자2: 해코지는 안하고.]

그리고 미국 사람도 또 뭐 왔다 가구. [조사자2: 미국 사람도 왔었어요?] 예. 그리고 인제 그 담에는 인제 큰 난리가 나갖고, 막 포도 쏘고 막 포에 맞아가지고 근데, 어느 날 저녁에 그 안산이래는데 인제, 인제 바우가 이렇게 어곡이 져서 개울대가리에. 그래서 인제 거기 피란을 다시 친구들이 막 다 글로 나갔어.

거기에 나가 있는데 저 산 너머에 그 능곡이라는데 거기서 그 차가 있잖아 저… 뭐야 경찰차. 헬리콥터가 댕기다가 뭐 보면은 인제 막 포가 넘어와. 그래가지고 가찹게 가믄 시륵시륵하믄 가차운데 떨어지고, 앵 하믄 이렇게 멀리 가고. 그래서 인제 그 날 저녁에 급해가지고 거기를 인제 나갔는데 막 그 날 거기서 포가 넘어오는 거예요, 막 산 너머에서. 근데 어떤 아줌마가 애기를 둘을 데리고 나왔는데, 아저씨가 없이. 근데 우리가 4남매여 애들이 쪼끄만 게. 인제 내가 질 큰데, 그 아줌마가 애를 연년상(연년생)으로 둘을 데리고 거기를 왔는데, 그 뭐 애가 자꾸 울잖아. 그기. 밤에. 그르니깐 날더러 업구서는 그 밑에 개울대가리 집에 가자고.

그래서 인제 거기를 개울에 인제 그… 촌에 개울엔 이렇게 돌메 큰 게 많아. 이렇게 그 틈을 빠져서 인제 그걸 업고 밤에 내려갔는데, 그 그날 할아버지 하나가 소를 끌고 거길 피란을 와 있어. 그래서 이 방에 들어가서 옛날에 소쿠리 있어 이렇게. 소쿠리에다가 이렇게 해 놓구서, 거기다 그래가지고 인제, 여기다 등잔불을 이렇게 캐놨는데 뱡기(비행기)가 보구서 인제 포가 오는 거야. 인제 불빛 보고.

인제… 포가, 저 말미에서 쏘는 소리가 쿵 해. 인제 그러믄, 시륵시륵시륵해는 거야. 그러니까 앞마당에, 요기 요 바깥마당에 와서 떨어지는 거야 요게. 그 포가 되게 커서, 아주 구댕이가 엄청나게 파여요. 크고. 그렁께 그냥, 이 문이 벌렁 자빠지드라구요 이 옛날 문은. 이렇게 문살 만들어가지고 종이문으로 했어요. 옛날 집이 그렇잖아. 그게 뚝 떨어져 자빠지지. 그러니까 인제 웃방으로 막 뛰어 올라가니까 또 또 쿵하더니 또 시륵하고 뒷산으로 와서 또 치니까 뒤 배란박에 벌렁 자빠지는 거야. 환하게 다 자빠졌어. 그래서 안방으로 또 쫓겨 갔지. 쫓겨 가서 있는데, 거기서 기냥 밤을 새우고 있는데 우리 아부지가 인제 날을 훤허게 새니까 내려오셨어. 죽은 줄 알었대. 여기 떨어지고, 떨어지니까.

그래도 인제 안 죽구선 방으로 올라갔어. 인제 올라갔다가, 그 날 또 뱡기가 돌아댕기드니 우리 집에다가 막 불을 쏴놓드라구 인제. 지름을 뿌리고, 불총을 놓으믄 그게 탄대. 홀랑 타가지고 집도 없잖아. 그래서 인제 그 다음에는 저 산, 그 가리산 밑으로 바웃굴을 찾아서 갔어요. 가가지구서 인제 고 밑에도 한 집 있구 그렇게 지다랗게 굴이 있더라구. 꼭대기로 들어가는 구녕도 있구, 이렇게 밑으로도 들어가는데 밑엔 또 야좁게 이렇게 자리가 있구, 위에서 내려와 보믄 거기 또 자리가 지다랗게 있어. [조사자1: 요새네 요새]

그래 고기 들어가서 인제 뭐 거기 가서 인제 자리를 잡고 있는데, 거기서 나와 가지고 밥 헐래믄 바깥에 도랑이 있어 인제 산굴이. 이 산굴 저기. 그러니까 고기에 나가서 밥을 그래 인제 불을 때가지고 냄비에다 밥을 했어. 그걸 또 방기가 보고 또 막 포가 또 님어와 갖고 우리 친정 어머이가 여기, 머리에 이렇게 파편을 맞았어 또 인제. [조사자2: 고 불을 보고도 오는구나, 연기 보고.] [조사자1: 불꽃을 보면 안 되는데.] [조사자2: 연기라든가.]

그래 가지고 또 막 들어와 가지고 그 또 난리를 겪었어. 그 바우 밑에서 한 삼 개월 살었어. 그리고 음력으로 사월 달에 내려왔어요. 내려왔는데 집이 없어가지고, 남 사랑을 인제… [조사자2: 얻어서.] 예. 바깥사랑에 또 식구가 많아. 이 아저씨가 마누래가 서이가 살아. 그렁께 애덜도 많아. 그 집도 집이 타니깐 바깥사랑이 좀 크다고 거깄고, 우리는 안사랑에 쪼끄만 데 인제 거기서… 그래도 우린 여섯 식구잖아.

그렇게 인제 사는데, 안집에는 인제 할매하고 셋이 거 있고, 긴데 거기서 내리 와서 인제 그러구 살았는데, 내가 또 독… 뭐 옘병이래나 독감이래나 걸려 갖구 사월 달에 들어 왔는 게 한 팔월에 일어났어. 바짝 말라가지구 그냥, 약이 없으니까 병원에도 못 가잖아. 그래가지고 인자 일어나 병병 댕기고 그냥.

[2] 굶주림의 고통, 먹을 것이 없어서…

그래다가 고기서 한 일 년 지나서 인제 또, 또 우리 밭이 저 꼭대기에 있는데 인제 거기서, 이렇게 집을 내구선, 그거를 잘라다가 이렇게 토막집을. 옛날엔 그걸로 허믄 인제 돼지우리라 그랬어. 그걸로 방을 한 두 개를 하고, 부엌하고 마루하고 이렇게 해가지고 거기서 살았어. 그렇게 살다가. 그 때는 인제 전쟁이 끝난 거야 인제. 그래구, 때는 먹을 게 없어 얼매나 고생을 했는지도 몰라. 먹을 게 없으니까. 뭐 칡도 캐 먹고 뭐, 농사 지도 뭐 진짜 지대로 쌀밥도 못 먹고 크고. 그래다 인자 시집을 스무 살에 왔는데, 시방은 잘 사는 거요.

[조사자2: 응. 아버지는 이렇게 끌려 다니거나 그러지는 않으셨어요?]

그 땐 우리 친정아버지가, 나 쪼끄매서 군인 왜… 나와 싸우고, 군인 있잖아. 그러믄 밥을 해시 져 올린대. 군인들한테. 그걸 해 주러 저 일을 해는데, 갔다가 또 군인이 후퇴 나가니까 홍천을 나갔대요. 나가셨는디 인자 거기 쫓아 나가믄 안되겠으니까 몰래 빠져가지구 인제 골밑창에 거 엎드렸다가, 인제 다 간 뒤로 나오니까 여기 한국군이 저 딴 사람, 저 미, 이, 미국 저거이, 북한 사람이 뭐 소를 잡아가지고 이거 끌어 달라 그러드래,

인제 나왔는데. 그래가지고, 그거를 해서 인제 큰 소를 잡아서 감에다 막 끓이구서는, 소 대가리하구 껍데기를 피란민처럼 해서 지고 와야 되겠드래. 그래서 그거를 지구서는 뭐, 이틀을 걸어왔대 거기서. 그 가리산 너머 글루 넘어 오느라구.

그래가지구 와 갖구 그냥 기운이 없어가지구 드러눕고 계시는데, 뭐 담요지 뭘 덮었는데 이가 그냥 뭐 그렇게 나오는 거야 그렇게. 아유 그 때, 그 때만 해도 이가 많아서 그래가 옛날 군인, 군인 틈에 가서 있다가 와서 아주 이가 그냥 하얗게 기어 나오드래니까. 그래가지구 그, 우리 외갓집이가 또 우리집이루 피란을 올라와 있어 그래두. 그랬는데, 그거를 삶아가지구 이 큰

외숙모가 그걸 좋아하셔. 그걸 그렇게 잡숫더라구.

근데 우리는 고기를 안 먹었어. 우리 친정 어매가 고기를 안 잡수니깐 딸이라고 안 맥였어. 그르니 그걸 먹을 줄 몰르잖아. 그런데 그냥 이렇게 해가지고 그걸 썰어가지고 우리 외숙모가 그거를 잘 잡숫더라고. 애들 적에. 그래서 부엌에 나갔는데 거기 있어서 내가 하나 먹어 봤어. 그랬더니 막 두드래기가 나가지구 막 긁고 그냥 부엌 가 쳤잖아.

그래도, 그 담에 인제 끝이라고 인제 그랬는데, 그 뒤룬 많이 바웃굴에 가 해고 그러고 내려와가 살아도 뭐 없이 살으니까 그 뭐 산골에서. 뭐 어디가 하나 사 먹는 게 있어요? 다 숨어가지고 반찬을 해 먹는 거야 다. 고치(고추)고 뭐고 마늘이고 심어서 먹는 건데, 그 때는 고생 많이 했시 뭐. 그리고 신골에서 살으니깐 공부도 못했지 인저 그깐 막 일만 직사라게 했어 뭐. 짐 메고 다 이고 댕기고 만날.

[조사자2: 중공군들은 보셨어요?] 예. [조사자2: 그 중공군들이 와서 인제 밥 해달라거나 그러진 않았어요?] 밥 해달라고 하는 거는 없어. [조사자2: 자기가 해먹고?] 자기가 해 먹고 다 그냥 버리고 가고 그리지. 우리네는 안 괴롭히지. [조사자2: 괴롭히지는 않았었구나. 그럼 군인이 오면은 어땠을까.] 군인은 별로 안 들어오고, 그 중국사람만 들어오고 미국사람 왔다 그래믄 또 뭐 그 사람 내가 또 여자 괴롭힌다나? 그러니깐 뭐. [조사자2: 다 숨어 있어야지 일단.] 다 숨어서 뭐 쫒개 가고 그랬어.

[조사자1: 흑인은 보셨어요 흑인? 흑인병사.] 그 껌은, 껌댕이는 못 봤어요. 그 땐 못 보고, 난리 끝나고. 끝나고 나오니까, 춘천에. 거기 껌댕이가 많은데, 우리 외숙모 쫓아오자마자 한 열댓 살 열여섯 살 그 때. 나오니깐 껌댕이가 있는데 그 때 그 양 색시들이라 그래 인제. 근데 이렇게 보면 그 껌댕이가 막 여자들 막 주물르잖아. 무사와가 내 쫓겨 들어갔어. 그 때 첨 봤어 껌딘. 그리고 뭐.

[조사자3: 근데 그렇게 먹을 게 없어가지고 고생을 많이 하시고 그랬는데, 너무

웃으시면서 편안하게 말씀해주시고…] 아 그럼 뭐. 시방은 잘 살잖아. 지금은 뭐 옛날에다 대면 부자지 뭐. [조사자2: 그래도 사남매가 다 죽지 않고 다 살았었나 보네.] 사남매가 그거 난리 나고선 내가 인제 스무 살에 시집을 왔는데 우리 시어마이, 우리 어머니가 나 온 대로 둘을 낳았어. [조사자2: 또 낳으셨구나. 육남매셨군요.]

옛날엔 마흔 너이 다섯까지 낳았어. 그냥 낳아 가지고. 그렁께 새이 죽으면서 내 위로도 죽고, 사이간 사이간 해서 다섯이 죽고, 여섯이 살았어. 그러니까 난리 나고 저 둘이 새로 낳아가지고 사는 거야. 긴디 저 막내가 인제 몇 년 전에 죽고, 인제 사남매는 저기. [조사자2: 그러셨구나.] 그러니까 내가 질 나이가 많았어. 인제 갈 때 한 군데이.

[조사자2: 뭘 또 갈 때, 갈 때 생각하고 그러셔. 아니 내가 아까 잘 못 들었어가지구. 제가 놓친 거죠, 얘기 듣다 보면. 뭘 드셨다는 거야 뭔 고기를 먹었다는 거야 이모가.] 소 껍데기. [조사자2: 소 껍데기, 그러니까 아버지가 가지고 오셨던 그 소 껍데기를.] 응. 그걸 삶아가지고, 인제 외숙모가 좋다고 그거 맛있다고 그렇게 잡숫고 그랬는데 우리는 안 먹었는데 그거 하나 먹어 봤더니 막 두드래기가 나더라구. [조사자1: 그거 하지 않나? 막 해장국 같은 데 넣지 않나? 그 뭐라 그러드라? 뭐 있는데?] 아니 껍디기 그냥 삶아가지고, 그냥 뭐 볶아 잡숫고 그러더라고. [조사자1: 아니 그 뭐 있든데 그거? 해장국 이름이?]

[3] 중공군 그리고 어린 나이의 전쟁 경험

[조사자4: 할머니, 아까 중공군이 집에서 자고 갔던 얘기도 해주세요.] 아니 그 때 그러니까 중국 사람이 와서 말 잡아 먹구, 막 자구 그래잖어. [조사자2: 어디서 잤어? 할머니 집에서?] 방에. [조사자2: 할머니 방에서? 같이 잤어?] 응. [조사자2: 자고 있으믄 중공군이 오나?] 중국 사람이야. 근데 그 사람들은 해꼬지는 안 해.

[조사자2: 자기들 뭐…] 응. 자기네한테. 그렁께 그냥 뭐 감에다 기냥 해서 삶아 먹고, 걍 다 내 삐리고 오줌 똥이고 누이고 몰라, 저 옛날에는 거름이 없어가지고 다 밭에다 갖다 붓잖어 거름되라고. 그러니까 동이를 놓고 허잖아. 그 전에 옹기 동이. 깨지는 거. 그럼 그것도 몰르고 거기다 막 담아 묵어. [조사자2: 모르고 그거?] 국수를 펴다 놓고 거 오줌통에다 국수를 펴다 놓고 그놈 갖다 이렇게 이렇게. [조사자2: 몰랐구나.] 응. 그런 설 몰라.

[조사자3: 근데 그런 건 좀 가르쳐 주셔야 되는 거 아닙니까? 가르쳐 주셔야 되는 거 아니에요? 그건 오줌통이다.] 아니. 그러니까 기냥 꼭 나오지도 못하게 해요. 지는 인제 자기네가 볶아서 다 해 먹고 그냥 가는데, 그 예전에 담거 논 오줌 똥에다 막 해 먹었다고. [조사자2: 그런 일이 다 있었구나. 그림 이렇게 자다가 중공군이 들어와서 이렇게 자고 있으면 무섭고 그러진 않았어요?] 그러니까 우린 무섭지. 그러니깐 뭐 방이 하나고 뭐 그래니깐, 그냥 애들이니까. 그렁께 참, 근데 으른이고 애고 해꼬지를 안 해. 중국사람은 안하더라구. [조사자2: 그랬구나. 재밌네.]

[조사자1: 또 기억나는 얘긴 없으세요?] 아 그기, 잘 몰라요. 그리고 뭐. 나그질 않으니까. [조사자2: 일단 굴에서 사시구 막.] 예? [조사자2: 굴에서.] 예. 굴에서 막 살구. [조사자2: 근데 그 삼개월 동안 그 동굴에서 뭐 바위 밑에서 버티실려면 굉장히 힘드셨을 텐데.] 그래 뭐, 할 수 있어요? 거기다 그냥 저 밥이나 끓여 먹고 또 봄에 퍼렇게 삼월 달인가 나물이 나오잖아. 그러니까 고기 속에서 댕기니까 나물도 뜯으고 뭐. 그랬어. 우리는 시방 나물 뜯으래도 잘 뜯는데 인제 늙어서 못 가고, 뭐 짐도 잘 매고, 다 잘해요. 농사…

[조사자2: 뭐 쑥스러워 하시면서 얘기도 재밌게 하시면서. 뭐 이렇게 쑥스러워하세요. 잘 하시면서. 말씀 너무 재밌게 하시는데. 그 되게 즐겁게 얘기해 주셔가지고 저희가 다 재밌네.] 지나간 얘긴데 뭐. 그 때 그거는 머릿속에 생생해.

[조사자1: 근데 뭐 그거 다 기억이 나시겠네. 나이가 열 두세살 이었을 때지?] 그러니까 열네 살에 난리 끝이 났어. [조사자1: 맨 처음에 난리 난지도 모르고

있었겠네?] 처음에는 뭐 그러려니 하고 그냥 그랬지. 근데 뭐 으른덜이 막 수군수군수군수군 하고 그러니깐 그 이제 그런가보다 하고 내중에는 인자 피란 가고 막 어뜬 사람은 막 충청도로 갔대나 뭐 막 그러더라고. 딴 데 사람은. 근데 우리 집께 사람은 그 산속에 가 많이 있어.

[조사자2: 인민군이 막 와가지고 노래도 가르쳐 주고 막 그랬다든데.] 아이 그런 건 없어. [조사자2: 그런 건 없으셨구?] 네. 그런 건 안하더라구.

[4] 이종희 할머니의 피난길

가리켜 줬어. [조사자2: 노래 가르쳐 주셨어요?] 노래… 노래도 가리켜 주고. [김옥순 할머니: 아주매 딴 데 사람이니까 그러지.] [조사자3: 어디시죠?] [조사자1: 예. 할머니는 어디 고향이 어디세요?] [조사자3: 고향이, 그 6.25때 어디 계셨어요.] 나는 서면 당동, 거기 저 장절공이래는 바로 고 밑에 살았어요. [조사자1: 저기… 저기 춘천 서면?] 예. 춘천 서면. [조사자1: 그러면 연세가… 연세가 어떻게 되세요?] [조사자2: 그 때는 몇 살이셨어요?] 31년 생이거든요? [조사자2: 기억 많이 하시겠다.] [조사자1: 그럼 여든… 올해 여든 셋이시네.] 예. 여든 서이여요.

[조사자2: 그럼 전쟁 때 몇 살이셨던 거예요. 여기 선생님 그러면은… 한 열 아홉? 시집 가셨겠네 전쟁 때 쯤에는. 가셨어요?] 내가 열아홉. 열아홉에 그 인민군이 나올 때 아침에, 아침에 이상한 소리가 나. 쿵, 쿵 이렇게 먼 데서. 그래서 저게 무신 소리냐고 인제 금방 들 그랬는데, 점점 가까워지는 거야 그 소리가. 점점 가까워지는 거야. 그랬는데, 거기 이북사람이 나오는 거야. 거기 그쪽 사람들이. 소를 끌고 애를 업고 보따리 싸가지고. 그런 거를, 난리가 났다 그러는 거를 곧이 안 들었어.

그랬는데, 자꾸 사람이 쏟아져 나오니까 진짜지. 모를 한창 낼 땐데 그 때. 그게 모를 막 또 내고 그래는 땐데 아이 그렇게 막 또 팍 쏟아져 나오는 거야.

"아이고 안 되겠다" 그래며 "우리도 쫓개 가야지 안 되겠다."

그러는데, 어디로 쫓개 가냐고. 식구는 우리 식구 많아요. 옛날에는 많잖아. 그래서 이 식구들을 데리고 어떻게 가느냐고. 이게 준비를 뭘 해야 하느냐면, 우리는 아주 부잣집이었었어. 노조까지 쌓고 사는 사람인데, 찹쌀을 볶아가지고 큰 솥에다 볶아가지고, 그거를 인제 제각각 봉지봉지 지어가지고 각각 헤어져야 하니까. [조사자3: 아 각각 뿔뿔이 헤어져야 되니까?]

그럼. 헤어져야 하잖아. 급하면 뛰어가면 헤어지게 되잖아요. 그러니까 싹 헤어져서 각각 살 사람은 살고 죽는 사람은 죽고 그래야 한다고 인제. 솥으로 하나를 인제 찹쌀을 볶아. 볶아가지고 인제 그거를 맷돌에다 갈아가지고, 봉지봉지 지어서 인제 하나로 다 들으는 거야. 그래갖고 인제 아 상점인제 사람은 다 꿔나가고 난리를 치는데, 보따리 사야 한다고.

보따리 싸가지구서는,

"근디 이 식구가 보따리 싸가지고 어디로 가느냐"고.

어른들이 그러시는 거야.

"천상 죽어두 못 간다. 사람들 다 어떻게 데려가느냐."

그러니깐, 그런데 또 비가 오는 거야. 첨에는 비가 안 왔는데 난리 때 인자 계속 비가 왔어. 그래가지고 한 산 골짜구니 으식헌 데, 그릉까 산 넘어 산, 산 넘어 산 있잖아. 근데 그 좀 막작구리한 골짜구니에 이거 아주 둥그란데, 거기 거그를 올라갔어. 대방이 지고, 그 안에가 옹패. 그러니까 인제 글리 애들을 지 데리고 인자 거기를 갔어.

그리고 노인네들만.

"우린 죽어두 괜찮으니까 느덜이나 피란해라."

그리가지구서는 산골짜구니로다가 그냥 다들 갔어 인제. 거기 마을 사람들이 막. 그래서 인제 산골짜구니로 가가지고서, 아 비는 오지 어뜩해. 청살 막 저기 해서 집을 졌어 이렇게. 집을 짓곤 그 안에서다 있는데, 아유 비는 자꾸 쏟아지지 그냥. 이게 그냥 짖고 인제 속 안까지 들어 얹으면서 그러고 있는데, 총질을 해는데 뻥뻥 나가는 거야. 시내는, 춘천 시내는 폭탄이 떨어지고, 산골짜구니로는 총질을 허고. 이게 거기 총에 맞으믄 그냥 죽는 거야 거기서. 아 그래서 인제 어디털 그냥 총소리만 나면 납작 엎드리는 거야 그냥, 애나 어른이나 납작 엎드려. 거 납작 엎드려서 인제 솥까치 있는 걸 그냥 뒤집어 씌는 거야 머리에다.

그르구서는 산골짜구니에서 이렇게 피란을 하는데, 인제 그게 좀 멎으니까 어머니가 굶어죽었나 하고, 죽었나 하고 인제 밥을 해가지고 거기를 쫓아오신 거야. 그래가지고 밥을 해서 인제 갖다가 처먹고 그랬었지. 먹고, 그걸 쌀가루도 가지고 있었지만 그거 먹을 여지가 없지. 막 그거 총이 들으오는데 어뜩해. 그 우리 조카 안에 그 있으믄 욜리 그냥 싹 지내 가는 거야. 그까 욜리 싹 지나가 앵 하고 쏘고 지나가는 거야. 그런데 글쎄 고걸 쪼끄만 게 그래도 살라고 납죽 엎드린 거야 그 저그, 남구 밑에 가서. 그러니까는 지나가서 인제 살았는데, 인제 그렇허고 매칠 있으니까는 멎음 허더라구. 인제 그 사람들이. [조사자2: 다 지나갔어?]

그렇지. 지나갔지 또. 여긴 지나가고 인제 서울로 가는 거야 인제. 가평쪽으로 해서 서울로 가는데, 아휴 그냥 수라장이 됐지 뭐. 시내가. 그럼 시내가 다 수라장이 돼서 뭐 죄 폭탄이나 뭐 저 맞어 가지고 저 집도 지나가고 그냥, 연기가 그냥 자꾸 연기가 나지 타느라고. 그렇께 인제 우리는 그제서는 인제 다 지나갔으니까는 집으로 내리 와서, 산골짜구니에서 내리와가지고 집에 있는데.

야 그 와중에서도 도둑질하는 놈이 있어. 거기에 가서 날마다 가서 그 폭탄 맞아가지고 또 지하에 둔 거. 물건을 지하에다 둔 거를 가서 스륵 훔쳐 오는 거야. 아주 지질허게 가난하게 살던 사람이 부자가 됐어. 밸 걸 다 훔쳐 오는 거야 그냥. 여 가서 그저 밸 나주니 저기 뭐야 그게 바느질 하는 거, 재봉. 재봉틀도 가지고 오고. 쌀도 가지 오고 밸 걸 다 갖다가 즈그 집에다 쌓아 논 거야 인제. 그르니깐 먹을 것도 수북허고, 그른 것도 인자 재물도 그렇게 가지 오고. 그렇게 허드라고.

그렇허고 인제 서울로 가니까는 인제 여그는 인제 저가 점령을 다 했잖아. 빨갱이가. 쏟아져 나와 가지고, 인제 마을에서 그 사람들 저가 점령을 했으니깐 부려먹는 거야. 아이고 그니께 우리 오라버니도, 고게 또 책임을 줘요. 드글드글한 사람 다 책임을 줘.

그래갖고, 그 사람들을 인제 다 부려먹는 거야. 한 군데다 주동을 해. 큰 집에다가 자기네가 인제 삼호를 채려. 그랬는데 그 해 농사가 을마나… 우리 농사를 만날 지어. 많이 지어. 논농사하고, 밭농사하고. 아 그리니깐 공포에 떨어가지고 타작을 해서 그냥 또 보리타작, 밀타작 해가지고 동네사람이 쫙 그랬어. 부잣집은 다 그냥… 저기 다 털어가지고, 뭐 또 죅이고 그런다 그래서. 다 줬어 그냥. 마당에다 떨어가지고 거기서 그냥 싹 다 긁어서 다 질 잘 맥이는 집을 들어와 뎀비는 거야. 그르니 어떡해 다 줬지. 다 그냥 노나서 다 그냥 동네를 틀어서 줬는데, 그르니 우리 식구가 아홉식구 열식구 되는데 그 사람 굶어 죽을 판이지.

[5] 장절공 산에서 살다

인제 그렇게 지나가고 칠월달이 됐는데, 칠월달에 도토리가 이렇게 구월달인가 인제 이렇게 열어서 떨어져요. 그래서 이거, 남자들은 그냥 그거 산에 가서 그걸 주워와. 그걸 주워다가 여자들은 집이서 만들고, 남자들은 그걸 주워오고, 이렇게 해서 그 가을 그러니까 십오일… 십오일날 또 다시 인제 또 인제 아군이 쳐들어와. 십오일날.

근데… 그 때는 그냥 숫땅을 훑어서 논에 있는 배(벼)가 익었어. 그러니까 숫땅으로 인제 이렇게 젝게(적게) 만들어서 식구대로 앉어 훑어. 훑어가지고 말릴 새가 어딨어. 가마… 인제 가마솥에다가 그걸 피둘러요. 말려. 그렇게 해가지고 그걸 방앗간에 가서 찧어다가 밥을 해먹었어요. 밥을 구경을 못했어. 여름 내내. 그거 다 주구서. 그 도토리만 먹고 자라서 이가 새키맸었어. [조사자2: 부잣집에서 그냥 그러셨구나.]

그 전엔 사기대접이잖아요. 사기사발, 사기대접이거든? 그게 새카매. 그러니까 물이 들어와서. 그래서 그렇게 일 년을 그렇게 여름을 났는데, 가을이 되니까는 인제 해방이 된다고 그러더라고. 그래서 그거를 인제 피 둘러가지고 여러 식구 그걸 해먹었는데, 아 십오일날 아우 녹두도 많고 하여튼 뭐든지 다 많아.

그러니깐 녹두를 그냥 부침개를 해 먹는다고. 그 녹두부침개 맛있거든요. 그러니께 그거를 녹두부침개를 해서 그 막 실컨 먹고 그러는데 아 춘천시내다 또 그러게 폭격이 들어오는 거야. 해방이 된다고 그러는데, 인제 아군여구인지, 아군인지, 인민군 떠나라고. 근데 인민군이 어디로 가. 그 장절공산이 이북으로 뻗었어요. [조사자1: 아 그게 넘어가는 길이구나.]

그게 얼마나 큰지 몰라요. 그 산이. 그거이 임금님 대가리 잘른 거 그 옛날에, 저 임진왜란에, 왜란 때, 이 모가지를 잘라서 금으로 해서 맞췄어요. 신신인데, 평상 신신인데, 그 임금하고 똑같이 생겼대. 그래서 임금님 대신에 왜놈이 그걸 잘라 간다고 그래서 그게 소문이 나니깐, 임금님 대신 임금 옷을 입혔어. 임금 옷을 입히구서 인저, 우리 인저 온다고 하니까는 임금 대신 들어오는 거야. 임금 자리에. 드러누워서 자는 거를 모가지를 잘라가. 모가지를 잘라갔이니 어떻게 돼. 몸뚱아리뿐이지. 그니깐 임금 옷, 거기다가 금으로다가 목을 만들어가지고 그 머리가 얼마나 큰지 몰라. 서이야. 서인데 어딘지 모르라고 서이시, 아홉갤 맨들었대요.

여기도 아니고 군산도 있고 뭐 어디두 있구 세 군데다 그렇게 했는데, 비행기를 만들어가지고 그거 가 앉는 데이를 산을 자리를 잡았어요. 그래가지고, 어딘지 몰르라 그랬는데, 제 있는 건 장절공 거기야. 그래가지고 도둑도 들어와요. 몰래들 와서 그걸 파. 광숯불을 해가지고 와서 그런… 그런 자리에. 그런데 거길로 가 들어가는 사람은 다 살았어.

여하튼. 거기는 원체 산이 크니까 골짜구니도 많고 그러니까 거길로 들어가는 사람은 다 살고, 옛날에는 거기 사람이 못 가구, 말 타고도 못 지나갔어요. 그 저기 임금대신 돌아간 영웅이 그렇게 용감했었대요. 거기가 앞에서 물어나 보면, 여기 퍼져가 여기 위에 붙어서 떨어지질 않았대요. 그런 데서 살았어요 내가.

바로… 여기 길이 여기 이렇게 인제 장절공산은 바로 길이 이렇게 났는데, 고 밑에 우리집이야. 고 밑에가 우리 집인데, 집두 우량각으로 옛날집으론 참 잘 지었어 아주. 크게 잘 지었어요. 그래가지고 할아버지가 그렇게 제사를 놔가지고 노조까지 싹 해서 살았는데, 그렇게 공포에 떨어가지고 글쎄 하나도 없이 다 줬어 그 사람들. 농사지어가지고. 그리고 여름 내 고생을 했지 그래.

그랬는데 그 사람들이 갔다가 들어오는데, 팔월 십오일 날 들어오는데, 내다보니까는 춘천 시내는 아주… 그냥 뭐 포 떨어지는 소리가 쾅쾅 울리지. 그러니까 그 인민군은 그 인민군이 어디 갈 데가 없으니까는 거 산으로 들어간 거야. 산으로다 헤쳐서 살… 각 산으로 다 헤쳐 들어간 거야. 근데 거기서 인제 아군도 거깄고, 그런데 또 인민군도 거깄고, 거기서 그냥 몸싸움으로 싸워가지고 많이 죽었대요 아주. [김옥순 할머니: 왜 그 처음에는 저 본바닥 빨갱이하고 또 많았어.]

처음에… 그 남북이 갈랐었었지. 남북으로 갈라졌을 때, 그 때는 처음에 인제 그 빨갱이 하얭이 이랬거든. 빨갱이라 그러고 하얭이라 그러고 그랬는데, 바닥 빨갱이들이 바닥 빨갱이들이 하얭이를 두들기고, 또 우리나라는 또 빨갱이를 두들기고 이래서 많이 죽었어요 또. 팬싸움(편싸움)이 나가지고. 그렇게 해서 많이 죽었는데, 징그러와지지 서로 이웃끼리. 이웃끼리 그게 편이 각각이니까.

빨갱이 하얭이 그래갖고 많이 싸와가지구서도 그렇게 죽었는데, 그리다가 인제 터져 나오니까 쫒겨 가다가도 죽고 그 저 그냥 저 뭐도 그렇게 해서 마이 참 그 때 많이 죽고, 좁쌀 한 가바니가 나와 가지고, 콩 한 가마닌가 들어갔다는 거야. 그러니 을마나 죽어… 죽었느냐고 사람이. 인민군이. 그래 산속에서도 그렇게 싸워가지고 적끼리 싸워가지고서 많이 죽고, 그래가지고 아군이 기냥 쳐들어갔잖아요.

[6] 사촌 오빠가 빨치산으로 오해받고 감옥에 갇히다

그래서 우리 원대 오빠가 있는데, 원대 오빠가 이쪽으로 나오니까는 빨갱이 물들었다고 감옥소에다 가둔 거야. 맘은 아닌데. [조사자1: 이북에 있던 친척 분이세요?]

그럼요. 예. 우리 내종 사촌 오빤데, 그래서 갖다 가둔 거야. 그러니깐 우리 오빠가 일단 사촌 간이잖아요. 그리니깐 어뜩허든지 그걸 빼내왔다고. 이 사람은. 그러니까 동생들 부모들은 못 나오고, 그 오빠만 붙들려 여글 나온 거야. 갔다 갇힌 거야. 그래서 오빠가 아유… 어뜩허든지 그 형님을 구출해 내야 한다고 씨래도 하나 받아야지. 그룹기 간 사람들은 그리 이북으로 다 들어간 거야.

그러니까 촌에 살았는진 몰르고, 그래도 그 아저씨가 고모부가 살을라고 다리를 건너다가 그거 뭐시야 그… 임진가… 임진각인가? 그걸 건느다가 복판에서 붙들려서 돌아가셨대 거기서. 고모부가. 그래 돌아가시고, 그 작은 오빠는 그냥 이북으로 끌려가고. 식구덜이 모두 가니까. 끌려가고, 그 큰 오빠는 여기서 그래도 감옥소에 갇히는 바람에 여기서 살아서 다시 장가 들어가지고 아들 딸 낳고 잘 살다 돌아가셨어요.

그래서 그 오빠는 전 여기다가 실어다 주고 여기서 잘 살다 몇 해 전에 돌아가셨는데, 그렇게 무섭게 6.25난리를, 그렇게 무섭게 고생시리 살았어요. 있는 사람이든지 없는 사람이든지 그 때는 빨갱이는 평등이잖아. 서로 니 것 내 것도 없이 그냥 먹잖아.

[7] 인민군 이야기

[조사자2: 근데 아이가 되게 많으셨다. 결혼 하셨어요? 그 때?] 네. 아니요, 6.25 난리 나고, 스물 둘에. [조사자2: 아… 다 끝나고 결혼하셨구나.] 예. 다 끝나고. 정전된 담에. [조사자2: 아 잘하셨네, 부잣집 댁에 계속 있었어가지고.]

[조사자1: 저기… 성함이 어떻게 되세요?] 이종희. [조사자2: 이름도 세련되시구나 우리 할머니. 할머니 그러면은요, 장절공에서 막 몸싸움하고 바로 위니까. 막 인민군들도 막 내려와 보기도 하고 군인도 내려오고 막 이래서 밥 달라 그러고 뭐 그런 일은 없었어요?] 아, 그렇지 왜 안 그래. [조사자2: 아, 그럼 고 얘기도 그럼 조금만 더 해주세요.]

인제… 그 인민군이 인제 붙들어다가, 인민군을 붙들어다가 고 비각이라고 있어요. 비각. 정지각처럼 비각 앞에다 무릎을 요로코 꿇쳐 앉혀놓고, 요기다 장작들 패 놓고 스물여섯, 스물서이, 열아홉 세 명을 그렇게 앉혀 놓구서 울타리 구녕으로 내다보니까, 서이를 이렇게 앉혀 놓구서는 두들기는 거야.

그르고 요그 올라서. 그름 네 대. 여기 장작개피, 그리고 요기 올라 스니까. 에개개개개 소리가 나는 거야. 아주 그냥 맞어 죽는, 점심 땐데, 점심을 못 묵겄어 그걸 보구서. 그리고 막 두들기는데 뭐, 항복하라고 두들기는데

"나도 내 고향 가믄 고맙다구 나 고향에 가믄 반갑다구 해유."

막 그르면서 울어.

"우리 부모 보고싶어요. 우리는 학교 가다가 붙들려…"

무조건 학생이고 뭐고 그냥 뭐든지 그 땐 그키 그냥 데리고 나왔대. 어린 것두. 그런 걸 다 데리고 나왔대는 기야. 인구 많으라구. 그리고 총을 줘가지고 내보냈이니 어뜩해. 그냥 학도병으로 그냥 다 끌려 나왔대요. 그래가지고 그렇게 나이 어린 것들이 와서 붙들렸는데 진짜 눈으로 못 보겠더라고.

그렇게 두들기 가지고서는 끌고 가고, 그냥… 또 뒤집히니깐 6.25가 그니깐 15일날 뒤집혔잖아. 뒤집히니까는 또 아군이 들어오잖아. 아군이 들어와가지구서 인민군으로 돈 사람 있잖아. 손구락질만 하믄 갖다 죽이는 거야. 인제 인민군 패라구 인제 빨갱이라구. 빨갱이노릇 했다구 그르기만 하믄 그냥 죽이는 거야. 아유 그래서 우리 오빠가 거기서 일을 했기 때문에 아주 을마나 마음을 졸였는지 몰라.

그런데 우리 오빠는 여그서 단장 노릇 하면서 메시지를 이리… 냄면, 저기 남한으로 보내는 거야. 저기, 군인이 저리 쉽게 가 있을 적에, 이… 저기 인민군으로 보내잖아. 뽑아서 동네에서 인제. 인민군으로 보낼 제, 그걸 다 정보를 보내는 거야. 아군한테다. 지금 어떻게 하고, 지금 신세가 지금 어떻게 되고 어떻게 되고 그런 걸 다 정보를 보내 몰래.

그렇게 몰래 정보를 보내서 하여튼 여기서 인민군을 뽑는다 허면은, 그냥 그걸 정보를 보내면 애들을 갖다가 빨리 키우라고. 몰래 그 청년 애들을 뽑으믄 빨리 저 장절공으로 키우라고. 거기 올라가믄 찾질 못해. 넓어서. 그러니까 빨리 가라고. 그리믄 이 애들은 인제 다 피허잖아. 그러니까 다 피허면은 아 어디로 갔냐고 막 핵대고, 총질을 막 한다고. 그러니 가서 찾을 수는 없잖

아. 골목골목이 많으니까, 총질을 막 해요. 그래도 안 잡히는 거야. 하나도. 그래 피신 잘 시켰지. 동네 사람을. [조사자2: 어 그래도 공은 있었네, 그래도.]

그럼. 그리니까 그 정보 받는 사람도 또 오빠 이름도 알고, 정보를 보내니까. 그르니까 그게 해방이 돼서 아군이 들어오니까, 돼지 잡아서 축하해줬어. 우리는 그게 무서왔었는데, 붙잡어다, 손구락질만 하믄 붙잡어다 쥑이거든. 근데 그거허믄 죄 받을까봐 겁을 냈는데 오히려 돼지 잡아서 축하해 주드라고. 그래갖고 좋은 일 많이 했다고.

그래서 식구들이 다 괜찮았는데, 우리… 내 손위 언니가 빨갱이 손에 죽었어. 시댁 식구가, 네 식구가 한 총에 다 그캤어. 빨갱이들이. 바닥 빨갱이들이 다 알으니까. 그르니깐 우리 그… 사우, 저기 형부도 그 때 단장이었었어. 그니깐은 빨갱이가 건물을 인제… 이제 시잖아(세우잖아) 인제. 강가에도 스고 인제 건물을 시잖아. 그놈들을 가서 그냥 밤에 그 저 그냥 홀켜다가 물에 집어 늫고. 인민군을. 그렇게 죽였단 말야 많이. 그리니깐은 그거 정보가 들으왔단 말이야. 그르니깐은 그걸 정보로 알구서는 숨었어. 우리 형부가. 산… 산속에 가서 숨으니깐은 잡을 수가 있나? 못 잡지.

그르니까 식구를 잡아분 거야. 열아홉이야. 그 나하고 한동갑짜리 시누가 있고, 동생이 있고 그런데 시어머이허고, 우리 언니허고 그 시동생, 하나 시누허고 네 식구를 다 데리간 거야. 이 세태들을 묶어가지고 출렁출렁하게 한 사십명이 되나. 그렇게 그냥 한 굴에 껴가지고 돼지우리에다가 갖다 가두더래. 돼지우리에다 갖다 가두구서는 저는 술먹으러 들어가드래. 그르니깐 우리 사촌 올게가 거깄다간 이래가지고 여기 들어가믄 꼭 죽겠다 싶어서 야… 그르믄 그 기가 나서 잘랐겠지 그글… 실을 어떻게 물어 뜯어 가지구, 그거 물어 뜯어 가지구 얼마나 물어 뜯었는지 그게 손을 이걸 잘랐대. 이걸 글렀대.

그래가지구서는 돼지우리에서 껑충 뛰어서는 와서 그냥 그저 밭이고 뭐고 그냥 뭐 덤불속으로 그냥 산으로 막 뛰기 갔대. 그래 죽을동 살동 올르구 가서 보니깐 옷두 죄 찢어지고 말도 않드래. 그런 거를 산 속에 가 숨었대. 살아나가지구서는 여그 오셔서, 우리 그 사촌 올게가 되가지구. 그 우리 언니허구 어떻게 같이 함께 죽을 건데 빠져나와가지고 살았어. 여그 와서 살았어. 그런데 그 얘기를 다 들었지. 우리 언니허구. 송장을 찾질 못했대. 비어서 모두. 뭐 팔 한 짝, 코 비고, 귀 비고, 고렇게 잔인하게 죽였대. 빨갱이가. 바닥빨갱이들이. 가평서 나와서.

[조사자2: 동네 사람들이.] 바닥 빨… 옛날에 종 노릇 허던 거. [조사자2: 아 그런 사람들이.] 마님 아기씨 허던 거. 그 사람덜이 그… 그거 앙갚음으로 일부러 귀 짤르고 코 짤르고 그냥, 이 팔 짤르고, 다리 짤르고 이렇게 하나씩 하나씩 짤라서 죽였대. 고통시럽게. 을마나 고통시럽겠어, 요길 차라리 얼릉 죽였시믄 고통이 없을 턴데 코도 비고, 귀도 비고, 팔도 짤르고, 다리도 짤르고 이렇게 해서 죅이는데, 아주 디기 해서 죅였대. 그렇게 죅였는데 송장도 못 찾겄드래. 그거 가지구.

이걸 그냥 쭉 세워놓고 호리가다를 인제 거 저기 남이섬이라고 알죠? 남이섬도 저 모세 땅이잖아. 그니깐 거기다가 호리가다를 아주 깊은 데 파구서는 그 여그 아래 쭉 그 나머지 나이 마흔 먹은 그러니깐 열아홉살짜리, 시무살짜리는 그렇게 죅이고, 남구에다 매달고 그렇게 죅였대 짤라서, 하나씩 짤라서. 그리고 나이 많은 사람들은 또 그렇게 호리가다를 파구선 쭈욱 이렇게 세워놓구서 총으로 다 쐈대요. 총으로 따닥따닥 거 인제 따… 따발총이라 그르지. 그 따발총으루다 냅다 쏴서. 쓰러지믄 그냥 그리 쓰러이… 그냥 쓰러지게. 그렇게 해가서 파묻었대는 거야.

근데 그렇게 파묻는데도, 사는 사람이 있드래. 아주 이 직통으로 안 맞고, 빗겨 맞은 사람. 저 을마만에 그냥 거기서 이상한 소리가 나드래. 그래서 파보니까, 사람이 살았대. 그니깐 거기서 을마나 발광을 했겠어. 머리로도 쳐보고, 허기져 그리고… 죽을지니까. 그렇게 해서 살아나온 사람들도 있더래. 만에 하나 그런 것들이. 거기만 아니고 연못에들도 그렇게 사람들이 있대. 호리가다 파놓고, 그냥 쏘다가 빗나가서 목숨은 안 끊어졌으니까 그렇게 쿵

덕을 해가지고 살아나온 사람이 있대는 거예요. 그 때 6.25 난리 때 진짜 너무너무 고생했어.

[8] 충청도 당진으로 피난을 가다

나는 그 2차 그닌깐, 그 6.25난리 졌고, 더 집이서 졌고, 2차 째는 그 겨울에 있었어요. 어… 동짓달 그게 스무 하룻날인가 그렇게 또 났어. 그 때 난리에 나는 충청도를 내리갔어. 여그, 중공군이 나온다고. 중공군이 나오면 전부 그냥 죽인다고 그러는 바람에, 내가 열아홉이니까. 글리 내리 보냈어.

거기 우리 인제 그니깐 육촌 오빠가 저기 도에… 농지과 과장이야. 그게 농지과 과장이니까 미리 내리갔지. 충청도루, 충청도 당진군 소로지라는 데 가서 거 가서 피란을 셨어. 그래서 인제 당숙모도 기시고 뭐 또 그리니깐 그리로 피란을 갔어요 내가. 그 이 두 명을 내가 데리고서 내가. 처녀 둘을 데리고 거길 가는데 그 당진군이래는 데를 일주일을 갔어.

일주일을 가는데, 그… 뭐야. 기차 화통. 그거 달믄서 인제 주르르 달잖아요 인제? 그리면 글리 그냥 그 꼭대기에 그냥 사람이 새카매. 이렇게 질질 올라가가지고 꼭대기에 사람이 그럼, 사람이 새카맣게 가서 앉아서 애 안은 사람 뭐… 으른덜 늙은이, 다 거그 올라가서 인제 거가 앉았잖아요.

기차가 달리는데 애는 굴러도 죽고, 늙은이덜 떨어져 죽고, 또 그러는 거야. 기차가 달리는 바람에. 그래가지구 옆에서는 그냥 애가 죽어서 끌어안고 우는 사람두 있구, 떨어져서 죽는 사람두 있구, 그렇게 그냥… 아주 사람을 담아분 거 같으니깐 그냥. 서로들 올라갈라… 살을라구 서로 쌈을 하며 올라가 거길. 기어 올라가서 가뜩 찼지 아주 그냥. 그 꼭대기에. 그렇게 해가지구서 가다가 이걸 한토막씩 잘라 갖구 가는 거야 또. 띠어 놓고 가는 거야.

그림 어뜩해. 걸어가야지 또. 그러니께 당진군을 글쎄 지금은 한참이믄 가는데 일주일을 갔어 일주일을. 일주일을 가서 밤에 가 그기에 도착이 됐는데 거긴 산이 야져요. 야트막해. 그래 밤에 갔는데 솔밭을 지나서 그 인세 당숙모 계시는 데 찾아가서 십 개월을 살았어. 거그서 십 개월을. 그런데 우리 어머니가 그렇게 그게 걸리는 게 뭐냐믄은, 여기서 피란민들이 친척들이 전부 피란민이 거길 가네. (웃음) 그것도 난리야. [조사자2: 아 그러네.]

어. 거길 찾아서, 그래도 거기 아는 사람이 있으니깐 찾아가서 밥 한 끼래도 지어먹고 가는 거야. 그르니 거기서 농사진 거 그거이 그르니 그것들을 밥을 해서 그래 다 한 되씩 다 맥여서 인제 또 보내구. 이리 저리 진짜 또 가구, 도로 또 우리 아부지도 오셨다가 동생, 우리 동생허구 데리고 갔다가 도로 보따리를 지구서 도로 인제 도로 오시는 거야 고향을 찾아서. [조사자2: 있을 데가 아니구 그냥… 아, 그러셨구나.]

[9] 장절공 산으로 피난한 사람들은 모두 살다

그 십 개월을 거그서 살았는데 소문이 들리기를 우리 어무니가 그… 2차 전장 때 그 정보를 장절공산에 인민군이 많이 들으갔다. 그렇지, 그니깐 많이 들으갔다구 정보를 받은 거야 인젠. 아군이. 그니깐 아군이 따발총이라고 그저, 비행기에서 따발총 있잖어. 그걸로다가 미리 쏘는 거야. 장절공에만 쐈으믄 괜찮은데 마을에다가 불총을 쏘구서는 휘발유를, 휘발유를 싹 깔은 거야. 휘발유통을. 그걸 싹 깔은데다가, 불총을 한 번 놓으면은 그냥 확 타는 거야. 그께 우리 집, 그 좋은 집이 그냥 홀랑

[조사자2: 다 탔어요?]

그럼. 홀랑 타구 우리 어무니두 타돌아가셨지. 아부지는 앞에 주지까리가 있는데, 주지까리 속에 가 이렇게 우리 동생허구 가서 거기 엎드렸는데, 펑! 허구 떨어지는데 주지까리가 요렇게 있다면은 주지까리 곁에 이렇게 떨어지드래. 근데 곁에 떨어지니까 흙으로 싹 덮어 놓드래잖아. 그래서 아부지도 살으시고 동생두 살은 거야.

어무니는 그 불을 천막 딱 치어서 불이 다 옮기니까는 그걸 비비면서 큰 들루 내뺐어. 그리니깐 큰 들에는 막 불이 앞에 붙었는데 글리 내빼서 타서 다 돌아가시구, 그걸 비비면서 장절공 산으루 들이신… 들이 뛴 사람은 장절공에서 살았어. 불을 끄면서 글루 올라간 사람은 살고, 들루 내 뛴 사람은 다 죽었어.

그르니 장절공이 그르케 명산이어요. 글리 머리 쓴 사람은 다 살었어요. [조사자2: 그러네요.] 명산이랑까. [조사자2: 명산이네 진짜.] 그르게 그 초저녁에는 거기서 이렇게 물두 못 마시고, 저 말두 못 갔어. 무릎이 붙어서. 담배두 못 피구. 그르케 명산이었어요. [조사자2: 담배피면 어떻게 돼?] 이리 붙어. [조사자2: 담배도 못 피고, 표주박에 물 마셔도 입에 붙고?] 그리구 말을 타면 말에 불이 붙구. 그래서 그… 그 산이 지금까지두 명산이어요. [조사자1: 그게 서면에 있습니까? 그 산이 서면에 있어요?] 서면, 예. 아주 얼마나 소풍 들 많이 오는지 몰라요. 학교에서 단체도 오구, 공장 단체도 오구. 그렇게 많이 와요.

[10] 인민군이 가르쳐 준 노래

[조사자2: 할머니 그러면은, 인민군 아까 노래도 배우셨다 그러셨잖아요. 그 막 교육두 받구 막 그러신 적 있으세요?] 그런 거 받구, 막 가르쳤어요. [조사자2: 가르쳐 주고. 그 인민군 여자 인민군들이 와서 가르쳐주나?] 그래유. [조사자2: 아. 예뻤나요? (일동 웃음) 똑똑한 사람만 내려 온다든데.] [조사자1: 기억 안나세요? 노래 배운 거 기억 안 나세요?] 아유 그 무슨 노랜가. 하두 오래서 뭐. 기억이 그게. 조사자2: 그게 진짜 기록인데. (웃음)] 그러게 그게 기록인데.

[조사자1: 가사 기억나시는 것 좀 얘기, 좀 하나 해주세요. 노래는 안 하셔도 될 것 같고.] 그 이북 노래래서. 그 이북사람들 노래 그 저 말하는 소리와 같애. 그것도. [조사자2: 응. 노래도.] [조사자1: 그 사투리가 나오고?] [조사자2: 응.] 그

럼. [조사자1: 한 번, 읊어주시죠.]

근데 기억이 안 나. 하긴 했었는데, 그 때 거그서 하긴 했었는데. 나 훈련도 받았어. [조사자2: 오 어떻게 훈련 받았어요?] 뭐 그 때 데려다 놓구, 열아홉 살 먹은 것들을 그 아군… 뭐 인젠 난리나기 전서부텀도, 그 범칙에 응하는… [김옥순 할머니: 그건 동네에서 가리켰지.] 동네에서 그 땐 가리켰지. [김옥순 할머니: 동네에서 했지 훈련은.] 아니 그리구, 아군 들어왔 인제, 저… 인민군 나와서도 그런 것, 노래 가리켰어. 응. 이북노랠 가리켰는데, 그게 무신 노랜지 지끔 생각이 다 안 나. 가리키긴 가리켰어. [조사자2: 생각났음 좋았는데.] 응. 가리키긴 가리켰어. 근데 내가 기억이를 못해서 그렇지. 원체 오라니까. [조사자2: 응. 그러셨구나.] 열아홉 살 적인데 뭐. (웃음) 참 역사 깂지. [조사자2: 에. 그러시네.]

[조사자1: 예전에는 춘성이었죠?] 응? 춘성. [조사자2: 그져? 춘천이 아니고 춘성.] 예, 지끔 시가 됐지. 예. 그 전엔 춘성군. 춘성군 서면 방곡리야 내가. [조사자1: 여기가 남산면인가요?] 여긴 남산면 방곡리고, 나, 내 고향은 춘성군 남면… 서면. 여긴 남면이고 여긴 서면. [조사자1: 여긴 남면이고 서면이고.] 예, 서면이고. 방곡리야, 거기두 방곡리고 여긴… 아니 거, 방독리고 방곡리고. 꽃다울 방 자 똑같애.

[11] 전쟁보다 지독했던 시집살이

아 시집 와 고생했지 뭐 그건 고생도 아니여. [조사자2: 전쟁보다 더 한 시집살이였어요? (웃음)] 시집살이가 더 심했지. [조사자2: 시집살이에 왔었어야 되는데 그랬구나.] [조사자3: 말씀하시는 게 한이 많이 맺히신 것 같아.] [조사자2: 말씀 재밌게 하시네.] [조사자1: 그래서 시집살이를 심하게 하신 것 같애 이쪽 할머니도. 그래서 전쟁 얘기는 저한테 시집… 저기 고생도 아니다라 그러니까.] [조사자2: 그러셨구나.] [조사자1: 일을 많이 하시니까 더 힘드셨던 거죠, 그렇죠? 전쟁 끝나고 시집가셔선 일을 많이 해야 되니까. 그래서 힘드신 거지.] 만날 일이지 뭐. 맨날 일이에요.

김옥순 할머니: 시집살이 그렇게 많이 하시고. [조사자2: 누가누가, 누가 많이 하셨어.] [조사자1: 서로, 서로 많이 하셨다고.] 구 년을, 구 년을 한 집이서 구 년을. 지천 때 둘째 맨드는데, 조사자1: 아, 지천 때 시부모님 모시고? 예. 시어머니 시아버지, 맏동생, 시아주버니 뭐 또 한 데서 그냥 자서 구 년을. 김옥순 할머니: 난 사 년 살았어. [조사자2: 그러셨구나.] [조사자1: 다른 건 기억 못하셔도 햇수는 다 기억하시네.]

별안간 그래도 싸우지두 않구 야단두 안 먹었어. 그냥 그저 허래는 대루 허니까. 뭐든 다 허래는, 허라그라믄 허고 그냥 가래믄 가고, 오래믄 오고 그렇게 하니까 쌈두 안 먹… 안 허구, 근데 또 그 집이 또 오니깐 시집이 그저 부자드라구. (웃음) [조사자2: 부잣집 딸이시니까 부잣집으로 가시지.]

그랬는데 오니깐은 쌀을, 그 인민군이 다 퍼갔대. [조사자2: 아… 거기두 인민군이 다 퍼갔구나.] 응. 인민군이 와서 쇠, 쇠 꼬쟁이루 죄 댕기며 이렇게 해가지구 집 찾아 갖구, [조사자2: 묻어놓은 거 다 찾았구만.] 응, 다 찾아가고. 그 소 외양간 있잖아. 외양간에 송판대기 깔잖아요. 그리면은 그 송판대기를 뜯구서, 거기를 파구서 도람통을 들이세우고서는 거기다 쌀을 하나, 도람통 하나 묻었대. 그러니까 소 외양간에만 그게 남았대. [조사자2: 아, 다행이네.] 그러니까 오니까는 아주 냄새 나드라구. [조사자2: 그치. 소 외양간에 넣었으니까.]

[조사자1: 근데 아까 할아버지들은 국군이 오히려 해코지를 더 많이 했다고 그러든데. 인민군은, 중공군들은 안 건드리고 국군이 오히려 소 죽이고 그랬다고 그러시든데.] 인민군이 그렇게 파 가고, 또 냄기면 아군들이 또 들어와서 저기. 아냐. 그 놈들이 더, 더 뒤졌어. [조사자1: 아 인민군들이요? 아…] 응 인민군들이 더 뒤졌지. [조사자2: 선생님 거기 위에 이렇게 있으니까. 내려와서 막 그러고.] 인민군이 더 뒤졌어. [조사자2: 그랬구나.] 싹 다 뒤졌어. [조사자4: 잘 사셨

으니까.] [조사자1: 아, 잘 사는 집이니까.] [조사자2: 바닥 빨갱이 너무 가슴 아프네, 그렇게 해서 저기 하구.]

[12] 엄마 사촌동생의 남편이 포로로 끌려가는 바람에 벌어진 소동

[이종희 할머니: 우리 나잇새 먹은 남자들은 학교 댕기는가 학도병으로 죄 들어갔어요. 학교에서 다. 학교에서 죄 들어갔어. 그러게 옆에도 그 저기 나온 사람이 있고, 또 거기서 빠져 나온 사람이 있어요. 나하구 한 동갑인데, 학도병으로 간 거여. 어떻게 빠졌는지 그걸, 이 남한으루 향해 가지구 그냥 계속 산으루 기어 나왔대.]

[김옥순 할머니: 우리 오촌은 붙들려 가서 소식두 없어.] [이종희 할머니: 죽었어.] [조사자1: 학도병으로?] [이종히 할머니: 그 경선엄마 오빠두. 나하고 한 동갑인데 죽었어.] [김옥순 할머니: 그리구 우리 엄마 사… 저거이 외사촌 고모사촌… 우리 엄마의 고모 사촌 그 동생의 남편두 난리 때 붙들려 가 북한에 갔었대. 거기서 칠 년만에 나왔대요.] [조사자1: 아, 그래요? 그러면 사변 끝나고 다시 내려왔…] [김옥순 할머니: 칠 년, 칠 년은 있었는데, 그 전에 왜 그 이 대통령 헬 때 그, 서로 교환헬 때.] [조사자1,2: 아 그 때!]

[김옥순 할머니: 여느 사람은 안 나오드래. 근데 그 아저씨는 내가 가다가 죽어두, 가다 죽어두 간다구 나오셨대. 그렁께 부산 그 수용소에 왔대유. 칠 년만에.] [조사자2: 그래도 수용소에 오셨네.]

[김옥순 할머니: 네. 그 아줌마가 혼자 사는데, 아들을… 아들 한 아들을 둘을 두고 갔는데 간난애도 죽고, 인제 거기 여섯 살 먹은 게 살았어. 그르구서는 인제 어떻게 허다 보니깐 혼자 살… 칠 년을 살았으니깐 시아부지 홀시아버지 모시구 있는데 그 시아버지가 또 돌아가구. 인제 혼자 사는데, 어떻게 돼서 그만 남자를 만나 가지구 인제 애를 하나 낳았어. 그래가지고 어떻게 또 간다는 게 애를 그냥, 아 그 땐 할아버지가 있었어. 할아버지한테다 맽기

구 홍천 어디루 글쎄 남자를 얻어 왔대. 그 작은 애를 업구서. 그랬는데, 이 아저씨가 칠 년만에 온 거야.] [조사자2: 어떡해.]

[김옥순 할머니: 근데 이제 그 아줌마가 애를 인제 그 할아버지 허구 애허구 있는데 그걸 보러 왔어. 그래 우리가 집 없어서 그 집 사랑에 있었그든? 근데 어느 날 저녁에 에 소리가 나서 이렇게 가 보니깐은 그 애를 데리고 왔드라고. 애 보러, 인제 그 큰 애 보러. 왔는데 애가 인제 안 떨어지잖아. 엄마도 오고 인제 할아버지가 뭐 끓여 맥이니 오죽해? 인제 그러니깐 인제 뭐 엄 서방네 인제 매느린데, 그 큰 댁에 가 있는데 인제 못 가게 붙들었어. 그 인제 엄마를 못 가게 붙들구 인제 애랑 인제 그렇게 둘을. 그렇게 애가 둘이야. 하나는 딴 남자애구 하나는 그러구. 그리구 홍천으로 시집을 딴 남자한테루 또 갔어. 그런데 거그 왔어 그런데. 와서 한 열흘 있었는데 그 남자가 찾아 왔드래. 그리니까…]

[조사자1: 그 저 잠시만, 두 번째 결혼한 남자가 안 오니까?] [김옥순 할머니: 막 싫어, 우리 엄마가 그러는데 막 가자구 지레 끌구 내 끌구 막 볶아쳤대. 하나는 안 간다 그러구 하나는 남자앤데 애 끌구 가는데. 그렇게 허구서는 그 인제 있었어. 한 열흘인가 있는데, 그 편지가 온 거야.] [조사자1: 칠 일만에 내려왔다구?] [김옥순 할머니: 아니 저 북한에서 나와 가지구 수용소에 있는데 인저 집으루 간다구.] [조사자1: 그 전 남편이?]

[김옥순 할머니: 칠 년만에. 그래가지구 이 아저씨가 왔어. 왔는데 애가 하나 있잖아. 그랬는데 와 가지구 그 애 아저씨가 또 가봤자 그래니깐 그래 또 이 아줌마두 두 번째야. 본 여자는 애기 낳다 죽었대. 그리구 이 아줌마를 또 얻었대. 그랬는데 은어봤자 또 그래니깐 그래도 살던 여자가 낫다 그러구선 이제 같이 살었는데 딸을 둘을 낳았어. 젊었으니까.] [조사자1: 아 그러니깐 전 남편 사이에서 딸을 또 둘 더 낳았다구요?]

[김옥순 할머니: 이 남자가 와 갖구 아저씨가 와 가지구 또 딸을 둘을 낳았어. 그리구서는 아줌마가 병이 들어서 어떻게 애는 좀 커서 그랬는데 병이

들어가지구 아줌마가 죽었잖아. 그래가지구…] [조사자1: 아 저기 홍천에 그 남자는…] [김옥순 할머니: 거긴 내삐렀지.] [조사자1: 애는요, 애는.] [김옥순 할머니: 애는 딴 애야. 딴 데 여그서 낳아 가지구 가져가지구 낳을 때 되니깐 갔어. 인제 이 동네서 챙피허니깐 갔는데 거기서 낳아 가지구 인제 있다가 오니깐 그 남자가 또 데리러 왔잖아 안 가니까.] [조사자1: 왜 그 애랑, 그 애까지 다 같이 키웠겠네요? 그래서 인제 애가 넷이 됐네?]

[김옥순 할머니: 넷이 됐어. 그르구 살더니 아줌마가 병이 들어서 죽었어. 그래가지구 인제 큰 아들이 커가지구 장가를 가서 저 춘천 우두 거기 나와서 살구, 인제 고 다음에 작은 애는 또 커가지구 변호사실에 거기 가서 그래구 가서 취직했다구. 딸들은 저 시집도 안 가서 즈 엄마가 죽었잖아. 그래가지구 다 시집을 주고 이러곤 혼자 있잖아 아저씨가.] [조사자1: 그 할아버지 살아계세요 지금?] [김옥순 할머니: 돌아가셨시. 벌써 나이가 많지.] [조사자3: 그 할아버지는 저기 올라가서 결혼 안 하셨대요?]

[김옥순 할머니: 아니, 북한에 가서 안 했대. 그랬는데, 그 딸 둘 허구 아들 하구 사는데 큰 아들이 아들 둘을 낳아 놓구서는 삽십 됐는지 그러는데 중풍이 와졌어. 아들이, 큰 아들이. 그래가지고 인제 재워 이렇게 댕기다가 마누라가 아주 잘 해주지도 않구 막 그래가지구, 애가 그냥 돌아댕기다가 저 쪽 우두 우리 동생 있는데 거기 누나네 집에 놀러 간다고 첨에 갔는데 밥을 해서 인제 맥였대, 불쌍하다구 우두에 사는데. 그랬더니 또 한 번 왔드래. 이런 걸 또 해서 맥였는데 가가지구 그날로 뭐 인제 약을 사다 먹고 죽었대. 지가 살기가 힘들으니까 마누라도 안 거둬주고. 근데 그 아저씨는 또 딴 마누라 얻어 가지고 물 옆에서 살다가 혼자 기냥 한 일주일만에 병원에 나와 돌아갔어. 그러니까 북한에서도 그렇게 다 안 나간다고 그랬는데 자긴 나왔대.]

[조사자2: 다 안 나간다 그랬대요? 다른 사람들은?] [김옥순 할머니: 응. 어뜬 사람들은 나가다 죽는다고 안 나간다 그랬대.] [조사자2: 아 나가다 죽는다고.] [김옥순 할머니: 그르고 그 아저씬 나가다 죽어도 나온다고.] [조사자1: 그러니

까 그게 포로 교환할 때.]

[김옥순 할머니: 그럼 포로 인제 포로. 고 때 들어간 거야.]

[조사자2: 거기서 북한에서 어떻게 살았다는 얘기는 없으셨어요?] [김옥순 할머니: 그러니깐 그냥.] [조사자3: 포로 교환이면 포로로 왜 있어.] [조사자1: 포로수용소에 있어야지.] [조사자2: 포로수용소에만 계속 있었고?] [김옥순 할머니: 그리고 나중에 인제 서로 교환헐 때, 그 때 나왔대요. 아유 난리 때 뭐.]

[13] 바닥 빨갱이에게 잡혀 간 외삼촌

[조사자1: 또 있을 것 같은데 얘기가.] [김옥순 할머니: 그리고 우리 외삼촌. 그 첨에 난리 날 때 그 본 바닥들 빨갱이라 그러잖아.] [조사자1: 예, 바닥 빨갱이.] [김옥순 할머니: 그 사람이 여기 와 가지고 우리 외삼촌 알지도 못하는데, 이 사람이, 이라고. 구루미 선다고 딴 사람 이름을 대면서 아닌데도 자꾸 그러더래. 그래서 그 때는 감옥에 붙들려 갔대. 감옥살이 갔대. 춘천에 갔는데, 춘천에 갔는데 서울까지 넘어갔대. 그래가지구선 거기 가서 있는데 난리 나는 바람에 그 막 문 열어 놔 가지고 그 때 나와서 개울로 이틀을 왔대. 걸어가지고.] [조사자1: 외삼촌이요? 할머니 외삼촌이?] [김옥순 할머니: 예. 우리 외삼촌이.]

[조사자2: 다시 왔을 때 별 무리… 문제는 없었어요 그 때?] [김옥순 할머니: 그래 와가지고 장가 다 하고 갔어. 새색시 두고 그렇게 붙들려 갔다가 와 가지고 아들 딸 낳고 잘 살았는데 예 중에 죽음을 잘못했어. 인제 농사 지어가지고 매상헐라구 배를 이렇게 연 날에 비행기 세 대나 이렇게 팔랑개비 만들어가지구 바람 나오게 이렇게 전기 꽂아가지구 하는데, 배를 이렇게 하면서는 붙이믄 지저분한 거 다 날라가니까 붙였대. 근데 거 뭐이 떨어졌다가 여기 들어갔다간 이 종아리가 다 파져가지구 기냥 아유. 그니깐 요기만 살아서 한 달인지 있다 돌아갔어. 병원에 갈 제도 이렇게 엎어서 이불에다 이렇게 들구

서 갔는디 등허리가 다 파였었대. 그래가지구 마즈막엔 끝까지 못 살구 그렇게 돌아갔어.]

[조사자2: 또 어머님은 또 잡혔던 적 또 없었나?] [이종희 할머니: 예?] [조사자2: 엄한 일로 또 그랬던 사람 없나? 바닥 빨갱이… 또 없어요? 그렇게 해코지했던 일?] [이종희 할머니: 아유 그건, 뭐 그 들은 건데 뭐. 바닥 빨갱이들 뭐 한 곳에다 몇 개 넣구 뭐 반지 찐 것도 가 파는 사람도 있고 그렇대. 그 끄낼라고.]

[조사자2: 아 반지 낀 사람을 또 빼기도 하는구나. 죽여놓고.] [조사자1: 아… 구덩이에 죽인 사람들 손에서 반지 빼는 거?] [이종희 할머니: 응. 죽인 사람들 요기 반지 끼고 있던 여자가 죽인 거 갖다 묻으믄, 거 또 가 판대 그걸. 끄낼라고. 그런 사람도 있고 뭐, 난리 때 그래. 그 질 옆에다 묻었대 근데, 거기 댕길램 무섭대.] [김옥순 할머니: 그 비올 제 댕기면은 뭔 소리가 난대. 귀신이 나온다고.] [이종희 할머니: 맻 개씩 한 군데다 갖다 그냥 실어 가가지고.] [조사자2: 날 만도 하겠네. 날 만도 하다고 소리가.]

[이종희 할머니: 여기도 인민군 갖다 죽였다는데 여글 자고 있는 동안 그 진짜 새로 집터 해놓은 데.] [마을 할머니: 거기두?] [이종희 할머니: 예. 거기 있자믄 길어요.] [김옥순 할머니: 거기 많대.] [이종희 할머니: 거기두 인민군 갖다가 거기 총살시켰대요. 그래서 난 그 때 밭 거기 올 적에, 거기 내려올 적엔 그렇게 무섭드라고.] [조사자1: 와 이 동네가 은근히 많다는 얘긴 내가 들었는데.]

[김옥순 할머니: 그리고 시방은, 뭐 애기 두 별 조금 낳구 죽지두 않다만… 그러니 이 골짜구니에 애총이 많아.] [조사자1: 아 애총? 애 무덤이 많다구요?] [김옥순 할머니: 거 파구서, 돌배 얹어 놓고 거기. 나물 뜯으러 대님 맨 그 따구야 아주. 그게 무서와. 긴데 시방은 없잖아. 그 전엔 골짜구니가 막 그 무덤이야.]

[조사자1: 그럼 동네 사람들 중에선 북한으로 올라간 사람은 없어요?] [김옥순

할머니: 없어요. 우리 오촌만 간 거 알고.] [조사자1: 아, 오촌 중에 누가 올라가셨어요?] [김옥순 할머니: 올라가서 몰라요. 아는 것이.] [조사자1: 그러니까 왜 올라가셨어. 붙들려 올라가신 거야, 본인이…] [김옥순 할머니: 붙들려, 그…] [조사자1: 아, 붙들려서 가셨다고. 의용군으로 올라가신 건가?] [김옥순 할머니: 응. 그래서 몰라, 소식.]

[14] 인민군의 시체가 묻힌 골짜기

[조사자1: 할머니 노래 잘하실 것 같은데.] [김옥순 할머니: 난 노래, 난 못해. 노래는 이 할머니가 잘해.] [조사자1: 누가, 누가 잘하세요?]

[마을 할머니: 파묻었댄 소리 첨 들어.] [김옥순 할머니: 응?] [마을 할머니: 거기 파 묻었대는 소린 첨 들어요.] [김옥순 할머니: 인민군 거기 그렇게 묻었대. 인민군. 인민군 잡아다가 거기다 죽였대요.] [조사자1: 국군이요?] [김옥순 할머니: 요기 저기… 지금 집 터 만드는 그 골짜구니, 그 골짜구니가 길어요. 우식헌 게. 근데 그 골짜구니에다 갔다 죽였다 하드라구. 인민군 붙잡아다가. 인민군이 골짜구니마다 숨었었거든. 그 전에. 그니깐 그 골짜구니 갖다 죽였다 그러드라구.] [마을 할머니: 그 골 안이 짚긴 짚습디다?] [김옥순 할머니: 예 짚어요. 아주 짚어요. 우식헌 게.]

[마을 할머니: 우식헌 게 무서와.] [김옥순 할머니: 무서와요. 거기 나무를 하러 가다보면…] [이종희 할머니: 어디. 요기?] [김옥순 할머니: 요기, 그 저 주섭이 살던 고 뒷골짜기.] [이종희 할머니: 아, 거기 뭐이 많다 그랬어.] [마을 할머니: 무서와서 어떡해.]

[김옥순 할머니: 아니 그 전에 내 위로 여섯 살 먹은 것이 죽었대. 근데 우리 친정 어마이가 여섯 살 먹었는데, 그런데 안고 가질 못해 지고 갔대 커 가지고. 그래서 고 앞 골짜구니에다 갖다 묻었는데 꿈에 우리 어머이 꿈에 아이구마 무거워서 못된 게, 못된 게 이러드래. (일동 웃음) 말을 했으니까. 거기다

갖다 묻었는데, 그래가지고 지게에다 지구 갔잖아요. 무거워서 인제. 인제 이렇게 묻구서 거기다 살 게 별로 없구서는 지게를 거기다 엎어놓고 돌멩이 이런 걸 얹어 놨대. 그른깐 그게 말을 하더라고.] [조사자2: 이거 완전히 납량 특집이다.]

[김옥순 할머니: 그릉께 혼이 그랬겠지. 나 무거와서 이게 무거와서 못 댕긴다고 자꾸 그리드래. 그래서 그 친청 오마이가 올라갔대 봄에 인제. 올라가는데 어떤 할머이가 그 옆에서 고사릴 꺾으면 알구서, 글루 가는 거 알구서 여기 나물 많아 일루와, 그래면서 그래드래. 그래가 나물 뜯으러 간다 그러니까 여기 고사리 많아 일루 와. 그래드래. 그래서 예중엔 대답허기 싫어서 그냥 가셨대. 그래서 보니깐 진짜 지게를 엎어놓고 돌멩이 이런 걸 올려놨드래. 무덤 꼭대기에다. 애를 그, 여섯 살 먹어 죽은 걸. 그래서 그거를 번쩍 들어서 뚝방에다가 굴려 버리구서는 저 아래다 벼를 다 꺾어다 이렇게 덮구, 돌멩이 요래 째리한 걸 갖다 얹어놓구 갔대. 우리 어매가. 그래니까 꿈에 또 그래드래유. 아유 인제 가뭇하다구.]

[조사자2: 신기 있으셨다. 엄니가 그냥 신기가 있으셨네.] [김옥순 할머니: 아니 우리 어머이가 그랬다구.] [이종희 할머니: 옛날엔 그리가 다 갖다 묻었다구. 시방간 애도 얼마 안 낳았지만.] [조사자1: 돌멩이 무거운 걸 올려 놔가지고.] [조사자3: 여우가 파니까 돌멩이를 올려놓는대요.] [조사자2: 맞아. 그런 곳을 판다잖아.] [이종희 할머니: 그린 거 애총에 많아. 그거. 돌멩이 있는 거 다 애 파묻은 거야. 어느 골짜구니에 많대.] [마을 할머니: 그 전엔 여우가 많아서 그랬어.] [김옥순 할머니: 여우가 판대. 여우가.]

산속 피난생활과 겨울 난리

승순길

"6.25 난 것도 모르고 있다가 사람들이 피난 보따리를 지고 가는 걸 보고 알았어"

자 료 명: 20130219승순길(춘천)
조 사 일: 2013년 2월 19일
조사시간: 약 50분
구 연 자: 승순길(여 · 1935년생)
조 사 자: 김경섭, 이부희
조사장소: 강원도 춘천시 신동면 증리 금병종합복지관

[조사과정 및 구연상황]

조사팀은 사전연락 없이 김유정문학관 사적비가 있는 춘천시 신동면 금병종합복지관을 방문하였다. 오전이었지만 삼삼오오 어르신들이 모여 담소를 나누고 있었고, 조사팀은 방문 목적을 설명하고 구연 의향이 있는 분들을 따로 모시고 조사를 진행하였다. 모여 있던 모든 분들이 조사목적에 공감하시고 조사팀의 활동에 협조해 주었다.

[구연자 정보]

승순길 할머니는 이곳이 고향으로 집이 산골 중의 산골에 있어서 집 밖의 상황을 전혀 모르고 살았다. 전쟁이 난 것도 나중에 알 정도로 산골 생활을 했다.

[이야기 개요]

전쟁이 발발한 것을 피난민을 보고 알았을 정도로 산골 생활을 했다. 8남매나 되는 식구들을 데리고 피난을 가는 것이 더 힘들다고 판단해 산 속에 집을 짓고 피난했다. 중공군이 밀고 내려온 1.4후퇴를 '겨울(동짓달) 난리'라고 불렀다. 주로 중공군에 대한 경험을 구연했다.

[주제어] 산골생활, 1.4후퇴, 피난, 산속, 동굴, 산모, 겨울 난리, 1.4후퇴, 동짓달 난리, 중공군, 인민군

[1] 집이 산골 속이라 집 주위에서 피난

[조사자: 원래 고향이 어디세요?] 여기는 아니구 동면. 산골이라는데 거기다 소양댐하는데가 나왔어요. 벌써 나온지가 한 사십년쯤 되었는디요. 그러니까 육이오는. 동면 신이라는 데서 6.25를 겪었거든. [조사자: 동면에서요? 예전에는 거기가 춘성이었죠? 춘천이 아니라?]춘천? [조사자: 춘천군 아니었어요? 그때도 춘천시였어요?] 춘천시가 아니었지. 어떻게 되었는지? (웃음) 거기서 동면 신이리라는 데서 육이오를 겪었지. 연세가 어떻게 되세요? 37년. 일흡아홉. 호적에는 35년생으로 되고. [조사자: 호적 나이로는 일흔 아홉이시구.] 응. 원래 나이는 35년생이고 호적은 37년생. [조사자: 성함은 어떻게 되세요.] 승순길. [조사자: 성은 몇 번 들어봤는데 많지 않죠?] 많지 않아요. 이제 우리 갑오

년에 나오셔서 승을 퍼트려서 많지 없었어요. [조사자: 그럼 아버님 고향은 어디세요?] 아버님은 거기 신이리. 내가 그리 결혼을 해서 그리 갔으니까. 원래는 동면 가산이라는데 있잖아. 거기만 있다가 그리 시집을 갔어. [조사자: 형제분은 몇 분이셨어요?] 친정? 8남매. [조사자: 8남매 중 몇째셨어요?] 맏이야. 내가. 식구가 많아요. 친정어머니도 여기 계시는데 뭐.

[조사자: 그러면 사변 났을 때가 열여섯 살 정도 되셨겠네요. 그럼 기억 다 나시겠네요.] 기억 나는 것도 있고 안 나는 것도 있고. [조사자: 그러면 두서없이 손자들에게 말씀 하듯이 6.25날 때 그때 이야기 생각나시는대로 천천히 이야기해 주십시오. 육이오 난건 언제 아셨어요? 몇일 지나고 아셨죠?] 6.25난 것도 거기 면은 저거였잖아. 모르고 있다가 저거 사람들이 피난민 보따리를 지고가면서. 지구가면서 빨리 피난가자고. [조사자: 북에서 내려왔어요?] 북에서 내려온게 아니라. 내려온건 우린 못봤지. 초면이니까. 그걸 못보고 사람들이 그걸 알고 피난 가는 걸 보고 우리는 알으니까는. 우리 아버지가 식구가 많잖아. [조사자: 애들이 다 8남매니까.] 그때는 8남매가 다 아니랬었어도 그러니까

는 피난을 가면은. 하나씩 애 낳고 가서 뭘 먹고 살겠느냐고. 굶어죽을꺼니까 는 그냥 여기서 피난을 하자고. 그래가지고 산에 우리 고모가 계셨어. 그래서 글리루 피난을 갔어유. 피난을 가가지고서는 있다가서는 거기서 살았어. 거기서 살다가 그냥 폭격이 막 들어오고 그래가지고서는 집들이 탔잖아. 그 살던 집들이.

폭격이 내려와가지고. 그래가지고서는 그냥 움집을 짓구서는 산에 있었지. 움을 묻구서는 있구 우리가 서로 여기가 붙일 정도로 그런데서 살았어. [조사자: 산속에 집을 지으시구 피난을 하신거에요?] 그럼. 피난을 가지 못하고. 그랬다가 인제 산으로 올라갔다가 저녁에 또 내려오구. [조사자: 저기 식구들이 다요? 아버님까지?] 그럼. [조사자: 8남매도 다 같이?] 그때 8남매는 다 없었지. 내가 얘기했었잖아. [조사자: 태어나기 전이니까.] 그럼 태어나기전이니까. 그렇게 살다가 그때 또 10월날 난리가 또 났어. 6.25가 지나가고 그럭저럭 지나가 10월달 난리가 또 났어. 난리가 몇 번을 졌었는데. [조사자: 그때가 중공군들 내려올 때 저기죠.] 네. 10월달 난리. 그래가지고서는 타작을 하려고 두부콩을 담가놓고 산으로 갔었는데 그때는 또. 나는 키가 조그마니까 열 여섯살이더라도 어머니가 그래 밤에 내려가서 우리 두부콩을 갈아서 두부를 하자. 그러시길래 또 내려왔었어. 집으를.

집에 와서 두부콩을 가는데 밤새도록 군인들이 올라가는거야. 근데 군인들이 개울이 있는데 돌다리가 하나 흔들흔들 하니까 돌다리를 밟으면은 그게 발을 떼잖아. 밤새도록 달그락대며 올라가더라고. 그 사람들이. [조사자: 군인들이 후송 지나갔구나.] 그럼. 중국사람인지 한국사람인지 그건 모르지. 내다보지않아서.

[2] 피난을 가지 않은 것을 인민군이 좋아하다

그랬는데 날이 훤하게 새는데 인민군들이 들어왔더라구. 우리 집에를. 인민군들이 들어왔어. 우리를 보더니 반갑데 그 사람들이. 그러면서는 자기네들이 좋아서 피난을 안 갔데는거야. 그 사람네들이. 인민군이. 그러면서는 우리 집에 와서는 해코지를 하나도 안하더라고. 고맙다고 그러면서. [조사자: 중공군이 아니라 우리나라 북쪽 사람들?] 응. 인민군이. 하여튼 그 옆에 집이랑은 다 피난을 가고 비었으니까는 뭐 쌀도 다 퍼가지고 가고. 닭같은 것도 있는 거 다 잡아놓고 다 그렇게 해갖고 끓여도 먹고 우리는 반갑다고 안 건드리는 거에요. [조사자: 피난 안간걸 좋게 생각한 거구나.] 응. 자기네가 좋아서 남아있는 줄 알고. 그렇게 지냈어. [조사자: 그럼 10월 달 난리 때 피난을 왜 안가셨어요?] 글쎄 식구가 많아 산으로 올라갔다가 저녁에 두부콩 갈러 내려왔었다니까. 두부콩을 담궈 놓고서는 가져가려고. 갔으니까. 어머니가 그러시더라고. 너하고 나하고 내려가서 조용하니까 두부콩을 갈자고. 밤에 그 난리를 친거지. 우리가. 겁도 없이 있은 거지 뭐.

[조사자: 그러면 인민군들하고 같이 생활을 좀 하셨겠네요?] 아니 생활은 안하고 단지 그 사람네들 와서 그 소리만 하고 갔어. [조사자: 그냥 갔어요?] 응. 반갑다고. 자기네가 좋아서 피난을 안 갔다고. 보면서는 좋다고 그냥 가구는 날이 훤하게 새니까 아주 일절 아무 소식도 없어. 군인도 하나 없고. 다 지나가고. 그리고는 그냥 또 있었지 뭐. 그냥. 그래서 피난도 안가고. 그러고는 동짓달 난리에 집들이 탄거구나 참. 6.25때 난리가 난게 아니라 동짓달. 동짓달인가 그게 봄인가 모르겠네. [조사자: 비행기 폭격이에요?] 네. 봄인가봐 그때. [조사자: 그 이듬해일 것 같아요.] 응. 그 이듬해봄. [조사자: 그때 한창 폭격이 나는 것 같은데.] 그랬는데 그 우리는 그 산에를 또 가있었지. 그랬는데 보니까 집들이 다 타는거야.

그래서 그때 내가 일이 있었다 그래도 어른들이 농속을 해놓을꺼 아니야. 옛말에는 지금들은 뭐 저거 해놓을까 사면 되니까 했지만 그전에는 길쌈도 해서 모아놓고 그랬어. 시집 줄라고. 그런 거를 소매를 뒤엄 내리는 데가 있잖아. 거기다가 항아리다 해서 묻어 노셨데. 이제 손필을. 그랬는데 그게 폭격을 해서 타면서 다 탄거야. 모과도 따서 한 항아리 이렇게 묻어놓고 하신데. 그래가지서는 시집도 난리였어. 움집에서 시집을 온거야 나는. 흐흐흐. (웃음) [조사자: 그래도 어떻게 중매가 들어와서] 그렇지 중매를 했지. 그전에 뭐 보기나 했나. [조사자: 전쟁 중에 결혼하셨어요?] 그때 전쟁은 끝났었지. 끝냈는데 집을 미처 짓지 못하고 움집에 그냥 있었지.

[조사자: 아 그러면 전쟁 다 끝나고 결혼하셨구나.] 그러니까 끝나고서는 했지. 그래가지고서는 가마타고 시집왔지뭐. [조사자: 그러면 사변났을 때 고 이듬해 폭격. 폭격 맞았을 때 특별히 기억나는 얘기 없으세요?] 폭격 맞을 적에는 우리 외할아버지가 계셨었어. 그때. 같이 거기 계셨는데 우리 외할아버지도 우리 움집 옆에다가 집을 짓고 계셨었는데 이 아래를 내려왔다 올라가셨다가 폭격하는 바람에 파편에 얼굴을 맞아가지고 피가 흘러가지고 올라오셨던 생각이 나는데 그러카구는. 또 열병들 앓은 거는 언제인지 모르겠네. 난리 지내고 열병들을 또 앓았네. 열병이 돌아가지고 다 몰살하다시피 했어. [조사자: 콜레라 같은 거였구나.] 응. 그래가지고서는 그 또 우리 친정아버지는 동기간이 많아. 고모네 식구들이 있어요. 다 돌아가시는 거에요. 열병을 앓다. 그러니 그걸 누가 가서 묻을 수가 없잖아. 그래가지고는 그런 데를 안댕기는 거를. 할 수 없이 어뜩해. 우리 식구는 열병을 인 앓는데. 그래가지고서는 가서 그 열병 앓는데 가서 그걸 다 묻고 이리고서는 오셨는데 우리 친정어머니가 고춧가루에다가 소금을 해서 가실 때 뿌리고 오실 적에 뿌리고 그렇게 해서 그렇게 장사 지내고 그래도 열병을 우리는 하나도 안 앓았어.

[3] 패잔병 인민군을 생매장하다

[조사자: 그럼 그 동네에 동면 신이리라는데 승씨 성 가지신 분들이 같이 모여 사셨어요?] 모여 살아봤자 우리 친정 큰 아버지하고 우리 아버지하고 우리 형제분에다가 고모 한분하고 세분이 살았지. [조사자: 가구수는 많지 않았겠네

요.] 아니. 여러 사람은 많앖지. [조사자: 많이 있었어요?] 그럼 우리는 봄에 저 동면 가산이라는데 거기서 이사를 봄에 가가지고는 거기메서 6.25가 6월달에 났지. 이사 가던 해에. [조사자: 아. 이사가던 해에 났구나.] 나는 그러니까 인제 가산학교에서 댕겼거든. 일본 시대때 댕기다가 그때 삼학년 일학기 되었나. 그렇게 하고서는 또 가산학교서 댕기다가 육학년 올라가면서는 품안학교를 왔어. [조사자: 신이리에 있는 학교로.]

그래가지고는 그 해 봄에 늦게 졸업을 했지. 일본시대 적구 하다가 일본시대 때도 또 학교도 못 들어가는 거를 또 우리 친정아버지가 여자래도 이름자를 알아야 한다고 그 일본교장을 불러다가 술이랑 다 먹여가지고 학교를 들어갔으니까 늦게 들어갔어. 그래가지고 16살에 졸업을 했어. 졸업했지. 6월달에. 봄에 졸업하고서는. [조사자: 그렇네요. 졸업하던 해에 6.25가 났네.] 예. 그해 났지. 그렇게 했었지. 나이는 얼마 안 되어도 일본시대 때서부터서 살은 거지 뭐. [조사자: 그렇네요. 그럼 움막지을 때 산속에 올라가서 마을 사람들이 같이 어디 모인 데가 있었어요? 아니면 각자 산에 올라가서 집마다 숨어서 그냥?] 각자. 그랬는데 우리 작은 외삼촌네. 우리 큰 외삼촌네. 우리 큰 댁에 네 집에다가 이렇게 드문드문 집을 짓구서는 그렇게 해서 살았지. 집이라고 오죽하겠수.

그랬다가 그 또 물사태가 나가지고 또 고생도 하고. 엄청 고생하고 살았어. 끝까지. [조사자: 피난해서 산속에 있는데 장마가 졌구나.] 장마가 져가지고는 또 물이 꼭대기 사태가 나서 물이 와가지고. 우리 어른들은 논에 가신다고 가셨는데 나는 움집에서 애들을 데리고 있는데 갓난애가 여기메다가 땅에 드러누웠는데 사태가. 움집이니까 여기 뒤루 다 문이 있는데 그리 물이 들어와. 엎쳐가지고 애를 그냥 업었어 내가. 그러고서는 글쎄 그냥 있는데 그 머리에 글쎄 매일 가시가 들어간거야. 그 물이 내려오는데. 그렇게 하구 살았어. 순서도 없이 말을 해댔네. 내가. [조사자: 순서 없어도 됩니다. 전혀 상관없습니다.] 그렇게 한 세상 살고 그냥 지금 이렇게 사는거지 뭐.

[조사자: 그러면 군인들에게 해꼬지 당하고 그런 일은 별로 없으셨겠네요.] 그런건 몰라요. [조사자: 뺏어가거나. 못살게 굴거나.] 우리는 그건 몰랐쥬. 그냥 그때 그렇게 보구는 인민군들은 못 봤어. 그랬는데 우리 직계서 그게 시월. 동짓달에서도 난리가 났었는지 설이야. [조사자: 그때가 중공군 내려올 때 말씀하시는 것 같아요. 그해 겨울에 중공군이 밀고 내려왔었거든요. 국군이 올라갔다가 그때쯤이 맞습니다.] 그땐가봐. 그랬는데 초하루날이야. 정월 초하루. 근데 그 신이리로 인민군이 하나 이렇게 내려오더라구. [조사자: 한명이?] 한명이. [조사자: 패잔병인 모양이네.] 몰라. 뭔지 한명이 내려오는데. 그거 그냥 저거 해서 먹여 보내도 되잖아. 그랬는데. 거기 신이리에서 난다 하는 사람이 있잖아. 동네라도. 그 사람이 그 사람을 불러다가 자기네집도 아니고 딴 집에서 불러다가 국이랑 해서 잘 먹이는데 우리 옆의 집에 와서. 근데 난 그건 보지 못했어. 우리 아버지가 얘기를 하시더라구. 그래가지고서는 잘 먹여가지고서는 산으로 끌고 가서 구덩이를 파고서 산거를 거꾸로 묻었어. 그래서 우리가 그랬어. [조사자: 잘 먹여서?] 그럼. 그러니까 나는 그때도 뭐 시큰둥. 처음에

있었겠어. 뭐 그랬어도. 아이 그 사람들네도 우리 민족인데 그렇게까지 할게 뭐 있나. 그랬는데 그 집들이 다 망하더라구. [조사자: 그렇게 한 집들이?] 그 집들이 다 망했어. [조사자: 어떻게 망했어요?] 다 살아 죽고 그랬어.

그런데 그 집의 어머니가 아들만 여섯인가 낳고 딸 하나 낳고 그랬었는데 큰 아들이 그랬거든. [조사자: 그 짓을 큰 아들이 했다구요.] 네. 그랬더니 저 어머니가 물에 빠져서. 강에서 오다 물에 빠져 죽고. 큰 아들도 죽구. 손주들도 다 죽구. 그 아들들도 다 죽었어. 그 형제들이. 그렇게 해구서는 망하더라구. 그래서 남한테 저거 하면은 그게 좋은거는 없다고 나는 생각해. 그렇게 지내와서 그런 것도 봤어. [조사자: 그냥 모른척 하면 될텐데 굳이 사람을] 잘 먹여놓고 그냥 빨리 가라고 그래도 되잖아. 그랬는데 그거를 글쎄 그렇게 해서 갖다 묻어서 죽였어. [조사자: 진짜 이상하네요. 먹여서 보내려고 했나 이렇게 했더니. 사람을 산채로.] 사람을 산채로 거꾸로 묻었데요.

[4] 피난처 동굴에서 출산한 산모와 아이의 죽음

[조사자: 국군은 못 보셨어요?] 국군은 거기가 외져가지고. 촌이어가지고. 그래가지고. 군인들은 잘 못 봤어. 근데 우리 시집을 오니까 우리 어머니가 얘기하시던 소리도 해볼까. [조사자: 예. 그거 좋죠.] 근데 우리 시댁에서는 그 반공굴에 그 집이 있는 그 꼭대기에 반공굴이 있었데요. 산 위에 놓은 사람의 산짓단이라고 있잖아. 그런 밑에다 굴을 자연으로 판 게 있었데. 거기 크게. [조사자: 숨기 좋았겠네.] 네. 그래서 거기들을 가서는 피난들을 동네 사람들이 가서 해구 그랬다고 하드라구. 그랬는데 그냥 폭격이 막 퍼붓더래. 그래서는 했는데 그러니까 우리 영감이야, 그때 쪼끄맸었으니까. 영감이 막 뛰어오는데 저 반공굴에서 내다보니까 요 앞에 떨어지고 뒤에가 떨어지고

[조사자: 포탄이요?] 응. 그러니 부모네가 얼마나 조리고 있었겠어. 그랬는데도 폭격이 막 와도 집이 타는데 그러니까 그 반공굴에 있던 사람들도 폭격

에 맞은 사람도 있고 파편에 맞은 사람도 있고 그랬는데. 저기메 노인네 한분이 하얀 옷을 입고서는 나왔데요. 그랬더니 사람들이 저 할머니가 사람들 다 죽이려고 나왔다고 볶아치더니 그 하얀 옷 입은걸 보고 아 여긴 피난민인가 보다 하고는 폭격을 멈췄데요. 그때. 그래가지고들 살으셨다고 그러던데. [조사자: 그 할머니 때문에 오히려.] 응 그 먼저는 양복 입은 사람이 하나 뛰어 그리 올라가는 것을 보고서는 군인인줄 알고 그렇게 쐈데요. 그래가지고 거기 시댁에도 그냥 다 거기 동네가 불이 타가지고는 파편에 맞은 사람이 많아서 그렇게 겪었다 그러더라구. [조사자: 그래도 마을에 굴이 있어가지고 많이 피신했겠네요.] 네.

그래가지고는 우리 어머니들 조카 며느리가 그 반공굴에서 애기를 낳데. [조사자: 그 난리통에] 그럼. 난리 났지. 그래가지고서는 애기를 낳는데 뭔 병원이 있어. 뭐 있어. [조사자: 산후조리를 할 수 없겠네요.] 산후조리를 할 수도 없고 또 저기 끓여줄게 없어서 김치 가져갔던걸 물에 질질 빨아가지고 그렇게 해서 국을 끓여주고 그랬는데 애기도 엄마도 잘 있더래. 건강히. 그러니 그 굴속에서 냄새가 날거 아니야. 그러니까 사람들이 냄새나구 어찌구 한다고서는 숭숭대고. 그러니까 듣기 싫었겠지. 그러니까는 애기를 데리고 딴 굴로 갔었데요. 딴 굴이 거기 또 있었는데 그랬더니 그 굴에서는 좋아하겠수. 그 냄새나는걸. 그러니까 도로 그리 왔데. 그랬더니 그게 산짓단 밑이래 가지고 벌을 받아가지고 금방 침을 막 흘리니 그러더니만 애어머니도 죽고 애도 죽고 다 죽었데 글쎄. 그랬다고.

[조사자: 왜 벌을 받아요?] 그러니까 거기메 거기만 있었으면 괜찮은데 나갔다 들어와서 또 벌을 받았데. 우리 어머니가 그러시더라고. 그래가지고 애도 죽고 어른도 죽고. [조사자: 그 굴에만 있으면 괜찮은데.] 그 굴에만 가지만 않고 있으면 괜찮은데. 그래서 우리 시댁에도 그 폭격을 맞아가지고 집을 다 태웠다고. [조사자: 그래도 사람은 상하지 않은 모양이네요.] 그 애어머니랑 애만 죽고. [조사자: 시댁 식구들은 괜찮고?] 네. 우리 시댁 식구들은 괜찮고 그

랬는데. 그러니까는 우리 어머니 조카지. 그 애기 낳고 죽은 집. 그 이는 또 아버지가 이장도 하고 인제 그랬다고 해서 또 붙잡아가가지고. [조사자: 인민군이?] 인민군이 붙잡아갔지. 그래가지고 총살해서 죽고. 그래서 그냥 두 내외가 그렇게 다 죽었다 하드라고. 내가 시집올때쯤. [조사자: 조카 며느리는 애 낳다 죽고, 조카는 붙들려가서.] 그래. 선생했었데. 아버지는 일본시대때서부터 이장을 했데. 그랬는데 그래가지고서들 그렇게. 그러니까 우리 시댁에는 인민군한테 그런게 아니라 아군 폭탄에 그렇게 됐드라고. 얘기 들으니까 또. 그렇게 해서 그랬더라고. 그러니까 인민군들이 거기 있는 줄 알고 포를. [조사자: 인민군이 숨어 있는 줄 알고?] 응. 미군들이 그랬데. [조사자: 미군들 비행기가? 그런 일 많죠.] 그랬나고 그러너라고. 여기저기 이야기만 해버렸네. [조사자: 재미있는 이야기가 많네요.] 재미있을라고뭐. 나이는 얼마 안 되어도 난리만 겪고 살았어. [조사자: 아니 그러한 이야기를 이렇게 남겨서 저 밑에 태어난 사람들이 그걸 보고 알아야하니까. 인제 연세들이 많으셔서. 이렇게라도 남겨서 알아야죠. 다시는 전쟁이 나면 안 되니까.] 아이고. 전쟁. 전쟁. 지랄. 그러니까 6.25서부터 난리가 그해 6.25. 6월 달에 났지. 10월에 났지. 봄에 또 났나. 동짓달에 난리가 했는데 그렇게 계속 났었어. 그때는. 그런데 인민군이 들어왔다 나왔다 그렇게 됐지 뭐.

피난처에서 일군 또 다른 삶

김 시 진

"새끼장사를 하면서 뭐 가마니 장사를 하고 또 인제 피난민 새끼장사라 하면 모르는 사람 없지."

자 료 명: 20120713김시진(강릉)
조 사 일: 2012년 7월 13일
조사시간: 1시간 16분
구 연 자: 김시진(남 · 1925년생)
조 사 자: 박경열, 유효철, 김명수
조사장소: 강원도 강릉시 성산면 금산2리 3반 (구연자의 집)

[조사과정 및 구연상황]

조사팀은 제보자를 찾기 위해 금산리를 배회하였는데 동네 어르신들의 제보를 김시진 화자를 찾아가게 되었다. 김시진 화자의 집은 한옥으로 되어 있었는데 집의 규모가 컸다. 화자의 집을 찾아갔더니 화자는 침대에 누워 계셨다. 거동이 불편하신 편이었다. 조사팀은 화자에게 찾아온 이유를 말씀드렸다. 화자는 거동이 불편하여 침대에 앉아서 이야기를 하겠노라 하셨다. 집에 며느리가 함께 있었는데 조사팀이 조사를 할 수 있도록 공간을 마련해 주었다.

[구연자 정보]

고향은 강원도 강릉 교동이다. 1945년에 군대를 가자마자 해방이 되었다. 가족은 5남 2녀로 칠남매이다. 전쟁이 나자 인민군에 동원되지 않기 위해 청년단이 포항으로 피난을 간다. 피난 기간이 길어지자 먹고 살 궁리를 한다. 남다른 판단으로 새끼 장사를 시작하고 이어 과자 장사로 돈을 번다. 돌아와서 그 밑천으로 감자 농장을 시작한다. 자식은 5남 1녀를 두었다.

[이야기 개요]

전쟁이 나자 젊은 청년단이 포항으로 피난을 간다. 포항에서 피난민으로 살아가는 것이 힘들었다. 밥을 제대로 먹지 못하게 되자 주위 농가의 일을 도와주고 한 끼를 해결한다. 포항에서 새끼를 꼬아 만든 가마니가 많이 필요하다는 사실을 알고 빚을 내어 새끼 장사를 시작한다. 새끼 장사를 해서 모은 돈으로 밑천 삼아 이윤이 많이 남는 과자 장사를 시작한다. 장사가 매우 잘 되자 주위의 사람들이 시기하여 군대를 갔다 오지 않았다는 사실을 고발한다. 아는 기자의 도움으로 군대를 갔다 왔다는 확인증을 만들고 장사를 계속 할 수 있게 된다.

[주제어] 청년단, 포항, 영덕 영해, 피난, 가마니, 사탕, 장사, 군대, 고발, 확인증

[1] 경북 영덕군 영해로 또래 청년 이만 명과 피난을 나가다

[조사자: 할아버님, 할아버님도 예전에 일본 정치도 겪으셨잖아요.] 응. [조사자: 고때 얘기부터 좀 해주세요.] 뭐 일정 때야 우리 나이에 막 이십이 됐어요. 스무 살. 그래가지고 그 저 일본 저 군인 일, 훈련 받았다고, 여그서. 거 나이

인제 만 스무 살, 스물 살, 스물 하나, 스물 하나. 그 또래를 저렇지 싹 다 뫄(모아) 가지고 민(면)에서, 민에서 뫄 가지고, 저 정부에서 월급을 줘 가지고, 공무원을 두고 기양(그냥) 가르쳤어요, 거서. 훈련을.

[조사자: 할아버님이 가르치신 거예요?] 아니. [조사자: 아, 할아버님이 받으시고?] 거서 훈련을 받고, 뭐야 교육을 받아 배울 적에 막 나가리(무효), 막 나가리 됐는데, 해방이 돼가지고. [조사자: 아 그때, 그니까 스무 살 때 군에를 갔는데 그때 바로 해방이 된 거예요?] 야. [조사자: 그니까 45년에 가셨겠네요, 그러면?] 훈련에, 훈련을 하다가 내가 오래 제일 오래 있었지. [조사자: 그리고 나서는, 그때는 결혼 하셨어요?] 그때는 결혼 안 했지요.

[조사자: 아 결혼 안 하시고, 그 육이오 전쟁 났을 때는?] 그 육이오 그 때, 그 당시에 육이오 전쟁이 나니 우리가 뭐 아군이 알 수 있소? [조사자: 그때는 군인 안 가셨어요?] 안 갔지요. [조사자: 안 가셨어요?] 육이오 사변이 났으니, 전쟁이 났는데 뭐 뭐이, 저저 저 일본 정치가 아, 뭐 할게 있소.

[조사자: 그럼 그 때 피난은 가셨어요?] 피난 갔다 왔지요. [조사자: 어디 쪽으로 갔다 오셨어요?] 저, 여해라고. [조사자: 여해?] 경북 영덕군. [조사자: 아 경북까지 갔다 오셨구나. 그때 가족들이랑 다 같이 가신 거예요?] 아니, 혼자. 나이가 스무 살, 스무 살. 국가가 필요한 사람. 이 사람들 붙들려도 심신 변지하면 그럼 안 되겠거든. 그 저 나라에서 살기 그 필요한 사람만 쓰고, 거 한 이십 여댓 되는 사람들. 거 싹 다 모아서 데리고서 경상도로 갔어요. [조사자: 남자들만 데리고 갔다구요?] 응. 이남에서. 이남에서 거 썩 모아들이고 그럴 제 경상도고. 피난 갔지 뭐. 이북에서 사람들 붙들릴까봐.

[조사자: 응, 군인. 군열에 올라가야 되니까?] 붙들린 거서 짐 지고. 뚝 떨어져 다른 길 있잖아요. 그러니 그거 못하게 하려고 이제. 막 동원시켜 가지고. [조사자: 한 번에 다 가신 거네요? 그 나이 또래 청년들이 다 경북으로.] 그렇지요. 한 서너 살 차이. 에이 뭐 갔지요. [조사자: 그때 몇 명 정도 됐어요?] 뭐 한 이만 명 갔을 거예요, 이 영동에서.

[조사자: 영동에서, 아 이만 명이나. 어 그런 것도 있었구나. 그러면은 그 피한 사람들이 군대에 갔어요? 다?] 그 피한 사람들이 그 인제, 그 군대 갈 애들이 사람들이 막 툭툭 떠나갔거든요. 떠나가니 거기서 그 뭔가 경상도 거기 뭐이더라. 그 간 데. 이 영해 영덕 그밖에 근처에 있지. 거 가니 큰 창고가 있는데 여 저 쌀 창고, 큰 창고가 있는데 이만 명이 생각보다 많이 모였거든. 집이 없으니까.

[조사자: 이만 명 정도가 모인 창고에.] 그 창고 들어가서 인제 앉아서 저 뭉탱이 밥을 어디서 할 수가 없으니까, 간을 속에다 넣어서 뭉쳐서. [조사자: 주먹밥을 주는 거예요?] 그래서 먹고 앉아있더니 어느 선생님이,

"다 나오라."

하더라고. 나오더니 줄을 쫙 세워요. 쭉 세우는데 서너 줄 내 세우거든. 세워놓고는, 거의 그, 그게 검사하는 거래. [조사자: 아 검사.] 이래봐서 눈으로 함 봐서 사람이 똑똑하고 모양 바르고 이러면은 떠 밀어줘. 뒤로 떼 넘기거든. 좀 나서라고. 그 그것이 말하자면은 그게 검사야. 그게 나서라고 해서. 나서는 사람이 필요한 건지 안 나서는 사람이 필요한 건지. 그건 그래.

그래서 뽑아 놓고는

"나머지 사람 다 가라."

그러더라고. 갈 적에는 동원으로 내려와 가주고 증명을 해가지고 나갔지만은 들어올 적에는 이거는 뭔가 이북 놈들이 도망해가주고, 저 부산 가서 싸그

리 다 죽었잖소. 부산 가서 이북 놈들이 그놈들이 거기서 다 망했으니 망했으면 힘을 쓸 수가 없거든. 그냥 싹 다 제거 돼서 다 죽었거든.

우리가 포항까지 갔거든. 여기서 걸어서 한 이만 명이 포항까지 갔는데. 뭐인가 저 밖에서 연락이 들어오기로,

"나오지 말라고."

나간 사람들 다 죽어버리고 아무도 없고 거 나가봐야 거 원사력, 약한 봉지라도 해치워 버리면 몇 만 명이고 뭐 다 죽는 판인데 그 까짓 거 뭐할 거야.

"가지 마라."

하거든. 우리는 나가다가,

"그냥 나오지 말라고 사람들이."

조금 이따 보니 연기가 오는데 소리가 아주 요란하고 말이지. 다 돌면 다른데 그게 인제 미군이 비행기를 가지고 원조하러 갔지. 저 이북(이남) 원조, 저저 이남 원조.

이남 원조를 오니 뭘 하오. 원자탄 써 가주고서 다 없는데. 그래가주고 들어가라네.

[2] 많은 청년들이 피난길 이동 지역에서 얻어먹고 자며 신세를 지다

그 담에는 나갈 적엔 뭐 부대를 맨들어 가지고 뭐 사열도 하고 시위도 하니. 들어올 적엔 이런 사람이고 부대고 뭐 있소.

"뭐 그냥 들어가라고."

나갈 적에는 말하면, 인제 강릉에 인제 고성이나 강성서 만 명, 이만 명 나오는 게. 강릉 와 잔다하면 강릉 와 자면 시간 전에 와 얘기를 하거든. 강릉시에 와서 몇 명 올 것인지 알아보고 준비하라고. 시에서 이제 면에다가 인제 연락을 하거든.

언제 한번 이만 명이 가 자는데,

"몇 천 명은 성산면에서 재워라."

이게 아마 낮에 연락이 다 되었어. 돈이나 준다면 좋아서 빨리 하지만은 싫은 놈을 거 자라고 하니. 재우라고 하니 빨리 일이 안될 거 아니요? 해가 있어서 연락은 다 했는데 해가 져도 안와. 저 마, 성산면에 이천 명이 필요해서 저 그 이천 명이 할당이 되었다 하면 그 이천 명을 데릴러 한 만원씩 돈을 준다하면 얼른 데릴러 오지만은. 지극히 싫으니까 안 올 수밖에.

해가 져오니 와서 데려가. 지금 그냥 재워야 되니깐 아니 그래가주고 밤중이 돼 가주고, 뭐 오는가 안 오는가 이래 가주고. 모아가주고, 이걸 다 해가주고. 막 예를 들어서 금산하면, 금산에 천명하면, 부산에 천명, 뭐 저 도강에 천명 이래가주고 흥산면에서 재워보자. 이게 또 밥이나 하기 싫은 놈은 어두운데 밥이나 하기 싫은 놈은 꽁밥인데 말이야. 빨리 할 턱이 없잖소. 이럭하고 어두운 시간을 보낸 거야.

아마 열두신가 거의 돼서 부득이 하고 안 되니까 내가 마지막에 했는데 밥을. 예를 들어서 밥을 아홉 시나 여덟 시에 먹어야 되는 거, 열두 시나 돼서 쌀이 끊여진 모양이라. 그 담에 이집에서 의논하러 반장회의 하면 일곱이나 여덟 밖에 안 오거든. 싫은 거 하니 말이야. 이게 심리야. 여러 사람 보면 알 텐데. 그래서 밤중이 돼서 밥을 해주는 걸. 어디 반찬이 안 나왔잖아. 잔가지 떠 놓은 게 밑반찬이고, 그래서 인제 자고 나갔거든.

울산. 내가 지금 얘기하는 게 울산이에요. 울산. 경주 시내에서 울산 거기로 갔다고. 울산에. 그래서 며칠 끊임없이 주먹밥을 몇 만 명이 먹었는데 그 힘들게 아니요 글쎄. 사람이 천 명만 되도 엄청난데 그기 몇 만 명이서 글쎄 주먹밥을 며칠 멕였으니 울산서. 울산 시민들이 아주 죽다 살아났지 뭐. 밥을 할당 해서 지어야지, 해 나르는 기.

그 얻어먹었더니,

"쭉 나오라."

그래서 내 찔러 내 밀어. 이래보니까 내 밀리는 사람은 사람 단단하고 재치가 있어도 외모로, 똑똑하거든. 내가 밀리거든 필요하니까 내밀어 넣는다고 그 사람. 그렇게 날 내밀어 놓고는 안 밀린 사람 원래 나와 서있던 사람은,

"저 가라."

그래. 가라 그러는데 우리 몇 명이서 증명할 사람도 없고. 그 일본 놈이 다 막아놓고 없어진지. 뭐 뭘 증명해줘. 증명이 없거든.

"증명이 없으니 가라고."

그것도 한두 사람이 증명이 없이 가야지, 붙들어가지고 못 가게 하든지 하지. 수만 명인데 다 막아놓고,

"다 증명 없소."

이러는데 그거 어떻게 알거요. 붙들지도 안 해. 다 알거든. 안에 보초 하나, 보는 사람들이. 안에 헌병대가 보초 보는 사람들이 다 알거든. 증명이 없고 많이 들어오지도 않는 것을. 그래 들어오는데 증명을 좀 보자고 하는 거야.

"증명이 없어."

하니까,

"알았다. 가라."

그러는데 가라 그래야지 놔두면 어떻게 할 거야. 놔두면 때가 되면 밥을 줘야 되는데 스물한 명을 어떻게 해. 그래 들어오다 보니 영해라고 뜰이 커요. 뜰이 큰데 가보면 농촌집들이 쭉 어울려서 살고 하는데 우선 쌀이라도 많아야 인심이 좋지 쌀 아무 것도 없는데 뭔 인심이 좋소?

영해 가서 떨어졌는데. 그러는데 그러고 나서 뭐 지도하는 사람도 없지, 뭐 감독 없지 뭐. 들어오는데 그 맘대로 지 뭐. 내 살기 위해서 들 없는 영해 와서 떨어졌거든. 그게 처음에는 십 명이 떨어졌어요. 거기 와서 그 십 명이 떨어져 가지고 세 명이 같이 갈 수 없잖아. 그래서 두 명씩 또 헤어져서 우선은 저녁을 얻어먹어야 되거든. 먹고서 밤에 뭐 일 좀 해주고 강릉에는 못 들어오니까.

거기는 뭐인가 그 날 밤은 저녁 자면서 사정해가주고,

"그 내일은 인제 안가고 여기서 하루 더 자고 여기 간다."

그러고 뭐이나 울진이나 거기나 그 안에 못 들어갔었어. 울진 안에는. 그러니까 인제 거 와서 하룻밤 자고 사정사정해가주고 하루를 묵어가기로 인제 해가주고. 하루 묵어서 이래가주고, 인제 그 안에 어데 다음은 강원도 어데 가니 평해라고 있었어.

평해라고 그 뭐. [조사자: 평해?] 평해가 군이에요. 경북 다음에 거 강원도, 다음이 강원도거든. 그 평해는 우리가. 그 다음이 평핸데. 평해 사람이 그래 많이 멀리 갔는데 들어갔는데 밖에 거 안에서 못 들어오게 번번이 막거든.

근데 뭐 뭐이 못 들어오잖소. 그 다음에 나오는 사람하고 들어가는 사람하고 치르는 게 사람이 몇 만 명이 그 평해 쫍은 데 거 다 가서 오도 가도 못하고 그러고 있으니 이 전쟁 터지면 이세 선쟁이지 딴 게 전쟁이요? 밥 얻어먹을 수 있나? 쌀은 잘게 한 말씩 써요. 미리 준비하라 해서 한 말 있는데 솥이 있어야 밥을 해먹죠. 사람 몇 만 명이 쪼그만 한 거기 평해, 거기 시장이거든. 거기가 시장인데 면소재지인데 말이죠. 평해 면소재지에 사람이 몇 만이 오니 솥이 있소? 그 많은 사람이 밥을 해먹을 데도 없거든요.

그래가주고 밥을 못해 먹고 굶어 가주고. 그 담에 굶을 순 없잖아. 데려 나오네? 들어가질 못하니까 강을 들어오는 사람이 들어오질 못하고 끝까지 갔다가 뒤로 인제, 그런 집 많이 사는 걸 봤고. 큰 도당 뒤로 빠꾸를 해서 나가네 이제. 나가다 영해 가가지고 사천면이라는데 갔거든요. 가가지고 거기도 뭐, 뭐가 피난민이라 없앨라는 판인데. 피난민 좋아하는 사람 어디 있어. 안 받아들이거든. 피난민을. 그렇게 아니요? 그 동네서 '내 드러눕네.' 쌀 자루를 쥐고 그러고 있으면은 그다음은 인제 그 동네에서 이거 피난민이 오십 명, 우리 동네에 오십 명이 왔다 하면 이장 반장 할당을 해요. 한 반에 몇 명씩 할당해가지고. 그 사람들 인제 많아서 싫더라고. 이반에 30명 데려가라 그러면 어쩔 수 없이 데려가요.

인제 반에 이집에 열 이집에, 열 이집 다섯, 셋 이라든지 나누어 주거든. 그 많이 한 사천면 거기에 내가 알기로 이천 명 단위인데 그거로 그 이천 명 간 모양인데 사천 하고, 말골

하고, 뭐 하고. 세 동네가 거의 이천 명 다 재웠어요. 한데 자던지 뭐 또 자는지 하여간 다 잤거든. 하여간 밥 얻어먹고 밤에 그랬어.

그래 재우면 이튿날은 인제 또 가야 되잖아 가야되는데. 소문 들으니 북에서 이렇게 나오지, 못 들어간다고 그러거든. 이 안에 여기는 그거는 뭐이가, 공산당이 여 점령을 했거든요. 강릉을 점령을 했다가, 원자탄을 저 경주 저짝에서 쓰는 바람에 싹 다 녹아버리지. 여기는 뭐 원자탄이 뭐이고 뭐 또 여 사람이 많이 있을 때가 없거든. 근처밖에 멀리 있다간 다 죽고. 강냉이 일구 나오던 사람이 나가지도 못하고 들어가지도 못하고 이런 상황이야.

[3] 피난처에서 새끼 장사를 시작하다

여게 지금 여 울진 삼천 평해 이렇게 와 있거든요. 사람들이 그래서 또 뒤로 빠꾸를 해가지고 경상도로 돌아 나갔잖소. 고향으로 돌아올 수도 없고 돌아와 봐야 징병 붙들려 가야 되니까. 뭐이가 뒤로 인제 빠꾸해서 이 영해 사선이라는데 나갔어요. 뒤로 나가가지고 일 좀 해주고 밥을 좀 얻어먹을 때가 있는가 하니. 젊은 사람 있는 집이야 필요 없지. 어른들 계시는 집이 손이 좀 모자른 집이 있거든.

그래,

"우리집 와서 일 좀 해주고 밥 얻어먹어."

그래시 소개 받아 가주고 일 해주고 밥 얻어먹고 이런 일이 있지 뭐. 그래 가주고 있었는데 거기서 소문을 들으니 뭐. 강릉 이쪽은 들어오지도 못하고. [조사자: 나가지도 못하고.] 이렇다 그래. 그러니 뭐 일 해주고 밥 얻어먹으니 날 새고 일하고 하니. 일이 있는 집에서는 있어야지. 가란 말 안하고. 보고 또 있지 일해주고. 그 다음에는 뭔가 계속 거 있을 순 없잖소.

이것도 며칠이지 곤히 있을 순 없거든, 고 다음에 고 새끼를 꽈요. [조사자: 짚 새끼.] 이 기계로 말이요. 이게 바로 기계로 하나 넣어가지고 꼬거든. 왜 꼬는고 하니 한국에 외국 물자가 포항으로 들어왔어. 포항항구로. 포항으로 막 들어오거든. 포항으로 들어오니까 새끼를 꽈가지고 새끼를 꽈가서 뭐 묶어야 되거든. 가보니 저 보리쌀하고 일하고 그냥 저게서 가마니 없이 말이죠. 그냥 배에다가 싣고 와요. 싣고 와서 기계로 바람을 가지고서 내불어서 풀 속에 들어가서 모래더미처럼 쌓아.

밑에 깔라하니 깔게 있나. 이게 어느 정도 모래하고 보리쌀하고 섞이지 못하지. 쌓으니 각 시군으로 가져가야 할 거 아니요. 시군으로 가져가니 가마니를 짜라고 지시를 하거든. 그 인제 가만히 앉아서는 짚신이 백짚신이고, 짜거든 새끼로 꺼내주면.

"가져가지 뭣하러 가져와."

그러고 나서 새끼를 꼰단 말이요. 꼬는데 그놈을 앉아서 매보니, 매지는 못하고 뭐든지 해야 되거든. 그래야 당장 밥을 먹지. 그래서 보니깐 이놈의 새끼 장사를 해야 되겠더라구요. 그래 검사원 보고 우리가 얘기를 했지.

"돈은 없고 장사를 해서 십 원이라도 해야 밥 먹겠으니."

검사원 보고 [조사자: 금사원? 아 검사원.] 아니 젊은 사람은 안 된다고 하는데, 남한사람이 이래가주고 생각하더니 이 사람이 집에서 노는 사람은 아닌데 이 피난 와 가주고 이렇게 됐는데. 아무래도 우리가 시키면 할 거라고 하거든.

"그러면 새끼 돈 있어서 사올 데가 있어?"

이거야.

"새끼는 사올 데가 있어."

"그러면 한 오백 개 우선 사오라."

[조사자: 가마니 오백 개.]

"오백 다발 사와보라."

그래. 댕기면서 좋은 기. 농촌에서 내나 세상 못나고, 똑똑치 못하고. 말도 제대로 못하고, 옷도 제대로 못 입고. 이런 사람이 새끼를 꼬아서 가져오니 돌아보지도 않애. [조사자: 쳐다보질 않아요.] 사람이 부실하고 하니까, 새낄 꽈도 돌아보지도 않애. 그런 거만 골라가지고.

"당신이 저 팔자리가 만만찮으니까 내가 대신 팔아 줄테니 당신은 안매 외에는 더 받는다고 생각하지 말아라."

이 사람이 가만히 생각해 보니 그거라도 받아야 되지. 그거라도 안 받고 있다 보면 그 사람은 해지면 금방이고. 비라도 오면, 젖어버리면 새끼는 말이유 팔지 못하는 기. 젖으면은 내던지거든. 그러니

"아 그냥 당신이 안매하게 해 줄 테니 당신이 팔아서 좀 줘요."

그러더라고. 문제는 내가 안 생긴다고. 그래서 말했어.

"당신 돈 줘야지 넘기지. 나도 검사를 할 테니 당신이 구경도 해요."

그렇게 말하고 검사원 보고서 가서 천천히 보더니, 무데기로 저거 내가 쌓아 놓으라고 얘기를 했거든.

거기 가서 검사원 보고 내가 찍어서 인제 소나무 뭐이가 허가하는 검사하는 거랑 한가지지. 새끼도 퍼런 물 가지고 설라무네 묻었으면, 퍼런 물 잿빛으로 찍으면 그건 검사한 기고. 일등으로 검사 다 했네. 검사 다 해가지고 그 담에 인제 창고로 넣으면 돈 주거든. 창고서 정부가 돈을 잔뜩 여기다 쌓아 놓고 새끼 가마니 사니 말이야. 그래 가주고 장사를 한번 했는데 정말 한 오백 말 샀다고. 오백 말 샀다 하면은 뭔가 돈이 오백 만원이 들어왔으면 한

이백 만원이 남은 거야. 그거 못 팔고 검사를 못하고 있는 거, 그거 내가 안 사면 그 비용을 내가 지거든.

그리고 뭐인가 한 이백 만원 남았어요. 한번 장사해가주고. 그 다음부터는 그 이백만 원을 가지고 어쩌고 사는데. 만원짜리를 내가 필요한 데로 오천 원, 저 만 원짜리를 오천 원 준데도 팔아먹을 능력이 없고. 그러면 팔아야지, 팔거든요. 그냥 긁으면 되는 기야. 그거는 싸네 늘. 사가지고 맨 마지막에 검사 하는데 가가지고 몇 문이라고만 얘기하면 일등으로 찍혀서 넘어간다는 거야. 그 사람들도 좋지 뭐. 돈도 버는 게 아니고 피난민이라고 동정을 해서 봐주는 기라 그래서 한 이십일 장사를 했어요.

[조사자: 얼마 안하셨어요? 오래 안하시구.] 한 이십일 장사를 했는데 돈을 꽤 많이 벌었다구. 그 담에 또 가네, 집으로. 거기서 울진군 쪽으로 인제. 들어오는데 맥혀서 올 수 있소? 형편이 땅은 막혀 놨으니 평야를 뒤로 나갔어요. 그 이런 데 아는 사람 많고. 젤로 뒤로 나갔으니 새끼 장사를 또 하네. 거가서. 새끼 장사를 또 하면서 뭐 가마니 장사를 하고 또 인제 피난민 새끼 장사라 하면 모르는 사람 없지.

[조사자: 아 그렇게 유명하신 거예요?] 그럼. 그래 가주고 나 피난민 새끼 장사라 그러면. 가져오라면 돈 안 받고도 줘. 그럼 내가 팔아 가주고, 돈 찾아 가주고 준다고. 새끼 팔아 가주고. 그 인제 새끼 장사 또 하고. 그 담에 새끼 장사 하다하다가 새끼 장사가 끝이 나니. 이 새끼가 끝이 나거든.

끝이 나니 기계 장사를 또 했어요. 울진 삼척 여 동해 강릉, 기계가 일본 놈들이 없는 놈의 걸 사다가 보급을 했는지 집집마다 거의 기계가 다 있었다고. [조사자: 어떤 기계요?] 새끼 꼬는 기계, 감아치는 기계. 뭐 이래도 해 놓은 게 몇 십 년을 새끼도 사지도 하고 꼬지도 않고 말이야 해놨으니, 그 기계가 놀 수밖에.

돈을 몇 푼 준다하니 그 사람들은 뭐 기계가 필요가 없거든. 그러니 팔 수밖에. 그 다음에 인제 삼척 여 들어와서 강릉 여 들어와서 기계를 이십 대

서른 대씩 사다주고. 팔고는 또 들어오고, 또 들어오고 하지. 그 기계 장사 하다가. 그담부터 그 기계 장사가 잘 안 되더라구요.

[4] 과자 장사를 하던 중 기자 회장의 도움으로 증명서를 얻다

하루는 장에 나가니 안동서 과자 장사가. 과자, 과자 장사가 와서 과잘 팔다가 한 반밖에 못 팔고, 해는 졌거든. 그거 다 팔고 안동으로 가야되는 사람인데. 안동이 한 이백 리 되거든. 내 있다가,

"당신, 저 난 돈 없고 약방이 보증을 서면 당신이 과자를 사 주겠느냐."

"약방이 보증서면 주겠다."

이거야, 과자. 뭐 드럽고 말고 또 그렇지. 그래 외상을 해서 과자를 완차를 반차로 맡았어요. 맡아 가주고 외상을 사가주고 계산을 하고서 판다 그러는데 '아미다마' 라고 왜 저 사탕 같은 거 있지요. 그 때 한 개에 오 원했어요. 소매로. 한 개 오 원했는데. 그 저 뭐인가 과자 장사가 대부분 교민들이 과자 장사를 해요. 그 하는데 한 근 오 원 팔어, 본전해가지고서 계산해보니깐 우리가 한 개에 오 원인데 두 개 오 원 팔아도 돼. 두 개 오 원 팔아도.

그런 담에 나는 남들은 한 개 오 원 파는데 두개 오 원하니, 이놈의 아들은 가서 자랑하거든.

"아 어디 가면 두 개 오 원!"

이라고 소리 소리를 지르면 장판에서 돌아다니는 거야.

본래 장사하는 사람들은 썩 안 팔리지, 반값인데 어떻게 팔려 그것이. 난 이제 옆에서 파네. 파니 이놈들이 기분은 저그가 더 쎄야 하거든.

"피난민이 와 가주고 과자 값을 내려서 우리가 우습게 됐으니 이 사람을 내 보내자고."

[조사자: 보내야 된다고? 가라고?] 이게 뭐이고 뭐 군대고 뭐이고 또 어디로 보내지 뭐. 나중이 그건 그러고 하니 그냥 팔 수도 없고 하니. 좋다. 자 그러

면은 뭐인가 이런 사안을 껴서 나온 것이. 징병계에서 나오지.

그 다음은 정부에서 나오지. 사방에서 나와 가주고 나이는 얼만데 내가 군대에 갔다 왔느냐. 또 이래하고 야단을 치고 하니 장사를 할 수가 없잖소. 놈들 때문에.

그래 하루는 보따리를 하나 사가지고 장사를 할 수 없으니까 말이야. 보따리를 하나 싸가지고 가서, 인제 가니까 정리를 싹 다하고 그 다음에 고향 갈라고. 하루는 포항서 과자를 포항서 들여놓는데. 포항 가니 그제 장사, 그 지인에 지인 맏아들이 기자 회장이야. [조사자: 기자 회장?] 기자, 신문기자.

'난 그 그까짓 기자가 뭐. 기자가 뭐.' 속으로 그렇게만 생각했어. 별거 없다고, 그런데 아냐. 엄청난 빽이 좋더라고. 잘못 걸리면 대통령이고 뭐고 없고 아 그게 그 기자 회장이야.

"그래 다른 장사꾼들이 훼방을 놓아서 난 이제 고향가요. 과자 장사 못하고 고향 가요."

이랬다고 기자가 그 이야기를 듣고 기사 내겠다고 얘기하니,

"단순히 장사꾼들이 그래서 그것 때문에 장사 못하고 가는 거요?"

그래서,

"못하고 간다고."하니,

"장사 해요. 하여튼 내가 증명해 줄 테니 하라고."

그렇게 얘기하더라고. 그때 보국대, 그때 보국대에서 마치고 오는 사람들 있지 증명이 있었어요. 그 증명하고. [조사자: 그러니까 거짓말로 만들어 준거네요?] 그럼. 그 다음에 인제 의용군 댕긴 거 그거 하나 만들고. 그래갖고 인제 싸인이 있는데, 그게 싸인이 그게 제일 중요한 도장인데. 그게 포항 지도하는데, 포항 거기가 부두 증명이야.

그러니 그래 해서 주고 그 다음 과자를 차근차근 해서 차에 싣고 도로 그게 들어가니, 차에 싣고 왔네. 들어와서 쭉 펴놓고선 이튿날은 장사를 하는데 더 크게 하죠. 인제 시작을 했다. 이놈들이 '인제는 갔나.' 하고 와서 했는데

보니 더 크게 하거든. 그래 병사계 이놈이 옆에서 하는 말이야. 병사계 그 사람들은 그 사람들 친척이 있을 거 아니여 그 놈아가. 거기서 산 사람들이니까. 난 피난민이니 아무 것도 없고.

이 이놈들이 이튿날 왔어요. 와가주고, 와가주고,

"당신 저 어저께 여기 저 병사계에서도, 병사계에서 당신 찾으러 갔다 왔는데 만났어?"

"만났다."

그랬어.

"아니 당신이 왔다 갔으면은 당신은 사업 못할 텐데 어째서 여기서 장사를 하고 있어?"

그래서 내가 증명서를 꺼내서 증명을 위에 것 세 개를 해 주는걸 내 위에다 하나 놓고. 나는 왜 위에 두 장이 있는데 맨 위에 것이 내거야. 상인들이 쓱 보더니 그 포항 사령부 도장이거든. 아 포항지부 사령부 도장이니 즈그 빽은 당췌 보도 못한 그런 사람이니까 아 보더니,

"아 뭐."

하고 묻더니만은,

"이 도장을 어떻게 받았어?"

물어요.

"내가 그게 내가 징병도 갔다 왔어. 보국대도 갔다 오고 말이야. 다 갔다 왔다고. 갔다 왔는데 당신들이 나 증명이 없다고 자꾸 그러니까 내 증명을 가서 가져왔다. 왜!"

이러니,

"당신들이 만일에 앞으로 계속 이렇게 나를 사업을 못하게 하면 내 그냥 안 둔다고 말이야."

놈들이 이렇게 보니 손 떨리거든.

"사과하라고."

"장사 해. 계속 사업해."

그래서 이튿날부터는 하여간 순사 놈도 하나 안와. 이튿날부터는 그게 어데로 어데로 없어졌는지. 점심하고 와서는 어제는 그 때까지 그래 내가 한 놈도 안 오거든. 그래 그놈들이 사람을 셋 세워 가주고. 사람을 셋 세워 가주고. 이놈들이 인제 물어봐요.

"포항사령부에 누가 있어서 그 증명을 받아 온 거요?"

그래 뭐 이게 뭐시라던지,

"뭐 친척인데 이종사촌이지. 뭐 이런 사람이 포항에 있다고 설라무네 있는데 최고 책임자로 있어."

이렇게 얘기를 했네. 이놈들이 몇 마디 해보니 이 보고를 잘못하면 지들 모가지 떨어지거든. 큰일이거든.

"내가 앞으로 안 올 테니 우리 얘긴 앞으로 좀 빼주시오, 우리 얘기 하지 말아 주시오."

"아 나 괴롭히지 않으면 나도 당신 얘기 안 할테니 걱정마쇼."

그렇게 말했어. 그래 그로부터 말을 해서 순사 놈들 얻어먹는 거랭이, 거랭이거든. 그게 좋은 줄 알지만. 왜놈의 순사 놈의 새끼들이 그담부터 한명도 안와. 그 병사계에서도 꼼짝도 안 해요. 묻지도 않애. 그놈들도 걸리면 죽거든. 그래서 거기서 2년을 과자 장살 했어.

[5] 피난길에서 장사한 밑천으로 고향에 와서 감자농장을 하다

2년을 과자장사 해가주고, 대관령 와서 농장 했어 농장. 대관령 와서 감자농장, 감자농장을 칠만 평을 지었어. 저 평수로.

[조사자: 땅을 개간을 하셨어요?] 개간한 걸 돈으로 했지 뭐. 개간을 한 사람들은 돈이 모자라서 돈이 잘 안 돌아가니 잘 못 심을 것 아니여. 그거 억울해서 망하면 그래, 내가 달라고 했어. 나중에 계산해보니 약 칠만 평 돼. 내가

짓는 농사가 돼 가주고 기계 농사로 무 심고 그래 가주고 돈 좀 벌어가지고 왔죠.

[조사자: 얼마나 하셨어요? 몇 년?] 한 십삼사 년 했을 거야. [조사자: 아 오래하셨네. 감자만 하셨어요?] 감자랑 무. [조사자: 무, 고랭지무.] 배추도 하고. 그래 가주고 돈 벌어 가주고 여기 내려왔지. [조사자: 그럼 여긴 언제 내려오신 거예요? 사신지가 얼마나?] 여기에 내려와서 남 준거까지 하면 한 이십 년 될 거예요. 밑에 남을 줬어. 터를.

[조사자: 할아버님 원래 고향은?] 여기. [조사자: 여기에요? 교동?] 응 교동이에요. [조사자: 결혼은 언제 하셨어요?] 결혼이요? 내 결혼이. 64년 전이. [조사자: 64년 전.] [조사자: 여든 아홉 되셨으니까 서른다섯? 아 스물다섯, 스물다섯에 하셨나?] 그 정도 되었죠.

내 얘기한 게 절로 다 들어갔어요? [조사자: 네. 할아버님, 원래 할아버님 가족은 다 어떻게 되셨었어요?] 우리가 칠 형제거든, 칠 남맨데 여자가 둘이고 남자가 다섯이고. 그리고 나도 뭐이가 남자가 다섯이고 여자가 하나이고 그래서 나도 아(이)들이 여섯이에요.

[조사자: 그러면 할아버님 그때 전쟁이, 육이오가 나서 피난을 내려가셨잖아요? 그때 가족들은 어디 있으셨어요?] 가족은 여기 있었죠. [조사자: 여기서 계속 있으셨어요?] [조사자: 피난 안 가시구요?] 피난갈 수 없잖소. [조사자: 그러면 가족은 어떻게 만나셨어요?] 그냥 뭐 여깄으니 말이야. 가족은 여기서 사니.

[조사자: 그러면 아까 보면. 거기 그니까 전쟁 끝나고 와서 보신 거예요?] [조사자: 내려가실 때 아마 징집 안 당하시려고 내려가신.] [조사자: 아까 말씀하신대로 새끼 노끈 가마니 장사 하시고 과자 장사하실 때쯤에 전쟁이 끝났어요?] 과장 장사한 뒤에 전쟁이 끝났어요. 전쟁이 끝나서 들어왔죠. 전쟁 때 들어오면 안

되거든. 젊은 사람들 있기나 하요. 어딜 데려가도 데려가지.

[조사자: 결혼을 하신 게 전쟁 끝나고 하신 거예요?] 아니 전쟁 시작하기 전에 했지. [조사자: 할아버님 그러면 아까 저기 남자들은 전쟁이 나니까 아까 스무 살에서 스물다섯 살 된 사람들은 잡혀갈까봐 아래로 피난을 가셨다고 하셨잖아요. 그 규모가 이만 명 정도 됐다고 그랬는데 그 중간에 검사한 사람들은 군인이에요?] 그럼요. [조사자: 군인이에요? 그래서 그 괜찮은 사람들은 뽑아서 군인으로 보내는 거예요?] 그렇죠. [조사자: 나머지 사람들은 각자 알아서 흩어지는 거예요?] 응

[조사자: 아까 그 말씀하실 때 증명 얘기하시던데 군인 갔다 왔다는 증명서 말고 또 다른 증명서가 있어요?] 또 있었어. [조사자: 그건 무슨 증명서, 주민등록증 같은 거예요? 그 증명서가?] 저저 뭐이가. 보국대 갔다 왔다는 증명서가 있고. 의용군 갔다 온 거는 군대 진지고, 탄알도 지어 나르고 협조핸 증명이고 꽤 많이 있어요.

[조사자: 그 기자 회장은 어떻게 아시게 된 거예요?] 기자 회장은, 인제 여기서 장사를 할라니 뭐 기자들이고, 경찰이고 뭐이고. 지가 아는 사람이 시장이고 뭐 이러니까 보통은 발이 넓거든요. 뭐 할 수 없잖소. 그래서 안 한다고 하니 지네들이 뭐인지는 몰랐거든. 지네들이,

"그게 뭔 소리야. 사업은 우리 한국에서 자유인데 왜 사업을 못하게 해."

"사업을 할라면 증명을 해. 군에 갔다 온 증명을 하라고."

그렇게 말해서 기자가

"내가 증명해 줄테니 장사 계속 하시오."

그렇게 된 거지. 그 진심인거 아니요? 그 보안군, 인제 죽도에 보급로가 있잖소. 입이 맞아 다니고 하면 연초 속성에 하는 도장을 찍어가지고 그 바로 걸리면 징역가지. 못 해먹지. 공무원 못 해먹지 말이야. 이렇게 됐거든. 지금 이런 때는 직접 부서에 떼어가는 그런 게 없거든. 그 마을 군대들 와서 하는 거지 뭐 그게 아는 사람이 공무원이니 떼기가 쉽잖아. 그게 아니 이놈들이

저기 살기 위해서 꿈쩍 못하고.

[6] 육이오 사변 이후 이남으로 내려온 인민군 부대에 대한 기억

[조사자: 그러면 그 전쟁 났을 때 할아버님이 아래쪽으로 피난을 가셨고 인민군이랑 국군이랑 총싸움하고 이랬는데 피해는 없으셨대요?] 그 때는 집에 있었어요. 집에 있었는데 하루 비가 왔는데, 하루 육이오니까. 육이오니 6월 25일에 전쟁이 났는데, 여기서 내다보니 제일 앞에 신작로에 군인이 아주 쫙 두 줄로 양쪽으로 걸어 서서 걸어가는데. 그 복판에는 차가 짐 싣고 넘어가는 거지. 내다봐도 그 차가 제가 뭐이냐 솥에서 김이가, 김이가 나거든. 밥 하더라고. 걸어가며 밥 먹어요. 언제 먹을 새 있는가?

[조사자: 피난민이에요?] [조사자: 아니 인민군?] 인민군이. [조사자: 차에서 밥도 하는 거예요?] 차 위에서 밥을 해가주고서 음식을 뭉쳐가지고 전해주거든. 시간은 어제 와서 밥 먹는 시간을 따로 둬, 그래선 안 되거든. 그러고 와선 어디를 보고는 하니 큰 길로 해서 대관령을 넘었어요. 그때는, 그때는 대관령

을 넘어가고.

또 한패는, 한패는 또 지금 와서 얽어가지고 옥계로 가가지고 [조사자: 강문에서 옥계로.] 그렇죠. 옥계에서 울진으로. [조사자: 쭉 바다 따라 내려갔네요.]

또 한 패는 저기 저 뭐이냐. 또 옥계 완성 이라는데. [조사자: 옥계.] 거기서 또 올라가 가주고 또 중부전선으로 삽당면 근처로. [조사자: 삽상리?] 삽당면이라고 그리로 내려갔어. 그렇게 내려가고.

[조사자: 어디로 가고 저기로 가고 그걸 어떻게 아셨어요? 그걸 갔다는 거를?] 왜. 그 뭐 많은 부대가 다는 아니지만 먼데 있어도 다 알지. [조사자: 6월 25일 이전에 그 일이 있었던 거예요? 24일에.] 아니 6월 25일 한 열한 시 돼서 육이오 사변이 시작됐어. 육이오 아닐 거야. 육이오. 6월 25일에 육이오 사변이 터졌다는 거야.

[조사자: 그러면 전쟁이 난거는 그렇게 인민군이 지나가는 거 보고 아신 거예요?] 그럼요. [조사자: 그러면 해방되고 난 다음에 할아버님 사십오 년 이후에 오십오 년 사이에도 인민군이 왔다 갔다 했나요?] 아아아 안 왔어. 안 했어.

생사를 초월한 탈출과 운명적인 만남

변 길 성

"네가 제일 큰 사람이고 하니까 어떤 수단을 쓰고 어떤 걸 해서라도 월남을 해라."

자 료 명: 20140330변길성(태안)
조 사 일: 2014년 3월 30일
조사시간: 3시간 8분
구 연 자: 변길성(남 · 1933년생)
조 사 자: 박경열, 유효철, 이원영
조사장소: 충청남도 태안군 태안읍 정당3리

[조사과정 및 구연상황]

변길성 화자는 태안읍 정당리에서 이야기를 할 만한 제보자를 구하고 있을 때 이장님의 소개로 만난 인물이다. 화자의 집 입구는 좁고 높은 길로 이루어져 있어서 인상적이었다. 집에는 화자 부부가 있었다. 화자는 소파에 앉아서 이야기 하고 조사팀은 주변에 앉아서 경청하였다. 화자는 자신에게 일어났던 일에 대해 선명하게 기억하고 있었고, 그것을 이야기로 잘 구연하였다. 옆에서 아내(심수찬)가 함께 이야기를 들었다.

[구연자 정보]

고향은 황해도이다. 가족은 7남매인데 그 중 둘째이다. 친어머니가 누나, 구연자, 동생 남매를 낳고 돌아가신다. 아버지는 정치적 사건에 연류 되어 돌아가신다. 새어머니가 구연자에게 피난을 가라고 한다. 누나와 함께 피난을 나왔고 북에 남아 있는 가족의 생사를 아직까지 알지 못한다. 26세에 결혼하였고 자식은 4남매를 두었다. 집 앞에 있는 바다를 간척하여 논을 만들 만큼 의지와 노력이 대단하고 마음먹은 것은 꼭 성취해내는 성격이다.

[이야기 개요]

고향이 황해도인데 아버지가 김일성 암살계획에 연류 되어 공개처형을 당하자 피난을 나온다. 어머니가 일찍 돌아가셔서 계모가 있었는데 계모가 나머지 가족들은 자신이 무슨 수단을 써서라도 살릴 테니 걱정하지 말고 피난 가라는 말에 누나와 피난을 나온다. 초도라는 섬에 들어갔는데 초도에 많은 피난민들이 몰렸다. 어머니 대신 동원되어 나가야 했기에 해변에서 주로 부역을 한다. 때를 봐서 월남하려 했으나 상황의 여의치 않았다. 함께 부역했던 사람들끼리 월남하기로 약속하고 디데이를 물이 빠지는 음력 14일로 정한다.

다른 사람들은 그 날이 되자 먼저 떠났지만 화자는 집에 두고 온 가족들이 걱정되어 집에 들렀다 가기로 계획한다. 인민군이 밤에는 초소에 2명 정도만 있다는 것을 알아내고 홀로 집으로 들어간다. 집에 가서 어머니를 만났으나 어머니는 가지 않겠다 하여 나머지 가족을 두고 다시 나온다. 돌아오는데 이미 월남을 시도한 사람들이 발각되어 문초를 당하고 있었다. 화자 또한 많은 매를 맞고 몸을 움직일 수가 없었으나 아는 지인의 도움으로 가까스로 살아나온다. 일행을 만나기로 한 약속 장소로 향하는데 총소리가 나자 다 물로 뛰어들었는데 뭇매를 맞은 터라 온몸이 칼로 찌르는 듯한 고통을 느꼈으나 살기 위해 견딘다. 그 와중에 누나랑 헤어지게 되고 후에 남한으로 들어오자 누나가 군산에 있다는 말에 찾아가서 누나를 만난다. 지금도 북에 두고 온 가족의 생사를 알 수 없었으나 더 이상 찾지 못하였고, 아직도 자신을 배려했던 계모의 말이 선명하게 남아 있다고 함.

[주제어] 황해도, 초도, 1.4 후퇴, 북한, 월남, 계모, 피난, 뭇매, 간척, 운명, 아버지, 동생, 부역, 누나, 열병, 군산, 이산가족, 선행, 보답

[1] 전쟁이 나자 서모 대신 부역을 하다

우리 같은 경우에는 아버지께서 공산주의자들하고, 옛날에 상당히 공작을 뭐 8월 15일께 되면은 김일성이 왔는데 암살 계획 같은 거 하다가, 계획을 하다가 그 탄로가 나가지고. 그때 송화읍에는 공의라고, 지금은 의사지만 그 분이 그 주동자였어요. 공개처형 당하고 송화 국민학교라고 운동장에서 아들, 아버지 공해처형 당한 사실을 목격했죠 거기서.

[조사자: 어르신, 성함이 어떻게 되세요?] [김수찬: 변길성.] 그 뒤로 아버지도 결국은 붙들려가지고 처형당했어요. 그런게 나는 부득불 월남하지 않으면 죽게 생겼으니까 가족들. 그때 나이가 십칠 세. 내가 동생이 밑으로 다섯이 있었는데 다 어렸어요. 누님하고 나하고 남매 낳고서 어머니가 돌아가셔가지고 어머니가 서모였는데 나이가 젊으신 분이셨지. 동생들 낳았는데 연령차이가 많이 나. [김수찬: 조실부모 했어.]

근데 어머니 얘기는

"누구 하나라도 우리 가족 중에서 누구 하나라도 살아야 나중에 다 죽으면 뼈라도 묻어줄 사람이, 누구 하나라도 살아야 될 것 아니냐. 네가 제일 큰 사람이고 하니까 어떤 수단을 쓰고 어떤 걸 해서라도 월남을 해라."

그때 왜 그냐면 1.4 후퇴 때 우리가 후퇴를 못했었어요. 아버지는 돌아가시고 어머니 끌고, 그때 엄동설한이니까 3.8선은 못 오고 저 섬, 초도라는 섬이 있어요. 초도, 섬이 있었어. 거기가 유격군하고 미군이 그 섬에가 상주하고 있었다구. 그래서 그 섬으로 피난을 할라고 했는데 어머니하고 막내 동생이 병이 났어. 엄동설한에 어머니, 막내 동생 생사를, 이제 가족들이. 약이 있어, 병원이 있어. 그리고 내가 어머니 동생 생사를 알 수 없는 디 놔두고 내가 올 수가 없어.

그래서 동생들하고 가족을 다 데리고 집으로 들어갔다구. 집으로 다시 들어갔어. 남의 집에서 그것도 하루 이틀이지. 집으로 들어왔는데 완전히 애들이 정복 된 거여. 어떻게 할 수가 없어. 그때는 군사 동원부라고 군인들 취급하는 동원부라고 있어, 군사 동원부. 거기를 찾아서 인민군에 지원을 해가지고 3.8선으로 배치가 되면은 월남을 하려고 지원요청을 하니까 안 받아줘요. 나이가 어리다고 안 받아줘. 거기서 내가 실패를 한 거유.

그래서 그 뒤로 뭐가 나오느냐면 그 초도, 속도, 그게 무슨 섬인가. 오래됐으니까 정신이, 속도에서 유격대, 미군에 속한 유격대, 한국 독립적으로 한국 유격대를 조직해가지고 육지로 상륙을 해서 항상 정보수집하고 식량 보급허고. 그때만 해도 미군이나 이런데서 식량을 지원해주지를 않았어요.

6.25, 1.4 후퇴 당시 미군 함대가 그 초도에서 주둔하고 있어도 그 유격군들이 상륙해서 포위당해가지고 인민군한테 포위당해가지고 무전으로 지원요청해도 한 방을 안 쐈다고 죽거나 말거나. 실탄 같은 거 식량 같은 거 뭐 이런 거 보급을 안 해주니까. 그 초도라는 게 조그마한 섬인데, 그 피난민이 무지하게 글로 몰렸으니까 산에다 솔가지 다 잘라서 그 엄동설한에 거기서 다 살고 그랬는데 집에 수용을 다 할 수 있나. 미군들은 군함, 배가 있고. 천막 같은 거 난민들이 어니서 소나무 짤라다가 그 움막처럼 해서 그 안에서 사람들이 살고 그랬다고.

근데 이제 뭐가 생겼냐면, 거 2개 면 3개 면을 이주를 시켜요 해변가에서. 자꾸 유격대들이 상륙작전해서 데리고 들어가고 정보 수집하고 하니까 완전히 주민들을 철수시켰어. 근데 어느 해인가 그 다음해 농사를 짓기 위해서 글로 동원해가지고 또 가는 거여. 걔들이 가서 경비 하에 농사짓고 밤에는 인솔해가지고 와서 한 집에 한 3-40명씩 한 집에 쟈들이 관리하기 좋게 해 놓드라구요. 그 중에서도 관리 할라니께 힘들잖어. 그러니까 반장 정도로 해서 총 책임자 이런 걸로 다 하더라고.

그때는 작업을 하고 낮에 못 왔어요. 비행기가 자꾸 떠 댕기다가 달구지, 옛날엔 달구지가 운송 수단이니까. 비행기가 폭격을 하니까. 밤에 해가 져서 어두워야 왔다구. 글로 동원령이 내려졌어. 어머니 대신 내가 간 거여 거기를. 해변가를. 그때는 속도라는 데는 물이 쓰면 걸어서 그 섬을 갈 수 있어. 거기가 우리 한국 측 유격대가 주둔하고 있는 거여. 어쨌든 글로 내가 탈출해 갖고 들어갈라고.

[2] 국군이 주둔하고 있는 속도로 가기 위해 탈출을 모의하다

근데 장연서 사는 분인데, 우리 동네 사람이 아니고, 처갓집이 알고 보니까 작은 아버지한테 말을 들어보니까, 처간데 처가 처남이 공산당이여. 국군들 진격해서 들어갔을 때 처형당했어. 공산당으로 아주 악질로 굴다가. 그거를 와서 어떤 노인네들이 애들 데리고 그리로 왔더라고. 이 사람이 장연, 신화 사람인데 그 치안대 대장을, 울주, 국군들 들어갔을 때 빨갱이들 숙청하는 치안대 대장을 하다가 죽게 생기니까 도망 와서 못 나가고 뜨들 못하고 자기 여동생, 매제가 아주 빨갱이 하다가 죽었으니께, 여동생의 집에 가가지고 괜찮을 거 아녀 거기가. 도망 와서 거게가 있는 거를 몰랐어 우리는. 작은 아버지가 그런 사람이라 이거여. 그 사람이 그 동원령 내려갔는데 그 사람이 거기를 갔어 가족들을 다 데리고. 작은 아버지 보고, 탈출을 해야 되겄으니까 탈출을.

전라남도 목포 있다가 내 6촌 형하고 같이 가 있더먼. 6촌 형은 할아버지 아버지 다 돌아가시고 이북에서, 자연사로 다 돌아가시고, 남매는 누나는 출가하고 두 분이 살아가 아버지 돌아가고 혼자야 6촌 형은. 6촌 형하고 나하고 거기를 갔거든 거기를. 동원령 내려서 거기. 거기 또 누가 갔느냐면 큰 누나, 누나. 시집을 갔는디 그 동네서 동원령 내려가지고 거기를 또 왔어. 거기서 다 만났거든. 신화 살던 분, 누님, 6촌 형, 나. 그러고 우리 고향 화당리에서, 동원령 때문에 간, 그때는 결혼도 안 하고, 내가 하도 오래돼서 이름을 다 지금 기억을 못하겠거든. 그 아가씨들 둘 하고. 그 아가씨 하나는 오빠는 월남을 한 거여 오빠는. 또 다음 아가씨는 오빠들이 몇 명이 전부다 월남을 했어 가족들 많이.

이 공작을 시작한 겨, 믿을만한 사람. 바다로 걸어서 속도라는 디로 걸어서 갈라면 조수를 알어야, 물때를. 물때를 알아야 글로 갈 거 아녀. 근데 우리가 바닷가를 안 살아봐서 거기에 대해서는 전혀 상식이 없단 말여. 근데 그중에 거기서 살다가 쫓겨나서 갔다가 동원령 내려서 동원된 할머니 하나가 있어 거기가. 그 할머니한테 그 조류 시간, 어느 때가 제일 물이 많이 쓰고 건너갈 수 있는가. 그런 정보를 수집하는 거지. 그 할머니가 하나에서 열까지 다 알려주는 거여.

그래서 음력 10월 14일 날 탈출을 하기로 공작이 된 거죠. 탈출을 하기로. 밤에 산에서 들어가서, 우리가 만나서 공작을 할 때는 남의 눈을 비껴야 하니까. 근데 정치 보위보 애덜이 감시를 다 하니까 틈나는 게 상당히 어려워요. 밤에 잘 때는 보초를 서. 집집마다 보초를 서. 사람들이 많으니까 탈출하고 그러니까. 보초 서는 사람들이 그 부락에서 온 사람들 중에서 자위대 자위대라는 사람들을 조직을 해가지고 순번을 돌아가면서 매일 보초를 서요. 그리고 그 '속도'에서 부락으로 들어오는 도로마다 막을 짓고서 거기서, 누가 왔나 보초를 또 선다고. 탈출이란 게 참 불가능한 거여 이게. [김수찬: 총살당하지.]

[3] 어머니와 가족을 만나러 가다

10월 14일 날 탈출을 하자. 그때가 물이 제일 많이 선다. 근데 보름 때 아녀, 그때 14일 날이니까 음력 10월 14일니께 달이 얼마나 밝아요. 달이 무지하게 밝지. 흐리지 않고 날이 좋은 때는 달이 그렇게 밝은 거여. 거기서 생각을 해보니까. 내가 탈출에 성공을 할 건지 가다가 죽을 건지 확신이 없잖어. 근데 어머니 생각이, 그 어머니 생각이 나요 동생들하고 생각이 나요. 그래서 그걸 가야겠는데, 거기서 약 한 100리길이 돼. 거기서 동원령 내린 바닷가에서 우리 집을 갈라면 100리가 가찹게 돼요. 통행증을 얻어야 가는데 내무성가서 통행증을 해야, 가다가 보초 선 놈들이 내밀어야지 통행을 한다고. 인가가 없으니까.

그때 내무성에 둘이 파견된 사람이 둘 있는데, 가서 집에 좀 갔다 오게 그

걸 좀 해달라니께 안 해줘. 한 놈은 자고, 한 놈은 책상에 앉아서, 민가 집여. 쪼끄만 민가 집 주둔하고 있거던. 해달라고 그러니까 안 해준다 말여. 조금 있으니까 이 자식이 소변보러 나가는 모냥여. 메모지하고 도장, 인주 다 있으니까 그 도장만 찍어가지고 왔어. 와서 집에서 썼어. 통행증에 내가. 전구도 없었어 전구도. 썼어. 도장 받아서 그 사람 이름을 내가 아니께.

이름 써가지고 도장 찍어가지고 오는데 인가가 하나도 없어. 뭐 누구 만날 수도 없는 거여. 그리고 통행증 보자는 놈도 없어. 밤중에 어떤 놈이 잠 안자고 보초 서겠어. 밤새 오다가 원뚝고개라는 데가 있어. 우리 고향에 있는데 거게가 상당히 높아 산이 깊고. 거게가 오니까 날이 밝아. 밝었을 때 집에 들어갈 수 없잖어. 만약에 집에 들어갔다가 내가 사람 눈에 띄어서 다 와서 집에, 없어진 줄 알면 가족들, 동생들 후한 있지. 집에 못 들어가고, 산 속으로 들어가서 그때 겨울이니까. 10월달이니께 얼마나 추워요, 이북은 여기보다 더 춥거든. 낙엽을 파고 햇볕 나는 데서 낙엽을 파고 낙엽 속에 들어가서 어둡도록 하루 종일 거기서 시간을 보낸다는 건 얼마나 지루합니까. 거기서 하루 보낸다는 건 지옥여 지옥!

어두워요. 집에 찾아갔죠. 앞에는 큰 대문여. 대문 있거든. 대문에서 문을 걸어 잠그고 열어 달라면 소리가 크게 해야 들리니까 뒤로 돌아가서 뒤란으로 돌아가서 뒷문을 딱딱 친 거여. 근데 어머니가 나 온 걸 알아요. 똑똑 치는데 누구냐고도 않고 문을 열어주는 거야.

"너 어떻게 네가 왔니? 도망가라는데 왜 못가고 아직까지 서성대고 못가고 왔니?"

전기 불 있나 뭐 있나. 어머니가 촛불 비치고, 동생들 자니께 밤중이니까. 동생들 얼굴 비치고 허는데 둘째 남동생이 없어. 아 이놈들이 끌어다 죽였나.

"얘, 어디 갔습니까?"

하니까. 걔 이름이 '동렬'이여. 어머니가 불안하니까, 언세 이놈들이 데려다가 죽일지 모르니까. 어머니가, 죽기 살기로 지푸라기 잡는다고 그러잖아요. 작은 아버지 댁이 멀지 않았어. 길로 가면은 얼마 먼 데가 아니었었어. 작은 어머니가 돌아가시고 작은 아버지가 혼자 사촌들하고 살았다고. 걔는 작은 아버지 집에가 갖다 놓고 어머니가. 그러니까 밤이 되면 와야 되니까 동생 얼굴을 보야 될 것 아녀. 그래서 산으로, 길로 가다가 동네 사람 만나면 안 되잖어. 내가 노출되면 안 되니께. 과수원을 했거든 우리가. 과수원으로 해서 산으로 해가지고 작은 아버지 뒷문을 가서 뚜드린 거야.

작은 아버지가 문을 열어줘 들어갔는데. 동생이 아홉 살이었어. 아홉 살. 끌어안고 통곡만 한 겨. 환장을 허지. 그냥 울고 몸부림을 치지. 아홉 살 났는디. 그랬는디 걔를 업고 집으로 왔어.

"가다 죽더래도 갑시다. 갑시다."

그때 어머니가, 애들이 아홉 살 그 밑으로 다섯 살 이렇게 났으니까 여동생이 열세 살 났고. 그때 어머니가 가다가 다 죽는다 말여. 가다 다 죽는다. 그래서 어머니 보고 저놈들이 죽일라고 마음먹으면 작은 아버지네 집에 코 닿을텐데 몰라서 같이 있다가 죽드래도 같이 죽지. 오래 있을 수가 없으니게 밤에 노출되지 않게 와야 된다고. 근데 어머니가 따라나서는디, 겨울이고 눈오니께 고무신 신고 미끄럽잖아요. 신발을 벗어서 들고 버선, 조금 가다

"잘 가라."

죽는지 사는지 이제는 나도 막 돌아가서 어머니 손잡고 울고, 또 가다가 저 만치 가면 어머니 또 따라오고. 그러면서 헤어졌다 따라왔다 헤어졌다 따

라왔다 헤어졌다 따라왔다 한 것이 내가 숨어 있던 원뚝고개까지 어머니가 따라온 거여. 결국은 거기서 헤어져 가지고 왔는데.

[4] 탈출이 발각되어 뭇매를 맞았으나 살기 위해 탈출을 감행하다

그날 다 탈출을 하기로 했는데 한꺼번에 여러 사람이 탈출을 못하잖아. 두 명씩 둘이씩 조가 되가지고 탈출을 하기로 한 거여. 목포 있는 변충국이라고 그 형은 화당리 우리 동네서 동원된 사람들 이책여. 책임자. 나는 달구지, 밤에 운송해 갖고 오는 책임자. 14일날 탈출을 하기로 했응께, 나도 조급하잖어. 혼자 떨어져서 거기서 어둡도록 기다리고 있다가 그 해변가에서 달구지 농사짓는 밭 갈고 거름내고 올라면은 약 4킬로 정도가 돼요. 숙소 있는데까지 올려면. 해변가에 바짝, 해변가엔 상륙작전 자꾸 나오니께.

근데 와서 인솔해 가지고 와서 저녁을 먹으면서 환경을 보니께 없어. 아, 다 탈출해가지고 나갔구나. 나갔구나. 조금 있으니께 내무소 직원들이 이책들 회의가 있어서 이책들 오라고 하는 겨. 그런디 두 명은 탈출했는디 있나? 있나? 비상이 되는 거지. 그래서 가만히 생각허니께 이제는 나는 죽었구나. 걔들이 화당리 사람들 6촌 형이라는 거 다 알지, 동네 사람들이니까 다 알지. '결국은 난 죽었구나. 이걸 어떻게 해야 되나.' 그 판단이 서지 않아요. 그때 나이도 열일곱 살 밖에 안 되고 하니까 판단이 서지 않아요.

조금 있다 사람이 왔어 나를 데릴러. 데리러 왔어. 갔지. 갔는데 분위기가 벌써 안 좋아.

"너 6촌 형 어디 갔니?"

"난 모른다. 달구지 인솔해 가지고 지금 막 왔는데 어디 간걸 내가 어떻게 아느냐 나는 모른다."

"공작한 적 있나?"

"그런 적 없다."

죽으면 나 하나 죽어야지. 내가 거기서 하면은 탈출한 사람까지 다 붙잡히잖어. 나 하나 죽을 각오하고 있던 거예요. 난 이미 죽었구나. 아 이놈들이 사정없이 막 때리는 데 뭐 정신없죠. 얼마나 맞었나 거기서. 무슨 생각을 했는지 내가 기절했다가 깨어났는데, 가라 그러대. 가라고.

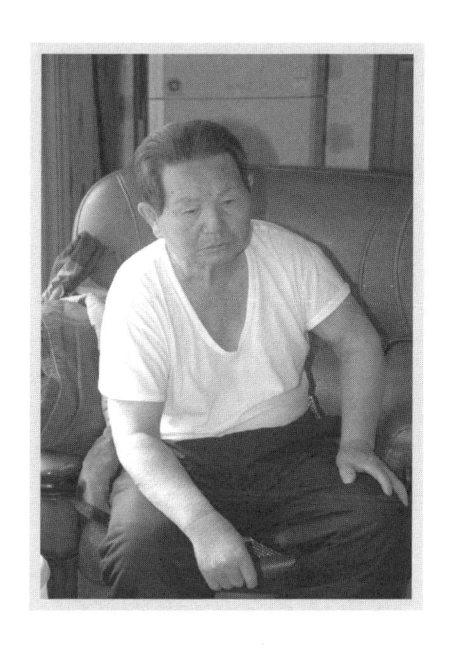

그래서 왔는디, 거기는 수수명이 한 집에 사니께 자다가 나가면은 죽 떠먹은 자리여. 자리없어. 비비고 들어가야 자리가 생기는 거지. 근데 맞아서 몸은 아프지, 새까만데 왔는디 잠자리도 겨우 어떻게 비벼서 잘라고 누웠는디 그 '이용만'이라고 내 동창 후배하나 있는데, 이용만이 동생이 화당리에서, 이용만이는 월남을 했고, 동생이 그 화당리 동원령 내려와서 같이 있었어. 끌어 댕기드니

"탈출하자. 탈출하자."

"못 간다. 못 간다."

근데 김상효라고 우리 화당리에 일제 때 국민학교 교장 하는 분이 자식이 없었어요. 김다랑씨라고. 어머니들한테 얘기 들어보니까 김상효라고, 부모없는 애를 하나 딸을 갖다 키웠어. 나보다 두 살인가 위여. 김상효라고, 아가씬데. 얘가 그 내무소를 우리들 화당리에서 착출해 가지고 그 내무소원들 있는디 밥 같은 거 해주고, 빨래 같은 거 하고 그걸 했어. 내가 가서 매 맞고 그러는 거 부엌에서 그 사람들 밥 다 해서 주고서 자기는 부엌에서 어두운 데서 밥을 먹었는데 나 끌려가서 그 하는 소리 매 맞고 하는 소리 다, 부엌으

로 문이 나 있으니까. 매 맞고 부엌에서 캄캄한데서 밥을 먹으며 다 들었지.

이놈들이 상효 생각을 안 한 거여. 나를 보내놓고 걔들이 회의를 해서 이거 놔두면 도망갈 거 아니냐. 잘 못 보냈다 이거. 빨리 갖다가 어떻게 처치해야지. 김상효가 그 소리를 듣고 뜰 안으로 해가지고 나한테 온 거야.

"너 빨리 도망가. 너 여기 있으면 죽어. 빨리 도망가."

아, 그 소리를 들으니까 앞이 깜깜해요. 아무것도 안 보여요. 그 소리를 듣고 나니까. 빨리 가야될 거 아녀. 나한테 알려주고. 근디 부엌 쪽 문 안쪽에 내가 껴 들어서 잘라고 했었는데 가만히 일어나서 누울려고 오니까, 추우니까 덮개들을 쓰고서 여자들이. 정문 앞에 보초가 있어서 뜰 안쪽으로 뒷문으로 나왔는데 앞으로는 못 가잖어. 뒷문으로 나왔는데, 뜰 안에 돌담을 쳤어요.

그 돌담을 기어 올라가가지고 거기서 뛰어 내렸는데 앞이 하나도 안 보여. 캄캄하니 안 보여. 14일 날이니까 날이 청명한데 얼마나 밝아. 대낮같이 얼마나 밝아요. 눈이 캄캄한데 아무것도 안보여 당황하고 그러니까. 가만 앉아서 눈이 차차 차차 보이드라고. 나는 어차피 죽는 사람이니까 여기서 더 바랄 거 있나. 가다가 총 맞아 죽나 그놈들한테 잡혀서 죽나. 거기서부터 뛰기 시작하는 거여. 그 바닷가 쪽으로.

근데 우리가 탈출할 때 계획이 그 동네에서 얼마 오면 소로길이 바로 오는 길이 있고 달구지 길이 나서 오는 길이 있고 과수원 모탱이가 노과수 나무라고 있어. 큰 노과수 나무가 섰었어. 둘이씩 둘이씩 빠져나가서 거기서들 숨어 있다가 합류해서 가자. 바닷가에서 유격대들 자꾸 나오니까 지뢰 같은걸 상당히 많이 묻었어요. 우리도 농사짓다가도 지뢰 터져가지고 죽은 사람들. 뭐 그때만 해도 임자 없으니께 묻어주는 사람도 없고 뭐 그냥.

그때만 해도 내가 예감이 달랐던 모냥여. 그래서 내가 무슨 얘기를 했냐면 이 물 내려가는 곳은, 개울 따라가면 바다 되잖아. 개울에는 지뢰가 없다. 물이 항상 내려가니까 없다. 거기서들 만나가지고, 못 만나게 되면 개울을 따라서 가면 노출도 안 되고 깊으니까 개울이. 바다를 따라서 가라 이런 얘기를 했었거든.

근데요 얼마 가다가 고갯길인디 그 옆에는 과수원 있고, 과수원에다가 아카시아를 심어놓고 과수원 안으로 뿌리가 못 들어가게 큰, 과수원 안으로 큰 호를 팠지. 겨울이니께 낙엽이 하나 찼어. 아카시아 나무 낙엽이 떨어져서. 근디 저 너머에서 뭐 이상한 점은 여러갠디 이렇게 하드라고. 이상허다. 과수원 호에 낙엽 떨어진 데 가만히 있으니까. 인민군들이 장총에 창들을 매고서 고개 올라온께 창끝이 번쩍번쩍.

달이 워낙 밝으니까 웅성웅성 재들이 숨어있는 거 아나 뭐. 지나 가드라고. 지나간 뒤부터 마음이 안심이 되드라구. 이놈들이 보초 서다가 오는구나. 지금은 공백이겠구나. 나도 노과수 나무 있는데 가서 찾았어요.

"누나! 누나!"

찾았어. 거기서 만나기로 했으니까. 누나만 아가씨 둘이가 누나하고 셋이가 거기서 숨어 있다가 나오는 거여. 근데 우리 6촌 형하고 신화, 장연서 있던 그 분은 없어. 셋이만 나오고. 그래서 개울물 따라가지고 바닷가 까지 갔는데. 10월 14일 날 바닷가에 갔는데 시계가 있나 뭐 있나 어느 때가 됐는지 물이 한강물이여. 그때 바다가 얼어붙었다가 날이 좋아서 좀 풀렸었는데. 얼어붙은 성애가 바닷가에 떠 밀렸나 몰라요. 아, 바닷가에 갔는데 얼마나 춥나. 환장할 지경여. 바닷물이 바람 부니께 쓰는지 들어오는지 분간 할 수가 없어.

그래서 가서 풀을 뜯어 한줌 뭉쳐가지고 바다에다 던졌어. 바람이 자꾸 불고 뭐 갈수가 있나. 6촌 형하고 이 양반들이 어딜 갔을까?

"누나, 여기 있다가는 얼어 죽어. 그런께 집으로 들어갑시다."

피난들 가서 바닷가에 집들이 빈집여. 이 풀이 지붕꼭대기까지 마당에 풀이 빽빽하게 나왔어. 살곰살곰 가서, 그 빈집이라고 후닥딱 못 들어가잖어. 뒷문이가 가만히 누가 있나 없나 들어보니까 거기서

"쨰꺼덕, 쨰꺼덕"

허는 소리가 난단 말여. 이게 무슨 소리냐 하면, 담배를 필려고 성냥 같은 게 없었잖여. 부시, 돌로 부시 치는 소리, 담배 필려고 6촌 형하고 거게가 있는 겨, 거게가. 그래서 거기서 만났어.

만났는디 조금 있으니께 총소리가 막 한두 발이 아니고 총소리가 여러 발이 나네. 야, 그때는 우리 잡으러 온 거구나. 막 질겁을 하고 바닷가로 나왔는디 다 뛰어들었어 물로. 모가지만 내밀고, 말이 그렇죠. 10월 14일 성애가 어는디 칼로 몸을 전부 찢는 거 같어. 얼마나 차고, 칼로 찢는 거. 물이 쓰니까 이만치 숨 떴다가 들어가고 총소리 나고 겁나고 허니께. 숨 떴다가 들어가고 떴다가 들어가고.

근데 10월 14일 때 사리 때라 물이 상당히 빨리 써. 물이 막 써 나간 거여. 막 정신없이 섬 방향으로 들어가는 거지. 들이갔는데 소 발자국이 있어. 그것은 뭐냐하면은 유격대들이 상륙작전 나가서 소를 끌로서 들어 간 거여. 그래서 내가 이 소 발자국만 따라 들어가면 삽니다. 들어오다가 소 발자국이 없으면 그거 찾느라고 흩어져서 소 발자국 찾느라고. 개꼴이 멀리서 보면 조그만 헌 거 같어요. 거기 와서 보면 상당히 크고 깊어. 깊은디 누나랑 수영을 할 줄 아나. 근디 어떻게요. 그런게 치마, 치마를 벗어서 끈으로 이어가지고 길게 끈으로 해가지고 내가 물어서 수영을 해서 건너가서 하나씩 붙잡어서. 6촌 형하고 둘이 하는 거여, 장연은 노인네니께 뭘 알어. 둘이서 또 건너와서 또.

속도라는 섬을 밤에 어느 정도, 이 섬이 자꾸 커지잖어. 밤에 자꾸 들어노니까. 막 총을 쏘는디 막. 빨리 가야지 막. 일제히 갯바닥에 엎드린 거여.

"누구냐?"

그러대. 그런게 이게 바닷물이 완전히 써서 섬이 노출되니까 유격대들이 밤에는 절반정도 나와서 총으로 보초를 서는 겨. 인민군이 습격해서 자꾸 들어올까봐 한번 습격을 당했었대요. 보초를 서는 거여. 그러다 우리가 웅성거리고 가니께 막 총 쏘는 거여. 그래서 탈출해서 들왔다고. 전부 손들고서 오라고 그러드라고. 아, 그때는 참 이제는 살았구나. 이제는 살았구나.

그래서 속도라는 섬으로 들어왔는데 내가 얼마나 그놈들한테 맞았나. 밥을 먹을라니까 수저를 들 수가 없어. 누나가 밥을 떠서 주면은 받아먹고. 그때 당시에는 아픈 걸 몰랐지. 긴장을 풀고 나니까 움직일 수 가 없어요. 누나가 밥을 먹여.

[5] 이산가족 상봉을 망설이는 이유

옛날 같으면 벌써 분단 60년 넘었는데, 이 적십자사에서 이북 5도청에도 후배 선배들도 많아요. 내가 이산가족들 상봉하는데 내가 서울 가서 얘길 하면은 갈수도 있겠지만. 그러나 한번이라도 간 사실이 없고. 왜 내가 안 가느냐하면 여러 가지로 내가 생각을 한다고. 이북에서 월남한 사람들 이산가족들 만나러 갔는데 전부 잡어가고 무슨 얘기하나 감시원들이. 심지어 자기 아버지보고 만나서 아들이 조국을 배신하고 남반부로 갔다고 어쩌고저쩌고 하다가 손 붙잡고 손바닥을 뻑뻑 뻡고. 왜냐면은 끝나고 난 뒤로 개덜한테 구속당하지 않을라고 그러는 것일테지.

그래서 어머니가 나올 때 무슨 얘기한 걸 내 머릿속에 남느냐면,

"네 동생들은 내가 어떤 수단을 쓰더라도 살릴테니 너 하나 반드시 살아라. 내가 난 자식이 아니라고 하면 되니께 조금치도 구애받지 말고 너 빨리 가거라."

뇌리에 지금까지 남아있어요. 나이 80이 됐으니까 그러고 시간이 없다고 봐야지. 자다가도 그 동생, 나 붙들고 울고 몸 붙든 친구. 지금도 자다 내가 밖에 나가요. 식구들 모르게 가만히 나가가지고 왔다 갔다 해. 마음을 달래고.

근데 엊그제 통일 헌다고, 박근혜 대통령 통일한다고 독일 가서 한다고 그때. 나는 대통령 제대로 됐다. 아주 5년 동안 무슨 일을 저질러도 한 번 저질

러라. 우리 민족 하나여. 일본 놈들 지금 왜 그럽니까 우리 깔보고 그런 거지. 우리가 통일되면요 일본 같은 거 별거 아니에요. 저 앞선다고 우리가 통일만 되면. 통일 되는 과정에서 어떤 대가를 치르고 어떤 희생을 치르드라도 통일은 해야 돼. 근데 내가 여기 와서 어려운 고통 참아가며 살았는데 항상 TV 보고 신문을 보고 때 가장 서운하고 안타까운 거는 종북세력. 이게 뭡니까. 박정희 대통령 나는 가장 존경하는 분이 그 분여. 그 보릿고개 얼마나 어려운 세월을 그거 하자고. 그때는 온 국민이 새마을 운동 잘 살아보세 잘 살아보세 아침이면 회관에서 틀어놓고 밤낮 길 닦고 뭐 허고. 그때는 우리 해야된다 하자 우리도 한번 살아보자. 막 한 덩어리가 됐던 거 아녀 그때. 종북세력들 그거 몇 십 년 동안 30년 장기집권 했다고 얼마나 독재라고 길거리 나가서 데모하고 방화하고 학생들 데모하고 일반 할 것 없이 했습니까. 아니 북한에서 3대째 독재하는 거는 입 다물고 아무 소리도 안 허네. 이거 어떻게 된 거여. 공산주의가 우리보다 잘 사는 거 같으믄 이해가 가. 굶어죽고 기아선상에 허덕이는데도 종북세력여. 이건 반드시 정치적으로 숙청해야 됩니다. 용서할 수가 없는 거여. 야당들 만날 나와서 민주화 운동했네 떠들래. 내가, 개수작 하지 말어. 우리 땀 흘려서 일할 때 니들 만날 데모만 한다고 했지 일 하나 안 헌거여. 피땀 흘려서 우리 일할 때 니들 만날 데모만 했지 일 하나 해본 놈 있니? 내가 생각할 때, 뭐 민주화 운동, 네가 잘라서 민주화 운동 된 줄 알어? 하나하나 우리가 경제적으로 나아지니까 민주화 된 거지.

[조사자: 어르신 지금 연세가 80?] 둘. 근데 내가 아버지 생존했을 때, 나는 가장 어렸을 때 내가 하고 싶은 소원이 무관이었어 무관. 사관학교 그거를 내가 쪼끄맨 헐 때부터 그거를 원했던 거여. 아버지는 통일이 되면 너 원대로 보내주마. 그런디 뭐 통일이 됐나. 통일이 안됐지.

근데 여기 월남해가지고 이북에 동창 하나 있는데 박상현이라고 있어. 그 친구하고 만났는데 그 아버지 친구 박상구씨라고 옛날에 이북서 한 3천석 정도 부자죠. 그 박상구씨랑 찾아오고 찾아가고 어렸을 때 많이 봤거든요. 그 분 큰아들이 8.15 해방되니까 월남해가지고 대한민국 와가지고 해군사관학교 가서 해군사관학교에서 그때 당시 대령. 근디 해군은 그때 당시에는 별 얘기 없었어요. 근디 진해에서 해군 사관학교 교장을 했어 그분이. 그래서 그 친구하고 거길 가서 해군 사관학교를 갈라고. 우리 누나가 붙들고

"못 간다. 우리가 살기 위해서 그 험한 데를 뚫고 나왔는디 왜 군인을 네가 또 지원해서 가냐, 못 간다."

누나가 가로막아가지고 그 친구만 가고 나는 꿈을 이루지 못하고. [김수찬: 그때 거기를 갔어야 돼.] 근디 그 목포 있는, 그 6촌 형은 누나랑 같이 있었어. 전라남도 함평으로 우리가 배치됐으니까. 크리스마스 24일 날 함평으로 왔어. LST 배로 실어다가 수송해서 목포 와가지고 목 중학교라고 있어. 여자 중학교 목 중학교라고 있어 목중. 갔는디 목 중학교로. 방학 때니까 학교로, 몇 천 명 되니께. 학교 수용을 했는데 마룻바닥에 요만한 깡통에다가 나무 조끔 구해서 불 때서 밤새 추우니까 담요 한 장 해가지고 눈만 빤짝빤짝허는 거지 뭐. 더운 물이 있나 뭐이 있나. 주먹밥을 소금이다 하나 해서 그때 당시 주는데요. 주먹밥 먹기 어려우니까 학교 내에선 밖에를 못 나가게 한다고. 통제허기가 엄한께. 몰래 나가서 깡통 가지고 가서 김치, 배추김치, 그때만 해도 한 깡통 하나씩 주드라고 가면. 그거 얻어갖고 와서 나이 먹던 분들 노나주고 거기서 먹고.

[6] 누나가 열병에 걸리자 개똥으로 치료하다

내가 캐톨릭 신자였었어. 아버지도 그렇고 할아버지 때부터 캐톨릭 신자여. 근데 언젠가 신부하고 회장이라는 분이 목 중학교 왔어. 천주교 신자들 없느냐 여기에. 손들었지 뭐. 그러니까 나오라고. 데리고 가서 교인들이 돌아가면서 재워주고, 하룻저녁씩 재워주고 밥 먹여주고 그 조에서 돌아가면서 해 주드라구요. 그때 크리스마스 전날이니까 24일 날, 후송을 하는데 몇 명씩 몇 명씩 짜서 철도, 기차 타고 오다가 열 명, 열 명, 스무 명, 가다 내려놓고 가는데. 함평 두동리라는 데로 글로와. 나는 그때 무슨 생각을 했냐면 정자에다가 가서, 전라도 가면 부락마다 정자가 있어요. 정자에 다 모였는데 동장들이 나와. 누구네 집으로 너는 가고. 집에들 나와.

그때 어떤 중년 할머니가 데리러 왔는데 여러 사람들 중에서 다 뭐 일 할 만한 사람은 잘 데려가고 우리는 나이 어리니까 안 데려가. 어떤 중년 부인이 나왔대. 가자고. 누나, 나 두 명. 앞채도 대문 크고. 아하, 밥술이나 먹는가 보구나. 부엌에가 달린 방인데 불을 많이 땠어요. 우리 온다고 허니께 추운 때니께. 학생복 그때 입었는데 이가 이가. 그 배에서 수천 명이 타고 오고 그 목 중학교에서도 빽빽한, 있죠. 배에서 내리니까 적십자에서 나와 가지고 디디디 가루약 그걸 이 속으로 넣고 꼴망에다 넣고 약을. 그러니께 환장을 허는 거지 그냥 막.

학교에서들 따땃한 해 뜨면 거기다가 이 잡는 거여. 남녀노소간 부끄럼 없이 근질근질. 뜨거운 방에가 들어왔는데요, 꺼만 옷이니까 더 잘 보이지. 중년 부인 하는 얘기가 내 옆에가 앉았었는디 보더니

"거기 뭐 나왔다."

밖에 나가. 근데 그 할머니가 도로 가서 옷을 갖고 나왔어. 아들들 입던 옷, 내복. 갈아입으라고. 그 분네 집을 우리가 잘 찾아 들어간 거여. 할아버지는 일제 때 금융기관에 근무했대요. 그 아들은 중학교 교장, 교편, 교육자

가정이지. 빨갱이들한테 죽었어 아들은. 할아버지는 그 전에 피난 떠났고 죽었어. 그 집은 맨 여자고, 며느리도 가고 딸들만 있고 다섯 살인가 먹은 아들 하나 있는데, 남자는 머슴하고 걔하고 남자는 둘인데. 우리가 갔으니께 6촌 형하고 둘이지.

할 일이 뭐 있어요. 그때 당시는 난민들 숙소 해주는 집은 알랑미, 보리쌀, 수수쌀, 이런 게 구호미 같은 게 나왔어 조금씩. 그거 먹고. 6촌 형이라는 사람이 열병이 났어. 그때 당시 열병 걸리면 다 죽었슈. 병원이 있나 약이 있나. 그 6촌 형이 일어났는데 누나가 또 열병에 걸리는 거여 누나가. 근디, 6촌 형은 어디로 갔나 소식이 없어. 안 들어와. 어디로 갔나 소식도 없어졌어. 누나 병 걸려가지고 생사를 뭐, 의식불명 사람 들고 나는 것도 몰랐으니까. 참 죽게 생겼어.

캐톨릭 교인이니까. 교인들은 죽게 되면은 신부가 와서 종부 성사라는 게 있어요. 성당을 찾아가야 되겠는데 아나. 함평이 어느 쪽에가 붙고 어느 짝에가 성당인지 모르니께, 물어 물어서 함평 성당을 찾아갔는데 안 계신다네 신부가. 결혼식 주례 서서 회장하고 거길 가서 아직 안 왔다고. 별 수 없이 돌아서서 나올라고 하는데 신부가 회장하고 도착을 했어요.

근디 신앙생활이라는 게 참 지금 생각하면, 그때만 해도 차 없으니께 도보로 걸어 다녀 몇 십리씩 되는데. 신부가 들어가 보지도 않고 신발도 안 벗고 바로 나 따라서 두동리라는데 왔어. 회장이라는 분이 때마침 한의사여. 다 보더니 금방 안 돌아가신다고. 나중에 더 봐서 연락을 하거라. 안 돌아가신다고. 회장이라는 분이 신부가 그때 돈 2만원인가를 주고 가. 환자 먹을 거 사다주라고.

회장이라는 분이 아침에 텃밭에 가면 개똥. 개똥을 주어다가 그 놈을 채반에다 말려서 태워가지고 물에다가 담그면 딱 가라앉으면 그 물만 따라서 환자에다가 먹이라는데. 이 '개똥도 약에 쓰라면 없다'라는 속담이 있잖아. 그 동네 개똥 있나. 개똥 찾으러. 그래서 개똥 찾으러 돌아다니는데 금방 싼 놈

묽은 거 이게 아궁이 앞에서 불 땔 때 철판에다, 말려집니까 그게? 그 놈을 앉아서 말려갖고 그놈을 태워서 사발에다 담갔다가 딱 가라앉으면 물만 누나 입에다 숟갈로 자꾸 먹이는 거여 또 먹이는 거여. 담요 한 장 밖에 없으니까 불은 자꾸 때지. 산에다 나무 하다 불 때면 여기가 데서 물르고.

근데 누나가 의식이 회복돼 가지고 녹두죽을 자꾸 먹고 싶대. 녹두가 어딨습니까? 녹두죽? 알았다고. 바가지 하나 들고 아랫집에 가서. 그때만 해도 나이도 어리고 이루 말할 수 없잖아 챙피하지. 알지도 못하는 집에 들어가서. 왜 그러냐 물어보죠. 누님이 병환 중에서 회복은 됐는데 녹두죽을 자꾸 먹고 싶다는데. 녹두 있으면 녹두 좀 줬으면 좋겠다고. 젊은 여자가 며느리인 모냥여. 아 바가지다 녹두를 한 바가지 줬어. 그 놈을 녹두죽 쒀서 누나 먹고, 다 먹나? 그럼 내가 다 먹구.

근데 나는 안 걸리대. 그게 다 걸리면 죽잖어 그런게 나는 빼고. 누나 먹던 거 먹고, 같이 담요 한 장이니께 같이 자고 해도 나는 안 걸리드라고. 안 걸려요. 근데 누나가 장항인가, 그 외숙이 군산서 있다는 소식을 들었어. 나 키워준 어머니, 서모 동생의 외숙이 군산 있다고 헌게. 거기를 찾아간다고 가드라고 일어나서. 나 혼자 있는 거지.

[7] 주인 할머니의 도움으로 장사를 시작하다

근디 주인집 아주머니가, 할머니 그 집 할머니지. 나보고 뭐라 그러냐면. 내일 아침에 새벽에 4시, 겨울에 4시면 캄캄하죠. 4시에 안방 앞으로 와서 불을 안 썼으면 '나 왔다고 얘기를 해라' 그려. 이상하다 왜 그러나. 잠도 제대로 못 자지. 4시에 나오라고 했으니 가야 될 거 아녀. 뭐 있나 어림짐작해서. 마루에가 안방에 갔더니 환하게 불을 썼어요.

"할머니 저 왔습니다."

"나도 지금 일어났어. 내가 나갈게."

나오대. 나오더니 그 전라도에서는 말을 대두로 써. 대두 한말을 쌀을 담아놨어. 자루에 담아놨어.

"이거 오늘이 함평 장이니까 이놈을 갖고 함평 장에 가서 팔아갖고 이 돈으로 장사밑천, 물건을 해서 해봐라. 얻어먹고 있는 것도 어느 한계지. 자립을 해야 된다. 항상 멕여 주는 게 아니잖어 내가."

아 눈물이 콱 쏟아지네 그냥. 고맙기도 하고. 함평이 어딘지 캄캄한디 그놈을 짊어지고 함평장까지 가야되는디 가찹기를 하나 몇 십리 가야 된다는디. 그러나 쌀 주면서 하라는디 못 하겠다고 할 수 없지.

"예, 알았습니다."

그 놈을 지고 물어물어 함평 가니까. 함평 장을 갔는디 해 떴어. 아침을 먹었어요. 그거 지고. 그걸 팔았는디 그때 당시 2만5천원인가, 2만 6천원이가 그렇게 팔았을 겨.

팔았는데 뭐든지 해야 될 거 아녀. 돈 2만 6천원 갖고 많이 할 게 없지. 파는데 가서 베가 보여. 베로 엮은 거 갖구. 그놈을 하나 사서 함평 장도 주거지니께 장터 옆이 짚 나까리 쌓아놓은 데가 많어. 거기 가서 뜰빵을 만들어 가지고 뜰빵. 거기서 뭐를 하느냐면 오징어, 성냥, 세탁비누 그런 거 돈 얼마씩 안하니까. 2만5천원어치 사니까 얼추 가구에가 얼추 돼요. 그 놈을 지고 노인 사는 주인집을 왔어요. 왔는데, 갖다 내려놓으니까 할머니가 나와서 검사 해 보는 거여.

"잘 생각했다. 내일 아침 일찌감치 해 줄테니까 먹고 앞집부터 모조리, 빼지 말고 모조리 댕기면서 들어가서 물건을 팔아라."

그 할머니가 상당히 명석한 분이에요. 이놈을 짊어지고 대문에 앞에 가 섰는데 말이 나와야지. 들어갈 수가 없잖아. 대문에. 거기서 한 2-30분 섰었어. 섰다가 내가 용단을 내린 거여. 살기위해서 이보다 더한 것도 하지 않았냐. 나는 지금 하늘에서 복을 주고 밑천을 주고 장사하라고. 내가 뭐를 여기서 두려워하냐. 들어갔어 용감하게.

"계세요? 계세요?"

밥 허다 말고 대문 열고서 젊은 부인이 대문에서

"왜 그러냐"고.

"물건을 팔러 왔수다. 보고서 사실 물건 있으면 사세요."

살 물건이 뭐 있나 오징어, 세탁비눈데. 마루에서 보지도 않고 광에 가서 곡물 같은 거. 콩, 쌀, 팥, 녹두 이런 거 쌀을 퍼다가 그냥 얼마 되는지도 모르고 주는지도 모르고

"가라."

'아하, 이게 동냥이구나.'(웃음)

전라도 가면 집단으로 동리가 돼 있어요. 아, 며칠 댕기니께 용기가 생겨. 아, 이제는 할 수 있구나. 그러면 어거지라도 성냥 한 갑이라도 놓고 오고, 그냥 올 수 없잖어, 오징어 하나라도 놓고 오고, 많이 주는 집은. 다 돌구서 몇 말을 벌어 쌀을. 물건은 별로 든 것 없고 동냥 주지. 저녁에 그놈을 낑낑 대고 들어오니까 할머니가

"집에 들어오면 부모가 있나 뭐가 있나, 뭐 허러 들어오니? 들어오지 말고 사랑방 같은데서, 사람들 있는데서 얘기해서 자고 밥 얻어먹고 그러고 또 댕기고 쌀이 무겁거든 동장 같은 분들 믿을만한 집 맽겨놓고 또 가고 그러지. 뭐 허러 집에 들어와서 뭐 헐려고. 들어오지 마라."

그러면서 댕기면서 사랑방 새끼 꼬고 멍석 만들고 머슴늘 자는 방에서 꺼 자고 저녁은 어디 가서 얻어먹고. 밤에는 이 사람들이 밤에 노름을 혀. 오징어 뭐 이런 거 싹 다. [조사자: 군것질.] 싹 다. 그러면 쌀 다 어디서 가져 왔는지 나는 모르지 쌀. 그래서 그해 겨울에 쌀을 일곱 가마를 모였어요. 이거야말로 나는 일확 부자가 됐지. 부자 된 거지. 일곱 가마 그때 돈으로 일곱 가마. 운동화가 다 떨어져서 바닥에 흙이 들어와도 안 사 신고 돈을 모였는데.

사람은 운명이라는 게 있어. 근데 그 집에 고등학교 다니는 딸이 하나 있어. 할머니한티는 손녀딸이지. 내가 장사 갔다 며칠 있다 오면은 지금은 빨아서 말리면 입지만 옛날에는 풀해서 데리고. 깨끗이 빨아서 다 데려서 방에다 걸어 놓고 걸어 놓고. 그래서 머슴애 조그만한 놈. 그놈은 내가 오면서 과자 같은 거 사갖고 와서 그놈을 항상 주고 그러니까 얘가 나를 좋아하고 따랐어요.

"누가, 아저씨 없는 방에 와서 옷 빨아주고 했나?"

"누나가. 누나가."

"그런 것 같구나."

그래서 장사 해가지고 들어올 때는 옛날에 색실로 수놓은 거 화장품. 화장품 해야 포마드 만들어서 꽉에다 담은 거 동동구리무 그런 거. 옛날에 그런 거 밖에 없으니께. 사갖고 와서 내가 선물을 주고 그랬어.

근데 이게 장사가 안되는 게, 이거 괜찮다 허니께 한동네 가면 열 명 스무 명이여. 하도 많으니께 찾아가야 문도 안 열어. 장사가 안 돼. 뭐 하나 둘인가 괜찮다헌께 너도나도 피난민들 다 동네 돌아다녀요.

장사가 안 된다고 하니께 나주 영산포를 가면 옛날에 가짜 담배 샛별. 가짜 담배를 많이 만들어서 판다 그러대. 가짜 담배 장사하다 거게 걸리면 다 몰수당하고 경찰관한테 혼나잖아. 두동리가 학다리로 내려가는 철로 옆이여. 읍으로 나가는 철로 옆이여. 그러니께 할머니가

"너 가짜 담배 장사를 한번 해봐라. 동네다 갖다 놓으면 잘 팔릴텐께 한번 해봐라."

"역전에서 어떡해요?"

"그러질 말고 내가 기차시간에 너 올 시간에 철로 옆에가 가서 섰을 테니까 보리박구로 잘 묶어서 창문으로 니 보거든 그거 집어던지고 몸만 와라."

이거여. 할머니가 이고 들어오는 거여. 그거를 했어. 근디 밤에 잘 수가 없는 겨. 막, 노름들 하는 놈 담배를, 이놈 저놈 담배를 허는데, 장사가 잘 되드라고.

[8] 아버지의 지인을 열차에서 운명적으로 만나다

장사를 열심히 잘 했는데 하루는 담배를, 그 전에 열차 타면 나무 의자 앉았는데 서로 마주 앉게끔 됐지 열차에. 나무 의자 밑에다가 담배 보리박구 넣고 앉아있는데 어떤 분이 노신사인데 옆에 가 앉았어.

"학생 어디서 사나?"

물어보는 거여. 그래서

"저는 고향이 이북입니다."

그랬지.

"이북? 어디여?"

"황해도 송홥니다."

"그래? 성이 뭔가?"

"변씹니다."

아버지 이름을 대는 거여.

"그 분을 아나?"

"제 부친입니다."

깜짝 놀라 날 껴안어 그 분이. 그 분이 김래옥씨여. 이분이 이북에서 평양에서 그때는 뭐 대학이라는 게 없고 전문학교. 김래옥씨는 그 아버지가 전문학교 같은 출신이었었는데 토목기사여. 토목기사가 어디를 가느냐면 영광에가 염전 공사를, 경찰 국장이 염전 공사 하는데 거기를 와서 해달라고 해서 거기를 간다는 겨. 그러면서 명함을 하나 주는 겨.

"네가 나중에 갈 데가 없거든 나를 찾아 와라."

명함을 가졌어. 사람의 운명이 바뀌는 게 그거여. 내가 그분을 안 만났으면 장사로 도는 거여. 그 할머니가 나를 장사꾼으로 키우는 건데. 명함을 받고 보니까 가짜 담배라는 게 항상 불안하잖아. 한번 법에 걸리면 안 되니께. 할머니 보고

"할머니, 나 도저히 불안해 가지고 그 장사를 못 하겠어요."

명함을 내밀었어.

"이분이 명함을 하나 주고 갔는데 어떻게 했으면 좋겠어요?"

고 했더니 두 말도 않고 찾아가라네.

"찾아가봐라."

영광 갔는데 영광 염전 공사하는데 임시 사무실 있는데 작업 할 때 되면 종치고 쉴 시간되면 종치고 일하는 시간 종치고 뭐 허는 거 물 같은 거 떠주고, 알기 쉽게 심부름꾼이여. 전표로 일당 얼마씩 주는 거 받고 그걸 했는데.

이분이 어디 갔다 오면 책을 사줘. 그때부터 내가 독학을 시작헌거야. 그때부터 잠 안자고 독학을. 그러다가 그분이 내가 안 될라니까 돌아갔어요. 그

분이 아들은 없고 딸만 3형제 놓고 세상을 떠났는데. 그분이 오래 살았으면 내기 앞길이 어떻게 바뀔지 모르겠는데, 돌아갔어. 그래서 있던 집으로 와야 될 거 아녀. 그분 돌아가시니까 현장에서 누가 곱다고 하나. 그 사람이니까 나 데리고 있었지 뭐 딴 직원들이야 뭐.

무동리라는 데로 오니까 내가 있는 집이 상당히 높은 지대, 조금 높은 지대가 집에가 앉았거든. 동네 오지도 않았는데 곡소리가 들려. 어디서 초상났나? 근데 집에 가찹게 오면 올수록 곡소리가 커져. 그때가 언제냐면 4월 달이여. 대문을 열고 딱 들어서니까 마당에 사람들이 꽉 찼어. 그 고등학교 다니던 학생 죽었다고. 친구들하고 산에 봄나물 뜯으러 갔다 그때만 해도 유탄에가 맞아서 죽은 거야. 피가 낭자헌데 밖에서 죽었으니께 집에는 못 들어가고 마당에가, 객사했으니께 마당에가 시체를 뉘어놨는데. 참 그때는 조끔이라도 나한테 요만치라도 잘해주면 의지가 되잖아요. 아무도 없으니까. 세탁 같은 것도 해주면 얼마나 내가 고맙고, 화장품 같은 거 가지고 가서 몰래 나오라고 해서 주구 그랬는디 그 아가씨가 죽었어.

그래서 내가 거기서 떠난 거여. 장사해서 벌은 거 그 할머니가 장뇌 쌀을 다 놓고 다 동네서 아니께 옛날에 장뇌 쌀 놓으면 뭐, 장뇌 쌀이고 뭐고 돈이고 뭐고 그게 내가 뭐 필요가 있어? 그래서 떠나 거기서. 그렇지 않았으면 내가 운명이 또 달라졌을지 몰라. 상당히 학생하고 사이가 좋았으니까. 나를 어떻게 봤는지 몰라도. 남의 시선을 피해서 밤에는 밖으로 나가서 만나서 그거 해고 그랬는데 이 친구가.

[9] 탈출할 때 헤어졌던 육촌 형을 만나다

근데 그 6촌 형이라는 사람이 소식이 없어. 어디 가서 알 길이 있나 알 길이. 그러자 방송국에서 이산가족 찾는 게 나오는디, 기냥 여기서 만나고 저기서 만나고 허는 거여. 누님한테 전화를 했어 서울 계시는데. 나는 여기 들어오기 전에 방앗간 하나 했어요 옛날에. 안면도서 최고 좋은 자리지. 20년 동안 방앗간을 했어요. 86년도 내가 이리 이사 왔거든 방앗간 정리하고. 누나한테 전화했어.

"어디가 죽었나 살었나 방송국에 연락해서 한번 찾아보쇼. 나는 정신없이 바쁘니께 누나가 해보쇼."

"그래 알았다 내가 해보께."

누나가 방송국에 신청하고 6촌 형도 방송국에 신청하고 하니까 금방 된 거여. 전화가 저녁에 왔네.

"야, 찾았다. 찾았다"

"어디가 있어요?"

"목포."

"내가 바쁘니까 누나가 목포를 가죠. 어떻게 사나."

목포를 가 가지고 누나랑 같이 그 큰 아들 데리고 나 방앗간 하는데 왔어 거기를. (웃음) 만난거지. 데리고 올라가서 그 형님 신사복 한 벌 맞추고 조카 시계 이런 거. 경제적으로 내가 또 어느 정도 지낼 만하고 그러니께.

"형님 여기 있다 가쇼. 그럼 내가 한가하면 형님 사는 데를 갈 테니까."

갔는데 아들 결혼식 한다고 큰 애 결혼식 한다고 연락이 와서 얼마나 좋아요. 결혼식 하는데 갔지. 형수라는 분이 담배를 피고 술도 먹고 담배를 피운단 말이여. 이상하다. 어디서 직업여성을 만났나? 직업여성들 아닌 다음에야 술 먹고 담배피고 가정주부들이 그거 허는 사람 별로 없잖아. 생각만 그렇게 가지고 있었는데. 결혼식 하고 나서 그 형수가 손님들 다 가고 조용하니까 쭉 얘기를 허는 거여. 그 가정사 얘기를.

근디 그 형이 배를 해가지고 어느 정도 살만했었대요. 폐농이라는 병에 걸린 거여. 형보고 왜 목포로 왔느냐고? 열병 앓아가지고 몸은 쇠하니까 노동 못하고 가고가고 하니까 목포까지 얻어먹으면서. 내려가서 갈 데가 없으니께 성당을 찾았던갑소. 신부가 얻어먹고 다니니께 얻어먹고 다니지 말고 나랑 같이 있자. 성당에서 같이 있는데 그 형수 댁에는 번성하드라고. 딸이 6형젠가 얼마가 된냐. 괜찮어. 형이 인제 사람이 원만하고 그런께 신부가 중신했어. 근데 거기서 폐농에 걸렸는데 어떤 사람이 폐농에는 태 있죠, 어린애 태를 손질해서 먹으면 좋다 산부인과 원장한테 가서 사정 해가지고 태를 딱, 얼마나 비린내가 나. 술도 조금 먹어보고 담배도 피워보고 오래되고 하니까 담배 술 배우고 말았어. 소생했어요. 일어났어요 일어났다고. 그날 누나하고 별도로 맥주 몇 박스씩, 동네 수고하는 아주머니 전부 불러다가 밤새 장구치고 춤추고 노래하고 결혼식하고 왔는데.

그 형이 전화가 왔어 봄에. 야, 아우. 내 환갑인데 내일 오야겄다.

"형, 환갑이면 미리 얘기를 해야지."

옛날엔 못자리 논에다 하는데요, 사람 얻어가지고 막 2, 30명씩 얼마씩 얻어가지고 전부 못자리 하고 그랬다고. 내일 못자리 할라고 사람을 다 얻어놓고 하는데 어떻게 내가 가, 못가지.

"거기서 환갑을 하고서 두 분이 여기에 올라 오슈. 오면 여기서 환갑잔치 또 해줄테니께 올라오슈."

삐쳤어. 삐쳤어.(웃음) 전화도 안 해. 삐쳤어. 전화도 안 해. 얼마간 전화해도 안 받어. 그런 사람 없디야. 변경이 된 거여. 전화도 안된께 죽었나 살았나 알 수가 없다. 작년에 전화가 왔어요. 조카들한테서. 내 전화번호를 알라고 읍사무소에다가, 나는 여기서 제 아바이가 기록을 해놨으면 되는데 제 아바이가 기록을 안 해놓고 하니까 쟤들이 아나. 읍사무소에 전화번호 알려달라니까 안 알려주드래요. 둘째가 한전에 안면도 한전으로 같은 한전 직원들이니까 우리 전화번호를 일러줬어. 전화가 왔어. 작은 아버지라고 하니까 6촌이라도 집안 어른이니께.

"내일 안면도를 갈려고 그러는데요, 작은 아버지 뵈러."

근데 작은 어머니도 없고 나 혼자 있는데, 4촌들한테 대전 가고 나 혼자 있는디

“거 점심 어서 먹고 온다니?”

“상관없어요. 우덜이 해먹고 가면 되지요.”

3형제가 왔어 여기를. 아버지 어떻게 됐냐고 했더니

“돌아갔어요.”

“이머니 어떻게 됐니?”

“돌아갔어요.”

“그래, 돌아갔구나. 왜 왔니?”

족보를 만들어야 하는데 뭐 알아야죠 우리가. 족보? 족보는 만들어서 뭐 허게. 지금 8촌만 넘어가면 결혼 허용되고 동성동본 결혼하는 판국인데 족보를 만들어서 뭐 허니. 옛날 얘기지 족보. 족보를 뭐 만들어. 나도 아직까지 그런 거 생각을 안했어. 네 아버지하고 나하고는 6촌간이다. 6촌간인데 의미 깊은 6촌이에요. 우리 작은 할아버지가 손이 없어. 그러니께 양자를 들인 거여. 이 형은 전주 이씨여. 알아요, 나도 아는데. 형은 알아. 그때 만나러 목포를 가니까 형이 앉아서 얘기하다 말고

“아우 밖으로 나가자.”

나갔지.

내가 아직까지 자식들 낳고 부부간 살아도, 말을 안 해서 전부 변씨로 호적 만들어갖고 거기 올렸으니까 혹시라도 내가 실수할까봐 얘기하는 거예요.

“너만 알아라. 너무 고맙다.”

“내가 그런 얘기를 왜 헙니까?”

“고맙다.”

그랬는데 쟈들이 여기 왔는데 내가 얘기 안했지. 중간에 남들이 뭐라고 하든 내게는 소중한 조카들이다. 나는 겉으로 허는 얘기 아녀. 니들 참 소중한 조카들이다. 아무리 가차운 집안도 서로 왕래가 드물믄 가차와 질 수 없어. 될 수 있으면 나도 가고 네들도 오고. 애들이 다, 애들 농사는 다 잘 했어 그 형이. 서로가 괜찮게 살아요. 열심히들 살고.

큰 애가 대전에가 있는디 7남매가 우루루루 우리 집에 애들 있고 가족들 있고 좁아서 앉을 수가 없잖어. 큰 애가 대전에 아파트가 커요. 한 40평 되니께. 거기 모이기로 했어요 거기로. 겨울에 다 와라 글로. 한번 모이고 우리 모이고 너희들 다 모이자. 근디 이것도 운명이라고, 큰애가 느닷없이 수술을 했는데 병원에 중환자실에 들어가고 뭐 허고 그런께 그런 경황이 있나. 전화를 해가지고 오지마라. 다음에 모여야지 안 되겄다. 큰 애는 대구 내려가서 건설회사 해요. 이번에 대전에 정부에서 하는 거 아홉 동, 말이 아홉 동이지 한 동에 20층씩 올라가니까. 정부에서 하는 그거 해서 했는데 10프로 가산해서 괜찮다 하대. 4월말쯤 가면 지금 많이 됐응께 준공. 대구에서 한 열댓 동 한 공사하고 범위가 크지.

근데 작은 애는 창업을 한지가 한 5년 됐어요. 회사생활하다. 대전 연구단지 생명공학 거기 학교 나와 가지고 서기 들어가 있다가 나와서 얼마 안 있다가 창업을 했는데. 처음에 난 창업한다니 뭐를 하나 물어볼 필요도 없고 가보지도 않고 그냥 어디서 회사 뭐 허는지 몰랐는디 언젠가 둘이 갔는데 쌀은 여기서 농사 진 거 쌀 있은게 그걸 싣고 가느라고 큰 애네 집으로 가야 되니께 승용차로 싣고 갔으니까. 회사에다 갖다놓고 가면 저녁에 갖고 갈 거 아녀, 그래 갔어요. 밤에. 그때까지 퇴근을 안 했더먼 직원들이. 야간 작업헌다고.

뭐 허냐면 군수 포 로켓트 포 만들고 이런 거. 포는 전문적으로 폭탄은 한화에서 할겨. 언젠가 가니까 비행기 다는 로켓트 포 껍데기만 남은 거 여러 개 갖다 뜯어 놓고 그랬다고. 부속 포탄 그거 만드는데, 야간작업. 그게 무슨 포탄을 많이 만드는지. 연평도, 이북 애들이 연평도 폭격했잖아요. 이명박 대통령이 연평도 한번 갔었잖어. 가서 군인들한테 왜 폭격할 때 같이, 개들 뭐라 그러나, 파놓고 하는데 뭐라 그러나. 왜 하지 안했느냐 그걸. 와가지고 대통령이 특명으로 국방부에다 하명해. 직사포 연구해서 빨리해라. 그러니께 군수 국방부에서 그거 만든대 그거. 그거 만드는데 곧바로 군 쫓아 들어가서.

근데 얼마 안 있다가 걔한테 그 소리 들은지 얼마 안 있다가 연평도 출전 배치했다고 방송 나오드라고. 밤에 막 야간작업하고 그거 하고 그려.

근데 올 봄에 4월 달인가 정보부에서 신원조회 왔다고. 아버지 이북에 있는 가족들 이런 거 전부다 형제간들 있냐고 허니께 다 얘기해 달라고 허니께. 다 얘기해줬어. 군수공장 하니까 그런가 보다.

[10] 아내를 만나다

[조사자: 아내 분은 어떻게 만나셨어요? 결혼은 몇 살에 하셨어요?] [김수찬: 스물세 살.] [조사자: 어르신이 스물세 살에?] [김수찬: 아니 내가 스물세 살.] [조사자: 몇 살 차이에요?] [김수찬: 세 살.] 방에 들어가 보면 가족들, 문 열어 봐. 내가 월남해갖고 딸 사위 저게 다여.

[조사자: 처음에는 초도로 갔다가 거기서 속도로 다시 간 거예요?] 초도로 갔다가, 속도에서 초도로 갔다가 초도서 휴전 무렵에 전부 민간인들은 후송했

어요. 군인들만 거게가 남고 민간은 전부 후송했다고. 그래서 목포로 내려온 거죠. [조사자: 고향에서 속도로 갔다가 다시 초도로 가서 초도에서 LST선을 타고 목포로 오신 거예요?] 목포로.

[조사자: 고향에서 속도까진 어떻게 오신 거예요?] 도망가서 탈출해가지고 도보로 바다 건너가서 속도라는 섬이 거기 들어가서 초도로 간 거지. [조사자: 속도에서 초도 까지는 배로 가신거구요?] 배로. 풍선. 그때 속도를 가니까 참혹하더라. 어디서 보급 받는 데가 없으니께 신발 같은 것도 짚신. 부식 같은 것도 굴. 조개 잡아. 겨울에 나가서 상륙작전 나가서 식량 확보를 못하면 벌판에 수수 모가지 있잖어. 수수 모가지 대공을 잘라다가 농기구가 없으니께 하이바에다 껍데기만 베껴서 그놈을 볶아서 먹으면 변비가 걸려가지고 변을 못보고 그랬대요 유격대들이. 그러다가 이 사람들이 군속으로 예편이 되고 나서 군복도 주고 칼도주고. 그때 유격대는 인민군들하고 전투해가지고 수류탄 장총 노획해가지고 들어와 가지고 그거 들고 했지, 미군들이 지원을 안 해줬으니까. 그때 많이 죽었어요. 유격대들이 많이 죽었어요.

그게 미군 속으로 예편이 되고 휴전되니까 안면도로 내려왔어요 그 사람들이 그 유격대가. 그때가 유격대는 연평부대 송화부대 장현부대 그 지역 소재에 따른 유격군을 조직해가지고 전투했으니께 뭐 인민군도 대한민국 국군은 이유가 아니죠. 그 악조건에서 재들하고 만날 상륙작전 전투를 했으니까. 그러다가 부대 해산 되고 나서 대한민국에서 그 유격대의 계급을 그대로 줘서 국군에서 흡수를 했다고. 유격대에서 중위면 대한민국 국군으로 중위, 그때 소령이면 소령.

[조사자: 속도에 계시다가 초도로는 왜 가신 거예요?] 초도라는 섬은 커. 속도라는 데는 조그마한 섬이니께. 섬이 두 개가 있는데 사리 때면은 거기까지 걸어서 건너. 걸어서. 민간인들은 거기가 있들 못하고 유격대원들만 거기 있는 거여.

[조사자: 초도에서 나오실 때 백령도는 안 거치셨어요?] 백령도? 태풍이 불어

가지고 도저히 올 수가 없어가지고 백령도에서 이틀을 정박했다가 왔어요. 백령도에서 이틀 동안 정박을 했었어. 워낙 파도가 높고 태풍이 불어가지고. 이틀 동안 있을 때 내려가서 백령도 내려가서 한 이틀 있다가 내려오고.

[조사자: 고향이 정확히 황해도 어디라구요?] 황해도 송화면. [조사자: 그 다음엔 어떻게 돼요?] 화당리. 벼화자 화당리여. 장작불에 쌀 밥 먹는다는 벼 화자 화당린데. 여기 와서 가호조사를 했는데 알고 보니까 요새 공무원들이 한문에 좀 박한 모양이여. 미당리로 만들어 미당리. 이거 떼고 허니까 황해도 송화군 송화면 화당린디 미당리로 돼있어. 대한민국에 미당리라는 데는 없다. 화당리란 데는 있어요. 지도 다 찾아봐도 미당리가 어디 있느냐. 이 벼 화자를 약자를 쓰니께 머리를 이렇게 쓰니께 이걸 쌀미자로 봤나. 미낭리로 만들었어. 미당리. 근디 그거를 얘기하니께 못 고치는 모냥이대. 당신들이 실수해서 만들어 놓은걸 당신들이 고쳐야지 왜 못 고치냐. 대한민국 화당리라는 데는 있어도 미당리라는 데는 대한민국에 없어. 행정적으로 그런 걸 당신들이 화당리로 정정을 해야지. 있지도 않은 미당리로 맨들어 놓으면 어떡허냐. 노상 떼보면 미당리여.

[조사자: 할머니도 같이 피난 내려오신 건데 언제 만나신거예요, 결혼은?] 누나가 안면도, 내가 목포 있다 떠나가지고 여기를 왔는데 누나가 결혼을 했어. [조사자: 원래 누나가 거기서 결혼하지 않았어요?] 거기서는 매형은 죽고. 월남해가지고 여기서 만났어. 근데 그분이 이북 사람이여. 반공포로로 됐다 거제도 포로수용소에서 석방된 거여. 근디 만났어. 황해도 풍해면 사람이여. 만났는데 내가 여기를 왜 들어왔느냐면 황해도 안악서 살던 분들이 전라남도 영광 염전 공사 얘기헌데 있잖어. 그게 이북 분들이 공사하는데 와 있었어. 지개로 다 파서 하는데. 그래서 그분들을 내가 잘 알지.

저녁에는 그분들하고 항상 시간을 보내고 그러는데 그분들 가족이 못 오고 혼자 왔는데 나를 상당히 사랑해주고 그랬어요. 그분들이 그러대, 통일 될 때까지 우리가 너를 데리고 다녀야겄다. 꼭 우리가 어디로 가면 같이 가자.

그렇게 하기로 약속이 됐는데, 그분들이 자 의정부로 간다고 의정부 아무 곳을 가니께 찾아와라. 내가 같이 안 간 거는 누나가 결혼을 했다는 겨. 안면도 산다는디 안면도가 어딘지 아나, 안면도 몰랐지. 올라와서 군산 외숙 산다고 그랬잖어. 외숙을 찾았는데 안면도서 산대. 안면도서.

[11] 공부하고 싶어서 안면도에 정착하다

그래서 안면도 와서 누나를 만나보고 의정부로 갈라고 안면도를 온 거여. 광천 와서 배 타고 안면도 들어가서 만났어요 여기서. 조그만한 초가집 방을 끝방, 불 때는 데도 없고, 끝방에 방 하나 얻어가지고 요만한 솥 갖다가 밥해 먹고 방 한 칸 누나가. 만나고 갈라고 떠날라고. 그러니까 누나하고 매형하고가 하는 얘기가, 여기 있어도 호강은 안 되지만 객사로 혼자 다닐라면 고생이 심할 걸, 같이 있자 여기. 가지 말고 같이 있자. 그분들하고 만나기로 해서 어디로 오라고 했는데 의정부가 뭐 하는 곳인가 가보진 안했지만 살 곳인지 못 살 곳인지 가보야 알 텐께 간다고 하니까 말리는 거여.

근데 왜 주저앉았느냐면 매형이 무슨 얘기를 허느냐면 학업을 계속 해야 될 거 아니냐. 학교 다니다 말고 그러니까. 지금 당장 형편이 안 되지만 내년쯤이나 해서 어느 정도 되면은 너 여기서 안면 중학교가 여기가 있으니까 다시 학업을 해야 될 거 아니냐. 내가 그거 할라고 몸부림 쳤는데 여건이 안 되니까 못하고 했는데. 여건이 안 되니까.

그래서 여기서 주저앉았어. 아, 이 곳에서 노동을 하는 데요 너무 힘이 드니까 밤에 잠이 안와. 너무 힘이 드니까 잠이 안와. 그러고 있다가 누님이 어디 경기도 평택에가 내 이종형이 사는데 그분이 누구냐면은 나 길러준 어머니, 친이모들 다 이종간여. 오빠가 있어서 거기 갔다 온다고 허는데 거기서 우리 식구 언니들을 만났지. [김수찬: 나 송탄에서 살았어.] 만나서 장모 딸 있다는 얘기 듣고 사돈 삼자고 농담 절반 진담 절반해서 한 게 만나게 됐어.

저분은 오빠들도 다 형제분 있고 언니들도 있고 형제간이 많아요.

[조사자: 어르신, 원래 형제가 7남매가 맞아요?] 예. 7남매. [조사자: 자제분은 몇 두셨어요?] 사남매. [조사자: 어르신은 원래 7남매 중에 둘째?] 둘째. 아들로는 큰 아들. [조사자: 속도에서 초도로 속도에서 LST 타고 백령도 거쳐 목포까지 왔잖아요. 그때가 열일곱 살, 시작된 게 열일곱 살인데, 아까 1.4 후퇴 때는 피난 못가고 이후에 지나서 월남을 할려고 그랬다고 했잖아요. 그게 17세에 시작해서 전쟁이 끝날 때까지가 몇 살이세요?] 18세 돼서 나온 거여. [조사자: 18세 돼서 다 끝난 거예요? 그럼 18세 때는 어디 계신 거예요?] 월남을 했는데, 정착해서 있을 데가, 가족이 없으니까 여기 있었다 저기 있었다 떠돌아다니는 거지. 어데 가족이 있어야 뭐 정착을 하든, 여기 저기 영광으로 갔다 전라도로 갔다 강원도로 갔다 어디 뭐 의정부 그 짝에도 갔다 왔다 갔다. 정처없이 떠돌아 댕기는데 문제가 뭐가 생기느냐. 그러다보니까 연령이 높아가지고 병역기피가 된 거여 병역기피.

[조사자: 군대를 안 갔다는 거죠?] 병역기피. 그렇게 우리는, 아니 군대 가갔다고 한간데서 굶어죽고 앉아서 사나? 먹고 살기 위해서 여기저기 다니는데 병역기피 뭐 한군데 있어야 거주를 해야 하는데. 결혼을 해가지고 정착이 되니까 영장이 나와 영장이. 애들 다 낳고 나이가 먹어 갖고 영장이 나왔는데. 안 갈 수가 있나 가야지. 신체검사 다 했었어. 입대하라고.

[조사자: 영장이 몇 살 때 나온 거예요?] 스물여섯인가, 스물여덟인가, 스물일곱인가. [조사자: 애를 몇이나 낳을 때?] 하나. 큰 애 하나 났을 때지. 그때 영장 나왔는디. 신체검사 나갔는데 우리 같은 사람이 어딨어? 전부다 학생들 다 긴데 스물일곱 살 먹은 사람이 어딨어. 의무관이

"아저씨, 아저씨"

그러고 아저씨라고. 근데 박대통령이 그거 폐지를 했어. 몇 년부터 면제했어. 영장 받았는데 소집 안 했으니 안 가고 말았지. 대통령령으로 면제 시켰어. 기피자가 자동적으로 기피자가 된 거여. 군대 안 나왔다고 군대 나가겄다

고 앉어 있나요? 그때만 해도 혼자니께 여기저기.

[조사자: 어르신, 두동리에서 장사하실 때 그때는 몇 살 때죠?] 그때가 열여덟 살. 피난 나와서 그해 할머니가 쌀 한말 밑천 댔으니까. [조사자: 목포 왔을 때 계절이 어느 정도였어요?] 왔을 때? 크리스마스 전날이라 그라잖아. 이북에서 그렇게 춥고 그랬는데 목포 내려오니께 밭에 채소가 새파랗드라고. [조사자: 속도에서 10월 14일 날 나오셨잖아요. 1년 넘게 떠도시다 목포로 오신 거예요?] 아녀. 속도라는 데는 민간인이 있을 수가 없어. 밤에는 쟤들이 위험하니까. 그 다음날로 배 타고 초도라는 섬으로 들어갔지. 초도 가면은 미군들하고 한국 유격군하고 해군, 거기가 초도라는 섬에가 주둔하고 있었다고 미군들.

[조사자: 속도에 미군이 있었어요? 아니면 초도에 있었어요?] 초도. [조사자: 유격대가 국군이죠?] 초도에가 유격대가 한 부대가 아녀. 송화부대 있고 또 연평 부대, 여러 가지가 있는데 그 송화부대 대대장은 누구냐면, 그 분이 이제는 세상 떠났어. 언젠가 방송 나와서 파주에 산다는데 대한민국 국군이여 그때 소위 계급인데. 이분이 북진해서 올라갔을 때 원대 복귀를 않고 송화부대 유격대 그 지휘를 했어. 후퇴할 때.

[조사자: 정식군인이 아니에요?] 정식군인이지. 대한민국 군인인데 북진해서 올라갔다가 후퇴할 때 원대 복귀를 않고 송화부대 유격대 지휘를 했다고. 작전했는데 초도 들어와서 육군본부에서 체포령이 내려졌대. 원대복귀 안 해 탈영이라고 붙잡혀 내려간 거여. 조사를 해보니까 국군으로 있는 거보다 활약 더 많이 했지. [조사자: 전공이 좋다고?] 국군보다 활약을 더 많이 했지. 1계급 특진 시켜서 중위로 다시 초도로 올려 보냈어요. 언젠가 방송 보니께 파주에 있대. 몇 년 전에. 그 분이 송화부대 유격대장을 했다고. 그 부부간이 그 여사는 유격대 부대장을 했대 여자가. 그 여자하고 결혼해서.

[조사자: 두동리에서 장사 하실 때는 열여덟 살이었고 영광 가서 염전일 도와주고 할 때는 열아홉 살이었어요?] 그려. [조사자: 안면도 누나 집으로 왔을 때는 전쟁이 끝났어요?] 그럼. 안면도 왔을 때 안면도 언제 왔나 기억이 안 나지.

근데 여기 안면도 왔다가 나는 나갔어. 결혼만 여기서 안면도서 한 거여. 결혼한고 일주일 만에 나가서 내가 안 들어오니까, 어디가 있었냐면 경기도 평택 거기가 미군부대들 있잖어. 거기가 한참 건설하고 그럴 때여. 거기 가 있는데 결혼하고 일주일 있다 내가 안 내려오니까 이불보따리 하나 이고서 쫓아왔어.

근데 거기 갔을 때는 초가집이지. 챙피하잖어. 결혼한 지 얼마 안 된 놈이 거기 와서 노동하니께. 어둡도록, 일찍 끝나도 어둡도록 있다가, 알아보지 못할 때 나오고 했다고. 혹시 처갓집 동네사람이나 처갓집 처남들 만날까봐. 일단 하숙집 정해놓고 노동을 한 거여. 이불 보따리 하나 이고서 찾아왔는데 어떡해, 꼼짝 못하지 나도.

장모보고 내가 가진 돈이 없으니까

"어머니, 어디서 곰팡칸 살 돈을 빚을 얻어다 주쇼. 그러면 내가 어떻게든 벌어다 갚을 테니까 얻어다 주쇼."

그래서 장모가 빚을 얻어다 줘서 방 하나 부엌 하나, 그때는 미군부대 옆에 지붕이라고 보리박구를 지붕 다해서. 맨 오산가면 그런 집이고 몇 백 몇 천호가 보리박구로 지붕을 해 이고 그랬다고. 부대를 대니는데 일평생 사는 중에 사연이 얼마나 크나 몰라요. 그걸 다 갚았어.

그때는 연탄도 아니고 장작을 사서 땔 때거든. 장작 같은 것도 한 차 사고 쌀 얻고 쌀도 가마로 사서 방에다 싸놓고 처갓집에서 일체 장인 영감이나 누가 우리 집에 오질 않았었다고. 보기 싫으니까 오겠어요? 딸 못 살고 그렇게 살고 하니께 안 오는데. 장작 다 싸놓고 빚 다 갚고 하는데 장인이 왔어요 저녁에. 와서

"오늘 저녁에는 너의 집에서 내가 자고 가야겄다."

"예."

저 사람하고 의논해서 정성을 다해서 장인 대접을 했지. 근데 장인이 자면서 나한테 칭찬을 해줘. 여기 많은 사람들이 와서 사는데 7년 동안 돼서도

너희처럼 집 한 칸 얻지를 못하고 셋방 얻어서 사는 사람이 수도 없는데 온지 몇 해 되지도 안 해가지고 너 벌어서 이만치나 해놨으니까 고맙다. 열심히 살면 좋은 날이 올 것이다 그려.

"예. 열심히 해야죠."

열심히 하는데, 저 사람이 루마티스 신경통에 걸렸어. 그때만 해도 무슨 병원이 있나요, 없지. 택시가 있나, 그때만 해도. 띠로 업고 병원에 가면 물을 이만한 걸로 빼. 밤에는 죽는다고 막 막 막. 그래서 장모님이 와서 3년을 같이 살았어. 딸이 그러니까. 근데 병이 날라니까, 언제는 부대에서 일찍 끝나고 어둡도록 내가 안 나오고 그런대. 딴 사람한테 내 모습을 보여주고 싶지 않아. 나오는데 부대에는 도로변에 전부 가로등들이 많이 켜 있어요. 환하지.

[12] 미군의 지갑을 찾아 준 양심 덕에 아내의 병을 치료하다

밤에 오는데 길 한복판에가 시끄만 물체가 있어. 이게 뭔가 하고 발로 가서 물렁물렁 패스포트여. 패스포트를 열어보니까 미군 거여. 사진이 모자 쓰고 계급을 보니까 중위, 중위 것을 주었는데 그 안을 열어보니까 그때 돈 700불인 거 같어. 봉급 타가지고서 얼마 안 쓰고 남은 거 같어. 700불이 들었어. 그때 내가 상당히 궁할 때거든. 뭐 아프니까. 야, 이거 아주 기적이구나. 그때 돈 700불이면 큰돈이에요. 한화하고 교체하면 130 대 1 될 때니께. 야 이거 큰 돈인데. 갖고 나오면서 재판을 허는 거여.

'이거를 내가 돈을 빼고 패스포트 내빼리고 갈까.'

부대 나오면 센타 한미 합동으로 근무를 하는데, 내 빼리고 돈을 주머니다 놓고 갈까. 아녀 잃어버린 놈은 얼마나 지금, 신분증까지 다 있고 이걸로 내가 평생 팔자 고치는 것도 아니고. 정문에까지 나오며 재판을 허는 거여. 결국은 아니다 신고하자. 들어와서 한미 합동 부대에 패스포트 내놨죠. 뭐냐, 오다가 주었는데 임자 찾아서 주라고. 패스포트 주고서 왔어요.

그 다음날 부대를 들어 갈라고 들어가는데 헌병이

"이봐, 당신 들어와."

초소로 들어오라는 겨. 왜 그러나 하고 초소로 들어 가니께 그 양놈 패스포트 찾은 놈 그놈이 초소 안에가 날 만날라고 기다린 겨.

"네가 이거 내꺼 주었냐?"

"그렇다."

고맙다고 거기서 200불을 빼서 날 주드라고.

"야, 소용없다. 네 돈인데 내가 왜 받니? 아니다."

안 받는다고.

"너 어디서 일하냐?"

어디에서 일한다 했지. 이놈이 매일 점심때 되면 칠면조 다리, 빵, 점심때면 날 찾아오는 겨 그거 싸가지고. 매일 매일. 이놈이 가차와졌어. 아주 친구가 된 거여. 백이라고 그놈 이름이 백인데 아주 가차워진 거여.

"너 어디서 사니?"

나보고. 얘기할 수가 있나. 집에서 저 사람 죽는다고 허고. 얘기할 수 없지. 거기서 황용성이라고 지금 미국 가 있는 친구가 있는데 영어를 잘해. 외대 나와 가지고 통역관 됐는데. 그러니까 그 친구한테 물은 거여. 저놈은 왜 집이 어디냐고 해도 나한테 일러주지도 않고 집에 가보고 싶어서 그러는데 사는 데를 안 일러준다. 그 황용성이라는 친구가 와이프가 안 좋다. 그러니까 분위기가 그러니까 안 일러 주는가보다. 무슨 병이냐 자꾸. 그러니까 그 용성이가 얘기를 했어. 루마치스라는데 난치병이다 못 고치고 상당히 오래 고생을 한다.

독일에도 미군들이 주둔하고 있잖아요. 이놈이 그 친구가 독일서 주둔하고 있는 친구가 있는데 친구한테 연락을 했어 루마티스 신경통에 맞는 주사약, 독일서 사서 나한테 좀 보내 달라. 근게 독일서 그 약을 사서 보내준 거여. 요만한 병인데 근육주사를 놓는데요. 아무나 놔. 뭐 궁뎅이 근육주사 놓으니까. 포도당하고 그거하고 주사하고 그거하고 놓는데. 일곱 댄가 맞았어 한 병에. 그거를 한번 맞아봐라 그거여.

그놈을 내가 놓은 거지. 기적 같애요! 이게 마약처럼. 한 일주일 맞았는데, 화장실도 내가 업고 가고, 그전에 공중 화장실이잖아. 지금처럼 수세식이고 집에서 하는 것도 아니고. 화장실에서 붙잡고 있다가 업고 들어오고 했는데. 나와서 집 퇴방이 이만치 높았어. 한번 뛰어내려 보라고 했어. 뛰어내려 거기서. 처남이 작은 처남이 보더니 이건 정상적인 약이 아니고 마약이다. 이거 맞아선 안 된다 하는 얘기여. 갑자기 일주일 만에 누나도 막 그러니까 안 된다.

"그럼 어떡하게요?"

"내 데려간다."

친정으로 데려가. 나는 어떡해 나는 할 수 없잖아. 최선을 다하는데. 데려가서 침을 맡고 부황을 뜨는데 이게 막 더헌 거여. 막 그냥 꼼짝도 못하고 더헌 거여. 근데 장모님이 왔어. 야, 큰일났다 꼼짝도 못하고. 어머니, 왜 주사 맞는디 그거 데려다가 뭡니까. 오늘 택시타고서 데려다가 그 주사를 다시 놓읍시다. 이놈이 약 떨어질 만하면 또 보내주고 또 보내주고. 근데 그때 내가 생각을 헌 게 이거 주머니 집어넣었으면 그놈한테 혜택을 못 받는다. 그래서 이 양심은 바로 갖고 살어야 된다 양심은. 그때 돈 700불 욕심나서 패스포트 내삐리고 왔으믄 우리식구 못 고쳤지. 그래서 미군이 독일 있는 친구한테 연락을 해서 독일서 루마티스 신경통에 맞는 주사약을 사서 보내줬어요.

근데 그놈이 본국을 들어갈 때 나는 못 데리고 들어가고 우리 처조카 애가 조그맨했어. 근디 미군부대 다니면서 미군들이 귀여워서 옷 다 사 입히고 그랬거든. 걔를 달라 이거여. 들어갈 때 걔를 데리고 미국 들어간다고. 그때 보냈어야 되잖어. 그때 따라 들어갔으면 미국 들어가서 공부했지. 쟤 아버지가 어머니가 반대 헌 겨. 미국으로 데려간다니까. 큰 처남이 반대를 했어. 그냥 그 놈만 들어갔는데 쟤들은 한번 사람을 잘 보면요 변하질 않아요. 참 신사적이야. [조사자: 그때가 몇 살 때쯤이세요?] 그때가 스물 댓 살쯤 됐을 땔 겨. [조사자: 막 결혼 했을 때 그때예요?] 근데 사노라면 별일 다 있어.

[13] 학교 소사의 돈 가방을 찾아주자 행운이 겹치다

전라도 있을 때. 동네 어구에 방앗간 하나 있고 방앗간 옆에는 조그만 담배가게 있고 거게 물건들 과자 같은 거 팔고. 동네 어구 들어갈라면 샘이 있었어. 샘이 참 좋아. 목이 마르면 바가지 놓고 헌께 물 먹고 그랬다고. 근데 언젠가 가을인데 배가 누렇게 익었을 때여. 논에 물도 빼고 논도 말랐을 때 목이 말라서 물 떠먹으러 들어갔는데, 빨래더미 옆에가 빨간 가죽가방 있어. 공무원들 갖고 데니는 서류가방. 이상하다 이게 뭔가 하고 열어 보니께 돈이 한 가방 꽉 찼어. 새 돈이여. 전부다 새 돈이야, 느닷없이 큰돈이. 그런 큰돈을 언제 봤나. 이걸 갖고 도망가? 어떻게 해 이거. 사방을 둘러 봐도 사람도 없지. 그때 도망가면 끝이지. 내가 가족이 있어, 살림살이가 있어 뭐 있어 뭐. 도망가야 하나 어떻게 해야 되나. 도망가기는 어디로 가. 갖고서 신작로로 나와요 그 가방을 들고.

얼마나 가다 보니까 어떤 누가 그냥 막 자전거를 타고 그냥 막. 그때는 비포장 도로니까 자전거 타면 얼마나 힘들어. 아, 육감이 자전거 가방 임자가 저 사람 같구나. 알고 보니까 학다리 중학교 소사하는 사람인데, 선생들 월급 줄 거를 돈 찾아갖고 오다가. 자전거에다 놓고 못 오잖아 길거리이니께. 갖고 들어와서 샘터에서 물을 먹고서 정신이 들고 가다 생각한께 가방을 안 들고 왔어. 가방 어디서 주섰냐고, 저 샘터에서 주었다고. 내일 선생들 월급 줄 돈 은행에서 찾아갖고, 그러니께 새 돈이지, 가는 중이라고. 가방 건네줬지. 식전에 동장이 찾아왔어.

"자네 어제 뭐 주슨 일 있나?"

"예. 동네 어귀 오다가 가방 주섰는디, 돈가방인데 주워서 줬어요."

"학교에서 자네 데리고서 같이 오라고 연락이 왔어."

"왜요?"

"모르지."

학교에서 연락이 왔으니께 나하고 같이 가자는 겨. 동장하고 학교를 갔어. 학다리 중학교 갔어. 조회시간인데 교장이 조회시간에 훈계하는 거 있잖어. 나를 올라오라 해갖고 그 돈가방 얘기하고 훌륭한 사람이다. 너희들도 사회생활 하다가 그런 일 있으면, 훈계를 하는 거여. 감사장이라고 종이다 한 것을 말아서 주고 돈 6만원인가 줘서 고랑에다 넣고. 동장은 볼 일 있다고 혼자 터덜터덜 걸어서 오는데 다리도 그렇게 크지 않어. 삐야가 두갠가 가운데 선 다리니께 그렇게 크지 않은 거지. 다리에 걸쳐서 무심코 내려다보고 있노라니까 물이 조금밖에 안 내려가.

근디 삐야는 장마 때 팽겨가지고 거기는 깊어. 얼숭얼숭 한단 말여 거기가. 이상하다 내려가보니께 고기들이 거기 다 몰려갖고 고기들이 잔뜩 있어요 거기가. 옆집에 가서 바께스하고 삽을 얻어가지고 펐는데 잉어, 매기, 장어 뭐

해가지고, 가을에 바쁠 때니께 딴 사람들 안 잡고. 잡았으니께 어디 담을 데가 있나. 바께스 담아서 다리 위에다 콘크리트 바닥에다 쏟아 놓고 쏟아 놓고 했는디 상당히 많이 쏟았어. 지나가는 사람들이

"이거 안 팔라 그래?"

"팔죠."

내가 다 갖다 뭐하게. 그냥 돈 주는 대로 받는 거지. 학교에서 받은 거 6만원 있지. 거기서 3만원 생겼지. 9만원이.

그러고 얼마 안됐을 때 고향생각 나고 그러니께 산에 높은 산에 올라가서 북쪽하늘을 바라다보고 혼자 하염없이 바라다보고 부모 생각하고 그러는데. 학다리 내려가는 철길. 기차가 빽하고 내려가는데 기차 방통에서 뭐이 풀떡풀떡 떨어지는 거여. 높은 산에서 보니까. 이상하다. 산에서 내려와서 철길을 가보니께 알란미 쌀, 그 구호 알란미 쌀인데. 그게 육통가마니라고 작어. 그 가마니에 담아서 했는데 드믄드믄드믄 떨어졌는데 여덟 개가 떨어졌어. 쭉. 방통에서 떨어진 거여. 이거 다 주워 모아다가 풀 뜯어다 덮어놓고. 동장한테 갔어.

내가 사실은 이만저만해서 지금 알란미쌀 여덟 푸대를 쌌는데 이걸 경찰서에다 신고를 해야합니까 어떻게 해야 합니까.

"이 사람아 왜 그거를 신고를 혀? 하지마."

이따 저녁때 어두우면 우리 일꾼 데리고 구루마 가서 싣고 오라고. 그 집 일꾼하고 가서 여덟 가마를 싣고서 왔어. 동장네 집에 쌓아 놓은 겨.

"내가 알아서 처분할테니 그렇게 알게."

그려.

"알았어요."

근데 언젠가 오라 그러대 저녁에. 돈을 신문지다 싸서 주는 겨. 어따 팔았냐면 그때만 해도 곡주 술 빼는데. 그 곡주 빼는데다 쌀을 팔았어. 받았다고 주드라고. 그 중 반을 내가 나눴어.

"동장님 반하고 나 반하고 반씩 나눕시다."

"아녀 아녀."

막 그려. 우리는 여기서 사는 사람이니까 그게 큰 도움이 안 되지만 지금 자네한테는 도움 되지 않느냐. 쪼금도 부담 갖지 말고 그놈 넣고 있다가 필요할 때 쓰라고. 훌륭한 분들이에요. 전라도 분들.

내가 지금까지 살면서 그 전라도 분들 상당히 내가 존경한다고. 두동리서 살던 할머니. 그 할머니, 내가 5년 만인가, 6년 만인가 내가 찾아갔더니 돌아가고 안계시더라고. 내가 좀 더 일찍 찾아왔으면 됐을 걸 내가 늦게 찾아왔구나. 근데 그 아가씨 총, 공기 벌탄에 안 죽었으면, 일찍 찾아갈 곳이 못되니까 안 찾아갔지. 언젠가 5,6년 지나서 생각나서 찾아뵐려고 갔더니 돌아가시고 안계시더라고. 사람 사는 데 일평생 사는데 우여곡절이 이렇게 많어. [김수찬: 첩첩 산중여.]

[조사자: 얘기를 잘 하시네요.] 근데 나는 지금 애들 4남매 있잖어. 가훈이란 게 별도로 없어. 내가 자식들한테 지금까지 4남매들을 일으키는 거는 가치관을 팔지 말라 절대로. 어떤 일이 있어도 가치관을 팔아서는 안 된다. 어떤 고난이 닥쳐도 가치관을 지켜라. 가치관을 지키지 않고 살려면 뭐가 힘들어요? 도둑질이고 뭐고 아무거나 막 할라 그러면 사람 살 일이 뭐 그렇게 어려운가. 이것저것 여러 가지로 도덕을 지켜가며 살라니까 어렵지요. 나쁜 짓 해서 돈 벌라면 쉽지. 고리채 이런 거 없는 사람들한테 이런 거. 쉽게 돈 벌지 그거 고리채 같은 거 할라면.

방앗간 할 때요 그때는 하루 종일 방아를 쪄도 사포로 한 되빡도 못되는 게 많다고. 서 말, 두 말. 많이 가져오는 사람 다섯 말. 그러니께 모아놨다 내리고 모아놨다 내리고. 하루 종일 점심도 못 먹고 식구하고 둘이서 방아 쪄야 10원 한 장도 못 버는 거여. 옛날에 조금씩조금씩 해서 갚고 먹을라고 했으니까. 그때 내가 고리대금을 할라면 얼마든지 내가 돈을 벌었을 거여. 쌀 한가마 쓰면 그 담에 두 가마 갖다 갚아야 돼.

[14] 2년 만에 마을의 도박을 퇴치하다

그런데 안면도 내려와 가지고 보니까 뭐가 성하냐면 도박, 노름. 아버지는 아버지대로 아들은 아들대로 노름해갖고 봄에는 논을 판다 집을 판다 밭을 판다 안 되게 생겼어. 여기로 정착해서 와가지고 내가 청년회를 조직을 했어. 그때 전에는 상당히 컸어요. 청년회 한 80명 됐으니까. 가난 퇴치 운동을 하자. 도박을 해서 안 된다 우리가 그 시간이 있으면 새끼를 꼬고 가마니를 치고 하자. 80명이 청년회여. 우리 집이 본부여. 12시부터 밤4시까지 순찰. 네 사람씩 한조가 되가지고 저 방뚝까지 갈라면 상당히 컸어요. 그러면 우리식구가 잠자나? 고구마, 칼국수, 야식, 순찰하고 돌아오면 그거. 화투를 압수시켜. 압수시켜서 15일마다 화형식을 하는데 마대로 하나씩. 15일마다 총회하면서 우리 마당에다 놓고 화형식을 해요.

노름하는 놈들이 그래, 경찰관들 이거주면 되지만 저놈들한테 걸리면 죽는다. 노름 하잖어, 같이 하지 말고 나한테 와서 신고 해라. 가는 거여. 노름하는데 붙들렸지.

"내일 아침에 와. 안 오면 재미없어."

이렇게 말하믄 오네. 전부다 와. 줄줄이 다 와.

"다음에 할 거야 안 할 거야? 하지 말아야 될 거 아냐."

그런께 동네에서 난리 났지. 그래 우리 식구는

"여보쇼. 당신 사촌 있어? 6촌 있어? 왜 잠 안 자고 동네서 인심 잃고 그러느냐? 뭣 땜에 잠 못자고 그러는 겨?"

"이거 하면 안 되지. 안 되는 거 아녀?"

가면 노인네들이 노름 혀.

"이보쇼. 자식들 노름판에 가서 재산 잃으면 어떻게 됩니까? 우리부터 나이 먹은 사람부터 자식 교육 헐라면 이런 거 하지 말아야 될 거 아닙니까?"

막걸리 사갖고 가서 술 따라주면서 내가 사정을 한 거여.

"안 되는 거 아닙니까. 우리가 자식들한테 이렇게 해서는 안 되지 않습니까?"

2년을 내가 잠 못 잤어. 완전히 없어졌어. 가마니 치는 거여. 내가 순찰 돈다니까 새벽 4시에 새끼 꼬고 가마니 쳐. 쪽딱쪽딱 가마니 치고 새끼 꼬고 매 집마다 내가 순찰 돌아가니께. 완전히 도박이 없어졌어. 완전히 없어졌어.

후방에 선 남성들의 전쟁 경험

방호덕 외

"젊은 놈들 죄 뽑아가지고, 군복을 입혀가지고 같이 행동을 하는 거여, 훈련도 안 받은 놈들이"

자 료 명: 20140212방호덕(구리)
조 사 일: 2014년 2월 12일
조사시간: 1시간 49분
구 연 자: 방호덕(남 · 1924년생) 홍천만(남 · 1925년생)
조 사 자: 박현숙, 황승업, 김현희
조사장소: 경기도 구리시 교문동 (제보자의 집)

[조사과정 및 구연상황]

제보자에게 사전에 연락을 취하여 일정을 정하였다. 제보자의 집을 방문했을 때 방호덕 제보자의 고향친구인 홍천만 제보자도 함께 기다리고 계셨다. 조사자와 안면이 있던 터라 제보자가 편안하게 구연을 시작하였다. 방호덕 제보자의 구연이 후반부로 접어들자 청중으로 있던 홍천만 제보자도 구연에 동참하였다. 방호덕 제보자는 입담 좋고 장난기가 많아서 종종 친구인 홍천만 제보자를 놀렸는데, 홍천만 제보자는 그것을 묵묵히 받아주었다. 오랜 벗이 티격태격하며 각자의 전쟁경험을 주고받아서 이야기판의 분위기는 내내 화기애애하였다.

[구연자 정보]

방호덕은 1924년 경기도 구리시 교문동 백교에서 태어났다. 21살에 결혼하여 1남 2녀를 두었다. 일제 강점기에 징병되어 태평양전쟁에 파병될 위기에 놓였으나 일본의 패망으로 무사히 귀향하였다. 묘사와 대화를 구체적으로 제시하여 이야기의 재미를 높이는 등 구연능력이 뛰어났다. 특히 해방 한 해 전에 입대하여 해방 후 제대하기까지의 이야기를 매우 구체적으로 구술하였다.

홍천만은 1925년 구리시 교문동 백교에서 태어났다. 귀가 잘 들리지 않아서 의사소통에 다소 어려움이 있었다.

[이야기 개요]

방호덕: 일제강점기 때 징집되어 부산에서 훈련을 받던 중 해방을 맞았다. 한국전쟁 때 마을에 인민군이 들어오고 친구들이 인민군 활동을 제안하자 숨어 지냈다. 거동이 불편한 부친을 두고 떠난 피난길에서 아이를 잃었다. 피난길에서 돌아오니 폭격 맞아 집이 없어졌고 부친도 사망했다. 전세가 역전되어 인민군들이 퇴각할 때 어린 인민군 패잔병을 도와주었다. 퇴각하던 인민군들이 국군 군복을 빼앗아 입고 대한청년단원들을 죽이기도 했다. 1.4후퇴 때 젊은 남자들을 소집하여 창방을 보냈는데, 양산교육대로 배정을 받았다가 몇 개월 후 귀환증을 받아 귀향했다.

홍천만: 전쟁 당시 가족들과 잠시 피난 나갔다가 돌아왔다. 처음 입대했을 때 군번을 받지 못했는데, 그 때문에 복무기간이 인정되지 않아 다시 입대해야 했다. 인민군들이 끊어진 팔당댐을 돌 쌓아 이을 때 동원된 적이 있다.

[주제어] 인민군, 패잔병, 인천상륙작전, 대한청년단, 청방, 양산교육대, 군량미, 귀환증, 중공군, 미군, 피난, 연합군, 만행, 국가유공자, 폭격, 면장, 지서장, 다리

[1] 방호덕: 일본이 창씨개명을 강요하고 마을에 앞잡이를 심어놓다

[조사자: 저희는 정확한 역사적인 사건보다 어르신이 그냥 이맘 때 이런 일을 겪었고, 이러한 일이 있었고, 이제 이런 거지, 이제 어르신 겪으신 얘기 해주시면 돼요. 예, 그러니까 방호, 방 맞죠 방, 방호?] 호덕. [조사자: 덕? 방호덕?] 모 호지. 창씨를 가다야마 상 하죠. 일본놈들이 일본 이름까지 바꿨었어. 가다야마 상이라고 아주 이렇게. [조사자: 가다야마 상?] 그래. (웃음) 이제 맨 처음에는 일본 애들이, 왜 저 저거 있잖아? 이순신 장군이 그 배를 몇 척을 갖다가 파괴시키고, 뭔 군인을 죽였다고 그때 왜 저 남쪽 바다에서, 그런 말이 있잖소? 그때 그 역사상에 다 있었어. 이 책장, 책장에 다 책자에 다 있었는데, 내가 뭐 그게 있었으면 참, 내가 그게 유감이야. 그거를 뭐 떡- 펴놓고 이야길 하면 그냥, 아주 그냥 훤- 한데, 그냥 세-상이 훤허고, 그게 없어져서 원 유감이라고.

그래서 인제 그때 일본군 애들이, 이제 한국을 그야말로 참 또 뭐 그 병 상륙을 해가지고, 여그서 그냥 거저먹다시피 했지. 그랬다가 만주, 소화 7년 7월 달에 만주사변을 일으켰어요. 그래가지고 고 만주사변 일으켰을 적에 순기마병으로, 기마로 그냥 냅다 뚫고 들어갔다고. 그래 그때 그 만주가 물이 궁했었어. 그래 지금은 물이 이렇게 아무래도 흔하지. 그래서 말굽에 있는 물을, 우린 보진 않고 이제 역사상으로 하는 얘기야, 그건. 본 건 아니야. 그 말굽 자리의 물을, 그걸 먹고 전쟁을 했다고 그놈들한테 수업을 들었어.

[조사자: 그럼 그때 어르신은 군대를, 대동아전쟁 때……] 아 고 때, 고 땐 좀, 쬐그만 했지. [조사자: 어렸었죠?] 응. [조사자: 그때가 몇 살이었어요?] 일곱 살

인가 여덟, 일곱 살인가 여덟 살. 고거 밖에 안 돼요. [조사자: 그럼 어르신이 해방 전에 학교를 다니셨죠?] 그럼, 해방 때도 다녔지. 그럴 때 해방 되던 해 막 그. [조사자: 그럼 그 학교 다니신, 일정 때 그 일본 사람들이 조선 사람들 되게 힘들게 했다고 그러던데……] 응. 힘들게 헌 이유가 있지. [조사자: 예.] 이제 이놈들이 이제 그렇게 해가지고 만주를 점령을 허고, 중국 점령을 허고, 중국은 더 거저먹었지. 요렇게 총칼을 까꾸로 매고 들어갔다는 거야, 중국 땅을. 그렇게 인제, 그래 지금은 그렇게 하겠다고 그러지, 일본 놈들이. 지금이랑 다르지 않어, 이제.

그렇게 허다가 무슨 짓을 허는고 허니, 한일 합방이라고 그래가지고 한국 사람을 일본 사람으로 맹글기 위해서 이름을 바꿔버렸어. 성을, 창씨를 해. 그래 이제 김씨를 갖다가 가네무라 상이니, 가라야마 상이니, 이제 그렇게 바꾸라 그러고, 이제 그 덕순 이씨, 덕순 이씨는 뭐라고 헌고 허니, 도끼야미 상이라고 그래 바꾸고, 이제 성을 죄 바꿔서 썼어, 싹 다.

그러고 인제 그렇게 해가지고 일본 놈들 교육이 도세 어떤고 허니, 이 한국 사람이라고 하는 것들은 성질이 이상시러. 뭐 고을에나 좀 해고 이러믄 으씩 으씩 대거든. 나대고 그랬었다고. 그래서 그때 우리가 어려와도, 좀 어려서도 이 별명을 진 이름이 있다고. '10년 세도 없고 열흘 가는 꽃이 없다.', 그게 무슨 말인지 알어? 무슨 말인지 알겠어? [조사자: 예.] '세도를 10년간은 못 부린다. 꽃이 열흘은 못 가고.', 지금 꽃은 시설이 좋아서 열흘을 가지만, 예전엔 그런 게 없었다고. 그래서 이제 그런 말까지 있었는데,

그랬다가 일본 놈들이 인제 어떻게 말하는고 허니, 한국 사람을 그마만큼 교육을 시켜가지고, 각 신상소학교, 그때 우리 학교 배울 땐 신상소학교였었어요. 나중에 내가 5학년 적에, 국민학교로 이름을 바꿨다고, 국민학교로. 국민학교로 이름을 바꿔도 거기다가 일본 선생을 하나 꼭 넣어놔, 어느 학교든지. 교장선생이 일본 사람이면은 선생은 다 한국 사람이고, 또 교장선생이 한국 사람이면 선생을 일본 사람 하나를 넣어놓는다고. 그러니까는 교장선생

이라도 일본 놈한테는 매일 이런단 말이야. 그 새끼들 눈치 봐야 되고, 그러니깐 제 맘대로 못 한다 이 말이지.

그렇게 교육을 시켜가지고 인제 이놈들이 어떤 작전을 쓰는고 허니, 중국을 점령을 했으니까는 중국 땅에다가 기관병, 그 기관용 무슨 면장이라든지 뭐 무슨 지서장이라든지, 그런 거 갖다 죄 시켜먹을라고, 그리로 보내가지고 그렇게까지 기록을 했었던 거야. 그러니까 이제 요 한국 사람은, 여그서도 그랬어. 요 이 면장이니 지서장 놈들 일본 놈들이 와서 고을에 시켜주면 이건 막 두들겨 패고, 여기 사람들도 매 맞은 사람 많아요, 면장한테. 그따우로 고을에 그러고 으씩거리고 그랬었다고. 그러니까 이 한국 종자라는 것이 그러니까 뭐 나부텀도 틀려먹었다고. (웃음)

[2] 일제강점기 때 징집되어 부산에서 있다가 해방을 맞다

[조사자: 그럼 어르신 몇 학년 때 해방이 됐어요?] 스물, 스물두 살 적에. [조사자: 어르신 스물두 살에 해방이 됐어요?] 그렇지, 그렇지. 스물두 살 8월 15일 날, 그 스물두 살 8월 15일 날 군대에 가있을 때가, 군대에 있을 때 저 해방이 된 거야. [조사자: 어르신 군대 가있을 때 해방이 됐어요?] 그럼, 일정시대 때. 왜군, 왜군으로 입대했지.

[조사자: 그럼 군대는 몇 살 때 가셨어요?] 그러니까는 스물한 살에 가가지고 스물둘. [조사자: 군대는 스물한 살에 가시고?] 응. 스물두 살에 해방됐고. [조사자: 아-, 그럼 훈련은 받으셨어요?] 우리는 훈련이 그렇게 없었어요. 그때 초등학교, 신상소학교 나온 사람들은 훈련이니 그런 게 없었어, 그때.

"다 잘한다."

이러고는 막 그냥 그대로 내보냈지.

[조사자: 그럼 제대는 언제 하시고요?] 그거야 해방되고 바로 했지. [조사자: 해방되고 바로 했다고, 제대를?] 그렇지. 열흘 있다가 왔지. [조사자: 아-, 그럼

그때는 일본군 소속이었어요, 입대하실 때는?] 그럼. 그거야 물론이지. 한남동에 이, 아 저 용산부대 입대했다가, 용산부대 입대했다가, 한남동, 그거를 230부대 분리를 했어. 그 한남동에 지금 집이 제비집들 앉았듯 들어 앉았잖어? 집이란 게 한- 채도 없었고, 뭐 이 미국사람들 관사 집 하나 있었어, 거기. 빨간 기와집, 빨간 벽돌집. 걔네 거기다 밑에 벽돌 이렇게 막고, 밑에 저수지에서 수도 올려. 그래 빵- 둘러 철도망 치고, 우리 꼼짝 못 하게 하고, 그래 우리만 거그서 살았어, 한남동 뭐. 지금 가보믄 뭐 그냥 별 백이듯 섰어, 집이 그냥, 한남동에.

그랬다가, 거기에 있다가 이제 부산으로 임시 이제 파병 이제 데려간 거야. [조사자: 부산?] 부산으로. [조사자: 아- 왜요?] 왜 데리고 갔는고 하니, 그 사연이 또 우스워요. 부산으로 간 이유는, 그 인제 5월 3일 날 입대를, 아 그 5월 3일날, 5월 6일, 아, 6월 7일까지는 놀았어. 뭐 그만 놀리더라고, 그만 그대로, 이상허게.

'이 이상허다.'

허고설랑은, 그 인제 입대하니깐 그때 그 걔네들, 일본 애들도 인제 그 젊은 사람들이 없으니까는, 그 제대헌 사람들, 마흔두 살, 마흔세 살 먹은 사람들은 일단 다 제대 보내주거든? 지금 여기로 말할 거 같으믄 인제 예비군인데, 그 사람들 다- 소집을 해가지고설랑은 기관병으로 써먹은 거야, 분대장이니 뭐 이렇게, 반장, 분대장으로. 그러니까는 뭐, 우리 중대는 걔네들, 우리 40명 걔네들 하나야. 이거 얼마나, 그래 그때는 우리가 이거 막 쥐고 흔들었었지. 뭐 나이도 먹고 그랬으니깐.

그랬다가 밤중에 별안간에, 한 11시에 비상이 딱 걸리더라고. 그 비상이 인제 그 한남동서, 그 인제 비상이 딱- 걸리믄, 그래 비상이 딱- 이제 걸리니까는, 이제 우리는 속이, 맘이 좋지 않었지. 그래가지고서 11시에 집합을 시키지만은, 나와 보니깐 그때 뭐 제대로 무슨, 저거, 저거 하난 제대로 됐어. 왜 저 항고, 항고라고 그게 깡통이지, 뭐. 거기다 뭐 인제 밥 담아먹고 인제 뭐 담아먹고 그러는 건데, 거기다 밥을 먹도 않고 그 자식들이, 댓가지로, 대나무로 이렇게 맹그는 도시락에다 밥을 딱 담어서 막 연병장 앞에다 쌓아놓드라고.

'아하, 요거 멀리 가는구나.'

벌써 우린 긴장을 했단 말이야. 그래서는

'인제 우리는 죽었구나.'

인제 이러고 생각을 허고 있는데, 이래 연병장에다 쌓아논 걸,

"이래 죽으나, 저래 죽으나 우리는 마찬가지다."

분대장 하나를 끌고 들어가서는 그냥, 화장실로 끌고 들어갔지. 너이 끌고 들어가가지고, 그때 뭐가 있었는고 허니 나이후라는 게 있었어. 나이후라는 요것 만헌 칼을 죄 하나씩 가지게 줬어. 이제 요걸 싹 빼들고설랑은, 화장실 끌고 들어가서,

"우린 이래 죽으나, 저래 죽으나 마찬가지니깐, 그 대신에 너 하나 죽이고 우리 너이 죽기는 억울허다. 그래도 우린 그렇게라도 죽겠다."

허고설랑은,

"바른대로 얘길 안 해주믄, 요거서 찔러가지고, 요거서 난 널 죽여서 화장실한테 집어 넣어버리겠다."

이놈 새끼가 벌벌 떨더라고.

"이건 틀림없이 멀리는 안 간다. 이제 용산 가서 기차 대가리가 북쪽을 보고 있으면 청진을 가는 거고, 남쪽에 있으면 부산 가는 거다. 생선은 실컷 먹는다."

그러더라고.

"그러면 만약에 틀리면, 그때는 아주 뼈 추릴 줄 알아라, 너. 너희 집도 내가 똑똑헌 사람이야."

"너 저거 농사짓는 사람 아니야?"

그러더라고. 오이농사, 요걸. 한일합방 때 바로 왔어요, 그놈이 미우라라고. 아 저 화양리가 제2 고향이나 마찬가지거든요. 그러니까 잘 알아보더라고, 그게.

"너 바른대로 얘기 안 하믄 아주, 너 죽고 나 죽어."

그랬더니 틀림없다고, 그래가지고 인제 웬걸, 밤 11시 될 때 집합시켜가지고, 용산역에다가, 12시에 출발하는 거를 그때 출발시켜. 아무도 모르게 허니라고, 밤에 행동 허니라고,

12시 딱 나가니까는 그 중대별로, 이런 망할 놈의 새끼들이, 뭐 이런 기차예요? 옛날 소 싣고 대니고 말, 왜 이런 그 회차 같은 거 있쇼, 고거? 말 싣고 댕기는 놈, 뭐 똥이 그냥 무덕무덕 묻고, 바닥에는 지푸라기나 깔고 그런, 거기다가 1중대, 2중대, 중대별로 써놨어, 인제. 아 저놈들이 하여튼 우리들한테 정말 그랬었다 이 말이에요. 그러니까는,

'아하-, 이 대가리가 남쪽으로 있는 거 보니깐 멀리 가는 게 아니로구나.'

하구설랑은, 거기에 서서 인제 다섯 놈들이 도망갈 계획을 허고 있었어.

도망가는 장소가 어디가 제일 좋냐 하면은 평택서 어- 이제 대전 고 사이가 제일, 도망하기가 제일 좋대요. 그 창살이 새 새, 이렇게 왜 기지 창살이, 다섯이믄 작업허기는 하나도 안 어려우니까, 그래 거기에 그놈을 떼 낼 적에 모가지만 이리 숙이고, 그냥 이리 굴르고 그럼 논두렁 푹 빠지니깐 쪼끔도 안 다친다고 그래서는, 아 다 틀리믄 도망을 갔어. (웃음) 벌써 우린 계획허고 있는데, 아 도망갈 필요가 없단 말이야, 아니 이 부산까지 가면.

그래서 이 결국은 이제 부산을 도착을 했어요. 도착해서 보니까는 영도다리가 있더라고, 영도 섬에. 그때 아까 그대로 요건 저 얘기해줬잖아? [조사자: 그래도 또 해주세요.] 응. 영도다리 가니깐, 영도, 우리가 가니깐 이렇게 다리

가 이렇게 올라가더라고. 그래 내려가니깐 일로 전차가 가고, 또 차가 가고, 밑에는 배가 가고, 그렇게 해서 그 건너로 건너가지고 그 쭉 돌아가면은 그 중턱에 여자 상업학교가 거기 있더라고.

그래서 이렇게 우리, 그래 그러고 보믄 경기도 사람들이 깍쟁이는 깍쟁이야, 아무튼 해도. 왜 깍쟁이냐? 사려가 더 나아. 가서 뭘부터 본고 허니, 가서 주방부터 보자 그거야. 주방을 보면 나타나거든.

'주방 시설이 완구허게 해 논 거면은 어디로 이동허는 것이 아니고, 시시하게 가설을 해놓으면 또 이동허는 것이다. 그땐 도망가야 된다.'

이제 그렇게 마음먹고 가서 그냥 가자마자 고 주방부터 봤어요. 잘해 놨드라고.

'아-, 요거 도망가는 데가 아니로구나.'

하구서는 거기서 그냥 인제 뭉친 거야, 이제 거기서.

그 사람들이 이제 거기서 뭉쳐가지고 이제, 이제 우린 거기서 기관병이니까 그래도, 왜냐면 그 무식자들이 좀 많았었어요. 강원도에 들어오고, 충청북도가 들어왔는데, 내가 이것들 옷을 입혀놨는데, 뚤뚤 말아서 요 한복 입듯 이렇게, 왜 이렇게 한복 입듯 이렇게 막, 이렇게 막 입어요, 옷들을 그렇게. 그러니깐 여간 보기 나뻐, 그거? 그래 요 서울 뭐 경기도 깍쟁이들은 그냥 싹싹 접어서, 싹 접어서 옆에 각반 딱 치면 그냥, 썩 하여튼 멋쟁이 1등 군인이지, 뭐.

그러니까는,

"너희가 세 사람씩을 맡아라."

그거야. 어휴- 그 그거 교육을 자세히 시켜주니깐 그때서야 이 각반을 지네들이 치더라고.

그래 그렇게 있다가, 뭐 파병 가 있다가 그래서 맨, 그러다가도 뭘 한 달째 지나가니깐, 밤에 일 신구 가 서서히 날라 오기 시작한단 말이에요. 일 신구가 날라 오믄 뭘 허냐 하면은, 기라이 폭파 대녔어, 기라이. [조사자: 기라이?]

기라이지. 그게 지금 교뢰라고 그러지, 그걸. 왜 요기서 왜 저 이 재작년에 북한 놈들이 해군 마흔여섯 명 배 폭파시켜 죽였잖아요, 왜 그거? 그거 교뢰탄이라고 그러잖아요? 그래 바로 그게 그거예요. 그래 그때 우리 일본말로 기라이라고 그러거든, 기라이. 그거 부설한 부두가, 이거 나오는 부두가 죄 구멍을 죄 뚫어논 거예요. 죄- 터널이 다 있어요, 거기가. 비행기까지도 그 속으로 들어가게 막 인제, 비행기나 제대로 된 놈, 비행선이지, 비행선. 요 바다 우로 뜨는 비행선이 생겼어요. 그래 잿네 조교들은 죄 굴로 들어가고. 그런 감시원이 됐어요, 인제 우리가.

그 감시원을 어떡 허다 되는고 허니, 목선은 폭발이 안 되고, 철선은 50메다 거리 두고 가다를 해버려. 쫓아가. 씽-하고 그냥 가다가 펑- 폭파시켜가지고, 그냥 배를 폭파시키고 그래요. 그래 그런 감시원도 허다가 인제 해방이 딱 됐어요. 그러자 인제 우린 어그서 하도 억울하고 그러니까는, 옘병을 헐,

'빨리 빨리 제주 제주, 잠자리 할아버지 빨리 제주도로오세요. 뽀도 할아버지 잠자리를…….'

뭐 어쨌다는 노래를 지었어요, 우리가. [조사자: 노래를 어떻게 부르셨어요?] 몰래 불렀죠. [조사자: 그러니까 그 노래 좀 불러보세요.] 그 노래를? [조사자: 예.]

(노래) 잠자리 할아버지 빨리 오셔서.
제주 제주 오셔서.
뽀도 할아버지 잠 잘 주무시게 해라.

그건 뭐냐? 뽀도 할아버지 이래면 큰 배를 얘기허지, 뽀도 할아버지.

그러믄 그래, 저놈들이요. 뭣이 어느 날, 무슨 성군이 뭐 어쩐다고. 그래는 도중에 이제 야마모토 해군 대장허고, 일본 동조, 동조, 지금 이제 저 이 동조허고 둘이 이놈들이 츄라이가 생겼어요, 둘이. 이제 고것이 인제 우린 본 것이 아니고 역사상으로, 근데 그때 그걸 본 거나 비슷허지. 부산 가있었으니

깐, 그 서해바다에서 인제 그놈들 떨어졌으니까. 이것이 인제 츄라이가 생겨가지고 동조, 야마모토 해군 대장이 동조보고,

"이번 전쟁은 반드시 우리가 이길 수가 없다. 그러니까는 이제 승복을 허자."

그러니까는 이게

"No."

했어요. 이 자식, 동조가, 그 놈이

"No."

래니까는 인제 이 야마모토 해군 대장이 의견이 맞지 않으니깐 헐 수 없이 비행기 타고 자살을 해버렸어요. 그냥 서해바다서는 떨어져 죽어버렸어요. 그러니까는 이놈들이, 일본 놈들이 뭐라고 그러는고 허니, (헛웃음)

"해군 대장님께서 그만 비행기 사고로 그만, 추락해서 그만, 사망을, 전사했다."

이 따우 소리를 해드라고. 그러고 얼마 있다가, 15일 만에 딱 해방이 되니까는, 동조 그냥, 제까닥 잡아다가 그냥, 그길로 사형시켜버렸지. 그러니까 이제 야마모토 해군 대장은 그런 걸 안 당하기 위해서, 그냥 내가 죽는데 앞장설라고 죽어버린 거지. 이제 그런 일 있었어.

[조사자: 그러면 부산에서 해방을 맞으신 거예요?] 그럼. 바로 부산서 해방을.

[3] 해방되고 9일 만에 부산에서 돌아오다

[조사자: 뭐라고 하면서 집으로 가라고 그랬어요, 그때?] 이제 그 고놈도 또 이거 또 우스워요. 이제 15일 날 딱 인제 해방이 됐는데, 저놈 새끼들이 15일 날 오후에 딱 해방이 됐는데, 그 때는 방송이 지금 같지가, 괜찮지 않잖아요? 그러니까 또 그 억울한 게, 그걸 몰랐어요, 우리는. 군대 있으면서도 하룻밤을 자고 나니까는 서해가 이상시러지더라고. 웅성웅성 해지고. 일어나보니까 그냥 그 부산 역 벽 쪽에다가, 그때는 한국이래는 걸 몰랐어요. '조선독립만

세' 이러니 크게 써 붙였더라고요, 그냥. 거기다 그냥 태극기 그리고 조선독립만세라고 그러니까 그냥, 이놈들이 그냥 가가지고설랑은 뭐 그냥 입도 못 벌리고 눈도 크게 못 뜨고, 이제 이럴 거 아니예요.

그래가지고 이제 그날, 그 이튿날 하룻밤 또 자고 일어났는데 우리보고 뭐라고 하는고 하니, 하루 작업만 하루 해달라 그거예요.

"작업이 뭐냐?"

그러니깐, 부산 부두에 나가서 이 새끼들 쌀을 실어달라 그거예요, 배에다가. 그래 우리가 말 듣게 생겼어요, 다- 요 서울 경기도, 그래도 좀 웬만큼 아는 놈들인데. 그래서 인제

"작업 준비!"

아침에 소리가 나길래 그냥,

"작업준비 하지 말고 그냥 출발 준비하자."

이러고설랑은, 이층에서, 지까다비를 신으면 와삭와삭- 소리가 나. 그런데 이 그냥 군화를 신으니까 그냥 우당탕- 우당탕 허니까 이놈들이, 분명히 야단이 났단 말이야. 대뜸 이제 나와서 서로 대치허고 이러니까는, 야-, 그때 중대장 또 머리가 비상해. 이놈의 자식이 웃통을 다- 벗고 나와서 껄껄- 웃으면서, 손뼉 치면서,

"조선 청년들, 야- 참- 용기있다."

이런 소리하고 앉아있더라고. 야- 그래,

"그건 왜 그래냐?"

그랬더니,

"아 우리는 이제 이미 끝났지 않았느냐?"

이놈들이 전쟁을 졌대는 소리를 안 하고, 무조건 그냥 항복이라고 말을 했다고, 그때. 그런데

"우리가 무슨 따뜻한 마음으로, 우리가 가슴에다가 별을 달고 황군을 하겠느냐?"

그래 싫다고 막 안 한다고 했더니,

"아- 참- 과연 조선 청년이다."

이 새끼가 막 그냥 칭찬을 딱 해주더라고. 그러고는 뭐라고 그러는고 하니,

"며칠만 있으면 우리가 이 양코백이한테 무기 해제시키고, 서류 인계시키고, 당신네들이 한 달에 1원씩 저축헌 거 있잖느냐? 그거 우리가 내주고, 또 갈 길로 뭐를 싸주고 줘야지 먹고 갈 거 아니냐? 그러니깐 일주일만 참으면 다- 완전 해결할 테니깐 참어 달라."

아 그거 맞는 말이란 말야, 그게 또. 아 그래, 그래 그날 한 여남은 명은 각자가 도망을 갔더라고. 이거 아주 곰 같은 놈들이라고 우린 그랬지. 그리고는 이제 며칠이 지냈는데, 거그서도 일본 놈 중에서도, 깍쟁이 터는 놈들이 한 서너 명 있었었어요.

"우리 저거는, 우리 처리허고 가자."

그러고는 그냥, 부산 부두에 나가서 그냥 슬그머니 하고 물에 집어넣고 갈 거라고 인제 다- 계획을 허고 있었는데, 아이고- 무 벌써 알고, 정보가 빨라요. 싹- 없어져버리고, 제일 인심 얻은 소장이, 군소가, 견장 하나에 별 세 개 딱 단 놈이 아주 웃으면서, 참 그건 인심 얻었어, 우리한테. 그래 서로 잘 마치고, 잘 경비해주고 왔죠. 이 온 것이 아흐레 만에 여기 도착했어. [조사자: 아흐레 만에 부산에서요?] 예. 이제 여기 오니깐, 여기서 한 30명 이상 나갔는데, 돌아온 사람이 없어요, 나밖에. [조사자: 아이고! 어르신 한 명만 살아서 돌아오셨어요?] 어, 나는 가까운 데, 가까운 데 떨어졌으니까. 부산에 있었으니까. 제일 먼저로 돌아왔어요.

[4] 보복 당하고 있는 악질 면장과 지서장을 살려주다

[조사자: 그럼 오셔가지고는 이제 해방 이후에는 마을에서 무슨 일 하셨어요?] 나요? [조사자: 네.] 인제, 인제 들어와가지고 여기 인제 면장이 너무 악질적

으로 해서, 이거 면장, 면장한테로 가봤더니, (웃음) 한 대 맞고 내뛰었드라고. 한 대 맞고 내뛰었는데, 뒤 면 자리가 넓었어요. 글로 내뛰어가지고, 뒤에 사는 장창복이라는 자식이 업어다가, 저희 다락에다 갖다가, 그때 다락이 뭐 벽장이지, 벽장. 벽장에다가 갖다가, 벽장에 나빠졌었대. (홍천만에게) 장창복이라고 아니? [홍천만: 응?] 장창복이, 면 소사노릇 헌 자식, 그놈 자식,

"야 이놈의 새끼야, 너 면장 살려줬대매?"

이러니까,

"이 자식아 어떡허니, 인생이 불쌍해서 내가 업어다가 저 기찻골 안으로 그냥 갖다 놓고설랑 빨리 가라고 다독였다."

[홍천만: 피난시킨 거야.] 어, 어. (웃음) 이제 [홍천만: 그 자식이 걸리면 맞어 죽거든.] 그 뒤에 잘은 모른다 그래. 그래 나중에 나한테 욕을 먹었지.

"이놈의 새끼야, 그거 이 여기서 없애가지고 산에다 묻어버리지 그걸 또 살려 보냈냐?"

그러니깐, 그래도 내가 속으론

'잘했다. 죽이면 쓰냐, 사람은 잘 살려 놓으라는 건데.',

그러고는 허고, 그래가지고.

[조사자: 그러면은 그 면장이 이 동네분이세요?] 아니에요. [조사자: 일본 사람이에요?] 한국 놈의 새낀데 거기다가 시켜놨어요. 의정부 경찰서에 형사계 부장으로 있던 놈이에요. [조사자: 아-, 그 마을 사람은 아닌데?] 아니에요. [조사자: 그래도 살려줬어요?] 네. 그놈 살아나갔어요, 한 대 맞고설랑, 어깨 한 대 그냥 얻어맞고. 누구한테든 아주 뭐 임창직이다 그러면 무당 될 거야, 무당, 사람 작두 위에 걷듯이. (웃음) [조사자: 음-, 예를 들어서] 이 지서장은 또 뭐다면, 한국 사람인데 하야시 부쬬라고, 이 인간도 하야시 부쬬야. 그 사람들이 약어요. 이 물건은 너무 그 악질적으로 하질 않았어. 이제 한 번 또 찾아봤더니 이 인간은 못 만났어요. 입대허고 그 다음은 못 만났어.

[조사자: 그래 오시자마자 면장하고 지서장 어떻게 됐나 보러 가셨어요?] 예.

그러고서 그냥, 어 그 뭐 그때 그냥, 왜냐믄 그때, 이제 인창학교 교장은 우리 저 한국 사람이 교장인데, 아주 또 나대면 알아줬어요. 아유- 그 교장은 아주 그냥 나대믄 뭐 아주, 아 교장은 나중에 만나서, 여러번 만나서 서로 대화도 허고, 차도 같이 마시고 그랬죠. 인제는 늙어죽었지, 인제.

[5] 서울에서 양복 장사를 하다

[조사자: 그래서?] 그래가지고는 인제 서울로 들어갔죠. 장사가 여긴 그러니깐, 서울로 뛴 거예요.

'에이- 여기서 살지'

그때 인제 우리 을축년 그라는 말만 들었어도, 왜 빨리, 내가 알기론 여기 물 한 번 들어왔었어요, 여기 우리 마당 있는 데까지, 물이, 한강 물이. [조사자: 을축년 홍수 때 물이 엄청 들어왔었다고] 예. 여기 150미리만 오믄 물이 들어와요. [홍천만: 요거 이렇게 물이 안 들어오게 된 지는 몇 년 안 된 거여.] 예. 얼마 안 돼요. 여기가 다 논이었었어, 이 길거리가. [홍천만: 요- 강변도로가 생기고 그 인제 뚝이 생기고 그래서 여기 물을, 비가 오면 여 아천리 여기서 퍼내.] 예. 지금은 그래서 지금은 [홍천만: 강물이 역수가 돼 들어오잖아, 강물이 높으믄? 책목으로 딱 막고 거기서 물을 강으로 퍼내. 이러기 때매 여기, 이거 다 좋아진 거야. 그전 같으믄 여기까정 배가 들어왔는데, 뭐.] [조사자: (웃음) 배가?] [홍천만: 예, 여기까지 들어왔었어요.] 여그까지 배가 들어왔었어요. [홍천만: 그래가지고 지금 그 그걸 막기 때문에, 퍼내기 때문에 여기 이렇게 된 거야. 그래 그걸 그냥 내두믄…….] 강변, 그러니까는 한강 개발, 한강 개발을 하고 펌프장을 생겼기 때문에 물 이거를 못 한다 이 말이에요.

[조사자: 그럼 어르신은 여기 해방 후에 왔다가, 그 다음에 이제 몇 살에 서울로 가셨어요?] 서울로 들어가가지고 인제 그땐 내가 장사를 시작했어요. [조사자: 장사를, 어떤 장사 하셨어요?] 동대문 가서 양복장사 했었었어. [조사자: 양복장

사요?] 예. [조사자: 양복장사하셨어요?] 네. [조사자: 아–.] 그때 양복 중고품 [조사자: 중고품?] 네.

그때 세워 그거 했었는데, 아– 그때 물건 천지고 그냥 중고품이고, 그때 일본 사람 물건 여기 저기, 아직은 일본 놈들이 몇 명이 안 간 놈이 있어요. 왜 이거 마이까끼라고 이렇게, 앞, 요렇게 앞에 꼭 옥당모로 그 맹근, 요거 앞치마, 마이까끼 맹근 게 있어요. 고 주머니 이렇게 있고. 그것이 무척 귀했어. 그거 저 그때. 그거 창고로 가–뜩 쌓였어요, 그때. 이제 그놈을 이제 구루마로 실어 내다팔기 시작허는데, 팔린대로건 잘 팔리는데, 내가 돈이 적어가지고 그걸 몽땅 다 사질 못 했어요. 모리배한테 다 뺏기고, 나중에 인제 한 일주일을 허다가 모리배한테 다 뺏겼어요. [조사자: 모리비?] 모리배. [조사자: 모리배? 아– 건달들한테?] 돈 많은 놈이, 돈 많은 것들이 다– 점령을 했어요. 그 바람에 인제 딱 그 양복장사 종목 변경을 했지.

[조사자: 그러면 장사 하시다가 그러면 전쟁을, 한국이 다시 6.25 전쟁이 터졌어요? 동대문에 계실 때?] 그렇지, 그렇지. 그랬다가 인제 딱 인제 그랬다가, 6.25가 딱– 인제 빨갱이, 저 6.25가 인제 생긴 거야. [조사자: 그럼 6.25가 터진 걸 어떻게 아셨어요?] 뭐 어떻게 해. 그때는 집으로 뛰어나왔지, 여기를 인제.

[6] 피난민행렬을 목격하고 전쟁 발발 사실을 알게 되다

[조사자: 아니 그러니까, 전쟁 난 걸 어떻게 소식을 들으셨냐고?] 그때? [조사자: 예.] (웃음) 아, 밤에 그냥 별안간에 그냥 날이 흐리고, 우당탕– 우당탕 허고서 허니까,

'어이구 천둥 오나보다.'

그랬지 않았겠어요.

그러다 여기서 인제 피난을 간다고 조–기까지 나가보다가, 도로 들어와

있었고. (웃음) [홍천만: 그 해에 날이 무척 가물었어.] [조사자: 예.] [홍천만: 그래가지고 난 소 갖고서 논 쏙이다가 그걸 알았는데, 전쟁이 나도 지금처럼 뭐 무슨 라디오니, 무슨 테레비니 이런 게 없잖아, 그때는. 그래 모르는 거야. 근데 왜 저- 북쪽을 보니깐 검정 구름장이 둥둥둥둥- 떠 댕기면서, 꽝꽝 - 소리가 난단 말이야. 그래서 우리가 논에서 일하다가, 논 쏙이다가,

"아이-, 저긴 좋겠다. 여긴 이렇게 가물어서 물난리 치고 있는데, 비 많이 오겠다."

그랬더니, 그게 아니었어. 걔들 포 소리를 그렇게 들은 거야.] [조사자: 예.]

[홍천만: 그러더니만 그날 저녁 때 오후 되니깐 어디서 다.] 이제 피난민 내려왔지, 피난. [홍천만: 보따리 싸들고 사람이 줄줄이 늘어서는 거야, 이제.] [조사자: 마을로 들어와요, 피난민이?] 아니, 이리 내려가요, 길로. [조사자: 지나가?] [홍천만: 한강을 건너간다는 거야.] [조사자: 아-.] 이리로 쭉- 내려가. [홍천만: 그땐 그래서 알았대니까, 처음에. 그거 터진 건 몰랐지, 이제. 사람 오는 거 보고서야 알았지.] 사흘 만에 광장동 다리 쾅- 끊어져버렸지. 다리가 끊어지고 보니까 그냥 서울 사람들 천태만상으로 그냥, 나는 차 그냥 풍-덩, 풍-덩, 수백 대가 그냥 쑥- 물속으로 들어갔지, 뭐. 뒤에서는 쳐 내미니까. [홍천만: 그래 참 어두워 그때만 해도, 지금은 뭐 금방 알잖어. 어디서 무슨 세계적으로 어디서 뭐 허는 것도 다 아는데.] [조사자: 그렇죠.] 잘들 또 몰라. [홍천만: 그때는 그렇게 어두운 세상을 살았다는 거야.]

[7] 빨갱이 친구들을 피해 숨어 지내다

[조사자: 그러면 어르신은 전쟁이 났을 때 다시 마을에 들어와 계셨어요?] 그럼. 이제 여기로 들어와가지고 있었지. 그랬다가 이제 다시 또 서울로 들어갔는데, 서울은 또 어휴-, 빨갱이들한테 또 이 쫓기는 거야, 내가, 이 거그는. [조사자: 그럼 서울로 언제 들어가셨는데요?] 이제 해방돼가지고, 이 전쟁 끝내

가지고 도로 들어가니까는, 어떤 놈이 있었냐믄, 이강복이라고, 얘기 들었지? 요 이강복이 [조사자: 예, 예.] 얘기 들었지? [조사자: 얘기는…….] 그 사람 고향이 바로 여기야. [조사자: 아-] 그게 아천리 사람이야. 또 그 사람 사촌이 내 친구야, 서당 친구, 글방 같이 댕긴. 요놈이 서기장이야. 그래서 직접 나한테 오는 거야, 이렇게. 그래 와가지고 뭐라고 허는고 허니,

"야, 내가 이런 거 됐는데 협조 좀 해달라."

그래 그때 뭐라고 말을 해.

"야 임마 이 새끼야."

내가 그런 거 거기다 대고 말도 못 하지.

[조사자: 뭘 협조를 해달라고 해요?] 빨갱이 가담 협조해달라는 거지, 뭐.

"그래, 알았다. 얘기해, 허주마."

해고. 그래가지고는,

"알았다, 알았다. 해주마."

허고서는 이제 피해댕기고 집에다가 찾으러 오믄은, 쌀이 없어 쌀사러 나갔다 그러라고 허고, 뭐 뭐 요 뒤로 그 막 숨었었지.

[조사자: 어디 어떻게 숨어계셨어요?] (웃음) 아니 우리 저 뒤에 산에 많이 가있었고, 또 저기 인천, 또 이 인천상륙작전 하는데, 우리 다 산에 가서 있었고, 또 요 바깥에 우리 저 밭에다가 그 채미, 그때 많이 심었어. 거그다가 밭 엎어다가, 채미를, 구뎅이 파가지고 이 있었고,

[8] 어린 인민군 패잔병을 구해주다

그래다가 인제 산에 가서 하룻저녁 먹고 우리가, 여기 사람들 빨갱이 없었기 때문에 한 이삼십 명쯤 올라가 있었다고. 근데 한 놈이 인민군 복장하고 들어오는 거야, 이거 손들고.

"누구냐?"

소릴 했더니, 허- 사람 살려달라는 거야. 누구냐 했더니, 사실 인민군인데, 집이 어디냐니깐 황해도래. 황해도 해주 사는데 입대헌 지 열흘 만에 여기를 왔다는 거야. 그 새끼들 선전하는 말이, 음–,

"부산만 지금 쪼끔 남었지, 너그 가믄 인제 너그 싹 좋다."

아마, 와서 보니깐 그러니까는,

"아, 그래?"

그래 인제 살려달라는 거야.

"그러냐? 그럼 좋다."

그래서 저거 보니까는, 총을 거그가 새 총을 가져왔는데, 그 금새 뭐야? 내 총 이름도 잊어먹었네. 왜 똥그란 총 있어요, 새로 나온 거. 걔네들 인민군 총, 저기 그걸 가져 왔더라고. 그래서 실탄을 뭐 한 방도 안 쐈어요. 이제 그걸 뺏고, 우리가 인제 옷을 한 벌, 인자 그때 여름이니깐 뭐 인제 홑껍데기 빌려 줬어요. 빌려주고, 나허고 요 아래 사는 사람, 정희성씨하고 둘이 서로 교대를 해가면서 밥을 멕여가지고 살려줬어요. 그때 총을 이제 우리 집 마루창에다 하루를 두고, 한 이틀은 뭐 정희성씨네 마루 밑에다가 총을 감추고.

그런데 이게 이러다보니깐 참 구찮더라고. 그래 나중에는 저- 아래 강성구씨네가 소가 있는데, 소를 그 집에, 꼴꾼이 없다 그래서,

"아이 형님, 이러고 이런 애가 있는데, 일은 잘허게 생겼으니 꼴꾼으로 그냥 하나 두라."고.

그러니까

"어이구, 괜찮어."

"아 그 뒷 책임 우리가 다 질 테니까 그 쪼금 걱정 말고 두쇼."

그랬단 말이야.

"그러냐."고.

됐어. 이놈이 그냥 죽–도록 일하더라고요. 아 일을 그냥, 뭐 살려줬으니까.

그랬다가 17연대가 인천 상륙작전을 해가지고, 여기 길이 없는데 여길 먼

저 들어왔어요. 맨 처음에 정찰기가 여기 용문산 끝에까지만 왔다가더니마는, 1시간 만에 여길 들어 오드라고. 17연대, 요 17연대가. 17연대 연대장이 백인엽이고, 저 이 대대장이 백선엽이었어요, 그때. 그래 우린 백인엽이 보고 그랬죠. 이제 그 데리고 있던 사람 주인이 벌벌 떨잖아요.

"이런 사람 데리고 있는데 괜찮으냐?"

"걱정허지 말라."고.

그래가지고선 얘기를 해가지고,

"여그 그런 사람 있는데"

"어- 그러냐"고.

그냥 수고했다고 그냥 어깨 두들기고 참 수고했다고 말을 하면서, 그런 무기허고 사람하고 달라거든.

"우리가 좋은 사람 맹글어서, 우리 국군으로 맹글겠나."고.

그래 보내줬어요. 죽었나봐, 한 번도 안 찾아온 거 보니까. 그런 일이 그 있었었어요. (웃음)

[조사자: 그 사람은, 그 인민군은 몇 살 정도 돼보였어요?] 그때 열일곱 살 밖에 안 됐어요. [조사자: 열일곱 살밖에 안 돼요?] 예, 예. 이게 등치는 좋았었어. [조사자: 어떻게 왔대요, 그 나이에? 군입대해서?] 입대해가지고, 인천상륙작전 헌다고 거그에서 온다고. 이놈이 도주를 해가지고 우리 산 있는데 산으로 기어 올라왔더라고, 산 있는데. 요그에, 요그에 흠 이렇게 있어요. 박인천, 그 이름. 하여튼 뭐 이, 내가 얼굴도 안 잊어버려. 내가 그 사람, 아이고 - 죽었나보다, 그러고 보고 싶은 생각이 드는데.

[조사자: 그러면 그분 처음 도와줄 때, 무서워서 도와주셨어요? 아니면 이렇게 자꾸 이렇게 도와주고 싶은 마음이 생기셨어요?] 그러면 도와주고 싶어서지, 인민군 그 패전해 왔을 때는 얼마나 좋아요. 인민군이 패전 했대니까 얼마나 기분이 좋아요. 잘 왔다고설랑 도와줬죠, 뭐. 여기선 동네 빨갱이들 없었고. 그거 참 옛날 얘기예요.

[조사자: 어르신도 그분 한 번 만나보고 싶어요?] 그 사람이요? [조사자: 예.] 어이구— 살았으면 만나보고 싶죠. 그럼요. 죽었길래 안 오지. 살았으면 찾아오지 안 찾아올 리가 있어요, 살았으면? [조사자: 그러게요. 그러면 그 인민군은 이 마을에 얼마나 있었던 거예요, 그러면?] 그 사람이? [조사자: 예.] 그게 석 달간 있었지. [조사자: 석 달간? 오래있었네요.] 응, 석 달쯤.

[9] 인민군이 한국군복을 갈아입고 대한청년단원 색출하여 죽이다

[조사자: 그러면 어르신은 계속 숨어 지내다가 인민군이 밀려가고, 국군들이 들어오고 그래서, 어르신은 이제 집에 편하게 계셨어요?] 아—유, 그거 편한 게 뭐야, 또? [조사자: 안 편해? (웃음)] 그럼. 왜 그런고 허니, 그때 우리는 이런 집이 아니고 한옥 집이었어요. 요 밑이 우리 사랑방 있었어. 아 이 사람들이 오더니마는, 거기다가 저 소대 본부를 딱 꾸미더라고, 우리 사랑방을. 소대 본부 꾸미고서는 차란 차는 우리 마당에다가 죄— 갖다 실어놓더라고, 인제.

그땐 도요다 차밖에 더 있었어? 일제 도요다 차, 텉털털털— 허는 놈. 이제 여그서 수리허고, 망가진 거 수리허고 이런 거를 여기서 그냥 그냥, 왜냐믄 여기 이게 수도방위선이에요, 이게 이 선이 이렇게. 이게 제1 수도방위선이었었다고. 그러기 때문에 여그가 제—일 중요한 곳이었었다고.

그러다가 9.28 당시에, 9월 28일 날 여기 인천상륙작전 해 여기 들어왔는데, 그날 그때가, 이제 날짜로, 음력으로 보름날이었었어요. 보름날 들어왔는데, 그때 바로 추석날 들어왔는데, 이틀 밤 자고 음력 열이렛날, 요 전투가 벌어진 거야, 여그서. 왜 벌어졌느냐믄, 저 건너가 탄광인데, 여기 여기밖에 안 찼었어요, 거기가. 이제 거길 뭐 건널 수가 있었어요. 그래 한 3천 명이 거길 건너왔다는 뉴스를 여그서 들었다고, 그 있죠 그 연락을. 왜냐믄 그 동네사람이 뛰어와서,

“아유— 그냥 지금…….”

그때 저기 뽀푸라 밭이 있었어요. 옛날 뽀푸라 나무 밭.

"거기 한 3천 명이 지금 들어왔다."고.

"보급대 기다리고 있다."고.

"그래, 그러냐?"고.

그 소식을 듣고 있었는데, 이젠 뭐 막- 어둡기 시작하니까 그냥, 걔네 신호탄은 시퍼렇더라고. 요기 거는 빨간데 파래, 걔들은. 뻥-뻥- 허고 들어오기 시작하더라고.

'어이구, 이제 죽나보다.'

하고설랑은 우리도 사격 막 하다가, 옛날에 멍석이라는 게 있어, 멍석. 이 농촌에 멍석이 많잖아? 그것을 뺑- 둘러치고 불 다 꺼버리고설랑 숨어있었는데, 실탄을 또 군인 있는 데 가져다 달라길래,

"저- 풀밭에, 방포수 초소막 앞에 실탄을 한 짐 갖다 주고, 바로 인제 집에 들어가 꼭 백혀 있어."

그런 일 하고서 인제 집에서 있자니까는, 일로 해가지고, 이리로 들어와가지고, 저 웃동네 사람들이 여그 와서 한 20명 죽었어요. 이 사람들도 안 죽을 건데, 인민군 놈의 새끼들이 국군 죽은 것을 국군 옷을, 복장을 뺏어 입고 여그 사람들 피난 나가는 걸 누구냐고 소리 지르니까는, 국군인줄 알고 대한청년단이라고 그랬다 이 말이야. 그러고 저 아래설랑, 거기서 그냥 열 명인가 쏴 죽였다 했어요. 그러고 인제 고 위에 올라가서, 다 죽어버렸어, 인제 본진은.

요그서 인제 요그서 많이 죽고, 그래 국군이 저 우그서 요그로 또 연락병 두 명이 또 요그서 죽고. 아이고, 죽은 사람들 억울허게 죽었어요. 그 연락병, 저 우에 갔다가 중대장이 욕허구서

"이 새끼들 빨리 와."

그랬단 말야. 엎디어서 이리로 기어오라고 허지를 않고설랑은, 빨리 오라고 하는 바람에, 이 게으르고 서툴러요. 근데 그 선임하사는 그냥 벌써 이

개울로 뛰고, 그러믄서 살았어요. 상병 둘은 죽었어.

[조사자: 그럼 그분들은 국군인 줄 알고, 그냥 마을 주민들인데 자기들이 대한청년단이라고 얘기를 한 거예요?] 그럼, 국군인 줄 알고. [조사자: 그러니까 인민군들이 그 대한청년단들인 줄 알고 그 자리에서 죽였어요?] 그렇지.

"대한청년단이믄 좋다."

하고 쏴 죽였어. 세 사람 살았어, 고.

[조사자: 어, 그분들은 어떻게 살았어요?] 천산이라는 사람은, 이걸, 딱 이거 저기 끝에부터 이걸 잘했어요. 그냥 들고 내뛰어서 살고. 또 홍재두 이 사람은 밀어뜨려서 살고. 또 한민국 하나는, 여기 관통을 했는데 그냥, 관통 맞으니까 그냥 쓰러졌단 말이야. 그래가지고 아홉 사람은 죽어버리고 세 사람은 살았어. 그 위에 가믄 길게 이렇게 노끈 있어요. 거그서 살고, 살았다가 나왔어요. 그래 그 사람은 재작년에 죽었죠, 그 뭐 천산이 그 사람. 아흔두 살 살고 죽었어요. (웃음)

[10] 숨어 지낼 때 은신처가 발각되지 않아 살아남다

[조사자: 그 전쟁이 어르신 몇 살에 전쟁이 났어요?] 무슨 전쟁? [조사자: 6.25가.] 6.25가, (헛기침) 그러니까는 스물, 고거 내가 제대를 스물두 살, 스물세 살, 스물네 살, 스물네 살에 났나? [조사자: 스물네 살에 나셨나보다. 근데 그때 군대를 안 가신 이유가 있어요?] 나요? [조사자: 네.] 그때 나는, 이제 일정시대 때 갔다와가지고 몸이 좋지 않아설랑은 47키로가 못 나갔었어요, 신체검사에. 그래서 인제 다음 회로 밀렸어요. 그러고 다음 회에 갈려고 하니깐 나이가 지나가버렸지,

이제 고 다음에는. 그래서. [조사자: 나이가 지나서? 아– 그전엔 저체중이라 못 가시고?] 그럼. 그때는 이제 아니 저 체중미달. [조사자: 그니까 체중미달?] 어. [조사자: 아–, 그때는 그렇다고 무조건 다 군대를 데려가고 하진 않았나 봐요.

전쟁 때라도?] 무조건 데려가진 않았어. 병 있고 그런 사람들 안 데려갔어. 치질 있고, 체중 미달, 뭐 그런 사람은 안 데려갔어요. 또 어떤 사람은 이거 일부러 짤라버리는 사람도 있었는데. [조사자: 안 갈라고?] 그러고, 그래갖고 이제 짤라버리고 이런 사람은, 이거 인제, 이거 짤르고 그런 사람은, 그거 인제 형무소 가거나, 알믄, 모르면 그냥 [조사자: 넘어가고?] 면제 되고. 그런 사람도 있었어요.

[조사자: 그러면 어르신, 이렇게 숨어 지내실 때 발각될 뻔하거나, 그 위험할 뻔한 적 없어요?] 발각된 적은, 그런 적은 없었어. 마냥 멀리 가있었으니까. [조사자: 멀리 가 계셔서?] 응, 응. 그래 뭣이여, 저– 밭에 가서 있자니깐, 밤 11신데, 밤중에 찾어 온 놈이 있더라고. 그래 이렇게 보니까는 학교 선배야. 저 은행에 취직허고 대니던 사람이었는데,

"아이고, 어쩐 일이오?"

이러니깐,

"야 야야, 너 여기 있구나? 그래 우리 살고 보자."

그래 어떻게, 그래 난 걔도 빨갱이 된 줄 알았더니 아니야.

"응. 좋다."

자전거에다가, 짐차에다가, 가구를 이렇게 가지고, 싣고 왔어요.

"이, 이걸 왜 가져와?"

그러니깐, 채미장사 해도 허는 것처럼 허야지 않냐, 그거지. 놀고 있으면 붙잡혀가니까,

"채미래도, 많이 가져가진 말고 한 50개만 가져가거라."

그래가지고 갖다가 팔고, 또 하루 만에 오고 인제 그래다가 살아났어요, 그 사람도. 그래 그 사람도 용–케 아주 잘 살아났어. 그러고 살아난 사람이 몇 사람 돼요.

[11] 1.4후퇴 때 양산교육대로 청방 가다

[조사자: 그러면 어르신, 여기는 중공군들도 들어오고……] 중공군 들어 온 건 우린 몰라요. 들어오긴 들어왔는데 우린 못 봤어. [조사자: 왜요? 피난 갔었어요?] 1.4후퇴. 1.4후퇴 들어왔어, 여기. [조사자: 마을에? 그럼 어르신 피난 나가셨어요?] 그럼, 뭐 그때는. 우린 양산으로 갔었지. [조사자: 그런 피난 얘기도 좀 해주세요. 피난을 왜 어떻게 가시게 됐는지부터 다 해서……] 이 피난 간 거? [조사자: 네.]

피난 간 거는, 음– 여기서 젊은 사람은 무조건 그냥 다 정부에서, 정부시책에 의해서 그냥 다 딱 소집을 했어요, 다. 다 소집을 해가지고,

"이젠 우리가, 가야 산다."

여그서 안 가면은, 재들에 끌려가믄 영 인민군 노릇한다고. 그러니까는 뭐 열일곱 살 이상은 다 나갔죠, 뭐. [조사자: 남자들?] 그럼, 그럼, 남자들. [조사자: 그걸 청방이라고 그래요, 어르신?] 그때, 그렇지, 청방. 청방이라고 그래, 그게 청방이에요. [조사자: 그러면 그 그래서 어디로 가셨어요?] 우리가 그때 저기, 경북 쪽 이, 아니 저 양산교육대. [조사자: 양산교육대?] 양산 16교육대. [조사자: 응–, 그럼 거기서 좀 지내던 생활 좀 얘기해주세요.] 거그서 지낸 얘기? [조사자: 예.] 아 거그 지낸 얘기, 배고픈 얘기 백에 없어. (웃음) [조사자: 그 배고픈 얘기 해주세요. 저흰 굶질 않아서……] (웃음)

거기서는 왜, 왜, 거기 가니까는 뭐 그 벌써 여그서 거그 가니까는, 거기 지방 사람들이 피난민이라고 뭐 거지를 취급허듯 했어요. 그렇잖아요? 지금 같이 이렇게 이사를 해야 서로 동정이하고 도와주고 그러지만, 거그 다 없이 사니까는 거지로 취급했죠, 뭐. 헐 수 없어서 그냥, 거그서 천막에서 우리는, 주는 양식은, 이제 나는 밥을 많이 안 먹기 때문에, 거그서도 유지했어요, 난 거그서도. 거그서 뭐 한 3홉 밥 해주는 걸로 난 유지허고, 인제 골때기 크고 그런 사람들은 그냥 골–골– 허고 그냥, 집집마다 댕기면서 밥 좀 달라

그러고, 얻어먹기도 허고 그랬죠. 그래 난 그러지는 않았어요. 밥을 많이 안 먹고 시니끼, 그래 체중이 그때 참 일마 안 나갔었어요. 밥노 얼마 많이 안 먹었어.

[조사자: 아니 그러면 젊은 남자 분들만 모아서, 그러니까 뭐 이렇게 걸어서 가요? 아니면 뭐 차량으로 이동해요?] 그냥 걸어가지 무슨 [홍천만: 순전히 걸어가는 거지, 뭐.] [조사자: 양산까지 며칠 만에 가셨어요?] 양산까지? [조사자: 예.] 양산까지 가는 길은 모두 다 제각각일 거 아녀. 그걸 모르겠네, 나 어떻게 오래 걸렸는지. [조사자: 그거 가시느라고 고생은 많이 안 하셨어요?] 왜 안 해. 많이 했지. [조사자: 그 얘기도 좀 해주세요.]

제일 처음에 갈 적으는, 요 덕소, 덕소 지내가지고 아 이게 또 그 여기, 저기까진 걸었어요, 양평. 양평 가가지고 숙소가 없어가지고 용문산 꼭대기까지 올라갔었어요, 용문산 꼭대기. 용문산 가믄 왜 은행나무 뭐 그냥 굵은 거 있잖아요? 거기까지 올라갔는데, 거그가서 인제 큼직하니 방을 하나 차지하고 자는데, 아 저기 저것이 있지 않았어요? 또 거기 지방 빨갱이들이 숨어 있었어요. 저기 그 뭐야 공수부대가 아니고, 지방 빨갱이들 그때 금세 글쎄 에워싸가지고 아주 애먹었어요, 거기서. 그래가지고 우린 인제 인원이 많으니까는 그놈 새끼들이, 맥을 못 추고설랑은, 맥을 못 추었죠. 우린 인제 원체 인원이 많거든요. 그래 거기에서 인제 있다가, 거기서 자고 하룻밤은 여주에서, 여주에서 잤나? 여주에서 잤구나. 저 여주에서 자고. 그 한, 아마 한 일주일 이상 걸렸을 거야, 거기 가는데, 양산 가는데.

[조사자: 그럼 용문산에 그러니까, 그 지금 같이 가시던 분들이 인원이 대충 얼마나 됐었는데요?] 사람들이요? [조사자: 예.] 없어요. 다 죽었어요. [조사자: 아니 그러니까 같이 갈 때, 몇 명이나 같이 출발하셨어요?] 여그서? [조사자: 네.] 여그서 한 어-유, 여기 구리면 사람이 다였어요. [조사자: 다 갔어요?] 그러믄요. 몇 백 명 갔었죠. [조사자: 아-, 근데 용문산에 거기 지방 빨갱이들이, 어르신들 거기 숙소 있는 데로 왔어요?] 거의 요, 거의 동네 이웃에 있었었어요.

[조사자: 그때 뭘, 뭘 약탈하러 왔어요? 뭣땜에 와서 붙은 거예요?] 그러니깐 이제 우린 얘기만 들었지, 보진 못 했어. 그래서 도망갔다는 소리가 들리더라고. [조사자: 도망갔다는 소리 들리고, 싸움 왔다가?] 그때 요 청방들이 총을 들고서 공포 몇 발 쏘고 그러고 있으니깐 도망갔다고. 그냥 총을 막 쏘고 그랬었거든요.

[조사자: 그럼 그때 출발할 때도 총을 다 하나씩 배급을 받으셨어요?] 그러믄요. 청방 인솔자 다 있었죠. 아 최고 인솔자 중위가 인솔했었고, 아니꼽게 또 그때 중위, 일제 그 긴 칼, 일정 때 차던 긴 칼을 차고, 제그덕- 제그덕 으시대고 아주, 긴장하고 있을 수 있도록, 그것이 쓸데없는 짓이지, 그게. [조사자: 예-. 그럼 그분도 군인은 아닌가 봐요?] 예? 권리는 있죠. 그 사람들 권리는, 사람 쏴 죽이고 이런 권리는 다 가지고 있죠. 그게 있으니깐 그렇게 으시댔죠.

[조사자: 으스댔구나. (웃음) 그러면 그 양산교육대도 가면 특별하게 뭐 훈련을 받거나 그러진 않아요?] 그런 건 없었어. [조사자: 그냥 거기에 막 피해있는 거예요?] 예. 먹고 사는 게 문제지, 인제. 이제 하룻밤 먹고 자믄,

'내일은 또 어떡하믄 먹고 사냐?'

인제 그거밖에.

[조사자: 그럼 어디에 들어가서 지내요?] 학교 그 점령했지. [조사자: 학교 전체 거기 있어요?] 그러믄요, 그럼요. [조사자: 그럼 각자 먹는 건 알아서 해결해야 돼요?] 아니요. 거기서 인제 해주죠. [조사자: 배급을 줘요?] 네, 네. 여그서, 근데 그때 이제 이놈의 새끼들이, 한 뭐 거기 그때 왜, 다섯 명 사형시켰잖아요. 그거 이름, 내가 이름을 잊어버렸어요. 그 저 이 예비군 그거, 저거 식량, 군량미를 뭐 몇 만 가마씩 띠 먹고. 그러고설랑은 그 사람들이 다 굶주리고 그랬었어요. 그 사람들이 결국은 나중에 해방되고 재조사해서 사형시켜버렸죠, 그 사람들. 아 내가 그 이름까지 죄- 알고 있었는데, 이름을 잊어먹었어.

[조사자: 그러면 청방 가셨다가 얼마 만에 다시 돌아오셨어요?] 나는 그, 나요? [조사자: 예.] 나온 지는 인제 거그서 이레 지냈던가? 귀환증을 내주드라고요. [조사자: 귀환증을?] 응, 응. [조사자: 얼마나 계셨는데, 양산에?] 거그서 한두 달 있었나? [조사자: 두 달?] 예. 이제 좀 한 세월을 거기서 난 거죠. [조사자: 네, 네.] 두 달 지내 귀환증을 내주드라고. 그거 가지고 인제 올라오니까는, 여그 우리 집에 느티나무가 다 타 쓰러져버리고 없어, 보니깐. 집이 다 없어져버리고, 우리 집도 다 없어져버리고, 집이 드문드문 몇 채씩 있는데 그냥, 화덕 냄새만 나고 그냥 그러더라고요.

[12] 중공군이 쌓아둔 실탄을 미군이 터트려서 마을 느티나무가 전소되다

[조사자: 그 느티나무가 왜 없어졌다고 그랬죠?] 그건 아까 대충 얘기했잖어. [조사자: 그러니까 이게 제가 자꾸 잊어버리네요.] 또 잊어버렸어? [조사자: 예.] 젊은 사람이 뭐……. [조사자: 예, 젊은 사람이 그러게, 얘기 좀 다시 해주세요.] 그 느티나무 굵기가 우리 걸음으로 일곱 발이야. 그래 인제 그 나무가 한국에서 제-일 굵다고 볼 수 있었어. 그래서 인제, 일곱 발 됐었는데, 그 대개 느티나무 이거는…….

[조사자: 예, 그래서 저 느티나무 얘기 좀 다시……] 뭐, 뭐? [조사자: 느티나무] 응? [조사자: 느티나무 얘기] 그 저 느티나무? [조사자: 예, 얘기하시다가 만 거.] 그것이 일곱 발이었었는데, [홍천만: 엄청 컸지, 나무.] 그 대개 나무가 굵으면은 속이 비어요. 이제 속이 비는데, 요놈들이 1.4후퇴 당시에 뙤놈들이 와가지고 그 나무가 원체 굵으니깐 거기다가 의질 허고 실탄을 쌓아 놨어요, 그때, 실탄. 그래 이 동네가 그것 때매 벼락 맞았어요, 아주 그냥. [홍천만: 이 동네가 완전 쑥밭이 됐어대니까.]

저기 암사동에 이제 그 미군부대가 와 있었었거든, 그날 불 놔 그냥, 그냥 내지른 거야. [홍천만: 포를 쏘면 여기서 집이 불이 붙어 타잖어? 그러면 누가 끌 사람이 없어.] [조사자: 사람이 없어서?] [홍천만: 사람 다 피난 나오고 없는데 뭐.] 피난도 나오고 없고, [홍천만: 젊은 사람들은 여기 이래 참 남아도, 저그 불이 그래 그러니깐, 자동으로 그냥 다 타고 없어져. 이거 몇 집 안 남았었다고, 여기.] 또 더러 있는 사람들은 노인네 이런 사람들하고 우에 머무니깐 이 나갈 수가 있나. 그래가지고 그 느티나무가 그 밑에 지금 거기 큰 건물 있지마는, 큰– 깊은 논이었었다고, 그때는. 그리 푹– 쓰러져 있드라고. [조사자: 양산에서 오셨더니, 귀환증 받아서?] 응, 응. 근데 이제 동네사람들이 그때 이제 들어 와가지고, 피난 갔다 들어와서, 그때 나무가 귀할 때니까는 각자 톱을 가져와 죄다 짤라다 때고 인제, 그래 인제 그 없어신 거야, 그게.

[13] 몸이 불편한 아버지를 홀로 두고 온가족이 피난가다

[조사자: 그럼 어르신 가족들은 피난을 가셨을 거 아니에요?] 싹 다갔지. [조사자: 어디로 가셨대요?] 저– 이 공주. [조사자: 공주까지?] 응, 응. [조사자: 어떻게 가셨단 얘기 좀 들으셨어요?] 어. 공주까지는, 인제 우리 아버지는 못 가셨어요. [조사자: 계셨어요, 그냥 여기서?] 우리 아버지는

"여기서 그냥 내 집보고, 여기서 살다가 죽으면 죽고, 산다."

그렇게 하고, 요 집이 이제 편하다고 안 가시고, 병이 드셔서 그래서 인제 안 가시고. 식구들은 인제 다, 그때 맨 막내가 그때 일곱 살이었었는데 걔까지 다 데리고 나갔어. 우리 어머니까지 다 그냥, 그때 그거 또 산 얘기가 또 우스워.

그때 내가 소를, 그러니까 소 한 마리를 판 게 있었어요. 그때 소 한 마리 값이 어마어마했거든. 그래 나는 그냥 한 푼도 안 넣고, 난 젊으니까 안 넣고, 식구들 죄– 그냥 줬어요. 가서 나가 살라고 말이죠. 그래 이제 공주서 의지허고 살다가 이제 왔어요. 그래 고생도 그렇게 많이 안 했대.

[조사자: 고생은 많이 안 하셨대요?] 예, 예. 돈 가지고 나갔으니까. [조사자: 뭐 그래도, 돈은 있어도 전쟁 때 뭐 물건을 사거나 하는 게 쉽지 않았을 텐데도?] 물건 사고 어쩌고? [조사자: 왜 이렇게 뭐 해 먹을려면 사고 해야 되잖아요.] 아 이제 거기서 인제, 거기서 이 많이 얻어먹기도 하고 그랬겠지, 뭐. (웃음)

[조사자: 그때 어르신 결혼은 하셨어요?] 그럼. 그때 우리 마누라가 있었어, 우리 마누라 저기 떡-허니 걸린. [조사자: (웃음) 몇 살에 결혼하셨는데요?] 나 스무 살에 [조사자: 스무 살에?] 응, 응. [조사자: 그러면 일제 때 그 군대 가시기 전에 결혼을 하셨어요?] 그렇지. 왜 일찍헌고 허니, 그때 내가 서울에 가서 회사생활 헐 적인데, 우리 집이가, 딱 우리 아버지 외아들이었었어요. 그래 인제 우리 할아버지가 계셨었어요. 그러니깐 우리 할아버지가,

"저놈 자식 일찍 장가들여야 한다."고.

그때 여자들도 정신대 막 붙잡아가고 그랬을 때야. 그래 또 새악시들은 그냥 얼마든 있었지, 뭐. 그때 뭐 제일로 쎈 게 새악시야, 그때는. 남자만 있으믄, 정신대로 붙잡혀가니까. 그래 아주 그때는 결혼 일찍 했어.

[조사자: 그러면 어르신 거기 그때는, 일제 때 전장, 군대 가실 때는, 자녀분 없으셨고?] 없었지. 본래 어린애 하나 있었었지. 어린애 하나 있는데 피난 나가 죽었어요. [조사자: 어쩌다가요?] 고것은 열병 걸려가지고, 병 걸려가지고. [조사자: 아-, 그 공주 피난 나가서요?] 그렇지, 공주 가서. [조사자: 아-, 몇 살 때 잃으셨어요?] 고때 공주 갔으니까, 두 살 먹어 죽었대, 거기 가서. [조사자: 그러면 그다음에는, 그니까 뭐 한국 전쟁 때는 그럼 뭐 자녀분이 없으셨어요? 청방가고 그랬을 때도?] 그렇지. [조사자: 그렇게 자녀분 잃으시고?] 응. 그래서 인제 피난 갔다 들어와서 인제 애기 낳고, 지금 인제 아들 낳고, 딸 둘 낳고 그랬지. [조사자: 음-, 그럼 지금은 일남 이녀?] 일남 이녀야. 지금 아까 나갔던 우리 아들하고 [조사자: 예, 어르신 닮아서 잘 생기셨어요.] 잘 생기긴 뭐, 그저 그냥 그렇죠. (청중 웃음)

[14] 마을에 들어온 연합군이 만행을 저지르다

[조사자: 어- 그러면은, 어르신이 그러면, 여기 전쟁이 휴전된 거는, 그런데 여기 보면 UN군들도 왔었고 마을에……] 휴전되가지고? [조사자: 휴전되기 전에 UN군도 왔잖아, 인천상륙작전 때.] 그렇지. 양놈들, 도로꼬 같은 놈들, 왔었고 말고. 아 도로꼬징[1]도 왔었고 또 뭐 1.4후퇴 당시에 더 많이 들어왔었어요.

[조사자: 아, 그때 전경도 좀 얘기해주세요.] 그때 여기 우리 뒤에다가 마늘도 심고 그랬었는데, 그 도로꼬징들 마늘 잘 먹대요, 마늘? [조사자: 도록 뭐라 그런다고요?] 도로꼬징. [조사자: 도로꼬쟁이?] 응, 도로꼬징. [조사자: 도로꼬징?] 응, 응, 도로꼬징. 그 나라가 도로꼬라는 나라가 있어요. 아 그놈들 뭐 우리 집에 턱 허고 들어오더니만 그냥 마늘 이만-큼 나왔는데, 뽑아서 그냥, 뿌리째 물에 흔들어서 그냥 모조리 다 먹어버리는데, 뿌리까지 다 한다고, 그걸. 아우-, 나 그런 얘기만 들었지, 보진 못 했었어. 그래 그런 UN군이 들어왔었어요, 여기.

[조사자: 아니 그럼 어르신은 그 UN군들도 만나지 못 했어요?] 예, 못 만났어요. 이제 해방 되가지고 이제 만났지. [조사자: 해방 되고, 아니 이제 전쟁 때, 인제 그 6.25……] 전쟁 때 말고 인제 그거는 [조사자: 왜 인민군 왔을 때, 인천상륙작전 때] 응, 그때? [조사자: 거기 왜 백선엽 대대장이랑 왔었다고 했잖아요. 그때는 우리 한국군만 있었어요?] 그땐 한국군만 있었지. [조사자: 아-, 왜 UN군들 그 양코쟁이들이 집집마다 다니면서 뭐 이렇게 순찰도 하고 했다던데요? 그런 얘기 못 들으셨어요?] 그때 그걸, 그거는 못 듣고, 1.4후퇴 당시에, 아니 1.4후퇴 당시 뒤는, 그 다음에 곰피날이라는 게 껴있었어. [조사자: 곰피날, 예.] 그때 고놈들이 좀 나쁜 짓들 많이 했어.

[조사자: 어떤 나쁜 짓을 해요?] 그 저 왜 이거 양놈들이 [조사자: 예. 어떤 나쁜 짓을 해요?] 아-, 막 강탈하고 그랬었죠. [조사자: 와서?] 그럼. [조사자:

---

1) 투르크인, 터키인

뭘 강탈해요? 음식 같은 거? 식량?] 아니-, 여자들 막 데꼬 끌고 가고 그래요. [조사자: 아-, 그럼 어르신 댁에 여성분들도 어디 피해 있고 그랬어요?] 그때는 인제 쪼끔 피해, 멀리 있었고 [조사자: 어디로 피해요?] 요 요기 요 강가에 살았어요, 요 강가에. 뭐 한강 뭐 그 도강을 한다 그랬어.

[조사자: 그러면 중공군들은 어떻게 했대요?] 중공군들을 우리는 못 봤어. [조사자: 그래도 얘기는 못 들으셨어요?] 응. 얘기를 못 들었는데, 걔들은 착실했대, 애들이. 뭐 이 중공군 애들은 좀 착실했대. 뭐 일체 이렇게, 요기 요 무척 와있었어, 이 동네. 무척 와 있었는데, 옆에 여자하고 같이 살아도 일-체 여자 얼굴도 안 쳐다보고 그랬었대. [조사자: 아-, 그게 또 좀 거기 그 UN군이랑 다른 점이네요?] 어-. 다른 점이지. 거긴 아주 뭐 그냥, 이 UN군 새끼들이 한국 놈의 새끼들에 잘 못 배워서 그런 거야, 그게. [조사자: 왜 그래요?] 한국 애들이 꼬셔가지고 그렇지, 뭐. [조사자: 아-, 그 한국군도 왔었구나.] 그럼, 그럼. 그러지 이 중공군 애들은 그것만은 아주 철두철미 했어. 죽인대요, 그러믄. [조사자: 아-.] 응. 죽인대. [조사자: 그럼 그냥 아예 사형을 해버려요?] 어. [조사자: 그런 군인은?] 응. 중공군들은 그러믄 아주 거그서 죽여 버린대. [조사자: 어-.] 그러니까 그런 게 없었대, 그래서.

[조사자: 어르신, 그 저희가 다녀보면 중공군들이 그렇게 요강에다가 밥을 먹었다던데] 응-, 응, 응. [조사자: 그런 얘기 들으셨어요?] 어-, 어. (웃음) 여그는 그런 얘기가 들리더라고. [조사자: 뭐라고 들려요?] 여그서는 이 요강들 이제 집집마다 다 있었거든? 그런데 우린 보질 못 했는데, 여그 사람들, 있었던 사람들이 얘길 허드라고. [홍천만: 아 그냥 옛날 집들은 이 화장실이 집안에 없잖어.] [조사자: 그렇죠.] [홍천만: 그러니깐 집집마다 누구나 그걸 사용을 했다고, 요강이래는 거를. 근데 그게 여기 이 중국 놈들이 들어 와가지고,

'이게 무슨 그릇이냐?'

몰르잖어. 그러니깐 거기다 밥을 비벼먹고 그랬다는 거지. (웃음)] [조사자:

어르신도 그렇게 들으셨어요?] 응? [조사자: 그렇게 들으셨어요?] 응.

[15] 홍천만: 소를 끌고 피난길에 오르다

[조사자: 어르신은 그 전, 그 일제 때, 그 나이가 한 살 차이시죠?] [방호덕: 응.] [조사자: 어르신 24년생, 24년생?] [방호덕: 응, 응.] [조사자: 그 다음에 홍천만 어르신은 25년생?] 예. [조사자: 그러시죠, 어. 저기 어르신은, 아까 이제 어르신 일정 시대 때부터 얘기해주셨는데, 그때 어르신은 그러면 10살? 일정 때가 10살 이었어요, 해방 될 때가?] 해방 될 때 스물두 살이지. [조사자: 아– 참, 스물두 살이지. 참 맞어, 스물한 살이셨으니까. 고때는 어르신도 군대 가셨어요?] 안 갔죠, 그때. [조사자: 어르신은 안 가셨어요?] 난 숨었어. [조사자: 아–, 한 살 차이니까.] [방호덕: 애는 2기에 걸려.] 애는 1기생으로 되고 [방호덕: 난 1기생.] 난 2기생으로 되거든. 그러니깐 그때도 저– 왜정 때도 저거 군대 구병임명장 꺼정 나왔었어. 근데 내가 군대를 나가질 않았지. [방호덕: 그래 내가 동생– 동생 그러고 데리고 댕기잖아. (웃음)] 하여간 그 구병임명장이 미리 나오드라고, 그때. 그래 포병으로 그 임명장이 나왔었는데, 나가질 않았지. 저 소집을 안 나갔지. [조사자: 아– 네. 해방 이제 돼서? 그거 패전이 돼가지고?] 응.

[조사자: 그러면 어르신은 전쟁 난 거, 한국전쟁 난 거 언제 들으, 어떻게 아셨어요? 여기 계셨죠, 전쟁 날 때? 한국전쟁, 6.25 때?] 응. [조사자: 그때 입대는 안 하실 때였어요? 고 얘기 좀 해주세요, 그 전쟁 나서 이야기.] 6.25 때 집에 있었지, 뭐. [조사자: 응, 집에 계셨어요?] 그때 난 농사짓고 있었거든. [조사자: 농사지으셨죠?] 응. [조사자: 근데 전쟁이, 아까 고 얘기도 좀 해주세요. 그 뭐 포 터지고 이러는 소리가 뭐 뭔 소리로 들렸다고요? 전쟁 나는 날, 전쟁 나는 날부터 얘기 좀 해주세요.] 전쟁 나는 날, 몰랐다니깐. 모르고 내 그때 농사지으니깐 내가 소를 부렸거든.

근데 이 동네에서 이 소가 몇 벌이 안 돼. 그럼 동네사람 건 죄 해주는 거

야. 그걸 해주는 건, 거저 해주는 건 아니지. 내 돈 벌기 위해 한 거지. 그래서 그렇게 했는데, 뭐 저 종손네 논 쏙이다 그랬어. [방호덕: 아, 여기 우리 논 옆에?] 그래 고 밑에. 이 북쪽이 껌껌- 한데, 꽝꽝꽝- 해. 그래서

'어유, 저 놈의 데는 참 좋겠다.'

그때 내- 가뭄, 늪에서 물 퍼가지고 물 대던 해야. 가물었어. 그래서 저거 허다가 저녁때 보니깐 이 산 밑에 허연 보따리 줄이 내려오잖아. [방호덕: 아이 그 논에서 보면서 들여다보니깐, 아이구- 저거 이제 난리 났다고 야단이 나더라고. 그렇게 (웃음) 그 난리가 뭔지도 모르고, 그렇게 깜깜허믄 그래 살았지, 몰르고.]

[조사자: 그러면 거기 사람들은 피난 나가는데, 어르신은 안 나갔어요?] [방호덕: 응. 그땐 안 나갔지, 뭐.] 그때 처음에 터질 때 나가질 않고, 이제 그러고 나서 고 이튿날, 우리가 소를 부리니깐, 우린 마차가 있거든. 그래 거기다 이제 이 이 당장 먹을 쌀하고 뭐 자리허고 즛어 싣고 뭐 한껏 간다는 게 저기 저 강섶에, 뭐 버드나무, 그냥 서그로 갔다고. [방호덕: 다 그랬었지, 뭐.] 그

래 그 우리 저 대훈이가 그때 세 살인가 됐어, 우리 큰아들이. 아— 그래 나가서 그늘 속에 가서 숨어있으믄, 그 사람들이 우글거리고 그러다보니깐 또 좋다고 이놈의 새끼가 뛰어나가. 아— 붙잡아 들이믄 또 뛰어나가고, 막 뭐 그래 거기서 그러다 하룻저녁 새곤 들어와버린 거지, 뭘.

[16] 인민군보다 지방빨갱이들의 횡포가 심했다

[조사자: 그러면 인민군들이 여기 마을까지 들어왔을 거 아니예요?] 들어왔지. [조사자: 그럼 그 인민군들 들어왔을 때 얘기 좀 해주세요.] 그래 그러고 들어왔는데, 그게 자동차로 이러고 들어오는 건 아니지. 이 옆에 산으로 군인들이 넘어 들어오는데, 그때 그 군인이 어디 군인인고 허니, 이 육사생 학생들이야. 육군사관학교 학생들이 피난, [방호덕: 이제 나가는 거야. 쫓겨 나가는 거야.] 그냥 M1 총 그거 디비고 그 여름에, 복중에 이 산을 넘어온 거야. 저 저 신내동서 이 산등성이로 허믄 바로 넘어오거든? 넘어와가지고 일로 오는데, 거 저 회관 곁에로 우물이 큰 게 있었는데, 바가지 우물, 그 동네서 인제 여자들, 인제 군인들이 그렇게 오니까는, 거기다 하여간 그 통을 갖다놓고 거기다 갖다 부어주믄, 물 먹는다고 꿀떡—꿀떡—꿀덕— 그냥 들이키고, 참— 딱하더라고, 가는데. 그 옷이 땀투성이지, 뭐. 쫓겨 나가는 판인데 뭐. 그래 그 뭐 그때서야 알아가지고 나갔지. 뭐 우린 별로…….

[조사자: 그러면 우리 한국군이 뒤로 이제 쫓겨나고, 그 다음에 인민군이 들어와요, 마을에?] [방호덕: 그럼.] [조사자: 마을에 인민군 들어와요?] [방호덕: 그럼.] 인민군 들어오는 건 못 봤지. [조사자: 못 봤어?] [방호덕: 인민군이 아니고 이거 저 지방 빨갱이들이 들어와 그 지랄했어.] [조사자: 아—, 그럼 어떻게 그렇게 못되게 하고 다녔어요, 지방 빨갱이들이?] [방호덕: 지방 빨갱이들이 와가지고 동료, 이 새끼들 아는 새끼들이 그렇게, 우리 아는 놈들이지, 죄 그런 이 근방 사람들.] [조사자: 주로 어떤 사람들이 그렇게 지방 빨갱이 노릇을 했어

요? 여기 마을사람들인데?] [방호덕: 아 죄 내 친구들이야. 뭐 딴 놈들이야? 그래서 내가 뭐 이리 피해 댕기고 저리 피해 댕겼대니깐.] [조사자: 그러면 어쨌거나 인민군이 이 마을에 들어오진 않았어요?] [방호덕: 인민군이 들어왔지, 왜. 들어오긴 했었고.] [조사자: 들어오긴 했어?] [방호덕: 응. 들어오긴 했는데 행악은 안 했지, 여그 와서.]

[17] 군번 못 받아서 군 입대를 두 번 하다

[조사자: 그럼 어르신은 입대를 언제 하셨는데요?] 응? [조사자: 군 입대를, 영장이 언제 나왔어요?] 그때 고 처음에는 군번도 못 받고 저 5사단으로, 5사단에서 이제 여 여기 와서 그냥 모집을 해간 거야, 장교가. [조사자: 언제요?] 응? [조사자: 언제?] 그 사변 나고. [방호덕: 바로, 사변 나가지고.] [조사자: 사변 나고 바로?] 응. 그때 그냥 그 사변 나가지고, 그래 인제 거기서 저놈들이 뽑아가지고 자동차에다 집어 싣고 저 춘천으로 가더라고.

춘천 갔는데, 춘천국민학교에 갖다 집어넣어. 그때 그냥 장정들이 그냥 우글우글 허지. 죄 그냥 젊은 놈들 죄 뽑아가지고, 붙잡아가지고 갔으니깐. 그런데 그래가지고는 그때 인제 옷을 입히는 거야, 전부 인제. 군복을 입혀가지고 같이 행동을 하는 거야, 군인들허고. 그래 행동을 인제 허다간, 뒤에 인제 후퇴히는 거야, 쫓겨가지고, 만날 그냥. 그래 이 이 훈련도 안 받은 놈들이, 그거 또 M1 총 하나씩 줘가지고, 군복 입혀가지고, 후퇴하는데 뭐 계-속 쫓겨나가는 거지, 뭐. 전투야 헐 저게 돼? 새로 뽑아온 놈들 지금, 그래 써먹을려고 다 잡았는데, 걷잡을 새 없이 쟤들이 들어오니깐 만날 쫓겨만 가는 거지. 그래 쫓겨 디니면서 고생은 쭉- 했지, 뭐 그냥.

[조사자: 그때 쫓겨 다니면서 고생한 얘기 좀 해주세요.] 고생은 뭐, 아이고- 군인들하고 똑같은 행동했는데 뭐, 뭐 군인이야. 군번만 안 받았지. 군번이 안, 군번도 안 주고 그런 저 준비도 없이 무조건 붙잡어다 그냥 써먹은 거야. 그래 그래가지고 그거, 거기 가서 거기서 한 2년 동안 있었나봐. 그래 이제 피난 나가고 이제 이런 건 난 몰랐지, 거기 가 있었응게. 우리 가족들이, 노인네들하고 우리 저 가족, 이제 처자식이 같이 나가면서, 피난 나가면서 고생했지. 우린 모른다고. 군대 가 거기서 그렇게 있었으니까.

[조사자: 여기 가족들 피난 얘기는 들으셨어요?] 들었지. 우리가 그때 그 또, 이 저 그때 소마차라면 지금 자동차나 마찬가지야. 자동차 하나 있는 셈이야. 거기다 싣고 이제 노인네들 인제, 우리 아버지가 인제 소를 끌고, 식구들은 인제 그 마차 궁둥이에 매달려서 가는데, 길이 맥혀서 나갈 수가 있나? 이게 참, 그때만 해도 차가 적으니깐 그렇지. 지금 같으믄 한 발짝도 옮기지 못할 거야. 그래도 이제 뭐 저 도랑으로 이리 저리 끌고 댕기고 해서는 저기 저 절루 피난 나갔다고.

피난 나갈 때 그때 당시 얼음으로 건너가니 그게 겨울이지. 얼음으로 저 소가 건너갔으니까, 저 한강을. [조사자: 한강을? 근데 어르신 그 한강을 건널

때, 마차만 건너가게 했고 사람은 못 건너가게 했다던데요? 그런 이야기 못 들으셨어요?] 그게 난 군대 나가 있으니께 나가는 걸 몰르지. [조사자: 모르고?]

그래 우리 집안 이제 그 그때도, 농사를 뭐 지어가지고 양식이 뭐 풍부했었어요. 그래 이제 이걸 사람을 얻어서 땅구뎅이 파고 묻었는데, 그 도둑놈을 저 붙잡아서 시킨 거야. 그러니깐 나갔다 들어오니깐 그놈이 다 파먹은 거야, 그걸. 그거 누구냐이? 누구냐, 그게? 누구나 뭐나 뭐. (웃음) [방호덕: 우린 50가마 묻었다가 싹 다 하나도 안 남았어.] 저 우리 젊은 놈들은 다 그때 미리 나가고, 늙은이들만 거기서 그렇게 고생했는데 뭐.

[조사자: 그럼 어르신, 같은 분이 다 가져가셨어요? 어르신네 집이랑 어르신 집이랑?] 그거 뭐 그놈들이 저거 한 거 없어요. 다 파먹었어요. [방호덕: 뭔고 허니, 얘기 들어보니까는 동네에 이제 나쁜 사람이 있어가지고, 중공군을 데리고 대니면서 시켰대요. 이 집 그서 거기 그거 들었다고. 그래 그놈들이 죄 캐갔죠.] 그러니까 앞잽이로 다 앞잽이 노릇 한 거야. 제일– 한국사람 그 앞잽이. [조사자: 그러면 이제 중공군들한테 그 위치 알려주고] 그렇지. [조사자: 어–, 이제 식량은 군대 군량미로 쓰는 거예요, 가져가서?] [방호덕: 그럼, 그럼.]

[조사자: 그럼 어르신은 그 이제 계속 쫓겨나가서 어디까지 가셨어요?] 나? [조사자: 예.] 아 저그 저, (한숨) 안동? [조사자: 안동?] 그때 동네 그거 나가있었거든. [방호덕: 너는 또 군번 없이 간 게 안동 갔었어?] 군번도 못 받고 나갔어요, 안동. [방호덕: 그러니까 이 군번 못 받고 안동까지 갔단 말이지?] 그럼. 그래가지고 그래 그 재내년에 들어와가지고 집에 와서 1년 있으니까 또 영장이 나오대? [조사자: 어이고?] 그때, 그때 영장이 나왔는데 하여튼 군대에서도 제일 늙은이야. [조사자: 그때가 몇 살이에요?] 그때 나이가 [방호덕: 스물일곱 살.] 응? [방호덕: 스물일곱 살이겠다.] 스물일곱 여덟 될 거야, 아마. [방호덕: 그때 스물일곱이야, 스물일곱 살.] [조사자: 그때 다시 영장 나올 때 어르신 계셨죠?] [방호덕: 그럼.] 이게 얘는 영장이 안 나오고, 나는 나오고. (청중 웃음)

근데 고게 영장이 저, 음력으로 치면 똑같은 한 해 생일이야. 근데 난 양력으로 따지니깐 12월 달이 1월로 됐어. 아이고-. [방호덕: 24년생 되는 거야. 아니 저 25년생 되는 거야.] 그렇지 25년생이 됐지. (청중 웃음) [방호덕: 나는 1월 달이니까는 이제 저] 그러니까 달로 치면 거의 1년 차이가 있는 거지. [방호덕: 뭐 생일 날, 딱 어저께가 내 생일이라고 뭐 그냥 (웃음)]

그래서 나가가지고, 영장 나와가지고 논산훈련소 가서 또 교육받고, 그래 교육을 논산훈련소에 가니까 이제 전반기 후반기가 있대? 그래서 전반기 교육을 훈련 받고, 이제 그때 이제 거기서 분리되는 거야. 특과로 떨어지느냐, 보병으로 떨어지는 병과로 떨어지느냐. 근데 그때도, 허긴 나이 좀 먹은 사람은 후방으로 돌리는 거 같더라고, 걔들이. 그래 이제 훈련소에서 8주 교육을 받고, 뭐 교육 받고 나서 이제 대기허고 있는데, 뭐 뭐 대기한다고 놀리진 않아. 어디 사역병 나가서, 뭐 허라, 뭐 허라 시키고. 그래 나갔다 들어오니깐 죄다 또 없어. 그 전방으로 다 끌려 나간 거야. (웃음) 근데 이제 나중에 딱 떨어진다 하믄 이제 통신대로 떨어지더라고. 통신댄데, 저 대구에 본부가 있고 우리 소대가 마산인데, 마산으로 떨어져버렸잖어.

마산서 그러니깐 한 2년 있다가, 그땐 그거 또 어찌 하냐고. 우린 노부모 있지, 처 있지, 아들 있지, 그러니깐 이제 집에 나와서 휴가 와가지고 저거 하는데, 이 일가족으로 의가사에 해당이 된다는 거야. 그땐 제대래는 게 없었어. 그 뒤로 몇 개월 허믄 군대 제대하는 거지, 그땐 제대도 없어. 일단 들어가믄 한 없이 사는 거야, 그냥. 근데 이 그걸 신청을 허라고 해서 했는데, 한 6개월 되니까는 명령이 나왔더라고. 그래서 의가사제대로 나온 거야. [조사자: 아- 그러니깐 그 부양가족이 있어서?] 그렇지. [조사자: 그렇게 인제 제대를 시켜줬어요?] 응. 아 처 있지, 아들 있지, 그 노부모 또 있지, 그러니까는 [조사자: 그때 아들이 몇 살이었는데요?] 세 살이었던가, 그때가? [조사자: 세 살?] 응. 걔도 옆에 사는데 지금 육십 일곱이야, 그게, 우리 아들. (웃음)

[18] 첨전 유공자가 되다

[조사자: 그럼 어르신 그때 제대했을 때는 휴전이 안 됐을 때예요?] 응? [조사자: 휴전 안 됐을 때 제대했어요?] [방호덕: 휴전 안 됐을 때 제대했지?] [조사자: 어-, 어르신 돌아오시는 거 보셨어요?] [방호덕: 그럼.] 그러고 인제 거기 가있는 동안에, 이 저, 저거 된, 정전이 된 거지. 그래서 그 전쟁 통에 나가서 저거 했기 때문에, 지금도 저거 참전유공자야. 6.25사변 참전유공자로. [방호덕: 참전유공자, 팔자 고치는데 이놈아, 그거.] 팔자는 얼어 죽을 팔자냐? (청중 웃음)

[조사자: 돌아오시니까 반가웠어요, 어르신?] [방호덕: 아, 그럼. 이제 사실은…….] 아니 얘 얘네 농사 내가 다 지어줬는데 뭘. [방호덕: 그 참전유공자는 지금 이제 돼서 해주는 거야. 이 사람들 때문에 우리가 사는 거고. 상이용사, 참전용사, 이 사람들 생활을 저기 다 해줘야 되는 거지.] 그래 이게, 이 요번에도 그 대통령 갈리는 바람에 그거 유공자로 변명이 됐잖아, 6.25 참전유공자가 국가유공자로.

[조사자: 어르신, 왜 중공군, 마을 청년들이 요 인민군 묻어주고 했었다고 그랬잖아요. 고 얘기는 뭐예요?] 그거? [조사자: 예.] 그건 인제 고, 군대 나갔다 들어와가지고, 여기서 인제 저 이 사람 말마따나, 여그서 들어오고 이렇게 쏘고 이제 전쟁이 났었잖아. 그때 이 벌판에 중공군들이 죽은 게 그득했어, 총에 맞아서. 그래 그 저 저기 방화다리 여그도 그 논자리에 쓰러져 죽었는데, 그 자리에 벼도 잘 되더라고. [방호덕: 그 새끼 소대장이었었어. 그냥 그 3년 잘 되던데, 벼가 거기?] 논자리에서 그냥 쓰러져 죽었는데, 거기 피가 그냥 저거 같이 아주 벼도 잘 돼.

그래 그때 그걸 누가 치우느냐? 정부에서 이 국가에서 저 모두 안정 됐으믄 다- 어떡허든지 치워주지만, 그때 우린 부락 자체에서, 청년회에서 그걸 치워줘야지 두고 볼 수 없잖아. [방호덕: 그건 캐갔어.] 그래서 그 저 우리 동네 청년회에서 그거 다 한 거예요, 그때. [조사자: 다 묻었어요? 어디다 묻어요?] [방호덕: 아-, 고 뒷산에 묻었는데] 아니야. 저기다 갖다 넣었어. 저기 저- 저- [방호덕: 그건 인민군들이고. 인민군 죽은 거지, 그건. 인민군 이 한 - 부대 갖다 쓸어 넣어버렸는데 뭐.] 이렇게 해서 웅뎅이 진 데다 그냥 [방호덕: 국군들 죽은 건 다 캐갔어요.] 그걸 누가 만져? 이제 저기로 갖다 놓고는 이러고 이렇게 옆에다 저거 들것 맨들어 갖다 놓고는, 괭이로 이렇게 긁어들여서 짚 얹어서 들여다 놓지.

[19] 인민군의 팔당댐 보수 공사에 동원되다

[조사자: 그러면 어르신, 여기 동구릉에 중공군들이 주둔을 했다고 하던데?] [방호덕: 동구릉에 주둔 했었어요.] [조사자: 그때 어르신 계셨어요, 마을에 중공군들 들어올 때?] [방호덕: 예, 우린 그때 없었어요.] [조사자: 어르신은 안 계시고?] [방호덕: 네.] [조사자: 그럼 그때 중공군들 말, 말 먹이러 가셨다가 도망 온 얘기는 뭐예요?] [방호덕: 응?] [조사자: 그 왜 말 가지고 갔다가 도망 오셨다고 그랬잖아?] [방호덕: 아냐. 그게 아니고.] [조사자: 저번에 얘기 하셨어요.] [방호덕: 그건 양수리 복구사업 갔다가 그런 것이지, 도망 온 거는.]

그거는 팔당, 저 어딘가? 팔당 댐이 있잖아, 요 다리. 그때 다리가 끊어졌거든. [조사자: 전쟁 때?] 응. 그러니깐 인민군들이 거기 기차가 못 건너가잖아. 그러니깐 기차가 거기까정 오고, 그 강에다가 이렇게 선창을 자갈로 모았더라고. 그걸 배로 인제 건너는데, 비행기가 무서워서 낮에는 다 숨는 거야.

그래 저녁이믄 이제 거기, 그래 나도 거기 동원에 끌려 나갔었는데 뭐. 지게 지고 가설랑 이 그 기차에서 뭐 인제 그 저 뭐 포탄이니, 뭐 건빵이니 이런 식량 나오는 거 있잖아요. 그걸 지게로 지고 강께까정 지고 나가잖아. 그래 지고 나가믄 거기서 옳게 또 그냥 안 보내. 환자들이 많이 들어와. 그럼 환자를 또 이렇게 들것을 만들어서 들고 가라고 시키네. 그러다간, 그래서 왜 비행기가 우르르르- 하고 뜨믄 놓고 뒤에 숨어야 하거든. 내동댕이치고 뛰어왔지, 뭐, 그거. 그러니깐 그 환자 들고 그러다 그냥 털썩- 놓고는 [방호덕: 이 이 인민군 새끼들 그래도 상관없어.] 인민군 새끼들인데, 환자를 들고 오다 털썩 놓고 인자 내빼믄,

"아바이 동무-! 아바이 동무, 나죽어, 나죽어." (웃음)

[방호덕: 그 새끼들이 어떡허나믄, 아새끼들이 대구 팔공산을 갔더니, 비행기가 둥- 뜨더니만은 그냥 철조망을 퉁- 치더니만, 아 그랬더니만, 휘발유통을 갖다가 허는고 어떻게- 어떻게 불바다가 되니 뭐 꼼짝 할 수가 있어요? 아주 그 새끼들이 사람을 다 죽였다고. 그래가지고 욕을 얻어먹었네.]

그래가지고 밤에 그 한 번 나가서 허단, 그냥 빠져 와 도망질 쳐버렸지. 그때 여기서 팔당을 걸어 댕겼어요. [방호덕: 해갖고 저 이 마을에 저기 공훈이는 그냥, '에라 이 새끼, 죽거나 말거나 모르겄다.' 내리 그 내버리고서는 도망질 해갖고 왔다나요.] 그때 그랬어. 그래 그게, 내 목숨이 중헌데 어느, 목숨도 아껴야지, 포탄 떨어지면 죽는데 어떡헐 거여. [방호덕: 벌써 그 비행기에서는 알고, 그 이런 폭탄을 막 투하해요. 그러면…….] 그래 여기서 팔당까지 그거 날르러 동원을 시켜갔으니, 그래도 뭐 [방호덕: 전부 걸어갔죠.] 아이 그게 [방호덕: 빈 몸으론 못 가게 해. 지게 지고 가래.] [조사자: 지게 지고?] 그럼. 지게 지고 댕겼지. [방호덕: 지게 지고 갔었어요.]

[20] 폭격 중에 어린 자식을 버려두고 올 뻔하다

[조사자: 그럼 전쟁 통에 어르신 소 뺏기고 하지 않았어요?] 어? [조사자: 소 안 뺏겼어요?] 안 뺏겼어요. [방호덕: 여기서 소 뺏긴 사람 없었어요. 여기서는 소 뺏긴 사람 없댔어. 어디선 뭐 소 뺏겼다고 그러지.] 여기 저 저 피난 나가다가 저 여기서 그 댁 소가 [방호덕: 폭격에 맞아서 죽었지.] [조사자: 아-, 폭격에 맞아서?] [방호덕: 응. 그 집 그거 폭격 맞아 죽었나?] 응. 저저 저쪽 광주 어디 저거 하는데, 어디 갯벌이라고 그러대? 우린 거그 안 가, 그 참여

를 안 해서 모르지만, 그 그때 같이 당한 사람들 얘기하더라고요. 그 소 마차 끌고 가는 걸 때려가지고는, 영석네 소를 그때 [방호덕: 그러고 어떻게 하고 갔대? 그래서 먹었대?] 그거 폭격을 맞아서, 그래도 사람은 안 상하고 [방호덕: 아니 인제 그래서, 그걸 인제 먹었대? 뜯어 먹었대?] 뭐 그게 그렇게 뜯어먹을 게 어딨어. (청중 웃음)

우리 마누라 얘기하는 소릴 들어봐. 그래 내 동생 장가들였잖아, 거기로. 그래 저기 젊은 사람 둘 아냐, 인제 저 저 내 재수허고 우리 마누라하고? 그래 이제 마차에다 식량을 죄다 싣고, 이 당장 먹을 거 그거를, 이런 거는 인제 또 해서 둘이 이고 갔대네. 이제 우리 마누라는 또 애를 업었으니까 그런 것도 못 하고 인제, 동세는 그거 저 양은 솥허고 밥그릇허고 이었는네, 한참 가다보니깐 걸음을 찔-뚝 찔-뚝 허드래, 동세가. 그래 왜,

"아, 여보 자네 신발 어쨌냐?"고.

"어머, 나 왜 신발 없어졌네?"

자기 신발도 뱃겨진 걸 모르고 간 거야, 그게. 그 난리 통에 급허게 내뛰는데 그걸 그렇게 모르는 거지. 그래 그 성일 아배 얘기 들어봐. [방호덕: 애 버리고 간다 그러죠.] 성일 아배가 이 이불보따리 짊어지고, 이불 위에다 어린애를 얹어서 이제 이렇게 지고 나가는 거지. 지고 나가는데 거기서 폭격을 당해서, 애를 업고 뛰다보니까는, 저-만치 가다보니까는 애가 없더래잖아, 좌우간. 그래 이제 허망허지. 주인아저씨 그냥반하고 같이 나갔는데,

"아이고 형님, 저 인생이 불쌍하지만 저걸 내버려야지 어떡하오?"

그러니까는,

"이 사람아 그거 무슨 소리냐?"고.

"응? 나 살자고 나왔냐?"말이야.

"자식새끼들 위해서 나오는데, 그런 데가 어디 있느냐?"고.

그래서 그 난리 통을 또 쫓아가 집어왔대. 그래가지고 걔를 살렸다고. 그래가지고 그 집에 고 아버지가 그러지 않았으면, 자기 자신이 거길 들어갈 수

없던 거지. [방호덕: 내 버리고 나와. 그거 그렇다고 얘길 하더라고. 그거 버릴려고 했었다고.] 응. 들어갈 수 없잖아, 그 폭격을 하니까. [조사자: 그래도 그 중에 자식 데리러 가셨어요?] 그래 그 내버렸다가 자식 그러고 살렸대. [방호덕: 옆에 있는 이가 "어-, 이 사람아 우리가 우리만 살려고서 온 거야? 애들도 살려야지." 하고설랑은, 다시 가서 살린 거야.]

그래 그런 난리를 겪은 거야, 이제. [방호덕: 그런 얘기가 있었어.] 그래 우리가 하여튼 태어난 게 못되게 그 태어났어. 요렇토록 고생만 하다가 이제, 그래 얘는 그래도 덜 했어, 나보단. (청중 웃음) [조사자: 그러게 억울하신 거 같애요. (웃음)] [방호덕: 누가 덜해? 내가?) 니가 나보다 덜 했지, 그럼. [방호덕: 내가 죽을 고지 일곱 번 넘긴 사람이야.]

[조사자: 그 일곱 번 죽을 고비 넘긴 것 좀 얘기해주세요.] 나요? [조사자: 예.] 아, 글쎄 그 빨갱이들한테 그 굴속에 [조사자: 굴속에 숨어 지내고…….] [홍천만: 세월이 참 못 되게 태어났어.] 글쎄 그게 맨 처음엔 무슨 저기, 뭐 어찌허다가, 이게 회사 생활할 적에, 저 이 그때 을지로 2가 우체국에 근무했었어요. 근데 그때는 차가 왼쪽으로, 그게 사람이 왼쪽으로 댕겼었거든요. 시절이 그래가지고 그때는, 지금은 우측으로 댕겼잖아요? 그땐 왼쪽으로 댕겼었어요.

그때 중앙우체국에서 서류 인계 시켜주고, 을지로 2가로 나온다고 그러다가 명동 입구에서, 그 바로 거기서, 인제 이 왼쪽으로 돌았으니깐, 이러고 쓱-, 1월 1일 날인데, 쓱- 도는데, 댑대 그냥, 허연 눈이 그냥, 서리가 하-얗게 왔는데 그 미끄러졌네. 차는 냅다 그냥 비상치고, 그랬다 그냥 거그 쓰러졌는데, 바쿠 밑에로 들어갔어요. 들어갔는데, 천만다행으로 그냥 여그서 이것만 짓- 씹혔어, 이렇게 바쿠에. 이만큼만 쭉- 그냥 찢어져 나갔는데, 운전수가 나와서, 화가 날 거 아니에요? 확 쳐 갈길라 그러는데, 아- 이거 뒤에 연짱 하나 요 쭉- 부딪쳐서 그냥, 탁- 그걸 하여튼간,

"일어나!"

그러더라고,

"이런 놈의 자식은 내가 갖다 때려죽여야 한다."고 말야.

그러고 잡어채드라고. 그랬더니만 이 사람은,

"저 뒤에 도망가요, 빨리."

그래가지고 재주껏 돌아가지고 뒤로 도망가서 그래 매 안 맞고 피한 적 있었어요. 내가 그때 '나이 먹은 사람이 다르다.'고 그 생각도 하고 그랬었이요. [홍천만: 얘가 하여튼 정신이 좋아. 그렇게 꼬박꼬박 얘기하는 거 보면] (청중 웃음) 그건 이 내가, 못 쓰는 게, 아이고– 그놈을 그냥, 옛날 책만 그러고 다 안 타고 있었으면, 참– 이거 지금 이럴 때 펼쳐놓고 보믄 참 이게 옛날 것 죄– 생각나고 그러는데.

[21] 방호덕: 피난 못가고 홀로 남은 부친이 폭격 맞아 사망하다

[조사자: 그게 전쟁 중에 폭격으로 집이 타서 그걸 다 잃어버리신 거예요?] 그럼요. 그래서 뭐 다 잊어먹었지. 몽땅 그냥 여기 숟갈 하나 안 남고 다 없어지고. [조사자: 왔더니 집이 없어졌어요, 아예?] 그럼. 다 아주 없었어, 완전히. [조사자: 그럼 어떻게 다시 집 구하셨어요?] 응? [조사자: 다시 어떻게 재건축을 하셨냐고.] 그러니깐 우리 아버지 돌아가서 했지, 그 중간에.

그래 내가 인제 스물여덟 살 때 [조사자: 아–, 그 폭격 때 아버지 돌아가셨어요?] 아, 그때는 안 돌아가시고 내가 돌아오니까는 살어, 저– 건너 집에 방을 빌려가지고 드러누우셨드라고, 외딴 집에. 그래다가 인제 그래지만 또 이제 봄 피난 나갈 적에는, 우리가 인제 모시고 나갈라했더니 못 모시고 나가게 해요, 양놈들이. 저희가 모신다고 하더니만, 영등포 미 25사단, 내 잊어버리지도 않아요, 그거. 미25사단 24연대 민사청에서 모셔갔어요. 그러고 내가 갈려니까는 나 붙잡어놓고 인자 그렇게 하고서는, 그 곰짝 못 하고 당하고 있다가 거기서는 우리 아버지 돌아가셨고, 그러니까 이제 그때만 해도 참 뭐

고생만 직사하게 그냥, 외지에서 혼자 돌아가신 거예요. 그러니 내가 얼마나 한이 많은 사람이겠냐고요. [조사자: 그러게요.] 그래서 내가 한이 보통 많은 사람이 아니라고.

[조사자: 그러면 아버님 유골이라도 받으셨어요?] 어딜 받아요, 받기는? [조사자: 아이고-.] 나중에 유골이라도 뭐 좀 알까 하고서는 다시 가서, 이제 그 수속을 죄- 밟아가지고 알아봤더니, 군인들은 군번이 있기 때문에 찾아줄 수가 있지마는, 일반인들은 뭐 뼈가 하도 많기 때문에 그건 모른다 그러면서, 못 찾았어요. [홍천만: 개죽음이지.] 응, 응? [홍천만: 개죽음이야.] 그럼 뭐 개죽음이지.

[조사자: 그러면 어르신 아버님이 처음 혼자계시고, 다 가족들 피난 나갔을 때, 거동이 불편하신데, 누가 좀 도와주셨대요? 마을 사람들이?] 누구? 누구, 나? [조사자: 아니, 아버님을.] 응. 우리 고모님이 이 뒤에 살았었어요. 그랬다가 이제 신당동으로 또 가셨어요. 신당동에 또 막내 고모가 있었어요. 거기 가서 한 달인가 살다가, 고모님이 자전거 태워가지고 거기다……. [조사자: 아-, 일

단 집에?] 예. 그래가지고 이제 와서 만난 거예요. [조사자: 아-, 멀리는 못 가시고, 가까운 데에서 이렇게 이제 형제분들이랑 계셨어요?] 응, 응. [조사자: 네-.]

그러니까 집은 죄 타고, 가뜩이나 환자 중에서, 죄 이제 뭐 죄 타고, 우리 고모네 집도 안채 타고 행랑이, 바깥채가 남았었어요. 그래 거 참 이상시러요. 이 집 탔죠? 그거 이 앞에 집 안 탔지. 얘네가 아마 그, 이 집터에 대물리고 살아왔지, 여기서? [홍천만: 어유-, 그럼 뭐 몇 대째, 십 몇 대째 살잖어.] 아주 제일 고참이야. 오래 살았어. 그래서 여기 이 집도 안 탔었지. 요 집이, 요 새로 지은 집이, 저 집도 안 탔었어요. [홍천만: 우리 아들 두 살 때 일로 들어왔지만, 이게 삼 대 거기로 살았다고.] 그래 이제 고 다음 집이가 또 타고. 저기 저 아랫마을은 또 안 탔다고요, 느티나무 있는 데는. 요 이 우로 이 뒤는 다 타고. 그래서 다 날라간 거야. 이제 산 거는 다행히, 내가 그래도 나갈 적에, 고거 무슨 마음으로 참 하냐믄,

'에이-, 이걸 땅에다 묻어놓고 나가야겠다.'

하고설랑은, 묻어놓고 나갔어요. 이제 그건 살았어요. 그래서 내가 이 족보 다시 낼 적에, 뭐 금과세계, 그거 옛날 걸 꺼내가지고, 처음으로 집어내고 뭐 해가지고, 아이구- 이거, 35대손 이러고설랑 나타내고설랑 다시 이거 꾸미고 그랬죠.

[조사자: 그럼 아버님 기일은 어떻게 챙기세요?] 응? [조사자: 아버님 기일을 어떻게 챙기셨냐고.] 기일? [조사자: 예, 돌아가신 날짜, 제사를.] 우리 아버지 돌아간 날? [조사자: 예.] 그건 알고 있지. [조사자: 날짜는 알아요?] 왜 아는고 허니, 숲속에 살던 고모씨 매부가 있잖어, 고모의 매부. 그거 같이 있었대요. 거기 그러고 가차워서 거기 있다가, 음력 4월 8일, 9일 날, 음력 4월 9일 날. [조사자: 음-, 초파일 다음 날이네요?] 응, 응. 그러니까 초파일 제사 지나고지. 그것이 그래 4월 초파일 제사 지난 거지. [조사자: 그 어른이 알려주셨어요?] 그럼. [조사자: 그 어른이 알려주셨대요?] 어. 한 데 있다 그이는 살아서 왔어.

[조사자: 그럼 거기 나이 드신 분들 어디다 모아 놨, 모아 놨을 끼요?] 거기 그래서 영등포 내가 말하는 데, 고 자릴 내가 가보고 그랬는데 그, 뭐 거기 사람들, 주위에 사람들은 죄– 새로 들어온 사람들이라, 자세히 몰라. [조사자: 그러믄 막 이 돌봐주고 그런대요?] 응? [조사자: 그분들을 돌봐주고 한대요, 그분들이?] 거기–, 죽은 사람들이요? [조사자: 예.] 뭘 그게 없어요. 개죽음이에요. 그냥 쾅쾅– 하고 묻어버렸구만 이제 뭘. 여기 인민군 죽은 거 땅 속에 묻어버린 거나 마찬가지예요. [조사자: 거긴 그럼 나이 드신 분만 모아요?] 어디, 거기? [조사자: 예.] 아이 젊은, 나이 젊은 사람 거디 있대. 죽은 사람들, 젊은 사람들도 거기 많대요. [조사자: 영등포에 그런 데가 있었다고요?] 응, 영등포에. 영등포에 그, 그때 25사단 본부 거기 있었었대.

[조사자: 어르신 이 피난 가실 때, 가족들, 어르신네 집에 소가 많았어요? 원래 두 마리만 키웠어요, 옛날에? 어르신 집에 소가 몇 마리 있었냐고.] 한 마리지, 뭐. 두 마리가 어딨어. 한 마리지, 뭐. [조사자: 그 왜 성질 나쁜, 성질 사나운 소 있다고 그러지 않았어요?] 그게 그거 그 당시에 팔았지. [조사자: 아–, 팔고 다시 한 마리?] 예, 예. 그땐 두 마리 키우기가 힘들었어. [조사자: 그쵸?] 왜냐하믄 그때는 소가 지금 이런 소가 아니라 그냥 집때기만 한 소 길르거든. 농사짓고 이럴려고. 그래서 두 마리 키울 수가 없지. 한 마리지. [조사자: 그래 그 할머니가 그 사나웠던 소 얘기 하더라고요.] 어르신이 그 길들인 성질 사나운 소, 안 들리시나 봐. (웃음) 뭐라고 그러는지 못 알아듣겠어. (웃음) [조사자: 소, 소.]

[22] 홍천만: 돈이 모자라서 사나운 소를 살 수밖에 없다

그건 뭐 내가 소 사다 길들인 얘기지. [조사자: 그 전쟁 통에, 피난 갈 때 그 소가 갔어요?] 그 소가 아니지. [조사자: 그 소가 아니야?] 그 소가, 그 소는 다른 사람이 못 부렸지. [조사자: 그러니까요.] 내가 있을 때만 했지, 노인네들이 소 끌고 나갔는데, 그렇게 사나운 소는 못 끌고 나가지. [조사자: 어-, 그러면 그 피난 갔다 와서] 이제 다시 또 사고 [조사자: 새로 산 소예요, 그게?] 어. 이제 그런 소는 길게 못 부려요. 그건 왜그러냐믄 나한테는 잘 허지만, 만약에 옆에 사람 하나 건드려 놓으면 그런 골칫덩어리가 없어.

그리니까는 이제. [조사자: 그런데 그 사나운 소를 왜 샀어요?] 응? [조사자: 그 소를 사나운데 왜 샀냐고.] 아이고, 왜 샀나? 사고 싶어 샀나? 돈은 짧고, 가서 장을 갔는데 소 쓸 만한 게, 이거 돈이 모자라네. 그런데 그, [방호덕: 그게 뭐야? 싼 맛에 샀지, 뭐.] (청중 웃음) 싸게 해주니까는 싼 맛에 산 거지. [방호덕: 싼 맛에 산 거야.] 그때만 해도, 돈이가 여유 좀 있어야지. 허믄 그 장날에 저 최고 좋은 놈으로 골라서 하믄 좋은데, 돈은 가진 게 얼마 안 되고, 소는 필요로 하는데 사기는 모자래고, 그러니까 이제 빙빙 돌고 있는데, 그 그런 거 걸렸었죠.

[조사자: 그럼 팔 때는 잘 받았어요?] 팔 때는 고기 값으로 파는 거야. [방호덕: 살만 찌면 되는 거니까.] 그냥 그때 그놈의 소, 어떻게 살 찌우냐믄, 그 소를 끌고, 이 저 왕십리 쪽으로 두부장시들이 많았어. 그러믄 비지를 그 내버린단 말야. 그렇게 이 통에 그걸 하나씩 이렇게 담아서 내노믄, 저 골목골목에 댕기면서 인제 이걸 모아요. 모아서 싣고 나오믄, 싣고 나와서 인제 우리 소도 멕이고, 또 다른 사람들도 좀 달래믄 팔어 먹고, 그런 생활을. 그럼 그걸 그냥, 그것을 그냥, 돼지도 길르는 사람도 그것 저거하고, 소 길르는 사람도 그렇고, 그게 좋거든, 콩 저거니까는. 아니 그래 그걸 갖다가 멕였더니 살이 이렇게 쪄가지고. (청중 웃음) 그래 소 끌고 이제, 이 신설동에, 저 왕십리 바닥은 아주 골목골목 끌고 댕긴 사람이야, 내가, 마차로 이거 해가지고. 그러지, 그땐 이 잔 짐만 실을 뿐이 아니라, 이 저 시장에 야채 이런 것만 싣지 않고, 땔나무도 왕십리까정 싣고 가서 팔었는데, 여기서 이제 낭구 해놓으믄 사서.

[조사자: 그래서요, 어르신? 소, 소 얘기하시다가, 소 끌고 다니셨던 얘기.] 아

그러믄 그, 좀 부리다 뭐 안 맞으믄 팔아먹고 새로 사고 그러는 긴데 뭐 얘기 하나마나지. [조사자: 그럼 어르신 소는 안 잡아, 키우던 소는 안 잡아먹어요?] 예? [조사자: 키우던 소는 안 잡아먹냐고, 먹지 않냐고.] 그 장사꾼들에 팔아먹으니까 그놈들이 사다 잡아먹는 거지. [조사자: 정 들어서 못 잡아먹죠?] 그러믄 그걸 내가 어떻게 잡아먹어, 그거를? [조사자: 좋은 이야기 해주셔서 감사합니다. 아니 그러면 일제 때는 일본 말만 하셔서 우리말을 모르는데, 우리글을 모르잖아요? 그럼 한글을 어떻게 깨치셨어요?]

[23] 방호덕: 전쟁 때문에 학문의 꿈이 좌절되다

한글을 한문도 많이 배우니깐, 아 내가 천자문, 계몽편, 동문선습, 천자 이러고, 또 논어 맹자까지 읽어가지고 국문학 박사 할려고 꿈을 꿨었어요. 내 그랬다가 4학년 때 내가 학을 때가지고, 나라에서 그 지랄하는 바람에. [조사자: 아니 그러면, 서당을 다니셨어요?] 그럼. 뭐 서당서 당운까지 읽었는데 뭐, 당운. 당운이 뭔지 알어요? 당운이라는 거는, 이제 여름에 삼복더위에 좀 더울 적에, 넓직- 헌 마루에 앉아서 그거 읽는 것이 당운이야.

"마산에 포한식허니, 노중에 율려동사라."

그 그거 읽고 그러믄 그냥, 그거 특기로 했었다고. 그것까지 읽었어, 나는. [조사자: 그러면 어르신은 학교를 어디까지 다니셨어요, 학교는, 신식학교는?] 학교는 그때 내가 인창 초등학교밖에 못 나왔지. [조사자: 어디 초등학교?] 인창 초등학교. [조사자: 인창 초등학교?] 응, 응. [조사자: 한문 공부를, 서당 공부를 길게 하셨네요?] 응, 서당공부를. 그러니까는 공부를 그렇게 하고 초등학교 가니까는 OK야. 교장 선생이 알아주더라고.

[조사자: 그럼 어르신 혹시 천자풀이 할 줄 알지 않아요, 천자풀이?] 응. 천자풀이도 알았었죠. [조사자: 좀 해봐주세요.] 응? [조사자: 천자풀이 기억나시는 대로.] 아 천지 지간 나오고 헐지 중에 뭐, 뭐 유인이 뭐 해서 그래가지고 [조

사자: 그러니까, 해봐주세요.] 그거 잊어버렸어, 다. [조사자: 기억 안 나요? 그래도 기억나는 데 까지만.] 아유, 그거는 80세 되믄 다 잊어버려.

여섯 할아버지의 가지각색 6.25 이야기

이 상 현 외

"여기 학교 밑에서 소 다섯 마리가 하루에 죽었어요. 군인들이 잡아 먹느라고"

자 료 명: 20130217방곡노인정(춘천)
조 사 일: 2013년 2월 17일
조사시간: 120분
구 연 자: 이상현(남 · 1930년생), 이승근(남 · 1945년생),
조동하(남 · 1934년생), 유병원(남 · 1941년생),
송윤섭(남 · 1944년생), 변정균(남 · 1938년생)
조 사 자: 김경섭, 심우장, 김정은, 이부희
조사장소: 강원도 춘천시 남산면 방곡리 방곡노인회관

[조사과정 및 구연상황]

조사팀이 묵은 숙소 사장님의 안내로 방곡리 노인회관을 방문했다. 미리 연락을 받은 어르신 여러 명이 회관에 와 계셨고, 뒤편 방에는 별도로 할머니들이 모여 담소를 나누는 중이었다. 할아버지들은 넓은 방 가운데 큰 탁자를 마련하고 둘러 앉아 돌아가며 구연을 하였고, 조사팀의 일부는 뒷방으로 건너가 할머니들에게 이야기를 들었다.

[구연자 정보]

이상현 할아버지는 제도주 훈련소를 거쳐 화천, 철원, 양주, 인제, 속초 등의 주요한 전투에 참전한 참전용사이다. 영화에 나오는 허구적인 전쟁과는 달리 실제 피도 눈물도 없는 전투체험을 사실감 있게 구연하였다. 이승근 할아버지는 어린 나이에 전쟁을 겪었기에 어린이의 시각이 담긴 체험을 이야기했다. 조동하 할아버지는 이곳이 고향으로 집에서 중공군과 생활한 경험이 있는 분이다. 유병원 할아버지는 강아지 때문에 피난이 늦어진 사연과 착한 중공군 경험을, 송윤섭 할아버지는 상주가 고향으로 피난 온 사람들과의 경험을, 변정균 할아버지는 중공군과 인민군이 민간인을 어떻게 대했는지를 각각 구연했다.

[이야기 개요]

모두 여섯 분의 화자가 돌아가면서 전쟁 체험담을 들려주었다. 강원도의 주요 전투에 빠짐없이 참전한 참전 용사의 솔직한 전투담, 기차타고 부산까지 피난 간 사연, 전투기 폭격으로 모친이 사망한 이야기 등과 지역의 특성상 중공군과의 여러가지 사연도 생생하게 구연되었다.

[키워드] 참전용사, 전투체험, 기차 피난, 부산, 폭격, 전사, 강아지, 중공군, 유공자, 거제도 수용소, 바닥 빨갱이

[1] 이상현: 제2국민병 가서 춘천에서 대구, 포항까지 훈련받으며 걸어 가다

[조사자: 성함이 어떻게 되세요?] 이상현이요. [조사자: 올해 연세가?] 84살이에요. 30년생이니까. 만으로 여든세 살이죠. [조사자: 그러면 6.25 났을 때 벌써 연세가 20살, 21살 요 때 내요?] 스물두 살이었나. [조사자: 그러면 6.25때 얘기 좀 기억나시는 대로 좀 해 주십시요? 어디 참전하셨습니까?] 예. [조사자: 전쟁터에 나가셨어요? 참전하셨어요?] [청자(이종서): 전쟁하셨느냐고?] 그러면요. 아휴 6.25때 나가 가지고 서는 그러니까 천 몇 년도에 [조사자: 1950년이요?] 모르겠는데요? [청자: 6.25는 50년에 났으니까?] [조사자: 다 적어가지고 다니시네.] [청자: 적어 가지고 오셨네.] 1952년에 갔는데. [조사자: 1952년에 가셨구나!] 1952년 5월 달에 가 가지고 서는 제대를 1956년 그러니까 만 4년 했는데 햇수로는 5년 근무를 했어요. [조사자: 6.25 나셨을 때 여기 계셨어요? 이 동네에] 여기요?, 여기는 그때는 짓지 않았지. [조사자: 아니, 아니 이 동네에 사셨어요?] 살기는 전 여기서 나가지고 여기서 이만큼의 나이를 먹었어.

아주 그냥 아주 토종이네요. 완전히.

[조사자: 전쟁 났을 때. 딱 처음 전쟁이 났다. 어떻게 아셨어요?] 네 [조사자: 전쟁 났는지 어떻게 아셨어요? 처음에 여기 사시다가] 여기요. [청중(이종서): 집에 사시다가, 집에 계실 때 전쟁 난 거를 어떻게 아셨느냐고요?] 전쟁 난 거요? 전쟁 난 거는 여기 학교가 있었지요. 학교. 지금도 있죠. 초등학교가 있는데 그때는 내가 일을 하고 그랬으니까요. 제가, 초등학교서 교장 선생님을 고초 선생 아니에요. 일본 말로다가 고초 선생이라는 조그마한 통통한 사람이 그랬어요. 그 사람이 일본서 쫓겨 가야 하니까 우리 철거해 가야 되니까는, 손을 들어서 우리가 여기서 쫓겨 가니까 큰일났다고 그 사람이 거기서 초등학교 있는 돼서 올라갔다 내려갔다 창 쪽으로 올라갔다 내려갔다 하면서 야단이 났다고 그래요. 그래서

"아, 그런가 보다."

하고 있었는데. 그 이튿날 난 농사를 지었으니까요. 농사를 짓다가 그 이튿날 해방이 된다고 그러는데 김을 매러 가야 된다고 저 구곡폭포 있는데 화전을 했거든. 화전을 메러 가서 일찌감치 메고서 구경을 내려가고서 거주하고 구경을 하자고 일찍 짐을 다 싹 메고는 내려와서 저희 집에서 고가로 넘어가면 고고로 가는데 산을 넘어서 그렇게 안가고 이젠 지금 길난데 골로 쭉 돌아서 내려오니까는, 지금 강촌 전철역 만들은 데여. 거기 네 방앗간이 있고 그래었는데. 큰 소를 잡아서 다 벌여서 고기들은 다 가져가고 말뚝을 박고 가죽을 태웠고 있더라고요. '어, 그렇구나!' 그러고서 거서 와서 방곡 1리 있는데로 소한마리 잡았더라구요. 다 쫓겨가는 것은 그려러니 하는 거지요.

[조사자: 할아버지 해방 때 전쟁 났을 때 사변 터졌을 때?] [청중(이종서): 지금 말씀하신 것은] [조사자: 해방 때 말씀하신 거고] [청중(이종서): 8.15 해방될 때 그때는 말씀하셨어.] 해방 [청중: 그러니까 초등학교 선생이 그 일본이 망해가지고 고 거한 것 그거를 말씀해 주셨다고 그걸 지나서 6.25, 1950년에 6.25가 났으니까 그것부터] 6.25 때는 그렇게 됐다는 것만 알지 뭐 몰라요. [조사자:

피난, 피난 안 가셨어요?] 모르고. 여기서 그냥 군인들 뽑아 가는 것 시내 가서 학교가 서랑 뽑혀가는 것 보고 있다가 나중에 난 나중에 안 갔었는데 6.25 나고서 제2 국민병을 나갔었잖아. 국민병을 여기서 전부 다 갔지 국민병을 가가지고 여기서 춘천으로 해서 홍천, 원주를 걸쳐서 그렇게 해서 어디를 갔느냐면 그 대구꺼징 갔어요. 대구 원래라는 데까지 가가지고 원래 어디로 갈라고 그랬느냐면 삼천포를 갈라고 장을 메고 간 거거든요. 걸어서, 걸어서 거기까지 갔을까. 발도 그렇고, 죽지 않았으니까

"목숨이 붙어있으니까 살았다."

그러는데 거기까지 가가지고 삼천포를 못 갔어요. 삼천포를 왜 갈라고 그랬느냐면, 지금은 여기 실다가 돌아갔는데. 이명수라고 그이가 방위 장교를 거기를 갔단 말이에요. 거기에 가면은 우리가 잘 적응 할 것 같으니까 거기에 갈라 그랬는데 거기를 못 갔지요. 못 가고는, 대구에서 그 교육을 받은 거예요. 그러니까. 대구에서, 교육을 받아야 고향으로 돌아간다고 그래서 교육을 받는 거야. 받은 것도 없어요. 아무것도 가르쳐 주지도 않고 뭐하다가 우리 있던 데는 어떤 데였냐 허면은 창고를 크게 졌는데 이 송판만 됐단 말이에요. 이렇게, 이렇게 됐는데. 송판만 됐지. 바람 짝은 없어요. 없고 밑은 자갈 바닥인데 송판이 서로 망가진다는 바깥이 환히 내다보이는데 고서 가마니를 깔았어요. 바닥에 다 가마니를, 가마니를 깔았는데. 덮고 자는 건 없어요. 아무것도. 덮는 거는 자기가 만약 두루마기를 하나 입고 갔으면 두루마기, 그렇지 아니하면 요를 하나 가지고 갔으면요, 또 담요 같은 것 있는 담요 가지고 왔으면 그것밖에는 없어요. 밥은 주는데 뭐 형편도 없어요. 밥은 뭐 아주 조금씩, 조금씩 죽지 않을 만큼 주니까 그냥 먹고 거기서 있는데 나중에 그니까. (어른신들 오셔서)

[조사자: 여기 노인정에 많이 오시네요.] 야중에(나중에) 거기서 훈련은 다 받고 나니까 이제 고향 가는 사람들이 있는데 우리 내무반에 와서랑 자고 가는데 있어요. 자고, 따른 교육대에 있다가 들어오니까 대구에 딴 교육대에 있다

가 자고 간다고, 자고 가라고 그래. 자고서 가고, 우리를 다 해산을 시켜서 가라고 얼로 가내 노라고 그러니까 시금 대구 시내로 내려가는네

"여기서 대구 시내로 내려가는데 칠십리다."

그러더라고요. 칠십리를 인솔해서 가는 거예요. 거기를 내려가면서 가다가 칠십리 하루 못 가고 자고서, 도중에서 그 이튿날 대구에 가니까는 어느 방직했던 자린데. 커요. 가면서 쭉 둘러보는데, 여기도 방, 여기도 방, 여기도 방이 이렇게 방이 수백 개가 방이 있는데 커요. 아주 거기서 교육대사 같으면 말도 할 것 없지만 거기서 한 스무 명 자도 될 땐데 셋이 아니면 너이 밖에 안돼요. 넓은데, 넓은데. 거기는 밥도 아주 실컷 먹게 갖다 주더라고요. 거기서는 그냥 아주, 거기서는 또 며칠 있다가는 포항으로다가 제가 왔어요. 포항으로다가. 포항으로 와서 거기서 배 무역해서 오는 배에서 짐 내리는 거를 하다가, 하다가 다들 그럭저럭 다 집으로 가더라고요.

'에이 나도 이제 집으로 가야겠다. 안 되겠다.'

그래 집으로 사뭇, 포항에서 걸어서 차 안 타고 걸어서 온 거에요. 걸어서 여기까지 걸어서 허송세월로 오니까 오다가 해다. 가면 아무 집에서 자자고 하면 잘 재워주니까 자고, 그 이튿날 또 오는 대로 오다가 해다. 가면 또 자고 간다 하면 자고 가라고 그러고.

[2] 제주도에서 훈련을 받고 화천에 오니 시체를 끌고 다니는 것이 보였다

[청중(이종서): 북한 계군하고 이렇게 접전하고 조우는 안 하셨어요? 서로 총 쏘고 싸우고?] 그때는 우리는 작전을 안 했으니까? 군대에 안 갔으니까 그때는 6.25 나가지고, 와가지고는 군대에 가야 되는데 영장이 나오잖아. 영장 나왔으니까 가라고, 영장 나왔으니까 가야 된다고 해 갔죠. 갔지요. 영장을 받아가지고서 갔는데 어디로 갔느냐 하면 여기서 도청이 그때는 원주에

나가 있었어요. 도청이, 원주 가서 이제 배당을 받아가지고서 열차를 뭘 타고 갔느냐면, 곳간, 곳간 배차가 아니고 곳간을 타고서 포항, 포항꺼지 갔어요. 포항에서 우리가 교육을 거기서 받아가지고서 받고서 배를 타고서란 제주도를 간 거지. 제주도 가설랑 제주도를 가서 훈련을, 훈련을 받은 거야.

[조사자: 그때 훈련소가 다 제주도에 있었죠.] 예 [조사자: 훈련을 제주도에서 받으셨죠. 그죠. 훈련을?] 응 훈련을 다 거기서 받은 거지. [조사자: 그다음에 어디로 가셨어요?] 제주도에, 제주도에 간 거지요. 훈련을, 배를 타고 갔으니까? 제주도를 배를 타고 가서 훈련받을 교육대에 가서 교육을 받고 9월 달에 떠나서 10월 동지섣달 그 이즘에 2월달인가요. 그렇게 육지를 건너왔지요. 조련 마치고, 와셔랑 배치를 찍혔는데 어디로 갔느냐 하면 춘천 보충대에 와서, 근데 부산에 건너와 가지고 부산 보충대에 있다가 거기서 배를 태워서 어디로 열차를 태워서 대운, 기숙사에 안 찍히고, 대운 춘천까지 오더라고요. 거기서 담요 하나씩 다 줘요. 담요 하나씩 다 줘서 뭐 의자에 앉으면 잘 수가 있나. 의자 밑 구역에서 그냥 담요를 감고 그냥 차 안에서 자고, 춘천 보충대

에 갔다 나서, 춘천 보충대에서 데리러 나왔더라고, 차가 제무식에 나왔는데. 근데 화천으로 갔이요. 화친 [조사자: 최종 화천 가셨구나!] 화천 가가 지고는 사뭇 동서남북으로 다 댕기면 전쟁을 했어요. 화천 가니까는 가서 제주도서 여기 올 적에는

'아! 이제 고향 땅에 가니까 좋구나!'

했는데, 와서 화천을 들어가서 그 골짜기를 들어가 서랑 꼭대기에 산에 갔는데 뭐 질질질 끌고 오는데 죽은 송장 그거를 밀고 내려 올 수도 없단 말이야. 비탈이니까 그러니까는 거치대를 만들어서 그냥 끌고는 내려오니까는 죽겠으니까 끄르니까, 내려오잖아. 그렇게 끌어내리더라고,

'아! 이제 여기는 죽으러 왔구나! 영락없이.'

'이 사람 이렇게 죽는데 우리라고 안 죽을 수가 있나!'

그래서 했는데 근데 안 죽을 사람은 안 죽어요. 안 죽을 사람은 여기 가다가도.

[3] 중공군은 시끄러워서 싸우기 쉬웠다

[청중(이종서): 서로 총을 쏘고] 어. [청중(이종서): 서로 총을 쏘고 서로 북한군 하고 하셨느냐고] 우리는 포병이 아니고 소총병 이니까 [청중(이종서): 포병이니까?] 총이지요. M1 총 그건데. [청중: M1] 이런 데 가다가도, 그런데 주로 다치는 사람이 총에 맞아서 다치는 사람은 별로 없어요. 폭탄에 맞아서 다치지. [조사자: 폭탄] 내가 만약 총을 메고 갔잖아요. 저기서 중국 사람하고 싸우는 거는 좋거든요. 쏼라 되는 소리를 듣고 인민군하고 하는 게 힘들지. 중국 사람은 쏼라 되면 무슨 막 그냥 사람보곤 안 쏘리까. 덮어 놓고 막 그냥 사람을 보고는 안 쏘니까, 덮어 놓고 그냥 돌면서 쏘는 거야.(웃음) 시게(세게) 쏘면 못 쫓아오거든요, 겁이 나니까요. 그냥 막 쏘는 거에요. 그래도 막 '쏼라 쏼라' 쫓아오면 할 수 없이 철거 하는 거지요. 그리고 인민군은 살살 오기 때문에 그런데, 그 사람들은 잘 떠들어 되면서 같이 싸움하기는 좋더라

고요. 그 사람들 잘 쫓아와요. 저런 장승 넘어서 내려오면 이만치 오면 저기 와서 네리 되고 쏘는데요. 뭐 총을 총에는 별로 안 맞아요. 폭탄에, 폭탄에 [조사자: 폭탄에?]

[4] 휴전되자 남은 포를 다 쏴버리다

그렇게, 그렇게 하다가 뭐 대강만 해야지 이거 다 하려면 한도 없는데 [조사자: 다 하십시오.] 그래가지고는 거기서 사뭇 돌아다니다가 뭐 동서남북 다 댕겼지. 거기서 어디로 갔느냐면 철원 벌판에 가서도 옮겨 댕겨서 하고, 철원서 도로 화천, 양구, 인제, 속초 어느 곳이 안 댕긴대 없이 다 댕겼지요. 다 댕기면서 하다가 나중에 휴전이된다고 그러더라고 근데 뭐 내일 휴전이 된다고 그래요. 우리는 졸자니까는 뭐 시계가 있나. 그때만 해도, 시계 찬 사람이 뭐 열 사람이면 한 사람도 없단 말이에요. 다 시계가 없지. 그래서 뭐 내일은 내일 몇 시경에 휴전 된다고 그래. 휴전되면 이제 전쟁 안 하겠네. 그랬더니만 포를 산골짜기에 실어다 놓은 거 보면 차로 다 실어서 이렇게 갖다 싸거든요. 포를. 엄청나게 많이 그냥. 그날 저녁부터 그 이튿날까지 그거를 다 싸버려야 된데요. 그걸 아주 구름 저거, 안개 모양으로 보이지도 않아. 낮에도 하도 쏘아 돼서 연기가 많이 나서 그러해서 다 이렇게 하고서 그 이튿날 열몇 신가? 밤 열 시 몇 시가 열 몇 시경에 휴전돼서 안 싸도 된다고 그러더니만. 총 하나 안 쏘고 조용하더라고요. 일체 총 소리 나는 건 없어요. 그래서

'아, 이제 살았구나!'

그리고는 그냥 끝이 나서라 그다음에는 거기서 교육받고 냉 훈련하고 그러다가 제대해서 나왔지요. 제대해서 나왔는데도 지독하지요. 뭐 인민군들 쫓아오는 거 보면 겁나요. 아주 그래서 뭐 내려 갈 적에, 내려 달리다가 한 높은 낭대방이(낭떠리지) 있어도 그냥 글로 줄줄 줄들 잡혀서 내려가는데. 그래도 안 다치고 다 가요. 잘.

[5] 전투 중에 전우를 챙겨서 뛸 겨를도 없다

[청중(이종서): 저도 하나 질문 하겠어요? 저도 하나 질문하는데 저기 저 동료들이 죽었잖아요. 옆에서 전쟁하다 죽었어. 그거를 끌고 내려오는 게 실전에서 그게 안 된데. 그게 안 되고 영화에서만 그것이 이루어지는 거고] 아니야, 그거는 여기서 교육받을 적에 우리가 제주도 가서 [이종서: 다 살기 위해서 그냥?] 제주도에서 교육받을 때 어떻게 받느냐하면, 부상자가 났다. 우리 전우가 이렇게 다쳤는데 전우가 부상자가 나왔다. 그러면 어디를 맞았는지 맞은 되서 피가 못 나게 지혈이 시켜갖고, 꽉, 수건으로 다가 지혈을 시켜서 데리고 나가던지 어떻게 해야 한다 이러는데. 해보니까 그건 아니에요. 그건 거짓말이에요. 이렇게 사람이 많잖아요. 이 사람들이 철거를 다 해 가는데 여기 전우가 하나 쓰러졌어. 쓰러져서 버럭 되고 피가 막 쏟아지는데. 이거 데려가는 사람 없어. 절대적으로다 다 그냥 가.

[이종서: 그게 영화에서만 이루어진다는 거야.] 데려가는 사람 없어. 이렇게 많이 가도, 한 사람도 끌고 가는 사람 없어. 그 사람을 끌고 갔다가는 나도 죽는단 말이에요. 그니까. 안 끌고 가요. [조사자: 내가 살아야 하니까.] 절대 안 끌고 가요. 난 그건 내가 직접 경험을 해봐서 알아요. 직접. 절대 안 끌고 가요. 자기, 자기 동상이나 무슨 뭐 형이나 쓰러졌다면 몰라도 그 이상에는 끌고 갈 수가 없어요. 저기서 싸대면서 막 '팍 팍 팍' 총을 쏘면서 오는데. 그걸 끌고 갈려고 어물거리다가는 다 죽는데 그러니까 그냥, 그냥 내빼서, 본체 안 하고 내빼서 내려가다 이런 바위가 있어도 그리 미끄러져서 막 가요. 막 가서 벌써 내려오면, 쫓아와서 벌써 또 내려와 쏘는데요. 엄청나게 지지하게 굴다간 된통 죽어요.

[청중(이종서): 아니 북한군하고는 육박전 갔던 것 안 해보셨어요? 총 가지고 서로 막 뭐 개머리판 때리고?](화자가 못 들으심)

[6] 완전무장이 힘들어 탄피를 버리며 다니다

우리네가 가서 전쟁하잖아요. 전쟁하는데 가다가 어느 고지에 달아 논다면 이 고지가 아무 장애물이 없어요. 여기가 민버덩 지거든요. 그래서 여기 이렇게 큰 나무가 있다. 그러면 나무 틈 그렇지 않으면, 가서 금방 가서 골을 자기가 들어앉을 구댕이 팔수가 없어요. 훅 보니까는 여기도 쏘다가

"철거!"

그러면 다 싹 철거해버리는 뭐 쏘다가 그러니까 어서 방위해 놓고 쭉 구덩일 파 놓고 이리 댕겨서 방위하는 되는 이렇게 다 파놓고 가다가 구덩이랑 여기 이렇게 해 놓고 수리탄(수류탄), 실탄 많이 갖다 놓고 서랑 저기서 적이 올라오면 던지고 쏘고 그렇게 했지만. 그래 가면서 전쟁하는 데는 하나도 장애물이 없어요. 여러 사람 되는 몰라도 우리는 그렇게 댕기면서 했어요. 가다가 여기나 들어앉을 자리다. 여기 들어앉을 자리를 팔 시간이 없어요. 고갱이도 삽 가지고 다니니까. 고갱이 삽도 가지고 다니니까 그것은 시간이 없어요. 시간이.

[조사자: 그렇구나!] 총도 지금은 다른데 그때는 외발 총이라고 여덟 발 나가거든요. 여덟 발 나가는데 그거 뭐 실탄을 많이 준다고요. 그걸 줄 실탄을 여기 몇 개미지요. 수리탄 차지요. 여기에다. 수리탄 한 개만 안 찬단 말이에요. 세 개, 네 개 찬다 말이에요. 여기에 매달아 차야지. 실탄 여기다 걸어야지. 그러면 한 짐 잔뜩 되는 거예요. [조사자: 짐이 많네요. 그거 엄청나게 무겁겠어요.]

완전 무장은 팔십킬로에요.

여기 탄피, 탄피에다가 하나씩 이렇게 여덟 발을, 저걸 들은 거를 여기다 꼽는다 말이에요. 잔뜩 꼽고 그리고 그걸 매고 가면 어디까지 가야 되는 내가 저기 저 산을 넘어 가는지 저기 저 산을 넘어 가는지 모른다 말이야.(웃음) 지형을 단체적으로 모르고 가니까 그래 가다 죽겠으니까는

'하나 버리고 가자.'

또 가다가

'하나 버리고 가자.'

지금 잘 가져가는 사람은 두피 아니면 한 피 밖에 안 가져가요. 그래서 앉아서 사격 개시하면 쏘다가 쉬원찮으면 거기서 소대장 다 있으니까 철거 그러면 그냥 막 내 띠는 거죠. 뭐 그 실탄은 뭐 많이 배당 받아가지고서 다 가지고 갈 수가 없어요. 무거워서. [조사자: 무거워서.]

완전 무장을 팔십킬로.

[청중: 야전 삽 이라고 아실 거예요. 지금 그 미군 장교 중에서 야전삽이 있는데.]

그래서 그렇게 휴전이 되고 나니까 이렇게 조용하고 좋더라고요. 급이나 받고, 저 사람 내가 침범해서 오도 않고 아주 좋더라고 그전에는 뭐 힘들어서 어디 가서 오래 있는다 하면은 우리가. 아홉 명이 들어갈 포를 요만하면 너무 크고 요거 아홉 명이 들어갈 세 칸도 더 만들 거야. 아홉 명이 들어갈 한 칸 이렇게 맨드는데 나무 이따구를 비어다가 기둥을 세우고 이따구를 비워다가 우리가 이렇게 깔고 위에다 흙을 이만큼 쳐야 해요. 폭탄이 떨어지면 파산하고 안 되니까. 그러하고 서랑. 여름철에는 뭐 갈 이런 것 같아 깔고, 우비 깔고서란 담요 깔고서 자고 그렇게, 맨들어서 재수가 있으면 거기서 며칠 있다지만, 재수 없으면 그날 저녁 한참도 못 자고 쫓겨가야 해요. 쫓아 오니까 쫓겨가야지 뭐. [조사자: 열심히 만들어 놓고 잠도 못자고]

[7] 인민군은 당할 수 없어도 중공군은 시끄러워 오는 소리가 들리다

[조사자: 그러면은 중공군을 보셨어요? 중공군] 중공군하고 주로 많이 싸웠는데. 인민군은 중공군하고 많이 섞여서 오는데 인민군이 섞여서 오는데. 그렇게 떠들지를 않고 가만가만 쫓아오기 때문에 까딱하면 그 사람한테 습격을 당할 수가 있는데. 중국 사람은 뭐라고 어어어 막 [조사자: 시끄럽구나!] 막 이렇게 들거든요. 숨어서. 그러니까는 그냥 아무것도 없는 민버덩에서 이러고

숨어서 엎드려서 듣는 거예요. 군대가 이렇게 아홉 명이거든요. 여기 군대가 아홉 명인데 우리 전쟁한 때는 아홉 명이 한군데 절대로 못 앉았어요. 이렇대. 한 몇 매대씩 떨어져서란 이렇게 다 주둔하지. 만약 포가 여기 떨어지면 다 죽잖아요. 몽창. 그러니까 떨어져 앉았으면, 죽어도 한 사람만 죽는다고, 그래서 절대 한데는 못 앉아지게 해요. 소대장이

[청중(이종서): 또 한 가지 질문을 할게요. 한국군이 못된 짓을 제일 많이 했어. 선발대 들어온 소 다섯 마리, 여섯 마리 잡아먹고 우선 선발대는 그것이 제일 우선이야. 소 잡는게. 그래가지고 소 잡아먹고, 그 다음에 여자 관계도 한국군이 다해. 인민군도 그런 것 절대 없어. 중공군도 없고 러시아군은 맨 마지막에 나왔었지만, 제일 못된 짓 한 게 한국군이에요. 그러니까 선배님도 거기에 포함되셨나, 소 잡아먹은 거?](웃음)

[청중(이승근): 군수 간부들이 일부가 그랬지.] (이상현 화자는 못 들으심)

[8] 하도 굶어서 쉰 주먹밥을 먹어도 배탈이 나지 않다

지금은 통이 쌔였으니까(넘치니까) 하는데 그전에 손판데기 처럼 짠 거 아니면 그냥 줬잖아요. 거기다 전부 주먹밥이에요. 이렇게 주먹밥 그러면 이렇게 쭉 우리가 군대가 있으면 밥 타러 오라 그러잖아요. 그러면 모자를 이 화애바 모하고 철모 두 개 쓰고 있으니까 이 철모를 훌렁 벗어가지고 가져가서 아홉 덩어리를 타 오는 거예요. 그러면 하나 한 덩어리씩 아무것도 없지요. 그러니까 숟갈도 없고 아무것도 없으니까 그냥 손으로 들고 먹는 거야. 주먹밥을 반찬이 없으니까 일단, 반찬을 좀 많이 주면 배가 부른데, 반찬이 아무것도 없으니까 배고프단 말이야.

요까짓 것 하나 아무것도 이것만 먹으니까. 그래서 내가 집에 와서도 난 맨밥도 잘 먹으니까 반찬을 참견하지 말라고, 나는 한, 두 번도 아닌가 수십 일을 주먹밥을 얻어먹고 오늘 저녁 먹으려고 그러는데 열 군사 지고 왔는데.

우리 여기 쫓겨 왔어. 이 아저씨들 와서 허탕을 쳤단 말이야. 여 쫓아오는 기야. 여기 쫓아야 저기가 그 이튿날 받아가지고 오면 지고 다기다 댕기다 해서 때면 진이 쭉쭉 난단 말이야. 쉬어서 밥이 쉬어서. 그거 먹어도 배탈은 안 나요. 하도 굶었으니까 그런지 배탈은 안 나더라고 그걸 먹어도 그래서 반찬이 없었으니까 이제 반찬을 만들면 주먹밥 만들 적에 약간 그 사람 내가 소금을 갔다 넣고 이렇게, 이렇게 뿌려요. 그래서 하니까 건건하긴 한데. 그래도 싱겁거든요. 짜게만 먹을 수 없으니까. 싱겁거든요. 댕기다, 댕기다 그 사람들 그래요. 못 얻어먹고 그냥 가는 때는 쫓겨 댕기다 쫓겨 댕기다 하면은 오늘 저녁 먹고 가서란 그 이튿날 조반도 못 먹고, 그날 점심도 못 먹고 저녁 때 가서 저녁이랑 얻어먹고 그러는데요. 뭐 그렇게도 굶어 봤어요.

그런데 한번은 세 때는 굶고서 쫓겨나왔는데 배도 고파 죽겠고, 뭐 그때는 아무것도 없이 총만 하나 멨으니까. 총도 내끼지 모르는 사람도 많았어요. 맨몸으로 총기는 어디가 내 버리고 오다, 오다 보면 무슨 뭐 하나 먹을 게 있으면 피엑스가 있다든지 뭐 쫓겨나고 없으니까. 그러면 뒤져서 하다못해 뭐 국수지 뭐 있으면 갖다 삶아 먹고 그러는 거야. 그러다 보면 불 이글이글 타고 많이 되도. 그냥 쫓겨나고 밥도 해서 해 논거 들고 가다가 이것도 안 가지고 가고, 내 버리고 간 사람도 있어요. 주서 가지고 가서 먹고 그래요. 뭐 그때는 여름철에 주로 했는데. 어휴 우리가 봄이 와 가지고 여름인데 그때는 휴전되기 전에는 아휴 진짜 참 비도 많이 쏟아지고.

[9] 동료들 중 밥을 하다 전사한 동료가 있다

[조사자: 할아버지 소속이 몇 사단이셨어요?] 몇 사단이요. [조사자: 예] 3사단, 18연대 백골 부대 [조사자: 3사단이시구나! 같은 소대원 중에 많이 전사하셨겠네요?] 예. [조사자: 같은 소대원 중에서 전사한 분들 많겠네요? 돌아가신 분들, 전투하가?] 전사자요? [조사자: 예] 그건 모르지요. 우리 군대에서 안 죽었

으면 몰라요. 그거 가르쳐 주지 않거든요. 죽었어도. 안 가르쳐줘요. 우리 군대에서 그랬으면 몰라도.

'지금은 가르쳐 주는지 몰라도'

[조사자: 할아버지, 할아버지 소대나 할아버지 군대에서도 옆에 있는 분들이 많이 전사하셨겠네요?] 우리 군대에서 아홉 명에서 한 명이 전사 당했으면 아는데 그걸 안 가르쳐줘요. 몇 명이 죽었든 간에 뭐 일개 군대에서 아홉 명에서 셋이 죽고 여섯만 남아도 안 가르쳐줘요. [조사자: 응, 안 가르쳐 주는구나!, 그러면 같이 아홉 분 중에서 돌아가신 분들은 없습니까?] 예, 없어요. 우리 아홉 사람 중에서 [조사자: 잘 도망 다니셨구나!](웃음) 그래도 한 사람이 밥하러 갔다가 부상당해서 그 사람은 그때 제대를 하지 않고 딴 데로 갔다가 제대를 했다는데. 그 사람이 어떻게 됐느냐면, 예망 실탄 통이 요렇게 생긴 게 길쭉한 게 크단 말이에요. 밥을 해도 일개 군대가 해도 남지만, 밥은 거기다 안 하지만 한 거에다 하지만 국 끓이는 거야. 국 끓이는 걸 피했으니까. 실탄 들은 게 실탄들은 것을 쏟아 내 버리고 가서 미련하지 비가 맞아도 안 망가지니까 바킹이 있으니까 바킹을 빼내 번지고 국을 끓였어야 됐는데 바킹을 그냥 꽉 덮고 끓였네. 거죽 거리를 이렇게 하다 보니까 딱 튀면서 훌떡 열려서 그냥 얼굴이 이만하게 부었어. 그래서. [조사자: 전투하다 다치 신게 아니고 밥하다가 다치셨구나!] (웃음)

[청중(이승근): 왜냐면, 거기 옛날에 탄피 뚜껑이라는 거 있었는데 유담포로 썼어요. 유담포라고 거기에다가 뜨거운 물을 집어놓고 옛날에 그걸 갔다가 썼어요. 그거를 유담포로 쓰면서도 이제 돌을 집어넣고 그게 바킹이 있어가지고 그게 날로 위에 같은 데다 끌리면 그거를 압력에 의해서 터지고 그런 경우도 있었어요. 그 말씀하신 거예요.]

[청중: 압력에 의해서 터지는 거야. 바킹을 빼면 안 터지는데.]

[10] 훈련소에서 불량품인 총으로 훈련을 하다

[청중(이종서): 근데 훈련소에서 몇 주 계셨어요? 논산 훈련] [조사자:제주도, 6개월] 응.

[청중(이승근): 제주도에서 얼마나 계셨어요?]

제주도에서요? [청중(이승근): 훈련 기간이]

제주도에서 석 달, 넉 달만에 건너왔나. 그랬지요.

[청중(이종서): 근데 제가 알기에는 그 병력이 모자라 가지고 일주일 만에 들어 가가지고 일주일 만에 들어가 가지고 총만 쏠 줄 알고 총만 나가면]

그럼 그전에 그랬지.

[청중(이종서): 그냥 끌려 내려왔잖아요.]

제주도로 가가지고 그 안에.

[청중(이종서): 적군은 지금 백운 쪽으로 막 내려가니까. 급하니까 총만 쏘면 들어갔다 나오는 거야. 그래서 총을 한 클립을 쏘면 아가리는 벌리잖아요. 이탄 나가면 아가리 딱 벌리고 선임 하사님 아가리 벌렸습니다. 총 아가리 벌렸습니다. 이거 다시 장전을 못 하고]

아니 총이.

[청중(이종서): 다음 클립을 집어넣어야 하는데 아가리 벌렸단 말이야. 이걸 못 넣는 거야. 총을 쏠 줄만 알았지.] [조사자: 아!, 장전할 줄 모르는구나!] [청중(이종서): 그렇지 이제 다시 그걸 또 넣어야 여덟 발이 나가는데]

안을 갖다가 배 지레로 주거든. 주는데. 총을 새로 나온 총은 실탄, 실탄은 총의 끝이 뾰족 하거든. 그걸 요 총 끝에다 꽂으면요. 끝만 들어가고 많이 쏜 총을 이만치 다 쑥 들어간다는 말이야. [조사자: 아!, 닳아서 그러는구나!] 이게 늘어나서 [조사자: 늘어나서] 이게 불량품이야 총이. 훈련받는데 이걸 가지고 올라가면서 열 번 사격하고 올라간다고 그래 한 팔 딱 나아가서 놀 새가 딱 절어 붙어가지고 서는. 딱 꼼작도 안 하는 거야. 쏠 수가 없어. 그러면 이제 못 쏘고 다 끝나고 내려오면 그 조교가 못 쐈다고. 조교가 그냥 땅에 세우고서 부러지면 불어지 딱 밟아 버리면. 그래 그래서 총이 이게 군영이 많이 늘어난 총은 늙어서 안 되는 거예요. [청중(이종서): 총체가 확장이 된 거야.] 이게 일단 픽셀 하나를 밑에서 집어넣어 이렇게 되고서 잡아 댕기면 여덟 발이 탁 나가가지고 게이가 탁 제대로 나야 또 집어넣는데 그게 안 되거든.

[청중(이종서): 그러면 회장님은 일사후퇴 이후에 중공군 얘기가 나오면 일사후퇴 때고]

[11] 칼빈총은 사격거리가 짧았다

[조사자: 52년에 군대 입대하셨으니까.] 우리 때도 M1이 중형이라고 그랬다가 신형 장비라고 그래서 우리 들어갔을 때 엠식스틴이 나왔거든 신형 장비가 엠식스틴이 나왔는데. 우리는 그거를 제대로 활용을 못 해보고 제대를 했어요.

[이승근: 제일 처음에 6.25 났을 때 칼빈총을 썼다고 하더라고]

[청중(이종서): 칼빈는 장교, 장교는 칼빈을 가지고 개인 화기가 우리 때도 장교는 개인 화기가 칼빈이고 저는 이제 67년도에 71년도 임관이거든요. ROTC를 했기 때문에 저는 그 M1 교관까지 했어요. 훈련소에서 그래 가지고 이제 교관도 했었는데 화기학 교관이에요.]

[이승근: 아니야 그게 아니고 6.25 터졌을 때는 우리나라 활기가 없어가지고 일본 그 칼빈이, 칼빈이 아세아 그쪽에 사람들한테 맞는 총이고 M1은 서양 사람들이 덩치고 크니까 미국이 들어와 가지고 보급이 될 때 M1이 되고 그전에는 칼빈 작은 것 6.25 터졌을 때 그때는 게다가 UN군 들어오고 미군이 들어오면서 이 장비 지급을 했던 게. M1 그게 우리 사람들은 안 맞아요. 그게 길고.]

[이종서: 근데 이제 개인 화기가 병들한테는 M1이고 장교들은 저 장교급

소위부터는 칼빈이예요. 그게 미국에서 같이 들어온 거예요. 또 같이 들어온 건데. 제가 칼빈도 사격을 교육을 시켜보고 M1도 교육을 시켜봤는데 이 적중률이 M1만 못해요. 칼빈이 사거리도 짧고.]

[이상현: 칼빈총은 그냥 이런 데서 새나 잡는 거지. 전쟁을,]

[이종서: 갈 때 여기서 저기 한 근방에 있는 걸 조정해서 쏘면 그게 맞아야 하는데 칼빈총은 안 나가요. 칼빈총은 한꺼번에 많이 나가는 것은 좋이.]

[이상현: 칼빈은 사거리가 짧고 그래서 하나의 지휘용이지 멀리 있는 적군을 갖다가 뭐 사격 무찌르기 위한 총은 뭐 M1 아니면 안 돼요.]

[이상현: 한 삼십 발 하나가 칠십 발까지 나가니까 케이스가 그것은 좋지만 쏘니까 연이어서 자동으로 나가니까 좋은데 그건 먼 데까지 명중률이 없어서 절대 안 돼요.]

[청중(이종서): 명중률이 떨어져가지고 그걸 못 쓰는 거야.]

[12] 총보다 포를 맞아 많이 죽었는데, 불발 많은 박격포는 어디 떨어질지 몰랐다

[조사자: 어르신! 그러면은 전쟁하시다가 인민군 잡아다가 포로로 해보신 적 있으세요? 포로로 잡아 본적은] 인민군도 못 잡아요. 우리는. (웃음) 서로 안 잡히려고 그러지. [조사자: 서로 안 잡히려고] 왜냐? 내가 아까 얘기했지 죽고, 부상당한 사람이 왜 맞아죽냐면, 포 쏘는 사람이 여기서 포를 지금 전환을 넘겨야 하는데 여기서 놓고 서랑 저기서 관측소에서 서랑, 자격 몇 개 이렇게 쏘라고 하잖아요. 자격을 몇 개 놓고 쏘는데 자격을 빼돌려 그 관람병(관측병)이 여기다 돌려 빼고 쏘던지 그래야 하는데 못 쓰면 자격이 뒤틀려서 다 놓고 싸도 근방을 안 나가는 것도 있어요. 근방을 안 나가고 여기서 불발되는 것도 있어요. 총에서 안 나가가고 박격포가 불발이 돼서 안 나가더라고요. 박해포(박격포)가 이렇게 넣고서 하나, 둘, 서이 넣고서 이렇게 탁 나가고.

[조사자: 그래야 하는데] 하나, 둘, 서이 넣고 탁 나가고 하는데.

우리가, 나 38사단 원주에 있는데 훈련을 가서 두 번을 받았단 말이에요. 훈련을 한 달 며칠씩 받았나. 거 나가서 육십밀리 포사격 반에 들어가서 그걸 하는데. 교육을 받으러 갔지. 가서 자래 죽었지. 광섭이, 정광섭이 하고 나라고 둘이 가서 사수 부사수 하는데 이 뒤로다가 산에 많다 많이야. 한 백 몇 명 모여들 앉았는데. 우리는 여기서 딴 조정을 여기저기 표지판이 있단 말이야. 여기서 쏘는 그래서 이걸 쏘니까 몇 발 쐈는데. 단포 한번 쏘니까 거기 안 갔네. 포를 안전장치를 잘해야 될 거 이렇게 받침 해서 처음에거 삐들 좌로 삐들어 져서 쏘면 그 탄막에 가서 떨어져야 하는데 이게 그 자격이 틀려서 그런지. 똑바로 가도 이쪽으로 가고 이쪽으로 가고 이쪽으로 가고 움직이지 않고 싸도 그러더라도 근데 이게 하나, 둘, 서이 넣는데 안 나가잖아. 아, 이게 큰일 났다. 광섭이가 큰일 났다 가만있어. 가만있어. 가만있어. 그래 안 나가는 걸 보더니. 이렇게 보니까 뒤에는 저 너머로다 다 싹 하나도 없어. 소대장만 남았어. 소대장이

"가만히들 있어. 가만히들 있어. 조금 더 기다려봐.",

"아니 안 나가요. 아니 벌써 나갈 시간이 지났어요?",

"응 그래 그러면 잘 흔들어서 쏟아봐."

그래서 가만히 [조사자: 쏟아야 되는 구나!] 포탄을 가꾸로 틀면 이 구녕으로 들어갔으면 구녕으로 돌로 나온단 말이에요. 그래 쏟으니까 쏟아지더라고요. 삽으로 갔다가 소대장이 여기를 파라고, 파고 거기다 묶어 놨지. 그래서 묶고 나서 소대장이 무조건 다 쏴. 다 조정하나 마나 뒤로 다 쏴. 다. 가져간 거 교작으로 가져가는 다 쏴 서랑 버리고도 왔는데 그게 불발이 되고 이게 아마 포탄이 움직여지지 않게 이렇게 되도요, 저가서 떨어지는 놈도 있는데 이쪽으로 가는 놈, 저쪽으로 가는 놈, 제 마음대로 가고 원점에 가서 안 떨어지더라고. [이종서: 그냥 간 거야. 화기 자체가.] 그래서 포탄을 쏴서 넘기면은 우리

아군들이 다쳐놓은 우리 포에도 가다 도중에서 떨어진단 말이에요.

[조사자: 사거리가 약해서] [이종서: 머리 위로 날아가야 하는데. 앞에 있는 우방 충주에서 떨어진단 말이야. 그게] 그러니까 이제 직사로 나가는 것은 이렇게 보고서 저 산 잔등에서 인자 건너 되고 쏘니까 난데. 곡사로 나가는 것은 산을 넘겨야 하니까 절대 글로 안 가요. 우리가 전방에 들어가서 엎드려 있으면 여기서 쏘는 게 좀 여기서 가만있으면 '쿵쿵'하고 소리가 들리거든요. 좀 있으면 우리 앞에서 떨어질 것은 간척게(가깝게) '쌕쌕쌕'하고 '빵' 떨어지면 터지고, 터지고 더 멀리 가는 건 '쌕' 하고 그렇게 떨어지더라고. 그래서 간척게(가깝게) 떨어지면 아군이 죽어요.

[13] 홀어머니에 독자였는데 군대에 가다

[조사자: 어르신은 형제가 어떻게 되십니까?] 저는 독자 돼도 갔어요. 독자 [조사자: 원래 안 가는데. 독자는] [조사자: 그러면 군대 가실 때 어머님이 얼마나 걱정을 하셨어요?] 하하하 근건 뭐 걱정하시는 것은 마찬가지지요. [조사자: 결혼은?] 어머니도 독자에다가 부모님이 나는 생일이 6월인데. 우리 어머님이 돌 지내기 전에 2월에 돌아가셨어요. 그래 가지고 그냥 이제. [조사자: 가실 상황이 아닌데.] 뭐 참 부모 얼굴도 지금 같으면 사진이라도 있지요. 사진도 없잖아요. 그때는 옛날은 우리 아버지가 어떻게 생겼는지 알지도 못하죠. [조사자: 그런 상황이면 어머님께서 군대를 안 보내시려고 도망 다니려고 이럴 것 같은데.] 에이, 다들 가는데 그걸 안 가고 있어요. 나중에 자식들 손주 될 거리들

"야! 너희는 군인 안 가고 했지."

갔다가 살면은 오는 거고, 죽으면 고만이고 그렇지요. 그래서 결혼을 일찍 했거든요. 지가 [이종서: 옛날에는 군대 안 가고 그런 집안은 지탄에 대상도 되었어요?]

[조사자: 결혼은 언제 하셨어요?] 원래 [이승근: 청문에 나가도 그거 하나는 까딱없겠다.] [조사자: 그것 때문에 다들 못 나가는데] 결혼을 일찍 해가지고 첫 아들을 낳았어. 그다음에 딸을 또 하나 낳아. 둘을 나 놓고 나서 갔다 오니까 학교에 댕기더라고. [조사자: 학교를 다녔어요. 언제 결혼하셨어요? 몇 살 때 결혼을 하셨어요?] 아니 모르겠는데 몇 살 때 갔는지. [조사자: 일찍 하셨구나!] 스무 살을 넘어서 갔으니까 하여간 결혼은 열여덟 먹어서 했단 말이에요. [조사자: 열여덟 살, 그래서 자식을 다 낳고 가셨구나!]

[이종서: 전쟁 할 적에요. 우리는 여기서 후방에서 그때 열아무살 됐으니까 땡기면서 전투하는 거 구경하러 다녔어요. 저 총 쏘면은 탄피 주우러 쫓아다니고 이제 그랬는데.] [조사자: 맞아요. 탄피 주우러 많이 다니셨나고]

[이종서: 그래 뭐 의문점이 뭐냐면 저 걔네들 그 작전 쓰는 게 이 산에 올라가서 피리 불어 또 저 산에 올라가서 총 쏴 이렇게 혼동을 만들더라고 그리고 저기서 총 한 방 쏘고 이쪽에서 쏘고 산지사방에서 혼합을 시켜나 그래서 포위를 시키는 거야.] [조사자: 인민군이] [이종서: 걔네들 작전이 아주 꽹과리 치고 뭐 요란해요. 무당 굿하는 것 같아요.] [조사자: 그런 걸 보셨구나!] 어 걔네들 뭐 그렇더라고 [이승근: 몇 년 생이세요?] [이종서: 6.25때, 41년생] [이승근: 41년생이라 보셨구나!] [조사자: 그래도 많이 보셨네.] [이종서: 다 쫓아 다녔지.] [이승근: 한 41년생이면 11살 정도 되셨겠네.] [이종서: 아홉살] [이승근: 근데 6.25 때 피난은 우리는 참 진짜배기 피난해봤어. 일사 후퇴 때는 피난이 아닌데. 한강이 얼어가지고 걸어서] [이종서: 총 쏘면 아무 데나 가서 이렇게 구부리고]

[조사자: 어르신 피난 얘기 잠깐만 들려주십시오.] [이승근: 우리 집이 신갈동인데](이상현 화자 말씀으로 잠시 중단)

[14] 유공자 연금이 적은 게 아쉽다

[이상현: 내가 정부에 정치에서 흉을 봐야 하겠는데. 우리가 괜히 그렇게 내가 괜히 그렇게 했단 말이야. 죽으면 큰 보상을 받는다고 슬슬 부산까지 가서 편안하게 있었으면 다 뺏겼던지 어떡하던지 죽지들도 않고 보상안하고 다 그냥 여기 삼팔선이 지금 삼팔선이라고 쓰여 있잖아. 여기서 홍천으로 해서 들어가면은 홍천 신 남지 지나서 골로 삼팔선이라 쓰여 있는데. 거기서 인제 거기서 얼매를 더 들어가, 따 뺏어 났단 말이야. 우리는 지금 6.25 참전 용사라고 6.25 참전 용사 수당을 저 돈을 주는데 처음에 5만원 줬나. 그런데 올라가지고 12만원씩 주더니 1월에는 더 올려서 주는지 몰라도 15만이더라고. 15만이면 자기네 높은 사람 커피 한 잔 값도 안 되는데. 이까짓 거 주느냐고 다 죽고 몇 사람 남지도 않았는데 왜 그리고서 흉통을 하는 거예요.]

[15] 이승근: 영등포에서 화물기차 꼭대기에 올라 피난을 가다

[이종서: 거 (이승근화자를 가리키며) 피난 얘기 좀 한번 해주세요?]

[조사자: 어르신 저기요. 성함을 먼저 말씀해 주세요?] 이승근 [조사자: 이자 승자 근자요. 연세가?] [이승근: 예순여덟] [조사자: 그러면 몇 년 생이시지.] 45년생 해방둥이. [조사자: 예, 그럼 저기 말씀해주세요?] 그때가 어렸을 땐데. 신당동 집에 있을 때 우리 아버님이 외부일 보시다가 막 들어오더니 빨갱이들이 미아리 고개 넘어온다고 우리 어머니 보고 빨리 짐을 싸라고. [조사자: 서울 신당동이요?] 예, 그래가지고 부랴부랴 싸갖고 그때 기동차가 달렸어요. 저기 뚝섬 가는 광나루 달리는 전철, 그때 그걸 타고 광진교, 광진교까지 가가지고 광진교 가게 되면 중간에 그 다리가 있어요. 계단이 옛날 광진교 그 계단 내려가면 백사장으로 해가지고 광나루로 간다고 걸어서 간 게 하남. [조사자: 하남, 다리 건너면?] 다리 건너면 하남이지. 고골 이라는 데가 있어. 고

골 거기 방앗간 디딜방아 거기로 피난을 갔는데. 그때 몸이 아파가지고 우리 아버지가 나를 데리고 서울을 왔다 갔다 했다고 치료하러 한의원을 그때 그 기동차 안에 인민군이 있더라고. 과자를 주더라고 애들이고 그때 배가 이렇게 불러가 지고 치료하러 다녔는데.

그러고서 집에 들러서 뭐 필요한 것 있어서 가지고 가고. 구입할게 있다고 해서 서울 저기 수복됐다고 연락이 와서 다시 나왔어. 신당동에 오니까 집이 없어. [조사자: 집이 없어.] 폭탄 맞아가지고 어디가 뭐 주방이고 어디가 뭐 변소고 이게 뭐 그냥 재가 돼버린 거야. 그래 가지고 금호동 어디 가서 빌려서 있다가 그때 또 겨울인데. 또 피난 가야 된데. 그때 무척 추웠어요. [이종서: 이건 일사후퇴네. 두 번째 피난] 걸어가 지고 한강 끊기고 얼음이 얼었으니까 걸어서 영등포까지 간 거야. 이제 밤에 영등포를 갔는데. 기차가 짝 있는데. 화물차, 화물차 꼭대기에 올라가는 거야. 화물차 꼭대기에 피난민들이 쫘-악 있어. 근데 그 와중에도 김밥 장사가 있더라고(웃음) 그래가지고 김밥을 살라면 왜 어린애들 허리 맬 때 그 포대기하고 여기 끈 있잖아. 돈을 싸서 내려 보내 주면은 거기에다 김밥해서 올려 보내 줘요.

[조사자: 포대기 끈을 그렇게 이용하셨구나!] 그래서 떠났는데 며칠 있다가 떠났는지 그건 모르겠어. 가다가 보면 저 앞에 있는 사람이 막 이런다고(팔을 아래로 흔들며) 그러면 전부 엎드려 [이종서: 고개 숙이라고] [조사자: 터널 나오니까] 굴속에서 빠져나오면 얼굴들이 전부 다 시커머. 석탄 그래서 우리 아버지님 어떻게 누구하고 교섭했는지 화물차 안으로 들어갔다고 짐이 잔뜩 있는데 공간이 있어. 우리가 그때 네 식구가 그랬었는데. 그럼 가다가 비행기 뜨거나 뭐 하면 기차가 서요. 역전 아니더라도 아무 데나 선다고. 그러면 서가지고 가만히 있어. 그럼 우리 아버지가 냄비 가진 것 들고 바깥으로 나가요. 논 철길 옆으로 거기서 밥을 해요. 밥을 하다가 '삑-' 소리가 나면은 도로 올라와요. 밥이 되느냐. 그렇게 몇 번을 해서 겨우 밥을 먹는다고. 그래가지

고 며칠을 걸렸는지 모르겠는데. 부산쯤 이라는데 내리니까 거기 군인들인가 소독통을 메고 다니면서 이런데다가 막 DDT 그것만 뿌리더라고. 그러면 밀가루 범벅이야.

[16] 열여덟인 작은 형님이 해병대에 자원입대하고 곧이어 전사통지서를 받다

다음 날인가 다음 날인가 부산 영도, 영도에 수용소를 지어 났더라고 영도 수용소 가가지고 그때 우리 둘째 형님이 18살인데 군대를 입대했어요. [조사자: 아휴, 열여덟인데] 집에서 막 못 가게 말리고 신발을 감춰났는데 맨발로 가서 학교 담을 넘어가 지고 신체 검사하는 데로 그래 가지고 해군, 아마 우리나라 해군 1기 이 정도 될 거야. [이종서: 초창기지] 그리고 해군에서 근무하다가 해병대로 편입되면서 그 인천 상륙작전 이런 것 지금 개성 밑에 장단

지역에서 전사했는데. 수병이더라고, 계급이 수병 그래 가지고 그 영동에 있다가 또 와가지고 뭐 거의 다 넘어왔다고 들, 거제도 까지 피난 갔었어요. 거제도. 거제도 갔다가 그때 거제도 갈 때 LTC? [조사자: 예.] 아가리 배라고 있잖아. [조사자: 엄청 많이 들어가는 거] 그걸 다 실어 주더라고. 그래가지고 거제도 가니까 또 수용소를 지어 났어. 거기서 내가 유치원을 다니다가 다시 부산으로 왔는데,

그때 우리 둘째 형님을 휴가를 나온 거야. 그게 나를 엎고 극장도 가고 그랬었는데. 그때 그 형님이 그러더라고

"아무래도 이번에 가면 힘들 것 같다고."

[이종서: 예감을 하셨구나!] 그때 당시에 휴전을 막 할 때 많이들 도피를 했대요. 우리 작은 아버지가 그때 초등학교 교장이었는데.

"난 네가 어차피 지금 어린 나이에 나라를 걱정해서 나갔는데, 끝까지 지켜야 하지 않느냐?"고 그랬더니.

"알았어요."

하고 갔는데. 가고서 한 십오일 있다가 내가 학교 가다 오니가 울 어머니하고, 아버지가 울고 있어. 보니까 진짜 전사 통지가 빨개요. 글씨가. 그 전사 통지서하고 훈장, 그다음에 손톱 뭐 그런 것 인식표 뭐 이렇게 와 있더라고. [조사자: 왔어요.] 그래도 내가 초등학교 3학년 때 다시 서울 올라갔지.

[17] 부산에서 미국인들의 초콜릿을 주우러 다니다

제일 기억 남는 게 기차 꼭대기 [조사자: 그때 추웠겠네요?] 어휴 일사 후퇴 때 말도 못하지 한강이 얼어 가지고 걸어서 건넜는데. [이종서: 그러고 그때는 열악해 가지고 난방 옷이 엄청 추웠어요. 지금 이게 모든 게 이 감이 웬만한 추위는 이길 수 있는 옷 아닙니까? 옛날에는 제일 그렇게 따뜻하다는 게 솜바지 저고리 그게 제일 최고로 좋은 거야. 그거 벗어 놓고 딴것 입으면 추워

서 밖에 나가기가 힘들어.] 그게 부산 때 있을 때 보면 미군 기차가 들어온다고 그러면 우리 같이 요만한 애들 1, 2학년 자리들 전부 질 푸, 영화에서 보면 외국에 전쟁터를 어린이들 똑같아요. 전부 누더기 옷 같은데다. 뭐 그러고 "Hello, Hello 초콜릿, 초콜리트" 그런다고.

[이종서: Hello 짭짭, Hello 짭짭했지요. 뭐!] 그러고 초콜릿 같은 거 껌 던져준다고 그러면 그거 주스러 간다고 정신들 없어. [조사자: 그러셨구나!] 근데 그런 거를 우리 때까지는 그런 걸 느꼈어요.

[청중: 아휴, 지금은 이 꼬여서들 이겨도] [청중: 아휴 이끼다, 이끼다 내가 벗어서 빗자루 쓸려도 봤는데] [청중: 이러하고, 이러하면 이야.] 삐쩍 마른 놈이 삐쩍 마른 놈이 키는 커다래 미국 놈처럼

(이가 있었던 이야기, 소독통 뿌린 이야기를 여러 화자가 동시에 이야기함.)

[18] 부산에서 어머니가 다라에 석유를 팔며 살다

[조사자: 부산에서 피난 생활 기억나는 얘기 있으며 조금 더 해주세요? 먹고 살기 힘들 거 아니에요?] 근데 나는 막낸데. 형이 다섯이고 그래서 층아가(나이 차가) 많이 나가지고, 형들이 그때 기름 계통에서 일하고 그러셔 가지고 먹고 사는 거 우린 모르겠어. 그렇게 어렵게 살아 본 것 같지는 않아. 그냥 뭐 꼬맹이니까 어른들 하는 대로 따라다니고 그때 3학년 때 신문 배달 해봤나. 그리고 우리 어머니는 석유, 석유를 다라에다 담아 가지고 석유 팔러 다녔어요. [조사자: 석유 장사를 하셨구나!] 그래가지고 댓박에 끈 철사 달린 댓박이 있어. 동그란 거 그거 하나에 얼마씩 해가지고 이고 다니면서 석유를 팔러 다니더라고. [조사자: 석유 파시고] [이종서: 왜냐면 옛날에는 석류, 하얀 등잔 키느냐고 하얀 등잔, 도자기로 만든 하얀 등잔이 있었어요. 집집마다 그걸 밤새도록 해서 심지를 이렇게 해가지고 밑에는 석유야. 심지를 빨아 드려서 그 위에서 불을 붙이면 이제 불이 되는 건데. 그 후에 나온 게 뭐냐면

호야라 그래 가지고 유리로 다가 남포해가지고 요렇게 해가지고 그거는 공기가 안다니까 피면은 밝기 10배 20배 되지 확 전기 담아 같은식으로다. 근데 그것도 끄름이 있어가지고 밤에 덜 놓으면 밤에 그걸 키고 공부를 하면 아침에 코를 풀어보면 새까만 거요. 콧속이. 그 끄름에] [조사자: 둘째 형은 너무 가슴 아프다] 네.

[19] 조동하: 모를 심다 피난 오는 사람을 보고 경강을 건너다

나는 생각을 하면, 그때 6.25가 25일 날 났잖아. 6.25가 25일인데 그때 그 해에 무척 가물었어요. 가물어가지고 모를 못 냈는데. 내가 가평 줄기2리에 살았는데. 줄기리서 가평 동네로 넘어 댕기는 길이 있어요. 거기 큰 고개라고 고개가 있었는데 [이종서: 북면] 그리 넘어가면 바위고개라고 있는데 거길 넘어가면 개봉이라는 된데 거기 넘어갔는데 거기 그때 그 비가 하도 않아가지고 묘를 늦게 냈어요. 그 6.25사변 나던 날. 고 전날 조금 와가지고 그걸 또 모를 심으러 저 줄기하는데. 넘어 넘어가서 모를 심고 점심을 먹으러 집으로 오니까 그 고개 너머에 큰 고개라고 했는데. 거기가 갈고개가, 그 고개를 이렇게 보따리, 보따리 해가지고 여자들이 이렇게 이불 보따리 옷 보따리 이고 넘어 오더라고요. [이종서: 피난 가는 것처럼] 피난을 넘어온 거야. 그 너머 오는데 보니까

"아이 큰일 났네. 모고 뭐고 빨리 피난을 가야 된다"데.

피난을 가길 어디로 가요. 그때 가길 어디를 가요.

그래서 모 심자마자 점심때 왔는데 아! 저 인민군 놈의 새끼들이 총을 쏴가지고 맞았다는데 여 뒤꿈치 고무신 검은 고무신을 신었는데. 여 피가 질척질척해 여 뒤꿈치가 맞아 가지고 [조사자: 맞으셨어요?] 아, 거기서 넘어온 사람들이지. 피난민들, [이종서: 피난민 중에서] 그런데

'아이고! 모고 뭐고 다 집어넣고 피난 가야겠다.'

거기서 가평 줄기에 경강을 건너면 [조사자: 경강] 그때는 배로 건넜어요. 배로. 배로 긴너가는데 건서 가가지고. 뭘 도망을 가요. 그럭저럭 다리 밑에 경강 다리 그 위 꼭대기에 올라가 가가지고 조금 가면은 뱅기리라는 동네가 있는데, 뱅기리 건너편에 기차 이 저 개울 그니까 거기가 건능골 인가봐 거기가 아마 이렇게 큰 노깡을 크게 묻고서 글로 개울물이, 도랑물이 흘러가고 기차가 가고 그러더라고 그리고 거기서 하루 저녁을 잤어. 밤에 자고서 그 이튿날 날이 새는데 가긴 뭘까? 그냥 인민군이 와서 다 나왔는데, 아, 그래서 그냥 배를 타고서 건너오려고 그러니까 인민군 놈들이 그 아주 그저 산에 강 건너에 가득해. 노랗게 붙었어. 그냥 배에다 되고 그 따발총인가 있잖아. '다 따다다.' 하는 거 [이종서: 맞아요. 게들은 그런] 그놈을 들이갈기는데. 막 쏘아지는 것 같아. 그러니까

'아! 전투다.'

엎드려도 뭐 엎드려도 맞지 맞기야. 근데 그 새끼들이 위협사격을 그렇게 하더라고 그래서 질러 갈 거는데. 할 수 없이 그래도 건너가야 되겠지. 건너가니까. 사람은 쏘지 않더라고 쏘지 않아서 건너가는데 빨갛게 나온 데 그 새끼들이 뭐야 거의 뭐 뱅기리 밑에 앵두골 이라는데 나오는데 거기 아주 우주 배를 타고 막 나와 그런데 그 새끼들이 막

"국방부는 어디 갔느냐?"고 말이야.

묻더라고 그 새끼들이 국방군.

"우리는 못 봤다."고.

아 근데 그래가지고 그냥 그때는 국방부 그때 보지 못했지. 뭐 언제 뭘 어디로 도망가는 줄 몰라. 아휴 그 난리를 치고 볶아치는데. 참

[이종서: 근데 피난을 혼자 가셨어요? 아니면 가족하고 같이?] 아니요. 가족끼리 다 갔지요.[이종서: 아 그러셨군요.] 다 그냥 간 게 강하나 건너간 것밖에 없어요.(웃음)도로 건너온 거에요. 건너와서 [이종서: 먼저 와서 있으니 그거

뭐] 그냥 와서 포위를 하고 있는데 가길 뭘 가 아이고 그 난리를 치고. (웃음)

[20] 이승근: 거제도 피난민 수용소에서 살며 미국 영화와 위문공연을 보다

거제도 거기 있을 때 거제도 자서는데 포로수용소가 있었다고 우리는 지세포에 있었는데. 낮이면 트럭에 포로들 잔뜩 싣고 지세포로와 지세포에 모래가 많아요. 그러면 모래를 퍼가는 거야. 새로운 막사 찍느냐고 그러면 구덩이가 무지하게 커. 파가지고 간 구덩이가. 그러면 밤에 물이 들어왔다가 나가면 동네 사람들이 피난민들이 그 횃불을 하나 들고 나가 그러면 그 구덩이에 갈치 새끼 뭐 게 뭐 무지하게 많아요. 그 구덩이 파 놓은 데가. 근데 웃긴 게 그 포로들이 작업할 때 양놈 녀석들은 양색시하고 수용하고 있어. 포로들은 그거 저 뭐야 모래 퍼 나를 때. 하루에도 한 수십 차가 와 거기를 [조사자: 모래를 푸러?] 모래를 푸러, 그래가지고 장승포 거기 지금도 있잖아요. 장승

포 포로수용소 역사관이 있다고 거기가 집 짓느냐고 거의 매일 오더라고 매일. 그러고 그 사람들이 참 못 한 게 거기에도 고아원이 있었어요. 그 미군들이 관리하는 고아원이 있었다고. [조사자: 고아원도 있었고] 저녁때 되면은 어쩌다 영화를 밤에 틀어 준다고 발전기를 가져와 가지고 그러면 고아원 애들 옆에 안 가려고 그래 방귀뀌면 방귀 냄새 어떻게 게네들은 뭐 통조림 같은 것 먹고 그래 가지고 [조사자: 다르구나!] 아주 독해요. 영화 해 주러 오고, 그 다음에 낮에 무슨 배가 들어와 해군들이 들어와 가지고 위문 공연. [이종서: 문화생활을 누리신 거야. 거기 까지 피난을 가셨기 때문에] 노래자랑도 시키고, 노래자랑도 시키고 지기들 와서 밴드 연습도 시키고 그러더라고 저기에다가 배 대놓고 보트 타고 나와 가지고

[21] 조동하: 어머니가 비행기 폭격에 돌아가시다

아휴, 6.25사변만 생각하면 참 기가 막혀 진짜 그래 가지고 아휴. 절대 전쟁은 일어나서는 안데. 누가 이기든 지든 어차피 피해는 어쩔 수 없더라고.

그리고 중국 놈들이 나와 가지고서도 중국놈 들이 나와가지고 그냥 그 말마차 끌고 말이 이렇게 세 마리가 말 마차 안에 서잇이 붙어. 셋이 가운데 하나 있고 양 가상 이에 생각이 나고 이러는데 웬만한 언덕 먹이에서 막 올라가 셋이서 끌면은 [조사자: 말이요?] 예, 그걸 끌고 말 마차를 끌고 오는데. 6.25 사변 나가지고 이 가평 줄기에서 몇 놈 죽었는데 그 폭격이 그냥 뭐 말도 하나 죽어가지고, 그걸 벗겨서 말고기도 좀 먹어봤지. 말고기도 좀 먹어보고 그랬는데. [조사자: 드셔 보셨구나!] 집이 그때는 뭐 거의 다 타죠. 뭐. 몇 채 안 남았었는데. 그래가지고 우리 어머니도 그때 폭격에 돌아가셨는데. [조사자: 어머님도요.] 예, 그 그런데 인민군, 중국놈들 나아와서 오면은 비행기가 나와서 다 관찰을 해봐요. 말 마차 이런 것들. 그 음력으로다가 정월 열 나흗날인데. 에이 열 사흗날, 열 사흗날 그 인민군이 와서 우리 집에 와서

우리 바깥채가 컸어요. 이게 저 안 채와 여덟 칸 얼마가 되고 [조사자: 큰 집이셨다.] 행랑이 있고, 저 광 있고 마구간이 있었고 그렇게 해 가지고 대 여섯 칸 자지요. 그래 가지고 거기다 말을 소를 매는 데다가 말을 세마리를 들입다 메 놓고 거기서 저걸 하는데 아, 그 이튿날 이제 그래서 게네들은 그걸 다 사진을 찍어 가지고 글루 보내야. 비행기고 다니면서. [이종서: 항공사진 촬영하지.]

열 사흗날 뭐야 그게 어떻게 됐냐면 비행기가 그렇게 띄더라고요. 자꾸 이렇게 도는 거야. 그런데 인민군들은 산에 가서 자빠져 자고 또 그 앓는 놈들이 있어 저 중국 놈 들이 앓는 놈들은 방구석에서 가지도 못하고 빠져 우리 앞집에 사는 자빠져 죽었어. [조사자: 앓는 사람이 있었구나!] [이종서: 앓는 사람이 몸이 아픈 사람] 그놈은 폭격에 맞아 죽었는데. 우리 어머니가 이제 우리 귀동냥 길에서 그걸 알거든요. 비행기가 와서 돌면 꼭 거기를 지나가서 폭격해요. 폭격을 꼭 하기 때문에 이제 우리 방공을 호를 저 산에다가 파 가지고 이렇게 하고서 멍석을 이렇게 깔고 흙은 나무를 내구성을 이따위 벼서 쭉 깔고 거기다 새끼 이런 걸 덮고 거기다 흙을 이렇게 쳐 났거든. 그래서 그렇고 문만 하나 요렇게 들어가는 문을 해놓고 그 안에서 멍석 깔고 짚 깔고 멍석 깔아 노니까 춥지 않아요. 겨울에도. [이종서: 그렇지요. 땅속이니까.] 거기서 살았어요. 그렇게, 그렇게 겨울을 사는데. 우리 어머니가 아주 고집이셔. 비행기 오면 뒤꼍으로 방공을 또 파 났으니까 글로 들어간다는 거야. 거기 있을 테니까 너네 가갔고 너네 가까고 오지 말라고 그래서 점심을 해줘서. 그래도 그때는 우리가 살기는 괜찮았어. 찰밥을 음력 정월 열 나흗날이라고 찰밥을 해가지고 이렇게 냄비 이렇게 싸서 주면서 가져가 먹으라고 방공포 가져가 먹고서 내려왔는데. 그때 저녁때가 됐는데 집에 땔나무가 없단 말이야. 땔나무가 다 없어졌어. 그래서 난 뒤꼍으로 저 위에다 뒷동산으로 땔나무를 하러 가고 그랬는데 해가 다 넘어갔지. 거진. 근데 올라가자마자 얼마 안 돼 안 올라갔어도 한 150m다 올라갔을까 그렇게 됐는데. 아, 그냥 비행기가 춘천 쪽에서 '쌕' 하고 내려오더니 들어 닥치자 말자 '다다다' 거리면 기관포를 쏘는 거야.

'아 이거 큰일 났구나!'

그러니 어떻게 뭐 거기서 막 나 저 구렁텅이로 막 뒹굴어 내려 간 거야. 이렇게 오거리니까 잘 굴러가 지더라고 아주 때굴때굴 굴러가는데 그 나간 같은 데로 막 굴러갔는데, 근처에 가 콕 박혔는데, 막 이렇게 움직여 보니까 어디 다친 데가 없어. (웃음) 아무렇지가 않아. 다친 데가 없더라고 아 근데 조금 있으니까 중국놈이, 한국 사람인데 중국군 따라다니는 놈이야. 막 쌀라 되고 기어 올라오는데 막 중국 놈 기어 오르고 그래. 저 폭격을 여기 했는데

"어떻게 사람이 죽지 않았습니까?"

"사람 하나 죽었어요."

그래, 그래 막 우리 어머니가 의심스러워서 막 내려 뛰었어. 막 내려뛰어 보니까 아니야 달라 우리 어머니 이제 사랑에 콩을 이렇게 그때만 해도 6.25 나가지고 인민군들이 쌀을 다 갇다 처먹고 쭉정이도 훔쳐다 처먹고 콩을 이걸 떨어가지고 그거를 또 이렇게 저걸 하려고 콩을 좀 사랑에다가 이렇게 널고 그랬는데. 아 또 그걸 떠는데. 이렇게 우리 내 동생이 하나 있었는데. 아홉 살 먹은 게 구석빼기에 이렇게 음목에 섰었데. 게는 섰고, 우리 어머니는 그걸 뭘 하려고 또 비행기가 어디로 멀리 돌아본다고 나와 보셨는데 나와 보는데 바로 뒤뜰로 들어오면서 갈기니까 이렇게 복부를 맞았더라고 복부 관통을 했는데 그냥 뭐 마당에 쓰러지셨는데. 뭐 아주 벌써 내가 내려오니까 그냥 조금 숨만 붙었지. 아무것도 못해. [이종서: 동생은 살고?] 동생도 죽었어. 그냥 둘을 업고 있었는데. 관통을 해가지고 [조사자: 그때 연세가 어떻게 되셨습니까?] 그때 열일곱 살 그렇게 됐지. [조사자: 열일곱 살, 연세가 어떻게 되세요?] 시방 팔십이에요. [조사자: 여든?] [조사자: 성함을 어떻게 되십니까?] 조동하.

[22] 스파이로 의심받아 중공군에게 끌려갔다 살아나다

아이고 그래서 가지고 겨울에 [조사자: 34년생이시구나!] 그래가지고 피난 나오는데 중국 놈들이 이제 그때 나왔잖아요. 중국 놈들이, 중국놈들이 나와 가지고 [이종서: 일사후퇴 때 중공군이 나온 거에요.] 중공군들이 나왔는데. 중공군들이 이쪽에서 피난하는데 아, 일본놈 새끼가 와서 방공에 들락 나락 하는데 아, 느닷없이 그냥 총 뿔을 그냥 그 방공호 끝에 확 들이대더니.

"나오라!"는 거야.

"왜 그러냐?"고 하니까,

"너 스파이 노릇 했다 이거야."

아군이 저 경강 그러니까 경강이라는 데가 저기 서천 거기까지 딱 들어왔드라고 들어왔었어, 그때. 그때 거기 들어와 있데. 아군들이 거기 있는데 그 때 하필 나는 거리를 건너가지도 않았는데. 그 옆에 사람들이 거기 배를 가지고 당긴 사람이 있었어. 경강으로 건너 댕기고 그랬어. 그런데 나줄 알고서 거길 와가지고 끌고 가는 거에요. 끌고 어딜 가느냐. 저 가평 북면가는 가일 고개라고 그 고개로 끌고 가는 거야. 끌고 가더니 이놈이 스파이라고 이제 말이야. 이제 중국 놈이 스파이라고 산꼭대기 높은 고지가 있는데. 거기다 대고 막 써요. 나는 중국말을 모르니까 모른다고 무조건 손으로다 막 이러니까. 말이 안 통화니까 인민군 장교를 불러내 뭐 하얀 줄인지 빨간 줄 친 놈이 두 놈이 내려오더라고요. 거기서 꽥꽥 소리를 지르니까 내려오더니 너 저기 내가 국방부 누가 있는데 네가 스파이 노릇 했다 이거야.

"아 난 그런 거 모른다고 그런 거 모르고 시방 우리 어머니가 폭격에 돌아가셔서 하도 저기 비행기가 뜨고 그래서 겁이 나가지고 반골에만 중창 있었는데 나는 그런 일이 없다."고

인제 그랬는데 중국 놈이 뭐라고 그러니까 인민군이 그런 일이 없다고 한다고 중공 놈한테 통역을 하더라고요. 그러지 않다 이렇게 얘 기해 한참을

물어보더라니 이제 아마 죽었나 보다 하고서는 이제 그러는데. 알았다. 그러는데 가라 그리더라고요. 근데 가라 그래 놓고서도 도로 쏴 죽였는지 알 수가 있어야지요. [조사자: 불안하겠네.] [이종서: 그 치 앞에서 안 쏘고] 아 그런데 이렇게, 이렇게 꼬불꼬불 한 산길이 꼬불꼬불 트러스 올라가잖아요. 꼬불꼬불 하는데 뭐 10m다. 20m, 30m다. 그래도 총소리가 안 나 그러니까 가만히 보니까 총소리 안 나는 거 보니까 쏘지는 않는가 보다고 꼬불꼬불 이렇게 뒤를 돌아보니까 거기는 보이지도 않아.

'이제 살았나보다.'

아이고 그래 가지고 그렇게 살았는데.

[23] 숨겨 놓은 물건들을 잘 찾다

[이상현: 난리에 피난들 나가느냐고 곡식을 묶고 나갔는데 중국 사람들이 와서 그걸 다 파먹었거든. 그걸 꺼내서 어떻게 묶고 나간 사람들이 못 파 갔느냐면 이렇게 비탈이란 말이야. 여기다 정구를 묶어. 싹 묶고. 다라치를 파, 다라치를 크게 파가 지고 후르르 다 이로 스르르 내려갔단 말이야. 여기다가 또 묶어 엉성한 걸 갖다가 그러면 지저분한 이것만 다 파 뒤집었지. 이 밑에 것은 절대 못 가져가는 거지.] [조사자: 아!, 위에 것만, 위장으로 이중으로 하는구나!] [이상현: 그게 경험이라고 그런 게 비탈이니까 첫 번에 여기에 좋은 걸 묶고 다시 우물을 파단 말이야. 우물을 파고 여기다 해서 슬쩍 묶고 갔는데 가보니까 뭘 놓고 갔거든. 파보니까 지저분한걸 거기다 묻었어. 그걸 다 항아리다 묻었으니까 끄내서 그걸 내 버려서 그 밑에 묻었으니까 그냥 주인이 와서 찾아가게 그렇게] [이종서: 머리를 굴렸네. 좀] [송병섭: 흙이 흘러 내리기 때문에 그 밑에다가 묶으면 절대 생각을 못하더라고요?] [청중: 항아리를 이렇게 부엌을 파고서 항아리를 이렇게 큰 거를 두 개 묶고서 거기다 쌀을 때려 넣고서 이렇게 그냥 또 다 이렇게 다 묻어 거기다 독대기 놓고 귀신같이 찾아

내] [조사자: 그것도 찾아내] 귀신같이 찾아내 그러고 저 그전에는 이렇게 시방 도 잊지만, 더러 밭 돌판에 돌담불이 돌 돌담불 있잖아. 그런데 거기를 파고 거기다 항아리 같다 넣고서 쌀 같다 묶어 놓은 것도 귀신같이 찾아내. [이상현: 그건 돌이 그냥 이렇게 있던 돌아 하고 달았던 돌하고는 보면 대번 알거든 그러니까 다 파가지 그런 게 이런 비탈에다가 여기다가 중요한 거를 묶고서 고 다음 치를 짝 파고서 거기다 잔뜩 묶어 놓으면 신호 올 때까지 뭐 이렇게 갖다 묶어 놨는데 그것만 다 꺼내 서랑 너절하게 그 밑으로 다 흘러 났지. 저 북한놈들 봐요. 삼베를 좋은 거 해서랑]

[24] 중공군이 들어와 군인을 찾다

[이종서: 그전에 여기도 중공군 들어왔었나.] [조동하: 아휴, 여기도 뭐] [조사자: 그 말씀 해주시는데.] [이종서: 우리 그저 뒤에 방공 중공군이 총 맞아 죽었다면 우리 집 뒤에]

[조동하: 거기도 하나 죽었어. 중국놈이 1.4후퇴 때 그때 나오는데 그때만 해도 강물이 그렇게 얼어붙었어요. 여기가 이 알로 저 건강 그쪽으로 제 얼어가지고 그랬을 땐 [청중: 엄청 추었을 때야 그때가] 중국 놈들이 일사후퇴 때 나올 적에 이저 황악산에서 그 아군들이 그때 후퇴를 하는데 그때 어디까지 나왔느냐면 용문까지 후퇴를 했어. 그때 이 군인들이 그래가지고 밤새도록 길을 나오는데

"아, 피난을 가야 한다."고.

그래 가는데 강을 뭐 저 얼음으로 건너가서 안방 골이라고 저 아래 도치골 아래 안방골 색골이라는 데가 있어. 겨우 거기까지를 갔어. 거기 갔는데 아, 뭐 이제 젊은 사람들은 이제 다 나가고, 그때만 해도 난 나이가 좀 적고 그러니까 그때 그래가기고 그걸 거기서 자는데 어머니허고. 자는데 한 새벽 한 여덟 시 되어 가는 것 같아 거기 날이 먼동이 트는 것 같애, 그런데. 문을

바깥에서 왜 '쾅쾅' 소리가 나. 그런데 총을 두 방 팡팡 쏘더라고 쏘더니 문을 팔딱 여는 거야. 사랑방에 방을 얻고 자는데. 한 총 소리가 들리더니,

"국방군 없느냐?"

이거야. 보니까 요새끼들이 중국놈의 새끼들이야. 거기에 한국놈을 새끼들이 껴있더라고. 그런데

"없다."

고 그러니까 이불을 덮고 자는데 이불을 걷어 차보라고 그러더라고. 보니까 난 그때만 조그만니까 요렇게 잔뜩 꾸부리고 있으니까. 조그마치요.(웃음) 우리 아들 조그마니까 요렇다 그러니까 알았다고 끄떡 끄떡해.]

[25] 이승근: 형이 인민군에게 끌려가다 다리를 절어 버려지다

인민군들 후퇴하면서 많이들 끌고 갔나봐. 고골 있을 때도 고골에 방앗간 거기서 살고 있는데 밥을 할 때쯤 되면 인민군들이 와여 와서 조사를 해요. 쌀밥 같은거 해 먹으면 큰일나요. 위에다가 저 밑에다는 쌀을 있어도 위에다가는 막 저 뭐 이상한 곡식 집어넣고 근데 막 뒤져 이렇게. 근데 그때 우리 맏형님이 부스럼이 나가지고 다리를 못 쓰고 있었어요. 이런 데가 제대로 근데 인민군이 들어와 가지고 우리 맏형을 끌고 간 거야. 그래 집에서는 초상났지. 끌려가면 다 죽는 거 아니면, 근데 며칠 만에 왔더라고 맏형님이 우리 어머님이 물어보니까 그러더래. 가다가 형이 자꾸 쓰러지고 다리가 아프니까 주저앉고 그러니까는

"빨리 가자!"고.

그냥 총을 뿌리를 갔다가 들이 대니까 할 수 없이 끌려가고 끌려가고 하니까는

"야! 저거 끌고 가기도 힘드는데, 그냥 쏴 죽이고 가자고."

그니까는 그 사람이 있다가

"야! 지금 총알 하나가 아까운데, 어차피 저거 끌고 가도 죽을 건데 뭘 총을 쏘냐!"고

"개천에다 집어 던지라."고

개천에다 밀어 덮쳐가지고 서는 거기서 부터 살아가지고 걸아 가지고 피난처 까지 오셨다고 그러더라고. [조사자: 그런 분도 계셨구나!] [청중: 부스럼이 살렸구만.] 다리를 제대로 못쓰니까 [청중: 제대로 못쓰니까] 끌고 가려니까 부담스럽고 총을 쏘래니 그때 싸우는 과정이라 총알을 아깝고 그러니까 끌려가기 힘들고. 어차피 죽을 건데 그냥 여기 개천에다 처 박고 가자고 개천에 확 밀어 버리데. 그래서 살아가지고 집에 까지 온거야.

[26] 조동하: 맨손으로 인민군을 때려 잡은 사람이야기

그래 맨손으로 인민군을 때려 잡은 사람도 있었어. 두 명이서. 조연규라는 사람이 그전에 목수도 하고 힘꼴이나 쓰는 사람이야. 아주 단단해요. 그런데 아 인민군이 패전병 한 놈이 들어 와 가지고는 거기 들어가는 질(길)을 모르니까,

"길을 좀 가르쳐 달라!"고 그러더래.

길을 가르쳐 달라고 그러더래 저 놈의 새끼가 이북으로 꼭 끌고 갈라고 그러는 것 같더래. 그래서

"나는 허리가 아파서 지금 지팡이 짚어야지 그냥은 못간다."고.

작대기 하나를 짚고서 갈라고 하는데 이쪽은 저 가에 위에로 가는 큰고개가 있고 이쪽에 작은 고개가 옆에 또 고개가 있어 이로 가면 바투다고(가깝다고) 그러니까 글로 가자 그러더래. 가다 가만히 보니까요, 새끼가 총은 미고 가긴 가는데 이걸 어떻게 해쳐야 되겠는데 이놈이 딱 한 놈이니까 해치긴 해쳐야 되는데 어떻게 해치나 이 도랑이가 올라가가지고 요 고 바위가 있는데 이렇게 계단을 올라가다 거기 올라 쓰면 그 밑이 놈은 이렇게 얕으니까 이 작대이 튼튼한 걸로 총은 가졌으면 뭐해 미고 가니까 그냥 돌아서면서 거기

사 대가리 싸잡아 때렸는데 그냥 팍 꼬꼬라 지더래. 죽으라고 팬 거야. 그냥 하도 쎄게 때리니까 팍 꼬꼬라지지. 거기다가 그냥 돌로다가 돌남을 이렇게 싸놨어. 나중에 죽었다고 그래서 가보니까. 그랬는데 그 총을 뺏어 다가 또 그 소련장총 그걸 뺏어다가 어디다가 묻어놨더라고 그걸 나중에 아군한테 얘기해 가지고 그걸 찾아서 갔대. 소련장총.

[이상현: 집에 숨는 것 그렇지만 구덩이 가서 숨는 건 개굴창에 가서 숨는 것은 90%로 붙들릴 수 있어. 불거지면 산에 여기 가서 숨어야지 여가서 앉아 있어야지. 그랬다가 만약에 나타나면 요리 살짝 피하고 저쪽으로 오면은 이쪽에서 나타나면 요쪽으로 피하고 그렇게 숨어야지. 구렁청에 숨었다가는 90%로 붙들려요. 어디로 갈 때가 없거든. 갈 때가 없잖아. 사람 사람이 붙들려 오는데.] [조사자: 어르신(이상현 화자) 도망 다니시는데 아주 전문이시구나!] [이상현: 절대적으로 장중에 가서 숨어야지. 계곡령에 절대 숨지마. 안만 무식해도 그거는 안만 못한 거요. 진짜]

[조사자: 어르신 그러면 전쟁 끝나고 군대 가신 거예요.] 우리는 끝나고 다 그러고 끝나고 군대 갔었지. [조사자: 그러셨구나! 그래도 어머님이 숨겨 주셔서 인민군한테 끌려가지 않으신 거네요.] 한번은 뭐 끌려가길 끌려갔었죠. 끌려갔다가 어떻게 빠져나오긴 나왔어. [조사자: 궁금하게 하시네.] 그놈들한테 끌러 갈 뻔 했어요. [조사자: 어떻게 끌려갔다 나 왔는지 아주 궁금해요.]

[27] 유병원: 집으로 자꾸 도망가는 강아지를 잡느라 삼 십리 가는데 사흘이 걸리다

저는 피난을 못 가고 삼일을 갔다가 간 게 삼십리를 갔어. 피난을 간 게 삼십리를 갔어. 사흘을 간게. 아니 그게 왜 그랬냐. 처음에는 하루 피난을 갔는데요. 위에 박지박골이라고 있어요. 바위 골이 있는데 방풍 반만 해. 근데 아버님이 소 한 마리 끌고 집안 식구 끌고 그리 가더라고 그런데 해가 지

니까 바위골인데 전부 깜깜하잖아 촛불이 있어요. 뭐가 있어요. 그래서 밤중에 더듬더듬 내려왔어요. 내려와서 하루 저녁 자는데 춘천 시민들이 이 고개를 넘어오는데 삼사일을 갔다가 계속 넘어왔어. 고개로다 이래 해가지고 홍천으로 빠져나가느냐고. 그래 인자 우리도 그 이튿날 피난을 가자고 준비해서 나가는데 소에다 쌀 싣고 뭐 싣고 가는데 강아지가 요만한 새끼가 눈에 밟히는 걸리는 거야. 같이 있던 게.

그래 강아지도 끌어안고 저는 이불 보따리 하나 짓고 그러고 쫓아가는데 가다가 팔이 아프니까 에에 이러면 쫓아 올 줄 알고 놓고 오면 집으로 내 빼는 거야. 가다가 이불 보따리 내려놓고 또 쫓아가서 데리고 가. 저 밑에 산모퉁이 갔는데 한낮이 넘겨 걸린 거야. [조사자: 그래서 오래 걸렸구나!, 강아지 때문에] 그러다 그래서 해서 간 곳이 지금 소주고개 그 터널 뚫는데 거기 가니까 해가 지는 거야. [청중: 그렇지요.] 거기서 하루 저녁을 자고 이튿날 가가지고 신일 이라는데 위에 가 우리 외가집이에요. 거기로 갔다가 되돌아온 거야. 피난은 그걸로 끝난 거고.

[28] 중공군은 닭 한 마리를 잡아가고, 아군은 소 한 마리를 잡아갔다

인민군이나 중공군은 들어가는 것은 말 안 해. 나가는 것만 말하지.

"우리가 해방군이 들어왔기 때문에 안심하고 가서 이제 생활하라!"

고 그러지. [조사자: 그렇게 말하는구나!] 들어가는 건 무조건 환영이야. [조사자: 나가는 것만 잡고] 나가는 것은 조사하고 나가지만 들어오는 건 전우를 반겨 준다고 해서 아주 좋아한다고 [조사자: 마을에 들어 올 때는 아주 좋아하는구나!] 마을에 와가지고 그 이리 밀면 이리 바람 부는 대로 따라 흔들리는 거야. 아군 들어오면 아군 편들고 중공군 들어오면 중공군 편들고 근데 그 중공군이 취사병인데 하도 밥통을 미고 댕겨서 뭔가 좀 삐뚤어 졌어. 그런 사람이 세 번 네 번 왔어요. 그러니까 들어가다 나갔다가 너 더, 더 번 됐다는 얘기야. [조사자: 그 사람이] [청중: 후퇴와 전진을] 그러니까 그 사람이 오면은 아주 좋아해. 밥도 이렇게 물바기지로 퍼다 주고 아주지 아들 모양 주었던. 중공군 적군도 아주 친밀한 사람 있더라고. 그 반면에 이 저 휴전 아군이 들어와 가지고 했는데 우리 그 큰 소 있었는데 아군한테 그 소를 뺏긴 거야. 그러다 보니까 이거는 인민군 저기 아니라. 아군 새끼들이 아주 죽일 놈들이라. 그러한 개념이 들어가더라고. 그 중공군은 와 가지고 닭을 한 마리 잡아갔어요. 우리 닭을, 닭을 잡아가는데 뭐라 하냐면,

"이승만이가 총을 빵 사가지고 이걸 먹어야한다."

얘기야 그러한 말 표현을 해서 닭을 한 마리 붙잡아 갔어. 적군들은 닭을 한 마리 잡아가는데 아군들은 소를 잡아간다는 얘기야. 이건 안 되는 얘기지. 그 어린 마음에도 그 아주 아군을 못되게 봤어. 얘기도 없이 그냥 끌어가는 거야. [청중: 그치, 옛날에는 소가 재산인데.] 우리 어머니나 저나 매달려서 통 사정을 했는데 총칼로다가 죽이는 거야. 여기서 학교 밑에서 소 다섯 마리가 하루에 죽였어요. 군인들 들어 와 가지고 먹느냐고 그 중공군들 인민군들 절대 군법에 어긋나는 일을 안 해. 그 군대 갔다 오니까 뭐 군법인가 뭔가

알지만, 이걸 하는 짓이냐 안 하는 짓이냐, 이걸 얘기하는데 한국군은 아니야. 한국군 못된 짓 하는 걸 보면 아주 치가 떨릴 정도로 했다고.

[조사자: 근데 우리 영화 같은 데서 보면 인민군들이 나쁜 짓 많이 하던 데요? 국군들은 착한 일만?] 그건 영화니까.(웃음) [조동하: 그건 영화니까 그런데. 한국인이] [이승근: 그걸 반대로 하게 되면 심의 필 되겠어요. 그게] [조사자: 아! 그렇습니까? 전문 용어 나왔어. 심의 필] [이종서: 아까도 말씀드렸어요. 동료가 죽었을 때 끌고 내려오느냐 아까 말씀드렸잖아요. 절대로 못 끌고 내려와요.] [조동하: 그전에는 길이 시방 같이 안잖아. 시방은 아무렇게나. 6.25날 때만 해도 길이 좋이 않았어. 저기에 강 건너 길 도로 그거 나고 뭘 이런 데서 자동차 제대로 댕긴 데가 별로 없어요.]

[29] 수류탄피, 총탄피를 가지고 놀다

[이종서: 그래서 해방될 때까지 휴전될 때까지 내 여기서 들락날락 하면서 내 그러고도 안 죽었어. 죽을 짓을 많이 했는 데도 안 죽어. 총알 주서다 불 놓고 거기다 놓고서 저거 터지나 안 터지나 그런 짓도 했는데 총알 다 피해 나가고 한 열아홉 게 놓고 불났는데 하나도 안 맞았어.] [이승근: 옛날에는 그 수리탄(수류탄) 있잖아. 그런 걸 가지고 놀다가 그 땅속에서 나왔단 말이야. 그걸 가지고 톡톡톡 두드리다가 그게 폭발해 가지고 많이 다치고 손도 잘라지고 이런 얼굴도 다치고 이런 사람도 우리 동네에도 있었다고.]

[조사자: 그건 전쟁 끝나고 한참] [이승근: 전쟁 끝나고] [조사자: 폭탄이 안 날아가고.] [이승근: 아까도 내가 얘기했는데 우리 동네에서는 삼선교, 내 고향이 삼선교데.] [조사자: 네. 삼선교예요.] [이승근: 삼선초등학교 뒤에 요만한 산이 있는데 장마만 한번 지고 나면은 수리탄 방망이같이 생긴 수리탄 다음엔 총알 뭐 하든 뭐 장마만 한번 지면 해골바가지 자르르 쏟아지면 동네 얘들 제 주워다 통에다 담아 가지고 담아 가지고 담아 치기를 하는 게 아니라 총알

치기를 한다고 수리탄 하나에 총알 열게 이런 식으로 이게 수리탄은 오야야. 그다음에 총알은 새끼. 그런 것 갇고 놀았다고 해군에 가도 들고 다니고 그러고 이러니까 장마만 지면 묻어났다고] [조사자: 그게 장마만 지면 흘러나와요.] [이승근: 흘러내려 오고 집집마다. 총알, 수리탄 안 갖고 있는 사람이 없었어. 그래가지고 총알 까서 화약 나오면 배 아프때면 그걸 먹고 그러더라고] [조사자: 화약을 배 아플 때 먹어요?] [이승근: 옛날에 먹었지. 화약 가지고 불소 시게 하고 그랬어.] [조사자: 불소시 하고 그랬어. 불소시 없었을 때.] [이승근: 우리 초등학교 때는 뭐 맨 놀아도 전쟁놀이 그랬지 뭐] [조사자: 전쟁놀이] [송윤섭: 운동회 해도 그러고] [조사자: 운동회 해도 전쟁놀이 하고]

[조동하: 옛날에 수리탄이 그게 이상에 이렇게 뒤 그 내관만 안 치면 터지지 않아.] [조사자: 내관만 잘] [조동하: 이 대가지 뾰족한데 빼내도 괜찮아.] [조사자: 괜찮아] [조동하: 그 내관만 때리면 터졌다고] [조동하: 공이, 공이를 때리면] [이승근: 응, 공이만 안 치면 안 터져] [조사자: 그러셨구나!] [이승근: 수리탄 하나가 이만해] [조사자: 아, 그래요.] [이승근: 손잡이 달린 거] [조동하: 손잡이가 있어가지고.] [조사자: 방망이 수리탄 이라고] [조동하: 방망이 수리탄이라고 중공 국들이 방망이 수리탄이 그때 이렇게 나왔을 때가 딱 여기] [조사자: 하나씩 들고 다녔구나!] [청중: 두개씩 맨주먹으로도 나오는데. 이렇게 일개 소대에 총 한 자루 있거나 말거나. 장교들만 이거 빨간 줄 친 놈들만 권총 하나만 찼지. 그때 순전히 방망이 두 개를 다 있어. 나무개 달려있는거, 실 달려가 지고 던지기를 좋겠더라고 그게]

[조사자: 어르신(유병원화자를 가리키며) 성함이 어떻게 되세요?] [유병원: 유자 병자 원자] [조사자: 올해 예슨 여덟] [유병원: 일흔셋] [조사자: 그러면 몇 년생이세요? 어르신] [유병원: 41년생] [이종서: 현역들은 실탄 미고 올라가다 죽지]

[30] 송윤섭: 부모님이 피난민을 많이 도와주다

[조사자: 어르신도 얘기도 해주십시오.] 저는 뭐 아자 뭐 경상도 상주가 고향인데. [조사자: 상주, 곶감이 유명한데.] 우리 동네 앞산이 팔음산이라고 있어요. [조사자: 그러면 성함부터 말씀해 주세요.] 송윤섭입니다. 44년이고, 6.25 났는데 내가 일곱 살이니까 그 우리 앞산이 팔음산 이라고 있는데 그 산 하나만 넘으면 충북이고 우리는 경북이고 그래요. 그런데 전쟁이 끝나고서도 산이 깊으니까 공비들이 많이 숨어 있어 가지고 이따금 씩 국군들이 사격을 하고 이랬다고요. 그래 이제 저희들 동네도 피난 간 사람들은 별로 없었어요. 왜냐하면, 워낙 산골이고 이러기 때문에 [조사자: 산골이니까] 피난 간 사람이 없었고 그딴 타지에서 피난 온 사람들은 대개 많았어요. [조사자: 많고, 그랬겠네요.] 소 외양간이고 뭐고 어디고 헛간이고 전부다 피난 온 사람이 많았지. 전쟁 끝나고 갈 때는

"이 은혜를 절대 안 잊겠다."

갔는데. 가고 난 뒤에는 소식이 없었지. 근데 저희들 동네도 소 같은 것은 잡아가고 이랬는데. 우리 집은 닭을 좀 닭을 많이 키웠어요. 그래 이제 인민군들, 국군들이 오면 닭을 가져가고 닭을 잡아가고 이랬는데. 그때 아버지께서 연세가 있어 가지고 밤에는 집에 와서 일 좀 보고, 낮에는 뒷산에 가서 숨어있고 붙잡혀 갈까 봐. [조사자: 아버님은 그러셨구나!]

[31] 인민군들은 처음에 착했다

그렇게는 생활을 많이 하셨고 고 다음에 인자 인민군들 후퇴 할 때는 길을 모르니까 동네 이제 뭐 남정네들 길을 알리켜 달라고 해고 데리고 간다고요. 데리고 가가지고 못 오신 분이 두분 있고. [조사자: 길 알려 달라고 했다가] 그리고 우리 동네에 몇 분은 가다가 도망 가가지고 집에 왔고 또 이제 도망 오다가 붙잡혀가지고 맞아가지고 반병신이 된 사람도 많이 있었고. 그리고 이제 또 그 인민군한테 총 맞아 죽은 사람도 두 사람 있었는데, 그것도 길 안내하다가 어떤 말을 잘 못 알아들었는지 말을 잘 안들었는지 해가지고, 옛날에는 서낭당이라고 있었어요. [조사자: 서낭당에서] 돌무더기기 거기다 놓고 쏴 죽이고. 저 인민군들 하면 나쁘다 하니까 그저 뭐야 그 사람들한테 이 뭐야 뭐라 하노, 들어 올 때는 아주 착하더라고

"하이, 수고하십니다."

뭐 그 하여튼 제가 한 일곱 살 이러니까 확실한 건 모르겠는데, 이상한 과자도 주고 인민군들이 주고 그래요. [조사자: 인민군들이] 예, 인민군들이 주고,

"아! 이제 좋은 세상 만났으니까. 걱정하지 말라"고.

갈 때는 조금 있다 내려온다고 가더라고. 그리고 비행만 떴다하면 [조사자: 비행도 떴었어요?] 예, 비행기가 떴다하면 한국 하면 가들이 비행기를 제일 무서워했거든. [조사자: 비행기] 항공하면 전부다 다 숨고 그랬어요. 그 다시는 그때 장마철이라 비가 굉장히 많이 왔거든요. [조사자: 비가 많이 오고] 시

골에도 방공호를 전부 다. 다 파놨어요. 방공을 파놨는데. 비가 많이 오니까 맨바닥에 방공을 파니까 물이 들어가니까 방공호에 들어가지도 못하고 그랬어요. [조사자: 들어가지도 못하고]

[32] 6.25 끝나고 운동회 때 전쟁놀이를 하다

[조사자: 운동회 때 아까 전쟁놀이하셨다는데 어떤 식으로 합니까?] 그 이제 적군하고 아군하고 갈려서 가지고 [조사자: 학교 운동회 때 그걸] 초등학교 운동회 때요. [조사자: 6.25 끝나고요? 나눠서 가지고 어떻게 하셨어요?] 적군하고 아군하고 나눠 가지고 저 뭐야 복장은 그렇게 못 하고 나무로 권총을 만들거든요. 나무로 권총을 만들어 가지고 옛날에 보면 화약이라는 게 있어요. 동그랗게 해가지고. 요즘에는 그런 화약이 없지. [조사자: 있어요.] [청중: 딱총이야.] 조금 싼 거는 한 장씩 깨가지고 하나 넣고 '빵'하고 있는데 좀 돈을 많이 주면 이렇게, 띠로 이렇게 되가지고 연발로 쏘는 게 있거든요. 그래 가지고 이제 뭐야 이거는 인민군, 이거는 국방군 이렇게 갈라 가지고 서로 전쟁놀이 했어요. [조사자: 그러면 국방군이 항상 이기겠네요.] 그랬지요. 그렇게 했어요. [조사자: 그러면 서로 인민군 안 하려고 그랬을 가 아니야. 인민군 안 하려고 하고]

[33] 변정균: 중공군은 의심도 많고 정도 많다

[이종서: 여기 어르신 이야기 좀 들어보세요!]

내가 할 얘기 다 했는데. 그때요. 6.25 사변 때 남한은 이승만 박사고 대통령이 중공은 모택동이고, 소련은 스탈린이고 미국 투르만 대통령이거든요. 그런데 그 김일성이가 소련 스탈린한테 허가를 받아가지고 쳤어요. 혼자는 못 치거든요. [이종서: 그 모든 장비가 병기가 소련이었지 않습니까?] 네 번 들어갔다 나갔다 했어요. 네 번이야. [이종서: 후퇴와 전진을?] 막판에 중국에서 이내전술 내려왔잖아요. 여기서 압록강 다 달았는데 압록강 다 달았는데 안 되겠으니까 이내 전술이 내려왔어요. 이내 전술 내려 올 적에 맥아더 장군이 중국 본토를 치자고 그랬어요. 그러니까 투르만 대통령이 그때는 저 이 민주주의 하고 소년 공산이거든. 민주주의 하고 공산주의가 냉전 시대거든요. 냉전 그러니까 투르만 대통령이 세계 3차 대전이라면 온 세계가 다 받잖아요. 그러니까 대가리 아프다고 투르만 대통령이 맥아더 장군을 불러 드렸어요. 그때 맥아더. 장군 말을 들었으면 근데 그 다시에 미국 대통령이 캐너디 대통령만 같으면 쳐서요. 근데 투르만 대통령이 대가리가 아파서, 평화만 알지 시방 그래가지고 중국 본토를 안 쳐가지고 한이 되잖아요. 시방.

[조사자: 그러면 어르신을 6.25때 연세가 어떻게 되셨어요?] 열세 살이에요. [조사자: 그러면 몇 년 생이시죠.] 삼 팔 년생, 그러데 그때 우리 군대하고 인민군하고, 안 좋은 일을 했어요. 뭐 한국군이 들어오면 우선 소부터 때려잡고 저기 저 뭐 여자들만 건드리고, 중공군은 절대 나쁜 짓을 안했어요. 우리하고 적대신 싸웠다는 것이 만 유감이지. 중공군은 아주 절대 나쁜 짓을 안 했어요. 조금만 나쁜 짓만 했다 하면 대번 총살이에요. 대번 총살이에요. 중공군이 어떻게 의심이 많으냐면 곡식을 데워 내잖아요. 겉 부분을 쪄야 되고 쌀할 듯 뭐 밥을 해 달라고 해요. 겉 부분을 들춰내면 그거 찌어 줘야지 안 찌어 줄 수가 없어요. 밥을 하려면 처음 시작 할 때부터 그까지 먹을 때 까지 꼭 지켜봐요. 밥 푸는걸. [조사자: 거기에다가 뭐 넣을까 봐!] 그래가지고 또 그러고도 못 믿었으면 밥한 사람들 먼저 먹어 보라고 그래요. 그 사람들이 인정을 많아요. 그저 콩가루 이 마대가 우리가 먹을 것 없으면은 그거를 줘요. 먹으라고 인정은 많아요.

그래서 인민군들이 나와서 여기서 한해를 주둔했었는데. 논이고 밭이고 곡식 전부 죄 세요. 곡식 알을 전부 센다고. 한 포하면 몇 대 있잖아요. 몇 대가 있고 한 이삭만 있으면 평균이 나오잖아요. 그러면 한 평에 몇 포기씩 평균이 나오잖아요. 그래가지고 그 넓은 면적을 계산해 가지고 곡식을 논이고 밭이고 전부 셔요(세요). 센다고 그래 놓고 성과를 그 사람들이 가을에 추수할 때 자기네들 세금을 못 받아 가고 후퇴를 했지.

[조사자: 성함이 어떻게 되세요?] 변정균, 근데 그때는 뭐 우리가 안 먹은 게 없어요. 쓰레기통 웬만한 것 뭐 하듯 안 먹은 게 없어요. 그때 시절에는 메밀, 메밀 쌀 죽 쓴 거, 배가 고파 죽겠으면 먹지. 먹고는 [청중: 메밀 먹는 게 제일 나빠.] 그 때 시절에도.

[34] 바닥 빨갱이들 그리고 중공군에 대한 기억

그러고 아주 그 인민군 여기 나와 있을 적에 사흘 들어 회의야. [조사자: 회의를 자주 하는 구나!] 아주 만날 회의야. [청중: 아주 저녁마다 회의하는 거야.] [조사자: 사람들 모아 놓고 세뇌교육 시키는구나!] 바닥 빨갱이가 있어요. [조사자: 지방 빨갱이] 지방 빨갱이 그 사람들이 웬만한 거 전부 가르쳐 줘요. 제 가르쳐 줘요. [이종서: 앞잡이지. 그러니까.] 앞잡이, 그래 가지고 어디 어디 묻어논 거 곡식 묻어논 거, 지켜보지도 않았는데 어떻게 그렇게 잘 아는지. 제 가르쳐 주고 찾아내라고 [이종서: 걔들이 저기에도 빨간 완장 아닙니까? 완장만 하나 채워 주면 완전히 앞잡이 노릇하고 걔들 하수인 노릇하는 거야. 걔들이 무소불이가 되는 거야. 과거에 감정이 있었던 사람들.]

저 중공군은요, 꼭 밤에 이동을 해요. 낮에는 절대 이동을 안 해요. 꼭 밤에 이동을 해요. 그러고 저 인민군들, 중공군들은 낮에 꼭 행동하려면 하얀 치마 꼭 가지고 다녀요. 하얀 치마 가지고 다니다가 비행기만 떴다 하면 납작 엎드려 뒤집어쓰고 꼼짝 안 하고 있어요. 쥐죽은듯이 [조동하: 이렇게 하얀 거를 왜 사용했느냐 하면 그때는 눈이 많이 왔어요. 그해에] [조사자: 눈 때문에] [조동하: 눈처럼 똑같이 하느냐고 눈 있는데 가면은 하얀 거를 하고 검은데 가면 검은 거를 쓰고] 눈이 많이 왔을 때는 치마를 뒤집어 쓰고 있는데 그때 정찰기, 정찰기만 한번 돌았다 나가면은 때리는 거야. [조사자: 폭격이고] 정찰기가 한번 돌았다 돌다 가면은, 그러면 포가 날아와요. '휘휘휘휘 '포가 날아와 떨어지면 두 말씩 두피씩 하면, 거기 갈다가 전시자들 제 실어 놓고.

난 아직도 시방도 평화 통일만 되가지고 민주주의만 된다면 얼마나 좋겠어. 그런데 전쟁만 나지 않았으면 좋겠어. 전쟁만 났다면 다 망한 거야. 전쟁 나면 우리는 살 만큼 살았으니까 되는데 어른 애들

[35] 이승근: 기관차 앞에 간첩을 묶고 가다

피난을 가는데 기관차를 타는데 기차 대가리 맨 앞에 사람을 묶어 놓고 가더라고 피난을 가는데 기관차 앞 대가리 뭐 동그란 게 있다고. 이렇게 된 데가 있다고 거기에 두 사람을 묶어서 가더라고. 정상적인 피난민은 아니고 간첩이라고 그러던가. 추운데 앞에 가지고 묶어서 해놨으니 얼마나 춥겠어. 정상적인 피난민을 그렇게 안하셨지. 그렇게 할 리가 없잖아. 나중에 얘기를 들으니까는 간첩이라고 했던가 아마 인민군 쪽에 뭐 잡아가는 거라고 어디다가 수용할 데가 없으니까 격리를 시켜야 되니까 격리 시킬 데가 없으니까. [조사자: 거기다가] 기차 앞에다가 그전에 보면.